MI ABUELA ME PIDIÓ QUE TE DIJERA QUE LO SIENTE

OTROS TÍTULOS DE FREDRIK BACKMAN

Los ganadores
Nosotros contra todos
Beartown
Gente ansiosa
Cosas que mi hijo necesita saber sobre el mundo
Un hombre llamado Ove
Britt-Marie estuvo aquí
Dos novelas de amor y redención

MI ABUELA ME PIDIÓ QUE TE DIJERA QUE LO SIENTE

FREDRIK BACKMAN

Traducción de Óscar A. Unzueta Ledesma

HarperCollins *Español*

Queda expresamente prohibido todo uso no autorizado de esta publicación para entrenar cualquier tecnología de inteligencia artificial (IA) generativa, sin limitación a los derechos exclusivos de cualquier autor, colaborador o editor de esta publicación. HarperCollins también ejerce sus derechos bajo el Artículo 4(3) de la Directiva 2019/790 del Mercado Único Digital y excluye esta publicación de la excepción de minería de textos y datos.

Este libro es una obra de ficción. Los nombres, personajes, lugares y sucesos son fruto de la imaginación del autor o se utilizan de forma ficticia y buscan únicamente proporcionar un sentido de autenticidad. Cualquier parecido con sucesos, lugares, organizaciones o personas, vivas o muertas, es pura coincidencia.

MI ABUELA ME PIDIÓ QUE TE DIJERA QUE LO SIENTE. Copyright © 2013 de Fredrik Backman. Copyright de la traducción © 2026 de HarperCollins Publishers. Todos los derechos reservados. Ninguna sección de este libro podrá ser utilizada ni reproducida bajo ningún concepto sin autorización previa y por escrito, salvo citas breves para artículos y reseñas en revistas. Para más información, póngase en contacto con HarperCollins Publishers, 195 Broadway, Nueva York, NY 10007. En Europa, HarperCollins Publishers, Macken House, 39/40 Mayor Street Upper, Dublin 1, D01 C9W8, Irlanda.

Los libros de HarperCollins Español pueden ser adquiridos con fines educativos, empresariales o promocionales. Para más información, envíe un correo electrónico a SPsales@harpercollins.com.

hc.com

Título original: *Min mormor hälsar och säger förlåt*

Publicado en sueco por Bokförlaget Forum en Suecia en 2013

PRIMERA EDICIÓN EN ESPAÑOL, 2026

Traducción: Óscar A. Unzueta Ledesma

Diseño: Jason Kayser

Este libro ha sido debidamente catalogado en la Biblioteca del Congreso de los Estados Unidos.

ISBN 978-0-06-293073-6

Impreso en los Estados Unidos de América

$PrintCode

Para el mono y la rana.

Por una eternidad de diez mil cuentos de hadas.

1
Tabaco

Todos los niños de siete años merecen un superhéroe. Así son las cosas. Y cualquier persona que no esté de acuerdo, en verdad está mal de la cabeza.

Es lo que siempre dice la abuela de Elsa.

Elsa tiene siete años, aunque pronto cumplirá ocho. Sabe que no es muy buena para eso de tener siete años. Sabe que es diferente. El director de su escuela dice que Elsa necesita «adaptarse» para «encajar mejor con los demás niños de su edad». Los adultos que llegan a conocerla la describen como alguien que es «muy madura para su edad». Ella sabe que esas palabras solo son otra forma de decir que es «tremendamente molesta para la edad que tiene», pues siempre dicen eso cuando los corrige por pronunciar mal *déjà vu*, o por afirmar que la ballena es un pez. Hay ciertos sabihondos que no saben que en realidad es un mamífero, y es entonces cuando les dicen a los padres de Elsa, con una sonrisa forzada en el rostro, que es una niña «muy madura para su edad». Como si eso fuera una discapacidad, como si Elsa los hubiera ofendido al demostrar que no es una tonta solo por el hecho de tener siete años. Y por ese motivo no tiene más amigos que su abuela materna, pues los niños de su misma edad en la escuela son tan tontos como suelen ser los niños de siete años. Y Elsa es diferente.

Su abuela le dice que no debería darle importancia a lo que piensen los demás. Porque todos los superhéroes son diferentes, y si los superpoderes fueran algo normal, cualquiera tendría uno.

Su abuela tiene setenta y siete años, aunque pronto cumplirá setenta y ocho. Tampoco es muy buena para eso. Se nota que ya es una mujer de edad avanzada, pues su cara parece una hoja de periódico hecha bola y metida en un zapato húmedo; sin embargo, no hay nadie que diga que Abuelita es muy madura para su edad. Eso sí, hay personas que le dicen a la mamá de Elsa que Abuelita es «muy vivaracha» para su edad, aunque lo hacen con una expresión de enfado o preocupación en el rostro, y entonces su mamá suspira y les pregunta cuánto les debe por los daños. Como en esas ocasiones en las que la abuela de Elsa tiene que estacionar a Renault en un espacio pequeño, y según ella los demás tienen la culpa de lo que pasa por ser tan poco solidarios que le ponen el freno de mano a sus autos. O en las que se pone a fumar en el interior del hospital y el humo activa la alarma contra incendios, y luego, cuando los guardias vienen para obligarla a que apague su cigarro, empieza a despotricar quejándose de que «¡En estos tiempos todo tiene que ser políticamente correcto, maldita sea!». O como esa vez que hizo un muñeco de nieve en el jardín, debajo del balcón de sus vecinos Kent y Britt-Marie, y lo vistió con ropa de verdad, de modo que pareciera como si una persona se hubiera caído del techo del edificio. O la vez que un par de hombres remilgados con gafas recorrían el vecindario tocando a todas las puertas que encontraban, porque querían hablarle a la gente acerca de Dios y Jesús y el paraíso celestial, y Abuelita, de pie en su balcón con su bata abierta de par en par, empezó a dispararles a esos hombres con un rifle de *paintball*. Britt-Marie no sabía si estaba más molesta por lo del rifle o porque Abuelita no llevaba nada puesto debajo de la bata, pero denunció ambas cosas a la policía, solo para estar segura.

Por situaciones como esas, la gente opina que la abuela de Elsa es muy vivaracha para su edad. En todo caso, es una manera de decirlo.

Los demás también piensan que Abuelita está loca, pero en realidad es un genio. Es solo que, al mismo tiempo, está un poquito mal de la cabeza. Antes trabajaba como médica, lo que la hizo ganar premios y reconocimientos, y ser objeto de artículos en la prensa. Además, viajó a los lugares más terribles sobre la faz de la Tierra justo cuando la gente huía de ellos. Salvó vidas y luchó contra el mal por todo el mundo. Tal y como hacen los superhéroes.

Sin embargo, cierto día alguien le dijo que era demasiado vieja para andar salvando vidas; aunque Elsa tiene la fuerte sospecha de que ese alguien más bien quiso decir «demasiado loca», de modo que su abuela ya no ejerce la medicina. Abuelita se refiere a ese alguien como «la sociedad» y, según ella, como en estos tiempos todo tiene que ser políticamente correcto, por eso ya no puede hacer incisiones en otras personas. Aunque en realidad eso tenía que ver más que nada con el hecho de que la sociedad se volvió tan quisquillosa que prohibió fumar en los quirófanos, y ¿quién puede trabajar en esas condiciones, eh?

Así las cosas, la abuela de Elsa pasa la mayor parte de su tiempo en casa, volviendo locas a Britt-Marie y a Mamá. Britt-Marie es vecina de Abuelita, Mamá es la mamá de Elsa. Aunque, a decir verdad, Britt-Marie también es vecina de la mamá de Elsa, pues Mamá vive en el apartamento que está frente al de la abuela de Elsa. Y, como es lógico, Elsa también reside enfrente de su abuela, pues vive con su mamá. Excepto cada dos fines de semana, cuando se queda en casa de su papá y de Lisette. Además, George también es vecino de Abuelita, pues vive con Mamá. Sí, todo esto es un poco enredado.

En fin, volviendo al punto, la abuela de Elsa tiene dos superpoderes: salvar vidas y volver loca a la gente. Uno podría decir que esto la convierte en una superheroína bastante disfuncional. Elsa lo sabe, pues buscó en Wikipedia qué significaba la palabra *disfuncional*. La gente de la edad de su abuela describe Wikipedia como «¡una enciclopedia en internet!», mientras que Elsa describe una enciclopedia como «un Wikipedia analógico». Elsa buscó la palabra *disfuncional* en ambos lugares, y llegó a la conclusión de que significa que algo no funciona como se supone que debería hacerlo. Y esa es una de las cosas que más le gustan a Elsa de su abuela.

Aunque tal vez no el día de hoy. Pues es la una y media de la madrugada, y Elsa se siente muy cansada. En verdad le gustaría irse a la cama ya, pero no es posible, porque su abuela le arrojó mierda a un policía. De nuevo.

Uno podría decir que es una situación complicada.

•••

Elsa mira a su alrededor en la pequeña habitación rectangular, y bosteza con tanto aburrimiento y de una forma tan amplia que da la impresión de que está intentando tragarse su propia cabeza.

—De hecho, te advertí que no treparas la valla —dice entre dientes mientras revisa su reloj.

Su abuela no le responde. Elsa se quita su bufanda de Gryffindor y la deja en su regazo. Nació un 26 de diciembre hace siete años (aunque pronto cumplirá ocho), el mismo día en el que unos investigadores de Alemania registraron la emisión más potente de rayos gamma provenientes de un magnétar que jamás hubiera llegado a la Tierra. Hay que reconocer que Elsa no sabe con exactitud qué es un *magnétar*, pero es un tipo de estrella de neutrones. Además, *magnétar* suena vagamente parecido a Megatrón, el nombre del villano principal de *Transformers*, «un programa para niños» en palabras de los simplones que no leen suficientes obras literarias de calidad. En realidad, los Transformers son robots, pero, si los analizas desde un punto de vista académico, también podrían considerarse como superhéroes. A Elsa le fascinan los Transformers y las estrellas de neutrones, y cree que una «emisión de rayos gamma» se vería más o menos como aquella vez que su abuela derramó una Fanta sobre el iPhone de Elsa y trató de secar el teléfono en la tostadora de pan.

Su abuela dice que haber nacido en un día así hace que Elsa sea especial. Y ser especial es la mejor forma de ser diferente.

La abuela de Elsa está ocupada haciendo montoncitos de tabaco encima de la mesa que tiene enfrente, para luego envolverlos en crujientes hojas de papel para cigarros.

—¡Dije: «Te advertí que no treparas la valla»! —insiste Elsa.

En realidad, no quiere sonar antipática. Nada más está un poquito enfadada. Tan enfadada como solo puede estarlo una niña de siete años que se encuentra en una estación de policía y se siente cansada, o un señor que está esperando un vuelo retrasado sin que nadie le dé información de nada.

Su abuela resopla y busca un encendedor en los bolsillos de su abrigo, que le queda demasiado grande. No parece estar tomando nada de esto en serio, sobre todo porque nunca parece tomar nada en serio. Excepto cuando quiere fumar y no encuentra un encendedor.

—Era una valla pequeñísima, por el amor de Dios, no hay por qué exaltarse —dice ella con despreocupación.

—¡A mí no me salgas con eso de «por el amor de Dios»! ¡Le lanzaste mierda al policía! —hace notar Elsa.

Su abuela pone los ojos en blanco.

—Deja de armar un escándalo, suenas igual que tu madre. Por cierto, ¿no tendrás un encendedor?

—¡Tengo siete años!

—¿Cuánto tiempo más vas a usar eso como una excusa?

—¡Hasta que ya no tenga siete!

Su abuela masculla algo que suena como «Una tiene derecho a preguntar, ¿no?», y sigue hurgando en sus bolsillos.

—Sabes, creo que no puedes fumar aquí —le informa Elsa a su abuela, sintiéndose un poco más tranquila, mientras pasea sus dedos a lo largo del extenso rasgón de su bufanda de Gryffindor.

Su abuela suelta un resoplido.

—Claro que se puede fumar. Solo es cuestión de abrir una ventana.

Elsa voltea a ver las ventanas con escepticismo.

—Creo que son de esas ventanas que no se pueden abrir.

—Patrañas, ¿por qué no se podrían abrir?

—Están enrejadas.

Abuelita mira las ventanas con un gesto de desagrado. Y luego mira a Elsa.

—Ahora resulta que ni siquiera se puede fumar en una estación de policía. Parece que estamos viviendo en el mundo de *1984*.

Elsa bosteza de nuevo y luego dice:

—¿Me prestas tu teléfono?

—¿Para qué lo quieres?

—Para buscar algo.

—¿En dónde?

—En una página *web*.

—Gastas demasiado tiempo en esa cosa del internet.

—Es más correcto decir «pasas demasiado tiempo».

—¿Perdón?

—Lo que gastas es el dinero, no el tiempo. Suena raro decir «Gasté dos horas leyendo *Harry Potter y la piedra filosofal*», ¿no crees?

—¿Has oído hablar de la niña a la que le estalló la cabeza de tanto pensar? —revira su abuela con un bufido.

El oficial de policía que entra a la habitación luce muy, muy cansado. Se sienta al otro lado de la mesa, y se queda viendo a Abuelita y a Elsa con una mirada llena de resignación.

—Quiero llamar a mi abogado —exige Abuelita de inmediato.

—¡Quiero llamar a mi mamá! —exige Elsa, también de inmediato.

—¡En ese caso quiero llamar a mi abogado primero! —insiste su abuela.

El policía juega con un pequeño montón de papeles.

—Tu mamá ya viene en camino —le dice a Elsa con un suspiro.

Abuelita suelta un grito ahogado; nadie puede hacerlo de una forma tan dramática como ella.

—¿Por qué llamaron a *su mamá*? ¿Están locos, o qué? —protesta Abuelita, como si el policía le hubiera dicho que va a dejar a Elsa en medio del bosque para que la críe una jauría de lobos—. ¡Se va a poner completamente furiosa!

—Teníamos que llamar al tutor legal de la niña —explica el policía con toda la calma del mundo.

—¡Yo también soy tutora legal de la niña! ¡Soy su abuela! —exclama la abuela de Elsa con irritación, mientras se levanta a medias de la silla y sacude su cigarro sin encender de forma amenazadora.

—Es la una y media de la madrugada. Alguien debe tener a la niña bajo su cuidado —responde el policía sin alterarse a la vez que señala su reloj, y luego mira el cigarro de Abuelita con malos ojos.

—¡Desde luego! ¡Y esa persona soy *yo*! ¡Yo estoy cuidando a la niña! —farfulla la abuela de Elsa.

El policía hace un gran esfuerzo por mostrar un gesto amistoso a la persona que está al otro lado de la mesa en la sala de interrogación.

—¿Y cómo cree que le está yendo con eso hasta ahora?

Parece que la abuela de Elsa se siente un poco ofendida. Pero, al final, termina por sentarse en la silla y se aclara la garganta.

—Mmm... es decir... bueno, si uno se fija demasiado en los detalles, puede ser que no me esté yendo muy bien. Tal vez no. ¡Pero todo marchaba sobre ruedas hasta que ustedes empezaron a perseguirme! —objeta Abuelita de mal humor.

—Usted allanó un zoológico —hace notar el policía.

—Era una valla pequeñísima...

—Los allanamientos «pequeñísimos» no están previstos en el código penal. Es un allanamiento y ya.

La abuela de Elsa se encoge de hombros y pasa la mano por la superficie de la mesa como si estuviera limpiándola, como si pensara que este tema ya se extendió demasiado y es momento de darle vuelta a la página.

—En fin... Por cierto, se puede fumar aquí, ¿verdad?

El policía le responde que no, moviendo la cabeza de un lado a otro con seriedad. Abuelita se inclina al frente, lo mira directo a los ojos y le sonríe.

—¿No podría hacer una excepción? ¿Para esta pobre anciana?

Elsa le da un empujoncito a su abuela en el costado, y empieza a hablar en su lenguaje secreto. Porque ellas dos comparten un lenguaje secreto, algo que, según Abuelita, por ley están obligadas a compartir todas las abuelas con sus nietos. O al menos así debería ser.

—¡Ay, Abuelita, ya no sigas! ¡Es ilegal coquetear con los policías!

—¿Quién dice? —pregunta Abuelita, también en su lenguaje secreto.

—¡Pues la policía! —responde Elsa.

—¡Se supone que la policía existe para servir a los ciudadanos! —espeta Abuelita—. Yo pago mis impuestos, ¿sabes?

El policía las mira como cualquier persona miraría a una niña de siete años y a una señora de setenta y siete que empiezan a discutir en su lenguaje secreto, en una estación de policía, a altas horas de la noche. Entonces, la abuela de Elsa le guiña el ojo al policía con un ligero toque de seducción, y luego señala el cigarro de forma suplicante una vez más; pero el policía de nuevo le responde que no con la cabeza, y entonces Abuelita se reclina en la silla y exclama usando el lenguaje común:

—A lo que llega esta corrección política, caray. ¡La forma en la que nos tratan a los fumadores en este condenado país es peor que el *apartheid*!

La expresión en el rostro del policía se vuelve un poco más severa.

—Si yo fuera usted, tal vez tendría más cuidado de no expresarme de esa forma.

Abuelita levanta la vista al cielo. Elsa la mira con los ojos entrecerrados.

—¿Cómo deletreas eso? —pregunta ella.

—¿Qué cosa? —pregunta su abuela con un suspiro, tal y como

lo haces cuando todo el mundo está en tu contra, a pesar de que pagas puntualmente tus impuestos.

—Esa cosa del *apart*-no-sé-qué —responde Elsa.

—A, pe, pe, a, erre, de, hache, e, i griega, te —dice su abuela.

Elsa inmediatamente se inclina al frente sobre la mesa, toma el teléfono de su abuela y busca la palabra en Google, que le muestra cuál es la forma correcta en la que se escribe. Su abuela siempre ha tenido muy mala ortografía. Mientras tanto, el policía hojea sus documentos, y entonces le dice a Abuelita con algo de frialdad en su voz:

—Vamos a dejarla que se vaya a su casa, pero tendrá que volver a la estación dentro de unos cuantos días para que revisemos lo del allanamiento y varias infracciones de tránsito.

—¿Cuáles infracciones? —exclama Abuelita sorprendida.

—Para empezar, conducir sin permiso legal.

—¿Cómo que necesito tener un permiso legal para conducir? ¡Si estoy manejando mi auto! ¡Por Dios, no necesito un permiso para manejar mi propio auto! ¿O sí?

—No, pero sí necesita tener una licencia de conducir —responde el policía con paciencia.

Abuelita extiende los brazos a los lados exasperada y empieza a proferir una diatriba en contra de la sociedad actual, que parece estar regida por el Gran Hermano; pero, entonces, Elsa golpea fuertemente la mesa con el teléfono.

—¿Y ahora qué te pasa? —pregunta su abuela.

—¡¡¡Esto no tiene NADA que ver con esa cosa del *apartheid*!!! ¡Estás comparando no poder fumar con el *apartheid* y para nada son lo mismo! ¡Ni de cerca!

Abuelita agita la mano con resignación.

—Dije que era... tú sabes, más o menos parecido...

—¡No, no lo es! —dice Elsa a voces.

—Solo era una metáfora, por el amor de Dios...

—¡Sí, una metáfora muuuy mala!

—¿Y tú cómo sabes?

—¡WIKIPEDIA!
En un gesto que refleja su derrota, Abuelita se vuelve hacia el policía.
—¿Sus hijos se comportan así?
El policía se ve incómodo.
—No... no dejamos que nuestros hijos naveguen en internet sin supervisión adulta...
Abuelita extiende los brazos hacia Elsa de inmediato, como para decir «¿Lo ves?». Elsa se limita a mover la cabeza de un lado a otro y a cruzarse de brazos con un gesto firme.
—¡Solo di que sientes haberle lanzado mierda al policía para que podamos irnos a casa, Abuelita! —dice Elsa en el lenguaje secreto, con un tono de mal humor; todavía está muy enfadada por todo ese asunto del *apartheid*.
—Perdón —murmura Abuelita, también en el lenguaje secreto.
—¡Díselo al policía, burra, no a mí!
—Nunca me verás pidiéndole perdón a un fascista. Yo pago mis impuestos. ¡Y la burra eres TÚ! —responde Abuelita enfurruñada.
—¡TÚ eres la burra!
Entonces, las dos se dan la espalda con un ademán exagerado y elocuente, y permanecen sentadas con los brazos cruzados hasta que Abuelita le hace un gesto con la cabeza al policía y le dice en el lenguaje común:
—¿Sería tan amable de decirle a la malcriada de mi nieta que puede irse a su casa a pie si va a seguir con esa actitud?
—¡Dígale a mi abuela que voy a irme a mi casa con mi mamá y que ELLA puede irse caminando! —revira Elsa de forma instantánea.
—¡Dígale a mi nieta que puede...!
El policía se levanta de la silla sin decir una sola palabra, sale del cuarto y cierra la puerta detrás de él, como si estuviera pensan-

do en irse a otra habitación, hundir su rostro en un cojín suave y enorme y ponerse a gritar con todas sus fuerzas.

—Mira lo que hiciste —dice Abuelita.

—¡Mira lo que TÚ hiciste! —responde Elsa.

Poco después, una oficial de policía con brazos musculosos y ojos verdes entra a la sala de interrogación. Al parecer, no es la primera vez que la oficial se encuentra con la abuela de Elsa, pues esboza esa sonrisa cansada que es tan típica de la gente que conoce a Abuelita, y luego dice:

—Tiene que dejar de hacer cosas como esta, también tenemos que encargarnos de los criminales de verdad.

Abuelita le responde entre dientes:

—Ustedes son los que tienen que dejar de hacer cosas como esta.

Y entonces la oficial les anuncia a Elsa y a su abuela que ya pueden irse a su casa.

Mientras están paradas en la acera esperando a Mamá, Elsa pasa la yema de los dedos por el rasgón de su bufanda, que atraviesa el escudo de Gryffindor. Hace todo lo posible por no echarse a llorar, pero al final no puede evitarlo.

—Oh, vamos, tu mamá puede arreglarla —dice Abuelita, tratando de sonar animada, y le da a su nieta un golpecito cariñoso en el hombro.

Elsa voltea a verla con ansiedad. Abuelita asiente, ligeramente avergonzada, y agrega con un tono más serio y en voz más baja:

—Y podemos... Tú sabes... Podemos decirle a tu mamá que la bufanda se rasgó cuando trataste de impedir que yo trepara la valla de los monos.

Elsa asiente y una vez más pasea los dedos por la bufanda. La verdad es que no se rasgó cuando su abuela estaba trepando la valla de los monos. Se rasgó en la escuela, cuando tres niñas que la odian, sin que sepa realmente por qué —y que, dicho sea de paso, son más grandes que ella—, la pillaron afuera de la cafetería y le dieron de golpes, y luego desgarraron su bufanda y la arrojaron a un inodoro. Sus risas de burla todavía resuenan en la mente de Elsa.

Abuelita nota la mirada en los ojos de su nieta, se inclina hacia ella y le susurra en el lenguaje secreto:

—Un hermoso día de estos nos llevaremos a esas mocosas tontas de tu escuela a Miamas, ¡y las arrojaremos a los leones!

Elsa se seca las lágrimas con el dorso de la mano y esboza una leve sonrisa.

—No soy una idiota, Abuelita. Sé que hiciste todas esas cosas anoche para que me olvidara de lo que pasó en la escuela —susurra Elsa.

Su abuela da una patadita a la grava en el suelo y se aclara la garganta.

—Bueno... No quería que recordaras este día por lo que pasó con tu bufanda. Así que pensé que mejor podrías recordarlo como el día en el que tu abuela allanó un zoológico...

—Y se escapó de un hospital —añade Elsa con una sonrisa socarrona.

—Y se escapó de un hospital —dice su abuela, también con una sonrisa socarrona.

—Y le lanzaste mierda a un policía.

—¡En realidad era tierra! O la mayor parte era tierra, en todo caso.

—Cambiar los recuerdos es un buen superpoder —reconoce Elsa.

Su abuela se encoge de hombros.

—Si no puedes librarte de las cosas negativas, entiérralas debajo de muchas cosas buenativas.

—Esa palabra no existe.

—Lo sé.

—Gracias, Abuelita —dice Elsa al tiempo que apoya la cabeza en el brazo de su abuela.

Y, entonces, Abuelita asiente y susurra:
—Los caballeros del reino de Miamas tenemos que cumplir con nuestro deber.

Porque todos los niños de siete años merecen un superhéroe.

Y cualquier persona que no esté de acuerdo en verdad está mal de la cabeza.

2
Monos

Mamá las recogió en la estación de policía. Se notaba que estaba muy molesta, pero todo el tiempo se mantuvo bajo control, comportándose de forma mesurada y sin alzar la voz, pues Mamá es todo lo que Abuelita no es. Elsa se quedó dormida en cuanto se puso su cinturón de seguridad y, para cuando ya iban circulando por la autopista, ella ya se encontraba en Miamas.

Miamas es el reino secreto de Elsa y Abuelita. Es uno de los seis reinos en la Tierra-a-punto-de-despertar. Su abuela la creó cuando Elsa era más pequeña, y Mamá y Papá acababan de divorciarse. En ese entonces, a Elsa le daba miedo conciliar el sueño, pues había leído en internet acerca de los niños que se morían mientras estaban dormidos. Su abuela es buena para crear cosas con su mente, de modo que, cuando Papá se mudó de casa y todos se sentían tristes y cansados, Elsa salía a hurtadillas de su apartamento por las noches, caminaba en pijama silenciosamente por la caja de la escalera y entraba al apartamento de su abuela; entonces, Elsa y Abuelita se metían a gatas en el enorme armario que nunca dejaba de crecer, y luego entrecerraban los ojos y partían de ahí.

Porque no necesitas quedarte dormido para llegar a la Tierra-a-punto-de-despertar. En cierta forma, de eso se trata. Solo se requiere que estés *casi* dormido. Y es justo en esos últimos segundos, en los que tus ojos están cerrándose y la niebla va cubriendo la frontera entre lo que sabes y lo que crees, cuando partes hacia la Tierra-a-punto-de-despertar, montado en una criatura nebulosa. Porque Abuelita decretó que esa es la única forma de llegar ahí. Las criaturas nebulosas —que, si las miras de cerca, te darás cuenta de que en realidad son nubes con forma de animales— entran por la puerta del balcón de Abuelita, las recogen a ella y a Elsa, y entonces se van volando cada vez más alto, hasta que Elsa puede ver a todos los seres mágicos y peculiares que viven en la Tierra-a-punto-de-despertar: los enfantes y los arrepequinos, el Peroyá y los vorves, los ángeles de nieve y los príncipes, las princesas y los caballeros. Las criaturas nebulosas surcan el cielo por encima de bosques oscuros que parecen no tener fin —en los que viven Corazón de Lobo y todos los demás monstruos—; luego, descienden en picada, y al final atraviesan los colores deslumbrantes y las brisas que flotan alrededor de las puertas de la ciudad en el reino de Miamas.

Es difícil decir de buenas a primeras si Abuelita es un poquito extraña porque ha pasado demasiado tiempo en Miamas, o si Miamas es un poquito extraño porque Abuelita ha pasado demasiado tiempo ahí. Como sea, ese lugar es la fuente de todos los cuentos de hadas más asombrosos, chiflados y mágicos de Abuelita.

La abuela de Elsa dice que el reino de Miamas se ha llamado así por una eternidad de al menos diez mil cuentos de hadas, pero Elsa sabe que su abuela solo inventó eso porque Elsa no podía pronunciar bien *pijamas* cuando era más pequeña, y entonces terminaba diciendo «miamas». Aunque, obviamente, Abuelita insiste en que ella no inventó nada, y que Miamas y los otros cinco reinos en la Tierra-a-punto-de-despertar no solo son reales, sino que, de hecho, son mucho más reales que el propio mundo real, «donde todos son economistas, beben leche deslactosada y son unos pesados». La abuela de Elsa no es muy buena que digamos para vivir en el mundo real. En él hay demasiadas reglas, y Abuelita no es muy buena para eso de las reglas. Hace trampa cuando juega Monopoly, maneja a Renault por el carril exclusivo para autobuses, se lleva las bolsas amarillas de las tiendas de IKEA y no se para detrás de la línea en los puntos de revisión de los aeropuertos. Ah, y cuando va al baño, acostumbra dejar la puerta abierta.

Sin embargo, Abuelita cuenta los mejores cuentos de hadas que jamás hayan existido, y Elsa opina que, en esos casos, uno puede perdonar unos cuantos defectos en el carácter de una persona.

• • •

Según dice Abuelita, todos los cuentos de hadas que valen algo proceden de Miamas. Los otros cinco reinos de la Tierra-a-punto-de-despertar se encargan de otras cosas: Mirevas es el reino donde custodian los sueños, Miploris es el reino donde están almacenadas todas las tristezas, Mimovas es el lugar de origen de toda la música, Miaudacas es la región de donde proviene el valor y Mibatalos es el reino donde criaron a los soldados más intrépidos que lucharon contra las temibles sombras en la Guerra-sin-fin.

Sin embargo, Miamas tiene la distinción de ser el reino favorito de Abuelita y de Elsa, pues en Miamas se considera que la profesión más noble que existe es la de narrador; aquel que pueda darle vida a un cuento puede llegar a ser más poderoso que un rey. En Miamas, la moneda es la imaginación: en lugar de comprar con monedas, puedes comprar a cambio de una buena historia. Además, las bibliotecas no se llaman «bibliotecas» sino «bancos», y cada cuento de hadas vale una fortuna. Todas las noches, la abuela de Elsa gasta millones y millones contando historias de dragones y de duendes. De reyes y de reinas. De brujas. Y de las sombras. Porque todos los mundos de los cuentos de hadas deben tener enemigos terribles y, en la Tierra-a-punto-de-despertar, esos enemigos son las sombras, pues su misión es acabar con todas las fantasías.

Y si vamos a mencionar a las sombras, entonces tenemos que mencionar a Corazón de Lobo. Porque fue él quien venció a las sombras en la Guerra-sin-fin. Fue el primer y más grande superhéroe del que Elsa haya oído hablar.

Elsa fue nombrada caballero en Miamas —aunque Abuelita prefiere decirle «caballera»—; ahí puede montar criaturas nebulosas, y tiene su propia espada. Desde que Abuelita se la lleva a

Miamas por las noches, Elsa ha dejado de tener miedo de quedarse dormida. Porque en ese reino nadie dice que las niñas no pueden ser caballeros, y las montañas llegan hasta el cielo, y las fogatas jamás se extinguen, y nadie trata de hacer jirones tu bufanda de Gryffindor.

Como es lógico, Abuelita también dice que nadie en Miamas cierra la puerta cuando va al baño. Que, a lo largo y ancho de la Tierra-a-punto-de-despertar, la ley prevé una política de puertas abiertas en cualquier situación. Aunque Elsa está bastante segura de que, al mencionar todo esto, su abuela está contando una versión distinta de la verdad. Porque así es como Abuelita llama a las mentiras: «otras versiones de la verdad».

Así pues, cuando a la mañana siguiente Elsa se despierta en una silla dentro de la habitación de su abuela en el hospital, Abuelita está sentada en el baño con la puerta abierta y Mamá se halla de pie en la entrada del cuarto, y Abuelita está a la mitad de un relato en el que está contando otra versión de la verdad. Aunque no con muy buenos resultados. Porque la verdad auténtica es que, anoche, Abuelita se escapó del hospital y Elsa salió a hurtadillas de su apartamento mientras Mamá y George dormían. Las dos se fueron juntas al zoológico manejando a Renault y, una vez que llegaron ahí, Abuelita trepó una valla. La propia Elsa sería capaz de admitir que, visto en retrospectiva, hacer todo esto a la mitad de la noche en compañía de una niña de siete años es algo que podría considerarse un poquito irresponsable.

Mientras su ropa yace apilada sobre el piso y todavía huele literalmente a mono, Abuelita se defiende alegando que, cuando trepó la valla del área de los monos y el guardia le gritó, ella creyó que podía tratarse de un violador muy peligroso, y por eso empezó a arrojarles tierra a él y al policía. Mamá empieza a mover la cabeza de un lado a otro, controlándose pero también con fastidio, y dice que Abuelita solo está inventando cosas.

Sin embargo, a la abuela de Elsa no le agrada que la gente diga que tal o cual cosa solo es «un invento», y le recuerda a Mamá que ella prefiere usar un término menos despectivo para estas cuestiones: son cosas «que desafían la realidad». Es evidente que Mamá no está de acuerdo con Abuelita en lo más mínimo, pero aun así se esfuerza por conservar la calma. Pues ella es todo lo que Abuelita no es.

—Esta es una de las peores cosas que has hecho —dice Mamá con tono muy serio, en dirección del sanitario.

—Lo dudo muchísimo, querida hija —contesta Abuelita con desenfado desde el interior del baño.

Entonces, Mamá empieza a repasar de forma metódica todos los problemas que Abuelita ha causado. Abuelita responde que Mamá solamente está disgustada porque no tiene sentido del humor. Mamá revira diciendo que Abuelita debería dejar de comportarse como un niñito irresponsable. Y luego, Abuelita pregunta:

—¿Sabes en dónde guardan sus autos los piratas?

Mamá no contesta, de modo que Abuelita dice a voces desde el baño:

—¡En un gAAARRRaje!

Al oír esto, Mamá no hace otra cosa más que suspirar y masajearse las sienes.

—Lo dicho, no tienes sentido del humor —resopla Abuelita.

En respuesta a esto, Mamá cierra la puerta del baño, lo que hace que Abuelita se enfade mucho, mucho de verdad, pues, cuando está sentada en un inodoro, no le gusta sentirse encerrada.

Abuelita ha estado internada en el hospital por dos semanas, pero casi todos los días se escapa, pasa por Elsa y se van a comer un helado, o, cuando Mamá no está en casa, convierten la caja de la escalera del edificio donde viven en un tobogán de espuma de jabón. O también allanan zoológicos. En esencia, cualquier cosa que se le antoje a Abuelita en el momento.

Sin embargo, la abuela de Elsa no cree que esté «escapándose» del hospital en el sentido estricto de la palabra, pues, en su opinión, solamente sería un «escape» de verdad si tuviera que superar algún reto. Como un dragón o un conjunto de trampas. O al menos un muro y un foso de tamaño considerable, o algo por el estilo. Podría decirse que Mamá y el personal del hospital no están de acuerdo con Abuelita en lo que a esto respecta.

Una enfermera entra a la habitación y, de forma discreta, le pide a Mamá un momento de su atención. Entonces le entrega una hoja de papel; Mamá escribe algo en ella y se la devuelve, y luego la enfermera se va. Abuelita ha tenido nueve enfermeros distintos desde que la internaron. Ella se negó a cooperar con siete de ellos, y los otros dos se negaron a cooperar con ella; en el caso de uno de estos enfermeros, fue porque Abuelita le dijo que tenía «un lindo trasero». La abuela de Elsa alegó con una gran convicción que había sido un cumplido para el trasero del enfermero y no para él, y que el enfermero no tenía por qué hacer tanto alboroto al respecto. Entonces, Mamá le dijo a Elsa que se pusiera sus audífonos, pero de todos modos Elsa alcanzó a oírlas discutir por un buen rato acerca de la diferencia entre «acosar sexualmente a otra persona» y «hacerle un cumplido común y corriente al trasero de alguien, ¡por Dios!».

Mamá y Abuelita discuten todo el tiempo. Han estado haciéndolo hasta donde Elsa puede recordar. Y discuten por todo. Si Abuelita es una superheroína disfuncional, entonces Mamá es una superheroína completamente funcional. A menudo, Elsa cree que la relación entre su mamá y su abuela se parece un poco a la de Cyclops y Wolverine de los X-Men; y, cada vez que esta clase de pensamientos cruzan por su mente, desearía tener a alguien en su vida que pudiera entender a qué se refiere con ellos. Las personas en el entorno de Elsa no leen suficientes obras literarias de calidad, y no comprenden que las historietas en general y los cómics de los X-Men en particular son justamente eso, literatura de calidad. Elsa les explicaría a estos incultos, con calma y de la forma más sencilla posible, que podría decirse que los X-Men son superhéroes; pero, antes que nada, son mutantes, y, desde un punto de vista teórico, hay cierta diferencia entre ambas cosas. Como sea, para no entrar en demasiados detalles, Elsa tal vez podría resumir su tesis diciendo que los superpoderes de Mamá y de Abuelita se contraponen de forma directa. Es como si Spider-Man, uno de los superhéroes favoritos de Elsa, tuviera un archienemigo que se llamara algo así como El Hombre Resbaladizo, cuyo superpoder fuera el no poder treparse ni siquiera a la banca de un parque. Aunque visto como algo positivo, claro está.

En esencia, Mamá es el Orden, y Abuelita es el Caos. Elsa leyó alguna vez que «el Caos es vecino de Dios», pero Mamá dijo que la única razón por la cual el Caos se mudó junto a Dios es porque ya no pudo suportar vivir junto a la abuela de Elsa.

Mamá tiene carpetas y agendas para todo, y su teléfono siempre toca una pequeña melodía quince minutos antes de una reunión. Por su parte, Abuelita apunta las cosas que necesita recordar directamente en el muro de su cocina con un rotulador de color morado. Aunque no solo hace esto en su casa, sino también en cualquier pared, sin importar dónde se encuentre. Es obvio que no se trata de un sistema perfecto, pues, para recordar un pendiente en particular, Abuelita tiene que hallarse justo en el mismo lugar donde lo anotó. Cuando Elsa le hizo notar este defecto, su abuela respondió indignada: «¡En todo caso el riesgo de que yo pierda una pared es menor que el riesgo de que tu mamá pierda ese estúpido telefonito!». Pero, luego, Elsa resaltó que Mamá nunca pierde nada. Y, entonces, Abuelita puso los ojos en blanco y suspiró: «No, no, pero tu mamá es la excepción a la regla, obviamente. Eso más bien aplica para... tú sabes... la gente que no es perfecta».

Y la perfección es el superpoder de Mamá. Ella no es tan divertida como Abuelita, pero, por otro lado, siempre sabe dónde está la bufanda de Gryffindor de Elsa. Mamá acostumbra susurrarle a Elsa «¿Sabes cuándo puedes decir que algo realmente se perdió? Cuando tu mamá no pudo encontrarlo» mientras le envuelve el cuello con su bufanda.

La mamá de Elsa es la jefa. «No solo en su trabajo, sino también como un estilo de vida», suele decir Abuelita con un bufido. Mamá no es alguien a quien acompañas, es alguien a quien sigues. Por su parte, Abuelita es alguien a quien evitas en lugar de seguirla, y que nunca ha encontrado una bufanda en toda su vida.

A la abuela de Elsa no le agradan los jefes; lo que representa un problema justo en este hospital, pues a Mamá se le considera todavía más como una jefa aquí. Porque ella *es* la jefa de este lugar.

—¡Por Dios, Ulrica, estás exagerando! —dice Abuelita en voz muy alta a través de la puerta del baño, al mismo tiempo que otra enfermera entra a la habitación. Mamá escribe algo en un pedazo de papel de nuevo y menciona varias cifras.

Mamá le sonríe a la enfermera de forma mesurada, la enfermera le devuelve una sonrisa nerviosa y se va. Entonces, el interior del sanitario permanece en silencio por un buen rato, y de pronto Mamá empieza a parecer ansiosa, como le pasa a uno cuando Abuelita no ha hecho ningún ruido en mucho tiempo. Mamá olfatea el aire y abre la puerta de golpe. Abuelita sigue sentada en el inodoro, desnuda y con una pierna cruzada cómodamente encima de la otra, y agita un cigarro humeante con displicencia en dirección de Mamá.

—¿Perrrdón? ¿Qué no puede una tener un poco de paz cuando va al baño?

Mamá se masajea las sienes una vez más, respira hondo y posa una mano sobre su abdomen. Abuelita hace un gesto serio con la cabeza en su dirección, y menea el cigarro hacia el vientre de Mamá.

—Tómalo con calma, Ulrica, ¡ten en cuenta que estás embarazada!

—Tal vez tú también deberías tenerlo en cuenta —responde Mamá, manteniéndose bajo control.

—*Touché* —mascullla Abuelita, y le da una honda calada a su cigarro.

Esta es una de esas palabras que Elsa entiende, aunque no sepa qué significa. Mamá mueve despacio la cabeza de un lado a otro.

—¿Has pensado siquiera en lo peligroso que es eso para Elsa y el bebé que viene en camino? —dice ella mientras señala el cigarro con el dedo.

Abuelita pone los ojos en blanco.

—¡No seas tan delicada! La gente ha fumado desde tiempos inmemoriales, y aun así en todas las épocas ha habido bebés que nacieron perfectamente sanos. Es solo cosa de tu generación, que no entiende que la humanidad sobrevivió durante miles de años sin pruebas de alergias y demás mierdas por el estilo, antes de que ustedes se aparecieran y empezaran a creer que son especiales. ¿Crees que cuando vivíamos en las cavernas envolvíamos a los bebés recién nacidos en pieles de mamut lavadas a máquina con agua caliente?

Elsa ladea la cabeza y pregunta:

—¿Había cigarros en ese entonces?

Su abuela suspira.

—¿Tú también vas a empezar?

Mamá pone la mano sobre su vientre. Elsa no está segura de si lo hace porque Medi está pateando ahí dentro, o porque quiere taparle los oídos. Mamá es la mamá de Medi, pero George es su papá. Así que Medi es medio hermano o media hermana de Elsa. Y, como todavía no saben si va a ser medio o media, por eso Elsa le dice Medi. Sin embargo, le han prometido a Elsa que será un ser humano completo; podrá ser su medio hermano o su media hermana, pero de ninguna forma será la mitad de una persona. Elsa pasó un par de días sumergida en la confusión hasta que por fin entendió la diferencia. «Aunque eres muy inteligente, a veces no eres muy lista», exclamó Abuelita cuando Elsa le preguntó al respecto. Y entonces permanecieron enemistadas por casi tres horas; por poco y rompen el récord de más tiempo que han pasado enfadadas una con la otra.

—Yo solo quería enseñarle los monos, Ulrica —mascull finalmente Abuelita bajando la voz, y apaga el cigarro en el lavabo.

—Ya no puedo con esto... —responde Mamá dándose por vencida, aunque de forma mesurada. Entonces sale al pasillo y firma una hoja de papel llena de números.

Abuelita en verdad quería enseñarle los monos a Elsa, esa parte de la historia es verdad. La noche anterior habían estado discutiendo por teléfono, Elsa desde su casa y Abuelita desde el hospital, acerca de si había una especie de mono que podía dormir de pie. Lógicamente, Abuelita estaba equivocada, porque eso decía Wikipedia. Entonces Elsa le contó lo que había pasado con su bufanda en la escuela, y fue en ese momento cuando su abuela decidió que iban a ir al zoológico a ver los monos, para que Elsa ocupara su mente en otra cosa. Elsa se fue de su casa a hurtadillas, mientras Mamá y George estaban dormidos.

Mamá se desaparece por el pasillo, inmersa en una llamada telefónica. Su móvil está sonando todo el tiempo. Mientras tanto, Elsa se sube a la cama de su abuela, quien se pone un camisón, se sienta frente a su nieta y esboza una sonrisa socarrona. Y luego se ponen a jugar Monopoly. Sin embargo, Abuelita empieza a robar dinero del banco y, cuando Elsa la descubre, también se roba el auto, huye a la Estación Oriental en el tablero y trata de irse de la ciudad.

Más tarde, Mamá entra a la habitación de nuevo, con el cansancio reflejado en su rostro, y le dice a Elsa que ya es momento de que se vayan a su casa, pues Abuelita tiene que descansar. Y Elsa le da un abrazo muy, muy prolongado a su abuela.

—¿Cuándo vas a volver a casa? —pregunta Elsa.

—¡Probablemente mañana mismo! —promete Abuelita, con un tono de voz bastante animado.

Porque eso es lo que siempre dice. Entonces aparta un mechón de cabello de los ojos de su nieta y, cuando Mamá desaparece en el pasillo de nuevo, el rostro de Abuelita adopta de repente una expresión muy seria, y le dice a Elsa en el lenguaje secreto:

—Tengo una misión muy importante para ti.

Elsa asiente, pues Abuelita siempre le encarga misiones hablándole en el lenguaje secreto, que solo pueden hablar aquellos que han visitado la Tierra-a-punto-de-despertar, y Elsa siempre las lleva a cabo, pues ese es el deber de una caballera de Miamas. Excepto comprar cigarros y carne para asar, ahí es donde Elsa pinta su raya. Porque esas cosas le dan náuseas. Hasta los caballeros deben tener principios.

Abuelita se agacha para tomar una enorme bolsa de plástico, que estaba en el suelo a un lado de la cama. No contiene cigarros ni carne. Solo dulces.

—Debes entregarle los chocolates a Nuestro Amigo.

Pasan varios segundos antes de que Elsa entienda con exactitud a qué amigo se está refiriendo Abuelita. Y, cuando cae en la cuenta de quién se trata, se queda viendo fijamente a su abuela, con una mirada de terror.

—¿Te has vuelto LOCA? ¿Acaso quieres que me MUERA?

Abuelita pone los ojos en blanco.

—Déjate de tonterías. ¿Me estás diciendo que una caballera de Miamas no tiene el suficiente valor para cumplir con su misión?

Elsa fulmina a su abuela con la mirada, pues se siente ofendida.

—Muy maduro de tu parte que me presiones así.

—¡Muy maduro de tu parte que uses la palabra *maduro*! —sonríe Abuelita con sorna.

Elsa agarra la bolsa de plástico. Está llena de paquetitos de chocolates Daim, que hacen bastante ruido cuando los agitan. Abuelita le dice:

—Es importante que le quites la envoltura a cada uno de los chocolates. Si no lo haces, va a empezar a refunfuñar.

Malhumorada, Elsa echa un vistazo al interior de la bolsa con los ojos entreabiertos.

—¿Y qué se supone que voy a decirle? ¡Ni siquiera me conoce!

Abuelita resopla con tanta fuerza que parece como si estuviera sonándose la nariz.

—¡Claro que te conoce, caramba! Solo dile que tu abuela le manda saludos y dice que lo siente.

Elsa levanta las cejas.

—¿«Dice que lo siente»? ¿Por qué quieres disculparte?

—Porque ya van varios días que no le he llevado ningún dulce —responde Abuelita, como si fuera la cosa más natural del mundo.

Elsa mira dentro de la bolsa de nuevo.

—Es muy irresponsable que envíes a tu única nieta a una misión como esta, Abuelita. Es una locura. Realmente podría matarme.

—Que te dejes de tonterías —dice Abuelita.

—¡Tú déjate de tonterías! —bufa Elsa.

Abuelita sonríe de forma socarrona. Porque siempre hace eso. Y Elsa termina por sonreír de la misma forma. Porque siempre hace eso. Entonces, su abuela baja la voz.

—Tienes que darle los chocolates a Nuestro Amigo sin que nadie se dé cuenta. No dejes que Britt-Marie te vea. Espérate a que empiece la reunión de los vecinos del edificio mañana por la noche, es entonces cuando puedes aprovechar para ir con él a escondidas.

Elsa asiente. A pesar de que tiene mucho miedo de Nuestro Amigo, y sigue pensando que es superirresponsable enviar a una nieta única de siete años a una misión tan peligrosa como esta. Pero Abuelita toma sus dedos índices y los aprieta con sus manos, tal y como es su costumbre. Es difícil tener miedo cuando alguien te hace eso. Las dos se dan otro abrazo.

—Hasta luego, oh, mi orgullosa caballera de Miamas —le susurra Abuelita al oído de Elsa.

Porque Abuelita nunca dice «adiós». Solo «hasta luego».

• • •

Al tiempo que Elsa se pone su chaqueta en la entrada de la habitación, puede oír a Mamá y a Abuelita hablando acerca de «el tratamiento». Entonces, Mamá le dice a Elsa que se ponga sus audífonos. Y Elsa obedece. Ella quiso que le regalaran esos audífonos en la Navidad pasada, y había insistido de forma muy clara en que Mamá y Abuelita tenían que pagar cada una la mitad del precio. Porque eso era lo justo.

Siempre que Mamá y Abuelita empiezan a discutir, Elsa se pone los audífonos, le sube el volumen a la música y finge que su mamá y su abuela son actrices de una película muda. Elsa es la clase de niña que aprendió a temprana edad que es más fácil abrirse camino en la vida si puedes escoger tu propia banda sonora.

Lo último que alcanza a oír es a Abuelita preguntando cuándo podrá recoger a Renault en la estación de policía. Renault es el auto de Abuelita. Según ella, lo ganó en una partida de póquer. Obviamente debería ser «el Renault», pero Elsa aprendió que el auto se llamaba Renault cuando era más pequeña, antes de que pudiera entender que hay otros autos que se llaman igual. Por eso, todavía se refiere a él como «Renault» a secas, como si fuera un nombre.

Y es un nombre que le va muy bien, pues suena como el nombre de un anciano francés con frecuentes ataques de tos, y el Renault de Abuelita es como ese hombre, pues proviene de Francia, está viejo y oxidado, y cuando cambias de velocidad al manejarlo hace un estruendo infernal. Elsa sabe todo esto pues hay veces en que Abuelita conduce a Renault mientras fuma y come un *kebab*, todo al mismo tiempo. Cuando hace eso solo le quedan las rodillas para mover el volante, y en esos casos tiene que pisar el embrague y gritar «¡AHORA!», para que Elsa haga su parte moviendo la palanca de velocidades.

Elsa extraña hacer eso.

Mamá le dice a Abuelita que no puede ir a recoger a Renault. Abuelita protesta alegando que, de hecho, Renault es su auto, y entonces Mamá le recuerda que es ilegal manejar un coche sin tener licencia de conducir. Abuelita responde llamando a Mamá «muchachita», y luego afirma que tiene licencias de conducir de seis países. Moderando su voz, Mamá pregunta si de casualidad uno de esos países es el país en el que viven. Al oír esto Abuelita se enfurruña, y se queda sentada y en silencio mientras una enfermera le toma una muestra de sangre.

Elsa se va del cuarto y espera a su mamá junto al elevador, pues no le gustan las agujas en lo más mínimo, no importa si las van a clavar en su brazo o en el de su abuela. Se sienta en una silla a leer *Harry Potter y la Orden del Fénix* en el iPad por decimosegunda ocasión. Es el libro que menos le gusta de la saga de Harry Potter, por eso lo ha leído tan pocas veces.

Es solo hasta que su mamá llega con ella y están a punto de bajar al estacionamiento, cuando Elsa se acuerda de que dejó su bufanda de Gryffindor en el pasillo afuera de la habitación de su abuela. Así que regresa corriendo por ella.

Abuelita está sentada al borde de la cama, dándole la espalda a la puerta mientras habla por teléfono, sin darse cuenta de que Elsa está detrás de ella. Elsa deduce que Abuelita está en una llamada con su abogado, pues le está dando instrucciones sobre el tipo de cerveza que quiere que le traiga la próxima vez que venga al hospital. Elsa sabe que el abogado mete cervezas de contrabando a la habitación de Abuelita, escondiéndolas dentro de los enormes libros de una enciclopedia. Su abuela dice que los necesita para su «investigación», pero en realidad están vacíos por dentro, con huecos hechos a la medida de las botellas de cerveza. Elsa toma la bufanda del gancho en el que estaba colgada y está a punto de hablarle a su abuela, cuando oye que se le quiebra la voz en el teléfono:

—Es mi nieta, Marcel, Dios bendiga su hermosa cabecita. Nunca he conocido una niña tan buena y tan inteligente como ella. Hay que dejar esa responsabilidad en sus manos. Es la única que puede tomar la decisión correcta.

Abuelita guarda silencio por unos instantes, y luego sigue hablando con determinación:

—¡YA SÉ que solo es una niña, Marcel! ¡Pero ella es más inteligente que todos esos mentecatos juntos, con mil demonios! Esos son los términos de mi testamento, y tú eres mi abogado. Solo haz lo que te estoy diciendo.

Elsa permanece de pie en el pasillo, conteniendo la respiración. Entonces, su abuela exclama:

—¡Porque todavía no quiero decírselo! ¡Porque todos los niños de siete años merecen un superhéroe!

Es hasta ese momento que Elsa da la vuelta y se va sin hacer ruido, mientras su bufanda de Gryffindor se humedece con sus lágrimas.

Lo último que oye a su abuela decir en el teléfono es:

—No quiero que Elsa sepa que voy a morir, porque todos los niños de siete años merecen un superhéroe, Marcel. Y se supone que uno de sus superpoderes debería ser que no puede enfermarse de cáncer.

3
Café

Uno de los detalles especiales que tiene la casa de una abuela es que siempre recordarás a qué huele.

En términos generales, puede decirse que este es un edificio común y corriente. Tiene cuatro pisos de alto y nueve apartamentos, y huele igual que a Abuelita. Y obviamente también huele a café, casi todo el tiempo. En la lavandería, colgado a la vista de todos, se encuentra un reglamento con estipulaciones muy claras, que lleva por título «PARA UNA CONVIVENCIA RESPETUOSA CON TODOS LOS VECINOS», con doble subrayado debajo de «CONVIVENCIA RESPETUOSA». También hay un elevador que siempre está descompuesto, un área en el patio para separar y almacenar la basura, una borrachina, un enorme animal de alguna especie y, obviamente, una abuela.

Lo dicho, un edificio común y corriente. En términos generales.

Abuelita vive en la planta superior, frente al apartamento de Mamá, Elsa y George. El apartamento de Abuelita es idéntico al de Mamá, salvo por el hecho de que se encuentra mucho más desordenado. Porque el apartamento de Mamá se parece a Mamá, y el de Abuelita se parece a Abuelita. A Mamá le gusta el orden, mientras que a Abuelita le gusta el caos.

George vive en unión libre con Mamá, y eso no siempre le hace la vida sencilla, pues significa que también tiene que vivir al lado de Abuelita. Usa barba y acostumbra ponerse una gorra muy pequeñita, y le encanta salir a correr con un short encima de sus *leggins*. Le gusta cocinar en inglés y no en sueco; por eso, cuando lee las recetas, para referirse a la carne de cerdo siempre dice *pork* en lugar de *fläsk*. Abuelita nunca se refiere a él como «George», sino como «Cabeza de Chorlito», lo que enfada bastante a Mamá. Sin embargo, Elsa sabe que su abuela no lo hace para molestar a Mamá; Abuelita solo quiere que Elsa sepa que siempre estará de su lado, sin importar lo que suceda. Porque eso es lo que haces cuando eres abuela, y los padres de tu nieta se divorcian y luego se juntan con una nueva pareja, y de repente le dicen a tu nieta que pronto tendrá un medio hermano o hermana. Te pones del lado de tu nieta. Y, para Abuelita, que eso saque de sus casillas a Mamá no es más que un beneficio adicional.

Mamá y George no quieren saber si Medi es niño o niña, a pesar de que sería fácil averiguarlo. De hecho, para George es muy importante seguir en la ignorancia a este respecto. Siempre le dice a Medi «elle», para no «encerrar a el o la bebé en un rol de género». La primera vez que él mencionó esto, Elsa creyó que había dicho «trol de género». Terminó siendo una tarde muy confusa para todos los involucrados.

Mamá y George han decidido que Medi va a llamarse Elvo o Elva. Cuando Elsa le contó esto a su abuela, ella exclamó:

—¿ELVO?

—Es la forma masculina de Elva —explicó Elsa.

Entonces Abuelita movió la cabeza de un lado a otro y bufó:

—Pero... ¿Elvo? ¿Están planeando enviar al bebé a Mordor junto con Frodo para que destruyan el anillo, o qué?

(Cabe aclarar que esto ocurrió poco después de que Abuelita hubiera visto todas las películas de *El Señor de los Anillos* con Elsa, pues Mamá le había prohibido explícitamente a Elsa que las viera).

Como era lógico, Elsa es consciente de que Abuelita no odia a Medi. Y, de hecho, ni siquiera a George. Solo dice esas cosas porque, bueno, estamos hablando de Abuelita, y Abuelita siempre le es leal a su nieta. En cierta ocasión, Elsa le confesó a su abuela que odiaba a George; incluso a veces también odiaba a Medi. Es muy difícil no querer a una abuela que te oye decir algo tan horrible y, aun así, sigue estando de tu lado.

Britt-Marie y Kent viven en el apartamento que está debajo del de Abuelita. Les encanta poseer cosas, y a Kent le fascina decirles a otros el costo de todo. Kent casi nunca está en su casa porque es un *entrepreneur*. O *Kentrepreneur*, como acostumbra decir en son de broma a la gente que acaba de conocer. Y, si la gente no se ríe con él, lo dice de nuevo, esta vez hablando un poco más fuerte. Como si el problema estuviera en los oídos de los demás.

Abuelita dice que Kent es un maldito idiota, y que la palabra *entrepreneur* en realidad proviene de la Tierra-a-punto-de-despertar, pues uno de sus habitantes no oyó bien cuando alguien pronunció «procrastinador», una expresión que se usa en Miamas para referirse a los vagos que deambulan por el reino. Elsa no está segura de si eso es verdad o no; pero, en todo caso, Britt-Marie casi siempre está en su casa, y por eso Elsa cree que ella no es una *entrepreneur*. Abuelita dice que Britt-Marie es «una vieja quejumbrosa de tiempo completo». Podría decirse que Britt-Marie y Abuelita no se llevan muy bien, del mismo modo en que perros y gatos tampoco se llevan muy bien. Abuelita también acostumbra decir que «esa vieja tiene sarpullido en el alma», pues Britt-Marie siempre luce más o menos como si recién se hubiera llevado a la boca el chocolate equivocado. De hecho, fue ella la que colgó en la lavandería ese reglamento titulado «PARA UNA CONVIVENCIA RESPETUOSA CON TODOS LOS VECINOS». Para Britt-Marie es muy importante que haya una convivencia respetuosa entre todos los vecinos, a pesar de que Kent y ella son los únicos en todo el edificio que tienen una lavadora y una secadora en su apartamento. En cierta ocasión George había usado la lavandería, y poco después Britt-Marie llamó a la puerta del apartamento de Mamá y pidió hablar con ella. Traía consigo una bolita de pelusa azul que había sacado del filtro de la secadora, se la enseñó a Mamá como si fuera un polluelo recién nacido y dijo: «¡Creo que se te olvidó esto cuando bajaste a lavar, Ulric-ka!». En ese momento, George aclaró que en realidad él se había encargado de lavar la ropa. Britt-Marie lo miró y esbozó una sonrisa que no parecía muy genuina. Entonces dijo: «Oh, qué modernos», luego le sonrió de forma bien intencionada a Mamá, le entregó la bolita de pelusa y declaró: «¡En esta asociación de condóminos limpiamos el filtro de la secadora cuando terminamos de lavar, Ulric-ka! ¡Necesitamos tener una convivencia respetuosa con todos los vecinos!».

A decir verdad, todavía no puede llamársele «asociación de condóminos». Pero Britt-Marie pone mucho énfasis en señalar que algún día lo será. Kent y ella se asegurarán de que así sea. Y en la asociación de condóminos de Britt-Marie, será muy importante que la gente acate las reglas. Esa es la razón por la cual Britt-Marie es la archienemiga de Abuelita. Elsa sabe qué significa *archienemiga*, pues una sabe esas cosas si lee obras literarias de calidad.

En el apartamento frente al de Britt-Marie y Kent vive la mujer de la falda negra. Rara vez se deja ver, excepto cuando camina a toda prisa de la puerta de su apartamento hasta la puerta principal del edificio y viceversa, temprano por la mañana y ya entrada la noche. Siempre usa zapatos de tacón alto y una falda negra perfectamente planchada, lleva un portafolio no muy ancho y suele hablar muy alto en un cable blanco que le cuelga de la oreja. Nunca saluda y jamás sonríe. Según Abuelita, a esa falda no se le distingue ni un solo pliegue porque «si fueras la tela de una prenda de esa mujer, no te atreverías a arrugarte».

Lennart y Maud viven debajo del apartamento de Britt-Marie y Kent. Lennart bebe al menos veinte tazas de café al día y siempre tiene una expresión triunfante en el rostro cuando enciende su cafetera de filtro. Es la segunda persona más amable del mundo, y está casado con Maud. Maud es la persona más amable del mundo, y siempre encontrarás en su cocina galletas recién horneadas por ella, sin importar la hora del día. Los dos viven con Samantha, que se la pasa casi todo el tiempo dormida. Samantha es una perrita bichón frisé, pero Lennart y Maud le hablan como si no lo fuera. Cuando Lennart y Maud beben café frente a Samantha no lo llaman «café», lo llaman «bebida para adultos». Abuelita dice que Lennart y Maud están completamente mal de la cabeza, pero Elsa cree que eso no importa pues son unas personas muy amables. Y en su casa siempre hay sueños y abrazos para todos. Sus sueños son un tipo de galletas, sus abrazos son simplemente abrazos.

Alf vive en el apartamento que está enfrente del de Lennart y Maud. Alf conduce un taxi, y siempre lo encontrarás vestido con una chaqueta de cuero y de mal genio. Sus zapatos tienen suelas tan delgadas como una hoja de papel encerado, pues nunca deja de arrastrar los pies al caminar. Abuelita dice que ese señor es el objeto con el centro de gravedad más bajo en todo el maldito universo.

En el apartamento debajo del de Lennart y Maud viven el niño con un síndrome y su mamá. El niño con un síndrome es menor que Elsa por un año y unas cuantas semanas, y nunca dice ni una sola palabra. A su mamá se le caen las cosas todo el tiempo, pareciera que sus bolsillos son nubes de las que se precipita una lluvia de objetos; como cuando en las caricaturas la policía cachea a un delincuente y la pila de cosas que llevaba en sus bolsillos termina siendo más alta que el propio maleante. Sin embargo, el niño con un síndrome y su mamá tienen una mirada amable en sus ojos; y, al parecer, no le caen mal a nadie, ni siquiera a Abuelita.

En el apartamento junto al del niño y su mamá, al otro lado del elevador que siempre está descompuesto, vive el Monstruo. Elsa no sabe cómo se llama, pero le dice así porque todos le tienen miedo.

Hasta Mamá, que no le teme a nada en el mundo, le da un empujoncito en la espalda a Elsa cuando pasan frente a su apartamento. Nadie lo ve nunca, pues jamás sale de día, pero Kent siempre dice en las reuniones de vecinos que «¡A personas como esas no deberían dejarlas andar por ahí! Pero eso es lo que pasa cuando las autoridades no aplican mano dura... ¡En este maldito país la gente recibe asistencia psiquiátrica cuando más bien deberían meterlos a la cárcel!». Britt-Marie le ha escrito cartas al casero para exigirle que desaloje al Monstruo, porque está convencida de que «atrae a más drogadictos al edificio». Elsa no está segura de qué significa eso, y no está segura de si Britt-Marie realmente lo sabe. Incluso, una vez Elsa le preguntó a su abuela sobre el Monstruo; y, con algo extraño en su mirada, Abuelita le respondió en voz baja: «A veces hay cosas que es mejor dejar en paz». Y eso que estamos hablando de la abuela de Elsa, una mujer que luchó en la Guerra-sin-fin en contra de las sombras de la Tierra-a-punto-de-despertar, y que se encontró frente a frente con los seres más terribles que una eternidad de diez mil cuentos de hadas podría haber concebido.

Y sí, así es como se mide el tiempo en la Tierra-a-punto-de-despertar: en eternidades. Puede ser que nos estemos desviando del tema, desde luego, pero en la Tierra-a-punto-de-despertar no hay relojes, de manera que el tiempo lo mides dependiendo de lo que sientas. Si sientes que ha transcurrido una pequeña eternidad, entonces dices que es «un para siempre». Si sientes que han transcurrido más o menos dos docenas de para siempres, entonces es «una eternidad entera». Lo único que se siente más tardado que una eternidad entera es una eternidad de un cuento de hadas, pues un cuento de hadas es una eternidad de eternidades enteras. Y la eternidad más larga que existe es la eternidad de diez mil cuentos de hadas. Es el número más grande en la Tierra-a-punto-de-despertar.

Pero, bueno, volviendo a lo que nos ocupa: en la planta baja del edificio donde viven todas estas personas hay un salón, donde cada mes se celebran las reuniones de vecinos. Son un poco más frecuentes que en otros edificios, pero los apartamentos en este lugar son rentados; y Britt-Marie y Kent realmente buscan que todos los residentes, a través de «un proceso democrático», decidan solicitarle al casero que les venda el edificio, y así puedan convertirse en dueños de sus apartamentos, en un régimen de propiedad en condominio. Y, para hacerlo, deben celebrar reuniones de vecinos. Porque nadie más en el edificio quiere ser dueño de su apartamento. Podría decirse que lo que menos les gusta a Kent y a Britt-Marie del proceso democrático es el toque democrático.

Y, como es de esperarse, las reuniones de vecinos siempre son espantosamente aburridas. Primero, todos discuten acerca de lo que discutieron en la reunión pasada durante dos horas; luego, todos revisan sus agendas y discuten sobre cuándo se va a celebrar la siguiente reunión; y entonces la reunión se termina. A pesar de todo esto, Elsa acude a la reunión de hoy, pues tiene que estar al pendiente del momento en que empiece la discusión, para que nadie note cuando ella se escape a hurtadillas de ahí.

Elsa llega temprano. Kent todavía no está en el salón, siempre se presenta tarde. Alf tampoco ha llegado, pues él siempre llega a la hora exacta. Pero Maud y Lennart ya están sentados en la mesa grande, y Britt-Marie y Mamá están en la cocinita discutiendo sobre el café. Samantha está dormida en el suelo. Maud empuja un enorme bote lleno de sueños que está sobre la mesa para acercárselo a Elsa. Lennart está sentado junto a su esposa, esperando el café. Entretanto, bebe café del termo que trajo consigo. Para Lennart es muy importante contar siempre con una reserva de café mientras aguarda a que el nuevo café esté listo.

Britt-Marie está de pie junto al fregadero de la cocinita. Tiene las manos entrelazadas sobre el vientre, en un gesto de frustración. Mira a Mamá con ansiedad, pues Mamá está preparando café, y eso hace que Britt-Marie se sienta nerviosa; en su opinión, sería mejor que esperaran a Kent. Britt-Marie siempre piensa que sería mejor esperar a Kent. Pero a Mamá no se le da mucho eso de esperar; prefiere tomar el control de las cosas, y por eso se puso a preparar el café. Britt-Marie empieza a barrer migajas invisibles del fregadero con la mano, de forma bastante cuidadosa. En el mundo de Britt-Marie, casi siempre hay migajas invisibles por todos lados, y rara vez resiste el impulso de querer limpiarlas. Entonces, le sonríe de forma bien intencionada a Mamá.

—¿Todo bien con el café, Ulric-ka?

Britt-Marie siempre le dice «Ulric-ka» a Mamá, pues en algún momento se enteró de que Mamá escribe su nombre «Ulrica», con «c» en lugar de «k». Y entonces Britt-Marie decidió que el nombre de Mamá debía pronunciarse «Ulric-ka», a pesar de que Mamá le ha explicado varias veces que lo correcto es «Ulrica».

—Todo bien, gracias —responde Mamá de forma escueta.

—En todo caso tal vez deberíamos esperar a Kent, ¿no crees? —insiste Britt-Marie, de forma bien intencionada.

—Creo que nos las podemos arreglar sin Kent para preparar algo de café —responde Mamá con un tono mesurado.

Britt-Marie entrelaza las manos sobre su vientre de nuevo y sonríe.

—Sí, por supuesto. Como tú quieras, Ulric-ka. Siempre es así.

Mamá se ve como si estuviera contando hasta un número de tres dígitos, y sigue midiendo las cucharadas de café.

—Solo estoy preparando el café, Britt-Marie.

Britt-Marie asiente en señal de que entiende la situación y se sacude unas cuantas motas de polvo invisible de su falda. La falda de Britt-Marie siempre tiene unas cuantas motas de polvo invisible que solo ella puede ver, y siempre debe sacudírselas.

—Kent siempre prepara un café excelente. Todos opinan que es excelente —dice ella.

Maud sigue sentada a la mesa, y tiene en su rostro un gesto de preocupación, pues no le gustan los conflictos. Por eso hornea tantas galletas, porque, con galletas de por medio, es mucho menos probable que surja algún conflicto. Maud le da un empujoncito a

Elsa en el costado para llamar su atención y le dice con un susurro que tome un sueño. Elsa toma dos. Mientras tanto, Mamá le dice a Britt-Marie con un tono amistoso:

—Bueno, no es que sea muy difícil preparar café.

Britt-Marie responde:

—No, por supuesto que no, ¡no hay nada que a las mujeres en tu familia les parezca difícil, naturalmente!

Entonces, Mamá sonríe. Y Britt-Marie sonríe también. Aunque no parece que realmente estén sonriendo por dentro.

Mamá respira hondo y continúa midiendo las cucharadas de café. Britt-Marie sacude algo de polvo invisible de su falda y dice, casi como de pasada:

—Pero obviamente es lindo que tú y la pequeña Elsa estén aquí hoy. Todos pensamos que es muy lindo que hayan venido.

Mamá responde con un paciente «mmm» y sigue midiendo el café, mientras que Britt-Marie se sacude un poco más de polvo invisible, y entonces dice:

—Porque, bueno, debe ser difícil para ti encontrar algo de tiempo para la pequeña Elsa, Ulric-ka, naturalmente lo entendemos. Considerando lo ambiciosa que eres cuando se trata de tu carrera profesional.

Y, entonces, Mamá empieza a cucharear el café más o menos como si estuviera fantaseando con arrojárselo a Britt-Marie en la cara. Aunque de forma mesurada. Por su parte, Britt-Marie va hacia la ventana y mueve una planta de lugar, y luego dice como si solo estuviera pensando en voz alta:

—Y nosotros entendemos que tu pareja se quede en la casa, encargándose de las cosas del hogar.

—George está en la lavandería —responde Mamá, y presiona el botón de encendido de la cafetera con bastante fuerza. Aunque de forma mesurada.

Britt-Marie asiente y dice:

—¿Así es como le dices? ¿«Pareja»? Tengo entendido que eso es muy moderno.

Y, entonces, Britt-Marie sonríe de nuevo. De forma bien intencionada. Luego, se sacude más polvo invisible de su falda y añade:

—Y no es que esté mal, desde luego.

Mamá sonríe manteniendo el control de sí misma y dice:

—¿Hay algo en particular que quieras darme a entender con eso, Britt-Marie?

Entonces, Britt-Marie alza la mirada sorprendida, como si estuviera conmocionada porque Mamá la malinterpretó por completo, y exclama de inmediato:

—¡Claro que no, Ulric-ka, claro que no! ¡No quise dar a entender nada en lo absoluto, no quise dar a entender nada!

Britt-Marie siempre dice las cosas dos veces cuando se pone nerviosa, furiosa o ambas. Elsa recuerda esa ocasión en que su abuela y ella fueron a IKEA y compraron unas mantas azules de lana, y después Abuelita pasó la tarde entera cepillándolas. Cuando terminó, metió toda la pelusa que había caído al piso en una bolsa. Entonces, Elsa tuvo que quedarse haciendo guardia al pie de la escalera con una linterna, mientras su abuela bajaba sigilosamente a la lavandería y vaciaba todo el contenido de la bolsa en la secadora.

Después de este acto de sabotaje, Britt-Marie pasó varias semanas diciendo las cosas dos veces.

Alf entra por la puerta de muy mal humor, portando su chirriante chaqueta de cuero con un logotipo que dice *Taxi* en el pecho. Lleva un periódico vespertino en la mano. Mira su reloj. Son las siete en punto.

—En la nota decía que a las siete, con un demonio —dice él con un gruñido que atraviesa el salón, sin dirigirlo a nadie en particular.

—Kent viene un poquito retrasado —anuncia Britt-Marie con una sonrisa, al tiempo que entrelaza las manos sobre su vientre una vez más—. Tiene una reunión empresarial muy importante con Alemania —agrega, como si Kent estuviera reuniéndose con el país entero.

Quince minutos después, Kent entra al salón como un huracán, con su chaqueta ondeando como una capa, y entonces grita en su teléfono con acento alemán:

—¡Zí, Klaus! ¡De acuerrrdo! ¡Lo dizcutirrremoz en la rrreunión en Frrrankfurrrt!

Alf levanta la mirada de su periódico, le da unos golpecitos a su reloj con el dedo y masculla entre dientes:

—Espero que no te haya causado ningún problema que llegáramos a tiempo.

Ignorando a Alf, Kent junta las palmas de las manos en un aplauso entusiasta, apuntando en la dirección de Lennart y Maud, y entonces dice con una amplia sonrisa:

—¿Cómo ven, empezamos la reunión? ¡Aquí no vamos a hacer bebés!

Entonces, Kent se vuelve con rapidez hacia la mamá de Elsa, apunta a su estómago y sonríe de forma socarrona:

—¡En todo caso no más bebés de los que ya tenemos!

Al ver que Mamá no se echa a reír a carcajadas de inmediato, Kent apunta de nuevo a su estómago:

—¡En todo caso *no más bebés* de los que ya tenemos! —repite él más fuerte, como si el volumen de su voz no hubiera sido el correcto la primera vez.

Maud sirve galletas. Mamá sirve café. Kent bebe un trago, se sobresalta y resopla:

—¡Uf! ¡Muy cargado!

Alf se toma la taza entera de una sola vez y dice entre dientes:

—¡Está en su punto!

Britt-Marie bebe un sorbo muy, muy pequeñito, posa la taza en la palma de su mano, sonríe bien intencionada y da su veredicto:

—Personalmente, me parece que está un poquito cargado.

Entonces, le lanza una mirada furtiva a Mamá y agrega:

—Y veo que estás tomando café, Ulric-ka, a pesar de que estás embarazada.

Sin embargo, antes de que Mamá tenga tiempo de responder, Britt-Marie se excusa de inmediato:

—No es que esté mal, desde luego. ¡Claro que no!

Entonces, Kent declara abierta la reunión, y luego todos discuten durante dos horas acerca de lo que discutieron la reunión pasada.

Y es en ese momento que Elsa huye sigilosamente del salón sin que nadie se dé cuenta.

El salón de reuniones se encuentra en la planta baja, justo al entrar por la puerta principal, al lado de la escalera del sótano, que baja a los almacenes, el garaje y la lavandería. Elsa puede oír a George ahí abajo. Sube de puntillas la escalera que lleva al entrepiso. Mira de reojo la puerta del apartamento del Monstruo, pero se tranquiliza al recordar que afuera todavía hay luz de sol. El Monstruo nunca sale durante el día.

Elsa mira la puerta del apartamento junto al del Monstruo, la que no tiene ningún nombre encima de la ranura para el correo. Ahí es donde vive Nuestro Amigo. Elsa está de pie a un par de metros de él, conteniendo la respiración, pues teme que Nuestro Amigo destroce la puerta, se lance a través de los restos astillados y trate de morderla en la garganta si la oye acercarse demasiado. Abuelita es la única que lo llama «Nuestro Amigo»; todos los demás le dicen «el perro de pelea». En especial Britt-Marie. Como es natural, Elsa no sabe con exactitud qué clase de pelea da, pero en todo caso nunca ha visto un perro tan grande en su vida. Cuando uno lo oye ladrar a través de la puerta de madera, parece que le arrojaran un balón medicinal al estómago.

Elsa solo lo ha visto una vez, en el apartamento de Abuelita, unos cuantos días antes de que ella se enfermara. Sintió un terror más profundo que si hubiera estado cara a cara frente a una sombra en la Tierra-a-punto-de-despertar.

Era un sábado, y Abuelita y Elsa tenían planeado ir a una exhibición de dinosaurios. Esa mañana Mamá lavó la bufanda de Gryffindor sin preguntarle primero a Elsa, y la obligó a que se pusiera otra bufanda. De color verde. El verde de Slytherin. Elsa odia a Slytherin, los rivales de Gryffindor, y Mamá lo sabe. A veces esa mujer carece por completo de empatía.

Nuestro Amigo se encontraba encima de la cama de Abuelita, en la misma pose que una esfinge junto a una pirámide. Elsa se quedó paralizada en el pasillo, sin poder hacer otra cosa más que mirar fijamente esa enorme cabeza negra y esos ojos aterradores, tan oscuros que parecían dos abismos insondables. Entonces, Abuelita salió de la cocina y empezó a ponerse su abrigo, como si tener la cosa más grande del mundo encima de su cama fuera de lo más natural, en este y en cualquier otro universo.

—¿Qué es... eso? —susurró Elsa.

Abuelita lio un cigarro y respondió con total despreocupación:

—Nuestro Amigo. No te hará nada si tú no le haces nada.

Elsa pensó irritada que, para su Abuelita, era muy fácil decir eso. ¿Cómo se suponía que iba a saber qué podía provocar a una de esas cosas? En cierta ocasión, una de las niñas que odian a Elsa le había dado un puñetazo, solo porque la niña creía que la bufanda de Elsa era muy fea. Eso era lo único que Elsa le había hecho, y por eso la golpeó.

Elsa seguía de pie en el pasillo, con su bufanda de siempre en la lavadora y, alrededor de su cuello, otra que su mamá le había escogido, sin tener idea de cuáles bufandas le gustaban a la bestia y cuáles le desagradaban. ¿Qué tal si ese horrendo verde Slytherin la hacía enfadar? Finalmente, Elsa dijo con la respiración entrecortada:

—¡Esta bufanda no es mía! ¡Es de mi mamá, y como ves no tiene buen gusto!

Y entonces retrocedió hacia la puerta.

Nuestro Amigo solo se quedó mirándola, o en todo caso eso es lo que creyó Elsa, si es que efectivamente esos eran sus ojos. Y, de pronto, la bestia le enseñó los dientes; Elsa estaba casi segura de ello. Pero Abuelita simplemente movió la cabeza de un lado a otro y masculló algo así como «Ya sabes cómo son los niños», al tiempo que ponía los ojos en blanco en un gesto de complicidad con Nuestro Amigo. Entonces, la abuela de Elsa se fue a buscar las llaves de Renault y luego se fueron a la exhibición de los dinosaurios.

Elsa recuerda que Abuelita había dejado completamente abierta la puerta de su casa, y, cuando se sentaron a bordo de Renault, Elsa le preguntó qué estaba haciendo Nuestro Amigo en su apartamento, a lo que ella solo respondió «Pasó a saludar». Entonces, Elsa preguntó por qué Nuestro Amigo siempre ladraba cuando estaba dentro de su propia casa, y Abuelita contestó muy alegre «¿Por qué ladra? Ah, solamente lo hace cuando Britt-Marie pasa frente a su puerta». Elsa preguntó por qué y, esbozando una sonrisa socarrona de oreja a oreja, su abuela respondió «Porque eso lo divierte».

Luego, Elsa preguntó con quién vivía Nuestro Amigo, y su abuela dijo: «No todo el mundo necesita vivir con alguien más, por Dios. Mírame a mí, yo vivo sola». Y, a pesar de que Elsa insistió en que eso tal vez se debía a que Abuelita no era un perro, su abuela ya no le explicó nada más al respecto.

Y, ahora, Elsa está de pie en la caja de la escalera, quitándole la envoltura a un chocolate Daim, y luego lo arroja por la ranura del correo en la puerta, aunque lo hace con tanta rapidez que la tapa de metal azota contra el marco de la ranura en cuanto la suelta. Aguanta la respiración y siente que los latidos de su corazón le retumban en la cabeza. Pero, entonces, recuerda que Abuelita le dijo que tenía que hacer esto de prisa, para que Britt-Marie no empiece a despertar sospechas mientras está abajo en la reunión de vecinos. Porque Britt-Marie realmente odia a Nuestro Amigo. Elsa se esfuerza por tener presente que, a pesar de todo, ella es una caballera de Miamas, y abre la ranura del correo de nuevo, esta vez con un poquito más de valor.

Puede oír la respiración de la bestia. Suena como si un alud de rocas estuviera ocurriendo dentro de sus pulmones. El corazón de Elsa golpea tan fuerte que está convencida de que Nuestro Amigo debe sentir esas vibraciones, aun estando al otro lado de la puerta.

—¡Mi abuelita te manda saludos y dice que siente no haber podido traerte dulces por tanto tiempo! —dice ella con precaución a través de la ranura del correo, y luego le quita la envoltura a una buena cantidad de chocolates y empieza a dejarlos caer al piso del apartamento de Nuestro Amigo, por ese mismo hueco.

Entonces oye que el animal se mueve adentro y, llena de pánico, retira la mano bruscamente. Todo queda en silencio durante unos cuantos segundos, y luego escucha el crujido de los chocolates que Nuestro Amigo está triturando de forma precipitada con sus mandíbulas.

—Abuelita está enferma —le cuenta Elsa a Nuestro Amigo mientras come.

La manera en que las palabras tiemblan cuando emanan de ella la toma por sorpresa. Se convence de que Nuestro Amigo respira más despacio. Le da más chocolates.

—Tiene cáncer —susurra Elsa.

Ella no tiene amigos, de modo que no está segura de cuál es el procedimiento normal para este tipo de encargos; pero supone que, si los tuviera, querría que ellos supieran que tiene cáncer. Incluso si fueran la cosa más grande del mundo.

—Te manda saludos y dice que lo siente —susurra Elsa en medio de la oscuridad, y entonces vierte el resto del chocolate y cierra la ranura del correo con mucho cuidado.

Permanece ahí por unos instantes, mirando la puerta de Nuestro Amigo. Y luego la del Monstruo. Si esa bestia salvaje puede esconderse detrás de una de las puertas, no quiere ni saber qué podría ocultarse detrás de la otra.

    Entonces baja deprisa por la escalera que da a la puerta principal del edificio. George todavía está en la lavandería. En el salón de reuniones, todos beben café y siguen discutiendo.

Porque este es un edificio común y corriente.

En términos generales.

4
Cerveza

La habitación del hospital huele tan mal y se siente tan fría como suele suceder cuando la temperatura en el exterior es de dos grados Celsius y alguien escondió botellas de cerveza debajo de su almohada y abrió una ventana para tratar de deshacerse del olor a cigarro, de modo que nadie se diera cuenta de nada, pero eso no dio buen resultado.

Elsa y su abuela están jugando Monopoly. Abuelita no dice nada sobre el cáncer, por el bien de Elsa. Y Elsa no dice nada sobre la muerte, por el bien de Abuelita. Porque a Abuelita no le gusta hablar sobre la muerte, y mucho menos sobre su propia muerte. La muerte es archienemiga de Abuelita. Por eso, cuando la mamá de Elsa y los médicos se van de la habitación para hablar en voz baja y con tono serio en el pasillo, Elsa trata de disimular lo preocupada que se siente. Eso tampoco da buen resultado.

Abuelita sonríe con la picardía de quien está a punto de revelar algo.

—¿Alguna vez te conté de cuando les conseguí un empleo a los dragones de Miamas? —pregunta ella, en su lenguaje secreto.

Abuelita dice que poder hablar en un lenguaje secreto en el hospital tiene sus ventajas, pues aquí, las paredes oyen, con mayor razón porque Mamá es la jefa de esas paredes.

—¡Pfff! ¡Obviamente! —resopla Elsa en el lenguaje secreto.

Abuelita asiente, pues sabe que eso es verdad. Pero, luego, de todos modos empieza a contar la historia de principio a fin. Porque nadie le enseñó a Abuelita cómo le hace uno para no contar una historia. Y Elsa escucha, porque nadie le enseñó cómo no hacerlo.

Por eso, Elsa sabe que una de las cosas que la gente dice más a menudo acerca de Abuelita a sus espaldas es «Esta vez, realmente se pasó de la raya». Britt-Marie dice eso todo el tiempo. Elsa supone que esa es la razón por la cual a Abuelita le fascina tanto el reino de Miamas: ahí no puedes pasarte de ninguna raya, porque ese lugar no tiene límites. No en el sentido de la gente en la televisión que agita el cabello y dice que «no conoce los límites», sino en el sentido de que Miamas realmente no tiene límites, pues nadie sabe con certeza dónde empieza y dónde termina. Eso se debe en parte a que, a diferencia de los otros cinco reinos en la Tierra-a-punto-de-despertar, que están construidos sobre todo a base de piedras y argamasa, Miamas fue construido en su totalidad a base de imaginación. También se debe a que la muralla de la ciudad de Miamas tiene un temperamento muy volátil; bien puede ser que una mañana se le ocurra adentrarse en el bosque un par de kilómetros porque necesita «un poco de tiempo a solas», tan solo para que, al día siguiente, se mueva el doble de esa distancia en la dirección opuesta porque decidió encerrar entre sus paredes a un dragón o un trol con el que se ha enfadado por una razón u otra. Casi siempre porque el dragón o el trol estuvo despierto toda la noche bebiendo aguardiente y se orinó en la muralla mientras esta dormía.

Y es que en Miamas hay más troles y dragones que en cualquiera de los otros cinco reinos de la Tierra-a-punto-de-despertar, así que los cuentos de hadas son el principal producto de exportación de Miamas. Y como todos los cuentos de hadas necesitan villanos, los troles y los dragones tienen buenas perspectivas laborales en Miamas. De vez en cuando, Abuelita empieza a explicarle a Elsa con un tono bastante engreído: «Obviamente no siempre ha sido así», y Elsa la interrumpe con un quejido: «Eso ya me lo habías dicho», pero entonces Abuelita de todos modos sigue contándole su anécdota una vez más. «Hubo una época en la que los narradores de cuentos en Miamas se habían olvidado casi por completo de los dragones; el mercado de trabajo era particularmente complicado para aquellos que ya estaban un poquito entrados en años», suele explicar Abuelita mientras Elsa pone los ojos en blanco. «En el pasado, simplemente ya no había buenos papeles para los dragones de mediana edad en ningún cuento», prosigue la abuela de Elsa, y en ese momento acostumbra hacer una pausa dramática para luego añadir: «¡En el PASADO!». Y entonces relata cómo fue que los dragones empezaron a causar demasiados problemas en Miamas. Vagaban por todas partes sin poder conseguir un empleo y no tenían nada que hacer durante todo el día, por lo que se dedicaban a beber aguardiente y fumar cigarros, y terminaban peleándose con la muralla de la ciudad. Al final, el pueblo de Miamas le suplicó a la abuela de Elsa que los ayudara a diseñar un plan específico mediante el cual se pudieran crear empleos para los dragones. Y fue entonces cuando a Abuelita se le ocurrió la idea de que los dragones deberían ser los guardianes de los tesoros al final de los cuentos de hadas.

De hecho, hasta ese momento existía un serio problema narrativo en los cuentos de hadas: cuando los héroes finalmente encontraban en lo profundo de una cueva el tesoro que habían estado buscando, solo tenían que caminar hasta él para llevárselo. Así de fácil. Ninguna batalla final épica, ningún clímax dramático ni nada por el estilo. «Lo único que podías hacer después era jugar videojuegos que eran una pérdida de tiempo», dice Abuelita, al tiempo que asiente con gesto sombrío. Abuelita sabe todo al respecto, pues el verano pasado Elsa le enseñó a jugar un videojuego que se llama *World of Warcraft*, y Abuelita se la pasó jugándolo día y noche durante varias semanas hasta que Mamá dijo que la abuela había empezado a exhibir «tendencias preocupantes en su conducta», y a partir de ese momento, le prohibió quedarse a dormir en la habitación de Elsa.

Pero, en fin, volviendo al punto, cuando los narradores de cuentos oyeron la idea de Abuelita, el problema entero se resolvió en una sola tarde. «¡Por eso, ahora en todos los cuentos de hadas aparece un dragón al final! ¡Y eso es mérito mío!» dice Abuelita, riéndose entre dientes. Como siempre.

Abuelita tiene una historia de Miamas para cada ocasión, y si no es la ocasión ideal, de todos modos las historias no le faltan. Una de ellas es sobre Miploris, el reino donde se almacena toda la tristeza, y donde una horrible bruja le robó un tesoro mágico a la princesa, quien ha estado cazando a la bruja desde entonces. Otra historia trata de dos príncipes que eran hermanos; ambos estaban enamorados de la princesa de Miploris, y casi destruyeron la Tierra-a-punto-de-despertar mientras luchaban encarnizadamente entre sí por su amor.

También existe un relato acerca del ángel del mar, quien, por culpa de una maldición, se vio obligada a vagar de ida y vuelta por la costa de la Tierra-a-punto-de-despertar después de haber perdido a su amado. Y un cuento más se centraba en «El Elegido», el bailarín más querido de Mimovas, el reino del cual proviene toda la música. En esa historia, las sombras trataban de secuestrar al Elegido para así destruir a todo Mimovas; pero las criaturas nebulosas lo rescataron y se lo llevaron volando hasta Miamas. Entonces, cuando las sombras los alcanzaron, todos los habitantes de los seis reinos de la Tierra-a-punto-de-despertar —los príncipes y la princesa, los caballeros y los soldados, los troles y los ángeles y la bruja— se unieron para proteger al Elegido. Y fue entonces cuando empezó la Guerra-sin-fin, que se prolongó e hizo estragos durante una eternidad de diez mil cuentos de hadas, hasta que los vorves regresaron de las montañas y Corazón de Lobo emergió del bosque, y juntos guiaron a las fuerzas del bien en la batalla decisiva. Al final, obligaron a las sombras a emprender la retirada a través del mar.

Naturalmente, el propio Corazón de Lobo es un cuento de hadas en sí mismo, pues nació en Miamas pero, al igual que todos los demás soldados, creció en Mibatalos. Tiene el corazón de un guerrero, pero su alma es la de un narrador de historias, y llegó a ser el guerrero más invencible que jamás se hubiera visto en los seis reinos. Había vivido en lo más profundo de los bosques oscuros durante una eternidad de muchos cuentos de hadas, pero regresó justo cuando más lo necesitaba la Tierra-a-punto-de-despertar.

Abuelita ha contado todas esas historias desde que Elsa tiene memoria. Al principio lo hacía para que Elsa se quedara dormida, para que aprendiera el lenguaje secreto y, un poco, porque Abuelita simplemente está mal de la cabeza. Pero, a últimas fechas, esos cuentos también son algo más. Algo que Elsa no puede precisar del todo.

—Devuelve la tarjeta de la Estación Oriental —dice Elsa.
—Pero si yo la compré... —intenta Abuelita.
—¡Mmm... ajá! ¡Sí, cómo no! ¡Devuélvela ya!
—¡Con mil demonios, así es como debe haber sido jugar al Monopoly con Hitler! —maldice Abuelita, y devuelve la Estación Oriental.
—Hitler solamente habría querido jugar Risk —masculla Elsa, pues ha leído acerca de Hitler en Wikipedia, y Abuelita y ella han reñido bastante acerca del uso que su abuela le da a Hitler a la hora de hacer esa clase de comparaciones.
—*Touché* —dice Abuelita entre dientes.

Y entonces juegan en silencio más o menos durante un minuto. Porque ese es más o menos el tiempo que pueden permanecer enfadadas una con la otra.

—¿Le diste los chocolates a Nuestro Amigo? —pregunta Abuelita.

Elsa asiente con la cabeza. Pero omite mencionar que le contó a Nuestro Amigo que Abuelita tiene cáncer. En parte porque Elsa cree que su abuela se enojaría, y en buena medida porque no quiere hablar del mal que la aqueja. El día anterior había consultado en Wikipedia la página que habla del cáncer, y luego investigó qué es un testamento. Y luego se enfadó tanto que no pudo dormir en toda la noche.

Para seguir evadiendo el tema, le pregunta a Abuelita:

—¿Cómo fue que Nuestro Amigo y tú se hicieron amigos?

Abuelita se encoge de hombros.

—Del modo normal en el que se dan esas cosas.

Elsa no sabe cuál es ese modo normal de hacerse de amigos, ya que ella no tiene más amigos que su abuela. Pero no dice nada al respecto, pues sabe que Abuelita se pondría triste si lo supiera.

—Como sea, ya cumplí con la misión —confirma Elsa en voz baja.

Abuelita asiente con entusiasmo y le echa un vistazo a la puerta, como si le preocupara que alguien las estuviera vigilando. Luego mete la mano debajo de la almohada, haciendo que las botellas tintineen al chocar entre sí, y suelta una palabrota cuando derrama un poco de cerveza en la sábana; entonces saca un sobre, y lo deja en la mano de Elsa.

—Esta es tu siguiente misión, caballera Elsa. Pero tienes que esperar hasta mañana para abrir el sobre.

Elsa lo inspecciona con escepticismo.

—O sea... ¿Nunca has oído hablar de algo que se llama «e-mail»?

—¡Algo tan importante como esto no se puede enviar por correo!

Elsa sopesa el sobre en su mano. Le encuentra un bulto en el fondo y lo aprieta.

—¿Qué hay adentro?

—Una carta y una llave —responde Abuelita, que de pronto adopta una actitud seria y temerosa, sentimientos que no son para nada comunes en ella. Extiende las manos y toma los dedos índices de Elsa.

—Mañana te enviaré a la búsqueda del tesoro más grandiosa que jamás hayas vivido, mi pequeña y valiente caballera. ¿Estás preparada?

A la abuela de Elsa siempre le han encantado las búsquedas de tesoros. De hecho, en Miamas la búsqueda de tesoros se considera un deporte. Puedes competir en él, pues es un deporte olímpico. O más bien su equivalente, ya que en Miamas no se llaman «Juegos Olímpicos», sino «Juegos Invisibles», porque, como su nombre lo dice, todos los participantes son invisibles a los ojos. Cuando Abuelita le contó de todo esto, Elsa le hizo notar que esos no son precisamente deportes para espectadores.

Como es obvio, a Elsa también le gustan mucho las búsquedas de tesoros, pero no tanto como a su abuela. No hay nadie en ningún reino que podría amar las búsquedas de tesoros tanto como Abuelita, ni aunque transcurriera una eternidad de diez mil cuentos de hadas. Pero Elsa las ama porque son algo que solo comparten su abuela y ella. Y Abuelita puede convertir cualquier situación en la búsqueda de un tesoro. Como la vez que habían salido de compras, y Abuelita olvidó en dónde había estacionado a Renault. O cuando quiere que Elsa revise su correspondencia y pague sus cuentas, pues eso le resulta de lo más aburrido. O cuando en la escuela es día de actividades deportivas, y Elsa sabe que las niñas más grandes que ella le van a dar de golpes en la ducha con toallas enrolladas. Abuelita puede convertir un estacionamiento en una cordillera de montañas mágicas, y puede transformar unas toallas enrolladas en dragones a los que hay que vencer con astucia. Y Elsa siempre termina siendo la heroína.

Pero Elsa nunca había visto a su abuela así. Todo lo que su abuela dice suena como si fuera medio en broma, pero esto no. Esto suena como una búsqueda del tesoro diferente a las demás. Abuelita se inclina al frente.

—La persona que tenga la llave sabrá qué hacer con ella. Tienes que proteger el castillo, Elsa.

Abuelita siempre le dice «el castillo» al edificio en el que viven. Elsa creía que lo decía porque su abuela está un poquito mal de la cabeza. Pero ahora ya no está tan segura.

—Protege el castillo, Elsa. Protege a tu familia. ¡Protege a tus amigos! —repite Abuelita con determinación.

—¿Cuáles amigos? —pregunta Elsa.

Abuelita posa sus manos en las mejillas de su nieta y sonríe.

—Ya llegarán a tu vida. Mañana te enviaré a buscar un tesoro, y esa búsqueda se convertirá en una historia fantástica y una aventura grandiosa. Pero prométeme que no me vas a odiar por eso.

Elsa empieza a sentir que los ojos le arden al pestañear.

—¿Por qué iba a odiarte?

Abuelita le acaricia los párpados.

—Uno de los privilegios de ser abuela es que nunca tienes que mostrarles tus peores facetas a tus nietos, Elsa. Nunca tienes que hablarles de lo mala persona que eras antes de convertirte en su abuela.

—¡Yo conozco muchas de tus peores facetas! —protesta Elsa, y añade de inmediato—: ¡Como que no entiendes que no se puede secar un *iPhone* en una tostadora!

Elsa lo dice con la esperanza de hacer que Abuelita se ría, pero no lo logra. Abuelita solo le responde con un triste susurro:

—Será una aventura grandiosa y una historia fantástica. Pero al final te encontrarás con un dragón y eso será culpa mía, mi amada caballera.

Elsa mira a su abuela con ojos entreabiertos. Porque jamás había oído a su abuela decir algo así. Abuelita siempre se atribuye el «mérito» de que haya dragones al final de los cuentos de hadas. Nunca dice que es su «culpa». Está sentada frente a su nieta, con los hombros caídos, y Elsa nunca la había visto tan pequeña y tan frágil. No luce como una superheroína en lo más mínimo.

Abuelita le da un beso a Elsa en la frente.

—Prométeme que no vas a odiarme cuando descubras la clase de persona que he sido. Y prométeme que vas a proteger el castillo. Que vas a proteger a tus amigos.

Elsa no sabe qué significa nada de esto, pero aun así se lo promete a su abuela. Y entonces Abuelita le da el abrazo más largo que jamás le había dado.

—Llévale la carta a el que está a la espera. No va a querer recibirla, pero dile que es de mi parte. Dile que tu abuela le manda saludos y dice que lo siente.

Entonces, Abuelita limpia las lágrimas que corren por las mejillas de Elsa. Y Elsa aclara que no está bien decir «a el que está a la espera», que lo correcto es «al que está a la espera» o, mejor aún, «a aquel que está a la espera». Y luego discuten al respecto por unos cuantos minutos, como siempre lo hacen. Entonces juegan Monopoly y comen bollos de canela, y entran en una polémica sobre quién ganaría en una pelea entre Harry Potter y Spider-Man. Obviamente es un debate superridículo, en opinión de Elsa. Pero a Abuelita le gusta parlotear sobre esas cosas porque es demasiado inmadura para entender que Harry Potter le daría una paliza a Spider-Man.

Es decir, a Elsa le gusta Spider-Man. Ese no es el problema. ¿Pero contra Harry Potter? Por favor. Harry Potter lo aplastaría.

Abuelita saca más bollos de canela de unas bolsas de papel enormes que están debajo de otra almohada. Y no es que tenga que esconderlos de la mamá de Elsa como esconde las cervezas, pero a Abuelita le gusta guardar todo eso junto porque le gusta combinarlo: comer bollos de canela acompañados de cerveza es su tentempié favorito. Elsa reconoce el nombre de la panadería en las bolsas de papel; Abuelita solamente come bollos de canela de ese lugar, pues según ella, nadie más sabe hornear bollos de canela idénticos a los de Mirevas. Porque en Mirevas es donde se elaboran los mejores bollos de canela, que son el platillo típico de la Tierra-a-punto-de-despertar. Una de las peores desventajas de esto es que el platillo típico solo se puede comer durante el día nacional de la Tierra-a-punto-de-despertar; sin embargo, una de las ventajas más geniales es que el día nacional de la Tierra-a-punto-de-despertar se festeja todos los días. Es como esa frase recurrente de Abuelita: «"Al final el problema se resuelve solo", dijo la vieja que defecó en el fregadero». Y, cuando Abuelita menciona esto, Elsa desea con todo su ser que ojalá Abuelita no esté pensando en usar el fregadero con la puerta abierta.

—¿En serio te vas a curar? —le dice Elsa a su abuela, con la renuencia de una niña de casi ocho años que hace una pregunta cuya respuesta no quiere saber.

—¡Claro que sí! —responde Abuelita con total seguridad, aunque puede ver en el rostro de su nieta que ella sabe que eso es mentira.

—¿Me lo prometes? —insiste Elsa.

Entonces Abuelita se inclina hacia adelante, y le susurra al oído a su nieta en el lenguaje secreto:

—Te lo prometo, mi muy querida caballera. Te prometo que las cosas van a estar mejor. Te prometo que todo va a estar bien.

Porque Abuelita siempre dice eso. Que las cosas van a estar mejor. Que todo va a estar bien.

—Aunque todavía creo que el tal Spider-Man podría haberle dado una buena tunda a ese Harry Potter —añade Abuelita, con toda la intención de provocar a Elsa.

—¡Eres una burra, no sabes lo que estás diciendo! —exclama Elsa, a pesar de que sabe que esa era justo la reacción que su abuela estaba esperando.

Entonces, Abuelita esboza una sonrisa socarrona. Y, al final, Elsa termina por hacer lo mismo. Y luego comen más bollos de canela y continúan jugando Monopoly. Y eso hace que sea un poquito más difícil seguir estando de mal humor.

El sol se oculta en el horizonte. Todo queda en silencio. Elsa y Abuelita están acostadas en la estrecha cama del hospital. Y, cuando están a punto de cerrar los ojos, las criaturas nebulosas vienen por ellas y parten juntas rumbo a Miamas.

Y, en un edificio de apartamentos al otro lado de la ciudad, todo el mundo se despierta de un sobresalto a mitad de la noche, cuando el «perro de pelea» en el apartamento del primer piso empieza a aullar sin previo aviso. Ese aullido suena más fuerte y más desgarrador que cualquier otro ruido proveniente de las entrañas de un animal que jamás hayan oído. Es como si estuviera cantando con el dolor y la nostalgia de una eternidad de diez mil cuentos de hadas. Aúlla por horas y horas. Aúlla hasta el amanecer.

Y cuando la luz de la mañana se va metiendo lentamente a la habitación del hospital, Elsa se despierta en los brazos de su abuela. Pero Abuelita se quedó en Miamas.

# 5
Azucenas

Tener una abuela es como tener un ejército.

Ese es uno de los más grandes privilegios de ser una nieta: saber que hay alguien que siempre estará de tu lado, sin importar la situación. Incluso cuando estás equivocada. De hecho, especialmente cuando estás equivocada.

Una abuela es una espada y un escudo al mismo tiempo, y esa es una clase de amor muy especial que los sabihondos no son capaces de entender. Cuando dicen en la escuela que Elsa es «diferente», como si eso fuera algo malo, o cuando llega a su casa con un ojo morado y el director alega que Elsa «tiene que aprender a adaptarse» y que «ella provoca la reacción de las otras niñas», es ahí cuando Abuelita la respalda. No la deja disculparse. No la deja que asuma la culpa. Abuelita nunca le dice a Elsa «si no les das importancia dejarán de molestarte, pues ya no les parecerá tan divertido», ni «simplemente vete de ahí y aléjate de ellas». Abuelita sabe que eso no sirve de nada. Abuelita entiende mejor las cosas. Abuelita es una de esas personas que te llevas a la guerra contigo.

Abuelita siempre está en el equipo de Elsa.

Y todas las noches hay una historia de Miamas. Mientras más sola está Elsa en el mundo real, más grande se vuelve su ejército en la Tierra-a-punto-de-despertar. Mientras más fuertes se vuelven los azotes de las toallas enrolladas durante el día, más maravillosas son las aventuras en las que se embarca por la noche. Y en Miamas nadie le dice que tiene que aprender a adaptarse para no ser excluida. Por eso, Elsa no se sorprendió cuando Papá la llevó a un hotel en España y le explicó que era un hotel «con todo incluido». Porque si tienes una abuela, todo el tiempo te sientes incluida.

Los maestros de la escuela dicen que Elsa tiene «dificultades para concentrarse». Pero no es cierto. Ella puede recitar más o menos de memoria todos los libros de Harry Potter. Puede describir con exactitud los superpoderes de todos los X-Men y sabe bien cuáles perderían en una pelea contra Spider-Man, y cuáles lo vencerían. Y puede dibujar una versión más que aceptable del mapa que aparece al inicio de *El Señor de los Anillos* con los ojos cerrados. Eso, si Abuelita no está parada junto a ella jalando la hoja de papel y quejándose de que esto es muuuy aburrido, y que sería mejor salir con Renault a «hacer cualquier otra cosa». Ya saben, Abuelita es un poco inquieta. Sin embargo, le ha mostrado a Elsa todos y cada uno de los rincones de Miamas, y todos y cada uno de los rincones de los otros cinco reinos en la Tierra-a-punto-de-despertar. Incluso las ruinas de Mibatalos, que fue devastado por las sombras al final de la Guerra-sin-fin. Elsa ha estado de pie junto a Abuelita sobre los acantilados de la costa, donde los noventa y nueve ángeles de nieve se sacrificaron; y desde ahí ha contemplado el mar, por donde las sombras algún día habrán de regresar. Elsa sabe todo acerca de las sombras, pues Abuelita siempre dice que debes conocer mejor a tus enemigos que a ti mismo.

Al principio, las sombras en realidad eran dragones; pero en su interior albergaban una maldad y una oscuridad tan fuertes que terminaron convirtiéndose en algo más. Algo mucho más peligroso. Odian a los humanos y sus historias, y han sentido odio por tanto tiempo y con tanta intensidad que las tinieblas en su interior terminaron por cubrir todo su cuerpo, y ya no fue posible distinguir su contorno. Por eso es tan difícil vencerlas, porque pueden desaparecer al confundirse con las paredes o con el suelo, o pueden elevarse e irse flotando a algún otro lugar. Son feroces y sanguinarias, y si una de ellas te muerde no vas a morirte, pero sufrirás una suerte infinitamente peor: perderás tu imaginación. Brotará de tu herida hasta dejarte gris y vacío. Te marchitarás año tras año hasta que de tu cuerpo solo quede un cascarón. Hasta que ya nadie recuerde ningún cuento de hadas.

Y, sin cuentos de hadas, Miamas y toda la Tierra-a-punto-de-despertar tendrán una muerte sin imaginación. La clase de muerte más horrible que hay.

Sin embargo, Corazón de Lobo venció a las sombras en la Guerra-sin-fin. Salió de lo más profundo de los bosques, cuando los cuentos de hadas más lo necesitaban, e hizo que las sombras retrocedieran hasta que fueron desterradas al mar. Algún día las sombras regresarán, y Elsa cree que quizás por eso Abuelita le cuenta ahora todas esas historias. Quiere prepararla para lo que está por venir.

Así que los maestros están equivocados. Elsa no tiene dificultades para concentrarse. Simplemente se concentra en las cosas que importan.

Abuelita dice que la gente que piensa despacio siempre acusará a los que piensan rápido de tener problemas para concentrarse. «Los idiotas no pueden entender que los no idiotas son capaces de terminar de pensar en algo y luego empezar a pensar en otra cosa, antes de que ellos lo hayan hecho. Por eso los idiotas siempre tienen tanto miedo y son tan agresivos. Porque nada asusta más a los idiotas que una niña inteligente».

Esto es lo que a menudo le dice a Elsa cuando ha tenido dificultades para concentrarse en la escuela, y se acuestan en la gigantesca cama de Abuelita, debajo de todas las fotografías a blanco y negro en el techo, y entrecierran los ojos hasta que las personas en las imágenes empiezan a bailar. Elsa no sabe quiénes son, Abuelita simplemente los llama sus «estrellas», pues, cuando la luz de las farolas se abre paso a través de las persianas, esas personas brillan como los astros en el cielo nocturno. En varias fotos hay hombres uniformados, otros hombres llevan batas de médico y unos cuantos hombres más aparecen muy escasos de ropa. Hombres altos, hombres sonrientes, hombres con bigotes y hombres corpulentos con sombreros, todos ellos están de pie junto a Abuelita y todos lucen como si ella acabara de contarles un chiste obsceno. Ninguno de ellos mira hacia la cámara, porque nadie puede apartar los ojos de ella.

Abuelita es joven. Es hermosa. Es inmortal. Está de pie junto a señales de tráfico con letras que Elsa no puede leer, y afuera de tiendas de campaña en medio del desierto, entre varios hombres que sostienen rifles en las manos.

Y por todos lados en el techo hay fotografías de niños. Algunos llevan un vendaje en la cabeza, otros están acostados en camas de hospital con tubos insertados en sus cuerpos, y uno más solo tiene un brazo y un muñón donde debería haber estado el otro brazo. Sin embargo, uno de los niños parece completamente ileso. Parece que podría correr cien kilómetros descalzo. Es de la misma edad que Elsa, su cabello se ve tan espeso y alborotado que podrías perder tus llaves en medio de esa maraña, y por su mirada pareciera que acaba de descubrir un escondrijo lleno de fuegos artificiales y helados. Tiene ojos grandes y redondos, y son tan negros que el blanco que los rodea se asemeja a las líneas de tiza sobre una pizarra. Elsa no sabe quién es él, pero le dice «el Niño Hombre Lobo», pues, en su opinión, eso es justo lo que parece.

Elsa piensa muy a menudo en preguntarle a su abuela sobre el Niño Hombre Lobo. Pero justo cuando esto se le viene a la mente, no puede evitar cerrar los ojos por completo, y un segundo después Abuelita y ella ya están montando cada quien una criatura nebulosa, volando por encima de la Tierra-a-punto-de-despertar y luego aterrizando frente a las puertas de la ciudad en Miamas. Y, entonces, Elsa se dice a sí misma que mañana, cuando despierte, le preguntará a su abuela sobre el Niño Hombre Lobo.

Pero, cierto día, ese «mañana» ya no existe.

• • •

Elsa está sentada en la banca que se halla afuera del ventanal. Tiene tanto frío que los dientes le castañetean. Su mamá está adentro hablando con una mujer que suena como una ballena. O, en todo caso, como Elsa se imagina que una ballena debe sonar. Ciertamente es difícil saberlo cuando nunca te has topado con una ballena de verdad, pero la mujer se escucha más o menos como el tocadiscos de Abuelita después de que Abuelita trató de armar un robot con él. No es del todo claro qué clase de robot quería construir pero, como haya sido, el resultado final no fue muy bueno. Y, a partir de entonces, el tocadiscos sonaba como una ballena cuando reproducías música en él. Esa tarde, Elsa aprendió qué eran los discos de vinilo y los discos compactos. Fue entonces cuando entendió por qué la gente mayor parece tener tanto tiempo libre: porque antes de que llegara Spotify, deben haber necesitado casi todo su tiempo tan solo para cambiar de canción.

Elsa ajusta el cuello de su abrigo y su bufanda de Gryffindor alrededor de su barbilla. Anoche cayó la primera nevada. De forma gradual, casi a regañadientes. Ahora, la capa de nieve es tan gruesa que uno puede hacer ángeles en la nieve. Y eso le encanta a Elsa.

En Miamas puedes encontrar ángeles de nieve durante todo el año. Aunque Abuelita le recuerda todo el tiempo a Elsa que no se destacan por ser particularmente agradables. Son bastante arrogantes y se creen muy especiales, y, cuando van a comer a una posada, todo el tiempo están quejándose del personal. «Montan todo un teatro, les da por oler el vino en sus copas y demás mierdas por el estilo», dice Abuelita.

Elsa extiende la pierna y pesca varios copos de nieve con la punta de su zapato. Odia sentarse en las bancas de afuera mientras tiene que esperar a Mamá, pero aun así lo hace, pues la única cosa que Elsa odia todavía más es tener que sentarse adentro en una silla para esperar a Mamá.

Quiere irse a su casa. Con Abuelita. Porque, ahora, es como si el edificio entero la extrañara. No tanto las personas que viven en él, sino más bien la propia construcción. Los muros crujen y gimotean. Y Nuestro Amigo ha pasado dos noches enteras aullando sin parar en su apartamento. Britt-Marie obligó a Kent a tocar a su puerta, pero nadie le abrió. Por el contrario, Nuestro Amigo ladró tan fuerte que Kent se tambaleó y se estrelló contra una pared. Así que Britt-Marie llamó a la policía. Britt-Marie lleva mucho tiempo odiando a Nuestro Amigo. Hace unos cuantos meses recorrió todo el edificio de puerta en puerta pidiéndole a los vecinos que firmaran una carta, que quería enviarle a los dueños del edificio para exigirles que desalojaran a «ese espantoso perro de pelea».

«En esta asociación de condóminos no podemos tener perros. ¡Es una cuestión de seguridad! Es peligroso para los niños, ¡y tenemos que pensar en ellos!», fue la explicación de Britt-Marie, muy propia de personas que piensan en los niños. Aunque los únicos niños en el edificio son Elsa y el niño con un síndrome, y Elsa está bastante segura de que a Britt-Marie no le preocupa muchísimo que digamos la seguridad de Elsa.

El niño con un síndrome vive en el apartamento que está frente al del espantoso perro de pelea, pero su mamá le dijo con tono despreocupado a Britt-Marie que ella creía que su hijo molestaba más al perro que viceversa. Abuelita no podía dejar de reír cuando se enteró de esto, pero a Elsa le preocupó que a Britt-Marie también se le ocurriera tratar de prohibir los niños.

Lennart y Maud fueron los únicos que firmaron la carta de Britt-Marie, no porque en realidad les desagraden a los perros, sino porque son muy malos para decir que no, especialmente a Britt-Marie. Cuando Abuelita vio la carta con sus firmas, bajó de su apartamento para preguntarles cómo podían firmar una solicitud para exigir que se prohibieran los perros en el edificio cuando ellos mismos tenían a Samantha. Lennart y Maud parecían muy sorprendidos. «La carta habla de perros, no de Samantha», dijo

Lennart con mucho tacto. Maud asintió, también con mucho tacto, y aclaró un poco más las cosas: «De hecho, Samantha es una bichón frisé».

Como sea, Britt-Marie le explicó a Abuelita con una sonrisa bienintencionada que en realidad esto no tenía que ver con Samantha, porque «¡Ella no es como esos espantosos perros de pelea!». Elsa pensó que eso no se podía saber con certeza, que incluso si Samantha se veía alegre por fuera, quizás estaba luchando de forma encarnizada por dentro. Pero no lo dijo en voz alta. Pues uno nunca sabe con Britt-Marie.

Elsa se baja de la banca de un salto y empieza a caminar por ahí en la nieve para calentarse los pies. A un lado del ventanal donde trabaja la mujer ballena hay un supermercado, que afuera tiene un letrero: «MOLIDA DE RES 49,90». Elsa trata de controlarse, pues Mamá siempre le dice que se controle. Pero al final saca su rotulador rojo del bolsillo de su abrigo y agrega la palabra «CARNE» antes de «MOLIDA»; cree que la gente que lea el letrero debería poder saber con certeza a qué se refiere.

Elsa mira el resultado y asiente de forma discreta. Mete el rotulador en el bolsillo y va a sentarse en la banca de nuevo. Echa la cabeza hacia atrás, cierra los ojos y siente los copos de nieve posarse con sus fríos piecitos en su rostro. Un olor a humo llega hasta su nariz, y al principio cree que se lo está imaginando. De hecho, al principio es maravilloso sentir ese olor penetrante en el fondo de la garganta de nuevo y, sin entender por qué, la hace sentirse segura y reconfortada.

Pero entonces siente algo más. Algo que golpea sus costillas por dentro. Como una señal de alerta.

El hombre está parado a poca distancia, en la sombra de uno de esos edificios altos de apartamentos. Elsa no alcanza a verlo con claridad, solo distingue el brillo rojo de un cigarro encendido entre los dedos del hombre, y que el tipo luce muy delgado. Como si le faltara más contorno. Todo su cuerpo está volteando hacia un lado, como si ni siquiera se hubiera percatado aún de que Elsa está ahí.

Y no sabe qué la asusta tanto, pero se descubre buscando a tientas algún objeto sobre la banca para defenderse. Jamás reaccionaría así en el mundo real, pero esto es algo fuera de lo común. En el mundo real, lo primero que hace por instinto es echarse a correr. Solamente en Miamas desenvainaría su espada, tal y como cualquier caballera lo hace cuando presiente el peligro. Pero aquí no hay ninguna espada a su alcance.

Cuando alza la vista de nuevo, el hombre todavía no se ha vuelto hacia ella, pero podría jurar que ahora está más cerca. Y sigue parado en la sombra, a pesar de que se ha alejado del edificio de apartamentos. Como si la sombra no proviniera de esa construcción, sino del hombre mismo. Elsa parpadea y, cuando abre los ojos, ya no le parece que el hombre está más cerca de ella.

Le consta que el hombre se le ha acercado más.

Elsa se baja de la banca, retrocede hacia el ventanal y palpa la puerta con desesperación, tratando de encontrar la manija. Al final logra entrar al local a trompicones. Se queda parada ahí dentro, respirando con jadeos entrecortados que trata de contener. Solo hasta que la puerta se cierra detrás de ella con un pequeño y amistoso tintineo se da cuenta de la razón por la cual el olor del humo de cigarro la hizo sentirse tan segura.

El hombre fuma el mismo tabaco que Abuelita. Elsa lo reconocería donde fuera, pues Elsa suele ayudar a su abuela a liar cigarros. Abuelita dice que Elsa «tiene unos dedos tan chiquitos que son perfectos para enrollar a esos pequeños bastardos».

Cuando Elsa mira afuera por el ventanal ya no sabe dónde empiezan las sombras y dónde terminan. En un momento le parece que el hombre sigue de pie al otro lado de la calle, y al siguiente empieza a preguntarse si en realidad lo vio.

Cuando las manos de Mamá se posan sobre sus hombros, Elsa no puede evitar sobresaltarse como un animal asustado. Da vueltas a su alrededor con los ojos muy abiertos, y al final las piernas se le doblan. Termina en los brazos de su mamá y el cansancio entumece todos sus sentidos. No ha dormido durante dos días. El estómago dilatado de Mamá es lo bastante grande para sostener una taza de té; en opinión de George, esta es la forma en que la naturaleza es indulgente con las mujeres embarazadas.

—Vámonos a casa —susurra Mamá despacito al oído de Elsa.

Sacudiéndose el cansancio de encima, Elsa mira fijamente a su mamá y luego se libera de su abrazo.

—¡Primero quiero hablar con Abuelita!

Mamá parece desolada. Elsa lo sabe porque *desolado* es una palabra para el frasco de las palabras. Sí, en esta historia hablaremos del frasco de las palabras, pero eso será más adelante. Veamos una cosa a la vez.

—Es... Ay, corazón... No sé si eso sea buena idea —susurra Mamá.

Pero Elsa ya se echó a correr, pasa junto al escritorio de la recepción y se mete a la habitación contigua. Oye que la mujer ballena la llama a gritos, pero luego escucha la voz mesurada de Mamá pidiéndole a la mujer ballena que deje entrar a Elsa.

Abuelita está esperándola en medio de la habitación. Adentro huele a azucenas, la flor favorita de Mamá. Abuelita no tiene ninguna flor favorita, pues ninguna planta puede sobrevivir más de veinticuatro horas en su apartamento; y, en un inusual acto de introspección —y quizás también gracias a la forma tan entusiasta en que su nieta favorita la alentó a ello—, Abuelita había decidido que era muy injusto para la naturaleza que ella tuviera una flor favorita.

Elsa se queda de pie a poca distancia, con las manos enfurruñadamente dentro de los bolsillos de su abrigo. Pisotea el suelo para sacudirse la nieve de los zapatos, en una actitud desafiante.

—¡No quiero ser parte de esta búsqueda del tesoro, es algo muy tonto!
Abuelita no responde. Jamás responde cuando sabe que Elsa tiene la razón. Elsa sacude más nieve de sus zapatos a pisotones.
—TÚ eres la tonta —espeta ella.
Abuelita tampoco responde a esto. Elsa se sienta en la silla junto a su abuela y le extiende la carta.
—Tú misma puedes entregar esta carta estúpida —susurra Elsa.
Ya han pasado dos días desde que Nuestro Amigo empezó a aullar. Dos días desde la última vez que Elsa visitó la Tierra-a-punto-de-despertar y el reino de Miamas. Nadie le dice las cosas como son. Todos los adultos tratan de suavizar lo ocurrido para que no suene como algo grave, ni aterrador, ni desagradable. Como si Abuelita no hubiera estado enferma. Como si esto no hubiera sido más que un accidente. Pero Elsa sabe que están mintiendo, porque Abuelita nunca sufre accidentes. Los accidentes sufren a Abuelita.

Y Elsa sabe qué es el cáncer. Está en Wikipedia.

Elsa le da un empujoncito al filo del ataúd, esperando generar una reacción. Porque en lo más profundo de su ser todavía tiene la esperanza de que esta sea una de esas ocasiones en las que su abuela solo le está tomando el pelo a alguien. Como la vez que Abuelita vistió a ese muñeco de nieve para que pareciera una persona de verdad que se había caído de lo alto del edificio, y Britt-Marie se enfadó tanto cuando se dio cuenta de que era una broma que llamó a la policía. A la mañana siguiente, Britt-Marie se asomó por su ventana y descubrió que Abuelita había hecho otro muñeco de nieve idéntico; Britt-Marie «se puso a echar más chispas que un cohete», en palabras de Abuelita, y salió corriendo a toda prisa con una pala de nieve. Entonces, el muñeco de nieve se levantó del suelo de un salto y bramó: «¡¡¡AAAAARGH!!!».

Poco después, Abuelita le contó a Elsa que había pasado varias horas acostada en la nieve esperando a Britt-Marie, y durante ese tiempo al menos dos gatos se habían orinado encima de ella.

«¡Pero valió la pena!», exclamó Abuelita muy alegre.

Como era de esperarse, Britt-Marie llamó otra vez a la policía, pero le dijeron que asustar a alguien no es un delito. Britt-Marie no estuvo de acuerdo con ellos en lo más mínimo. Y llamó «granuja» a Abuelita.

Elsa extraña este tipo de cosas.

Pero, esta vez, Abuelita no se levanta. Elsa estrella los puños contra el ataúd, pero Abuelita no responde; lo aporrea cada vez con más fuerza, como si pudiera solucionar todo lo que está mal en el mundo a punta de golpes. Al final se deja caer de la silla hasta quedar de rodillas en el piso y susurra:

—¿Sabías que la gente está mintiendo? Dicen que «te has ido». Que «te nos adelantaste». Nadie dice que has muerto.

Elsa entierra las uñas en las palmas de sus manos, y todo su cuerpo se pone a temblar.

—No sé cómo ir a Miamas si tú estás muerta...

Abuelita sigue sin contestarle. Elsa apoya la frente en el borde inferior del ataúd. Siente la madera fría contra su piel y las lágrimas tibias en sus labios. Luego siente los dedos suaves de Mamá en su cuello, y entonces se vuelve y la abraza. Mamá se la lleva de ahí.

Cuando abre los ojos de nuevo está sentada a bordo de Kia, el auto de Mamá; ella está afuera parada en la nieve, hablando con George por teléfono. Elsa sabe que Mamá no quiere que la escuche, pues están tratando el tema del funeral. Elsa no es ninguna tonta.

Todavía tiene la carta de Abuelita en las manos. Sabe que una no debe leer las cartas de los demás, pero probablemente debe haber leído esta unas cien veces durante los últimos dos días. Obviamente, Abuelita sabía que su nieta lo haría, así que escribió la carta con letras que Elsa no puede entender, las mismas letras de las señales de tráfico que aparecen en las fotos de Abuelita.

Elsa mira fijamente la carta, furiosa y herida. Abuelita siempre dijo que Elsa y ella solo debían guardar secretos que compartieran entre las dos, nunca secretos que se ocultaran una a la otra. Pero Elsa está muy enojada con su abuelita por esa mentira, pues, ahora, se halla frente al secreto más grande del mundo y no puede desentrañar ni una pizca de él. Y sabe que, si se enfada con su abuela en este preciso momento, establecerá un récord personal que jamás podrán superar.

Elsa sigue mirando hacia abajo, con los ojos clavados en la carta de Abuelita; y, cuando parpadea, la tinta se corre en el papel. Aunque se trate de letras que Elsa no entiende, es muy probable que Abuelita haya escrito mal varias cosas. Cuando Abuelita redacta un texto, es como si solo estuviera esparciendo las palabras sobre la página mientras en su mente ya va en camino a algún otro lugar. No es que Abuelita sea incapaz de escribir bien; lo que pasa es que ella piensa tan rápido que las letras y las palabras no pueden seguirle el ritmo. Y, a diferencia de Elsa, su abuela no entiende en lo más mínimo qué sentido tiene escribir las palabras con ortografía correcta. Siempre que Abuelita le pasa a Elsa una nota secreta mientras están cenando con Mamá y George, y Elsa corrige los errores en el texto con su rotulador rojo, Abuelita sisea «¡Tú sabes a qué me refiero, caramba!».

Son pocas las cosas que hacen que Elsa y Abuelita se pongan a discutir en serio, y esta es una de ellas. Elsa cree que las letras son algo más que solo una forma de enviar mensajes. Algo más importante.

O, mejor dicho, era una de las cosas sobre las que discutían en serio.

En toda la carta hay solo una palabra que Elsa puede entender. Solo una, escrita con letras normales, colocada aparentemente de forma casual a la mitad del texto. De hecho, su presencia es tan anónima que Elsa no se fijó en ella las primeras veces que la leyó. Ahora lee la palabra una y otra vez, hasta que ya no puede distinguirla entre cada parpadeo. Entierra todavía más las uñas en las palmas de sus manos. Se siente traicionada y furiosa por diez mil razones, y probablemente hay otras diez mil más de las que aún no se ha dado cuenta. Porque sabe que esto no es una coincidencia. Abuelita escribió esa palabra ahí a propósito, para que Elsa la encontrara.

El nombre en el sobre es el mismo que está escrito en el buzón del Monstruo. Y la única palabra que Elsa puede leer en la carta es «Miamas».

A la abuela de Elsa siempre le han encantado las búsquedas de tesoros.

6
Detergentes

Tiene tres rasguños en la mejilla. Parece como si unas garras se los hubieran hecho. Sabe que van a querer enterarse de cómo empezó todo. Elsa se echó a correr, en pocas palabras. Así fue como empezó. Es buena para correr. Una se vuelve buena para correr si te están persiguiendo todo el tiempo.

En la mañana le había mentido a Mamá, cuando le dijo que las clases iban a comenzar en la escuela una hora más temprano que de costumbre. Y cuando Mamá la cuestionó, Elsa jugó la carta de la mala madre. La carta de la mala madre es como Renault. No tiene elegancia a primera vista, pero es sorprendente lo bien que funciona. «¡Ya te he dicho como cien veces que los lunes las clases empiezan más temprano! ¡Hasta te di un aviso por escrito, pero ya nunca me pones atención!», le espetó Elsa a Mamá sin voltear a verla. Entonces, Mamá dejó de dudar de ella y luego, aparentemente abochornada, murmuró algo acerca de su «cerebro de embarazada». Esa es la forma más fácil de desequilibrar a Mamá: lograr convencerla de que ha perdido el control aunque sea por un segundo.

Antes, solo había dos personas en todo el mundo que sabían cómo hacer que la mamá de Elsa perdiera el control. Ahora, solo queda una. Esto significa que un poder enorme ha quedado en manos de alguien que todavía ni siquiera tiene ocho años.

A la hora del almuerzo, Elsa tomó el autobús que la lleva a casa, pero, antes de llegar a su destino, hizo una parada en el supermercado para comprar cuatro bolsas de chocolates Daim. El edificio estaba a oscuras y en silencio, como solo el hogar de Abuelita podía estarlo sin su presencia: como si también la extrañara. Elsa se escondió con mucho cuidado de Britt-Marie, que iba en camino a los botes de basura afuera en el patio, aunque no llevaba ninguna bolsa con residuos. Britt-Marie revisó el contenido de todos los botes, tanto los de basura reciclable como los otros, y frunció la boca como acostumbra hacerlo cuando decide que tiene que plantear alguna queja en la próxima reunión de vecinos; y luego se fue por la calle hacia el supermercado para darse una vuelta por sus pasillos y seguir frunciendo la boca. Entonces, Elsa se metió a hurtadillas al edificio por la puerta principal y subió la escalera que da al entrepiso. Ahí se quedó parada afuera del apartamento durante más de veinte minutos, con la carta en la mano, temblando de miedo y de rabia. La rabia era por culpa de Abuelita. El miedo, por culpa del Monstruo.

• • •

Poco después, Elsa terminaría corriendo a través del patio de recreo, tan rápido que sentía que sus pies estaban envueltos en llamas. Y ahora está sentada en una pequeña habitación esperando a Mamá, con unos resplandecientes arañazos rojos en la mejilla, que parecen obra de unas garras, y consciente de que van a querer saber cómo empezó todo esto. Y Elsa odia los lunes, porque así fue como empezó. Un lunes.

Elsa pone a girar un globo terráqueo que se halla en un extremo del escritorio. Parece que el director se siente incómodo cuando ella hace esto. De modo que continúa haciéndolo.

—¿Y bien, Elsa? —dice el director, al tiempo que apunta a su mejilla—. ¿Estás lista para contarme qué pasó?

Elsa ni siquiera se digna contestarle.

Aunque Elsa tiene que reconocer que eso fue muy inteligente de parte de su abuela. Todavía está muy molesta por lo de la estúpida búsqueda del tesoro, pero Abuelita fue muy inteligente al escribir «Miamas» en la carta con letras normales. Porque, más temprano ese mismo día, Elsa había permanecido de pie en la caja de la escalera, armándose de valor durante al menos unas cien eternidades, antes de atreverse a llamar a la puerta. Si Abuelita no hubiera sabido que Elsa leería la carta a pesar de que uno no debe leer las cartas de otras personas, y si no hubiera escrito «Miamas» con letras normales, Elsa solo habría arrojado el sobre por la ranura para el correo en la puerta del apartamento del Monstruo, y se habría ido corriendo de ahí. En vez de ello se quedó y tocó el timbre, pues ahora tenía varias preguntas sin contestar rondando en su mente e iba a presionar al Monstruo para que le diera las respuestas.

Porque Miamas les pertenece a Abuelita y a Elsa. Y solo a ellas. La ira que Elsa sentía de solo pensar que su abuela había llevado a Miamas a un fulano cualquiera era más poderosa que el miedo que podría llegar a sentir por un monstruo. Bueno, tal vez solo un poquito más poderosa. Pero lo suficientemente poderosa, al fin y al cabo.

Nuestro Amigo seguía aullando en el apartamento de al lado, pero no pasó nada cuando Elsa tocó el timbre del Monstruo. Tocó el timbre de nuevo, luego empezó a aporrear la puerta hasta hacer crujir la madera y al final terminó por echar un vistazo al interior el apartamento a través de la ranura para el correo. Pero ahí dentro todo era oscuridad. No había nada que se moviera, nada que respirara. Lo único que llegó al encuentro de Elsa fue un fuerte olor a detergente, de esos aromas que, cuando los aspiras, toman por asalto tus membranas nasales y comienzan a patear el interior de tus globos oculares.

Pero no había ningún monstruo. Ni siquiera uno pequeñito.

Así que Elsa se quitó la mochila y sacó de ella las cuatro bolsas de chocolates Daim, les quitó las envolturas y los vació por la ranura para el correo de Nuestro Amigo. Por unos cuantos breves, brevísimos instantes el animal dejó de aullar. Elsa ha decidido llamarlo «el animal» hasta que haya averiguado qué es en realidad, pues, no importa lo que diga Britt-Marie, Elsa está bastante segura de que no es un simple perro. Ningún perro es así de grande.

—Ya no sigas aullando, o Britt-Marie va a llamar a la policía y ellos vendrán a matarte —le susurró Elsa a través de la ranura para el correo.

No supo si el animal le entendió. Pero, en todo caso, permaneció en silencio y se comió sus chocolates. Como lo haría cualquier ser racional si le ofrecen un chocolate.

—Si ves al Monstruo, dile que tengo una carta para él —dijo Elsa.

El animal no respondió, pero empezó a olfatear hacia la puerta, y fue entonces cuando Elsa pudo sentir su cálido aliento.

—Dile que mi abuela le manda saludos y dice que lo siente —susurró ella.

• • •

Y, entonces, Elsa metió la carta en la mochila y tomó el autobús de regreso a la escuela. Pero, cuando miró por la ventana del autobús, le pareció verlo de nuevo. El hombre delgado que ayer se encontraba afuera de la funeraria, mientras Mamá hablaba con la mujer ballena, ahora estaba de pie en medio de las sombras al otro lado de la calle. Elsa no alcanzó a ver su rostro detrás del humo de cigarro, pero un terror helado y visceral le oprimió el pecho.

Y, de repente, el hombre se había ido.

Elsa cree que quizás por esto no pudo hacerse invisible cuando llegó a la escuela. La invisibilidad es de esa clase de poderes que puedes practicar y perfeccionar, y Elsa lo ha practicado bastante; pero no funciona si estás enfadada o sientes miedo. Cuando Elsa volvió a la escuela, ambos sentimientos se habían apoderado de ella. Sentía miedo de los hombres que se aparecen en las sombras sin que ella sepa por qué, y estaba enfadada con Abuelita, porque se le ocurrió enviarle esa carta a un monstruo; pero, además, Elsa le tenía miedo al monstruo y estaba enfadada con él, porque los monstruos normales que tienen un poquito de educación viven en lo más profundo de una cueva oscura o en el fondo de un lago gélido. Los monstruos terroríficos comunes y corrientes no viven en un apartamento, y no reciben nada de correo.

Y, encima de todo, Elsa odia los lunes. La escuela siempre es peor los lunes por la mañana, porque los niños que acostumbran perseguir a otros han tenido que esperar todo el fin de semana para poder perseguir a alguien. Las notas en el casillero de Elsa siempre son más horribles los lunes. Es posible que la invisibilidad tampoco funcionara por eso. Los lunes es cuando más le falla su superpoder.

Elsa empieza a jugar otra vez con el globo terráqueo del director. Entonces oye que la puerta se abre detrás de ella y el director se pone de pie, con un gesto de alivio en el rostro.

—¡Hola! ¡Perdón por llegar tarde! ¡Fue cosa del tráfico! —dice la mamá de Elsa sin aliento, y Elsa siente sus dedos acariciándole el cuello con ternura.

Elsa no se voltea. También siente el teléfono de Mamá rozándole el cuello, pues Mamá siempre lo lleva en la mano. Es como si ella fuera un cíborg y el móvil, parte de su tejido orgánico.

Elsa empieza a manipular el globo terráqueo de forma un poco más descarada. El director se sienta en la silla de nuevo, se inclina al frente y trata de mover el globo terráqueo fuera del alcance de Elsa con discreción. Luego se vuelve hacia Mamá, esperanzado:

—Muy bien. ¿Acaso esperamos al padre de Elsa?

El director prefiere que Papá esté presente en este tipo de reuniones, pues aparentemente cree que es un poco más fácil razonar con los papás cuando se trata de este tipo de cuestiones. Mamá no parece muy contenta de que le haya hecho esa pregunta.

—El papá de Elsa está de viaje. Desgraciadamente volverá a casa hasta mañana —responde ella de forma mesurada.

El director parece decepcionado.

—Entiendo. Obviamente no es nuestra intención despertar el pánico con esto. Especialmente si tenemos en cuenta su situación...

El director hace un gesto con la cabeza indicando el vientre de

Mamá. Parece que Mamá necesita esforzarse bastante para mantener el control de sí misma y reprimir las ganas de preguntarle exactamente qué quiso decir con eso. El director se aclara la garganta y aleja un poquito más el globo terráqueo de los dedos extendidos de Elsa. Da la impresión de que quiere aconsejarle a Mamá que piense en la criatura. La gente le aconseja eso a Mamá todo el tiempo, cuando temen que se enfade. «Piense en la criatura». Antes se referían a Elsa al decir esto. Pero, ahora, están hablando de Medi.

Elsa extiende la pierna y patea una papelera. Oye hablar a Mamá y al director, pero no los escucha. En lo más profundo de su ser mantiene la esperanza de que, en cualquier momento, Abuelita irrumpirá en esta habitación agitando los puños, como si fuera un personaje de una vieja película muda que va a liarse a golpes en una pelea de box. La última vez que habían citado a Elsa para que se presentara en esta oficina, el director solamente había llamado a Mamá y a Papá, pero Abuelita también acudió de todos modos. Porque Abuelita no era de esas personas que necesitan que las llames.

En esa ocasión, Elsa también había estado sentada en su silla, dándole vueltas al globo terráqueo del director. El niño que le había puesto el ojo morado a Elsa igualmente se encontraba ahí, acompañado de sus padres. El director se había vuelto hacia el papá de Elsa y le dijo: «Bueno, usted sabe, esto en realidad no es más que una típica travesura cualquiera de un niño...». Y, luego, el director tuvo que dedicarse un buen rato a tratar de explicarle a la abuela de Elsa qué sería «una típica travesura cualquiera de una niña», pues Abuelita en verdad quería saberlo.

El director intentó tranquilizar a Abuelita sermoneando al niño que le había dejado el ojo morado a Elsa, diciéndole que «pegarle a una niña es de cobardes»; pero esto no tranquilizó a Abuelita en lo más mínimo. «¡Pegarle a una niña no es de cobardes, maldita sea!», le espetó al director con un rugido. «¡Este niño no es un cretino por golpear a una niña! ¡Es un cretino simplemente por golpear a otras personas, con un demonio!». Entonces, el papá del niño se indignó y empezó a reclamarle a Abuelita por haberle dicho «cretino» a su hijo, a lo que Abuelita respondió que iba a enseñarle a Elsa a «patear a los niños en la caja de los fusibles», y entonces verían «¡qué divertido es pelear con una niña!». Al oír esto, el director les pidió a todos los presentes que se serenaran un poco, y, de hecho, lo hicieron por un momento. Pero, luego, el director dijo que quería que el niño y Elsa se dieran la mano y se disculparan el uno con el otro, y entonces Abuelita se levantó de un salto de la silla y preguntó «¡¿Por qué carajos Elsa tendría que disculparse?!». El director respondió que Elsa debía asumir parte de la culpa porque había «provocado» al niño, y uno tenía que ser comprensivo con el niño porque había tenido «dificultades para controlarse». Y fue entonces cuando Abuelita trató de arrojarle el globo terráqueo al director, pero Mamá alcanzó a agarrar el brazo de Abuelita justo antes de que lo soltara, desviándolo lo suficiente para que, en lugar de impactar el rostro del director, el globo terráqueo terminara estrellándose contra su computadora e hiciera pedazos el monitor. «¡ME PROVOCARON! ¡POR ESO NO PUDE CONTROLARME!», le rugió Abuelita al director, mientras Mamá se la llevaba arrastrando afuera hacia el pasillo.

Podría decirse que Abuelita era bastante difícil de tratar cuando la provocaban.

Por esa razón, Elsa siempre hace trizas todas las notas que le dejan en su casillero. Las notas que dicen que Elsa es fea. Que es asquerosa. Que la van a matar. Elsa las rompe hasta convertirlas en pedacitos tan pequeños que apenas si se pueden ver, y va tirando los trozos en diferentes botes de basura por toda la escuela. Esto es un acto de misericordia para con todos aquellos que escribieron las notas, pues Abuelita los exterminaría a golpes si se enterara de ellas.

Elsa se levanta a medias de la silla, se inclina rápidamente hacia adelante sobre el escritorio y pone a girar el globo terráqueo una vez más. El director parece estar al borde de la desesperación. Satisfecha, Elsa se deja caer de nuevo en la silla.

—¡Dios mío, Elsa! ¡Qué te pasó en la mejilla! —exclama Mamá entre signos de admiración, cuando descubre los tres rasguños rojos.

Elsa se encoge de hombros sin responder. Mamá se vuelve hacia el director, con los ojos envueltos en llamas.

—¡¿Qué le pasó en la mejilla?!

El director se retuerce en su asiento.

—Bueno, sí, okey... Qué le parece si nos tranquilizamos un poquito... Piense en... Digo, piense en la criatura.

Cuando dice esa última frase, el director no está apuntando a Elsa sino a Mamá. Elsa estira el pie y le da otra patada a la papelera. Mamá respira hondo y cierra los ojos, y luego aleja la papelera empujándola debajo del escritorio con movimientos mesurados. Elsa mira a Mamá con molestia, y luego se hunde tanto en la silla que tiene que agarrarse de los descansabrazos para no resbalarse y caer al piso; y en esa posición extiende la pierna hasta que la punta de su pie casi roza el borde de la papelera. Mamá suspira. Elsa suspira con más fuerza. El director se las queda viendo a las dos, y luego al globo terráqueo sobre el escritorio. Y entonces lo jala para acercárselo más.

—Entonces... —finalmente empieza a decir el director, mientras le sonríe a Mamá sin mucho entusiasmo.

—Ha sido una semana difícil para toda la familia —lo interrumpe Mamá de inmediato, y su tono de voz suena como si estuviera tratando de disculparse.

Pero Elsa odia ese gesto.

—Todos sentimos empatía por su situación —dice el director, del mismo modo en que la gente que no sabe qué significa la palabra *empatía* recurre a ella.

—Obviamente, esto no se volverá a repetir —dice Mamá.

El director sonríe de nuevo y mira el globo terráqueo hecho un manojo de nervios.

—Por desgracia, no es la primera vez que Elsa termina involucrada en un conflicto en esta escuela.
—Y tampoco será la última —dice Elsa entre dientes.
—¡Elsa! —exclama Mamá.
—¡¡¡Mamá!!! —ruge Elsa con tres signos de admiración.
Mamá suspira. Elsa suspira con más fuerza. El director se aclara la garganta y sostiene el globo terráqueo con ambas manos al tiempo que dice:
—Nosotros, es decir, el personal de esta escuela, dentro del cual me incluyo, hemos consultado el tema con el consejero social, y llegamos a la conclusión de que tal vez sería benéfico para Elsa que un psicólogo la ayudara a canalizar su agresividad.
—¿Un psicólogo? ¿No le parece que eso es un poquito exagerado? —dice Mamá, sin sonar muy convencida de las presuntas bondades de lo que propone el director.
El director alza las manos a la defensiva, como si estuviera disculpándose; o tal vez como si estuviera pensando en empezar a tocar una pandereta imaginaria.
—¡Pero no es porque creamos que algo esté mal! ¡Para nada! A muchos niños con necesidades especiales les resulta de gran ayuda ir a terapia con un psicólogo. ¡No es nada de qué avergonzarse!
Elsa estira al máximo los dedos de su pie y logra volcar la papelera.
—¿Por qué mejor no vas tú con un sicólogo? —le dice al director.
—¡Elsa! —le espeta Mamá con un tono brusco de voz.
—¡¡¡MAMÁ!!! —responde Elsa, todavía con mayor brusquedad.
El director decide poner a salvo el globo terráqueo colocándolo en el piso junto a su silla. Mamá se inclina hacia Elsa, y es por demás evidente que está haciendo un increíble esfuerzo para no alzar la voz.
—Si nos cuentas al director y a mí qué niños te están dando problemas, podríamos ayudarte a evitar que se peleen contigo, corazón, en lugar de que siempre termines así...

Elsa levanta la mirada, con los labios tan apretados que se han convertido en una línea muy fina. Los rasguños en su mejilla han dejado de sangrar, pero todavía brillan como si fueran luces de neón. Como pequeñas, pequeñísimas naves espaciales a punto de aterrizar en su rostro.

—Los soplones no tienen amigos —declara Elsa, con un tono de voz muy cortante.

Mamá se la queda viendo fijamente.

—Con un demo... Por todos los... ¿Quién te dijo eso, Elsa?

Elsa se cruza de brazos.

—Internet.

—Por favor, Elsa, ¿podrías cooperar aunque sea un poco? —dice el director intentando una mueca que, en opinión de Elsa, debe ser la forma en la que él trata de esbozar una pequeña sonrisa.

—Tú eres el que podría cooperar —responde Elsa, sin esbozar ni siquiera una pequeña sonrisa.

El director voltea a ver a Mamá.

—Nosotros... bueno, es decir, el personal y yo creemos que, a veces, Elsa simplemente podría tratar de retirarse de la escuela, cuando sienta que podría entrar en conflicto con...

Elsa no espera a que Mamá responda. Porque sabe que de todos modos no va a defenderla. Así que agarra su mochila del suelo y se levanta de la silla.

—¿Podemos irnos ya, entonces?

Con un tono de voz que no puede ocultar su alivio, el director le dice que puede salir al pasillo. Y Elsa sale de la oficina, mientras Mamá permanece sentada ahí dentro, ofreciendo disculpas. Elsa odia que haga eso.

Elsa se echó a correr. Así fue como empezó todo. Pero no piensa decírselo al director. No piensa decírselo a nadie, porque eso no cambiaría nada. Solo quiere irse a su casa para que ya deje de ser lunes.

En la última clase antes del almuerzo, un maestro de esos sabihondos les dijo a sus alumnos que su tarea para las vacaciones de Navidad sería preparar una presentación titulada «El héroe de una obra literaria que yo admiro». Tendrían que vestirse como su héroe favorito, y hablar acerca de él como si ellos mismos fueran ese personaje. Uno por uno y de forma ordenada, los alumnos tuvieron que alzar la mano y elegir a su héroe. Obviamente, Elsa iba a seleccionar a Harry Potter, pero alguien más lo mencionó primero; de modo que, cuando llegó su turno, Elsa dijo que elegía a Spider-Man. Pero, entonces, un niño detrás de ella se enojó, porque él tenía planeado escogerlo. Y luego empezó la discusión. «¡Tú no puedes quedarte con Spider-Man!», gritó el niño, a lo que Elsa respondió «¡Qué mal, porque ya dije que lo quería!». El niño dijo «¡Sí, qué mal para TI!», y entonces Elsa le dijo en inglés con un resoplido «¡*Sure*!». Porque esa es la palabra favorita de Elsa en inglés. El niño contestó a gritos que Elsa no podía ser Spider-Man porque «¡Solamente los niños podemos ser Spider-Man!», y Elsa le dijo que él podía ser la novia de Spider-Man. En respuesta, el niño empujó a Elsa contra un calefactor. Y entonces Elsa lo golpeó con un libro.

Elsa sigue pensando que el niño debería estar agradecido con ella, pues probablemente eso fue lo más cerca que alguna vez había estado de un libro. El maestro llegó corriendo, le puso un alto a la riña y dijo que nadie podía ser «el Hombre Araña», pues «El Hombre Araña solo existe en las películas y no es un personaje literario». Elsa se indignó de una forma que quizás podría considerarse un poquito desmesurada, y le preguntó al maestro si alguna vez había oído hablar de *Marvel Comics*, a lo que el maestro respondió que no. Entonces, Elsa exclamó conmocionada: «¡¿Y AUN ASÍ TE DEJAN DAR CLASES A NIÑOS DE PRIMARIA?!». Después de la clase, Elsa tuvo que quedarse sentada por una eternidad mientras tenía «una charla» con el maestro, aunque en realidad el único que habló y habló fue él.

Elsa sabe que es diferente. Sabe que por eso no tiene amigos. Pero los demás niños no la odian porque sea diferente, hay una buena cantidad de niños en la escuela que también lo son, al menos dos o tres en cada grupo. Pero Elsa nunca se deja intimidar. Por eso la odian los niños normales. Es como si creyeran que todos los niños diferentes se rebelarían si se dieran cuenta de que hay una niña diferente que no se acobarda, así que tienen que perseguir a Elsa para darle de golpes hasta doblegarla. Hasta que deje de creer que es una superheroína.

El niño que quería ser Spider-Man y unos cuantos más ya la estaban esperando cuando salió del edificio de la escuela. Elsa no pudo hacerse invisible, pues estaba demasiado enojada. Así que ajustó las correas de su mochila con tanta fuerza que le abrazó la espalda como un pequeño koala sujetándose firmemente a su madre, y se echó a correr.

Elsa es buena para ello, como muchos niños que son diferentes. Oyó el grito de uno de los niños que rugió «¡Agárrenla!», y luego un estrépito de pisadas presurosas sobre el asfalto congelado detrás de ella. Oyó su respiración agitada. Corrió tan rápido que prácticamente estaba golpeándose las costillas con las rodillas, y, de no haber sido por la mochila, habría logrado escalar la verja de la escuela hasta terminar afuera en la calle, y jamás la habrían alcanzado. Pero uno de los niños sujetó su mochila. Obviamente, Elsa podría haberse zafado de ella para luego escaparse.

Pero la carta de Abuelita para el Monstruo estaba dentro de la mochila. Así que Elsa se dio la media vuelta y empezó a pelear.

Trató de protegerse el rostro como siempre, pues no quería que su mamá se acongojara al verla herida. Pero no le fue posible cuidar su cara y su mochila al mismo tiempo, así que al final pasó lo que pasó. Abuelita le decía de vez en cuando a Elsa: «Escoge tus batallas si puedes, pero si la batalla te escoge a ti ¡dale una patada al otro en la caja de los fusibles!». Y eso fue lo que Elsa hizo. A pesar de que odia la violencia, es muy hábil para pelear. Si te dan palizas a menudo, te vuelves buena en ello. Por esa razón, ahora siempre se juntan muchos niños para perseguirla.

La mamá de Elsa sale de la oficina del director después de que transcurriera una eternidad de diez cuentos de hadas, y luego las dos atraviesan el patio desierto de la escuela sin decirse una sola palabra. Elsa se sube al asiento trasero de Kia abrazando su mochila. Mamá se ve triste.

—Ay, Elsa, por favor...

—¡Oye! ¡Yo no fui quien empezó! ¡Él dijo que las niñas no podemos ser Spider-Man! —dice Elsa a la defensiva.

—Okey, pero ¿por qué te peleas?

—¡Porque sí!

—Tú no eres una niña chiquita, Elsa. Siempre me dices que debería tratarte como a una adulta, así que deja de responderme como lo haría una niñita. ¿Por qué peleas con los otros niños?

Elsa clava el dedo en el sello de goma de la puerta.

—Porque estoy harta de correr.

Mamá estira la mano hacia atrás, en un intento de acariciar con dulzura las heridas en la mejilla de Elsa, pero ella aparta bruscamente la cabeza. Mamá suspira.

—No sé qué hacer —dice ella, conteniendo las lágrimas.

—No tienes que hacer nada —masculla Elsa.

Mamá saca a Kia del cajón del estacionamiento y se va de ahí. Conduce mientras en el interior del coche reina un silencio que parece eterno, de esos que solo puede haber entre una madre y una hija.

—En todo caso, tal vez podríamos ir a ver a un psicólogo —dice Mamá al final.

Elsa se encoge de hombros.

—*Whatever*.

La segunda palabra favorita de Elsa en inglés. Mamá no le pregunta en dónde la aprendió.

—Yo... Elsa... Corazón, sé que lo que pasó con Abuelita te ha afectado de una forma terrible. La muerte es un trago muy amargo para cualquiera...

—¡Tú no sabes nada! —la interrumpe Elsa, y jala el sello de goma con tanta fuerza que restalla contra el vidrio de la ventanilla cuando lo suelta.

Mamá pasa saliva.

—Yo también estoy triste, Elsa. No solo era tu abuela, también era mi mamá.

—No digas tonterías, tú la odiabas.

—No la odio. Ella era mi madre.

—¡Ustedes estaban peleándose todo el tiempo! ¡¡¡Probablemente estás FELIZ de que se haya muerto!!!

Elsa desearía no haber dicho esa última frase. Pero es demasiado tarde. Hay un silencio que dura todas las eternidades que uno se pudiera imaginar, y Elsa sigue pinchando el sello de goma con el dedo hasta que uno de los bordes se desprende de la puerta. Mamá se da cuenta, pero no dice nada. Cuando se detienen en una luz roja, Mamá se lleva las manos al rostro y mueve la cabeza de un lado a otro, en un gesto de resignación.

—Realmente estoy haciendo un esfuerzo, Elsa. Realmente me estoy esforzando. Sé que soy una mala madre y que no paso en casa el tiempo suficiente, pero realmente me esfuerzo...

Elsa no le responde. Mamá se masajea las sienes.

—Como sea, tal vez deberíamos hablar con un psicólogo.

—Tú habla con el psicólogo —dice Elsa.

—Sí, quizás debería hacerlo.

—Sí, ¡quizás deberías hacerlo!

—¿Por qué eres tan mala?

—¿Por qué eres TÚ tan mala?

—Corazón, lamento muchísimo que tu abuela haya fallecido, pero tenemos...

—¡No es cierto, no lo lamentas!

Y, entonces, sucede algo que casi nunca sucede. Mamá pierde la mesura y empieza a gritarle a Elsa:

—¡SÍ LO LAMENTO, MALDITA SEA! ¡DATE CUENTA DE QUE NO ERES LA ÚNICA QUE PUEDE ESTAR TRISTE! ¡Y DEJA YA DE SER UNA NIÑA TAN MALCRIADA!

Mamá y Elsa se miran fijamente. Mamá se cubre la boca con la mano.

—Elsa... Corazón, yo...

Elsa sacude la cabeza y despega de la puerta el sello de goma entero con un solo jalón. Sabe que ha ganado la partida. Siempre que Mamá pierde el control, Elsa es la vencedora.

—Ya no sigas. No es correcto gritar de esa forma —dice Elsa entre dientes.

Y luego añade, sin siquiera lanzarle una mirada a su madre:

—Piensa en la criatura.

7
Cuero

Uno puede amar a su abuela durante muchos años, sin saber en realidad nada sobre ella.

Un martes, Elsa por fin conoce al Monstruo. Los martes, la escuela es un mejor lugar. Por ejemplo, Elsa solo tiene un moretón hoy, y puede justificar los moretones alegando que estuvo jugando futbol.

Está sentada a bordo de Audi. Audi es el auto de Papá. No se parece en nada a Renault. Por lo regular, Papá solo va por ella a la escuela cada dos viernes, porque es cuando se queda en casa de Papá, de Lisette y de los hijos de Lisette. Abuelita la recogía los demás días, y ahora Mamá es la que tendrá que ocuparse de ello. Pero hoy, Mamá y George fueron con un médico para echarle un vistazo a Medi, de modo que Papá fue por Elsa a pesar de que es martes.

Abuelita siempre llegaba a tiempo, y siempre la esperaba de pie junto a la verja. Papá llega tarde y se queda sentado a bordo de Audi en el estacionamiento.

—¿Qué te pasó en el ojo? —pregunta Papá con un tono vacilante.

Papá recién había llegado de España en la mañana; había viajado allá con Lisette y los hijos de Lisette, pero su piel no está bronceada, pues no sabe cómo hacer que le dé el sol.

—Estábamos jugando futbol —dice Elsa.

Abuelita no la habría dejado librarse del asunto con ese cuento del futbol. Pero como Papá no es Abuelita, se limita a asentir de forma titubeante y a pedirle a Elsa que sea tan amable de ponerse el cinturón de seguridad. Papá hace eso a menudo, asentir de forma titubeante. Él es una persona titubeante. Mamá es una perfeccionista y Papá es muy meticuloso, y Elsa dedujo que por eso su matrimonio no funcionó, al menos en parte. Porque ser perfeccionista y ser meticuloso son dos cosas muy distintas. Cuando Mamá y Papá iban a hacer la limpieza del apartamento, Mamá elaboraba en Excel un cronograma que detallaba las actividades que llevarían a cabo minuto a minuto, pero entonces Papá se quedaba atorado en quitarle el sarro al filtro de la cafetera durante dos horas y media. Mamá decía que no puedes hacer planes de vida con una persona así a tu lado. Los maestros le dicen todo el tiempo a Elsa que su problema es que no es capaz de concentrarse; y eso le parece muy extraño a Elsa, pues el gran problema de su papá es que no puede dejar de concentrarse en lo que esté haciendo.

—Entonces, ¿qué te gustaría hacer? —pregunta Papá, al tiempo que pone las manos en el volante como si no estuviera muy seguro de querer agarrarlo.

Papá hace eso a menudo, preguntarle a Elsa qué le gustaría hacer. Porque muy raras veces él tiene ganas de hacer algo. Y este martes le resultó muy inesperado; Papá no es bueno para lidiar con los martes inesperados. Por eso, Elsa solamente se queda con él cada dos fines de semana: después de que Papá conoció a Lisette y ella y sus hijos se mudaron con él, Papá dijo que su casa se había vuelto un lugar «demasiado caótico» para Elsa. Cuando Abuelita se enteró de esto, lo llamó por teléfono y le dijo que era un «cabeza de chorlito» al menos diez veces en un minuto. Eso fue un récord para el uso de esa expresión, incluso tratándose de Abuelita. Cuando colgó, se volvió hacia Elsa y farfulló con desprecio: «¿Lisette? ¿Qué clase de nombre es ese, eh?». Desde luego que Elsa supo que su abuela no lo dijo en serio, pues Lisette le cae bien a todo el mundo; ella tiene el mismo superpoder que George. Pero Abuelita era una de esas personas que te llevas a la guerra contigo, y Elsa la quería mucho por cosas como esa. Y, entonces, las dos se comieron un helado de Ben & Jerry's. Elsa los extraña a los tres.

A Ben, a Abuelita y a Jerry.

Papá siempre llega tarde cuando recoge a Elsa de la escuela. Eso nunca le pasaba a Abuelita. Elsa ha tratado de entender qué significa exactamente la palabra «ironía», y está bastante segura de que es el hecho de que Papá nunca llega tarde a nada excepto cuando se trata de ir por Elsa a la escuela, y Abuelita siempre llegaba tarde a todo excepto cuando se trataba de eso mismo. Quizás se debe a que Abuelita sabía que el mundo entero está lleno de gente que te persigue cuando tienes casi ocho años.

Papá tamborilea en el volante.

—¿A dónde quieres ir hoy?

Elsa parece sorprendida, pues realmente suena como que Papá está hablando en serio acerca de ir a algún lugar. Él se retuerce en su asiento.

—Pensé que tal vez te gustaría hacer... algo.

Elsa sabe que solo lo dice por ser amable. Porque a Papá no le gusta hacer cosas, no es ese tipo de persona. Elsa lo mira, y él mira el volante.

—Creo que solo quiero ir a mi casa —dice ella.

Papá asiente, y parece desilusionado y aliviado al mismo tiempo; es una expresión facial que, de entre todas las personas que hay en el planeta, solo él puede dominar a la perfección. Y, entonces, lleva a Elsa a su casa. Porque Papá nunca le dice que no a Elsa, aunque a veces ella desearía que lo hiciera.

—Audi es muy lindo —dice Elsa cuando ya van a la mitad del camino, y ninguno de los dos había pronunciado una sola palabra hasta entonces.

Elsa le da unas palmaditas a Audi en la guantera, como si se tratara de un gatito. Los autos nuevos huelen a cuero suave, totalmente lo opuesto al olor del viejo cuero agrietado de los sofás en el apartamento de Abuelita. A Elsa le gustan ambos aromas, a pesar de que prefiere los animales vivos por encima de los que terminaron siendo usados para revestir los asientos de un auto. Es algo complicado. Y un poquito hipócrita. Pero Elsa está trabajando en ello.

—Uno sabe con qué se va a encontrar cuando se trata de un Audi —asiente Papá.

El auto que tenía antes también se llamaba Audi. A Papá le gusta saber con qué se va a encontrar. El año pasado, el supermercado que está cerca de donde viven Papá y Lisette reorganizó sus estantes. Elsa tuvo que hacerle a su papá esas pruebas que había visto en los anuncios de la televisión, para asegurarse de que no había sufrido un derrame cerebral.

Una vez que llegan al edificio de Elsa, Papá se baja de Audi para acompañarla hasta la puerta principal. Britt-Marie está de pie al otro lado de la puerta, en medio de la oscuridad, encorvada como un pequeño y furibundo gnomo doméstico al que le tocó estar de guardia. Elsa reflexiona en el hecho de que, si avistas a Britt-Marie, sabes que no te espera nada bueno. «Esa vieja es como una carta de las autoridades fiscales», decía Abuelita a menudo. Y Papá parece estar de acuerdo; Britt-Marie es una de las pocas cosas en las que Abuelita y él coincidían.

—Hola —le dice Papá a Britt-Marie con voz titubeante.

—Hola —dice Elsa.

—¡Oh, sí, hola, hola! —dice Britt-Marie, al tiempo que sale de la oscuridad, y luego aspira con rapidez un par de veces, como si estuviera fumando un cigarro invisible.

Entonces parece tranquilizarse, y esboza su sonrisa bienintencionada. Lleva una revista de crucigramas en la mano. A Britt-Marie le gustan mucho los crucigramas, pues los crucigramas tienen reglas muy claras. Elsa nota que los está resolviendo con un lápiz. Abuelita siempre decía que Britt-Marie es el tipo de mujer que necesita tomar dos copas de vino y sentirse con ganas de hacer locuras salvajes, para animarse a tener la fantasía de resolver un crucigrama con un bolígrafo.

—¿Saben de quién es esto? —dice Britt-Marie con irritación, a la vez que señala un cochecito para bebés que está asegurado con un candado a la barandilla de la escalera, debajo del tablón de anuncios.

Es solo hasta entonces que Elsa nota la presencia del cochecito. Es raro que esté ahí, pues no hay ningún bebé en el edificio con excepción de Medi, y Mamá es la que todavía se encarga de llevarla o llevarlo a todos lados. Sin embargo, parece que a Britt-Marie no le interesa ponderar este dilema filosófico tan profundo.

—¡Está prohibido dejar cochecitos en el vestíbulo! ¡Son un riesgo en caso de incendio! —declara ella, y junta sus manos con firmeza de un modo tal, que termina empuñando la revista de crucigramas como si fuera una espada que, a decir verdad, no infunde mucho respeto.

—Sí, eso dice en el aviso que está ahí —asiente Elsa con ánimo de ser muy servicial, apuntando a un aviso escrito con pulcritud colocado en la pared encima del cochecito, en el que puede leerse: «PROHIBIDO DEJAR COCHECITOS EN ESTE SITIO. CONSTITUYEN UN RIESGO DE INCENDIO».

—¡A eso me refiero! —responde Britt-Marie, subiendo un poquito la voz.

Aunque de forma bienintencionada.

—No entiendo —dice Papá, como si no entendiera.

—¡Obviamente me refiero a que si ustedes pusieron ese aviso! ¡Eso es lo que quisiera saber! —dice Britt-Marie, dando un pasito hacia adelante y luego un pasito hacia atrás, como para realzar la gravedad del asunto.

—¿Hay algo de malo con lo que dice el aviso? —pregunta Elsa.

Britt-Marie respira hondo un par de veces.

—Desde luego que no, desde luego que no. ¡Pero en esta asociación de condóminos no acostumbramos simplemente colocar avisos donde sea sin informar primero a los demás habitantes del edificio!

—Pero no hay una asociación de condóminos, ¿cierto? —pregunta Elsa.

—¡No, pero la habrá! —afirma Britt-Marie, de una forma tal que escupe un poco de saliva cuando pronuncia la *b* de «habrá».

Entonces se calma, le vuelve a sonreír a Elsa de manera bienintencionada y agrega:

—Y, hasta entonces, como miembro de la junta directiva de la asociación, yo soy la responsable de los comunicados. ¡Y no acostumbramos colocar avisos sin informar a la responsable de los comunicados en la asociación!

De pronto, unos ladridos de perro interrumpen el discurso de Britt-Marie; retumban con tanta fuerza que hacen vibrar el vidrio de la puerta principal.

Britt-Marie y Papá se sobresaltan. Elsa se retuerce de la preocupación. Ayer oyó a Mamá contándole a George que Britt-Marie había llamado a la policía, para exigir que sacrifiquen a Nuestro Amigo. Parece que el perro acaba de oír la voz de Britt-Marie, y, al igual que Abuelita, Nuestro Amigo no puede quedarse callado ni por un segundo cuando eso sucede.

La sonrisa bienintencionada y forzada de Britt-Marie se vuelve más forzada y menos bienintencionada.

—¡Ya reporté ese espantoso perro de pelea a la policía! —le informa Britt-Marie al papá de Elsa.

Papá se ve un poquito nervioso, pues los perros de pelea espantosos hacen que se sienta así. Elsa se aclara la garganta y rápidamente trata de cambiar de tema.

—Tal vez trataron de avisarte, pero no estabas en tu casa, ¿no? —le dice Elsa a Britt-Marie, mientras señala el aviso en la pared.

El intento de Elsa funciona, al menos de manera temporal, pues a Britt-Marie se le olvida que estaba enfurecida por el perro de pelea cuando se enfurece de nuevo por el aviso. Porque lo más importante para Britt-Marie es no quedarse sin cosas que la irriten.

—Uno no debe andar por ahí a hurtadillas colocando avisos cuando la gente no está en su casa. Qué clase de modales son esos —responde Britt-Marie, con un tono que hace que a Elsa le cueste trabajo saber si esa fue una pregunta o una afirmación.

Elsa asiente de nuevo. Se le ocurre que tal vez podría sugerirle a Britt-Marie que ponga un aviso en el que diga que la próxima vez que alguien quiera poner un aviso, primero debe informar a los vecinos. Por ejemplo, poniendo un aviso. Elsa cree que eso sería irónico. Pero entonces mira a Britt-Marie y concluye que, si hiciera eso, Britt-Marie probablemente empezaría a recorrer cada apartamento, reuniendo firmas para exigir que prohíban a los niños en el edificio.

El perro ladra de nuevo en el apartamento del entrepiso, a medio tramo de escalones. Britt-Marie frunce la boca.

—¡De verdad que ya llamé a la policía, pero obviamente no hacen nada! ¡Dicen que tenemos que esperar hasta mañana para ver si se aparece el dueño!

Papá no le responde, y, como era lógico, Britt-Marie interpreta su silencio como una señal de que a Papá le encantaría saber más acerca de lo que ella siente al respecto.

—Kent ha tocado a la puerta de ese apartamento varias veces, ¡pero es como si nadie viviera ahí! ¡Como si ese animal salvaje viviera solo! ¿Puedes creerlo? —le suelta Britt-Marie de golpe a Papá, y parece como si estuviera pensando en terminar su diatriba con un «¡Qué descaro!».

Papá sonríe de manera un poquito vacilante. Porque los perros de pelea que viven solos en sus apartamentos hacen que Papá se comporte de manera un poquito vacilante.

—¡Qué descaro! —dice Britt-Marie.

Elsa contiene la respiración, pero ya no se oyen más ladridos. Es como si Nuestro Amigo por fin hubiera entrado en razón.

La puerta principal se abre detrás del papá de Elsa, y la mujer de la falda negra entra al edificio. Sus tacones golpean el piso y le está hablando fuerte al cable blanco conectado a su oreja.

—¡Hola! —dice Elsa, para distraer la atención de Britt-Marie de cualquier ladrido adicional que pudiera oírse.
—Hola —dice Papá, como un acto de cortesía.
—¡Oh, sí, hola, hola! —dice Britt-Marie, como si la mujer de la falda negra fuera una delincuente coloca-avisos en potencia.
La mujer no les contesta. Se limita a hablarle todavía más fuerte al cable blanco, voltea a ver a los tres con irritación y desaparece al subir por la escalera.
Un largo silencio incómodo reina en la caja de la escalera después de que la mujer se ha ido. El papá de Elsa no es muy bueno para lidiar con silencios incómodos. Podría decirse que los silencios incómodos son algo así como la kriptonita de Papá.
—Helvética —logra decir él con un carraspeo nervioso.
—¿Qué? —pregunta Britt-Marie, y frunce la boca todavía con más fuerza.
—Helvética... Me refiero a que esa es la fuente que usaron —dice Papá con voz nerviosa, y hace un gesto con la cabeza en dirección al aviso en la pared.
Britt-Marie mira el aviso, y luego a Papá.
—Es... una buena fuente —murmura él.
Las fuentes son una de esas cosas que a Papá le parecen importantes. En cierta ocasión que Mamá estaba en una reunión de padres en la escuela de Elsa, Papá la llamó de último minuto para avisarle que no iba a poder acudir a la reunión, por un imprevisto que había surgido en el trabajo. Para castigarlo, Mamá nombró a Papá como voluntario para diseñar los carteles del mercadillo de la escuela. Cuando se enteró de esto, Papá se vio muy titubeante al respecto. Tardó tres semanas en decidir qué fuente iba a usar en los carteles; y, cuando los llevó a la escuela, el maestro de Elsa no quiso ponerlos porque el evento del mercadillo ya se había llevado a cabo. Al parecer, el papá de Elsa no entendió qué tenía que ver una cosa con la otra, igual que ahora Britt-Marie no parece entender qué tiene que ver la fuente Helvética con todo este asunto.
Papá baja la vista al suelo y se aclara la garganta otra vez.

—¿Traes... tus llaves? —le pregunta él a Elsa.

Ella asiente. Se dan un breve abrazo. Aliviado, Papá se marcha y desaparece por la puerta principal, y Elsa se va a toda prisa por las escaleras antes de que Britt-Marie tenga tiempo de empezar a hablarle de nuevo. Sin embargo, se detiene por un instante frente al apartamento de Nuestro Amigo, echa un vistazo por encima del hombro para asegurarse de que Britt-Marie no la esté observando, y luego abre la ranura del correo y susurra:

—¡Guarda silencio, por favor!

Ella sabe que Nuestro Amigo la entiende. Solo espera que sus palabras le importen.

Elsa sube corriendo los últimos escalones con las llaves en la mano, pero en vez de entrar al apartamento de Mamá y George, abre la puerta del de Abuelita. En el vestíbulo hay varias cajas para almacenar cosas, y en la cocina, un balde. Elsa trata de no prestarles atención, pero falla en su intento. Se mete a toda prisa al enorme armario. La oscuridad en su interior la envuelve de forma tal que nadie podrá darse cuenta de que está llorando.

Este armario solía ser un lugar mágico. Elsa podía acostarse dentro de él cuan larga era, y apenas si podía alcanzar las paredes con los dedos de los pies y de las manos. Y, sin importar cuánto creciera, el armario seguía teniendo exactamente el tamaño ideal. Como era obvio, Abuelita siempre afirmó que fijarse en ese detalle era «perder el tiempo imaginando tonterías, pues este armario siempre ha tenido el mismo tamaño»; pero Elsa lo ha medido. Así que ella sabe la verdad.

Se acuesta y se extiende todo lo que puede. Toca las paredes del armario. Dentro de unos cuantos meses ya no tendrá que extenderse. Dentro de un año ya no podrá acostarse ahí estirada por completo. Porque ya no habrá nada mágico.

Elsa oye las voces apagadas de Maud y Lennart en el apartamento. Puede percibir el aroma de su café. Elsa sabe que Samantha también anda por ahí mucho antes de que note el sonido de las patitas de la bichón frisé en la sala y, poco después, sus ronquidos debajo de la mesa de centro de Abuelita. Maud y Lennart van a limpiar el apartamento de Abuelita, y empezarán a empacar sus cosas. Mamá les pidió su ayuda y, por eso, Elsa odia a Mamá. Por eso los odia a todos.

Poco tiempo después, Elsa oye también la voz de Britt-Marie. Es como si estuviera hostigando a Maud y a Lennart. Britt-Marie está muy enfadada. Solo quiere hablar de quién tuvo el descaro de poner ese aviso en el vestíbulo, y quién tuvo el descaro de asegurar un cochecito a la barandilla de la escalera con un candado, justo debajo del aviso. Parece difícil saber cuál de esas dos cosas tiene más molesta a Britt-Marie, y puede que ni ella misma esté segura. Pero al menos ya no vuelve a mencionar a Nuestro Amigo.

Elsa ha pasado una hora dentro del armario cuando el niño con un síndrome entra gateando. Por la rendija de la puerta entreabierta, Elsa puede ver a la mamá del niño yendo de aquí para allá mientras limpia, y a Maud que la sigue con cuidado, recogiendo todas las cosas que caen a su alrededor. Mientras tanto, Britt-Marie trata de hacer que los adultos en el apartamento de Abuelita entiendan que es peligroso dejar cochecitos junto a la escalera, pues alguien podría lastimarse. Un niño, por ejemplo. Y uno tiene que pensar en los niños, dice Britt-Marie.

Lennart deja una enorme bandeja con sueños afuera del armario. Elsa la jala y cierra la puerta, y luego el niño con un síndrome y ella se comen las galletas en silencio. El niño no dice nada, nunca lo hace. Esa es una de las cosas que a Elsa más le gustan de él.

Ahora, Elsa oye la voz de George en la cocina. Es cálida e inspira confianza. Él pregunta si alguien quiere huevos: en ese caso, puede cocinar huevos para todos. George le cae bien a todo el mundo, ese es su superpoder. Elsa lo odia por eso. Nada es tan irritante como una persona irritante que ni siquiera tiene la maldita cortesía más elemental de ser un bastardo. Entonces, Elsa oye la voz de Mamá. Por un instante querría salir corriendo y lanzarse a sus brazos. Pero al final decide no hacerlo, porque quiere que su mamá esté triste. Elsa sabe que ya ganó, pero quiere que Mamá también lo sepa. Para asegurarse de que la muerte de Abuelita le duela a Mamá tanto como a ella.

El niño con el síndrome se queda dormido en el piso del armario. Acto seguido, su mamá abre la puerta con cuidado, se mete agachada para recogerlo y lo saca cargándolo. Es como si se hubiera dado cuenta de que se durmió en el mismo instante en el que cayó en los brazos de Morfeo. Quizás ese es su superpoder.

Un poco después, Maud se mete a rastras al armario y, de forma diligente, recoge todos los objetos que a la mamá del niño se le cayeron de sus bolsillos cuando lo levantó.

—Gracias por las galletas —susurra Elsa.

Maud le da unas palmaditas en la mejilla, y se ve tan triste por el dolor de Elsa que ella se entristece por Maud.

Elsa permanece sentada en el armario hasta que todos terminaron de limpiar y de empacar, y se fueron a sus apartamentos. Sabe que mamá está sentada en el vestíbulo del suyo, esperándola, así que se sienta en el alfeizar del ventanal en la caja de la escalera por un buen rato. Para asegurarse de que Mamá tenga que seguir esperándola.

Se queda ahí hasta que las lámparas en la escalera se apagan de forma automática. Quizás permanece ahí por una hora. Entonces, la borrachina sale tambaleándose de un apartamento más abajo en el edificio, y empieza a golpear la barandilla de la escalera con un calzador y a gritar que no está permitido bañarse por las noches. La borrachina hace esto unas cuantas veces a la semana. Así que esto no tiene nada de extraño.

—¡Cierren la llave del agua! —dice la borrachina a voces. Ni Elsa ni nadie le responde. Porque la gente que vive en edificios como este cree que los borrachines son como los monstruos. Si finges que no están ahí, entonces desaparecerán.

De pronto, Elsa oye que la borrachina se resbala, justo cuando se encontraba en medio de una de sus exhortaciones más apasionadas en pro del racionamiento del agua, y luego cae de sentón al tiempo que el calzador le golpea la cabeza. Entonces, la borrachina y el calzador riñen por un buen rato, como dos viejos amigos enfrentados por una cuestión de dinero. Después, todo queda en silencio, y luego Elsa oye esa canción. La canción que la borrachina siempre canta. Elsa permanece sentada en la escalera, envuelta en la oscuridad, y se abraza a sí misma como si fuera una canción de cuna cantada solo para ella. Al final, el sonido de la canción también se calla. Entonces, Elsa oye que la borrachina le dice al calzador que guarde silencio, o tal vez se lo dice a sí misma, y luego desaparece en su apartamento.

Elsa entrecierra los ojos. Trata de ver las criaturas nebulosas y los primeros campos que normalmente avistaba en la periferia de la Tierra-a-punto-de-despertar, pero no lo logra. Ya no puede viajar a ese lugar. No sin Abuelita. Abre los ojos desconsolada. Los copos de nieve caen en el ventanal como si fueran guantes húmedos.

Y es entonces cuando ve por primera vez al Monstruo.

•••

Es una de esas noches invernales en las que la oscuridad es tan densa, que es como si alguien hubiera sumergido al barrio entero en un balde lleno de tinieblas. El Monstruo sale a hurtadillas por la puerta principal, y cruza el medio círculo de luz alrededor de la última farola de la calle con tanta rapidez que, si Elsa hubiera parpadeado con un poquito más de fuerza, habría creído que se lo imaginó. Pero ella sabe lo que vio, y de un solo movimiento se pone de pie y empieza a bajar las escaleras.

A pesar de que nunca lo había visto, sabe que debe tratarse de él, pues es el ser humano más grande que ha visto en su vida. Se desliza sobre la nieve como un animal, una criatura fantástica salida de un cuento de hadas. Elsa sabe muy bien que lo que va a hacer es peligroso y estúpido, pero, aun así, desciende por las escaleras a toda prisa, tres escalones a la vez. Sus calcetines se resbalan en el último escalón, haciendo que corra tambaleándose por todo el vestíbulo de la planta baja, y termina por estrellar su mentón contra la manija de la puerta principal. Con el rostro palpitándole de dolor, abre la puerta de golpe y camina pesadamente a través de la nieve con la respiración agitada, todavía sin llevar otra cosa en los pies más que sus calcetines.

—¡Tengo una carta para ti! —le grita Elsa a la oscuridad de la noche.

Solo hasta entonces se da cuenta de que tiene el llanto atorado en la garganta. Pero al menos quiere saber quién es él. Quiere saber quién es la persona con la que Abuelita habló acerca de Miamas, sin habérselo dicho a Elsa.

Pero no hay respuesta alguna. Elsa oye los pasos ligeros del Monstruo sobre la nieve, sorprendentemente suaves para un ser tan enorme. Se está alejando de ella. Elsa debería tener miedo, debería estar aterrada por lo que el Monstruo podría hacerle. Es lo bastante grande como para destrozarla de un solo jalón, y ella lo sabe. Pero está demasiado enfadada para sentir temor.

—¡Mi abuela te manda saludos y dice que lo siente! —ruge Elsa.

Ella no alcanza a verlo. Pero ya no se oye el crujido de la nieve con cada paso del Monstruo. Se ha detenido.

Elsa ya no piensa. Solo corre internándose en la oscuridad, movida por el puro instinto, hacia el punto donde lo oyó plantar sus pies por última vez. Ella siente una ráfaga de aire que emana del movimiento de la chaqueta del Monstruo, que ondea en el viento. Él se echa a correr, ella se abre paso a trompicones a través de la nieve y se lanza al frente, y logra sujetarlo de la pernera de su pantalón. Elsa cae de espaldas sobre la nieve y, a la luz de la última farola, se da cuenta de que el Monstruo baja la mirada y se queda viéndola fijamente. Elsa tiene tiempo de sentir las lágrimas congelarse sobre las mejillas.

El Monstruo debe tener más de dos metros de estatura. Es tan grande como un árbol. Una gruesa capucha le cubre la cabeza y su cabello negro se le desborda sobre los hombros. Casi todo su rostro está cubierto por una barba tan espesa como el pelaje de un animal, y una cicatriz que baja serpenteando por encima de uno de sus ojos emerge de las sombras de la capucha, de una forma tan pronunciada que parece como si se le hubiera derretido la piel.

Elsa siente su mirada desplazándose lentamente por su torrente sanguíneo.

—¡Suéltame! —sisea él, al tiempo que la oscuridad de su torso se cierne sobre Elsa.

—¡Mi abuela te manda saludos y dice que lo siente! —dice Elsa sin aliento, mientras extiende el sobre.

El Monstruo no lo toma. Elsa suelta la pernera de su pantalón porque cree que él está a punto de darle una patada, pero solo retrocede medio paso. Y lo que sale del interior del Monstruo a continuación es más un gruñido que una palabra. Como si se lo estuviera diciendo a él mismo y no a ella.

—Vete de aquí, niña tonta...

Las palabras vibran en los tímpanos de Elsa. De alguna forma suenan demasiado extrañas. Elsa las comprende, pero le raspan las paredes de su conducto auditivo. Es como si ahí dentro estuvieran fuera de lugar.

El Monstruo se da la media vuelta con un movimiento tan rápido como hostil. Y, un instante después, se ha ido. Parece como si hubiera atravesado un portal en medio de la oscuridad.

Elsa permanece tumbada en la nieve, tratando de recuperar el aliento, mientras el frío sigue pisoteándole el pecho. Entonces se pone de pie, reúne sus fuerzas, aplasta el sobre hasta convertirlo en una bolita y lo lanza a las tinieblas en la dirección por la que desapareció el Monstruo.

No tiene idea de cuántas eternidades pasan antes de oír que la puerta principal se abre detrás de ella. Y luego oye los pasos de

Mamá, la oye llamándola por su nombre. Elsa corre ciegamente a sus brazos.

—¿Qué haces aquí afuera? —pregunta Mamá asustada.

Elsa no le responde. Mamá toma el rostro de Elsa entre sus manos con ternura.

—¿Y ese ojo morado?

—Jugando futbol —susurra Elsa.

—Estás mintiendo —susurra Mamá.

Elsa asiente. Mamá la abraza con fuerza. Elsa solloza en el vientre de su mamá.

—La extraño...

Mamá se agacha y posa su frente en la de Elsa.

—Yo también.

Ninguna de las dos oye al Monstruo moverse allá afuera. No lo ven cuando recoge el sobre. Pero finalmente, mientras está refugiándose en los brazos de Mamá, Elsa se da cuenta de por qué las palabras que salieron de la boca del Monstruo sonaban demasiado extrañas.

El Monstruo estaba hablando en el lenguaje secreto de Abuelita y de Elsa.

Uno puede amar a su abuela durante muchos años, sin saber en realidad nada sobre ella.

8
Caucho

Es miércoles. Y está corriendo de nuevo.

Esta vez no sabe por qué con exactitud. Tal vez porque quedan muy pocos días antes de las vacaciones de Navidad, y ellos saben que no van a poder perseguir a nadie por varias semanas, así que tienen que desfogarse ahora. O tal vez es por algo completamente diferente. De todos modos, eso no importa. Las personas que nunca han sido perseguidas por alguien más creen que siempre hay una razón detrás. «No lo harían sin un motivo, ¿verdad? Debes haber hecho algo para provocarlos». Y así es como la opresión funciona. Ellos persiguen a Elsa nada más porque ella está ahí, esa es la razón. Lo único que hace para provocarlos es existir, no necesitan más motivos que ese.

Pero es inútil tratar de explicárselo a esa clase de gente; tan inútil como tratar de explicarle a un tipo que va por ahí con su pata de conejo —porque se supone que es de buena suerte— que, si las patas de conejo en verdad fueran de buena suerte, todos los conejos conservarían sus cuatro patas.

Y es que, en realidad, esto no es culpa de nadie. No es que Papá haya llegado demasiado tarde para recogerla, es solo que las clases terminaron demasiado temprano. Y es difícil hacerse invisible cuando la cacería empieza dentro del edificio de la escuela.

Así que Elsa corre.

—¡Agárrenla! —grita la niña que está en algún lugar detrás de ella.

Hoy, todo empezó con la bufanda de Elsa. O al menos eso es lo que ella cree. Empezó a identificar quiénes son los cazadores en la escuela, y cuál es su *modus operandi*. Están aquellos que solo persiguen niños que se muestran débiles. Están aquellos que nada más cazan por diversión; ni siquiera golpean a sus víctimas cuando las alcanzan, solamente quieren ver el terror en sus ojos. Y luego están aquellos que son como el niño que se peleó con Elsa por el derecho a ser Spider-Man. Él caza y golpea a otros por una cuestión de principios, pues no soporta que alguien le lleve la contraria. Mucho menos alguien que sea diferente.

Pero esta niña es un caso especial. Quiere tener un motivo para perseguir a otros. Una forma de justificar sus cacerías. «Cuando me persigue, quiere sentirse como una heroína», reflexiona Elsa con una lucidez tan fría que resulta irracional, mientras corre a toda prisa hacia la verja con el corazón golpeándole el pecho como si fuera un ariete, y la garganta ardiéndole como esa vez que Abuelita preparó batidos de chile jalapeño.

Elsa cree que todo empezó con su bufanda. Pero no está segura porque no puede imaginarse que alguien podría irritarse tanto por una bufanda. Sin embargo, ha decidido que detenerse a preguntar cuál es el problema no mejoraría su posición para negociar. Puede sentir la emoción de los demás niños, pues las suelas de sus botas retumban en el hielo cada vez más cerca, haciéndolo vibrar. Si encuentras una razón para perseguir a alguien, jamás tendrás que cazar solo. En todo caso, no en esta escuela.

Elsa se lanza a la verja, sube por ella y se deja caer sobre la banqueta del otro lado; pero, al aterrizar, la mochila cae con tanta fuerza sobre su nuca que la vista se le oscurece por unos cuantos segundos. Jala firmemente las correas con ambas manos para que la mochila quede bien ceñida a su espalda y, con la mirada borrosa, parpadea y voltea a su izquierda hacia el estacionamiento, donde Audi debería llegar en cualquier momento. Oye que la niña grita detrás de ella como si fuera un orco bastante ofendido. Elsa sabe qué es un orco gracias a las películas de *El Señor de los Anillos* que

Abuelita vio con ella, a pesar de —o debido a— la prohibición de Mamá. Elsa sabe que, para cuando Audi se presente, será demasiado tarde, así que entonces mira a la derecha, bajando por la pendiente en dirección a la avenida. Los camiones retumban al pasar como un ejército invasor que avanza hacia el castillo del enemigo, pero Elsa puede ver la entrada del parque al otro lado de la vía, a través de los espacios entre los vehículos que circulan por ahí.

Todo mundo en la escuela le dice «el Parque de las Drogas», ya que en ese lugar hay adictos que persiguen a los niños con jeringas llenas de heroína. Al menos eso es lo que Elsa ha oído, y por eso este sitio la aterra. Es uno de esos parques donde parece que nunca pega la luz del sol, y este es uno de esos días invernales en los que parece que el sol nunca sale.

Elsa se las había arreglado hasta la hora del almuerzo, pero ni siquiera alguien que es muy buena para ser invisible puede seguir siéndolo en una cafetería. La niña se había aparecido frente a ella de manera tan repentina que Elsa se sobresaltó y derramó el aderezo de la ensalada sobre su bufanda de Gryffindor. La niña señaló la bufanda y bramó «¿No te he dicho que dejes de andar por ahí con esa estúpida bufanda horrible?». Elsa le devolvió la mirada a la niña de la única forma en la que uno puede ver a alguien que acaba de señalar una bufanda de Gryffindor y luego dice «estúpida bufanda horrible», como cuando ves a alguien que estaba observando un caballo y luego exclama muy alegre «¡Un cocodrilo!». La primera vez que la bufanda había llamado la atención de esa niña, Elsa había dado por hecho que la niña simplemente era una Slytherin. Fue solo hasta que la niña golpeó a Elsa en la cara y desgarró su bufanda y la tiró a un inodoro, que Elsa cayó en la cuenta de que la niña jamás había leído *Harry Potter*. Desde luego que ella sabía quién es porque todos saben quién es Harry Potter, pero resultaba claro que no había leído los libros. Ni siquiera entendía el simbolismo más elemental que encierra una bufanda de Gryffindor. Y no es que Elsa quiera ser elitista ni nada por el estilo, pero ¿cómo es posible razonar con una persona así?

Muggles.

Así que, cuando hoy la niña alargó la mano en la cafetería para arrancarle la bufanda a Elsa, Elsa decidió usar argumentos que estuvieran un poco más en el nivel intelectual de la niña. Simplemente le arrojó un vaso de leche y se echó a correr. Corrió a través de los pasillos, subió al segundo piso de la escuela y luego al tercero, donde hay un espacio debajo de las escaleras que los conserjes usan como un almacén. Elsa se acurrucó ahí abrazando sus rodillas, y se hizo tan invisible como pudo mientras oía que la niña y su séquito subían corriendo a toda prisa al cuarto piso. Y luego se escondió en el salón de clases el resto del día.

Y ese era el motivo que a la niña le hacía falta. Había logrado provocar a Elsa para que ella la atacara primero, de modo que la niña se había convertido en la heroína de esta historia. En cada escuela siempre hay unos cuantos cazadores que son así, que siempre eligen a niños como Elsa. Porque uno puede provocarlos. Uno puede lograr que sean ellos los que arrojen el vaso de leche.

Así es más divertido salir de cacería. Y ese es el único motivo que algunas personas necesitan.

El tramo imposible de recorrer es el que va desde el salón de clases hasta las puertas de la escuela. Ni siquiera un experto puede volverse invisible mientras recorre ese trayecto. Así que Elsa tuvo que actuar de manera estratégica.

Primero, se mantuvo cerca del maestro mientras sus compañeros de clase se precipitaban en tropel fuera del salón. Luego salió a hurtadillas por la puerta mezclándose con el tumulto y bajó a toda prisa por las otras escaleras, las que no llevan a la entrada principal. Obviamente los que la estaban cazando sabían que ella haría eso, quizás incluso querían que lo hiciera, porque así sería más fácil atraparla, en esa escalera. Pero la clase había terminado temprano, y Elsa apostó a que las clases en el piso de abajo todavía no concluían. De ser así, quizás tendría medio minuto para bajar a toda velocidad por la escalera y correr tan rápido como el rayo por el pasillo desierto para ganar una pequeña ventaja; tras lo cual sus perseguidores terminarían atrapados en la maraña de alumnos que saldrían en masa de los salones del piso de abajo.

Elsa tuvo razón. Pudo ver a la niña y a sus amigos a no más de diez metros de distancia detrás de ella, pero no pudieron alcanzarla.

Abuelita le había contado a Elsa miles de historias de Miamas sobre la guerra y de gente que había sido perseguida. De cómo puedes escapar de las sombras que van tras de ti, de cómo las engañas para que caigan en una trampa y de cómo puedes derrotarlas con una distracción. Al igual que todos los cazadores, las sombras tienen una debilidad muy grande: concentran toda su atención en la persona que están persiguiendo, en lugar de fijarse también en todo lo que hay a su alrededor. En cambio, el perseguido dedica toda su atención a encontrar una ruta de escape. No será una ventaja enorme, pero es una ventaja al fin y al cabo. Elsa lo sabe, pues ya investigó que significa la palabra *distracción*.

Así que Elsa metió la mano en el bolsillo de su pantalón y sacó un puñado de monedas que llevaba por si se presentaba una emergencia. Justo cuando la multitud de estudiantes comenzaba a dispersarse y ella estaba a punto de llegar a la segunda escalera que baja hacia la entrada principal, dejó caer las monedas al piso y salió disparada.

Elsa ya había descubierto un detalle muy curioso acerca de las personas. Prácticamente todos los que oímos el tintineo de unas monedas cuando caen al piso dejamos de hacer lo que estamos haciendo y volteamos a ver hacia abajo, por puro instinto.

La repentina aglomeración de manos ansiosas alrededor de las monedas les cerró el paso a los perseguidores, y eso le dio a Elsa unos cuantos segundos más para ampliar su delantera, que aprovechó al irse volando de ahí.

Pero ahora los oye lanzándose contra la verja. Cómodas botas de invierno de colores neutrales que se enfrentan al enrejado de alambre de acero que ya perdió su forma original. Falta poco para que la alcancen. Elsa voltea a la izquierda hacia el estacionamiento. Audi todavía no se aparece. Entonces voltea a la derecha, hacia la pendiente que conduce al caos de la avenida y al silencio oscuro del parque. Mira a la izquierda de nuevo y llega a la conclusión de que esa sería la opción segura si Papá fuera a llegar a tiempo por una vez en la vida. Luego mira a la derecha y siente un miedo terrible que le araña el estómago por dentro cuando vislumbra el parque entre los camiones que rugen al pasar.

Entonces, se acuerda de aquel relato de Miamas que Abuelita le contó. Se trata de uno de los príncipes que en cierta ocasión escapó de toda una manada de sombras que lo perseguían, al internarse a todo galope con su caballo en el bosque más oscuro que había en la Tierra-a-punto-de-despertar. Las sombras son la abominación más abominable que jamás haya existido en una fantasía, pero incluso las sombras sienten miedo, dijo Abuelita. Incluso esas malditas bastardas le temen a algo. Porque hasta las propias sombras tienen imaginación.

«A veces, el lugar más seguro al que puedes escapar es aquel que parece el más peligroso», dijo Abuelita, y luego le narró a Elsa cómo fue que el príncipe, montando su caballo, se adentró directamente en el bosque más oscuro de la Tierra-a-punto-de-despertar, y las sombras se detuvieron en el límite de la espesura, sin poder hacer otra cosa más que sisear por la frustración. Porque ni siquiera las sombras estaban seguras de qué se escondía en el interior del bosque, al otro lado de los árboles, y nada asusta más que lo desconocido, ese vacío que solo podemos llenar con la imaginación. «Cuando hablamos de cosas que dan terror, la realidad no se compara con el poder de la imaginación», dijo Abuelita.

Así que Elsa se echa a correr hacia la derecha. Puede percibir un olor a caucho quemado cuando los vehículos frenan sobre el hielo. A eso mismo olía Renault casi todo el tiempo. Atraviesa la avenida colándose entre los camiones, oye a los choferes tocando sus bocinas y a sus perseguidores gritándole. Por fin llega a la acera del otro lado, pero entonces siente que uno de los niños, el que venía más cerca de ella, agarra su mochila. Está tan cerca del parque que, si estirara la mano, podría rozar la oscuridad, pero es demasiado tarde. Para cuando cae sobre la nieve, Elsa ya está convencida de que no va a tener tiempo de protegerse con las manos de la lluvia de golpes y patadas que se avecina, pero al menos pega las rodillas al cuerpo, cierra los ojos y trata de cubrirse el rostro para evitar que su mamá se sienta triste de nuevo.

Elsa aguarda los golpes sordos que va a recibir en la nuca. Por lo general, cuando le pegan no siente dolor; el cuerpo no le duele hasta el día siguiente. Pero el dolor que siente durante una golpiza es un tipo diferente de dolor.

Pero no pasa nada.

Elsa contiene la respiración.

Nada.

Abre los ojos y un estrépito ensordecedor la rodea por todos lados. Los oye gritar. Los oye correr. Y luego oye la voz del Monstruo. Es como un poder ancestral que retumba al emerger de su interior.

—NO. VUELVAN. A. ¡TOCARLA!

Todo resuena en el aire.

Elsa siente que sus tímpanos le vibran. El Monstruo no vocifera en el lenguaje secreto de Elsa y de Abuelita, sino en el lenguaje común. Pero las palabras suenan raras en su boca. Es como si la entonación de cada sílaba se resbalara y terminara cayendo en el lugar equivocado. Como si no hubiera pronunciado esas palabras en muchísimo tiempo.

Elsa levanta la mirada. Los ojos del Monstruo la observan

desde lo alto de sus más de dos metros de estatura, a través de las sombras proyectadas por la capucha sobre su cabeza y esa barba que no parece tener fin. Su pecho sube y baja unas cuantas veces. Elsa se acurruca por instinto, pues cree que las enormes manos del Monstruo la van a sujetar y luego la lanzarán al tráfico de la avenida, como si fuera un gigante que le da un capirotazo a un ratón. Pero el Monstruo solo se queda parado ahí, respirando pesadamente. Parece irritado y confundido. Al final alza la mano como si fuera un mazo que solo un titán podría levantar, y apunta hacia la escuela.

Cuando Elsa se vuelve, se da cuenta de que la niña que no lee a Harry Potter y sus amigos se están dispersando como pedacitos de papel arrojados al viento desde un balcón. Aterrados como si las sombras mismas los estuvieran persiguiendo.

A la distancia, ve a Audi entrar al estacionamiento. Respira hondo y siente cómo el aire se abre paso a la fuerza en el interior de sus pulmones, como si entrara por primera vez después de varios minutos.

Y, cuando voltea otra vez, el Monstruo ya se ha ido.

9
Jabón

En el mundo real hay miles de historias, cuyo origen ignoran los sabelotodo. Porque todas vienen de la Tierra-a-punto-de-despertar, y ahí uno no se atribuye el mérito ni se jacta de nada, simplemente hace su trabajo. Y las mejores historias proceden de Miamas.

Es cierto que los otros cinco reinos han producido uno que otro cuento de hadas, pero ninguno tan bueno como los de Miamas, ni poquito. En Miamas se producen cuentos de hadas las veinticuatro horas del día, y todavía se elaboran uno por uno, hechos cuidadosamente a mano; no es como si se produjeran en serie dentro de una fábrica. Y solo se exportan los mejores. La mayoría se cuentan una sola vez y luego caen al piso cuan planos son; pero los mejores, los más hermosos, se elevan desde los labios de sus narradores en cuanto pronuncian la última palabra, y entonces se mueven en el aire con lentitud, flotando por encima de los que escucharon la historia, como si fueran pequeñas y resplandecientes linternas voladoras de papel. Y, cuando cae la noche, los enfantes llegan a recoger esos cuentos de hadas. Los enfantes son seres muy pequeños con sombreros impecables que viajan montados en criaturas nebulosas —los enfantes, no los sombreros; podría decirse que los sombreros más bien montan a los enfantes, si nos ponemos quisquillosos—. Los enfantes atrapan las linternas usando enormes redes doradas, y entonces las criaturas nebulosas se dan la vuelta y ascienden a lo alto del cielo, con tanta velocidad que hasta el mismo viento tiene que hacerse a un lado. Y, si el viento no se aparta con la suficiente rapidez, las criaturas nebulosas le gritan «¡Quítate del camino, viento estúpido!» y se transforman en alguna especie de animal con dedos, para poder enseñarle al viento el dedo medio (Abuelita siempre soltaba una carcajada cuando decía esto; a Elsa le llevó un tiempo entender por qué).

Finalmente, los enfantes llegan a la cima de la montaña más alta de la Tierra-a-punto-de-despertar, conocida como la Montaña de los Cuentos, y en ese lugar abren sus redes y dejan que las historias vuelen libres. Así es como las historias encuentran su camino para llegar al mundo real.

Al principio, cuando la abuela de Elsa empezó a contarle sus historias de Miamas, no parecían más que relatos aislados sin ninguna conexión entre sí, narrados por alguien que estaba mal de la cabeza. Le llevó años a Elsa entender que todos estaban relacionados. Así es como funcionan todas las historias buenas de verdad.

Abuelita le contó acerca de la triste maldición del ángel del mar. Le contó sobre los dos hermanos príncipes que se fueron a la guerra el uno contra el otro porque ambos estaban enamorados de la princesa de Miploris. Le contó de la princesa que luchó contra una bruja que le había robado el tesoro más valioso en toda la Tierra-a-punto-de-despertar, y de los guerreros de Mibatalos y los bailarines de Mimovas y los cazadores de sueños de Mirevas. Acerca de cómo todos ellos reñían y parloteaban sobre tal o cual cosa todo el tiempo, hasta el día en el que el Elegido de Mimovas huyó de las sombras que trataban de secuestrarlo. Sobre cómo las criaturas nebulosas llevaron al Elegido hasta Miamas, y cómo todos los habitantes de la Tierra-a-punto-de-despertar por fin se dieron cuenta de que tenían algo más importante por qué luchar. Cuando las sombras reunieron su ejército y vinieron para llevarse al Elegido por la fuerza, todos se plantaron unidos para hacerles frente. Los demás reinos nunca se rindieron, ni siquiera cuando parecía que la Guerra-sin-fin iba a terminar en una derrota aplastante, o cuando el reino guerrero de Mibatalos cayó y fue arrasado hasta los cimientos. Porque sabían que, si las sombras conseguían llevarse al Elegido, eso acabaría con toda la música, y luego con todo el poder de la imaginación en la Tierra-a-punto-de-despertar. Entonces, ya no quedaría nada que fuera diferente. Y es que todos los cuentos cobran vida gracias a lo que es diferente. «Solo las personas que son distintas pueden cambiar el mundo, nadie que fuera normal ha cambiado una sola maldita cosa jamás», solía decir Abuelita.

Y luego hablaba acerca de los vorves. Elsa debería haberlo entendido desde un principio. Realmente debería haber entendido todo esto desde un principio.

• • •

Papá apaga el estéreo justo antes de que Elsa se suba a Audi de un salto. Elsa se alegra de que lo haya apagado, pues parece que Papá siempre se pone muy triste cuando ella le hace notar que él escucha la peor música de todo el mundo. Y es muy difícil no hacerle notar eso cuando tienes que permanecer sentada a bordo de Audi escuchando la peor música de todo el mundo.

—Cinturón —le pide Papá a Elsa cuando ella se sienta.

El corazón de Elsa todavía late con mucha fuerza en su pecho.

—¡Hola, hola, vieja caracola! —exclama Elsa, al saludar a su papá. Porque así es como habría saludado a su abuela, si ella hubiera venido a recogerla. Luego, Abuelita habría exclamado «¡Qué tal, qué tal, mi angelito celestial!». Y, entonces, todo habría estado mejor. Porque, si exclamas «¡Hola, hola, vieja caracola!» para saludar a alguien, es mucho más difícil sentirse atemorizado.

Parece que Papá no sabe cómo reaccionar. Elsa suspira, se pone el cinturón de seguridad y trata de hacer que su corazón lata más despacio pensando en cosas a las que no les teme. Papá se ve todavía más vacilante.

—Tu mamá y George fueron otra vez al hospital...

—Lo sé —responde Elsa, con el tono en el que hablas cuando algo no logró que sintieras menos miedo.

Papá asiente. Elsa lanza su mochila hacia atrás, y cae de costado en medio del asiento trasero. Papá se vuelve, levanta la mochila, la endereza y la coloca derechita como si estuviera sentada pulcramente en el lugar detrás de Elsa. Para Papá es importante colocar las cosas de una manera pulcra. No es que tenga pensamientos obsesivos, Elsa lo sabe pues se informó al respecto en Wikipedia. Pero él es una persona bastante pulcra. Cuando Mamá y Papá todavía estaban casados, Papá a veces se levantaba de la cama por la noche sin hacer ruido, pues no era capaz de conciliar el sueño si sabía que los íconos en el escritorio de la computadora de Mamá estaban desordenados. Todo el mundo debería haberse dado cuenta desde un inicio que, a la larga, ese matrimonio no iba a funcionar.

—¿Quieres hacer algo? —pregunta Papá, y su voz suena un poquito ansiosa cuando dice «algo».

Elsa se encoge de hombros.

—Podríamos hacer algo... divertido —dice Papá vacilante.

Elsa sabe que solo está tratando de ser amable por tres motivos: se siente culpable porque raras veces se ven, siente pena por Elsa porque su abuela murió y, además, este miércoles le resultó un poquito inesperado. Elsa sabe todo esto porque Papá jamás sugeriría que hicieran algo divertido, ya que a él no le gusta divertirse. Las cosas divertidas provocan que Papá se sienta muy nervioso. En cierta ocasión, cuando Elsa era más pequeña y estaban de vacaciones, Papá fue con Elsa y con Mamá a la playa, y se divirtieron tanto que Papá tuvo que tomar dos pastillas de paracetamol y se acostó en la cama del hotel para descansar toda la tarde. Se había divertido demasiado de una sola vez, dijo Mamá. «Una sobredosis de diversión», respondió Elsa, y Mamá se echó a reír por un buen rato.

Un detalle curioso acerca de Papá es que nadie saca a relucir el lado divertido de Mamá tanto como él. Es como si Mamá siempre fuera el polo opuesto de una batería. Nadie saca a relucir el lado ordenado y pulcro de Mamá tanto como Abuelita, y nadie hace que Mamá sea tan desordenada y caprichosa como Papá. Una vez, cuando Elsa era pequeña, Mamá estaba hablando por teléfono con Papá, y Elsa le preguntó una y otra vez: «¿Es Papá? ¿Es Papá? ¿Puedo hablar con Papá? ¿Dónde está?». Mamá terminó por volverse hacia ella y suspiró de manera bastante dramática: «¡No, no puedes hablar con Papá porque se fue al cielo, Elsa!». Elsa no dijo ni una sola palabra, solo se quedó mirando fijamente a su mamá; y, entonces, Mamá esbozó una amplia sonrisa. «Ay, Elsa, por Dios, nada más estoy bromeando. Papá fue al supermarcado».

Esa vez, Mamá sonrió de la misma forma pícara en la que Abuelita acostumbraba hacerlo.

A la mañana siguiente, Elsa entró a la cocina con ojos vidriosos, mientras Mamá bebía café con mucha leche deslactosada. Preocupada, Mamá le preguntó a Elsa por qué se veía tan triste, y Elsa respondió que había soñado «que Papá estaba en el cielo». Mamá enloqueció por los sentimientos de culpa que se apoderaron de ella, abrazó a Elsa muy, muy fuerte y le pidió perdón una y otra y otra vez. Entonces, Elsa esperó casi diez minutos hasta que al final sonrió con socarronería y dijo: «Ay, Mamá, por Dios, nada más estoy bromeando. Solo soñé que Papá estaba en el supermercado».

A partir de entonces, Mamá y Elsa bromeaban a menudo con Papá preguntándole cómo eran las cosas en el cielo. «¿En el cielo hace frío? ¿En el cielo puedes volar? ¿En el cielo te permiten conocer a Dios?», le decía Mamá. «¿En el cielo tienen cortaquesos?», le preguntaba Elsa. Y entonces las dos terminaban doblándose de la risa. Cuando sucedía esto, parecía que Papá no tenía idea de cómo reaccionar. Elsa extraña todo eso. Extraña la época en la que su Papá estaba en el cielo.

—¿Abuelita estará en el cielo ahora? —le pregunta Elsa a su papá con una gran sonrisa, pues lo está diciendo en son de broma, esperando que Papá se ría.

Pero no lo hace. Solo pone esa expresión en el rostro que hace que Elsa se avergüence de haber dicho algo, pues no le gusta que Papá ponga esa expresión.

—Meh, olvídalo —dice ella en voz baja mientras le da unas palmaditas a la guantera, y luego añade casi de inmediato—: Podemos irnos a la casa, en serio no hay problema.

Papá asiente, y parece sentirse desilusionado y aliviado al mismo tiempo.

A la distancia, los dos se percatan de la patrulla estacionada en la calle, frente al edificio donde vive Elsa. Ella ya puede oír los ladridos desde el momento en que se bajan de Audi. Las escaleras están llenas de gente. Los aullidos furiosos desde el interior del apartamento de Nuestro Amigo hacen que todo el edificio tiemble.

—¿Traes... tu llave?—pregunta Papá.

Elsa asiente y le da un abrazo breve. Papá no sabe qué hacer cuando se topa con una escalera llena de gente. Se sube de nuevo a Audi y Elsa entra sola al edificio. Y, en algún lugar más allá del alboroto ensordecedor que está causando Nuestro Amigo, Elsa oye otras cosas que no alcanzaba a percibir antes. Voces. Ominosas, firmes y amenazantes. Portan uniformes y están moviéndose afuera del apartamento donde viven el niño con un síndrome y su mamá. Acechan y vigilan la puerta de Nuestro Amigo, pero es evidente que tienen miedo de acercarse demasiado, pues están apoyando la espalda contra la pared de enfrente, tan pegados a ella como si fueran gomas de mascar viejas sobre una acera.

Una de los oficiales de policía voltea, y sus ojos verdes se encuentran con los de Elsa. Es la misma oficial que Abuelita y ella conocieron en la estación de policía esa noche que Abuelita estuvo lanzando mierda. La oficial de los ojos verdes hace un ademán triste con la cabeza en dirección de Elsa, como si estuviera tratando de disculparse.

Elsa no le devuelve el gesto, solo se abre paso entre la gente y se echa a correr.

Entonces, alcanza a oír que uno de los policías pronuncia las palabras «Control de Animales» y «sacrificarlo» mientras habla por teléfono. Britt-Marie está parada a mitad de la escalera, lo bastante cerca como para poder darles sugerencias a los policías sobre lo que ella cree que deberían hacer, pero a una distancia segura en caso de que esa bestia logre salir por la puerta. Britt-Marie le sonríe a Elsa de forma bienintencionada. Pero Elsa la odia.

En el momento en que Elsa llega al piso superior del edificio, Nuestro Amigo empieza a ladrar con más fuerza que nunca, con la potencia de un huracán de diez mil cuentos de hadas. Elsa puede ver a través de los huecos en el barandal de la escalera que los policías están retrocediendo.

Y Elsa debería haber entendido todo esto desde un principio. Realmente debería haberlo hecho.

En los bosques y las montañas de Miamas vive un número inimaginable de seres muy especiales. Sin embargo, ninguno de ellos era tan legendario ni tan respetado por las demás criaturas de Miamas (y hasta por Abuelita) como los vorves.

Los vorves eran tan grandes como un oso polar, se movían de manera tan ágil como un zorro del desierto y podían ser tan rápidos a la hora de atacar como una cobra. Llegaban a ser más fuertes que un buey, tenían la resistencia física de un semental salvaje y poseían quijadas más feroces que las de un tigre. Su pelaje era de un resplandeciente color negro, suave como una brisa de verano; pero la piel debajo era tan gruesa como una coraza. En los cuentos de hadas realmente antiguos se decía que eran inmortales. Estamos hablando de los cuentos que se narraban desde las eternidades más arcaicas, cuando los vorves vivían en Miploris y servían a la familia real como los guardianes de su castillo.

Sin embargo, la princesa de Miploris los desterró de la Tierra-a-punto-de-despertar. Cuando Abuelita le contaba esto a Elsa, una sensación de culpa flotaba en el aire cada vez que guardaba silencio en medio de su narración. Cuando la princesa todavía era una niña, quiso jugar con uno de los cachorros mientras este dormía.

Le jaló la cola y el cachorro se despertó muy asustado, y entonces mordió la mano de la princesa. Desde luego que todo el mundo sabía que los verdaderos culpables eran los padres de la princesa, que nunca le habían enseñado a su hija que jamás, jamás, jamás había que despertar a un vorv que estuviera durmiendo. Pero la princesa sintió tanto temor y sus padres tanta ira que se vieron obligados a echarle la culpa a alguien más para poder soportar vivir consigo mismos. Así pues, la corte decidió prohibir de manera terminante y para siempre la existencia de los vorves en el reino. De hecho, una despiadada gavilla de troles cazadores de recompensas recibió su permiso para cazar a los vorves haciendo uso del fuego y de sus flechas envenenadas.

Desde luego que los vorves podrían haberse defendido, ni todos los ejércitos de la Tierra-a-punto-de-despertar unidos en una sola fuerza de combate se habrían atrevido a enfrentarlos en batalla; a ese grado temían la capacidad de esos animales como guerreros. Pero, en lugar de luchar, los vorves dieron la media vuelta y se fueron corriendo de ahí. Corrieron tan lejos y tan alto en las montañas que nadie creyó que los volverían a encontrar jamás. Corrieron hasta que los niños de los seis reinos se convirtieron en adultos sin haber visto un solo vorv en toda su vida. Corrieron por tanto tiempo que se volvieron legendarios.

Fue solo hasta que se desató la Guerra-sin-fin que la princesa de Miploris se dio cuenta de su terrible error. Las sombras exterminaron a todos los soldados de la nación guerrera de Mibatalos y arrasaron con ese reino hasta reducirlo a escombros, y después empezaron a extenderse por el resto de la Tierra-a-punto-de-despertar con una fuerza avasalladora. Cuando todo parecía perdido, la propia princesa montó su caballo blanco y salió de las murallas de su ciudad. Galopó como una tormenta hasta lo alto de las montañas y fue ahí, después de una búsqueda interminable en la que su caballo se rindió por el cansancio y ella estuvo a punto de sufrir la misma suerte, donde los vorves la encontraron.

Las sombras oyeron un gran estruendo y sintieron que la tierra se movía bajo sus pies, pero entonces ya era demasiado tarde para ellas. La princesa llegó montando su caballo, al frente de los más grandes guerreros que había entre todos los vorves. Y fue en ese momento cuando Corazón de Lobo regresó desde lo más profundo de los bosques. Tal vez porque Miamas estaba al borde de la aniquilación y lo necesitaba más que nunca. «O tal vez...», susurraba Abuelita al oído de Elsa mientras cada una montaba su criatura nebulosa por las noches, «tal vez más que nada porque la princesa, al darse cuenta de lo injusta que había sido con los vorves, demostró que los seis reinos merecían que los salvaran».

La Guerra-sin-fin terminó ese día. Las sombras fueron desterradas al mar y Corazón de Lobo desapareció al internarse de nuevo en los bosques. Pero los vorves se quedaron, y hasta este día siguen sirviendo como la escolta personal de la princesa en Miploris, de guardia al exterior de las puertas del castillo.

Elsa oye a Nuestro Amigo ladrar allá abajo de forma desquiciada. Recuerda que Abuelita le había dicho que «eso lo divierte». No sabe qué pensar del sentido del humor de Nuestro Amigo, pero entonces se acuerda de que Abuelita había mencionado que Nuestro Amigo no necesitaba vivir con nadie, pues ella tampoco vivía con alguien más; y, cuando Elsa hizo notar que tal vez Abuelita no debía compararse con un perro, Abuelita había puesto los ojos en blanco. Ahora, Elsa entiende por qué.

Elsa debería haber entendido todo esto desde un principio. Realmente debería haberlo hecho.

Porque no se trata de un perro.

Uno de los policías pelea torpemente con un enorme manojo de llaves. Elsa puede oír que alguien abre la puerta principal del edificio y, entre cada ladrido de Nuestro Amigo, percibe que el niño con un síndrome está subiendo por la escalera dando saltitos con los pies juntos. Siempre hace eso, se abre paso en la vida bailando.

Los policías llevan con gentileza al niño y a su mamá hasta su apartamento. Triunfante, Britt-Marie camina de aquí para allá en su propio piso dando pasitos muy pequeños. Elsa la odia a través de los espacios en el barandal de la escalera.

Nuestro Amigo se queda completamente callado por un instante; es como si hubiera hecho una retirada estratégica bastante breve, a fin de reunir fuerzas para la verdadera batalla. Los policías hacen tintinear el manojo de llaves, mientras hablan sobre prepararse «en caso de que ataque». Ahora que Nuestro Amigo ha dejado de ladrar, suenan más engreídos.

Elsa oye que otra puerta se abre, y luego oye la voz de Lennart. Pregunta con mucho tacto qué está pasando. Los policías le explican que vinieron para encargarse de «un perro peligroso». Lennart suena un poquito preocupado. Luego suena como si no supiera qué decir. Y entonces dice lo que siempre dice:

—¿Alguien quiere café? Mi esposa Maud acaba de prepararlo.

Britt-Marie interrumpe el momento e, irritada, le dice a Lennart que seguramente él puede entender que los policías tienen cosas más importantes que hacer que tomar café. Al oír esto, los policías parecen sentirse un poco decepcionados. Elsa ve que Lennart sube de regreso por los escalones. Al principio da la impresión de que está considerando permanecer en la caja de la escalera, pero luego parece haberse dado cuenta de que eso podría tener como consecuencia que su café se enfríe, y habría llegado a la conclusión de que ese es un riesgo que no vale la pena correr, no importa lo que esté pasando aquí afuera. Así que termina por meterse a su apartamento.

El primer ladrido que resuena después de que Lennart ha desaparecido es breve y muy claro. Como si Nuestro Amigo solo estuviera probando sus cuerdas vocales. El segundo es tan fuerte que todo lo que Elsa puede oír durante varias eternidades es el zumbido que retumba en sus oídos. Cuando por fin empieza a menguar, Elsa oye un golpe sordo y bastante violento. Luego otro. Y luego uno más. Es hasta el cuarto golpe que se da cuenta de qué es ese ruido. En el interior de su apartamento, Nuestro Amigo está lanzándose con todo su poder contra la puerta.

Los policías están tratando de entrar. Nuestro Amigo está tratando de salir. Si Abuelita hubiera presenciado esto quizás habría encendido un cigarrillo, habría puesto los ojos en blanco y habría dicho «¡Nah, no me imagino para nada cómo esto podría acabar mal!» con un tono bastante irónico, a pesar de que Abuelita nunca entendió en realidad qué es la ironía.

Elsa oye que uno de los policías está hablando por teléfono de nuevo. Casi no distingue nada de lo que dice, pero sí puede entender las palabras «extremadamente grande y agresivo». Espía a través del barandal y alcanza a ver que los policías están parados a dos metros de distancia del apartamento de Nuestro Amigo; es evidente que su autoconfianza se va debilitando a medida que Nuestro Amigo sigue arrojándose cada vez más fuerte contra la puerta. Elsa se percata de que otros dos policías han llegado al lugar, y uno de ellos trae un pastor alemán sujeto con una correa. Pareciera que, en opinión del pastor alemán, no es buena idea tratar de entrar a ese apartamento de donde esa cosa —sea lo que sea— quiere salir. El pastor alemán mira a los policías más o menos de la misma forma en que Elsa miraba a su abuela cuando estaba tratando de modificar el cableado del horno de microondas de Mamá.

—Entonces traigan a Control de Animales —oye Elsa que la oficial de los ojos verdes termina por decir, con un suspiro de resignación.

—¡Eso era lo que yo decía! ¡Justo lo que estaba sugiriendo! —exclama Britt-Marie, llena de entusiasmo.

Ojos verdes no le responde, pero le lanzan una mirada que la hace callar de forma abrupta.

Nuestro Amigo ladra una última vez, con una fuerza inaudita. Y entonces guarda silencio de nuevo. Hay mucho ruido en la escalera por unos instantes, y luego Elsa oye que la puerta principal se abre y se cierra otra vez. Es claro que los policías decidieron esperar un poco más lejos del apartamento donde vive esa cosa, mientras llega Control de Animales. A través del ventanal de la escalera, Elsa los ve marcharse con el lenguaje corporal de un policía que claramente está considerando beber una taza de café. Por su parte, el pastor alemán camina con el lenguaje corporal de un pastor alemán que claramente está considerando jubilarse con anticipación.

De un momento a otro hay tanto silencio en el edificio que los pasitos solitarios de Britt-Marie hacen eco abajo en la escalera. «Un monstruo, no es más que un monstruo horripilante», dice Britt-Marie para sí misma, y unos cuantos segundos después Elsa oye que la puerta del apartamento de Britt-Marie y Kent se cierra.

Elsa se queda de pie ahí, dubitativa. Lo sabe porque *dubitativa* es una palabra para el frasco de las palabras. Mira a los policías a través del ventanal, y, viendo las cosas en retrospectiva, Elsa no podrá explicar con exactitud por qué decidió actuar. Pero ningún caballero auténtico de Miamas habría dejado que le quiten la vida a un amigo de Abuelita, sin al menos haber tratado de hacer algo al respecto. Así que Elsa baja rápidamente por las escaleras sin hacer ruido, pasa con mucho cuidado frente al apartamento de Britt-Marie y Kent, y toma la precaución de detenerse en cada descanso y aguzar el oído, para asegurarse de que los policías no han entrado de vuelta al edificio.

Al final, Elsa se planta afuera del apartamento de Nuestro Amigo y abre la ranura del correo con mucho tacto. Ahí dentro todo es oscuridad, pero puede oír su respiración retumbante.

—So... Soy yo... —tartamudea Elsa.

No sabe bien a bien cómo iniciar esta clase de conversación. Y Nuestro Amigo no le responde. Aunque, por otro lado, al menos tampoco está arrojándose contra la puerta. Elsa interpreta esto como una clara señal de que la comunicación entre los dos está mejorando.

—Soy yo, la de los chocolates Daim.

Nuestro Amigo sigue sin contestar, pero Elsa puede percibir

que está respirando más despacio. Las palabras salen atropelladamente de la boca de Elsa, como si alguien las estuviera volcando.

—Oye... Es decir... Tal vez esto te suene superextraño... pero creo que mi abuelita habría querido que salieras de aquí de alguna forma, ¿sabes? Si es que tienes una puerta trasera o algo por el estilo. ¡Porque si no lo haces te van a disparar! Quizás suena superextraño, pero es muy raro que además vivas en tu propio apartamento... si sabes a lo que me refiero...

Cuando ya todas las palabras han brotado de ella, Elsa se da cuenta de que las ha pronunciado en el lenguaje secreto. Como una especie de prueba. Porque, si lo que está ahí al otro lado de la puerta solo es un perro, no va a entender nada. «Pero si entiende lo que acabo de decir...», piensa ella, «entonces es algo más». De pronto oye el sonido de una pata, tan enorme como la llanta de un auto, que le da un pequeño arañazo a la puerta por dentro.

—Espero que puedas entenderme —susurra Elsa en el lenguaje secreto.

No oye la puerta que se abre detrás de ella. Solo tiene tiempo de notar, a través de la ranura del correo, que Nuestro Amigo está alejándose de la puerta. Como si estuviera preparándose para algo.

Elsa se va percatando de que hay alguien de pie a sus espaldas, no tanto porque lo vea sino porque siente su presencia. Como si tomaras conciencia de un fantasma que se ha aparecido detrás de ti. O un...

—¡Cuidado! —gruñe la voz.

Elsa se pega a la pared al tiempo que el Monstruo pasa junto a ella con pasos rápidos y silenciosos, sosteniendo una llave en la mano. Un instante después, Elsa queda atrapada entre el Monstruo y Nuestro Amigo. Realmente son el vorv más grande y el monstruo más grande que Elsa ha visto en su vida. Siente como si alguien estuviera presionándole los pulmones. Le dan ganas de gritar, pero nada emerge de su interior.

Y, entonces, todo sucede con una rapidez espeluznante. Oyen que alguien abre la puerta principal allá abajo, al fondo de las escaleras. Las voces de los policías y de alguien más. Elsa cae en la cuenta de que debe ser el tipo de Control de Animales. En retrospectiva, Elsa no estaba muy convencida de haber sido ella quien rigiera los movimientos de su propio cuerpo; posiblemente alguien le había lanzado un hechizo o algo así, considerando que, si acaso eso fuera poco probable, sería mucho más factible que encontrarse con un condenado vorv. Sin embargo, cuando la puerta se cierra detrás de ella, ya está de pie en el vestíbulo del apartamento del Monstruo.

El lugar huele a jabón.

10
Alcohol

Los policías meten la palanca en el marco de la puerta, y el crujido de la madera quebrándose resuena por las escaleras del edificio.

Elsa está en el vestíbulo del apartamento del Monstruo observando a los oficiales a través de la mirilla. Aunque, si hemos de decir las cosas como son, sus pies no están tocando el piso, ya que el vorv se sentó sobre el tapete de la entrada, de modo que Elsa ha quedado atrapada entre el enorme trasero del animal y la cara interior de la puerta. Y parece que el vorv está bastante irritado. No con una actitud amenazante, solo molesto. Como cuando una avispa se mete en la botella de tu bebida gaseosa.

Elsa se da cuenta de que le asustan más los oficiales de la policía al otro lado de la puerta que los dos seres con los que ahora comparte el espacio del vestíbulo. Y sí, es cierto que eso no parece algo muy racional que digamos, pero ha llegado a la conclusión de que, en este momento, puede confiar más en los amigos de su abuela que en los de Britt-Marie. Se vuelve despacio hasta que tiene al vorv de frente y le susurra en el lenguaje secreto:

—Sé bueno y no ladres, por favor. Si lo haces, Britt-Marie y los policías van a... tú sabes...

El vorv gira su cabeza del tamaño de un horno eléctrico y mira a Elsa con reservas.

—¡Ellos van a matarte! —dice Elsa en voz baja.

El vorv no parece muy convencido de que él llevaría las de perder en caso de que Elsa abriera la puerta y lo dejara salir a donde están los policías; así es como podría describirse la mirada del animal. Pero al menos mueve su trasero un poco más hacia el interior del vestíbulo, con lo que Elsa queda libre y por fin puede plantar los pies en el suelo. Y el vorv permanece en silencio, aunque parece que lo hace más por Elsa que por su propio bien.

Mientras tanto, allá afuera la policía está a punto de lograr abrir la puerta con la palanca. Elsa oye cómo se ordenan a gritos entre sí que estén «preparados».

Elsa mira a su alrededor en el vestíbulo y echa un vistazo más allá hasta la sala. Es un apartamento muy pequeño, pero es el más limpio en el que jamás haya puesto un pie. Cuenta con muy pocos muebles, y están acomodados de manera tal que entre ellos forman ángulos rectos de una gran precisión, y lucen como si estuvieran decididos a cometer alguna especie de harakiri mobiliario si tan solo una mota de polvo llegara a caerles encima. Elsa sabe cómo es eso, pues hace un año pasó por una fase de obsesión con los samuráis.

El Monstruo se pierde de vista al entrar en el baño. Ahí dentro, el agua del grifo corre a raudales por un buen rato, hasta que el Monstruo aparece de nuevo al salir. Se seca las manos de forma muy minuciosa con una toallita blanca, luego la dobla con esmero y precisión y entonces va a depositarla en el cesto de la ropa sucia. Tiene que agachar la cabeza para poder pasar por el marco de la puerta sin golpearse. Como hace poco Elsa estuvo leyendo algo sobre Odiseo, siente lo que él debe haber sentido en presencia del gigante Polifemo. Salvo por el hecho de que es probable que Polifemo para nada se lavara las manos con tanto esmero como el Monstruo. Y salvo por el hecho de que Elsa opina que no es tan ufana ni arrogante como el tal Odiseo parece serlo en esos libros. Naturalmente. Pero, por lo demás, está pasando más o menos por lo mismo que Odiseo.

El Monstruo la mira. No parece estar enfadado. De hecho, más bien se ve confundido. Casi asustado. Tal vez eso es lo que le da a Elsa el suficiente valor para atreverse a preguntarle al Monstruo, de forma súbita y sin rodeos:

—¿Por qué mi abuelita te envió una carta?

Elsa dice esto en el lenguaje común. Por razones que ella misma aún no puede desentrañar, no quiere hablar con él en el lenguaje secreto. Las cejas del Monstruo se sumergen por debajo del cabello negro, por lo que es difícil leer alguna expresión en su rostro detrás de su cabellera, su barba y su cicatriz. Salvo por un par de esas bolsas azules de plástico que te dan en los hospitales para que las uses como cubrezapatos, podría decirse que está descalzo. Sus botas están colocadas con esmero justo a un lado de la puerta, alineadas de forma exacta con el borde del felpudo. Le extiende a Elsa otras dos bolsas azules de plástico, pero retira la mano de inmediato en cuanto ella las toma de un extremo, como si tuviera miedo de que Elsa alcanzara a tocarlo. Elsa se agacha y se pone las bolsas encima de sus zapatos manchados de lodo. Se da cuenta de que pisó parcialmente el suelo por fuera del felpudo dejando estampadas sobre el piso de parqué un par de huellas incompletas de barro y nieve.

El Monstruo se arrodilla con una agilidad impresionante y empieza a fregar el piso con otra toallita blanca limpia. Al terminar, rocía el área donde estaban las huellas con un líquido limpiador que hace que a Elsa le ardan los ojos, y seca el líquido con una toallita blanca más. Entonces se levanta, va a depositar las toallas dobladas de forma bastante pulcra en el cesto de la ropa sucia y coloca la botella del líquido limpiador justo en el lugar preciso que le corresponde en un estante.

Luego, se queda de pie por un largo rato, mirando al vorv con ansiedad. La bestia ya se acostó y su cuerpo extendido cubre casi todo el suelo del vestíbulo. El Monstruo da la impresión de que está a punto de hiperventilar. Se va al baño y, cuando regresa, empieza a colocar cuidadosamente sobre el piso un estrecho círculo de toallas alrededor del vorv, teniendo la precaución de no tocarlo ni una sola vez. Entonces se dirige al baño de nuevo y se lava las manos, tallándoselas con tanta fuerza bajo el grifo que el lavabo no para de vibrar.

Cuando vuelve una vez más al vestíbulo lleva un frasquito de gel antibacterial en la mano. Elsa sabe qué es eso, pues cada vez que visitaba a su abuela en el hospital tenía que frotarse las manos con esa sustancia viscosa. El Monstruo estira el brazo, y Elsa aprovecha para echar un vistazo al baño a través del hueco debajo de su axila. Ahí dentro debe haber más frascos de gel que en el hospital de Mamá, o al menos eso supone.

El Monstruo parece sentirse muy, muy incómodo. Deja el frasquito y embadurna sus dedos con gel antibacterial, como si estuvieran cubiertos con una capa adicional de piel invisible y tratara de quitársela de encima. Luego levanta las palmas de sus manos enormes como la caja de un camión en dirección de Elsa, a la vez que asiente con un gesto firme para darle a entender que haga lo mismo.

Elsa levanta sus propias manos pequeñas como una pelota de tenis hacia el Monstruo, que les vierte encima un poco de gel antibacterial mientras hace todo lo posible por no parecer asqueado. Elsa se restriega rápidamente las manos para que su piel absorba el desinfectante y, por instinto, se limpia el gel sobrante en el pantalón. Casi parece que el Monstruo está considerando enrollarse en una alfombra y echarse a gritar y a llorar.

Para contrarrestar lo que acaba de presenciar, el Monstruo vierte más gel antibacterial en sus propias manos y se las frota una y otra y otra vez. Entonces, se da cuenta de que Elsa movió sin querer una de sus botas y ahora está desacomodada en comparación con la otra. El Monstruo se agacha y vuelve a colocarla en su sitio. Y luego, más gel.

Elsa ladea la cabeza y mira al Monstruo.

—¿Tienes pensamientos obsesivos? —dice ella.

El Monstruo no le contesta. Solo se talla las manos con más fuerza, como si estuviera tratando de encender un fuego.

—Leí acerca de eso en Wikipedia —añade Elsa.

El pecho del Monstruo sube y baja mientras respira con frustración. Desaparece de la vista de Elsa cuando se mete en el baño, y ella puede oír de nuevo el sonido del agua que corre en el lavabo.

—¡Mi papá también es un poquito obsesivo! —le dice Elsa a voces desde el vestíbulo, pero luego agrega de inmediato—: Aunque no tanto como tú, ¡tú sí estás realmente chiflado!

Pasará un tiempo antes de que Elsa caiga en la cuenta de que eso sonó como un insulto. Para nada había sido esa su intención. No quiso comparar las pequeñas conductas compulsivas de su papá, propias de un mero aficionado, con los pensamientos obsesivos del Monstruo, que evidentemente son de un nivel profesional.

El Monstruo regresa al vestíbulo por enésima vez. Elsa esboza una sonrisa reconfortante. El vorv parece poner los ojos en blanco, se acuesta de lado y empieza a mordisquear la mochila de Elsa; por lo visto, cree que ahí dentro debe haber chocolates Daim. Da la impresión de que el Monstruo está tratando de viajar a un lugar más feliz en el interior de su mente. Y ahí están los tres: un vorv, una niña y un monstruo que necesita esa clase de orden y limpieza en su vida que definitivamente no es compatible con la presencia de vorves y de niños.

Al otro lado de la puerta, la policía y Control de Animales acaban de irrumpir en el apartamento donde se encontraba un peligrosísimo perro de pelea, solo para descubrir la notoria ausencia de dicho perro de pelea. Todos arman un gran bullicio. Hasta el pastor alemán empieza a ladrar. Como es lógico, tal vez se debe a la ausencia del sujeto que buscaban.

Elsa voltea a ver al vorv. Y luego al Monstruo.

—¿Por qué tienes la llave... de ese... apartamento? —le pregunta ella al Monstruo.

Parece que la respiración del Monstruo se va volviendo más pesada.

—Tú entregaste carta. De abuela. Llave. En el sobre —responde él al final, con su voz profunda.

Elsa ladea la cabeza al otro lado.

—¿Mi abuelita te dijo en la carta que debías cuidarlo?

El Monstruo asiente de mala gana.

—Abuela escribió «protege el castillo».

Elsa asiente. Sus miradas se cruzan por un breve instante. El Monstruo luce bastante como luce una persona cuando desea que todos simplemente se vayan a su casa a ensuciar sus propios vestíbulos. Elsa posa su mirada en el vorv.

—¿Por qué aúlla tanto por las noches? —le pregunta ella al Monstruo.

El vorv no parece apreciar mucho que Elsa esté hablando de él en la tercera persona del singular. Si es que puede considerarse como tercera persona; el vorv da la impresión de no estar muy seguro de las reglas gramaticales del caso. Al parecer, el Monstruo está empezando a cansarse de tantas preguntas.

—Está muy triste —responde él en voz baja mientras voltea a ver al vorv y se frota las manos sin parar a pesar de que ya no queda nada de gel que frotar.

—¿Por qué está tan triste? —pregunta Elsa.

El Monstruo tiene la mirada clavada en las palmas de sus manos.

—Por lo de tu abuela.

Elsa observa al vorv, y el vorv la observa a ella con ojos oscuros y melancólicos. En el futuro, Elsa llegará a la conclusión de que en ese momento y en ese lugar, el vorv empezó a caerle muy bien, muy bien de verdad. Elsa voltea a ver al Monstruo de nuevo.

—¿Por qué mi abuelita te envió una carta?

El Monstruo se frota las manos con más fuerza.

—Vieja amiga —murmura él detrás de esa montaña de pelos negros.

—¿Qué decía en la carta? —exige Elsa saber de inmediato y da medio paso adelante, pero se da cuenta de que el Monstruo parece estar a punto de sufrir un ataque de pánico, por lo que regresa a su posición original, tratando de ser considerada con él.

En Wikipedia hay mucha información acerca de los ataques de pánico.

—*Sorry* —dice Elsa en voz baja.
El Monstruo asiente agradecido.
—«Lo siento». Decía. Solo eso —dice él, y se oculta todavía más en las profundidades de su cabello y su barba.
—¿Por qué te dijo mi abuela que lo sentía? —pregunta Elsa con un tono brusco, aunque para nada era su intención.
Es solo que está empezando a sentirse muy excluida de esta historia, y Elsa odia sentirse excluida de una historia.
—No es tu asunto —dice el Monstruo en voz baja.
—¡Ella era MI abuela! —insiste Elsa.
—Era «lo siento» para mí —responde el Monstruo.
Elsa aprieta los puños.
—*Touché* —reconoce ella al final.
El Monstruo no levanta la mirada. Solo da la media vuelta y se dirige al baño de nuevo. Más agua corriendo. Más gel antibacterial. Más manos frotándose. El vorv agarró la mochila de Elsa con los dientes y ahora tiene el hocico entero metido en ella. Gruñe muy decepcionado cuando descubre la notoria ausencia de objetos que contengan chocolate en su interior.

Elsa mira al Monstruo con ojos entreabiertos, y dice con un tono de voz más severo e inquisitivo:

—¡Cuando quise darte la carta hablaste en nuestro lenguaje secreto! ¡Lo usaste para decir «niña tonta»! ¿Mi abuela te enseñó nuestro lenguaje secreto?

Y es entonces cuando el Monstruo, sorprendido, alza la mirada detenidamente por primera vez, con los ojos como platos. Elsa se queda viéndolo con la boca bien abierta.

—Ella no me enseñó. Yo... se lo enseñé —susurra el Monstruo en el lenguaje secreto.

Ahora es Elsa la que suena como si le faltara el aliento.

—Tú eres... tú eres...

A Elsa le cuesta trabajo respirar. Su cabeza se siente como cuando se ha quedado dormida a bordo de Kia, y Mamá la despierta de forma repentina cuando se detienen en una estación de servicio, y entonces George grita lleno de contento: «¿¿¿Alguien quiere una barra de proteína???».

Y, justo al mismo tiempo que oye a los policías cerrar de un golpe lo que queda de la puerta del apartamento del vorv y se marchan del edificio mientras Britt-Marie protesta con gran indignación, Elsa mira al Monstruo a los ojos.

—Tú eres... el Niño Hombre Lobo.

Y, un instante después, susurra en el lenguaje secreto:

—Tú eres Corazón de Lobo.

Y el Monstruo asiente con tristeza.

11
Barras de proteína

Por lo general, los cuentos de Abuelita acerca de Miamas eran bastante dramáticos. Guerras, tormentas, persecuciones, intrigas y demás cosas por el estilo, pues esa era la clase de historias de acción que le gustaban. Rara vez giraban en torno a la vida cotidiana en la Tierra-a-punto-de-despertar. Por eso, Elsa sabe muy poco sobre la convivencia entre monstruos y vorves cuando no tienen un ejército que liderar ni sombras con las cuales pelear.

Resulta que en, realidad, no se llevan muy bien.

Todo empieza porque el vorv pierde la paciencia por completo con el Monstruo, cuando el Monstruo trata de lavar el piso debajo del vorv mientras sigue acostado. Por si fuera poco, el Monstruo para nada quiere tocar al vorv, y justo por esa razón termina salpicándole el ojo con gel antibacterial por accidente. Elsa se ve obligada a interponerse entre los dos para evitar que estalle una bronca monumental. Y más tarde, cuando el Monstruo, muy frustrado, insiste en que Elsa debe ponerle al vorv una bolsa azul de plástico en cada una de sus patas, el vorv opina que todo esto ha llegado demasiado lejos. Al final, cuando afuera ha empezado a oscurecer y Elsa está convencida de que ya no queda ningún policía en las escaleras, les ordena a los dos que salgan a las calles cubiertas de nieve, de modo que ella pueda tener un poco de paz y tranquilidad para meditar sobre esta situación y decidir qué va a hacer ahora.

En un principio, a Elsa podría haberle preocupado que Britt-Marie los viera desde su balcón. Sin embargo, son las seis de la tarde en punto, y Britt-Marie y Kent acostumbran cenar justo a esa hora. Porque, en opinión de Britt-Marie, solo los bárbaros cenan a una hora distinta. Si el teléfono de Kent suena entre las seis y las seis y media de la tarde, Britt-Marie suelta los cubiertos sobre el mantel por la conmoción y exclama: «¿Quién puede estar llamándote en este momento, Kent? ¡Justo cuando estamos comiendo!».

Elsa posa el mentón sobre la bufanda de Gryffindor y trata de pensar con claridad. El vorv, que todavía parece estar muy ofendido por ese asunto de las bolsas azules de plástico, se mete de reversa debajo de un arbusto hasta que solo el hocico sobresale de entre las ramas y se queda ahí sin moverse, mirando fijamente a Elsa con una expresión de descontento. Pasa casi un minuto, y entonces el Monstruo suspira y le hace un gesto a Elsa para darle a entender lo peculiar de la situación.

—Cagando —masculla el Monstruo, y mira en la dirección opuesta.

—Perdón —le dice Elsa al vorv, sintiéndose avergonzada, y se vuelve hacia otro lado.

De nuevo están hablando en el lenguaje común, pues Elsa siente un nudo oscuro en el estómago cuando habla en el lenguaje secreto con alguien más que no sea su abuela. Como es natural, el Monstruo no parece querer hablar en ningún idioma. Entretanto, el vorv luce como te verías si alguien irrumpiera mientras estás haciendo tus necesidades fisiológicas, y a esa persona le llevara todo un minuto darse cuenta de lo inapropiado que es estar ahí de pie observándote. Es solo hasta entonces cuando Elsa se percata de que el vorv no ha tenido la oportunidad de vaciar la vejiga y el intestino durante varios días, a menos que lo haya hecho en su apartamento. Sin embargo, Elsa descarta esa opción, ya que no puede imaginarse cómo pudo haber maniobrado el vorv para usar un inodoro, y está convencida de que no ha defecado en el piso, pues no parece ser la clase de cosa que un vorv se rebajaría a hacer. Por lo tanto, concluye que uno de los superpoderes de los vorves es que son muy buenos para aguantarse las ganas de ir al baño.

Elsa se vuelve hacia el Monstruo; él se frota las manos mientras mira las huellas de pisadas en la nieve. Por su expresión pareciera que quiere alisar el manto blanquecino con una plancha.

—¿Eres un soldado? —pregunta Elsa señalando los pantalones del Monstruo con el dedo.

Él niega con la cabeza. Elsa sigue apuntando a sus pantalones, pues ha visto ese tipo de prendas en las noticias.

—Esos son pantalones de soldado.

El Monstruo asiente.

—Entonces, ¿por qué tienes puestos unos pantalones de soldado si no eres un soldado? —lo cuestiona.

—Pantalones viejos —responde el Monstruo de forma concisa.

—¿Cómo te hiciste esa cicatriz? —pregunta Elsa al tiempo que apunta a su rostro.

—Accidente —contesta el Monstruo, de forma aún más concisa.

—*No shit, Sherlock*, no estaba insinuando que te la hubieras hecho a propósito —responde Elsa con un tono un poquito más antipático de lo que ella hubiera querido.

«*No shit, Sherlock*» es una de las expresiones en inglés favoritas de Elsa. «No me digas, Sherlock» es una manera algo más sarcástica de exclamar «¿en serio?». Su papá siempre dice que uno nunca debe emplear expresiones en inglés si hay substitutos apropiados en tu propio idioma, pero Elsa cree que en este caso en particular no existen substitutos válidos.

—Lo siento, no era mi intención ser grosera. Solo quería saber qué clase de accidente —murmura ella.

El Monstruo no voltea a verla.

—Accidente ordinario —gruñe él, como si eso le pusiera punto final al asunto. El Monstruo desaparece debajo de la enorme capucha de su chaqueta.

—Es tarde. Debes dormir.

Elsa cae en la cuenta de que se está refiriendo a ella y no a él mismo, y entonces señala al vorv.

—Tiene que dormir contigo esta noche.

El Monstruo la mira como si le hubiera pedido que se desnudara, se diera una ducha con saliva y luego corriera a través de una fábrica de estampillas postales con las luces apagadas. O tal vez no exactamente así, pero se acerca bastante. Él niega con la cabeza, haciendo que la capucha ondee como una vela.

—No dormirá ahí. No se puede. No dormirá ahí. No se puede. No se puede. No se puede.

Elsa pone las manos en las caderas y fulmina al Monstruo con la mirada.

—Ah, ¿no? ¿Entonces dónde pensabas que iba a pasar la noche?

El Monstruo se oculta todavía más debajo de la capucha. Señala a Elsa con el dedo. Elsa deja escapar un bufido.

—¡Mi mamá ni siquiera me dejó tener un búho! ¿Tienes idea de cómo se alteraría si llegara a casa con esa c-o-s-a?

El vorv sale de entre los arbustos armando un gran escándalo, y parece que se siente ofendido. Elsa se aclara la garganta y se disculpa.

—Perdón. No quise decir «esa cosa» en el mal sentido.

El vorv da la impresión de querer mascullar «No, claro que no». Con un movimiento cada vez más rápido, el Monstruo se frota el dorso de una mano con la palma de la otra de forma alternada, a la vez que tiene aspecto de que está empezando a sufrir un ataque de pánico; y, entonces, dice entre dientes mientras ve el suelo:

—Mierda en su pelo. Tiene mierda en su pelo. Mierda en su pelo.

Elsa ve al vorv, luego al Monstruo y luego otra vez al vorv, y se da cuenta de que, ciertamente, tiene un poquito de mierda en su pelaje. Elsa pone los ojos en blanco y le dice al vorv con un suspiro:

—Okey, creo que no puedes pasar la noche con él porque, si lo hicieras, le va a dar un ataque al corazón o algo por el estilo. Tenemos que encontrar otra solución...

El Monstruo permanece callado, pero ahora se está frotando las manos un poco más lento. El vorv se sienta en la nieve y empieza a restregar su trasero contra el piso para limpiárselo. El Monstruo se vuelve y aparta la vista; parece como si estuviera tratando de introducir una goma de borrar invisible en su cerebro para desaparecer esa imagen grabada en su memoria.

Elsa titubea por unos segundos, y luego va detrás de él.

—¿Qué escribió mi abuela en la carta? —le pregunta ella a la espalda del Monstruo.

Por la forma en la que respira debajo de la capucha, se nota que el Monstruo está conteniendo su irritación.

—Escribió «lo siento» —dice él sin voltear.

—Pero ¿qué más te dijo? ¡Era una carta superlarga! —insiste Elsa.

El Monstruo suspira, mueve la cabeza de un lado a otro y luego hace un gesto con ella en dirección de la puerta principal del edificio.

—Es tarde. Duerme.

Elsa niega con la cabeza.

—¡No hasta que me cuentes más de la carta!

El Monstruo se vuelve hacia ella, y luce como se vería una persona muy cansada pero que se mantiene despierta porque alguien más la está golpeando con todas sus fuerzas, cada cierto tiempo, usando la funda de una almohada llena de yogurt. O en todo caso más o menos así es como se ve. El monstruo alza la mirada, frunce el ceño y observa a Elsa, como si estuviera evaluándola para tratar de discernir qué tan lejos la puede arrojar.

—Escribió «protege el castillo» —repite él con un gruñido.

Elsa se le acerca dando un paso adelante para mostrarle que no le tiene miedo. O para mostrárselo a sí misma, pues está bastante segura de que, para él, este gesto no marca una gran diferencia.

—¿Y qué más?

El Monstruo se encorva dentro de su capucha y empieza a alejarse caminando sobre la nieve.

—Protegerte. Proteger a Elsa.

Y, entonces, desaparece en la oscuridad, se ha ido. Con el tiempo, Elsa aprenderá que el Monstruo acostumbra desaparecer a menudo. Es muy bueno para ello, a pesar de lo grande que es.

Elsa oye un jadeo contenido desde el otro lado del patio, y se da la vuelta. George viene trotando hacia el edificio. Sabe que es George porque trae un short encima de sus *leggins* y tiene puesta la chaqueta más verde del mundo. Está tan ocupado en subir y bajar de una banca saltando con los pies juntos que no ve ni a Elsa ni al vorv. George entrena mucho corriendo y subiendo y bajando a brincos de las cosas. A veces, Elsa cree que George está participando todo el tiempo en una audición para poder ser parte del próximo videojuego de Super Mario.

—¡Ven! —le susurra deprisa Elsa al vorv para que entren antes de que George los vea. Y, para su sorpresa, el inmenso animal la obedece.

El vorv la roza cuando pasa junto a sus piernas, y el pelaje le hace tantas cosquillas que una sensación de hormigueo viaja por todo su cuerpo hasta llegar a su frente. El empujoncito del vorv casi la tira al suelo. Pero Elsa se echa a reír. El vorv la mira, y parece que también se está riendo.

Aparte de su abuela, el vorv es el primer amigo que Elsa ha tenido en su vida.

Elsa se asegura de que Britt-Marie no esté rondando por las escaleras y de que George aún no los haya visto, y entonces guía al vorv abajo al sótano. Cada uno de los almacenes que se encuentran ahí está asignado a un apartamento, y el de Abuelita está abierto y vacío, salvo por unas cuantas bolsas amarillas de IKEA llenas de periódicos gratuitos. Elsa los esparce sobre el frío piso de concreto, para que el lugar sea un poquito más acogedor.

—Tienes que quedarte aquí esta noche. Mañana te encontraremos un mejor escondite —susurra ella.

El vorv no parece estar muy impresionado, pero se echa en el suelo y se acuesta de lado, y con un aire de indiferencia echa un vistazo a las partes del sótano que siguen estando a oscuras. Elsa mira en la misma dirección, y luego voltea hacia el vorv.

—Abuelita siempre decía que aquí abajo hay fantasmas —dice ella con tono estricto.

El vorv sigue tendido en el suelo sobre su costado, con la misma actitud despreocupada. Sus incisivos del tamaño de un picahielos resplandecen a través de las tinieblas.

—No vayas a espantar a los espectros, ¿me oíste? —exhorta Elsa al vorv.

El vorv gruñe. Elsa se compadece de los fantasmas.

—Si te portas bien, mañana traeré más chocolates —promete ella.

Parece que el vorv está considerando esta oferta de negociación. Elsa se inclina al frente y le da un beso en la nariz.

Entonces, sube a toda prisa por la escalera y cierra la puerta del sótano detrás de ella con mucho cuidado, y luego sigue ascendiendo a hurtadillas por los escalones, sin encender las luces para minimizar el riesgo de que alguien la vea; pero, cuando llega al apartamento de Britt-Marie y Kent, se agacha y sube el último tramo de las escaleras a zancadas. Está casi segura de que Britt-Marie está de pie ahí dentro, espiando a través de la mirilla. Puede sentir su mirada encima de ella como cuando Sauron vigilaba con su ojo malvado todo el mundo de *El Señor de los Anillos*.

A la mañana siguiente, tanto el apartamento del Monstruo como el almacén en el sótano están vacíos y a oscuras. George lleva a Elsa a la escuela. Mamá ya se fue al hospital, pues, como de costumbre, tenían alguna emergencia, y el trabajo de Mamá es solucionar emergencias.

George habla de sus barras de proteína durante todo el trayecto. Dice que compró toda una caja y ahora no la puede encontrar por ningún lado. A George le gusta hablar de barras de proteína. Y cosas funcionales. Ropa funcional y tenis para correr funcionales, por poner un ejemplo. A George le encanta lo funcional. Elsa espera que a nadie se le ocurra inventar jamás barras de proteína funcionales, porque entonces la cabeza de George probablemente explotaría. No porque Elsa opine que eso sería algo terrible, sino porque cree que Mamá se pondría triste y habría que limpiar una barbaridad. George la deja en el estacionamiento, no sin antes preguntarle una vez más si ha visto sus barras de proteína desaparecidas. Elsa gruñe por el hartazgo y se baja del auto de un brinco.

Los demás niños mantienen su distancia. La observan expectantes. Los rumores de la intervención del Monstruo a las afueras del parque deben haberse esparcido entre los alumnos, pero Elsa es consciente de que esta situación durará poco tiempo. El incidente sucedió demasiado lejos de la escuela. Y las cosas que suceden fuera de la escuela bien podrían haber ocurrido en el espacio exterior; después de todo, aquí dentro Elsa no cuenta con ninguna protección. Quizás pueda tener un respiro de unas cuantas horas, pero aquellos que la persiguen van a poner a prueba los límites de lo que pueden hacer, y llegarán cada vez más lejos; y, cuando reúnan el valor para meterse con ella de nuevo, van a atacarla con más fuerza que nunca.

Además, Elsa sabe que el Monstruo jamás se acercará a la verja para velar por ella, pues las escuelas están llenas de niños y los niños están llenos de bacterias; y, si él tuviera contacto con ellos, no habría suficiente gel desinfectante para el Monstruo en el mundo entero.

Sin embargo, a pesar de todo, Elsa está disfrutando la libertad de la que goza esta mañana. Es el penúltimo día antes de las vacaciones de Navidad y, a partir de pasado mañana, tendrá unas cuantas semanas para descansar de tanto correr. Unas cuantas semanas sin notas en su casillero diciéndole que es muy fea y que la van a matar.

Durante el primer recreo, se permite un paseo a lo largo de la verja. Cada cierto tiempo jala con fuerza de las correas de su mochila para asegurarse de que no cuelgue demasiado floja. Sabe que no van a perseguirla durante este descanso, pero es un hábito difícil de romper. Y es que uno corre más lento si su mochila va demasiado suelta.

Al final deja volar sus pensamientos. Bien podría ser por eso que no lo ve. Se ha puesto a reflexionar sobre Abuelita y Miamas, preguntándose qué plan tenía en mente su abuela cuando se le ocurrió enviarla a esta búsqueda del tesoro; eso, si es que tenía algún plan.

Abuelita siempre inventaba muchos de sus planes sobre la marcha y, ahora que se ha ido, a Elsa le cuesta trabajo discernir cuál se supone que es el siguiente paso que debe dar en la búsqueda del tesoro. Sin embargo, más que nada se pregunta a qué se refería su abuela cuando dijo que tenía miedo de que Elsa la odiara cuando supiera más acerca de ella. Hasta ahora, Elsa solo se ha enterado de que Abuelita tenía unas cuantas amistades bastante turbias, y siendo sinceros podría decirse que eso no fue una gran sorpresa.

Como es obvio, Elsa sabe que lo que Abuelita dijo acerca de «la persona que eres antes de convertirte en abuela» debe tener algo que ver con la mamá de Elsa, pero preferiría no preguntarle a Mamá al respecto si es que puede evitarlo. En estos días, todo lo que Elsa le dice a Mamá parece terminar en una discusión. Y Elsa odia que eso pase. Odia que uno no pueda saber nada a menos que empiece a discutir con alguien.

Y odia estar tan sola como uno solo puede estarlo sin su abuela.

Así que esa debe ser la razón por la cual no lo ve. Porque, de hecho, se halla a unos dos o tres metros de él cuando por fin se da cuenta de que está ahí, una distancia totalmente ilógica como para no haber visto antes a un vorv. Está sentado junto al portón, justo afuera de la verja. Sorprendida, Elsa se echa a reír. Y da la impresión de que el vorv también se ríe, aunque por dentro.

—Te estuve buscando esta mañana —dice Elsa al tiempo que sale a la calle, a pesar de que eso no está permitido durante el recreo.

El vorv parece encogerse un poquito de hombros.

—¿Fuiste bueno con los fantasmas? —pregunta Elsa.

El vorv no tiene pinta de que lo haya sido, pero de todos modos ella lo abraza por el cuello, entierra las manos en lo más profundo de su denso pelaje negro y luego exclama:

—¡Espera, tengo algo para ti!

Cuando Elsa abre su mochila, el vorv mete el hocico en ella con una gran codicia; pero, cuando lo saca, se ve muy decepcionado.

—Son barras de proteína —dice Elsa con un tono de disculpa—. No tenemos nada de chocolate en la casa porque Mamá no quiere que yo coma dulces. ¡Pero George dice que estas son superdeliciosas!

Al vorv no le gustan en lo más mínimo. Así que solo se come nueve barras. Cuando suena la campana, Elsa le da un fuerte, fuerte abrazo una vez más, y le susurra:

—¡Gracias por venir!

Ella sabe que los demás niños en la escuela la ven hacer esto. Puede ser que los maestros no se hayan fijado en el inmenso y oscuro vorv que apareció de la nada junto a la verja durante el primer recreo, pero ningún niño en el universo entero podría haber evitado notar su presencia.

Ese día, nadie deja ni una sola nota en el casillero de Elsa.

12
Menta

Abuelita siempre tuvo problemas con la autoridad.

Elsa lo sabe pues uno de los maestros de su escuela mencionó alguna vez que Elsa tenía dificultades para lidiar con la autoridad, y el director dijo: «Eso seguramente le viene de su... abuela». Y luego el director miró de reojo a su alrededor, presa del pánico, como si acabara de decir «Voldemort» sin haberlo pensado primero.

Desde luego que Elsa, por una cuestión de principios, nunca cree que el director está en lo correcto; pero justo en esa ocasión, quizás no estaba equivocado del todo. Porque, cierta vez, la policía le prohibió a su abuela que se acercara a menos de quinientos metros de un aeropuerto, pues había tenido unos pequeños problemas con la autoridad, y Elsa jamás se ha enterado de que eso le haya pasado a la abuela de alguien más, aparte de la suya.

Todo empezó cuando Elsa iba a volar a España para encontrarse con Papá y con Lisette. Papá acababa de conocerla y creía que Elsa se sentiría menos enfadada por ello si la llevaba a algún lugar donde hubiera una piscina. Como es lógico, Papá tenía razón. Uno puede estar muy enfadado con su papá incluso en lugares donde hay una piscina, pero es mucho más difícil sentirse así.

Mamá estaba en una conferencia muy importante, así que Abuelita llevó a Elsa al aeropuerto en Renault. Elsa era más pequeña en ese entonces; llevaba un león de peluche con ella a todos lados, y uno de los guardias en el control de seguridad quería que Elsa enviara su león por la banda de la máquina de rayos X. Sin embargo, Elsa no confiaba en la máquina así que se negó a soltar al león, por lo que otro de los guardias trató de quitárselo. Entonces, Abuelita enfureció como solo una abuela puede enfurecerse cuando alguien intenta arrebatarle un león a su nieta. Luego, casi se desató una gresca entre Abuelita y los guardias, y el zafarrancho terminó con la abuela de Elsa gritando: «¡Malditos bastardos fascistas! ¿También me van a registrar a mí? ¿Eh? ¿Van a revisar que yo no tenga escondido un león lleno de explosivos en los calzoncillos? ¿Eh? ¡Díganme!».

Tiempo después, Elsa se dio cuenta de que debió haberle hecho notar a su abuela que podría haber sido más precisa con sus palabras, pues lo que dijo sonó como si tal vez fuera el león el que llevaba explosivos en sus calzoncillos. Es probable que eso hubiera hecho reír a su abuela. Y entonces quizás Abuelita no se habría despojado de toda su ropa ni se habría echado a correr desnuda lo más rápido que podía a través de la sección entera del control de seguridad.

Abuelita realmente podía desvestirse por completo con una rapidez sorprendente.

Esta es una de esas anécdotas que hablan de hechos que en su momento fueron bochornosos, pero que después resultan graciosos cuando uno se los cuenta a alguien más. Aunque con el detalle de que también fueron muy cómicos cuando ocurrieron. Elsa tiene la firme opinión de que estás un poquito mal de la cabeza si no crees que las personas desnudas que se echan a correr son graciosas. Cuando Elsa por fin abordó el avión, las azafatas, que se habían enterado de lo sucedido, le dieron a Elsa todo el jugo que quiso durante el viaje entero hasta España. Y a Elsa le encanta el jugo.

Sin embargo, como era de esperarse, antes del vuelo Elsa tuvo que permanecer sentada con su abuela en una oficina del aeropuerto por bastante tiempo, ante un hombre bastante enfadado que tenía un cable conectado al oído. Y, luego, llegaron dos oficiales de policía y le dijeron a la abuela de Elsa que nunca más podría regresar al aeropuerto, y que lo que acababa de hacer era un delito grave que podría haberla llevado a la cárcel. «Okey, muy bien, de acuerdo, ustedes tratan de arrancar peluches de las manos de niñas pequeñas, ¡¿pero YO soy la terrorista aquí?!», gritó Abuelita, y empezó a agitar los brazos hasta que los policías la amenazaron con ponerle unas esposas.

Pero, a final de cuentas, Elsa no tuvo que soltar su león durante todo el viaje. Ni siquiera por un instante. Y, para Abuelita, eso era lo único que importaba.

«En Miamas no hay aeropuertos. Y, si los hubiera, los leones inspeccionarían las maletas de los bastardos que trabajan en la aduana y no al revés», dijo Abuelita de mal humor cuando Elsa la llamó por teléfono desde España. Por ese motivo, el amor que Elsa sentía por ella creció aún más.

Ahora, Elsa está de pie en el balcón del apartamento de su abuela, sin nadie que la acompañe. Las dos solían venir aquí a menudo. Fue en este lugar donde Abuelita señaló las nubes y le contó a Elsa por primera vez acerca de la Tierra-a-punto-de-despertar, justo después de que Mamá y Papá y se divorciaran. Y por primera vez, esa noche Elsa pudo avistar el reino de Miamas. Extrañando a su abuela más que nunca, mira fijamente la oscuridad sin poder distinguir gran cosa. Ha pasado tiempo acostada en la cama de Abuelita observando todas las fotografías en el techo, tratando de averiguar a qué se refería su abuela en el hospital cuando dijo que Elsa tenía que prometer que no iba a odiarla. Y que «uno de los privilegios de ser abuela es que nunca tienes que mostrarles a tus nietos quién eras antes de convertirte en su abuela». Elsa ha dedicado varias horas a tratar de descubrir cuál es el propósito de esta búsqueda del tesoro, y dónde podría estar la siguiente pista. Si es que acaso existe.

El vorv duerme en el almacén del sótano. Elsa le preparó una cama con almohadas, mantas y bolsas amarillas de IKEA, y desarmó cuatro cajas de cartón y las unió con cinta adhesiva, como una especie de barrera en la puerta para que Britt-Marie no pueda echar un vistazo al interior del almacén, en caso de que baje al sótano y se ponga a husmear. En medio de todo esto, es bueno saber que el vorv está durmiendo ahí, así de cerca. Si tienes casi ocho años y sabes que un vorv duerme en el sótano, te sientes un poquito menos sola.

Elsa echa un vistazo por encima de la barandilla del balcón. Tiene la impresión de que algo se mueve allá abajo en el suelo, en medio de la oscuridad. Obviamente no puede ver nada, pero sabe que el Monstruo está ahí. Así fue como Abuelita planeó este cuento de hadas. El Monstruo está vigilando el castillo. Está cuidando a Elsa.

Es solo que Elsa está enfadada con Abuelita porque nunca le explicó de qué la está cuidando el Monstruo.

Una voz femenina que suena a lo lejos rasga el silencio de la calle.

—¡... Sí, sí, sí, ya compré todo el vino para la fiesta, justo estoy volviendo a casa en este momento! —afirma la voz con un tono irritado mientras se acerca.

Es la mujer de la falda negra hablándole al cable blanco. Lleva arrastrando cuatro bolsas de plástico bastante pesadas, que chocan entre sí y con sus espinillas a cada paso que da. La mujer maldice mientras batalla con sus llaves junto a la puerta principal.

—¡Síííí, por Dios, probablemente seremos veinte personas! ¡Y tú sabes cómo beben los chicos de la oficina! ¡Sí, sí, sí, sabes a qué me refiero! Así que yo tuve que comprar todo para la fiesta, ellos obviamente no tenían tiempo para ayudarme. ¿Verdad que sí? ¡Ya sé! ¡Como si yo no tuviera también un trabajo de tiempo completo! —es lo último que Elsa alcanza a oír antes de que la mujer entre con paso firme al edificio.

Elsa no sabe gran cosa sobre la mujer de la falda negra, salvo que siempre huele a menta, siempre viste ropa planchada a la perfección y siempre parece estar estresada. Abuelita decía que eso se debía a «los chicos de la mujer». Elsa no tiene idea de qué significa eso.

Elsa pisotea el suelo para sacudirse la nieve de los zapatos y regresa al interior del apartamento. Mamá está en la cocina sentada en un taburete y hablando por teléfono mientras juguetea nerviosamente con uno de los trapos de cocina de Abuelita. Mamá hace esto de hablar por teléfono todo el tiempo, como si no tuviera que escuchar nada de lo que esté diciendo la persona al otro lado de la línea. Nadie le lleva la contraria a Mamá. Y no es porque acostumbre alzar la voz o interrumpir a los demás; simplemente es una de esas personas con las que nadie quiere discutir. Mamá se asegura de que así sea, pues no quiere tener conflictos con nadie. Los conflictos afectan la eficiencia, y la eficiencia es algo muy importante para Mamá. A veces, George bromea diciendo que Mamá va a dar a luz a Medi durante la pausa para el almuerzo, para no perjudicar los índices de eficiencia del hospital. Elsa odia a George por hacer esas bromas tontas. Lo odia porque cree que conoce a Mamá lo bastante bien como para poder hacer bromas sobre ella.

Obviamente, Abuelita opinaba que eso de la eficiencia no era más que una sandez, y le importaba un bledo si los conflictos la afectaban. Elsa oyó alguna vez que uno de los médicos en el hospital de Mamá dijo que Abuelita «era de esa clase de personas que pueden desatar una pelea en un cuarto vacío». Sin embargo, cuando Elsa le contó esto a su abuela, ella solo se enfadó y dijo: «Tal vez fue el cuarto el que empezó, ¿habías pensado en eso?». Y luego le narró a Elsa el cuento de la niña que dijo «no». A pesar de que Elsa quizás ya lo había oído al menos un número infinito de veces.

La niña que dijo «no» fue uno de los primeros cuentos de hadas de la Tierra-a-punto-de-despertar que Elsa oyó en su vida. Se trataba de la reina de Miaudacas, uno de los seis reinos. En un principio, la reina había sido una princesa muy valiente y justa, que le caía bien a todo el mundo; pero, por desgracia, creció y se convirtió en una adulta llena de temor, como es normal que suceda con los adultos.

Además, empezó a amar la eficiencia y a odiar los conflictos, tal como hacen los adultos.

Así pues, la reina simplemente prohibió los conflictos en Miaudacas. Todo el mundo tenía que llevarse bien todo el tiempo, pues eso era bueno para la eficiencia. Y, puesto que casi todos los conflictos empiezan cuando alguien dice «no», la reina también proscribió esa palabra. Si alguien violaba ese mandato, lo arrojaban de inmediato a una enorme prisión para negativistas, y cientos de soldados vestidos con armaduras negras conocidos como «los afirmativistas» patrullaban las calles para comprobar que nadie estuviera en desacuerdo de nada. Pero ni siquiera esto satisfizo a la reina, así que poco tiempo después no solo la palabra *no* era ilegal, sino también otras palabras como *nada*, *tal vez* y *no lo sé*. Pronunciar cualquiera de estas era suficiente para que te enviaran directo a la cárcel, donde nunca más podrías ver la luz del sol. Y, en caso de que sí lograras verla, los afirmativistas colocaban cortinas nuevas en un santiamén.

Tras unos cuantos años, hasta palabras como *posiblemente*, *si es que* y *ya veremos* también habían sido prohibidas. Al final, nadie se atrevía a decir nada en absoluto. Fue entonces cuando a la reina se le ocurrió que bien podía declarar ilegal que la gente hablara, pues casi todos los conflictos empiezan cuando alguien dice algo. Y a partir de entonces, imperó el silencio en el reino entero durante varios años.

Así fueron las cosas hasta que, cierto día, una niña pequeña, montada en su caballo, llegó cantando a los dominios de la reina. Todo el mundo se le quedó viendo porque, en Miaudacas, cantar era considerado un delito gravísimo, ya que existía el riesgo de que a una persona le gustara la canción y a otra le desagradara, lo que podía dar lugar a un conflicto. Así que los afirmativistas entraron en acción para detener a la niña, pero no pudieron atraparla porque era muy buena para correr, de modo que sonaron todas las alarmas y pidieron refuerzos. Ante esta situación, la propia fuerza de élite de la reina, los temidos Amos de las Jirreglas —llamados así porque acostumbraban montar un tipo de animal muy singular, mezcla de una jirafa y un reglamento— salieron de sus cuarteles para ponerle un alto a la niña. Pero ni siquiera los Amos de las Jirreglas pudieron capturarla, de modo que al final la misma reina en persona tuvo que salir precipitadamente de su castillo, y le ordenó a la niña, entre rugidos, que dejara de cantar.

Pero, entonces, la niña se volvió hacia la reina, se quedó viéndola a los ojos y le respondió «No». Tan pronto como dijo esta palabra, una piedra se desprendió de la muralla que rodeaba la prisión. La niña dijo «no» de nuevo, y otra piedra se despegó. Y, al poco tiempo, la niña y todas las demás personas en el reino, incluyendo a los afirmativistas y los Amos de las Jirreglas, se unieron para gritar «¡No! ¡No! ¡No!», lo que hizo que la prisión entera se derrumbara. Fue así como la gente de Miaudacas aprendió que una reina solo mantiene el poder mientras sus súbditos les tengan miedo a los conflictos.

En todo caso, Elsa cree que esa era la moraleja de la historia. Lo sabe no solo porque buscó en Wikipedia el significado de *moraleja*, sino porque, además, la primera palabra que Elsa aprendió a decir fue «no». Y Mamá y Abuelita discutieron muchísimo al respecto.

Obviamente también discutían mucho sobre una infinidad de cosas más. Como la eficiencia, por mencionar un ejemplo. Mamá siempre decía, con un tono mesurado, que era «necesaria para tener una empresa viable», y Abuelita siempre le respondía a gritos de una forma no muy mesurada que «¡No se supone que un hospital sea una maldita empresa!». En cierta ocasión, Abuelita le dijo a Elsa que Mamá solo se había convertido en administradora porque era una forma de rebelión adolescente, ya que la peor rebelión que se le pudo ocurrir a la mamá de Elsa fue «convertirse en economista». Elsa nunca entendió en realidad qué significaba eso. Pero, más tarde esa misma noche, cuando creían que Elsa dormía, oyó que Mamá le espetó a Abuelita: «¿Tú qué sabes de mi adolescencia? ¡Nunca estuviste aquí!». Esa fue la única vez que

Elsa oyó a su mamá diciéndole algo a Abuelita con el llanto atorado en la garganta. Entonces, la abuela de Elsa se quedó callada por completo y nunca volvió a mencionarle a Elsa nada sobre rebeliones adolescentes.

Mamá cuelga la llamada y se queda de pie en el centro de la cocina, con el trapo en la mano, y parece como si se le hubiera olvidado algo. Voltea a ver a Elsa, y Elsa le devuelve la mirada de forma vacilante. Mamá sonríe con tristeza.

—¿Quieres ayudarme a empacar en las cajas unas cuantas cosas de tu abuelita?

Elsa asiente. Aunque no quiere guardar nada. Mamá ha estado insistiendo en empacar cajas todas las noches, a pesar de que tanto los médicos como George le dijeron que debería tomárselo con calma. Y Mamá no es buena para tomarse las situaciones con calma, ni para que le digan qué debería hacer.

—Tu papá va a ir a la escuela a recogerte mañana por la tarde —dice Mamá como si lo mencionara de forma casual, mientras va tachando varios objetos en su lista para empacar hecha en Excel. Mamá adora Excel.

—¿Porque vas a trabajar hasta tarde? —dice Elsa, como si la pregunta no tuviera ninguna intención en particular.

—Voy a... quedarme por un tiempo en el hospital —dice Mamá, pues no le gusta mentirle a Elsa.

—Pero ¿George no puede ir por mí? —pregunta Elsa con tono inocente, aunque para nada está actuando con inocencia.

Mamá suspira.

—George va a ir conmigo al hospital.

Elsa mete varias cosas al azar en una caja, ignorando a propósito el orden en el que debería guardarlas según la lista para empacar de Mamá.

—¿Pasa algo con Medi?

Mamá trata de sonreír de nuevo. No le resulta del todo bien.

—No te preocupes, corazón.

—Esa es la forma más fácil de decirme que debería estar super preocupada —responde Elsa.

Mamá vuelve a suspirar y tacha más cosas en su lista para empacar.

—Es complicado —dice ella.

Porque Mamá siempre hace eso. Habla usando estados de Facebook.

—Todo es complicado si nadie te lo explica —dice Elsa con enfado.

Mamá respira hondo.

—Solo es una revisión de rutina, Elsa.

—No, no lo es, nadie tiene tantas revisiones de rutina durante un embarazo. No soy una tonta. O sea, puedo informarme en Wikipedia.

Mamá se masajea las sienes y aparta la mirada.

—Por favor, Elsa, no empieces a discutir sobre esto también.

—¿Cómo que «también»? ¿De qué otra cosa he discutido contigo? —dice Elsa entre dientes, como uno hace cuando tiene casi ocho años y se siente un poco fastidiado porque lo están acusando de algo.

—No grites —le pide Mamá con un tono mesurado de voz.

—¡NO ESTOY GRITANDO! —grita Elsa con bastante desmesura.

Y luego ambas bajan la mirada al suelo por un buen rato. Cada una busca su propia forma de pedir perdón. Ninguna de las dos sabe por dónde empezar. Elsa cierra de golpe la tapa de la caja, se pone de pie, se mete a la recámara de Abuelita y azota la puerta.

En el apartamento reina un silencio absoluto durante más o menos una media hora. Porque así de enfadada se siente Elsa, tan enfadada que ha comenzado a medir el tiempo en minutos en lugar de eternidades. Está acostada en la cama de su abuela, mirando fijamente las fotografías a blanco y negro en el techo. Parece como si el Niño Hombre Lobo estuviera saludándola con un gesto de su mano al mismo tiempo que ríe. En lo más profundo de su alma, Elsa se pregunta cómo es posible que alguien que ríe de esa manera, al crecer se convierta en algo tan, pero tan triste como el Monstruo.

Oye que suena el timbre de la puerta, y casi enseguida suena una segunda vez, mucho más rápido de lo que sería posible para una persona normal que toca un timbre. Solo puede tratarse de Britt-Marie.

—Ya voy —responde Mamá con un tono cortés, pero Elsa se da cuenta por su voz que ha estado llorando.

Las palabras fluyen del interior de Britt-Marie, como si tuviera un mecanismo de cuerda en la espalda y alguien la hubiera hecho arrancar girando la manivela.

—¡Toqué el timbre de su apartamento! ¡Nadie me abrió!

Mamá suspira.

—No, no estamos en nuestra casa. Estamos aquí.

—¡Ese perro de pelea todavía anda suelto en el edificio! ¡Y el auto de tu madre está estacionado en el garaje! —dice Britt-Marie, con tanta rapidez que es evidente que ni ella misma sabe qué es lo que más la irrita.

—¿De qué quieres quejarte primero? —pregunta Mamá con cansancio.

Elsa se incorpora y se sienta en la cama de Abuelita, y escucha con más concentración, pero de todos modos se tarda casi un minuto en comprender lo que Britt-Marie acaba de decir. Entonces se levanta de la cama de un salto, y tiene que echar mano de todo su autocontrol para no salir corriendo directo al vestíbulo, pues no quiere que Britt-Marie empiece a sospechar de ella.

Britt-Marie está de pie en el rellano, con una mano firmemente puesta sobre la otra, sonriéndole a mamá de forma bienintencionada.

—En esta asociación de condóminos no podemos tener perros salvajes que anden correteando sueltos por ahí, Ulric-ka. ¡Hasta tú deberías entenderlo! ¡Es un peligro para los niños y un riesgo para la salud, eso es lo que es!

—Probablemente el perro ya se fue muy lejos de aquí, Britt-Marie. Yo no me preocuparía por eso...

Britt-Marie se vuelve hacia Mamá y sonríe de manera bienintencionada.

—No, claro que no, desde luego que tú no te preocuparías por eso, Ulric-ka. Desde luego que no. No eres el tipo de persona que se preocupe mucho por la seguridad de los demás.

Mamá tiene una apariencia serena. Britt-Marie sonríe y asiente.

—Lógicamente estás muy ocupada con tu carrera profesional. En ese caso uno no tiene tiempo de preocuparse por la seguridad de sus propios hijos. Eso es algo que se hereda, y lo entiendo. Eso de darle prioridad a la carrera de uno por encima de los hijos. Eso es lo que siempre han hecho en tu familia.

El rostro de Mamá luce completamente relajado. Los brazos le cuelgan con tranquilidad a los costados. Lo único que la delata es que poco a poco va cerrando los puños. Elsa nunca la había visto hacer eso.

Britt-Marie también se da cuenta de ello. Cambia la posición de sus manos y ahora las posa sobre su vientre. Pareciera que está sudando. Su sonrisa se vuelve un poco más fría.

—No es que haya nada de malo en ello, Ulric-ka. Obviamente no, desde luego. ¡Tú tomas tus propias decisiones y defines tus prioridades, por supuesto!

—¿Se te ofrecía algo más? —dice Mamá con lentitud, pero hay un cambio de matiz en sus ojos que hace que Britt-Marie dé un pequeño, muy pequeño paso hacia atrás.

—No, no, eso era todo. ¡Eso era todo, definitivamente!

Elsa asoma la cabeza antes de que Britt-Marie tenga tiempo de dar la media vuelta y marcharse.

—¿Qué dijiste acerca del auto de mi abuela?

—Está en el garaje —responde Britt-Marie con irritación, aunque evita la mirada de Mamá—. Está estacionado en MI lugar. Si alguien no lo mueve de ahí DE INMEDIATO, ¡voy a llamar a la policía!

A Elsa se le olvida disimular su sorpresa.

—¿Cómo llegó ahí el auto de mi abuela?

—¡De hecho, no lo sé! ¡Y no tengo por qué saberlo! —responde Britt-Marie, tan enfadada y tan rápido que se le olvida eso de verse bienintencionada.

Entonces, se vuelve otra vez hacia la mamá de Elsa, con nuevos bríos.

—Alguien tiene que mover el auto de inmediato, ¡o de lo contrario voy a llamar a la policía, Ulric-ka!

—No sé dónde están las llaves del auto, Britt-Marie.

—Entiendo, entiendo. Pero yo no tengo por qué saber eso. Esta familia debería estar al tanto de dónde están sus llaves —replica Britt-Marie.

La mamá de Elsa se masajea las sienes de nuevo.

—Necesito una pastilla para el dolor de cabeza —se dice a sí misma en voz baja.

Al parecer, Britt-Marie acaba de recordar cómo sonreír de forma bienintencionada.

—¡Tal vez si no tomaras tanto café no tendrías dolores de cabeza tan frecuentes, Ulric-ka!

Y, luego, Britt-Marie da la media vuelta de inmediato y se va tan rápido bajando por las escaleras que nadie tiene tiempo de contestarle.

Elsa nota que Mamá cierra la puerta con autocontrol y mesura, pero con menos autocontrol y mesura que de costumbre. Mamá se va a la cocina. Su teléfono suena. Elsa la sigue y la observa con atención.

—¿Que quiso decir Britt-Marie con eso? —pregunta Elsa.

—Cree que no debería tomar café cuando estoy embarazada —responde Mamá.

Está haciéndose la tonta. Elsa odia cuando su mamá se hace la tonta.

—No me refería a eso —dice Elsa.

Mamá toma su teléfono de la encimera.

—Tengo que contestar esta llamada, corazón —dice ella.

—¿Qué quiso decir Britt-Marie con eso de que para nuestra familia la carrera es más importante que los hijos? Estaba refiriéndose a Abuelita, ¿verdad? —exige saber Elsa.

El teléfono sigue sonando.

—Es del hospital, tengo que hablar con ellos —insiste Mamá.

—¡No, no tienes que hacerlo! —le ordena Elsa.

Las dos permanecen en silencio mirándose una a la otra, mientras el teléfono suena un par de veces más. Ahora son los puños de Elsa los que están apretados. Mamá desliza los dedos sobre la pantalla de forma discreta.

—Tengo que tomar esta llamada, Elsa.

—¡No, no tienes que hacerlo!

Mamá cierra los ojos y se lleva el teléfono al oído. Para cuando empieza a hablar, Elsa ya se metió a la habitación de Abuelita y cerró la puerta de un portazo.

Cuando Mamá abre la puerta con delicadeza una media hora después, Elsa finge que está dormida. Mamá se le acerca sin hacer ruido y la arropa cuidadosamente con una manta. Le da un beso en la mejilla y apaga la lámpara.

Cuando Elsa se levanta de la cama una hora más tarde, Mamá está dormida en el sofá de la sala. Elsa se le acerca sin hacer ruido y los arropa cuidadosamente a ella y a Medi con una manta. Le da un beso a Mamá en la mejilla y apaga la lámpara. Mamá todavía lleva el trapo de Abuelita en la mano.

Elsa toma una linterna de una de las cajas en el vestíbulo y se pone los zapatos.

Porque ya sabe dónde está la siguiente pista de la búsqueda del tesoro que su abuela le encomendó.

13

Vino

Sí, si hemos de ser sinceros es algo un poquito difícil de explicar. Muchas cosas en los cuentos de hadas de Abuelita lo son. Antes que nada, tienes que comprender que ningún ser en la Tierra-a-punto-de-despertar lleva más tristeza por dentro que el ángel del mar, y es hasta que Elsa se acuerda de toda esta historia cuando la búsqueda del tesoro de Abuelita empieza a tener sentido.

Tenemos que empezar mencionando que el cumpleaños de Elsa siempre fue muy importante para Abuelita. Quizás porque Elsa nació dos días después de la víspera de Navidad, y la Navidad es muy importante para todos los demás, así que ningún niño que cumple años dos días después de la víspera de Navidad va a recibir la misma atención que un niño que cumple años en agosto o en abril. Por eso, Abuelita tenía la costumbre de sobrecompensarla. A pesar de que Mamá le había prohibido que planeara más fiestas sorpresas después de aquella vez que Abuelita disparó fuegos artificiales en el interior de un restaurante de hamburguesas y por accidente le prendió fuego a una chica de diecisiete años vestida de payasa, que estaba ahí para «entretener a los niños». En defensa de la chica, Elsa alegaría que vaya que los entretuvo. Ese día, Elsa aprendió algunas de las palabrotas más geniales que conoce.

El asunto es que, en Miamas, no recibes ningún regalo en tu cumpleaños. Tú tienes que darlos, de preferencia algo que tengas en casa y que sea muy importante para ti, y debes entregárselo a alguien que te importe todavía más. Por eso, todo el mundo en

Miamas espera con ansias el cumpleaños de los otros, y ese es el origen de la expresión «¿Qué puedes recibir de alguien que lo tiene todo?». Alguien escribió esa frase como parte de un cuento de hadas, y, cuando los enfantes llevaron ese cuento al mundo real, varios sabelotodo la malinterpretaron y la convirtieron en «¿Qué puedes REGALARLE a alguien que lo tiene todo?». Pero ¿qué otra cosa se podía esperar? A final de cuentas eran los mismos sabelotodo que también malinterpretaron la palabra *intérprete*, que significa algo completamente distinto en Miamas. Ahí, un intérprete es una criatura que, en palabras simples, puede describirse como una mezcla de cabra y galleta de chocolate. Tienen una gran habilidad para los idiomas y son excelentes para asarlos en una parrilla; o al menos lo eran hasta que Elsa se hizo vegetariana, y a partir de entonces Abuelita ya no pudo volver a mencionarlos.

En fin, como decíamos, Elsa nació dos días después de la víspera de Navidad hace casi ocho años, el mismo día en que los investigadores registraron la emisión de rayos gamma provenientes de ese magnétar. Aunque también sucedió algo más ese día: un tsunami azotó las costas del Océano Índico. Elsa sabe que un tsunami es una ola gigantesca causada por un terremoto. Aunque en este caso fue algo así como un terremoto en el mar. Así que en realidad fue más bien un maremoto, si hemos de ser quisquillosos. Y Elsa es bastante quisquillosa.

Doscientas mil personas murieron al mismo tiempo que Elsa empezaba a vivir. A veces, cuando la mamá de Elsa cree que Elsa no puede oírla, le confiesa a George que todavía se siente culpable; le parte el corazón que justo ese día haya sido el más feliz de su vida.

Elsa tenía cinco años y estaba a punto de cumplir seis cuando leyó por primera vez la página de Wikipedia que hablaba de todo eso. Y en su sexto cumpleaños, Abuelita le contó la historia del ángel del mar. Lo hizo para enseñarle que no todos los monstruos son monstruos desde el principio, y que no todos los monstruos parecen monstruos. Algunos llevan al monstruo por dentro.

Lo último que las sombras hicieron antes de que terminara la Guerra-sin-fin fue destruir por completo Mibatalos, el reino donde formaban a todos los guerreros. Pero entonces llegaron Corazón de Lobo y los vorves, y la situación dio un vuelco; y cuando las sombras huyeron de la Tierra-a-punto-de-despertar, se desplegaron sobre el mar desde la costa de los seis reinos con una fuerza terrible, y el rastro que esa fuerza dejó en la superficie del agua levantó olas monstruosas que, una por una, fueron estrellándose entre sí hasta que formaron una sola ola, tan alta como una eternidad de diez mil cuentos de hadas. Y, para que nadie pudiera perseguir a las sombras, la ola dio media vuelta y se lanzó hacía tierra firme.

Podría haber destruido a toda la Tierra-a-punto-de-despertar. Podría haber impactado su superficie y podría haber arrasado los castillos y las casas y a todos sus habitantes, y causar una devastación mucho más terrible de la que habrían sido capaces todos los ejércitos de las sombras por toda la eternidad.

Fue entonces cuando cien ángeles de nieve salvaron a los cinco reinos restantes, ya que, mientras todo el mundo huía tan rápido como le era posible para alejarse de la ola, los cien ángeles de nieve se lanzaron a toda velocidad hacia ella. Con sus alas abiertas y el poder de todas sus historias épicas en lo más profundo de sus corazones levantaron un muro mágico para resistir el embate del agua, y lograron detenerla. Ni siquiera una ola creada por las sombras podía traspasar una barrera construida por cien ángeles de nieve, que estaban dispuestos a morir con tal de que todo un mundo de cuentos de hadas pudiera seguir viviendo.

Solo uno de los ángeles pudo regresar después de enfrentarse a esa pared monumental de agua.

Y aunque Abuelita siempre decía que los ángeles de nieve eran unos bastardos arrogantes que adoraban olisquear sus copas de vino y andar montando numeritos, nunca trató de minimizar el heroísmo que mostraron ese día. Porque el día en que la Guerra-sin-fin llegó a su fin fue el día más feliz para todos los habitantes de la Tierra-a-punto-de-despertar... salvo para el ángel de nieve número cien.

A partir de ese día, el ángel vagó de ida y vuelta a lo largo de la costa, con el peso de una maldición que le impedía abandonar el lugar que le quitó a todos los que amaba. Hizo esto por tanto tiempo que la gente de los pueblos costeros olvidó quién había sido y, en vez de «ángel de nieve», empezó a llamarlo «el ángel del mar». Con el paso de los años, el ángel iba quedando sepultado cada vez con mayor profundidad debajo de una avalancha de dolor, hasta que su corazón se partió a la mitad y su cuerpo se dividió en dos, como un espejo roto. Cuando los niños de los pueblos se escabullían a la costa para echarle un vistazo, en un primer instante podían vislumbrar un rostro en uno de sus fragmentos, de una belleza tal que los dejaba sin aliento; pero, un instante después, cuando el espejo se daba la vuelta, contemplaban algo tan terrible, deforme y salvaje devolviéndoles la mirada que se largaban de ahí corriendo a más no poder, gritando durante todo el camino de vuelta a sus casas.

Porque no todos los monstruos son monstruos desde el principio. Algunos monstruos nacen del dolor.

De acuerdo con una de las historias más contadas de la Tierra-a-punto-de-despertar, quien logró romper la maldición del ángel del mar fue una niña de Miamas, que consiguió liberar al ángel de sus captores, los demonios de los recuerdos.

Cuando Abuelita le contó esta historia a Elsa por primera vez, el día que cumplió seis años, Elsa tomó conciencia de que ya no era una niñita. Por eso le regaló a su abuela el león de peluche, pues se dio cuenta de que ya no lo necesitaba y prefería que ahora protegiera a Abuelita. Esa noche, Abuelita le susurró a Elsa al oído que, si alguna vez tenían que separarse, si Abuelita se extraviaba, enviaría al león para que le avisara a Elsa en dónde se encontraba.

Elsa se tardó un par de días en atar los cabos. Fue hasta esa noche, cuando Britt-Marie mencionó que Renault había aparecido en el garaje de forma repentina sin que nadie supiera cómo llegó ahí, que Elsa recordó dónde había dejado Abuelita al león de guardia.

La guantera de Renault. Ahí guardaba sus cigarros la abuela. No había otra cosa en la vida de Abuelita que necesitara más un león guardián.

Así pues, Elsa está a bordo de Renault, en el asiento del acompañante, respirando hondo. Como de costumbre, las puertas de Renault no están cerradas con el seguro, pues Abuelita nunca cerraba nada con llave. Renault todavía huele a humo. Elsa sabe que es malo, pero, como es el humo de Abuelita, lo aspira profundamente.

—Te extraño —le susurra a la tapicería del respaldo del asiento.

Entonces abre la guantera. Hace el león a un lado y saca la carta. En ella se puede leer: «Para la caballera más baliente d Miamas. Favor d entregar ezta carta a:», y a continuación vienen un nombre y una dirección.

Abuelita escribía con una letra y una ortografía espantosas de verdad.

Elsa se baja de Renault y acaricia al vorv detrás de las orejas.

—Gracias por estar de guardia, ¡te prometo que mañana te conseguiré más dulces! —dice ella y le da el resto de las barras de proteínas que llevaba en la mochila.

El vorv se las come de un bocado, y luego se va caminando despacio de regreso a la puerta abierta que lleva a los almacenes en el sótano. Elsa lo sigue con la mirada hasta que llega a la puerta, y entonces se aclara la garganta y exclama:

—¡Nunca había tenido otro amigo aparte de mi abuela!

El vorv se detiene. Vuelve la cabeza hacia Elsa. Y sonríe. Ella sabe que está sonriendo, a pesar de que es probable que todos los sabelotodo del mundo le dirían que los vorves no hacen eso.

Poco tiempo después, Elsa sube por la escalera del sótano sin hacer ruido, con la carta de su abuela en la mano y con sus pensamientos provocándole un caos tan grande en la cabeza que casi choca de lleno con Alf.

Él está de pie en lo alto de la escalera, vestido con su chirriante chaqueta de cuero y con un mal genio peor que de costumbre. Elsa no sabe hacia dónde ir.

—Con un demonio... ¿Vas para arriba o para abajo? —exige saber Alf.

—Ha... hacia arriba —dice Elsa clavando la mira en sus pies.

Con un movimiento impaciente, Alf se pega a la pared. Elsa pasa junto a él a toda prisa y oye que él empieza a bajar por la escalera arrastrando los pies. Se ve muy cansado. Siempre tiene esa apariencia, pero hoy luce todavía más cansado que de costumbre. Elsa supone que quizás tiene que ver con su centro de gravedad tan bajo, al que se refería su abuela a menudo.

Conteniendo la respiración, Elsa permanece donde está para asegurarse de que Alf no vaya a los almacenes; al final oye que se cierra la puerta del garaje, y entonces exhala y sigue subiendo por las escaleras.

Más tarde, esa misma noche, Elsa se sienta en el último escalón, frente al apartamento de Abuelita, y no se mueve de ahí hasta que las lámparas en el techo se apagan. Pasa los dedos encima de las palabras que su abuela escribió en el sobre una y otra vez, pero no lo abre. Simplemente lo mete en su mochila, se acuesta cuan larga es sobre el frío suelo y casi cierra los ojos por completo. De nuevo está intentando partir a Miamas. Se queda acostada en ese lugar durante horas sin tener éxito, hasta que oye que la puerta principal se abre y se cierra otra vez en la planta baja. Cree que debe tratarse de Alf que está de regreso, pero no oye nada, ni pasos ni la puerta de un apartamento que se abra o se cierre.

Sigue acostada en el suelo y de nuevo entrecierra los ojos, hasta que la noche abraza los ventanales del edificio. De pronto, oye que la borrachina empieza a hacer mucho ruido un par de pisos más abajo.

A la mamá de Elsa no le gusta que llamen «borrachina» a la borrachina. «¿Qué es eso?», le preguntaba Elsa, y entonces Mamá parecía no tener idea de qué responder, y al final lograba decir, con voz un poco vacilante: «Es... O sea, es alguien que... está cansado». Al oír esto, Abuelita bufaba y metía su cuchara: «¿Cansado? ¡Sí, cómo no, claro que terminas cansado si estás despierto todas las noches empinando el codo!». Entonces, Mamá gritaba: «¡Mamá!». En respuesta, Abuelita extendía los brazos a los lados y preguntaba: «Pero por el amor de Dios, ¿ahora qué dije?», y entonces era momento de que Elsa se pusiera sus audífonos.

—¡Ya les dije que cierren la llave del agua! ¡¡¡No está permitido bañarse por las noches!!! —le grita la borrachina a la oscuridad desde los pisos inferiores mientras aporrea la barandilla de la escalera con su calzador.

Eso es lo que siempre hace la borrachina. Ruge y grita y golpea cosas con ese calzador. Y luego canta su misma canción de siempre. Como es lógico, nadie sale jamás a decirle que guarde silencio, ni siquiera Britt-Marie, pues, en este edificio, los borrachines son como los monstruos. La gente tiene la esperanza de que, si se niega a reconocer su existencia, por sí solos van a desvanecerse.

Elsa se sienta en cuclillas y echa un vistazo hacia abajo a través de los huecos entre las escaleras. Apenas alcanza a vislumbrar los calcetines de la borrachina cuando pasa por su campo de visión arrastrando los pies y agitando el calzador como si estuviera segando un campo de césped que lleva años sin ser podado. Elsa no sabe a ciencia cierta por qué hace esto la borrachina, pero se levanta de puntillas y baja sin hacer ruido por el primer tramo de las escaleras. Tal vez es por pura curiosidad. Aunque es más probable que se deba a que, como ya no puede viajar a Miamas, se siente aburrida y frustrada.

La puerta del apartamento de la borrachina está abierta. Una lámpara de pie que se cayó al suelo emite una luz tenue. Hay fotografías colgadas en todas las paredes. Elsa nunca había visto tantas fotos, pensaba que Abuelita tenía muchas en su techo, pero aquí debe haber miles. Cada una está enmarcada con pequeñas molduras de madera blanca, y en todas aparecen dos chicos adolescentes y un hombre que debe ser su papá. En una de las imágenes, una de gran tamaño que se halla justo detrás de la puerta, el hombre y los chicos están de pie en una playa, con un mar verde resplandeciente a sus espaldas. Los dos chicos tienen puesto un traje de buzo. Su piel está bronceada. Sonríen. Parecen estar felices.

Debajo del marco hay una de esas tarjetas de felicitación baratas que compras en una estación de servicio cuando se te olvidó conseguir una tarjeta de felicitación de buena hechura, como las que encuentras en una florería. En ella está escrito: «Para Mamá, de tus chicos».

A un lado de la tarjeta cuelga un espejo. Roto en una multitud de fragmentos.

Las palabras que resuenan por toda la caja de la escalera son tan repentinas y están tan llenas de ira que Elsa pierde el equilibrio, se cae de un sentón sobre el rellano y luego desciende por la escalera deslizándose unos cuatro o cinco escalones, hasta que una pared la detiene. El eco se abalanza sobre ella, como si quisiera arañarle los oídos.

—¿QUÉSSSTASHACIENDOAQUÍ?

Elsa se queda mirando a la borrachina, que está un piso más abajo volteando hacia arriba a través de los barandales y blandiendo el calzador de forma amenazante en contra de Elsa. Parece que está furiosa y aterrorizada al mismo tiempo. Sus ojos vagan de aquí para allá. La tela de su falda negra ahora está llena de arrugas. Huele a vino. Elsa puede percibir ese olor subiendo por las escaleras. Da la impresión de que dos pájaros se pelearon encima del cabello de la mujer y terminaron enredados en él. Tiene unas enormes ojeras.

La mujer de la falda negra se tambalea de forma repentina. Probablemente tiene ganas de gritar, pero las palabras solo salen como un resuello:

—No está permitido bañarse por las noches. El agua... Cierren la llave del agua... Todos vamos a ahogarnos...

El cable blanco al que le habla todo el tiempo todavía cuelga de su oreja, pero el otro extremo solo está bailando alrededor de su cadera. No está conectado a nada. No hay nadie al otro lado de la línea. Elsa se da cuenta de que quizás nunca lo ha habido, y no es del todo fácil para una niña de casi ocho años entenderlo. Abuelita le contó muchos cuentos sobre muchas cosas, pero nunca sobre una mujer de falda negra que deambula por las escaleras fingiendo hablar por teléfono para que sus vecinos no crean que compró todo ese vino para ella sola.

La mujer de la falda negra parece confundida. Como si de repente se le hubiera olvidado en donde está. Se pierde de vista y, un instante después, Elsa siente que las manos de su mamá la levantan de la escalera con mucho cuidado. Percibe su tibia respiración en el cuello y su «shhh» al oído, como si estuvieran frente a un venado al que se le han acercado demasiado.

Elsa abre la boca, pero su mamá posa un dedo sobre sus labios.

—Shhh... —susurra Mamá de nuevo mientras la abraza con fuerza.

Elsa se acurruca en sus brazos en medio de la oscuridad, y las dos miran a la mujer de la falda negra yendo a la deriva de un lado a otro allá abajo, como una bandera que el viento desgarró y liberó de su asta. En el vestíbulo del apartamento de la mujer hay varias bolsas de plástico esparcidas sobre el piso. Una de las cajas de vino está volcada sobre su costado. De ella se desprenden unas últimas gotas rojas que van cayendo sobre el parqué. Mamá mueve su mano con suavidad sobre la mano de Elsa. Se levantan y suben de regreso por la escalera sin hacer ruido.

Esa noche, Mamá le cuenta a Elsa aquello de lo que todo el mundo —excepto los propios padres de Elsa— hablaba el día en que ella nació. Acerca de esa ola que rompió sobre una playa a diez mil kilómetros de distancia y arrasó con todo a su paso. Acerca de dos chicos que se internaron en el agua para ir por su padre y jamás regresaron.

Elsa oye que la borrachina empieza a cantar su canción. Porque no todos los monstruos parecen monstruos. Algunos llevan al monstruo por dentro.

14

Tabaco de mascar

El día en el que Elsa nació, todos los corazones se partieron y todos los espejos quedaron destrozados. Se partieron y se destrozaron con tal fuerza por culpa de esa terrible ola que los fragmentos se esparcieron por todo el mundo. Las catástrofes increíbles provocan cosas increíbles en la gente. Un dolor increíble, actos de un heroísmo increíble. Más muerte de lo que la mente humana puede alcanzar a comprender. Dos chicos que llevaron cargando a su mamá a un lugar seguro y dieron media vuelta directo hacia la ola para ir por su papá. Porque una familia no deja a nadie atrás. Y, sin embargo, al final eso fue justo lo que sus chicos hicieron. La dejaron sola.

Todos los espejos se destrozaron y todos los corazones se partieron en ese día. Con una fuerza tal que se oyó a diez mil kilómetros de distancia.

La abuela de Elsa vivía a un ritmo diferente al de las demás personas. Operaba de una forma distinta. Ella misma era un agente del caos en el mundo real cuando se trataba de todo aquello que funcionaba de manera normal. Pero cuando el mundo real se desmorona, cuando todo se vuelve un pandemonio, a veces las personas como Abuelita son las únicas que pueden seguir operando. Ese era otro de sus superpoderes. Cuando la Abuela de Elsa trataba de ir a algún lugar en el mundo, uno solo podía estar seguro de una cosa: era esa clase de lugar del que todo el mundo estaba tratando de huir. Y si alguien le preguntaba por qué lo hacía, siempre respondía: «Porque soy médica, con un demonio, y desde que me convertí en médica renuncié al lujo de poder escoger qué vidas debería salvar».

A la abuela de Elsa no le llamaba mucho la atención todo eso de la eficiencia y las finanzas, pero, cuando la situación era turbulenta, todos la escuchaban. En el mundo real, otros médicos preferían estar muertos antes que tener que pasar tiempo con ella, pero, cuando todo se derrumbaba a su alrededor, la seguían como si fueran su ejército. Porque las catástrofes increíbles dan lugar a que la gente haga cosas inesperadas. Dan lugar a superhéroes inesperados.

Cierta vez, cuando iban rumbo a Miamas a altas horas de la noche, Elsa le preguntó a su abuela qué se sentía estar en un lugar cuando todo a tu alrededor se está derrumbando. Cómo fue vivir en la Tierra-a-punto-de-despertar durante la Guerra-sin-fin y cómo fue presenciar el momento en el que la ola se estrelló contra los noventa y nueve ángeles de nieve. Abuelita le respondió: «Fue como la peor cosa que pudieras imaginarte, ideada por el ser más malvado que pudieras evocar, multiplicado por un número que ni siquiera puedes concebir». Esa noche Elsa estaba muy asustada, y le había preguntado a su abuela qué harían si algún día el mundo se derrumbaba a su alrededor. Abuelita tomó los dedos índices de Elsa, los apretó con fuerza, y entonces contestó: «En ese caso haremos lo que todos hacen: haremos todo lo que podamos». Elsa trepó al regazo de su abuela y le preguntó: «¿Y qué podemos hacer?». Abuelita le besó el cabello, le dio un abrazo muy, muy fuerte y susurró: «Agarramos a todos los niños que podamos cargar y corremos tan rápido como podamos».

«Yo soy buena para correr», susurró Elsa. «Yo igual», le respondió Abuelita, también con un susurro.

El día en que Elsa nació, su abuela estaba muy lejos. En medio de una guerra, en un lugar donde el mundo se había derrumbado. Había estado ahí por meses, pero en ese momento iba en camino hacia una aeronave. Iba en camino a casa. Fue entonces cuando se enteró de la ola que había azotado un lugar todavía más lejano, del que todo el mundo estaba tratando de huir con desesperación. Así que Abuelita viajó justo a esa región, ya que necesitaban médicos. La necesitaban a ella. Tuvo tiempo de ayudar a muchos niños a que escaparan de la muerte, pero no a los chicos de la mujer de la falda negra. Solo pudo traer a casa a esa mujer.

Elsa y Mamá están sentadas a bordo de Kia. Es de mañana y están en medio de un embotellamiento. Sobre el parabrisas caen enormes copos de nieve.

—Ese fue el último viaje de tu abuela, y después volvió a casa —dice Mamá para concluir su narración.

Elsa no puede recordar la última vez que Mamá le había contado una historia tan larga. De hecho, Mamá casi nunca le cuenta historias, mucho menos historias tan extensas; pero este relato sobre el último viaje de Abuelita y los primeros días de Elsa era tan largo que Mamá se quedó dormida cuando iba a la mitad, y tuvo que continuarlo en el auto al día siguiente cuando se dirigían a la escuela.

—¿Por qué fue su último viaje? —pregunta Elsa.

Mamá sonríe con melancolía y felicidad al mismo tiempo, una combinación de sentimientos que solo ella domina por completo de entre todas las personas en el mundo.

—Le dieron un nuevo trabajo.

Y entonces parece como si se hubiera acordado de algo inesperado. Como si el recuerdo se hubiera caído de un jarrón agrietado.

—Naciste de forma prematura. Estaban preocupados por tu corazón, así que tuvimos que quedarnos contigo varias semanas en el hospital. Tu abuelita regresó con esa mujer el mismo día en que volvimos a casa...

Elsa cae en la cuenta de que Mamá se está refiriendo a la mujer de la falda negra. Mamá agarra con fuerza el volante de Kia y sigue hablando de forma distraída, más que nada para sí misma:

—Nunca he cruzado muchas palabras con ella. Creo que nadie

en el edificio tuvo ganas de hacer muchas preguntas al respecto. Todos dejamos que tu abuelita se encargara de ella. Y luego...
Mamá suspira, y una sensación de arrepentimiento impregna su mirada.
—... y luego los años pasaron volando, mientras todos estábamos ocupados. Ahora la mujer es alguien que simplemente vive en nuestro edificio. Para serte honesta, se me había olvidado que así fue como se mudó con todos nosotros. De hecho, ustedes dos llegaron el mismo día...
Mamá se vuelve hacia Elsa. Trata de sonreír, pero no le resulta del todo bien.
—El hecho de que se me haya olvidado... ¿me convierte en una persona horrible?
Elsa niega con la cabeza. Pensaba decir algo sobre el Monstruo y el vorv, pero al final decide no hacerlo porque teme que Mamá le prohíba volver a verlos. Mamá puede tener principios rarísimos cuando se trata de la convivencia entre niños, monstruos y vorves. Elsa es consciente de que todo el mundo les teme, y que requerirá mucho tiempo para hacer que entiendan que el Monstruo y el vorv —como la borrachina— no son lo que parecen.
—¿Qué tan seguido se iba Abuelita? —pregunta Elsa.
Un auto plateado que viene detrás de ellas les toca la bocina, pues Mamá dejó que el espacio que hay entre Kia y el auto que tienen enfrente creciera unos cuantos metros. Mamá suelta el pedal del freno y Kia empieza a avanzar con lentitud.
—Eso variaba, dependiendo de en dónde la necesitaran, y por cuánto tiempo.
—¿A eso te referías esa vez que Abuelita dijo que te volviste una economista para fastidiarla?
Mamá se vuelve sorprendida hacia Elsa. El auto de atrás les toca la bocina otra vez.
—¿Qué?
Elsa juguetea con el sello de goma en la puerta.
—Te oí, hace un montón de tiempo. Abuelita había dicho que

te convertiste en economista porque esa fue tu rebelión adolescente, y tú le dijiste «¿Cómo lo sabes? ¡Si nunca estuviste aquí!». A eso te referías, ¿verdad?
Mamá se queda mirando sus nudillos.
—Estaba muy enojada, Elsa. Hay veces en las que realmente no puedes controlar lo que dices cuando estás enojado.
Elsa niega con la cabeza de nuevo, esta vez en son de protesta.
—A ti no te pasa eso. Tú nunca pierdes el control.
Mamá intenta sonreír una vez más.
—Me... costaba más trabajo tratándose de tu abuela.
—¿Cuántos años tenías cuando tu papá murió?
—Doce.
—Cuando tienes doce todavía no eres una adulta.
—Así es.
—¿Y Abuelita te dejó sola?
—Tu abuelita fue a donde la necesitaban, corazón.
—Tú la necesitabas.
—Otros la necesitaban más.
—¿Por eso se ponían a discutir todo el tiempo?
Mamá suspira muy profundo, como solo puede suspirar un padre o una madre cuando cae en la cuenta de que se ha adentrado en una historia mucho más de lo que había pensado.
—Sí, sí, es probable que a veces esa haya sido la razón por la cual discutíamos. Aunque a veces era por otras cosas. Tu abuelita y yo éramos muy... diferentes.
—No, solo eran diferentes de formas distintas.
—Puede ser.
—¿Discutían por otras cosas?
El auto detrás de Kia está dando bocinazos de nuevo. Mamá cierra los ojos y contiene la respiración. Y es solo hasta que por fin deja de pisar el freno y permite que Kia siga rodando hacia adelante que las palabras salen de sus labios, como si hubieran tenido que luchar por abrirse paso.
—Por ti. Todo el tiempo estábamos discutiendo por ti, corazón.

—¿Por qué?
—Cuando amas mucho a alguien es muy difícil aprender a compartir a esa persona con alguien más.
—Como Jean Gray —hace notar Elsa, como si fuera algo por demás evidente.
—¿Quién? —exclama Mamá, como si no lo fuera en lo más mínimo.
—Una superheroína. De los *X-Men*. Wolverine y Cyclops la amaban, y por eso se peleaban a cada rato.
Mamá asiente como lo haces cuando no has entendido gran cosa.
—Creí que esos *X-Men* más bien eran unos mutantes, no unos superhéroes. ¿No fue eso lo que me habías explicado la vez pasada que hablamos de ellos?
—Es complicado —responde Elsa, aunque en realidad no lo es para nada si has leído suficientes obras literarias de calidad.
—¿Y cuál es el superpoder de la tal Jean Gray? —pregunta Mamá.
—Telepatía —contesta Elsa.
—Ese es un buen superpoder —dice Mamá.
—Buenísimo —asiente Elsa.
Elsa prefiere no agregar que Jean Grey también tiene el don de la telequinesis, pues no quiere complicarle las cosas a Mamá más de lo necesario. Después de todo, está embarazada, así que Elsa decide que es mejor dedicarse a jalar el sello de goma de la puerta. Echa un vistazo en el hueco que hay debajo de él. Está completamente exhausta, tan exhausta como puede llegar a estarlo una niña de casi ocho años que ha pasado despierta toda la noche sintiéndose enfadada. La mamá de Elsa nunca tuvo su propia mamá, pues Abuelita siempre estaba en algún otro lugar ayudando a alguien más. Elsa nunca había pensado en su abuela desde esa perspectiva.
—¿Estás enojada conmigo porque Abuelita me dedicó mucho tiempo y nunca estaba contigo? —pregunta ella con delicadeza.
Mamá niega con la cabeza de una forma tan enfática que Elsa

comprende al instante que, sea lo que sea que Mamá diga a continuación, será una mentira.

—No, mi niña hermosa. ¡Nunca, jamás me sentiría así!

Elsa asiente y echa un vistazo una vez más por el hueco de la puerta.

—Yo estoy enojada con ella. Porque no dijo la verdad.

—Todos guardamos secretos, corazón.

—¿Estás enojada conmigo porque Abuelita y yo compartíamos secretos? —pregunta Elsa sin voltear a ver a su Mamá. Está pensando en el lenguaje secreto que siempre usaban para que Mamá no las entendiera. Está pensando en la Tierra-a-punto-de-despertar. Se pregunta si alguna vez Abuelita habrá llevado a Mamá a ese lugar.

—Enojada, jamás... —responde Mamá, y extiende la mano por encima del asiento, antes añadir con un susurro—: Pero sí celosa.

La sensación de culpa impacta a Elsa como una cubetada de agua fría cuando menos te la esperas.

—Así que a eso se refería mi abuelita —declara ella.

—¿Qué dijo? —pregunta Mamá.

Elsa deja escapar un bufido.

—Dijo que iba a odiarla si descubría quién había sido ella antes de que yo naciera. A eso se refería. Yo iba a enterarme de que había sido una mamá horrible que dejó sola a su propia hija...

Mamá se vuelve hacia ella con unos ojos tan resplandecientes que Elsa puede verse reflejada en ellos.

—Ella no me abandonó. No debes odiar a tu abuela, corazón.

Como Elsa no responde, Mamá posa la mano en su mejilla y susurra:

—El trabajo de una hija es estar enfadada con su madre por alguna razón. Pero ella fue una buena abuela, Elsa. Fue la abuela más fantástica que cualquiera podría haberse imaginado.

Elsa jala el sello de goma, como un acto de rebeldía.

—Pero ella te abandonó. Todas esas veces que se fue de aquí te dejó sola, ¿no es cierto? ¡Uno no puede hacer eso porque entonces Servicios Sociales se lleva a tus hijos a un hogar de crianza!

Mamá hace un esfuerzo por sonreír.
—¿Lo leíste en Wikipedia?
Elsa suelta un resoplido.
—Lo oí en la escuela.
Mamá parpadea con algo de pesadez.
—Cuando era pequeña tenía a tu abuelo.
—¡Sí, hasta que se murió!
—Cuando murió tuve a mis vecinos.
—¿Cuáles vecinos? —pregunta Elsa con genuina curiosidad.
El auto que viene atrás toca la bocina de nueva cuenta. Mamá hace un gesto de disculpa volteando hacia la luneta y Kia reanuda su avance.
—Britt-Marie —termina por decir Mamá.
Elsa deja de manipular el sello de goma de la puerta.
—¿Cómo que Britt-Marie?
—Ella me cuidaba.
Las cejas de Elsa descienden hasta juntarse en una «V» bastante enfadada.
—Entonces, ¿por qué ahora se comporta contigo como una vieja bruja fastidiosa?
—No digas esas cosas, Elsa.
—¡Pero sí lo es!
Mamá suspira.
—Britt-Marie no siempre fue así. Es solo que... se siente sola.
—¡Tú sabes que tiene a Kent!
Mamá pestañea tan despacio que para efectos prácticos cierra los ojos.
—Hay muchas formas diferentes de estar solo, corazón.
Elsa empieza a juguetear otra vez con el sello de la puerta.
—Sigue siendo una tonta fastidiosa.
Mamá asiente.
—Cualquiera puede volverse un tonto fastidioso si está solo por demasiado tiempo.
El auto plateado suena la bocina otra vez.

—¿Por eso Abuelita no aparece en ninguna de las fotos viejas que tenemos en la casa? —pregunta Elsa.

—¿Cómo?

—Abuelita no aparece en ninguna de las fotos de antes de que yo naciera. Cuando era chiquita pensaba que era porque Abuelita debía ser una vampira, porque los vampiros no salen en las fotos y pueden fumar todo lo que quieran sin que les duela la garganta. Pero ella no era una vampira, ¿verdad? No sale en las fotos porque nunca estaba en casa.

—Es algo complicado.

—¡Sí, hasta que alguien te lo explica! Pero cuando le preguntaba a Abuelita siempre empezaba a hablar de otra cosa. Y cuando le pregunto a Papá siempre me dice «Eh... Mmm... ¿Qué quieres? ¿Quieres un helado? ¡Podemos ir por uno!».

Y, de repente, mamá se echa a reír a carcajadas. Se ríe con tantas ganas que, si hubiera tenido un trago de leche malteada en la boca, se le habría salido por la nariz y habría bañado todo el tablero de instrumentos de Kia. Elsa hace una excelente imitación de su papá.

—A tu papá no le gustan mucho los conflictos que digamos —dice Mamá entre risitas.

—Ya dime, ¿Abuelita era una vampira o no?

—Tu abuela viajaba por todo el mundo salvando las vidas de muchos niños, corazón. Ella era...

Parece que Mamá está buscando la palabra apropiada. Cuando la encuentra, el rostro se le ilumina y sonríe de forma sincera.

—¡Una superheroína! ¡Tu abuelita era una superheroína!

Elsa clava la mirada en el hueco de la puerta.

—Las superheroínas no abandonan a sus propios hijos.

Mamá se queda callada por un momento, y al final trata de justificar a Abuelita:

—Todos los superhéroes tienen que hacer sacrificios, corazón.

Pero ambas saben que Mamá no cree de verdad en lo que acaba de decir.

El auto que las sigue vuelve a dar un bocinazo. Mamá levanta la mano hacia la luneta a modo de disculpa. Kia avanza unos cuantos metros. Elsa se da cuenta de que está esperando que Mamá empiece a gritar. O a llorar. O lo que sea. Solo quiere verla sentir algo. Así que hace lo que cualquier niño de casi ocho años haría en una situación como esta. Echa un vistazo al hueco que está debajo del sello de la puerta, y luego empieza a buscar a su alrededor en el auto algo con qué rellenar ese hueco; de preferencia algo que no haya sido hecho para ese fin.

Abre la guantera, y su mirada se posa sobre un paquete de gomas de mascar. Lo toma y mira de reojo a Mamá. Luego, mete con mucho cuidado un chicle en el hueco de la puerta. Luego otro chicle. Y luego uno más. Mamá ve lo que está haciendo y Elsa sabe que Mamá ve lo que está haciendo, pero no le dice nada. Una vez más, Mamá no pierde el control. Elsa odia esa falta de reacción de su parte.

El auto de atrás toca su bocina. Mamá levanta la mano para pedir disculpas. Kia avanza.

Elsa no entiende cómo alguien puede tener tanta prisa por moverse unos cinco metros a la vez, como para tocarle la bocina a otra persona en un embotellamiento. Mira al hombre en el auto de atrás por el retrovisor. Pareciera que él cree que es culpa de Mamá que haya tanto tráfico. Elsa desea con todo el corazón que Mamá haga lo mismo que hizo cuando estaba embarazada de ella, que se baje del auto y le vocifere al tipo que ya es suficiente, maldita sea.

Quien alguna vez narró esa historia fue el papá de Elsa. A Papá rara vez le da por contar anécdotas, pero, en la víspera de un solsticio de verano —antes de que Mamá empezara a tener una expresión triste en su rostro y se fuera a acostar cada vez más temprano, y Papá se sentara solo en la cocina por las noches a reorganizar los íconos en la pantalla de la computadora de Mamá para luego echarse a llorar—, los tres habían acudido a una fiesta. Esa vez Papá bebió tres cervezas y luego se puso a contar la historia de cómo fue que en cierta ocasión Mamá, estando muy embarazada de Elsa, se bajó de su auto, caminó hasta donde se encontraba un hombre a bordo de un automóvil plateado, y «¡lo amenazó con que iba a dar a luz ahí mismo y en ese momento, encima de su maldito capó, si se atrevía a tocarle la bocina una vez más!». Todo el mundo se rio a más no poder con ese relato. Papá no, desde luego, pues a él no le gusta reírse tanto. Pero Elsa notó que incluso a él le parecía gracioso lo que había ocurrido. En esa fiesta del solsticio de verano, Papá y Mamá bailaron juntos. Esa fue la última vez que Elsa los vio bailando en brazos del otro. Papá era malo para bailar, a niveles que llegaban a ser espectaculares, parecía un oso enorme que justo acababa de pararse y se había dado cuenta de que se le había dormido el pie. Elsa extraña esto, extraña el pie del oso.

Y extraña a alguien que se bajaba de su auto y les gritaba a ciertos hombres que conducían sus automóviles plateados.

El hombre del auto plateado detrás de ellas les toca la bocina una vez más.

Y podría decirse que fue más o menos en ese momento cuando Elsa tomó la decisión. Recoge su mochila del piso del auto, saca de ella el libro más pesado que puede encontrar y, cuando Kia se detiene, abre la puerta de un empujón y se baja de un salto a la autopista. Oye a Mamá llamándola a gritos a sus espaldas, pero Elsa no da vuelta atrás. Corre a toda velocidad hacia el auto plateado y, echando mano de todas sus fuerzas, golpea el capó del auto con el libro.

Le deja una tremenda abolladura. Las manos de Elsa tiemblan.

El hombre a bordo del auto plateado se queda viéndola, como si no pudiera creer lo que acaba de ocurrir. Más o menos como esa vez que Elsa, Mamá y Papá fueron a Eurodisney en París. Cuando ya iban de salida bien entrada la noche, Elsa vio a Cenicienta orinando detrás de un arbusto mientras le gritaba algo a un chico disfrazado de pirata. Más tarde, Elsa descubriría que lo que Cenicienta había dicho era una sarta de tremendas palabrotas en francés.

Los ojos de Elsa fulminan al hombre del auto plateado. Él le devuelve la mirada, sin poder moverse.

—¡Ya basta, estúpido! —le grita Elsa.

Como el hombre no le responde de inmediato, aporrea el capó con el libro tres veces más, y luego señala al hombre con el dedo de forma amenazante.

—¿Sabías que mi mamá está embarazada? ¿Crees que está bien que sigas comportándote como un idiota?

Al principio, da la impresión de que el hombre va a abrir la puerta, pero luego parece arrepentirse. Elsa levanta el libro por encima de su cabeza como si fuera un sable y luego le asesta otro golpe al capó con el canto, dejándole una enorme marca en la pintura.

El hombre la observa un poquito desconcertado. Luego se rasca el cuello. Y luego extiende la mano hacia la ventanilla. Elsa oye el clic cuando el hombre activa los seguros de las puertas.

—¿Has pensado que tal vez tuvimos un día difícil? ¡Si vuelves a tocarnos la bocina mi mamá va a venir a dar a luz a Medi encima del capó DE TU MALDITO AUTO! —ruge Elsa.

Solo para que quede claro, tú sabes.

El hombre baja la mirada a las rodillas.

Elsa se queda parada en medio de la autopista, entre el auto plateado y Kia, respirando de forma tan acelerada que le empieza a doler la cabeza. Oye que mamá le grita y, de hecho, Elsa ya va de vuelta hacia Kia, en serio que sí. No es que hubiera planeado lo que va a pasar. Pero, entonces, siente una mano en el hombro y oye una voz que le pregunta:

—¿Necesitas ayuda?

Al volverse, se encuentra con un oficial de policía que está ahí de pie. Huele a tabaco de mascar.

—¿Puedo ayudarte? —dice él de nuevo, con un tono de voz amigable. Luce muy joven. Como si ser policía solo fuera su trabajo de verano. Aunque estamos en invierno.

—¡Ese señor no paraba de tocarnos la bocina! —dice Elsa para defenderse.

El policía de verano voltea a ver al hombre a bordo del auto plateado, que está muy entretenido tratando de no hacer contacto visual con el policía. Elsa se vuelve hacia Kia, y de verdad que no tenía la intención de decir esto, es más bien como si las palabras se le hubieran escapado de la boca por accidente.

—Mi mamá va a dar a luz, y como que hemos tenido un día difícil...

De inmediato, Elsa siente la mano del policía de verano sobre su hombro de nuevo.

—¿Tu mamá va a dar a luz? —grita el oficial, a quien se le nota que se está poniendo tenso.

—O sea, no en... —empieza a decir Elsa.

Pero, como es natural, ya es demasiado tarde.

El policía corre a toda velocidad hacia Kia. Mamá logró bajarse haciendo un gran esfuerzo y se dirige hacia ellos con la mano sobre Medi.

—¿Puede usted manejar? —le pregunta el policía a Mamá, alzando tanto la voz que logra irritar a Elsa, que se tapa los oídos con los dedos y se va caminando al otro lado de Kia en una clara señal de protesta.

Mamá da la impresión de que la han tomado desprevenida.

—¿Perdón? ¿Qué dijo?... Sí, por supuesto que puedo manejar. ¿O de qué está hablando? ¿Hay algún pro... ?

—¡Yo iré adelante de ustedes! —grita el policía sin darse el tiempo de escuchar a Mamá hasta el final de su oración, la ayuda a subirse a Kia con demasiado entusiasmo y corre a toda prisa de vuelta a su patrulla.

Mamá se desploma sobre el asiento. Voltea a ver a Elsa. Elsa busca en la guantera una razón para no tener que devolverle la mirada.

La patrulla retumba al pasar junto a ellas con la sirena encendida. El policía de verano les hace señas con la mano frenéticamente, para darles a entender que vayan manejando detrás de él.

—Creo que quiere que lo sigas —murmura Elsa sin levantar la vista.

Los autos de enfrente se van haciendo a un lado. El embotellamiento se abre a su alrededor.

—¿Qué... qué está pasando ahora? ¿Dónde va?—susurra Mamá al tiempo que trata de disculparse a través de la ventanilla con todos los conductores que va dejando atrás, mientras Kia avanza con cuidado y de forma discreta siguiendo a la patrulla.

—Se dice «¿A dónde va?» —mascullan Elsa; no puede evitar corregir a otras personas.

—Qué. Está. Pasando. A. Dónde. ¿Va? —articula Mamá, con algo de reproche en su tono.

—Creo que nos está escoltando rumbo al hospital, pues cree que vas a... tú sabes... cree que vas a dar a luz —murmura Elsa, como si estuviera hablándole a la guantera.

—¿Cree que voy a dar a luz?

—Mm-jmm...

—¿Por qué le dijiste que voy a dar a luz?

—¡No lo hice! ¡Pero nadie me escucha jamás! —espeta Elsa con indignación.

—Ajá. ¿Y qué crees que debería hacer ahora? —espeta Mamá de vuelta. Es posible que ahora suene un poquito menos mesurada.

—Bueno, hemos estado siguiéndolo ya mucho tiempo, así que probablemente se va a enfadar un montón si descubre que en realidad no vas a dar a luz —declara Elsa con un tono didáctico.

—¡NO ME DIGAS! ¡¿ESO CREES?! —ruge Mamá de una forma que no suena ni didáctica ni mesurada.

Elsa decide no entrar en una discusión para determinar si lo que Mamá dijo fue sarcástico o irónico.

• • •

Se detienen afuera de la entrada de urgencias del hospital, y Mamá trata de bajarse de Kia, al parecer con la intención de confesárselo todo al policía de verano. Pero él la empuja con suavidad para que se suba al auto de nuevo, y le dice a voces que va a ir por ayuda. Mamá lo sigue con la mirada, con un gesto de gran mortificación en el rostro. Porque este es su hospital. Ella es la jefa en este lugar.

—Va a ser un infierno tener que explicarle esto al personal —dice Mamá entre dientes, y posa la frente en el volante con resignación.

—¿Y si dices que esto fue algo así como un ejercicio de práctica? —sugiere Elsa.

Mamá no le responde. Elsa se aclara la garganta de nuevo.

—Abuelita habría pensado que todo esto es muy gracioso.

Mamá esboza una leve sonrisa y gira la cabeza hasta que su oreja queda apoyada sobre el volante. Se miran una a la otra por un buen tiempo.

—Sí, habría pensado que esto es jodidamente gracioso —asiente Mamá.

—No digas palabrotas —la regaña Elsa.

—¡Pero si tú dices palabrotas todo el tiempo!

—¡Yo no soy mamá!

Mamá sonríe de nuevo.

—*Touché*.

Elsa abre y cierra la guantera un par de veces. Alza la vista para contemplar la fachada del hospital. Detrás de una de esas ventanas, se quedó dormida en la misma cama que su abuela, la misma noche que Abuelita partió a Miamas por última vez. Elsa siente como si eso hubiera ocurrido hace una eternidad. Como si hubiera transcurrido una eternidad desde que pudo viajar sola a Miamas.

—¿Qué trabajo era? —pregunta Elsa, más que nada para no tener que pensar en todo eso.

—¿Perdón? —dice Mamá.

—Me habías dicho que ese asunto del tsunami fue el último

viaje de Abuelita, porque le habían dado un nuevo trabajo. ¿Qué trabajo era ese?

Las puntas de los dedos de Mamá rozan los de Elsa mientras le responde con un susurro:

—Ser abuela. Le dimos el trabajo de ser abuela. A partir de entonces nunca volvió a irse de aquí.

Elsa asiente despacio. Mamá le acaricia el brazo con ternura. Elsa abre y cierra la guantera. Entonces alza la mirada como si justo acabara de darse cuenta de algo, pero más bien es porque quiere cambiar de tema. Ya no quiere pensar en lo enfadada que está con Abuelita en este momento.

—Oye, ¿qué pensaba ese policía? ¿Que de verdad ibas a dar a luz mientras ibas manejando? ¡No me digas que puedes manejar si estás dando a luz!

Mamá le da unas palmaditas en el hombro.

—Si supieras lo poco que sabe la mayoría de los hombres sobre cómo funciona eso de dar a luz te sorprenderías, corazón.

Elsa asiente y suelta un bufido.

—*Muggles*.

Mamá se inclina hacia adelante y le da un beso en la sien. Elsa le sostiene la mirada.

—¿Papá y tú se divorciaron porque se les acabó el amor? —pregunta Elsa de forma tan precipitada que, de hecho, la pregunta la sorprende a ella misma.

Mamá retrocede. Se pasa los dedos por el cabello y mueve la cabeza de un lado a otro.

—¿Por qué preguntas eso?

Elsa se encoge de hombros.

—Tenemos que hablar de algo mientras esperamos a que el policía regrese con tus empleados y todo se vuelva supervergonzoso para ti...

Mamá se ve mortificada de nuevo. Elsa vuelve a juguetear con el sello de goma. Se da cuenta de que, evidentemente, era demasiado pronto para hacer bromas al respecto.

—Supongo que las personas se casan porque están enamoradas, y supongo que se divorcian porque se les acabó el amor, ¿no? —dice ella en voz baja.
—¿Te dijeron eso en la escuela?
—Es mi teoría.
Mamá se echa a reír a carcajadas que llegan sin previo aviso. Como un chaparrón en una película. Elsa sonríe de manera socarrona.
—¿A mis abuelitos también se les acabó el amor? —pregunta ella cuando Mamá termina de reír.
Mamá se seca los ojos.
—Nunca estuvieron casados, corazón.
—¿Por qué no?
—Tu abuelita era especial, Elsa. Era difícil vivir con ella.
—¿A qué te refieres?
Mamá se masajea los párpados.
—Es difícil de explicar. Pero creo que en esa época no era muy común que hubiera mujeres como ella. Y pensándolo bien... creo que no era muy común que hubiera personas como ella. En ese entonces no era muy frecuente que una mujer llegara a ser médica, por ponerte un ejemplo. Mucho menos que se convirtiera en cirujana. Y el mundo académico debió ser distinto... Así que...
Mamá se queda callada. Elsa levanta las cejas, como una forma de decirle que vaya al grano.
—Creo que, si tu abuelita hubiera sido hombre en lugar de mujer en la época de su generación, la habrían llamado «casanova».
Elsa guarda silencio por un buen tiempo, y luego asiente con gran seriedad.
—¿Mi abuelita tuvo muchos novios?
—Así es —responde Mamá con cautela.
—Hay alguien en mi escuela que también tiene muchos novios.
—Oh, bueno, no quise dar a entender que la chica de tu escuela sea una... —dice Mamá hecha un manojo de nervios, tratando de aclarar las cosas.

—Estoy hablando de un chico —la corrige Elsa.
Mamá parece confundida. Elsa se encoge de hombros.
—Es complicado —dice ella.
Aunque en realidad no lo es. Pero Mamá sigue viéndose igual de confundida.
—Tu abuelo amaba a tu abuelita con todo el corazón. Pero ellos nunca fueron... una pareja. ¿Comprendes?
—Sí, lo entiendo —responde Elsa, pues ella tiene acceso a internet.
Luego extiende los brazos, toma los dedos índices de Mamá y los aprieta con sus manos.
—¡Lamento que Abuelita haya sido una mamá terrible, Mamá!
—Fue una abuela maravillosa, Elsa. Tú fuiste todas las segundas oportunidades que ella tuvo —dice Mamá al tiempo que acaricia el cabello de Elsa, y luego prosigue—: Creo que tu abuela podía manejarse muy bien en lugares caóticos porque ella misma era una persona caótica. Siempre fue asombrosa cuando se encontraba en medio de una catástrofe. Lo único con lo que nunca pudo lidiar bien a bien fue todo esto, la vida cotidiana, la vida común y corriente. Y solo... Bueno... La razón por la cual no tenemos fotos antiguas de tu abuela es porque a menudo no estaba en casa. Y además porque yo rompí todas las que había.
—¿Por qué?
—Era adolescente. Y estaba enojada. Esas dos cosas van de la mano. Nuestra casa siempre fue un caos. Cuentas que se quedaban sin pagar y comida que se echaba a perder en el refrigerador, y eso cuando teníamos comida ahí, porque a veces no había nada de comida, y... Dios santo, es difícil de explicar, corazón. Simplemente estaba enfadada.
Elsa se cruza de brazos, se apoya en el respaldo del asiento y mira al exterior por la ventanilla, indignada.
—La gente no debería tener hijos si no quiere cuidarlos.
Mamá extiende la mano y toca el hombro de Elsa con las yemas de los dedos.

—Tu abuela ya estaba grande cuando yo nací. Bueno, era tan grande como yo cuando tú naciste. Pero, considerando cómo eran las cosas en su época, ella ya estaba muy grande. Y, además, creía que no podía tener hijos. Eso le habían dicho los exámenes médicos que se hizo.

Elsa apoya el mentón en el hombro.

—Entonces, ¿fuiste una equivocación?

—Un accidente.

—En ese caso yo también fui un accidente.

Mamá aprieta los labios.

—Nunca nadie deseó tanto algo como tu papá y yo te deseamos a ti, corazón. Eres absolutamente todo lo contrario de un accidente.

Elsa voltea a ver el techo de Kia y parpadea para deshacerse del brillo húmedo en sus ojos.

—Por eso tu superpoder es que puedes ordenarlo todo, ¿verdad? Porque no quieres ser como Abuelita.

Mamá se encoge de hombros.

—Aprendí a arreglar las cosas yo sola, eso es todo. Porque no confiaba en tu abuela. Y, al final, la situación solo empeoraba aún más cuando ella estaba aquí. Me sentía molesta con ella cuando estaba lejos, y más todavía cuando estaba en casa.

—¿Sigues enojada?

—¿Crees que eso me convierte en una mala persona?

Elsa patea el piso de Kia.

—No. Si hubiera sabido que Abuelita era de esas personas que abandonan a sus hijos, habríamos roto el récord de más tiempo enojadas una con la otra.

Mamá le empieza a acariciar el cabello a Elsa.

—Fue una abuela excepcional, corazón.

—Fue una mamá horrible.

—No digas esas cosas, Elsa, por favor. Hizo lo que pudo. Todos hacemos lo que podemos.
—¡No!
—Estar enfadada con ella no es tu trabajo.
—Lo sé, ¡¡¡¡pero estoy enojada porque era una idiota de verdad y nadie me lo dijo y ahora ya lo sé y de todos modos la extraño y ESO es lo que me hace sentir enfadada!!!

Mamá cierra los ojos con fuerza, y apoya su frente en la de Elsa. El mentón de Elsa está temblando.

—Estoy enfadada con ella porque se murió. Estoy enfadada con ella porque se murió y por eso me abandonó —susurra Elsa.
—Yo también —susurra Mamá.

Y es entonces cuando el policía de verano llega corriendo como el rayo desde la entrada de urgencias. Lo acompañan dos enfermeras con una camilla que vienen a toda prisa detrás de él.

Elsa se vuelve unos cuantos centímetros hacia Mamá. Mamá se vuelve unos cuantos centímetros hacia Elsa.

—¿Qué crees que tu abuela habría hecho ahora? —pregunta Mamá con mucha calma.

—Habría salido huyendo de aquí —dice Elsa, todavía con su frente apoyada en la de su mamá.

El policía de verano y las enfermeras con la camilla están a solo un par de metros de distancia del auto cuando Mamá asiente con lentitud. Entonces mete la velocidad de Kia y, con las llantas patinando sobre la nieve, sale derrapando a la calle y se va. Es el acto más irresponsable de Mamá que Elsa jamás haya visto.

Siempre la amará por ello.

15
Aserrín

Algunas de las criaturas más singulares en la Tierra-a-punto-de-despertar, incluso si las comparamos con Abuelita, son los arrepequinos. Se trata de animales salvajes que viven en manadas, y las tierras donde acostumbran pastar se encuentran justo a las afueras de Miamas. Por supuesto que lo que comen puede variar mucho, y en realidad nadie sabe cómo logran sobrevivir, considerando las circunstancias. A primera vista, los arrepequinos se parecen más o menos a un caballo blanco, pero son mucho más ambivalentes, pues sufren de un defecto biológico: todo el tiempo se arrepienten de sus decisiones y cambian de idea. Obviamente, esto les causa ciertos problemas prácticos, pues, como ya dijimos, los arrepequinos son animales de manada, y por eso ocurre demasiado a menudo que un arrepequino avanza en una dirección, pero entonces se arrepiente y cambia de rumbo, y entonces choca con otro arrepequino. Esa es la razón por la cual los arrepequinos siempre tienen un enorme chichón ovalado en la frente, lo que ha hecho que, en varios cuentos de hadas de Miamas que terminaron en el mundo real, la gente los confunda todo el tiempo con los unicornios. Sin embargo, los narradores de Miamas aprendieron por las malas que uno no debe recortar el costo de los salarios contratando un arrepequino para que haga el trabajo de un unicornio, ya que, cuando lo hacían, los cuentos tendían a nunca ir al grano. Además, nadie, pero nadie en lo absoluto puede mantener el buen humor después de tener que estar parado atrás de un arrepequino en la fila para el bufé del almuerzo.

«Así que no tiene caso arrepentirse, ¡eso solo hará que te duela la cabeza!», solía exclamar Abuelita, al tiempo que se daba unas palmaditas en la frente. Elsa piensa en todo esto ahora que está sentada en Kia, afuera de la escuela, mirando a su mamá.

Se pregunta si alguna vez Abuelita se habrá arrepentido de todas las veces que dejó sola a Mamá. Se pregunta si la cabeza de Abuelita estaba llena de chichones. Espera que así haya sido.

Mamá se masajea las sienes y no para de mascullar palabrotas. Es demasiado obvio que está arrepentida de haber huido del hospital de esa forma, porque lo primero que debe hacer después de dejar a Elsa en la escuela es manejar de vuelta al hospital para dedicarse a su trabajo como jefa.

Elsa le da unas palmaditas en el hombro.

—Tal vez podrías echarle la culpa a tu cerebro de embarazada —le dice Elsa, tratando de consolarla.

Mamá cierra los ojos con resignación. A últimas fechas se ha vuelto muy olvidadiza debido a su cerebro de embarazada. Tanto que ni siquiera pudo encontrar la bufanda de Gryffindor de Elsa cuando la buscaron esa mañana, tanto que sigue dejando su teléfono en lugares extraños. Como en el refrigerador, la bolsa de basura, la cesta de la ropa sucia y, en una ocasión, hasta en las zapatillas para correr de George. En la mañana, Elsa tuvo que llamar al teléfono de Mamá tres veces, cosa que no es del todo fácil, pues la pantalla del móvil de Elsa quedó bastante borrosa después de aquel encuentro que tuvo con la tostadora. Al final hallaron el teléfono de Mamá, que sonó dentro de la mochila de Elsa. La bufanda de Gryffindor también estaba ahí.

«¿Lo ves?», trató de argumentar Mamá, «solo puedes decir que algo realmente se perdió cuando tu mamá no pudo encontrarlo». Elsa se limitó a poner los ojos en blanco, y entonces Mamá se vio bastante avergonzada y murmuró «Bueno, fue mi cerebro de embarazada».

Ahora también se ve bastante avergonzada. Y muy arrepentida.

—Ay, corazón, no creo que me dejen seguir siendo la jefa de un hospital si digo que se me olvidó que una patrulla me venía escoltando hasta la entrada de urgencias.

Elsa se inclina al frente y acaricia la mejilla de su mamá.

—Las cosas van a estar mejor, Mamá. Todo va a estar bien.

En cuanto pronuncia estas palabras, Elsa se da cuenta de que quien solía decir esa frase era su abuela. Mamá posa la mano en Medi y asiente con una autoconfianza fingida, pues quiere cambiar de tema.

—Que no se te olvide que tu papá va a venir a recogerte en la tarde. Y George te va a traer aquí a la escuela el lunes. Yo tendré una conferencia y...

Armándose de paciencia, Elsa rasca la cabeza de su mamá.

—El lunes ya no vengo a la escuela, Mamá. Las vacaciones de Navidad ya van a empezar.

Mamá toma la mano de Elsa, posa los labios en la palma de su mano y aspira hondo, como si estuviera tratando de llenar sus pulmones con la esencia de Elsa. Tal y como las mamás acostumbran hacer con las hijas que crecen demasiado rápido.

—Discúlpame, corazón. Se me olvidan... las cosas.

—Está bien, no importa —dice Elsa.

Aunque sí le importa un poquito.

Se dan un fuerte abrazo antes de que Elsa se baje del auto. Elsa espera hasta que Kia haya desaparecido de su vista, y entonces abre su mochila y saca el teléfono de Mamá, busca el nombre de Papá en la lista de contactos y le envía un mensaje: «Por cierto, no tienes que recoger a Elsa en la tarde. Yo me encargo!». Elsa sabe que así es como hablan de ella. Elsa es algo que tienen que «recoger», es algo de lo que se tienen que «encargar». Como la ropa que se lleva a la tintorería. Ella sabe que no lo dicen con mala intención, pero vamos, hombre, ninguna niña de siete años que ha visto películas de la mafia italiana quiere que su familia «se encargue» de ella. Aunque obviamente sería algo difícil explicárselo a Mamá, pues ella le había prohibido a Abuelita de manera expresa que dejara que Elsa viera esa clase de películas.

El teléfono de Mamá vibra en la mano de Elsa. El nombre de

su papá aparece en la pantalla. Y debajo de él «Muy bien». Elsa lo borra. Y también borra de la carpeta de mensajes enviados el que le mandó a Papá. Entonces permanece de pie donde está y empieza una cuenta regresiva desde el número veinte. Cuando llega al siete, Kia entra de nuevo al estacionamiento derrapándose, y luego Mamá baja la ventanilla de su lado jadeando. Elsa le entrega su móvil. Mamá masculla «cerebro de embarazada», y Elsa le da un beso en la mejilla. Mamá hace el gesto de llevarse la mano al cuello y le pregunta a Elsa si ha visto su bufanda.

—Está en el bolsillo derecho de tu abrigo —dice Elsa.

Mamá saca la bufanda. Toma la cabeza de Elsa entre sus manos, la atrae hacia ella y le da un beso con mucha fuerza en la frente. Elsa cierra los ojos.

—Solo puedes decir que algo realmente se perdió cuando tu hija no pudo encontrarlo —le susurra a Mamá al oído.

—Vas a ser una hermana mayor fantástica —le responde Mamá, también con un susurro.

Elsa no dice nada. Solo se queda parada ahí y se despide agitando la mano mientras Kia se va. No pudo contestarle a Mamá, pues no quiere que sepa que no tiene ganas de ser hermana mayor. No quiere que nadie sepa que es una persona horrible que odia a su medio hermano o hermana solo porque todos van a querer más a Medi que a ella. No quiere que nadie sepa que tiene miedo de que también la abandonen.

Da la media vuelta y echa un vistazo al patio de la escuela desde la calle. Nadie se ha fijado en ella aún. Mete la mano en la mochila y saca la carta que encontró en Renault. No reconoce la dirección, y Abuelita siempre fue una inútil cuando se trataba de dar indicaciones para llegar a algún lugar. Elsa ni siquiera está segura de que esa dirección exista en el mundo real, pues, cuando Abuelita tenía qué explicar en dónde se encontraba algo, frecuentemente usaba puntos de referencia que ya no existían. Podía parlotear cosas como «Queda justo donde vivían esos zopencos que tenían periquitos australianos, pasando el viejo club de tenis allá donde estaba la fábrica de caucho o lo que fuera»; y, cuando la gente no entendía bien de qué rayos estaba hablando, Abuelita se frustraba tanto que tenía que fumarse dos cigarros uno tras otro, encendiendo el segundo con las últimas ascuas de la colilla del primero. Y, entonces, cuando alguien le decía que no podía fumar en interiores, se enfadaba tanto que era imposible obtener de ella alguna indicación útil; de hecho, lo único que se podía obtener de ella en esas circunstancias era una señal con el dedo medio.

En realidad, lo que Elsa quiere es romper la carta en miles de pedacitos y dejar que el viento se los lleve. Es lo que había decidido anoche, porque estaba enfadada con su abuela. Pero ahora que su mamá le ha contado todo de pe a pa, ahora que Elsa ha visto los fragmentos rotos que se vislumbran en los ojos de Mamá, ha optado por no hacerlo. Elsa piensa entregar esta carta y las demás que Abuelita le ha dejado a lo largo del camino que tiene que recorrer. Va a entregar todas las cartas de su abuela, y ese recorrido se convertirá en una aventura grandiosa y en un cuento fantástico, tal y como Abuelita lo había planeado. Pero Elsa no va a hacer nada de esto por su abuela.

En primer lugar, va a necesitar una computadora.

Elsa mira el patio de la escuela otra vez. Y justo cuando la campana suena y todos se vuelven hacia el edificio dándole la espalda a la calle, Elsa aprovecha para irse corriendo de ahí, pasa junto a la verja y se dirige hacia la parada del autobús. Se baja una parada antes de lo acostumbrado, entra a toda prisa en la tienda y va directo hacia el mostrador de los helados. Entonces se tarda unos diez minutos en llegar al edificio donde vive, baja al almacén del sótano sin hacer ruido, y luego hunde su rostro en el pelaje del vorv. Es su nuevo lugar favorito en todo el mundo.

—Traigo helado en la mochila —dice ella cuando por fin levanta la cabeza.

El vorv acerca el hocico con interés.

—Es el *New York Super Fudge Chunk* de Ben & Jerry's, el sabor que más me gusta —le explica Elsa.

Para cuando Elsa termina esa oración, el vorv ya se comió más de la mitad del helado. Elsa le acaricia las orejas.

—Oye, tengo que conseguir una computadora. Quédate aquí y... ya sabes... ¡trata de que nadie te vea!

El vorv la mira como lo haría un vorv muy grande, al que acabaran de sugerirle que se comporte como un vorv muchísimo más pequeño.

Elsa promete que le va a encontrar un mejor escondite. Y pronto.

Sube de prisa por las escaleras. Comprueba con mucho cuidado que Britt-Marie no esté merodeando por ahí, y cuando está segura de ello toca a la puerta del Monstruo. No le abre. Toca de nuevo. Todo permanece en silencio. Elsa gruñe, abre la ranura del correo y se asoma al interior del apartamento. Todas las luces están apagadas, pero eso no la hace desistir de su empeño.

—¡Sé que estás ahí! —dice ella a voces.

Nadie le responde. Elsa respira hondo.

—¡Si no abres voy a estornudar por la ranura para que todo salga adentro! ¡Y estoy superresfriad...! —empieza a decir Elsa con tono amenazante, pero la interrumpe un siseo que se oye detrás de ella, como cuando alguien trata de persuadir a un gato para que se baje de una mesa.

Elsa se vuelve. El Monstruo sale de entre las sombras en las escaleras. Elsa no entiende cómo una persona tan grande puede hacerse invisible todo el tiempo. El Monstruo se frota las manos con tanta fuerza que la piel alrededor de sus nudillos se enrojece.

—¡No estornudes, no estornudes! —le implora ansiosamente el Monstruo.

Elsa pone los ojos en blanco con tanta intensidad que siente como si las córneas le golpearan el cerebro. Lo sabe porque ha investigado sobre anatomía humana en Wikipedia.

—Por Dios, no lo decía en serio, ¿crees que estoy enferma de la cabeza o algo así? ¡No estoy resfriada!

El Monstruo mantiene su distancia mientras sigue restregándose las manos. No parece nada convencido de lo que Elsa acaba de decirle. Elsa extiende los brazos hacia la puerta del apartamento del Monstruo.

—¿Por qué andas merodeando a hurtadillas aquí afuera en las escaleras en lugar de estar adentro?

El Monstruo desaparece debajo de su capucha, lo único que se asoma es su barba negra.

—Vigilando.

—¿Has oído hablar del tipo que hacía un drama de todo? —pregunta Elsa.

El Monstruo no le responde. Ella se encoge de hombros.

—Necesito que me prestes tu computadora. George tal vez está en casa, y no puedo usar el internet con mi teléfono. La pantalla se dañó por culpa de un incidente entre mi teléfono, mi abuelita, una Fanta y una tostadora. O algo así.

La capucha que envuelve la cabeza del Monstruo se mueve de lado a lado con lentitud.

—Nada de computadora.

—¡Solo quiero que me la prestes para buscar una dirección! —exclama Elsa al tiempo que agita la carta de Abuelita en el aire.

El Monstruo niega con la cabeza de nuevo. Elsa gimotea.

—¡Bueno, al menos dame la contraseña de tu wifi entonces, para conectar mi iPad! —logra decir ella, y pone los ojos en blanco con tanta fuerza que siente como si sus pupilas hubieran intercambiado lugares cuando descendieron a su posición normal.

El Monstruo dice que no con la cabeza otra vez. Elsa gruñe, y luego insiste:

—No tengo internet en mi iPad, porque Papá me lo compró y Mamá se enfadó porque no quiere que yo tenga cosas tan caras y además no le gusta Apple, ¡así que negociaron hasta alcanzar un arreglo! Es algo complicado, ¿okey? ¡Solo necesito que me prestes tu wifi, por Dios!

—Nada de computadora —repite el Monstruo.

—¿Nada... de computadora? —repite Elsa, completamente incrédula.

El Monstruo niega con la cabeza una vez más.

—¿No tienes computadora? —exclama Elsa.

La capucha se mueve de un lado a otro. Elsa lo mira con los ojos entreabiertos, como si creyera que le está tomando el pelo, que está tan loco que un psiquiatra podría certificarlo, o ambas cosas.

—¿Cómo es posible que no tengas una computadora?

El Monstruo saca una bolsita de plástico sellada de uno de los bolsillos de su chaqueta, y del interior de esa bolsa toma un frasquito de gel antibacterial. Con cuidado vierte un poco de su contenido en una de sus palmas, y luego se frota las manos para que absorban el gel.

—No necesito computadora —gruñe él.

Elsa siente la repentina necesidad de masajearse las sienes. Entonces suelta un profundo suspiro de irritación y echa un vistazo a su alrededor en las escaleras. Es posible que George todavía esté en casa, así que no puede ir al apartamento porque entonces le preguntaría por qué no está en la escuela. Tampoco puede ir con Maud y Lennart porque son demasiado amables como para mentir; en caso de que Mamá les preguntara si han visto a Elsa, le dirían la verdad. En cuanto al niño con un síndrome y su mamá, ellos no están en su apartamento durante el día. Y de Britt-Marie, mejor ni hablemos.

Por desgracia, todo esto no le deja a Elsa una gran variedad de opciones. Así que hace un esfuerzo por serenarse, y trata de tener presente que una caballera de Miamas nunca teme ir en la búsqueda de un tesoro, por más difícil que sea la misión. Y, entonces, sube por las escaleras.

Alf abre después de que su timbre suena unas siete veces. Su apartamento huele a aserrín. Lleva puesto algo que a duras penas puede ser considerado una bata, y los cabellos que le quedan en la cabeza parecen los últimos edificios tambaleantes que sobrevivieron el paso de un huracán. Sostiene en la mano una enorme taza blanca en la que se puede leer «Juventus», y de la cual emana un olor a café, cargado como siempre le gustaba a Abuelita. «Cuando Alf prepara el café te dan ganas de ponerte de pie y salir a manejar toda la mañana sin parar», decía ella, y Elsa no sabía muy bien a qué se refería, pero entendía qué significaba. O es lo que Elsa cree.

—¿Sí? —le dice Alf a Elsa con tono malhumorado.

—¿Sabes en dónde está este lugar? —dice Elsa, y le enseña el sobre con la letra de Abuelita.

—¿Me despertaste para preguntarme por una maldita dirección? —responde Alf de todas las formas no hospitalarias posibles, y luego le da un largo trago a su café.

—¿Estabas dormido? —exclama Elsa con las cejas levantadas.

Alf bebe otro trago de café y asiente en dirección de su reloj de pulsera.

—Trabajé durante el turno nocturno. Para mí, es como si en este momento fuera de noche. Ahora, dime, ¿yo voy a tu casa a la mitad de la noche para hacerte preguntas tontas?

Elsa mira la taza. Y luego a Alf.

—¿Por qué bebes café si estabas durmiendo?

Alf mira la taza. Y luego a Elsa. Parece completamente desconcertado.

—Cuando desperté tenía sed.

—¿En serio? ¡Mi papá dice que si toma café después de las seis de la tarde ya no puede dormir en toda la noche! —dice Elsa.

Alf se queda viéndola por un buen rato. Luego, posa la mirada en la taza, también por un buen rato. Finalmente, vuelve a mirar a Elsa, todavía con una expresión de total desconcierto en el rostro.

—¿No puede dormir? Pero si solo es un estúpido café.

Elsa se encoge de hombros.

—¿Sabes dónde queda esto o no? —pregunta ella, al tiempo que señala el sobre con el dedo.

Alf da la leve impresión de que está repitiendo la pregunta de Elsa en su mente con un tono exagerado y sarcástico. Bebe un trago más de café.

—He sido taxista durante treinta años.

—¿Y? —pregunta Elsa.

—Y por supuesto que sé muy bien donde queda ese estúpido lugar. Está junto a la antigua planta de aguas residuales —masculla él, y luego vacía su taza de un último trago.

—¿Qué?

Parece que Alf por fin se ha resignado.

—Madre mía, estos jóvenes que no conocen la historia de su ciudad... Donde estaba la fábrica de caucho antes de que se mudaran de nuevo. Y la fábrica de ladrillos.

El gesto en el rostro de Elsa delata que quizá no tiene ni idea de lo que él está hablando.

Alf se rasca lo que le queda de cabello y se mete a su apartamento. Entonces regresa con su taza llena una vez más de café y un mapa. Deja la taza sobre un estante en el vestíbulo y traza un círculo grueso en el mapa con un bolígrafo.

—¡Oooh, ahí es! ¡Ahí es donde está el centro comercial! —exclama Elsa, y luego levanta la mirada sorprendida—. ¿Por qué no lo dijiste y ya?

Alf responde algo que Elsa no alcanza a distinguir y le cierra la puerta en la cara.

—¡Me voy a quedar con el mapa! —exclama Elsa muy contenta por la ranura del correo de Alf.

Él no le contesta.

—¡Y ya son las vacaciones de Navidad! ¡Por eso no estoy en la escuela, si es que te lo estabas preguntando! —dice Elsa a voces.

Alf tampoco le responde a esto.

• • •

Cuando Elsa regresa al almacén, el vorv está acostado de lado, con dos patas cómodamente estiradas en el aire, como si no hubiera entendido en lo más mínimo cómo hacer un ejercicio de pilates. El Monstruo está parado afuera, en el pasillo, frotándose las manos. Se ve bastante incómodo.

—El hocico —dice él entre dientes, al tiempo que hace un gesto con su enorme mano frente a su rostro, para ilustrar el asco que está sintiendo—. Sucio. Tiene sucio... todo el hocico.

Mira a Elsa con ojos suplicantes. Elsa suspira, asoma la cabeza al interior del almacén y, al tiempo que señala al vorv con el dedo, le hace una petición:

—Límpiate el hocico, que ya nos vamos.

El vorv se incorpora con agilidad sobre sus patas y se pone de pie. Deja salir una lengua tan grande como una de esas toallas para las manos que hay en el baño pequeño del apartamento de Mamá y George, y se lame el hocico para limpiarse los restos de helado que le quedaban.

Elsa mira al Monstruo y le extiende el sobre.

—¿Nos acompañas?

El Monstruo asiente. La capucha retrocede unos cuantos centímetros, y la enorme cicatriz que lleva en el rostro resplandece por un breve instante a la luz de las lámparas fluorescentes en el techo. Ni siquiera pregunta a dónde van. Es difícil no sentir un asomo de afecto por él.

Elsa mira al Monstruo, y luego al vorv. Sabe que Mamá se va a enfadar con ella por haber faltado a la escuela y por haber salido sin permiso, pero siempre que Elsa le pregunta a Mamá por qué se preocupa tanto por ella, Mamá le responde «¡Porque tengo miedo de que te pase algo!». Sin embargo, a Elsa le cuesta mucho trabajo creer que algo le podría pasar si la están acompañando un monstruo y un vorv. Así que concluye que no debería haber ningún problema, considerando las circunstancias actuales.

El vorv trata de lamer al Monstruo cuando sale del almacén. El Monstruo, aterrorizado, da un salto hacia atrás y aparta la mano de forma brusca, y luego agarra una escoba que estaba recargada contra otro almacén. El vorv parece estar sonriendo de forma pícara y burlona, mientras balancea su lengua de ida y vuelta con largos movimientos provocadores.

—¡Deja de hacer eso! —le dice Elsa.

El Monstruo sostiene la escoba como si fuera una lanza, y trata de hacer que el vorv retroceda tocándole el hocico con las cerdas.

—¡Que dejen de hacer eso! —les espeta Elsa a los dos.

El vorv atrapa la escoba con sus quijadas y la hace trizas.

—¡Deténganse...! —empieza a decir Elsa, pero no tiene tiempo de terminar su frase con un «ya» antes de que el Monstruo, usando toda su fuerza, lance al vorv y la escoba a lo largo del sótano, haciendo que el pesado animal se estrelle de forma violenta contra una pared a varios metros de distancia.

El vorv enrosca y extiende su cuerpo con un solo movimiento y está a la mitad de un salto escalofriante, todo esto antes de que siquiera haya aterrizado en el piso. Sus fauces están abiertas, exhibiendo una hilera de dientes tan grandes como un cuchillo de cocina. El Monstruo lo enfrenta con el pecho henchido y la sangre pulsándole en los puños.

—¡YA BASTA! —ruge Elsa, al tiempo que interpone su cuerpecito entre las dos criaturas enfurecidas, y luego sigue gritando hasta que la voz se le quiebra—. ¡Se supone que deben protegerme A MÍ, par de tontos! ¡COMPÓRTENSE!

Elsa permanece de pie, sin nada que la proteja, en medio de unas garras tan afiladas como una lanza y unos puños que tal vez son lo bastante grandes como para poder separarle la cabeza de los hombros. Pero se mantiene firme en su lugar, a pesar de que su única arma es la indiferencia típica de una niña de casi ocho años ante sus propias limitaciones físicas. Y eso es más que suficiente.

El vorv se contiene a la mitad de un salto y aterriza con suavidad junto a Elsa. El Monstruo retrocede unos cuantos pasos. Poco a poco, todos los músculos se van relajando y todos los pulmones van soltando el aire que llevaban dentro. Ninguno de los dos se atreve a verla a los ojos.

—Se supone que deben protegerme a mí —repite Elsa, esta vez en voz baja, y hace un esfuerzo por no llorar, pero no le resulta del todo bien—. Nunca había tenido un amigo, y ahora están tratando de matar a los dos únicos amigos que he tenido, ¡cuando apenas acabo de encontrarlos!

El vorv agacha el hocico. El Monstruo se frota las manos y desaparece debajo de su capucha, que se balancea en dirección del vorv.

—Él empezó —logra decir el Monstruo.

El vorv le responde con un gruñido, como cuando uno quiere decir «¡Nah, tú empezaste!» pero no puede hablar.

—¡Ya no sigan! —les grita Elsa a los dos tratando de sonar furiosa, pero se da cuenta de que solo se oye como si estuviera llorando. Cosa que no está haciendo. O tal vez solo un poquitito.

En un gesto de consideración, el Monstruo mueve arriba y abajo la palma de su mano a un costado de Elsa, tan cerca de ella como le es posible sin tener que tocarla.

—Per... dón —murmura él.

El vorv le da un empujoncito a Elsa en el hombro, y ella posa la frente en su nariz.

—Tenemos una misión muy importante, así que no pueden seguir haciendo esta clase de tonterías. Debemos entregar esta carta; creo que mi abuela quiere pedirle perdón a alguien más. Y también creo que hay más cartas y tenemos que entregarlas todas, porque creo que de eso se trata esta búsqueda del tesoro y nuestra gran aventura. De esto se trata nuestra historia: entregar cada una de las disculpas de mi abuelita.

Elsa respira hondo con la nariz sumergida en el pelaje del vorv, y cierra los ojos.

—Tenemos que hacerlo por mi mamá. Porque espero que ella sea la última persona a la que mi abuelita le pida perdón.

16
Polvo

Resulta ser una aventura grandiosa. Una historia fantástica.

Y Elsa ha decidido que deberían empezarla tomando el autobús, desde luego, como los caballeros comunes y corrientes que parten a una aventura común y corriente en un cuento de hadas común y corriente, cuando no hay caballos o criaturas nebulosas a su disposición. Sin embargo, Elsa nota que todas las demás personas en la parada del autobús se alejan de ellos tanto como les es posible sin terminar en la siguiente parada, mientras miran de reojo al Monstruo y al vorv con mucho nerviosismo. Y es entonces cuando Elsa se da cuenta de que esto no va a ser tan sencillo.

Por si eso no fuera poco, una vez que abordan el autobús queda muy en claro que a los vorves no les gusta viajar en transporte público en lo más mínimo. Después de que el vorv estuvo husmeando a su alrededor y pisó los pies de otros pasajeros y tiró varias bolsas con la cola y sin querer babeó un asiento demasiado cerca del Monstruo como para que él se sintiera cómodo, Elsa decide olvidarse del asunto, y los tres se bajan del autobús. Exactamente una parada más adelante.

Elsa se ajusta la bufanda de Gryffindor con más firmeza alrededor del rostro, mete las manos en los bolsillos y los guía por todo el trayecto a través del frío y la nieve. El vorv está tan contento de ya no tener que viajar en el autobús que salta en círculos alrededor de Elsa y del Monstruo, como si fuera un cachorro juguetón. El Monstruo da la impresión de no sentirse a gusto. Elsa cree que, al parecer, no está acostumbrado a hallarse al aire libre durante el día. Quizás porque Corazón de Lobo está acostumbrado a vivir en los bosques oscuros a las afueras de Miamas, donde la luz del sol no se atreve a entrar. En todo caso, ahí es donde él vive según los cuentos de hadas de Abuelita, de modo que, si en esta historia hay algo de coherencia, esa debe ser la explicación lógica.

Quienes los ven en la acera reaccionan como la gente reacciona generalmente al avistar a una niña, un vorv y un monstruo caminando uno al lado del otro. Cruzan la calle. Algunos tratan de aparentar que eso no tiene nada que ver con que les tienen miedo a los monstruos, a los vorves y a las niñas, y fingen de manera demasiado evidente que están hablando por teléfono con alguien que de pronto les acaba de dar nuevas indicaciones diciéndoles que den la media vuelta y se vayan en la dirección contraria. A veces, el papá de Elsa también hace eso cuando se va por el camino equivocado y no quiere que los extraños a su alrededor se den cuenta de que él es de esas personas que cometen esa clase de errores. La mamá de Elsa nunca ha tenido ese problema, ya que, si toma una ruta incorrecta, solo sigue avanzando hasta que la persona con quien se supone que se iba a reunir se ve obligada a seguirla. Abuelita acostumbraba resolver ese problema gritándoles a las señales de tráfico. Es interesante cómo la gente lidia con esa situación de formas un poquito diferentes.

Sin embargo, como era de esperarse, otras personas que se topan con el trío aventurero no son tan discretas, y observan a Elsa desde el otro lado de la calle como si la tuvieran secuestrada. Elsa cree que es muy probable que el Monstruo sea bastante bueno para hacer muchas cosas, pero un secuestrador al que puedes poner fuera de combate estornudándole encima tal vez no podría ser un secuestrador muy efectivo. A Elsa se le ocurre que sería muy curioso que el talón de Aquiles de un superhéroe fuera su vulnerabilidad a los mocos.

Entonces, un hombre de traje que camina deprisa mientras le habla en voz alta a un cable blanco conectado a su oído no alcanza a verlos, y sigue marchando por la acerca hasta que casi estrella su frente contra el esternón del Monstruo, quien, aterrado, trata de hacerse a un lado de un salto, para evitar que esa melena empapada en gel fijador alcance a tocarlo. El hombre del traje emite un grito muy agudo. El Monstruo se aleja de él y se talla las manos como si les hubiera caído saliva encima. El vorv deja salir un pequeño ladrido juguetón. El hombre del traje se larga de ahí a tropezones, con el rostro pálido y el cable blanco arrastrando por el suelo detrás de él como si fuera una correa.

Elsa mira al Monstruo y luego al vorv, y entonces menea la cabeza con decepción.

—Qué pena que no los conocí antes del Halloween. Habría sido genial pasar ese día con ustedes.

Ni el Monstruo ni el vorv parecen entender qué significa eso. El Monstruo desaparece debajo de su capucha, lo único que se asoma es la barba. El vorv deja de saltar en círculos y se ve que le falta el aliento, como les pasa a los vorves adultos cuando les recuerdan que ya no son unos cachorritos.

La caminata les lleva más de dos horas. Elsa desearía que fuera Halloween porque entonces podrían haber viajado en el autobús sin asustar a las personas normales, pues todos habrían asumido que estaban disfrazados. Esa es la razón por la cual a Elsa le gusta el día de Halloween. En Halloween, ser diferente es normal.

Ya casi es la hora del almuerzo para cuando llegan a la dirección que buscaban. A Elsa le duelen los pies, tiene hambre y está de mal humor. Sabe que una caballera de Miamas nunca se pone a rezongar, ni le tiene miedo a una gran aventura cuando la envían a buscar un tesoro, pero ¿quién dijo que una caballera no puede tener hambre ni estar de mal humor?

En la dirección que buscaban se encuentra un edificio bastante alto, y enfrente hay una hamburguesería. Elsa le dice al vorv y al Monstruo que la esperen y cruza la calle, a pesar de que en realidad está en contra de las cadenas de hamburgueserías por una cuestión de principios, como debería estar cualquier niño de casi ocho años que usa internet. Sin embargo, desgraciadamente uno no puede comerse sus principios, ni siquiera cuando tienes casi ocho años, así que Elsa compra un helado para el vorv, una hamburguesa para el Monstruo y una hamburguesa vegetariana para ella. Cuando sale del restaurante, saca a escondidas su rotulador rojo del bolsillo y, en el letrero de afuera, agrega la palabra «MENÚ» antes de «ESPECIAL DEL DÍA».

A pesar de que la temperatura bajo cero les araña el rostro, se sientan en una banca afuera del edificio alto. O, mejor dicho, solo Elsa y el vorv se sientan, pues el Monstruo mira la banca como si también estuviera pensando en lamerlo. Mientras que Elsa empieza a comerse su hamburguesa vegetariana, el Monstruo se niega a tocar siquiera el papel que envuelve su hamburguesa, de modo que el vorv también se la come. Entonces, al vorv se le cae un poco de helado sobre la banca y lo lame con total despreocupación, lo que hace que parezca que el Monstruo se está asfixiando. Unos instantes después, Elsa le da al vorv una mordida de su hamburguesa vegetariana y luego sigue comiéndosela como si nada. Cuando el Monstruo ve esto, Elsa tiene que ayudarlo a respirar en una bolsa de papel. Y justo cuando el Monstruo por fin se ha tranquilizado, Elsa le hace notar de buena fe que no está segura de qué tan limpia estaba esa bolsa de papel, por lo que el Monstruo tiene que sentarse en cuclillas sosteniendo su cabeza por un buen rato.

Elsa y el vorv no puede hacer otra cosa más que permanecer sentados en la banca esperando a que el Monstruo se sienta mejor. Entretanto, Elsa tiene tiempo de enfadarse bastante con la hamburguesa vegetariana, porque estaba riquísima, y es mucho más difícil estar en contra de una cadena de hamburgueserías por cuestión de principios si prepara hamburguesas vegetarianas así de deliciosas. Entonces, Elsa inclina la cabeza hacia atrás y recorre con la vista la fachada del edificio hasta llegar a la cima. Es probable que tenga unos quince pisos de alto. Luego saca el sobre del bolsillo y lo estudia.

—¿Ya estás listo? —le pregunta al Monstruo, sin esperar una respuesta.

Se desliza de la banca para bajarse, y entra marchando al edificio. El Monstruo y el vorv la siguen en silencio, rodeados de un fuerte aroma a gel antibacterial. Elsa le echa un vistazo rápido al tablero de información en la pared y encuentra el nombre que está escrito en el sobre. Debajo de él puede leerse «Psicóloga con Licencia». Elsa supone que debe tratarse de una psicóloga que tiene licencia de conducir, aunque no está segura de por qué es tan importante para ella mencionar eso. Tal vez porque hay psicólogos que prefieren atender a sus pacientes mientras les dan un paseo en su auto, y Elsa se imagina que hay pacientes a los que les gusta más ese método, quizás se relajan más mientras ven el paisaje de la carretera.

Sea lo que sea, Elsa atraviesa la enorme planta baja hasta que llega al elevador que se encuentra al fondo. El vorv se detiene justo ahí y se niega a dar un paso más. Elsa ladea la cabeza.

—¿No me digas que le tienes miedo a los elevadores?

Abochornado, el vorv baja la mirada al suelo.

—¡Pues menos mal que la Guerra-sin-fin no se libró en un edificio de muchos pisos, porque ustedes los vorves no habrían sido de mucha ayuda! —protesta Elsa.

El vorv le ladra ofendido. O tal vez el ladrido fue para el elevador. Elsa se encoge de hombros y entra al ascensor. El Monstruo la sigue, no sin antes titubear un poco, cuidándose de no tocar ninguna de las paredes. El vorv desaparece entre las sombras en un rincón de la planta baja y, enfurruñado, se deja caer sobre el piso.

Elsa examina al Monstruo mientras el elevador va subiendo. Su barba se asoma de la capucha como si fuera una enorme ardilla curiosa, lo que lo hace parecer cada vez menos peligroso, entre más lo va conociendo. El Monstruo nota claramente la mirada inquisitiva de Elsa y retuerce las manos por la incomodidad. Para su propia sorpresa, Elsa se da cuenta de que esta actitud del Monstruo hiere sus sentimientos.

—Bueno, si tanto trabajo te cuesta hacer esto, puedes vigilar desde abajo. ¡No es que algo vaya a pasarme mientras le entrego una carta a una psicóloga con licencia!

Elsa le habla en el lenguaje común; sigue negándose a hablar con él en el lenguaje secreto. Todavía la inquieta que el lenguaje de Abuelita ni siquiera le haya pertenecido a ella desde un principio.

—¡No tienes que estar a mi lado todo el tiempo para cuidarme, si es que es tan importante que tengas que protegerme! —exclama Elsa, aunque suena más resentida de lo que hubiera querido. A decir verdad, había empezado a considerar al Monstruo como un amigo, pero ahora le acaba de recordar que él solo está ahí porque Abuelita le dijo que debía cuidar de ella.

El Monstruo permanece en silencio. El ascensor se detiene, las puertas se abren y Elsa sale con paso firme. Él la sigue sin hacer ruido al caminar. Pasan frente a una hilera de puertas a lo largo del pasillo hasta que dan con la puerta de la psicóloga con licencia. Elsa toca con tanta fuerza que tiene que hacer un esfuerzo para ocultarle al Monstruo cuánto le duelen los nudillos. El Monstruo retrocede hacia la pared al otro lado del estrecho corredor, como si hubiera caído en la cuenta de que la persona al otro lado de la puerta podría echar un vistazo por la mirilla. Parece que está tratando de hacerse tan pequeño e *inatemorizante* como le sea posible. Es difícil no ver esto como un gesto entrañable, por más que uno lo intente. Y considerando que *inatemorizante* no es una palabra real.

Elsa toca a la puerta otra vez. Pega la oreja a la cerradura. Otro toquido. Otro silencio.

—No hay nadie —dice el Monstruo con lentitud.

—*No shit, Sherlock* —responde Elsa de forma sarcástica.

O irónica. Ya ni siquiera está segura. Y de verdad no es que quiera estar enfadada con él, pues en realidad está enfadada con Abuelita. Es solo que se siente cansada. Muy, muy cansada. Mira a su alrededor y encuentra dos sillas de madera.

—Tal vez la psicóloga con licencia se fue a almorzar. Vamos a tener que esperarla —le dice ella al Monstruo, y se deja caer en una de las sillas con la suficiente fuerza para levantar una nube de polvo que se arremolina alrededor de ella.

Elsa estornuda. El Monstruo parece tener ganas de arañarse los ojos e irse corriendo a gritos de ahí.

—¡No lo hice a propósito! ¡Fue culpa del polvo! —dice Elsa a voces para defenderse.

Aparentemente, el Monstruo acepta la disculpa, pero aun así se mantiene a varios metros de distancia tras el estornudo. Se queda de pie con las manos en la espalda, sin mover una pestaña siquiera, durante un periodo que se siente como al menos unas tres o cuatro eternidades.

Por lo que a Elsa concierne, en el transcurso de una eternidad y media, el silencio pasa de ser agradable a ser incómodo, y al final se vuelve insoportable. Y después de haberse entretenido con todas las cosas que se le han podido ocurrir —tamborilear el tablero de la mesa con los dedos, sacar todo el relleno del cojín de la silla a través de un pequeño agujero en la tela, tallar su nombre en la suave madera del apoyabrazos con la uña del dedo índice—, Elsa termina por romper el silencio con una pregunta de esas que suenan mucho más acusatorias de lo que ella pretendía.

—¿Por qué usas pantalones de soldado si no eres soldado?

El Monstruo respira lentamente debajo de la capucha.

—Pantalones viejos.

—¿Alguna vez fuiste soldado?

La capucha se mueve arriba y abajo.

—Las guerras no son buenas y ser soldado está mal. ¡Los soldados matan gente!

—No esa clase de soldado —responde el Monstruo en voz baja.

—¡Solo hay una clase de soldado! —espeta Elsa.

El Monstruo no le contesta. Elsa graba una palabrota en el apoyabrazos con las uñas. En realidad, no desea hacer la pregunta que la carcome por dentro, pues no quiere que el Monstruo sepa qué tan herida se siente. Pero no puede contenerse las ganas. Ese es uno de los problemas más grandes de Elsa, según dicen en la escuela. Que nunca puede contenerse de hacer nada.

—¿Mi abuela conoció Miamas porque tú se lo mostraste, o mi abuela te lo mostró a ti?

Elsa escupe las palabras al hablar. La capucha no se mueve, pero ella alcanza a ver que respira, y está a punto de repetirle la pregunta cuando la respuesta sale de ahí dentro:

—Tu abuela. Me lo enseñó. Era un niño.

Lo dice como articula todo en el lenguaje común. Como si las palabras brotaran de su boca peleándose entre sí.

—Tenías mi edad —afirma Elsa mientras piensa en las fotos del Niño Hombre Lobo.

La capucha se mueve arriba y abajo de nuevo.

—¿Mi abuela te contaba cuentos de hadas? —pregunta Elsa con un hilo de voz, con la esperanza de que el Monstruo le diga que no, aunque ya sabe la respuesta.

La capucha se mueve arriba y abajo una vez más.

—¿Se conocieron en una guerra? ¿Por eso te llamaba «Corazón de Lobo»? —le pregunta Elsa sin voltear a verlo.

La verdad es que ya no quiere seguir interrogándolo, pues los celos que siente se van haciendo cada vez más intensos. Pero la capucha no deja de asentir.

—Un campamento. Campamento para personas que huían —se escucha desde la oscuridad que está detrás de la barba.

—Un campamento para refugiados —lo corrige Elsa, antes de hacerle una nueva pregunta—. ¿Mi abuela te trajo aquí? ¿Ella fue la que arregló las cosas para que pudieras quedarte a vivir en nuestro edificio?

Una larga exhalación emana del interior de la capucha.

—Viví en muchas partes. Muchos hogares.

—¿Hogares de crianza?

La capucha responde que sí con un movimiento de cabeza.

—¿Por qué no te quedaste ahí?

Ahora la capucha se mueve hacia los lados muy lentamente.
—Hogares malos. Peligrosos. Tu abuela me sacó de ahí.
—¿Por eso te convertiste en soldado cuando creciste? ¿Para poder ir a donde iba mi abuelita?
La capucha asiente.
—¿También querías ayudar a la gente, igual que ella?
La capucha vuelve a asentir.
—Y luego, ¿por qué no te hiciste médico como mi abuela?
El monstruo se restriega las manos.
—Sangre. No me gusta... la sangre.
—¡Entonces fue una idea muy inteligente la de convertirte en soldado! —exclama Elsa de forma irónica. O sarcástica. Sigue teniendo dudas al respecto—. Por cierto, ¿eres huérfano?
La capucha no se mueve. El Monstruo permanece en silencio. Pero Elsa puede ver que la barba retrocede y se adentra todavía más en las tinieblas. De pronto, Elsa asiente para sí misma con actitud alegre.
—¡Como un X-Men! —exclama ella con mucho más entusiasmo del que quisiera dejar entrever.
La capucha permanece inmóvil. Elsa se serena un poco y se aclara la garganta.
—Los X-Men son... mutantes. Y muchos X-Men son algo así como huérfanos. Son... muy geniales.
La capucha sigue sin moverse. Elsa saca más relleno del cojín de la silla y se siente como una tonta. Estaba a punto de mencionar que Harry Potter también era huérfano y que parecerse a Harry Potter en la forma que sea es la cosa más genial del mundo; pero está empezando a darse cuenta de que tal vez el Monstruo no acostumbra leer tantas obras literarias de calidad como uno podría haber esperado, así que mejor decide cambiar de tema.
—¿«Miamas» es una palabra del lenguaje secreto? Es decir, ¿es una palabra en tu idioma? Porque no suena como las demás palabras del lenguaje secreto. Es decir, tu idioma. Quiero decir que no suena como una palabra de tu idioma. ¡Suena distinto!

—pregunta Elsa, de una forma bastante más enredada de lo que había planeado.

La capucha se mantiene inmóvil. Pero, ahora, las palabras fluyen con un tono más suave. No como las demás palabras que pronuncia el Monstruo, pues todas parecen estar en posición de combate. En este momento, su voz casi suena como si estuviera hablando dentro de una ensoñación.

—El idioma de mi madre. «Miamas». Es... del idioma de mi mamá.

Elsa levanta la mirada y clava los ojos en las profundidades de la oscuridad debajo de la capucha.

—¿Tú y ella no hablaban el mismo idioma?

La capucha se mueve de un lado a otro.

—¿De dónde era tu mamá? —pregunta Elsa.

—Otro lugar. Otra guerra.

—Y, entonces, ¿qué significa «Miamas»?

Las palabras brotan como un suspiro.

—«Yo amo»... Idioma de mi mamá.

Elsa saca lo que quedaba del relleno de la silla, y lo convierte en una bolita que pasea de ida y vuelta a lo largo del apoyabrazos, para no tener que confrontar los celos que siente.

—Así que era tu reino. Por eso se llama Miamas. No porque yo les dijera «miamas» a las pijamas.

Maldición... Esto es tan típico de Abuelita, inventar una cosa como Miamas para ti, para que supieras que tu mamá te amaba, piensa Elsa, aunque guarda silencio de forma abrupta cuando se da cuenta de que estaba pensando en voz alta.

El Monstruo desplaza el peso de su cuerpo de un pie al otro. Respira más despacio. Se frota las manos.

—Miamas... No es invento. No de mentiras. No para... un pequeño. Miamas. Es real para... los niños.

Y entonces, mientras Elsa cierra los ojos para que el Monstruo no se dé cuenta de que está de acuerdo con él, el Monstruo sigue hablando de forma vacilante, buscando las palabras que quiere decir:

—En la carta... Disculpa de tu abuela. Disculpa para mamá —susurra él debajo de la capucha.
Elsa abre los ojos y frunce el ceño.
—¿Qué?
El pecho del Monstruo se eleva y luego desciende.
—Tú preguntaste. Sobre la carta de tu abuela. Qué ella escribió... Escribió disculpa para mamá. Nunca encontramos... a mi mamá.
Sus miradas se cruzan a medio camino, en igualdad de condiciones. Aunque sea pequeño, en ese momento y en ese lugar surge un respeto mutuo entre los dos, en su calidad de miamenses. Elsa cae en la cuenta de que el Monstruo le reveló qué decía la carta porque él sabe lo que se siente cuando las personas te ocultan secretos solo porque eres un niño. Por eso su voz suena mucho menos enfadada cuando le pregunta:
—¿Buscaron a tu mamá?
La capucha se mueve para responder que sí.
—¿Por cuánto tiempo?
—Siempre lo hicimos. Desde... el campamento.
Elsa baja un poco la cabeza.
—¿Así que por eso mi abuelita se iba de viaje a cada rato? ¿Porque estaban buscando a tu mamá?

El Monstruo se frota las manos más rápido. Su pecho se agita. Entonces, la capucha desciende tan solo unos cuantos centímetros. Luego, sube a su posición original con una gran lentitud.
Y luego todo queda en silencio.

Elsa asiente, baja la mirada a su regazo y, una vez más, la ira brota en su interior de una forma irracional.
—¡Mi abuela también era la mamá de alguien! ¿Alguna vez pensaste en eso?
El Monstruo no le contesta.
—¿Sabes algo? ¡No tienes que cuidarme! —espeta Elsa, y empieza a tallar más palabrotas en el apoyabrazos.

Ninguno de ellos dice nada durante una eternidad o dos.
—No soy cuidador —terminar por gruñir el Monstruo detrás de ella.
Sus ojos negros emergen de la capucha.
—No soy guardián. Amigo.
Y entonces desaparece de nuevo bajo la capucha. Elsa hunde la mirada en el suelo y raspa la alfombra con sus talones, lo que termina levantando más polvo.
—Gracias —susurra ella con un tono gruñón.
La capucha sigue inmóvil. Elsa deja de remover el polvo. Aspira brevemente y repite una vez más:
—Gracias.
Pero ahora se lo dice en el lenguaje secreto.

El Monstruo no dice nada, pero ya no se frota las manos con tanta fuerza ni de forma tan frenética. Elsa lo nota. Los celos empiezan a desinflarse con lentitud.
—No te gusta hablar mucho que digamos, ¿verdad? —le pregunta Elsa en el lenguaje secreto.
—No he hablado por mucho tiempo —responde el Monstruo en el lenguaje común.
—¿O sea que no has hablado en el lenguaje común en mucho tiempo? —le pregunta Elsa, ahora en el lenguaje común.
—No he hablado en mucho tiempo, en ningún lenguaje —le responde él en el lenguaje secreto.
Elsa asiente pensativa.
—Y no te gusta hablar mucho, ¿cierto? —repite Elsa, de nuevo en el lenguaje secreto.
—No. Pero a ti te gusta hablar todo el tiempo —responde el Monstruo.
Y esa es la primera vez que a Elsa le da la impresión de que él está sonriendo. O casi, al menos.
—*Touché* —reconoce Elsa.

En el lenguaje común. Porque no sabe cómo se dice *touché* en el lenguaje secreto.

•••

Elsa no sabe cuánto esperan, pero siguen aguardando mucho tiempo después de que ella ya se había rendido. Esperan hasta que la puerta del elevador se abre con un leve tintineo, y la mujer de la falda negra sale caminando hacia el pasillo.

Se encamina directo a la puerta con el nombre escrito en el sobre, con pasos grandes y firmes, pero se frena de forma súbita con un pie en el aire cuando advierte al inmenso hombre barbudo y a la pequeña niña, que parece que podría caber en la palma de la mano del gigante que la acompaña. La niña se queda mirándola fijamente. La mujer de la falda negra lleva una pequeña caja de plástico que contiene una ensalada. La mano que sostiene la caja tiembla. La mujer da la impresión de estar considerando dar la media vuelta y salir corriendo de ahí, con la misma lógica que guía a un niño pequeño cuando cree que nadie lo va a ver si cierra los ojos. Pero, en vez de ello, se queda parada donde está a unos cuantos metros de distancia de Elsa y el Monstruo, con las dos manos aferrándose a la cajita de plástico como si fuera el borde de un acantilado.

Elsa se levanta de la silla. Corazón de Lobo retrocede, apartándose de las dos. Si Elsa lo hubiera visto habría notado que, mientras se alejaba, tenía pintada en su rostro una expresión que nunca le había visto. Nadie en la Tierra-a-punto-de-despertar habría creído que Corazón de Lobo fuera capaz de sentir esa clase de miedo. Pero Elsa no se fija en él cuando se levanta de la silla, solo mira a la mujer de la falda negra.

—Creo que tengo una carta para ti —logra decir Elsa al final, después de haber respirado hondo como si hubiera estado a punto de echarse un clavado desde el trampolín de tres metros.

La mujer de la falda negra permanece de pie sin moverse, con los nudillos alrededor de su cajita de plástico volviéndose cada vez más blanquecinos. Elsa le extiende el sobre de forma insistente.

—Es de mi abuela. Creo que te manda saludos y dice que quiere pedirte perdón por algo, que lo siente mucho.

La mujer toma la carta. Elsa mete las manos en los bolsillos porque no sabe qué hacer con ellas, como sucede cuando tienes dos enormes chicles ya masticados en las manos y no encuentras ningún cesto de basura.

Elsa no sabe qué está haciendo aquí la mujer de la falda negra, pero está segura de que no fue ninguna coincidencia que su abuela la enviara a traer una carta aquí. Porque, en Miamas, las coincidencias no existen. En los cuentos de hadas no hay casualidades. Todo es como se supone que debe de ser.

—En el sobre no está escrito tu nombre. Lo sé porque tu nombre está en tu buzón allá en nuestro edificio. Pero la carta debe ser para ti, porque si no sería una coincidencia, ¡y en los cuentos de hadas no hay coincidencias! —farfulla Elsa, y luego yergue la espalda, pues en los cuentos de hadas las caballeras tienen que erguir la espalda.

Hoy, la mujer de la falda negra huele a menta, no a vino. Saca la carta del sobre y la desdobla con mucho cuidado. Aprieta los labios. La carta tiembla en sus manos.

—Hace... hace mucho tiempo me hacía llamar así. Volví a usar mi apellido de soltera cuando me mudé a su edificio, pero así era como me llamaba cuando... tu abuelita y yo nos conocimos.

—Después de la ola —dice Elsa, no en son de pregunta.

La mujer vuelve a apretar los labios hasta que desaparecen.

—Había... pensado en cambiar también mi nombre en la puerta de mi oficina. Pero... bueno, no sé... Al final nunca... nunca lo hice.

La carta empieza a temblar con más fuerza.

—¿Qué dice la carta? —pregunta Elsa, pues eso es lo que haces si tienes casi ocho años y empiezas a pensar que es un poco descortés que no te permitan saber qué dice una carta, solo porque fuiste lo bastante tonta como para no leerla a hurtadillas cuando tuviste la oportunidad. Ahora se arrepiente de no haberlo hecho.

El rostro de la mujer de la falda negra hace todos los gestos necesarios para romper en llanto, pero parece que en su cuerpo ya no queda ni una sola lágrima.

—Tu abuela escribió «lo siento» —dice la mujer con lentitud.

—¿Por qué? —pregunta Elsa de inmediato.

—Porque... te envió aquí.

Elsa está pensando en corregirla señalando a Corazón de Lobo y diciendo «¡nos envió aquí!», pero, cuando levanta la mirada, él ya se ha ido. En ningún momento oyó que el elevador tintineara ni que la puerta de las escaleras se cerrara. Simplemente se desvaneció. «Como una flatulencia que escapa por una ventana abierta», tal y como Abuelita acostumbraba decir cuando las cosas no estaban donde se supone que debían estar.

La mujer de la falda negra camina hacia la puerta donde dice «Psicóloga con Licencia» debajo del nombre que alguna vez usó. Mete la llave en la cerradura y le hace un breve gesto a Elsa para invitarla a que pase, aunque se le nota a leguas que preferiría no tener que hacer esto. Cuando se da cuenta de que Elsa sigue buscando a su corpulento amigo con la mirada, la mujer de la falda negra le susurra con tono triste:

—La última vez que tu abuela vino a verme con él, yo estaba en otra oficina. Por eso él no sabía que me ibas a visitar a mí. Él jamás te habría acompañado si hubiera sabido que te ibas a encontrar conmigo. Me... me tiene miedo.

17
Bollo de canela

En uno de los cuentos de hadas de la Tierra-a-punto-de-despertar, se decía que una niña de Miamas logró romper la maldición del ángel del mar y le otorgó su libertad. Pero Abuelita nunca explicó cómo sucedió.

Elsa está sentada frente al escritorio de la mujer de la falda negra en una silla que supone es para los visitantes. Considerando la nube de polvo que la envolvió cuando se sentó en esa silla, tan densa que parecía que accidentalmente había caído encima de una máquina de humo durante un espectáculo de magia, Elsa deduce que la mujer no debe recibir muchas visitas en su oficina. La mujer, cuya incomodidad es evidente, está sentada al otro lado del escritorio leyendo una y otra vez la carta de Abuelita; aunque a estas alturas, Elsa está bastante segura de que la mujer solo finge para no tener que hablar con ella. De hecho, la mujer dio la impresión de haberse arrepentido al instante de invitar a Elsa a pasar a su oficina. Más o menos como cuando los personajes en una serie de televisión invitan a un vampiro a entrar a su casa y entonces, tan pronto como cruza el umbral, se dan cuenta de que en realidad se trataba de un vampiro y alcanzan a pensar «¡Carajo!» justo antes de que los muerda. En todo caso, Elsa se imagina que eso es lo que uno pensaría en una situación como esa. Y así es como la mujer se ve en este momento. Todas las paredes de la oficina están forradas con estantes llenos de libros. Elsa jamás había visto tantos libros en un lugar que no fuera una biblioteca. Se pregunta si la mujer de la falda negra habrá oído hablar alguna vez de los iPads.

Y entonces, sus pensamientos fluyen una vez más hacia su abuelita y la Tierra-a-punto-de-despertar. Porque, si esta mujer es el ángel del mar, entonces sería la tercera criatura de ese mundo, junto con Corazón de Lobo y el vorv, que vive en el mismo edificio que Elsa. No sabe si eso significa que Abuelita tomó todas sus historias del mundo real y las situó en Miamas, o si las historias de Miamas se volvieron tan genuinas y tangibles que las criaturas irrumpieron en el mundo real. Como sea, es evidente que la Tierra-a-punto-de-despertar y su edificio están fusionándose.

Elsa recuerda que Abuelita siempre decía que «las mejores historias nunca son del todo reales y nunca son del todo inventadas». A eso se refería su abuela cuando hablaba de cosas «que desafían la realidad». Para Abuelita, no había nada que fuera del todo verdad o mentira. Las historias eran por completo reales, y al mismo tiempo no lo eran.

Elsa solo desea que su abuela le hubiera contado más sobre la maldición del ángel del mar y cómo puede uno romperla, pues supone que por eso la envió aquí. Y si Elsa no deduce cómo hacerlo, es probable que nunca halle la siguiente carta. Y entonces nunca encontrará la disculpa para Mamá.

Elsa levanta la vista hacia la mujer al otro lado del escritorio y se aclara la garganta para llamar su atención. Los párpados de la mujer aletean, pero sigue observando fijamente la carta.

—¿Has oído hablar de la mujer que se murió de tanto leer? —pregunta Elsa.

La mujer alza la mirada de la hoja de papel, sus ojos apenas si rozan a Elsa y luego huyen hacia la carta de nuevo.

—No sé a qué... a qué te refieres con eso —dice la mujer, casi como si estuviera hablando con temor.

Elsa suspira.

—Nunca había visto tantos libros, es una locura. ¿No conoces los iPads? —dice Elsa, como tratando de romper el hielo.

La mujer alza la mirada de nuevo, y esta vez se queda viendo a Elsa por más tiempo.

—Me gustan los libros.

—¿Y tú crees que a mí no me gustan los libros? O sea, puedes tener libros en un iPad. No necesitas tener un millón de libros en tu oficina —le informa Elsa.

Las pupilas de la mujer se mueven de forma indecisa por todo el escritorio. Toma una pastilla de menta de una cajita y la coloca sobre su lengua con movimientos no tan fluidos, como si la mano y la lengua pertenecieran a dos personas distintas.

—Me gustan... los libros tradicionales.

—Puedes tener toda clase de libros en un iPad.

Los dedos de la mujer sufren un ligero temblor. Mira a Elsa de reojo, más o menos como cuando miras de reojo a una persona que te encuentras afuera de un sanitario, justo cuando sales de él después de haberlo usado por un poquito de tiempo de más.

—No me refería a los libros tradicionales en ese sentido. Quiero decir un libro con todo y sobrecubierta, tapa, páginas de papel...

—Un libro es su texto. ¡Y el texto lo puedes leer en un iPad!

Los párpados de la mujer se cierran y se abren como si fueran unos abanicos enormes.

—Me gusta sostener el libro mientras lo estoy leyendo.

—También puedes sostener tu iPad —le hace saber Elsa.

—Me refiero a que me gusta poder cambiar de página —trata de explicarse la mujer.

—También puedes cambiar de página en tu iPad.

La mujer asiente con el gesto más lento que Elsa jamás haya visto en su vida. Elsa termina por extender los brazos a los lados.

—¡En fin, puedes hacer lo que quieras! ¡Si quieres tener un millón de libros está bien! Yo solo preguntaba. Un libro sigue siendo un libro aunque lo leas en un iPad. La sopa sigue siendo sopa sin importar en qué tazón te la sirvan.

La mujer siente que las comisuras de sus labios se mueven con un espasmo, haciendo que se le formen unas cuantas arrugas en la piel a su alrededor.

—Jamás había oído ese dicho.

—Es de Miamas —le aclara Elsa.
La mujer baja la mirada a su regazo sin responderle.
Elsa opina que la mujer no se parece en realidad a un ángel. Aunque, por otra parte, tampoco parece ser una borrachina. Así que tal vez ambas cosas se compensan. Tal vez esa es la apariencia que tiene un ser que se halla en el justo medio de dos extremos.
—¿Por qué trajo mi abuela a Corazón de Lobo contigo? —pregunta Elsa.
—Disculpa, pero... ¿de quién estás hablando?
—Dijiste que mi abuela lo trajo contigo. Y que por eso te tiene miedo.
La mujer asiente, con un movimiento que ahora es un poquitito menos lento.
—Oh, no sabía que le decías... Corazón de Lobo.
—Así se llama.
—Okey, no lo sabía.
—Bueno... Pero ¿por qué te tiene miedo si ni siquiera sabes quién es él?
La mujer posa las manos en su regazo, y las estudia como si las estuviera viendo por primera vez y se estuviera preguntando qué rayos están haciendo ahí.
—Tu... tu abuela lo trajo conmigo para que me hablara sobre la guerra. Ella creyó que yo podía ayudarlo, pero empezó a tenerme miedo. Le daban miedo mis preguntas y le daban miedo sus... sus recuerdos, supongo —dice la mujer al final; y, después de una larga aspiración, añade—: Él ha sido testigo de muchas, muchas guerras. De una u otra forma ha vivido casi toda su vida en medio de un conflicto armado. Eso le inflige... cosas insoportables a un ser humano.
—¿Por qué hace eso de las manos? —pregunta Elsa.
—¿Perdón?
—Todo el tiempo se las está lavando. Como si estuviera tratando de quitarse un mal olor de encima.

La mujer de la falda negra parece vacilante. Elsa se aclara la garganta y agrega:

—Bueno, solo era por decir algo, lo del mal olor. A lo que me refiero es que puede ser una especie de obsesión, ¿no?

—A veces el cerebro le hace cosas extrañas a uno después de una tragedia. Creo que tal vez se lava las manos porque está tratando de limpiarse...

La mujer guarda silencio. Baja la mirada.

—¿Qué cosa? —exige saber Elsa.

—... la sangre —termina de decir la mujer. Se oye vacía por dentro.

—¿Ha matado a alguien?

—No lo sé.

—¿Está mal de la cabeza? —pregunta Elsa sin rodeos.

—¿Disculpa?

—Tú eres psicóloga, ¿no?

—Así es.

—¿Y no se puede arreglar a la gente que está mal de la cabeza? O, tú sabes, que tiene una enfermedad mental, tal vez es grosero decir que están mal de la cabeza. ¿Él tiene una enfermedad mental? ¿Como si su cerebro estuviera dañado?

—Todas las personas que han visto una guerra con sus propios ojos están rotas por dentro —responde la mujer con un tono melancólico.

Elsa se encoge de hombros.

—Entonces, no debería haberse convertido en soldado. Los soldados tienen la culpa de que haya guerras.

Las manos de la mujer se mueven con lentitud desde su regazo hasta el borde del escritorio, y luego de vuelta a su posición original.

—Tengo entendido que él no era esa clase de soldado. Era un soldado que luchaba por la paz.

—Solo hay una clase de soldado —replica Elsa con un bufido.

Aunque sabe que es una hipócrita por decir eso. Porque ella

odia a los soldados y odia las guerras, pero sabe que si Corazón de Lobo no hubiera peleado en contra de las sombras en la Guerra-sin-fin, la muerte gris habría consumido por completo la Tierra-a-punto-de-despertar. Y Elsa reflexiona muy a menudo sobre todo esto. Sobre cuándo puedes pelear y cuándo no. Piensa en lo que su abuela acostumbraba decirle: «Tú te guías por la moral, y yo tengo una doble moral, así que yo te gano». Pero tener una doble moral no hace que Elsa se sienta ganadora.

—Puede ser —dice la mujer en voz baja. Elsa apenas alcanza a oírla mientras está inmersa en sus pensamientos.

—Tú no atiendes a muchos pacientes aquí, ¿verdad? —dice Elsa al tiempo que hace un gesto mordaz con la cabeza, que abarca toda la habitación.

La mujer no responde. Sus manos aprietan nerviosamente la carta de Abuelita. Elsa suspira con un dejo de impaciencia.

—¿Qué más te escribió mi abuelita?

—Pide perdón... por varias cosas —responde la mujer.

—¿Como cuáles?

—Son muchas cosas.

—¿Te dijo que siente no haber podido salvar a tu familia?

Los ojos de la mujer se tambalean.

—Sí. Entre... entre otras cosas.

Elsa asiente.

—¿Y te pide perdón por haberme enviado aquí?

—Así es.

—¿Por qué?

—Porque ella sabía que ibas a hacerme muchas preguntas.

—¿No te gusta que te hagan muchas preguntas?

—Soy psicóloga. Supongo que estoy a acostumbrada a ser más bien yo la que hace muchas preguntas.

—¿Qué significa «Psicóloga con Licencia»?

—Significa que tengo una licencia de psicóloga. O sea, que tengo permiso para trabajar legalmente como psicóloga.

—Aaah, yo creía que significaba que tenías una licencia de

conducir, y tal vez atendías pacientes mientras les dabas un paseo en tu auto. Y por eso es que hay tanto polvo en tu oficina.

La mujer no sabe en realidad cómo responder a esto. Elsa extiende el brazo a un lado a la defensiva, y dice con un resoplido:

—¡Bueno, tal vez suena tonto ahora, pero sonaba más lógico la primera vez que lo leí! ¡Todo parece obvio cuando te lo explican!

La mujer asiente tan despacio que Elsa está a la espera de que su cuello rechine igual que una bisagra oxidada. Y, luego, las comisuras de sus labios hacen algo que Elsa cree que podría ser una especie de sonrisa. Aunque más bien es algo así como un espasmo rígido, como si los músculos alrededor de su boca fueran unos principiantes en lo suyo.

Elsa mira a su alrededor en la oficina de nuevo. Aquí no hay fotos, a diferencia del vestíbulo en el apartamento de la mujer. Solo libros.

—¿Tienes algún buen libro por aquí? —pregunta Elsa, mientras recorre los estantes con la mirada.

—Desconozco cuál sería un buen libro para ti —responde la mujer con cautela.

—¿Hay de Harry Potter? —pregunta Elsa.

—No.

Elsa levanta las cejas, como si le costara trabajo creer que la mujer tuvo el valor de decirle eso de forma tan desinhibida.

—¿Ni uno solo?

—No.

—¿De verdad tienes todos estos libros y ni uno solo de Harry Potter?

La mujer niega con la cabeza, en un gesto a modo de disculpa. Elsa parece muy ofendida.

—Un millón de libros y ni uno solo de Harry Potter. ¿Y a ti te dejan curar a la gente que tiene una enfermedad mental? Okeeey —masculla Elsa.

La mujer no dice nada. Elsa se echa hacia atrás y balancea la silla en sus patas traseras, justo de la forma que su mamá odia.

—¿Conociste a mi abuela en el hospital después de la ola? —pregunta ella.

La mujer toma otra pastilla de menta de la cajita sobre el escritorio, y hace un pequeño gesto en la dirección de Elsa para ofrecerle una, pero Elsa niega con la cabeza.

—¿Tú fumas? —pregunta Elsa.

Pareciera que esto toma a la mujer por sorpresa. Elsa se encoge de hombros.

—Mi abuela también comía muchísimos dulces cuando no podía fumar, y casi nunca la dejaban fumar en los interiores.

—Lo dejé —dice la mujer.

—¿Lo dejaste o estás tomando una pausa? Porque no son lo mismo —le informa Elsa.

La mujer asiente, imponiendo un nuevo récord de lentitud.

—Esa podría ser prácticamente una pregunta filosófica. Así que es difícil responderte.

Elsa se encoge de hombros otra vez.

—¿Dónde conociste a mi abuela? ¿Fue después de la ola, o también es difícil responder eso?

—Es una larga historia.

—Me gustan las historias largas.

Las manos de la mujer se esconden en su regazo.

—Estaba de vacaciones. O... bueno, nosotros... mi familia y yo estábamos de vacaciones. Y entonces sucedió... sucedió una catástrofe.

—Ya sé, el tsunami —dice Elsa.

La mujer parpadea por varios segundos.

—Me gusta mucho leer —explica Elsa con tono amable.

La mirada de la mujer da vueltas alrededor de la habitación, y entonces dice de forma casual, como si justo acabara de recordarlo:

—Tu abuela me... Ella me encontró.

La mujer chupa la pastilla de menta en su boca con tanta fuerza que sus mejillas se ven idénticas a las de Abuelita cuando intentó «tomar prestada» gasolina del Audi de Papá succionándola con una manguera de plástico.

—Después de que mi esposo y mis... mis chicos... —empieza a decir la mujer.

La última palabra se tropieza y cae al abismo, mientras las demás logran atravesarlo sin problemas hasta llegar a los oídos de Elsa. Es como si de pronto la mujer hubiera olvidado que estaba a la mitad de una frase.

—¿Se ahogaron? —sugiere Elsa para completar la oración, pero se avergüenza de inmediato pues se da cuenta de que tal vez es impropio decirle esa palabra a alguien cuya familia falleció de ese modo.

Sin embargo, la mujer asiente. No parece estar enfadada. Entonces, Elsa cambia al lenguaje secreto y le pregunta rápidamente:

—¿Tú también conoces nuestro lenguaje secreto?

—¿Perdón? —exclama la mujer de la falda negra, al tiempo que voltea a ver a Elsa de forma súbita con una evidente confusión en el rostro.

—Nah, no era nada —murmura Elsa en el lenguaje común y baja la mirada de vuelta a sus zapatos.

Esa fue una prueba. Y Elsa se sorprende de que el ángel del mar no conozca el lenguaje secreto, pues en la Tierra-a-punto-de-despertar todo mundo puede hablarlo. Pero se le ocurre que quizás eso es parte de la maldición.

La mujer mira su reloj.

—¿No deberías estar en la escuela?

Elsa se encoge de hombros.

—Son las vacaciones de Navidad.

La mujer asiente, esta vez con una velocidad un poquito más normal.

—¿Has estado alguna vez en Miamas? —pregunta Elsa.

—No... no sé dónde queda ese lugar —dice la mujer con tiento.

—¿Estás segura? ¿No conoces Miamas?

—¿Es alguna clase de... chiste?

—¿Cómo que un chiste?
La mujer mira sus manos con ansiedad.
—Sí, me refiero a que si es alguna clase de chiste, como esos que empiezan: «Toc toc, ¿quién es?».
—¡Claro que no! —bufa Elsa.
La mujer se ve bastante afligida, y Elsa gruñe:
—Si hubiera querido contar un chiste habría dicho: un ciego entra a un bar y se topa con un amigo. Y con una mesa. Y con unas sillas.
La mujer no reacciona. Elsa extiende los brazos a los lados.
—¿No entendiste? Un CIEGO entra a un bar y se topa co...
La mujer asiente y mira a los ojos a Elsa, esbozando una leve sonrisa.
—Ya lo entendí. Gracias.
Malhumorada, Elsa se encoge de hombros.
—Si uno entiende un chiste, se ríe.
La mujer suelta un suspiro tan profundo que, si arrojaras una moneda en él, nunca la oirías estrellarse contra el fondo. Y entonces le pregunta a Elsa:
—¿Tú lo inventaste?
—¿Qué cosa? —responde Elsa con otra pregunta.
—El chiste del ciego.
—No. Mi abuelita me lo contó.
La mujer cierra los ojos de golpe, y luego los abre muy despacio.
—Ah. Mis chicos acostumbraban... Ellos... contaban cierta clase de chistes. Preguntaban algo extraño, tenías que contestarles, y entonces decían algo a voces y se echaban a reír.
Al tiempo que dice «se echaban a reír» se pone de pie, con piernas tan frágiles como las alas de un avión de papel.

Y entonces, todo cambia de golpe. Su postura al estar de pie. Su forma de hablar. Incluso su manera de respirar.
—Creo que ya es hora de que te marches —dice la mujer, y se

para frente a la ventana dándole la espalda a Elsa. Su voz suena débil, pero también casi hostil.

—¿Por qué? —exclama Elsa sorprendida.

—Quiero que te vayas —repite la mujer con tono severo.

—Pero ¿por qué? Atravesé caminando media ciudad para entregarte la tonta carta de mi abuela, casi no me has contado nada, ¿y ahora tengo que irme? ¿Sabes cuánto frío está haciendo allá afuera? —pregunta Elsa, como lo haces cuando tienes casi ocho años y sientes que te han tratado de manera injusta, y, como si eso no bastara, hace mucho frío afuera.

La mujer sigue de pie junto a la ventana, de espaldas a Elsa.

—No... no deberías haber venido aquí.

—Vine aquí porque eras amiga de mi abuela.

—¡No necesito ninguna maldita caridad! ¡Puedo arreglármelas yo sola! —dice la mujer con los dientes apretados.

—*Sure*, parece que te las estás arreglando muy bien. En serio. Pero no estoy aquí por caridad —logra responder Elsa conmocionada, y se levanta de la silla en medio de una nube de polvo.

—Bueno, ¡entonces, sal de mi oficina, mocosa! ¡Vete de aquí! —le espeta la mujer, todavía sin volverse.

Elsa empieza a tener dificultades para respirar. La forma tan repentina en la que la mujer se puso agresiva con ella la asustó, y además se siente ofendida porque la mujer ni siquiera ha volteado a verla. Se levanta de la silla en medio de una nube de polvo, con los puños apretados.

—¡Está bien! ¡Pero mi mamá estaba equivocada cuando dijo que solo estabas cansada! ¡Mi abuela tenía razón! ¡Solo eres una maldita...!

Y, entonces, pasa lo que suele pasar con todos los ataques de ira. No los enciende y atiza una sola ira, sino muchas. Una larga serie de enojos que son lanzados a un volcán en nuestro pecho, hasta que termina por hacer erupción. Elsa está enojada con la mujer de la falda negra porque no le ha dicho nada que le permitiera comprender mejor este tonto cuento de hadas. Está enojada con Corazón de Lobo porque la abandonó, nada más porque le tiene miedo a esta tonta psicóloga con licencia. Y, sobre todo, está enojada con su abuela. Y con este tonto cuento de hadas. Todos esos enojos acumulados son demasiado para Elsa. Y ella ya sabe lo mal que está gritar esa palabra, desde mucho antes que emane de sus labios:

—¡BORRACHINA! ¡¡¡SOLO ERES UNA BORRACHINA!!!

Elsa siente un arrepentimiento terrible en el mismo instante en el que exclama todo esto. Pero es demasiado tarde. La mujer de la falda negra se vuelve hacia ella. Su rostro se ha distorsionado tanto que se ha convertido en mil fragmentos de un espejo roto.

—¡Fuera de aquí!

—No quise... —empieza a decir Elsa, tambaleándose hacia atrás por el piso de la oficina, extendiendo las manos en un gesto para disculparse—. Perd...

—¡FUERAAA! —ruge la mujer, al mismo tiempo que araña el aire de forma histérica como si estuviera buscando algo que arrojarle a Elsa.

Y Elsa se echa a correr.

Fuera de la habitación. Lejos de ahí.

Huye a toda prisa por el pasillo, baja por las escaleras y pasa por una puerta hasta que llega a la planta baja. Atraviesa el vestíbulo a tropezones con el llanto nublándole la vista; sus sollozos son tan violentos que al final pierde el equilibrio y se desploma a ciegas. Siente su mochila golpearle la nuca, y solo le queda esperar el dolor que va a sufrir cuando su mejilla se estrelle contra el piso.

Pero algo más sucede. Justo en el instante en el que creía que su rostro iba a impactar el suelo de concreto, lo único que siente es ese suave pelaje negro. Y, entonces, todo se derrumba en su interior. Abraza al enorme animal con tanta fuerza que puede percibir cómo le cuesta trabajo respirar.

—Elsa.

Desde la puerta principal del edificio puede oírse la voz de Alf. Es clara y contundente. No suena como si estuviera formulando una pregunta.

—¡Mmm! —gimotea Elsa con la cara hundida en el pelaje del vorv.

—Ven, volvamos a casa. No puedes quedarte ahí tirada hecha un mar de lágrimas, con mil demonios —gruñe él.

Elsa levanta la cabeza despacio. Quiere contarle a gritos a Alf todo lo que ha pasado. Acerca del ángel del mar y cómo fue que Abuelita la envió a vivir una aventura estúpida tras otra sin saber siquiera qué tenía que hacer; cómo fue que Corazón de Lobo la abandonó cuando más lo necesitaba. Acerca de Mamá y la disculpa que esperaba encontrar aquí; acerca de Medi que va a llegar a cambiarlo todo y a todos. Acerca de la soledad en la que se está ahogando. Quiere gritarle todo esto a Alf. Pero sabe que de todos modos él no lo entendería. Porque nadie te entiende cuanto tienes casi ocho años. O cualquier otra edad.

—¿Qué haces aquí? —solloza Elsa.

Alf suspira y mascula un largo sermón sobre algo que Elsa no alcanza a entender. Alf raspa la suela de su zapato contra el piso y, al final, murmura de mala gana:

—Tú me dijiste la dirección de este lugar. Alguien tenía que venir por ti, carajo. He manejado un taxi durante treinta años, y por eso sé que uno no abandona a su suerte a una niñita en ningún lugar y bajo ninguna circunstancia.

Alf permanece en silencio por unos instantes, antes de añadir con la mirada clavada en el suelo:

—Y tu condenada abuela me habría matado a golpes si no hubiera venido a recogerte.

Elsa asiente y se seca el rostro con el pelaje del vorv.

—¿Esa cosa también viene? —pregunta Alf con tono gruñón, al tiempo que apunta al tremendo animal. A su vez, el vorv le devuelve la mirada a Alf, con una actitud que es aproximadamente un setenta y cinco por ciento aún más gruñona. Elsa asiente de nuevo, tratando de no echarse a llorar otra vez.

—Entonces, tendrá que ir en el maletero —dice Alf con voz decidida.

Aunque era obvio que eso no iba a suceder. Elsa mantiene su rostro enterrado en el pelaje del vorv durante todo el viaje de regreso a casa, en el asiento trasero. Es en momentos como este cuando sale a relucir una de las ventajas más importantes de los vorves: son a prueba de agua.

En el estéreo del auto suena una ópera. En todo caso, Elsa cree que eso es. En realidad, no ha escuchado tantas óperas, pero ha oído hablar de ellas, y supone que así deben sonar. Cuando van a la mitad del camino, Alf la mira incómodo por el retrovisor.

—¿Se te ofrece algo?

—¿Como qué? —dice Elsa, todavía entre lágrimas.

Alf frunce las cejas con bastante fuerza.

—No lo sé. ¿Quieres un café?

Elsa levanta la cabeza y le lanza una mirada fulminante.

—¡Tengo siete años!

—¿Y eso qué rayos tiene que ver?

—¿Conoces algún niño de siete años que tome café?

Alf niega con la cabeza de mala gana.

—No conozco muchos niños de siete años.

—Se te nota —responde Elsa.

—Okey, okey, olvídalo entonces. Con un demonio —gruñe Alf.

Elsa baja el rostro de vuelta al pelaje del vorv. Alf suelta alguna palabrota allá adelante en el asiento del conductor y, después de unos instantes, le pasa una bolsa de papel. Tiene impreso el mismo texto que las bolsas de la panadería donde la abuela de Elsa siempre iba a comprar su pan.

—Ahí dentro hay un bollo de canela —dice él—. Pero no vayas a llorarle encima porque entonces ya no va a saber bien.

Elsa le llora encima. De todos modos, le sabe muy bien.

Cuando llegan al edificio, Elsa se va corriendo del garaje hasta su apartamento sin siquiera darle las gracias a Alf o despedirse del vorv, y sin pensar en que Alf ya vio al vorv y tal vez llame a la policía. Sin decirle una sola palabra a George, pasa de largo la cena que él había servido sobre la mesa de la cocina. Cuando Mamá llega a la casa, simula que está dormida.

Y, esa noche, cuando la borrachina empieza a gritar en las escaleras, Elsa hace por primera vez lo mismo que todas las demás personas en el edificio acostumbran hacer.

Finge que no la oye.

18
Humo

En cada cuento de hadas aparece un dragón. Y eso es mérito de Abuelita.

Esta noche, Elsa tiene pesadillas horribles. Siempre había creído que lo peor que podía sucederle era que, al entrecerrar los ojos, ya no pudiera viajar a la Tierra-a-punto-de-despertar. Que lo más terrible para ella sería dormir sin soñar. Pero esta es la noche en la que descubre que puede haber cosas peores. Porque, si bien ya no tiene la capacidad de transportarse hasta la Tierra-a-punto-de-despertar, después de que por fin se duerme, empieza a soñar con ella. La contempla con la misma claridad que cuando se encontraba ahí, pero desde lo alto. Como si estuviera tumbada sobre su estómago encima de un enorme domo de cristal, mirando hacia abajo. Sin poder oler ningún aroma ni oír ninguna risa ni sentir la caricia del viento en su rostro cuando las criaturas nebulosas se elevan hacia el cielo. Es el sueño más aterrador que podrías tener en esta y en cualquier otra eternidad.

Porque Miamas está ardiendo.

Elsa es testigo de cómo los príncipes y la princesa y los vorves y los cazadores de sueños y el ángel del mar y todos los demás habitantes de la Tierra-a-punto-de-despertar corren por sus vidas. Las sombras que vienen detrás de ellos se les están acercando, erradicando la imaginación y dejando solo una estela de muerte gris a su paso. Elsa trata de encontrar a Corazón de Lobo en ese infierno, pero él se ha ido. Entre las cenizas yacen criaturas nebulosas que fueron masacradas sin piedad alguna. Todos los cuentos de hadas de Abuelita están en llamas.

Una figura se mueve en medio de las sombras. Un hombre delgado, envuelto en una nube de humo de cigarro. Es el único olor que Elsa puede percibir hasta donde se encuentra, en lo alto del domo. El olor del tabaco preferido de Abuelita. De pronto, la figura voltea hacia arriba, y dos ojos de color azul claro se abren camino entre la bruma. Una capa de niebla se filtra a través de sus labios finos. Entonces, apunta directo hacia Elsa con un dedo índice tan deforme que parece una garra grisácea, emite un grito aterrador y, al instante, cientos de sombras se elevan del suelo lanzándose contra la cima del domo.

Elsa se despierta cuando se cae de la cama y se golpea la cara contra el piso de parqué. Se queda ahí tumbada, con el pecho agitado y cubriéndose la garganta con las dos manos. Siente que transcurren un millón de eternidades antes de estar segura de que ha vuelto al mundo real. No había tenido ni una sola pesadilla desde la primera vez que su abuela y las criaturas nebulosas la llevaron a la Tierra-a-punto-de-despertar. Había olvidado cómo se siente. Sudorosa y exhausta, se pone de pie, revisa que no la haya mordido alguna de las sombras y luego trata de ordenar sus pensamientos.

Oye que alguien está hablando en el vestíbulo. Alguien que está furioso. Es decir, «furioso», pues está sintiendo furia, como puede suceder en el mundo real. No «furioso» como se entiende en Miamas, desde luego. En Miamas, un «furioso» es un animal muy parecido a un oso, pero más enfadado. Abuelita le contaba acerca de ellos. De hecho, los furiosos están más enfadados con los osos, pues los osos les han quitado todos los buenos empleos que tenían en los cuentos de hadas. Esta situación persiste desde hace muchas eternidades, para ser más exactos desde la vez que un furioso fue despedido a última hora de un cuento —que a los sabihondos tal vez les recordaría bastante a otro cuento de hadas más conocido en el mundo real, *Ricitos de Oro y los tres osos*— por «negarse a cooperar». Entonces, los osos se fueron quedando con los puestos de trabajo de los furiosos hasta en las películas, y ahora son las estrellas más grandes de los cuentos; mientras que, según Abuelita, la mayoría de los furiosos trabajan ahora en el área de atención ciudadana de diferentes autoridades gubernamentales por toda la Tierra-a-punto-de-despertar, fumando cigarros amarillos, pintándose mechones de pelo de color violeta, y están muy insatisfechos con la vida que llevan.

Pero, bueno, esto tal vez en realidad no tiene nada que ver con lo que nos ocupa. Solo nos desviamos un poquito del tema.

Entonces, nos quedamos en que Elsa oye que alguien habla en el vestíbulo. Alguien que está furioso, entendiéndolo en el sentido común del mundo real. Elsa requiere todo su poder de concentración para sacudirse de encima la bruma del sueño y así poder escuchar lo que está pasando.

Es la voz de Britt-Marie. Y luego la voz de Mamá. Y luego la voz de Britt-Marie otra vez.

—¡Ya veo! Pero aun así creo que deberías entenderlo, Ulric-ka, ¡es un poco extraño que te llamen a ti! ¿Por qué no llaman a Kent? De hecho, él es el presidente de esta asociación de condóminos, y yo soy la responsable de los comunicados, y es costumbre que el contador llame al presidente para tratar este tipo de asuntos, ¡no a *cualquiera*!

Elsa se percata de que ese «cualquiera» es un insulto, a pesar de que Britt-Marie sonó bienintencionada cuando lo dijo, como era de esperarse. Antes de responderle, Mamá deja salir un suspiro tan profundo que las sábanas de Elsa parecen agitarse por la corriente de aire:

—No sé por qué me llamaron, Britt-Marie, pero el contador dijo que iba a venir hoy para explicarlo todo.

Elsa abre la puerta de la recámara y se queda de pie en el umbral, vestida con su pijama. Britt-Marie no es la única en el vestíbulo, Lennart, Maud y Alf también están ahí. Samantha duerme en el rellano. La mamá de Elsa solo tiene puesta su bata; se nota que la anudó a toda prisa alrededor de su vientre. Maud avista a Elsa y le sonríe con afabilidad, con una lata de galletas en los brazos. Lennart bebe un trago de su termo de café.

Por una vez en la vida, Alf parece no estar completamente de mal humor, lo que significa que solo se ve tan irritado como podría estarlo cualquier otra persona. Saluda a Elsa con un gesto seco y breve de su cabeza, como si ella lo hubiera obligado a guardar un secreto. Solo entonces, Elsa recuerda que ayer dejó solos a Alf y al vorv en el garaje cuando ella subió corriendo a su apartamento. El pánico va creciendo en su interior, pero Alf le clava la mirada y le hace un ademán con la palma de la mano hacia el piso, para darle a entender que se tranquilice. Así que Elsa trata de hacerle caso. Entonces voltea a ver a Britt-Marie, y trata de deducir si hoy está indignada porque encontró al vorv, o si solo está indignada por las mismas cosas que siempre va cargando. Parece que, por suerte, se trata de la segunda opción, aunque la indignación de Britt-Marie en ese momento se centra en Mamá.

—¿Así que a los dueños del edificio de pronto se les ocurre que podrían estar dispuestos a vendernos los apartamentos? ¿Después de todos estos años en los que Kent les ha estado mandando una carta tras otra? ¡Ahora resulta que de repente ya se han decidido! ¿Así nada más, como por arte de magia? ¿Y te contactan a ti y no a Kent? Esto es muy extraño, Ulric-ka, ¿no te parece? —dice Britt-Marie al tiempo que cambia la forma de entrelazar las manos sobre su vientre al menos unas cinco veces.

Mamá suspira otra vez y se ajusta el cinturón de la bata.

—Tal vez no pudieron contactar a Kent. Y como yo he vivido aquí bastante tiempo, tal vez pensaron...

—De hecho, nosotros somos los que hemos vivido en este edificio por más tiempo, Ulric-ka. ¡Kent y yo hemos vivido aquí por más tiempo que cualquier otro inquilino! —la interrumpe Britt-Marie.

—Alf es el que ha vivido más tiempo en el edificio —la corrige Mamá.

—Abuelita es la que ha vivido más tiempo aquí —murmura Elsa, pero nadie parece oírla. Mucho menos Britt-Marie.
—Nosotros hemos vivido más tiempo en el edificio. ¡Y de todos modos es costumbre que el contador contacte a Kent! —insiste ella.
—Tal vez no lograron contactarlo —insiste Mamá, con un dejo de cansancio.
—¡Está en un viaje de negocios! ¡Su avión todavía no aterriza! —explica Britt-Marie, que ahora está empezando a sonar un poquito menos bienintencionada.
—Quizás por eso no pudieron hablar con él. Y por eso te llamé tan pronto como le colgué al audit... —comienza a decir Mamá.
—¡Pero aun así es costumbre que uno contacte al presidente de la asociación de condóminos! —la interrumpe de nuevo Britt-Marie, consternada.
—Todavía no hay ninguna asociación de condóminos —suspira Mamá.
—¡Pero la habrá! —persiste Britt-Marie.
Mamá asiente de forma mesurada.
—Y justo de eso quiere venir a hablar hoy el contador de los dueños. Es lo que estoy tratando de decirles. Y tan pronto como colgué la llamada con él, te llamé a ti. Luego, despertaste a todo el edificio, y aquí nos tienes ahora. ¿Qué más quieres que haga, Britt-Marie?
—¿El propio contador te dijo que quería venir aquí hoy? —dice Britt-Marie con un tono de falsete, preguntando y constatando a partes iguales.
Mamá asiente y se ajusta de nuevo el cinturón de la bata. El torso de Britt-Marie se empieza a estremecer, como si alguien le hubiera echado un balde lleno de bichos por debajo de su blusa.
—¿Qué clase de barbaridad es esa? ¿Venir aquí en sábado? Una reunión como esta no se celebra en sábado, ¿verdad, Ulricka? ¿O tú opinas que sí? ¿Crees que hacer eso es de personas civilizadas? ¡Seguramente crees que sí!

Mamá se masajea las sienes. Britt-Marie inhala y exhala de una forma algo ostentosa pero elocuente, y se vuelve hacia Lennart, Maud y Alf para buscar su apoyo. Maud trata de esbozar una sonrisa alentadora. Lennart le ofrece un poco de café a Britt-Marie. Alf da la impresión de que poco a poco se acerca cada vez más a su nivel acostumbrado de mal humor.

Britt-Marie se vuelve hacia su posición original, y esta vez alcanza a vislumbrar a Elsa.

—¡Ajá! ¡Lo que faltaba! Ahora también despertamos a la niña. ¡Miren lo que hemos hecho!

Britt-Marie pronuncia «Miren lo que hemos hecho» como si en realidad quisiera decir «Mira lo que has hecho». Mamá se vuelve hacia Elsa y, en un gesto de ternura, le quita unos cuantos cabellos de la frente.

—El contador de la compañía que es dueña del edificio llamó hoy, y dijo que quieren convertirlo en un edificio de apartamentos en condominio, como Kent y Britt-Marie lo han deseado por tanto tiempo. El contador va a venir aquí hoy para hablar de eso —explica Mamá.

—Por supuesto, si es que Kent tiene tiempo de llegar a casa. No podemos celebrar la reunión sin él —farfulla Britt-Marie.

—No, desde luego que no, solo si Kent vuelve a tiempo —acepta Mamá, exhausta.

Britt-Marie entrelaza las manos sobre su vientre de forma alternada con tanta rapidez que pareciera estar haciendo el saludo secreto de una sociedad secreta, de la que solo ella es miembro.

—Es mejor que esperemos a Kent, creo yo. Eso creo de verdad. Es mejor que Kent esté involucrado en estas cosas, para que todo salga bien. ¡Las cosas tienen que salir bien, Ulric-ka!

Mamá asiente y se masajea las sienes de nuevo.

—Sí, sí, llama a Kent entonces, por Dios.

—¡Su avión todavía no aterriza! ¡Está en un viaje de negocios, Ulric-ka! —espeta Britt-Marie.

Alf gruñe algo detrás de ellas. Britt-Marie se da la vuelta. Alf mete las manos en los bolsillos de su chaqueta y gruñe algo más.

—¿Perdón? —dicen Mamá y Britt-Marie al mismo tiempo, pero con tonos de voz completamente opuestos.

—Maldita sea, solo estoy diciendo que le envié un mensaje de texto a Kent hace unos veinte minutos, cuando ustedes empezaron a armar una bulla con todo esto, y me respondió que ya viene en camino —dice Alf, y luego agrega—: Ese idiota no se perdería esto ni por todo el oro del mundo.

Parece que Britt-Marie no oyó esas últimas palabras. Se sacude unas migajas invisibles de su falda, entrelaza las manos y mira a Alf con aires de superioridad, pues ella sabe muy bien que es imposible que Kent ya venga en camino, porque, de hecho, él está en un viaje de negocios, y su avión no ha aterrizado aún. Pero entonces, se oye el sonido de la puerta principal que se abre y se cierra en la planta baja, seguido de los pasos de Kent. Uno sabe que se trata de los pasos de Kent porque alguien está hablando a voces por teléfono en alemán, del mismo modo en el que los nazis hablan alemán en las películas estadounidenses.

—¡Zí, Klaus! ¡Zí! ¡Lo dizcutirrremoz en Frrrankfurrrt!

Britt-Marie baja de inmediato por las escaleras para encontrarse con él y contarle la insolencia que tuvo el descaro de ocurrir aquí mientras él estaba ausente.

George sale de la cocina detrás de Mamá, vestido con unos *leggins*, un short, un suéter muy verde y un delantal todavía más verde. Los mira a todos con un gesto alegre y una sartén humeante en la mano.

—¿Alguien quiere desayunar? Preparé huevos.

Parece como si estuviera considerando agregar que también hay barras de proteína recién compradas por si alguien gusta, pero luego da la impresión de que cambia de idea cuando piensa que se le podrían terminar.

—Yo traigo unas cuantas galletas —dice Maud bastante jovial, y luego le entrega a Elsa la lata entera y le da unas palmaditas afectuosas en la mejilla—. Ten estas, yo puedo conseguir más —susurra ella, y entra con discreción al apartamento.

—¿Hay café? —pregunta Lennart con preocupación, y le da otro trago a su termo al tiempo que sigue a Maud.

Kent sube a trancos por las escaleras con autoridad y se aparece en la entrada de la puerta. Está vestido con un pantalón de mezclilla y una costosa chaqueta. Elsa lo sabe; Kent acostumbra decirle cuánto cuesta su ropa, como si estuviera dándoles a sus prendas un puntaje en la final del *Festival de la Canción de Eurovisión*. Britt-Marie viene a toda prisa detrás de él, mientras mascula sin detenerse a tomar aire:

—Qué insolencia, Kent, ¿no crees? Qué insolencia no llamarte a ti, sino a cualquiera que se les dé la gana. ¿No te parece que eso es muy insolente de su parte? Las cosas no pueden seguir así, Kent.

Por su parte, Kent señala a la mamá de Elsa con la mano y le exige con un tono bastante dramático:

—¡Quiero saber qué dijo exactamente el contador cuando llamó! ¡Quiero saber qué dijo exactamente!

Britt-Marie asiente detrás de él, muy interesada en el asunto.

—Kent tiene que saber qué dijo exactamente el contador cuando llamó, Ulric-ka. ¡Es mejor que lo sepa de inmediato!

Pero antes de que Mamá tenga tiempo de decir algo, Britt-Marie sacude un poco de polvo invisible del brazo de Kent y le susurra con un tono de voz radicalmente distinto al de antes:

—¿No quieres bajar a cambiarte la camisa primero, Kent?

—Por favor, Britt-Marie, estamos hablando de negocios —la rechaza Kent, del mismo modo en el que Elsa rechaza a Mamá cuando quiere que se ponga algo verde.

Britt-Marie se ve angustiada.

—Vamos, Kent, puedo ponerla en la lavadora. Hay camisas recién planchadas en tu armario. Cuando el contador venga no puedes verlo con una camisa arrugada, Kent, ¿qué va a pensar el contador de nosotros? ¿Que no podemos planchar nuestras propias camisas? —insiste Britt-Marie.

Mamá abre la boca para tratar de decir algo de nuevo, pero Kent se fija en George.

—¡Cocinaste huevos! —exclama Kent con entusiasmo.

George asiente con una sonrisa. De inmediato, Kent entra a toda prisa al apartamento pasando junto a Mamá. Britt-Marie se apresura a ir detrás de él con el ceño fruncido. Cuando pasa al lado de Mamá se le nota la molestia en el rostro, mientras deja escapar un «No, bueno, cuando uno está tan ocupado con su carrera como tú no hay tiempo para limpiar, Ulric-ka, obviamente no». A pesar de que cada centímetro cuadrado del apartamento está en un perfecto orden.

Mamá se amarra el cinturón de la bata un poco más ajustado y dice, con un suspiro extremadamente mesurado:

—Pasen, pasen, por favor siéntanse como en su casa.

Elsa se mete a su habitación y se cambia la pijama por un pantalón de mezclilla lo más rápido que puede, para poder bajar corriendo al sótano y ver cómo está el vorv, mientras todo el mundo está ocupado aquí arriba. Kent está interrogando a Mamá en la cocina sobre el contador, mientras Britt-Marie lo respalda con un «mmm» al final de cada frase que él dice.

El único que queda en el vestíbulo es Alf. Elsa mete los pulgares en los bolsillos del pantalón y toca el filo del umbral con la punta de su pie, para no tener que verlo a los ojos.

—Gracias por no haber dicho nada sobre... —comienza a decir ella, pero se detiene antes de decir «el vorv».

Alf mueve la cabeza de un lado a otro con un gesto gruñón.

—No deberías haberte ido corriendo de esa forma. Si adoptaste a ese animal tienes que hacerte responsable de él, carajo, no importa que seas una chiquilla.

—¡No soy una chiquilla! —espeta Elsa.

—Entonces deja de comportarte como una —masculla Alf.

—*Touché* —susurra Elsa, con la mirada fija en el umbral.

—El animal está en el almacén del sótano. Le puse dos láminas de madera para que nadie pueda echar un vistazo dentro. Le dije que se quedara callado y parece que me entendió. Pero tienes que encontrarle un mejor escondite. Tarde o temprano alguien va a encontrarlo ahí —dice Alf.

Elsa sabe que, cuando Alf dice «alguien», se está refiriendo a Britt-Marie. Y sabe que tiene razón. Se siente muy mal por haber abandonado al vorv ayer, pues Alf podría haber llamado a la policía y entonces le habrían disparado. Elsa lo abandonó como Abuelita abandonaba a Mamá, y esto la asusta más que cualquier pesadilla.

—¿De qué están hablando? —le pregunta a Alf al tiempo que hace un ademán con la cabeza hacia la cocina, para distraerse pensando en otra cosa.

Alf resopla.

—De los malditos condominios.

—¿Qué significa eso? —insiste Elsa.

Alf suelta un gruñido.

—Con mil demonios, no puedo ponerme a explicártelo todo. La diferencia entre un condenado apartamento de alquiler y un apartamento en condominio es...

—Sé qué es un condominio, no soy una tonta —dice Elsa.

—Entonces, ¿por qué rayos lo preguntas? —replica Alf a la defensiva.

—Te pregunté qué significa, ¡por qué todos están hablando de eso! —aclara Elsa, como uno aclara las cosas sin ser muy claro que digamos.

Alf introduce las manos en su chaqueta, haciendo que el cuero cruja. La trae puesta a pesar de que la mamá de Elsa dice que uno no debe tener puesta la ropa de invierno dentro del edificio. Elsa supone que la mamá de Alf no es tan estricta con esas cosas.

—Kent ha estado dando la lata con esos malditos condominios desde que se mudó de vuelta aquí. No va a estar satisfecho hasta que pueda limpiarse el trasero con el dinero que acaba de cagar —explica Alf, como uno explica las cosas cuando no conoce muchos niños de siete años.

En un principio, Elsa tiene ganas de preguntar a qué se refiere Alf con eso de que Kent «se mudó de vuelta aquí», pero al final decide abordar una cosa a la vez.

—¿Y los demás no ganarían dinero con eso? ¿Tú y mamá y George y todos los que viven en el edificio? —pregunta ella.

—Si vendemos los apartamentos y nos mudamos, sí —refunfuña Alf.

Elsa se pone a reflexionar. La chaqueta de Alf chirría.

—Y eso es lo que el bastardo de Kent quiere. Siempre ha querido mudarse de aquí.

La mirada de Elsa se pierde en el aire, mientras ella se pierde en sus pensamientos. Se da cuenta de que por eso está teniendo todas esas pesadillas. Porque, si todos los seres de la Tierra-a-punto-de-despertar se están apareciendo ahora en el edificio, entonces quizás el edificio va a empezar a volverse parte de la Tierra-a-punto-de-despertar, y si todos quieren vender sus apartamentos, entonces...

—Entonces, no estaremos huyendo de Miamas. Nos iremos por nuestra propia voluntad —dice Elsa para sí misma en voz alta.

—¿Qué? —pregunta Alf.

—Nada —murmura Elsa.

El sonido de la puerta que se abre y se cierra con fuerza en la planta baja del edificio hace eco por la caja de la escalera. Luego se oyen pasos discretos que van ascendiendo. Tanto Elsa como Alf deducen que se trata del contador.

En la cocina, la voz de Britt-Marie se alza por encima de la de Kent. Como no obtiene ninguna respuesta de él en lo que concierne al cambio de camisa, Britt-Marie compensa esa falta de interés en ella con una gran indignación por otras cosas que la enfurecen, de las cuales hay una gran variedad para escoger. Desde luego que para ella es difícil determinar qué la irrita más, pero tiene tiempo de repasar uno por uno varios temas, como, por ejemplo, amenazar con que va a llamar a la policía si la mamá de Elsa no mueve de inmediato el auto de Abuelita del lugar de Britt-Marie en el garaje; que piensa exigirle a la policía que rompa el candado del cochecito para bebés que todavía está asegurado a la escalera en el vestíbulo; y que tiene planeado presionar a los dueños del edificio para que instalen cámaras en las escaleras, y así detener los viles actos de vandalismo de la gente que entra y sale como se le da la gana, y coloca avisos sin informárselo primero a la responsable de los comunicados.

—Por favor, Britt-Marie, uno no puede simplemente poner cámaras así como así en las escaleras —suspira la mamá de Elsa.

—¡Ajá, no me digas! Obviamente eso es lo que dirías tú, Ulricka, ¡Pero si uno no tiene nada que ocultar, no tiene miedo de que lo vigilen! ¿No es así, Kent? ¿No tenemos la razón de nuestro lado? ¿Verdad que sí?

Kent dice algo que Elsa no alcanza a escuchar. Mamá suspira de nuevo, con tanta fuerza que todos pueden oírla.

—Puede haber habitantes en el edificio que vivan bajo una identidad protegida. Hay normas que regulan las actividades de vigilancia, uno no puede sin más ni m...

—¿Y quién sería? ¿Quién en este edificio podría estar viviendo bajo una identidad protegida? —exclama Britt-Marie conmocionada.

Mamá se masajea las sienes de nuevo.

—No dije que alguien estuviera viviendo bajo una identidad protegida, Britt-Marie, dije que PUEDE haber habitant...

Britt-Marie se vuelve hacia Kent sin escuchar a la mamá de Elsa.

—¿Quién vive aquí bajo una identidad protegida, Kent? ¿Te das cuenta? Obviamente debe ser esa persona del primer piso que vive junto al perro de pelea. ¿No crees que debe ser él, Kent? ¡Está claro que los adictos protegen sus identidades para poder drogarse con toda la tranquilidad del mundo!

Nadie parece entender la lógica exacta detrás de ese razonamiento, que se interrumpe cuando un hombre bajito de rostro bastante amigable se detiene en el umbral y toca tímidamente en el marco de la puerta.

—Soy el contador —dice él con un tono de voz muy afable.

Y, cuando el contador avista a Elsa, le guiña el ojo, como si ellos dos compartieran un secreto. O al menos eso es lo que Elsa cree que él está haciendo.

Kent sale de la cocina con actitud dominante, coloca las manos sobre las caderas por encima de su abrigo y mira al contador de arriba abajo.

—¿Y bien? ¿Qué hay de los apartamentos en condominio, entonces? ¿Cuál es el precio por metro cuadrado que piden? —exige saber Kent de inmediato.

Britt-Marie se precipita fuera de la cocina detrás de él y señala al contador de modo acusatorio.

—¿Cómo entró usted aquí? ¿Quién le abrió la puerta principal? ¿Dejaste la puerta abierta, Kent? ¡Porque la puerta debe estar cerrada y con llave! ¡A eso es a lo que me refería, cualquiera puede entrar al edificio cuando se le antoje! ¡Y los adictos pueden deambular aquí dentro libremente como si este lugar fuera una... como si fuera una... casa de vicio!

—La puerta no tenía seguro —dice el contador de manera amistosa.

Kent se entromete con impaciencia.

—Sí, sí, pero volviendo a lo de los apartamentos en condominio, ¿de qué precio estamos hablando?

El contador apunta a su portafolio y hace un gesto en dirección de la cocina, todo con una actitud bastante amable.

—¿Qué opinan si nos sentamos?

—Desde luego, adelante —dice la mamá de Elsa con cansancio, detrás de Britt-Marie, mientras se anuda la bata de forma todavía más ajustada.

—Tenemos café —dice Lennart de buen humor.

—Y galletas —asiente Maud.
—¡Y huevos para desayunar! —exclama George desde la cocina.

—Tendrá usted que disculpar el desorden; desde luego, en esta familia siempre están muy ocupados con sus carreras profesionales —le dice Britt-Marie al contador de forma bienintencionada.

Mamá hace todo lo que puede para fingir que no oyó eso. Pero no le resulta del todo bien.

Mientras todos se dirigen a la cocina, Britt-Marie se detiene por un instante, se vuelve hacia Elsa, entrelaza las manos y le sonríe de forma bienintencionada.

—Bueno, pequeñita, tienes que entender que obviamente no me refiero a tus amigos ni a los amigos de tu abuelita cuando hablo de los «adictos». Obviamente yo no puedo saber si el hombre que estuvo aquí preguntando por ti ayer consume drogas o no. Así que no, no me refería a eso.

Desconcertada, Elsa la mira boquiabierta por unos instantes.

—¿Cómo? ¿Cuáles amigos? ¿Quién preguntó por mí ayer?

Estaba pensando en decir «¿Fue Corazón de Lobo?», pero al final se contiene, pues no tiene idea de cómo podría saber Britt-Marie que Corazón de Lobo es su amigo. Y Britt-Marie asiente de forma bienintencionada y no parece estar refiriéndose en lo absoluto a Corazón de Lobo cuando dice:

—Sí, tu amigo, al que eché de aquí, el que vino ayer a buscarte. Puedes decirle de mi parte que está prohibido fumar en las escaleras. En esta asociación de condóminos no tenemos esos modales. Sé que tu abuelita y tú tienen conocidos que son muy peculiares, ¡pero las reglas aplican para todo el mundo, de verdad que sí!

Britt-Marie alisa un pliegue invisible en su falda, entrelaza las manos sobre su vientre y agrega:

—Tú sabes a quién me refiero. Es muy delgado y ayer estaba fumando en las escaleras. Dijo que estaba buscando a un niño, pero entonces te describió. Parecía muy desagradable, así que lo eché y le dije que en esta asociación de condóminos no permitimos que la gente fume dentro del edificio.

El corazón de Elsa se encoge. Consume todo el oxígeno de su cuerpo.

Britt-Marie asiente para sí misma y desaparece cuando se va hacia la cocina mientras masculla «Realmente desagradable, eso fue lo que pensé en cuanto lo vi. Esos adictos son unos tipos realmente desagradables».

Elsa tiene que sostenerse del marco de la puerta para no desplomarse. Nadie la ve, ni siquiera Alf. Pero ella sabe qué va a pasar ahora en esta aventura.

Porque en todos los cuentos de hadas aparece un dragón.

Y eso es culpa de Abuelita.

19
Mezcla para biscochos

Según los cuentos de hadas de Miamas, existe un número infinito de formas en las que se puede derrotar a un dragón. Pero si este dragón es una sombra, la criatura más malévola que podrías imaginarte, y encima de todo tiene la apariencia de un ser humano... ¿cómo puedes vencer algo así? Elsa ni siquiera sabe si Corazón de Lobo habría salido victorioso en su contra, incluso cuando era el guerrero más temido en toda la Tierra-a-punto-de-despertar. ¿Y ahora, cuando les teme a los mocos y no puede borrarse de los dedos el recuerdo de la sangre, por más que se los lave?

Elsa no sabe nada acerca de la sombra. Solo que la ha visto dos veces; la primera afuera de la funeraria y luego desde del autobús ese día que iba en camino a la escuela. Y también sabe que ha soñado con él, y ahora ha venido al edificio a buscarla. Y es que, en Miamas, las coincidencias no existen. En los cuentos de hadas no hay casualidades, todo es siempre como se supone que debe de ser.

Así que esto debe ser lo que su abuela quiso decir con eso de «protege el castillo, protege a tus amigos». Tan solo desearía que Abuelita le hubiera dado un ejército para poder cumplir con esa misión.

Elsa espera hasta bien entrada la noche —cuando ya ha oscurecido lo suficiente para que una niña y un vorv puedan pasar por debajo del balcón de Britt-Marie sin ser vistos— antes de bajar al sótano. George salió a trotar y Mamá todavía está preparándolo todo para mañana. Desde la reunión con el contador en la mañana, ha estado hablando sin parar por teléfono con la mujer ballena de la funeraria, con el florista, con el pastor, luego con el hospital y después con el pastor una vez más. Elsa había estado sentada en su habitación leyendo *Spider-Man*, haciendo todo lo posible para no pensar en el día siguiente. Pero no tuvo mucho éxito.

Le lleva al vorv las galletas que Maud le había regalado, y, cuando el vorv ha vaciado la lata, tiene que arrebatársela —con tanta rapidez que casi obtiene una manicura gratis hecha con dientes incisivos— para evitar que esa lengua del tamaño de una toalla para manos lama la lata por dentro en su búsqueda de las últimas migajas. La abuela de Elsa decía a menudo que, a la hora de lavar los trastes, la saliva de un vorv es muy difícil de quitar, y Elsa está planeando devolverle la lata a Maud. Dentro de un par de días, desde luego, cuando sea más lógico que una criatura un poquito más normal se haya terminado todas esas galletas. Y es que, de hecho, es una lata bastante grande, al menos para todos aquellos que no somos un vorv.

Sin embargo, el vorv, que es un vorv común y corriente en todas las formas posibles, empieza a hurgar ávidamente con el hocico dentro de la mochila de Elsa, revolviendo las cosas como una mezcladora rebelde de cemento. Parece que al vorv le cuesta mucho trabajo entender cómo pudo Elsa ser tan tonta como para bajar con solo una miserable lata.

—Trataré de conseguirte más galletas, pero mientras tanto vas a tener que comer barras de proteína —dice ella.

El vorv se ve como si Elsa acabara de llamarlo «gordinflón».

—¡Deja de poner esa cara! ¡Son de sabor chocolate! —insiste Elsa, y le extiende las barras de proteína.

Al parecer, en opinión del vorv eso no es de gran ayuda. Pero de todos modos se come unas siete barras. Entonces, Elsa saca un termo.

—Es mezcla para bizcochos. Aunque tal vez no es una mezcla real; no estoy segura de cómo se prepara —murmura Elsa a modo de disculpa—. La encontré en la alacena de la cocina. En el empaque decía «mezcla preparada para bizcochos», pero solo era polvo, así que le agregué agua. Aunque parece más una plasta que una mezcla para cocinar algo.

El vorv se muestra escéptico, pero, aun así, lame toda la plasta que había dentro del termo. Solo por si acaso. Las lenguas extremadamente flexibles son uno de los superpoderes más destacados de los vorves.

—Un hombre vino a buscarme —le susurra Elsa al oído, tratando de sonar valiente—. Creo que es una de las sombras. Tenemos que estar en guardia.

El vorv le da un empujoncito en el cuello con el hocico. Ella extiende los brazos para abrazarlo, y siente cómo se tensan sus músculos debajo de su pelaje. El vorv trata de parecer juguetón, pero ella comprende que está haciendo lo que los vorves hacen mejor: prepararse para la batalla. Y ella lo ama por eso.

—No sé de dónde es. Abuelita nunca me contó nada sobre ese tipo de dragones.

El vorv le da otro empujoncito en el cuello y la mira con sus enormes ojos llenos de empatía. Parece que desearía poder contárselo todo. Y Elsa desearía que Corazón de Lobo estuviera aquí. Hace rato tocó a su puerta, pero nadie le abrió. No quiso llamarlo a voces, tuvo miedo de que Britt-Marie la oyera y pensara que aquí había gato encerrado; pero aspiró de forma ruidosa por la ranura del correo para enviar una clara señal de que estaba a punto de estornudar, con esa clase de estornudo pegajoso que cubre al instante todo a su alrededor con pintura de camuflaje. Pero esa amenaza no tuvo ningún efecto.

—Corazón de Lobo ha desaparecido —termina por confesarle al vorv.

Elsa se esfuerza por actuar de manera valerosa. Le funciona bastante bien mientras caminan en medio de los almacenes en el sótano. Y lo consigue de forma más que aceptable mientras van subiendo por la escalera que da a la planta baja. Pero, cuando llegan al vestíbulo que da a la puerta principal, Elsa percibe un olor a humo de tabaco, el mismo tabaco que fumaba su abuela, y el miedo que todavía persiste en su ser desde que tuvo esa pesadilla le paraliza el cuerpo. Sus zapatos pesan unas mil toneladas. Siente que la cabeza le martillea, como si algo se hubiera zafado ahí dentro y rebotara sin control.

Es curioso lo rápido que puede cambiar el significado de un olor, dependiendo de qué camino decida tomar a través del cerebro. Es curioso lo cerca que conviven uno del otro el amor y el miedo.

«Esto no es real, sabihonda, solo te lo estás imaginando, aquí no hay ningún estúpido dragón», se dice Elsa a sí misma, pero no es de mucha ayuda. Sus zapatos no se mueven, y el vorv aguarda pacientemente a su lado.

Un periódico pasa volando por fuera de la ventana. Es la clase de periódicos que recibes gratis en la ranura del correo, aunque tengas un letrero en la puerta que diga «No aceptamos propaganda. ¡Gracias!». Elsa sigue parada ahí sin poder moverse, y el periódico hace que se acuerde de su abuela y luego enfurezca. El periódico se convirtió en algo así como el símbolo de todo aquello con lo que Elsa está enfadada, pues Abuelita tiene la culpa de que se encuentre en esta situación. Fue Abuelita quien la envió a vivir este cuento de hadas, y eso es tan típico de ella. Como también era típico de Abuelita ponerse a discutir sobre esos periódicos gratuitos.

Elsa recuerda con lucidez esa ocasión en que Abuelita llamó a las oficinas de la redacción del periódico y los regañó porque le habían dejado un ejemplar a través de la ranura para el correo, a pesar de que en su puerta tenía un aviso en el que podía leerse «No aceptamos propaganda. ¡Gracias!» con letras sorprendentemente claras. Elsa pasó mucho tiempo reflexionando sobre ese aviso, preguntándose por qué decía «gracias», pues Mamá siempre dice que uno solo debe decir «gracias» si está hablando en serio; de lo contrario, es mejor no molestarse. Y la verdad es que no sonaba como si el aviso en la puerta de Abuelita lo dijera en serio.

Las personas que contestaron el teléfono en las oficinas del periódico le dijeron a Abuelita que su publicación no era propaganda, sino «información de interés comunitario», que puede ser entregada en los buzones de la gente sin importar si la gente les agradece que no lo hagan. Abuelita exigió saber quién era el dueño de la empresa que producía el periódico, y luego exigió hablar con él. Las personas en la línea le respondieron que seguramente Abuelita podía entender que el dueño no tenía tiempo para esa clase de tonterías.

Como era obvio, no deberían haberle dicho eso, pues, a decir verdad, hay muchísimas cosas que Abuelita no «podía entender» en lo más mínimo. Además, a diferencia del dueño de la empresa que producía el periódico gratuito, ella tenía muchísimo tiempo libre. Abuelita acostumbraba decir «nunca te metas con alguien que tiene más tiempo libre que tú». Y Elsa lo traducía como «nunca te metas con alguien que es muy avispada para la edad que tiene».

En los días que siguieron, Abuelita iba por Elsa a la escuela como de costumbre, y después patrullaban la manzana y tocaban a todas las puertas llevando unas bolsas amarillas de IKEA. La gente daba la impresión de que esto le parecía un poco extraño, sobre todo porque el mundo entero sabe que uno no puede llevarse de la tienda esas bolsas amarillas. Sin embargo, si alguien empezaba a hacer demasiadas preguntas, Abuelita se limitaba a decir que pertenecían a una organización ambiental que tenía como misión recolectar papel reciclable. Y, entonces, la gente ya no se atrevía a protestar. «Las personas les tienen miedo a las organizaciones ambientales, creen que vamos a entrar por la fuerza a su apartamento y vamos a acusarlos de que no reciclan su basura correctamente. La gente ve demasiadas películas», le explicó Abuelita a Elsa mientras subían las bolsas repletas a Renault. Elsa nunca entendió en realidad qué clase de películas había visto su abuela en las que pasaban cosas como esa. Lo que sí sabía muy bien era que Abuelita odiaba las organizaciones ambientales, las llamaba «fascistas abraza-pandas». Y que uno no debe llevarse de la tienda esas bolsas amarillas.

Como era de esperarse, Abuelita solo se encogió de hombros para restarle importancia. «No me robé las bolsas, simplemente no las he devuelto aún», masculló ella, y le dio a Elsa un grueso rotulador negro para que escribiera algo con él. Entonces, Elsa dijo que, a cambio, quería al menos cuatro botes de helado *New York Super Fudge Chunk* de Ben & Jerry's. Abuelita dijo «¡Uno!». Luego, Elsa dijo «¡Tres!», Abuelita subió la oferta a «¡Dos!», Elsa insistió con «¡Tres, o se lo voy a decir a Mamá!», y entonces Abuelita gritó «¡Yo no negocio con terroristas!». En respuesta, Elsa le hizo notar que, si uno buscaba «terrorista» en Wikipedia, había muchas cosas en la definición de esa palabra que describían a Abuelita, y ni una sola describía a Elsa. «El objetivo de los terroristas es provocar el caos, y Mamá dice que eso es justamente lo que te dedicas a hacer durante todo el día», dijo Elsa. Finalmente, Abuelita aceptó darle a Elsa los cuatro botes de helado si tomaba el rotulador y prometía mantener la boca cerrada. Y eso fue lo que Elsa hizo. Más tarde, en la noche, Abuelita y ella viajaron al otro lado de la ciudad y, al llegar a su destino, Elsa permaneció sentada en medio de la oscuridad a bordo de Renault, vigilando mientras Abuelita entraba y salía corriendo de un edificio de apartamentos, con sus bolsas amarillas de IKEA. A la mañana siguiente, el dueño de la empresa que producía el periódico gratuito se despertó por los toquidos de los vecinos que llamaban a su puerta. Estaban muy molestos, pues alguien había llenado su elevador con cientos de ejemplares del periódico gratuito. Cada uno de sus buzones estaba atiborrado de periódicos; cada centímetro cuadrado de la enorme puerta principal de vidrio estaba cubierto con ejemplares pegados con cinta adhesiva; y, afuera de cada apartamento, habían dejado enormes pilas de más periódicos, que se venían abajo y caían por las escaleras cuando alguien abría la puerta. En todos y cada uno de los ejemplares estaba escrito el nombre del dueño del periódico en enormes y pulcras letras trazadas con un rotulador, y justo debajo podía leerse «Información de interés comunitario de cortesía. ¡Que la disfruten!».

En el trayecto de regreso a casa, Abuelita y Elsa se detuvieron en una estación de servicio y compraron helado. Unos cuantos días más tarde, Abuelita llamó de nuevo por teléfono a las oficinas del periódico y, a partir de entonces, nunca más volvió a recibir ni un solo ejemplar.

Elsa mira el periódico dar vueltas en el viento sobre la nieve, y piensa que todo eso fue algo muy típico de Abuelita. Y, en estos momentos, no hay nada que enfade tanto a Elsa con su abuela como las cosas típicas que hacía.

—¿Vas a salir o a entrar?

La voz se Alf se abre paso a través de la oscuridad en la caja de la escalera, como la luz de una antorcha. Elsa se vuelve hacia él y, por instinto, quiere arrojarse a sus brazos, pero al final se contiene al darse cuenta de que es muy probable que eso le disguste a Alf, casi tanto como a Corazón de Lobo.

Alf mete las manos en los bolsillos haciendo que su chaqueta de cuero cruja y hace un gesto breve con la cabeza hacia la puerta principal.

—¿Para adentro o para afuera? Tal vez hay más personas aparte de ustedes que quieren salir a dar un maldito paseo, ¿sabes?

Elsa y el vorv lo miran un poquito titubeantes. Alf masculla algo, pasa junto a ellos y abre la puerta principal. Los dos lo siguen de inmediato y van justo detrás de él, aunque Alf para nada los invitó a que lo acompañaran. Cuando doblan la esquina del edificio, fuera de la vista que hay desde el balcón de Britt-Marie y Kent, el vorv se mete de reversa bajo un arbusto y les gruñe, de forma tan cortés como podría esperarse de un vorv, que necesita paz y tranquilidad para hacer lo que tiene que hacer. Alf y Elsa se vuelven para darle la espalda. Parece que a Alf no le hace absolutamente ninguna gracia tener compañía en este paseo, compañía que, por cierto, se invitó sola. Elsa se aclara la garganta y trata de pensar en algún tema sobre el que puedan charlar, para que Alf no se vaya.

—¿Todo va bien con el auto? —exclama ella, como ha oído decir a Papá cuando no sabe qué decir.

Alf asiente. Y nada más. Elsa respira con fuerza.

—¿Qué les dijo el contador en la reunión? —pregunta ella, con la esperanza de hacer que Alf se enfade tanto que empiece a hablar como lo hace en las reuniones de los vecinos. Elsa ha notado que es más fácil hacer que las personas hablen de cosas que les desagradan que de cosas que les gustan. Y es más fácil no tenerles miedo a las sombras en la oscuridad si alguien está hablando, de lo que sea. Pero, de hecho, las comisuras de la boca de Alf se estremecen un poquito cuando ella le hace esa pregunta.

—El bastardo del contador dijo que los dueños han decidido vender los malditos apartamentos a los bastardos de la asociación de condóminos, si es que todos en el edificio están de acuerdo.

Elsa observa sus labios. Casi parece estar sonriendo.

—¿Eso te parece chistoso?

—¿Pero es que vives en el mismo edificio que yo? Los países del Medio Oriente firmarán la paz antes de que la gente en este edificio se ponga de acuerdo en algo.

Elsa entiende a qué se refiere Alf, pues ha leído sobre los conflictos en Medio Oriente en Wikipedia. Y supone que, al hablar de «la gente», Alf se refiere a Britt-Marie y a Mamá.

—¿Crees que todos van a querer vender sus apartamentos si el edificio se convierte en condominio? —pregunta ella.

Las comisuras de la boca de Alf se aplanan hasta volver a su forma normal.

—Pues querer, lo que se dice querer... La mayoría van a tener que hacerlo.

—¿Por qué?

—Es una zona atractiva. Apartamentos condenadamente caros. A la mayoría de los inquilinos no les va a alcanzar para esa clase de estúpidos préstamos del banco.

—¿Vas a tener que mudarte?

—Probablemente.

—¿Y Mamá y George y yo?
—No lo sé, caramba.
Elsa reflexiona por unos instantes y luego dice:
—¿Y Maud y Lennart?
—Vaya que haces muchas preguntas.
—Bueno, ¿qué haces aquí afuera si no tienes ganas de hablar?
La chaqueta de Alf cruje en la dirección del arbusto donde está el vorv.
—Solo había pensado en dar un jodido paseo. Nadie los invitó a ti y a esa cosa, maldita sea.
Elsa levanta las cejas.
—¿Alguien te había mencionado que dices muchas palabrotas? ¡Mi papá dice que eso es señal de que uno tiene un vocabulario muy pobre!
Alf la fulmina con la mirada. Elsa le devuelve el gesto. Alf mira su reloj y mete las manos en los bolsillos.
—Maud y Lennart van a tener que mudarse. Y lo más seguro es que la muchacha del primer piso y su hijo también. En el caso de esa tonta psicóloga que fuiste a ver ayer, la verdad no lo sé. Probablemente tiene mucho dinero, carajo, esa mald...
Alf se detiene. Invoca alguna especie de autocontrol.
—Esa... señora. Sí, esa mujer probablemente... tiene mucho dinero —se corrige a sí mismo.
—¿Qué opinaba mi abuelita sobre el condominio?
Por un instante muy breve, las comisuras de los labios de Alf se estremecen de nuevo.
—Generalmente, opinaba lo opuesto de Britt-Marie.
Elsa dibuja pequeños ángeles en la nieve con su zapato.
—Aunque tal vez sea algo bueno, ¿no? Si el edificio se convierte en un condominio, ¿entonces tal vez todos podrían mudarse a... un buen lugar? —dice ella, en un intento de ver las cosas de forma positiva.
—Este es un buen lugar. Aquí estamos a gusto. Este es nuestro hogar, carajo —dice Alf.

Elsa no trata de refutarlo. Este también es su hogar.

El periódico que había visto por la ventana pasa ahora junto a ella. O tal vez es otro periódico parecido. Se atora en su pie por un instante antes de liberarse y seguir rodando como si fuera una estrellita de mar indignada. Y esto hace que Elsa enfurezca de nuevo, pues la pone a pensar en lo dispuesta que estaba Abuelita a pelearse con otras personas con tal de que ya no le dejaran periódicos en su buzón. Eso irrita a Elsa porque fue otro detalle típico de su abuela, ya que solo lo hizo por el bien de Elsa. Las cosas que Abuelita hacía siempre tenían esa cualidad. Las hacía por su nieta.

Porque, en realidad, a Abuelita le gustaban esos periódicos; acostumbraba rellenar sus zapatos con ellos cuando había llovido. Pero, cierto día, Elsa leyó en internet cuántos árboles se requieren para imprimir una sola edición de un periódico, y entonces colocó letreros que decían «No aceptamos propaganda. ¡Gracias!», tanto en la puerta del apartamento de Mamá como en la de Abuelita, pues a Elsa le apasiona mucho todo lo que tiene que ver con el medio ambiente. Sin embargo, los periódicos siguieron llegando, y cuando Elsa llamó a la empresa del periódico, se rieron de ella. No debieron haberlo hecho, pues nadie se ríe de la nieta de Abuelita.

A la abuela de Elsa no le apasionaba el medio ambiente en lo más mínimo, al contrario, pero era una de esas personas que uno se lleva a la guerra consigo. Por eso se convirtió en terrorista, para apoyar a Elsa. Y Elsa más que nada está enfurecida con su abuela por esa razón, si hemos de ser sinceros, pues Elsa quiere estar enfurecida con ella por todas las demás cosas. Por las mentiras, porque abandonó a Mamá, por haberse muerto. Pero es absolutamente imposible permanecer enojada con alguien que está dispuesta a convertirse en terrorista por su nieta. Y el hecho de que Elsa no puede seguir enfurecida la hace enfurecer.

Ni siquiera puede estar enojada con Abuelita de una forma convencional. Ni siquiera eso es normal, cuando se trata de Abuelita.

Elsa está de pie y en silencio junto a Alf, parpadeando hasta que le empieza a doler la cabeza. Alf trata de aparentar indiferencia, pero Elsa puede notar que él está esforzándose por ver a través de la oscuridad, como si estuviera buscando algo. Observa sus alrededores de la misma forma que lo hacen Corazón de Lobo y el vorv. Como si él también estuviera de guardia. Elsa lo mira con los ojos entreabiertos e intenta imaginarse cómo podría haber encajado él en la vida de Abuelita, como si fuera la pieza de un rompecabezas. No puede recordar alguna ocasión en la que Abuelita le haya contado gran cosa sobre él, excepto cuando decía «Ese señor no sabe cómo alzar los pies», motivo por el cual las suelas de sus zapatos siempre están tan desgastadas.

—¿Qué tan bien conocías a mi abuelita? —pregunta Elsa.

La chaqueta de cuero chirría una vez más.

—Pues conocer, lo que se dice conocer... Solo éramos vecinos y nada más, maldita sea —responde Alf de forma evasiva.

—Entonces, ¿a qué te referías cuando fuiste por mí en tu taxi y dijiste que mi abuelita jamás te habría perdonado si me hubieras dejado en ese lugar? —pregunta Elsa de forma suspicaz.

Más chirridos.

—No quise decir nada, caraj... No fue nada. Solo dio la casualidad de que estaba cerca. Con mil demo...

Su voz tiene tintes de frustración. Elsa asiente para fingir que lo entiende, de una forma que Alf no aprecia en lo absoluto.

—Y, entonces, ¿por qué estás aquí? —pregunta ella con sorna.

—¿Qué?

Elsa se encoge de hombros.

—¿Por qué me acompañaste hasta aquí afuera? ¿No deberías estar manejando tu taxi o algo así en este momento?

—Ustedes dos no tienen ningún estúpi... Ustedes no tienen ningún derecho de exclusividad sobre los paseos a pie, ¿sabes?

—*Sure, sure.*

—No puedo dejar que tú y el chucho anden solos corriendo de un lado a otro aquí afuera en la noche. Tu conden...

Alf se interrumpe a sí mismo. Suelta un gruñido. Y luego suspira.

—Tu abuela jamás me habría perdonado si algo te llegara a pasar.

Alf luce como si ya estuviera arrepintiéndose de haberlo admitido. Así que Elsa no dice nada y se limita a asentir. Aunque quiere hacerle una pregunta a Alf, trata de contenerse. Pero no le resulta nada bien.

—¿Mi abuela y tú tuvieron una aventura? —pregunta ella después de esperar durante lo que considera un tiempo más que razonable. Por la expresión de Alf, pareciera que Elsa le arrojó una bola de nieve amarilla en la cara.

—¿No eres demasiado pequeña como para saber qué significa eso?

—Soy demasiado pequeña para saber muchas cosas, pero de todos modos las sé.

Alf gruñe algo, pero no le responde. Así que Elsa se aclara la garganta y prosigue:

—Cuando era pequeña, le pregunté a Mamá qué era una aventura, y me dijo que una aventura era cuando vivías algo fuera de lo común, algo que podía ser emocionante o peligroso. Luego, Mamá se fue a un viaje de trabajo con Micke, un muchacho que trabaja en el mismo hospital, y cuando volvieron Mamá me contó que el avión en el que venían tuvo una falla y el aterrizaje fue peligroso, pero todo salió bien. Y luego, esa noche fuimos a una fiesta y alguien le preguntó a Mamá cómo le había ido en su viaje, y yo dije «¡Mamá tuvo una aventura con Micke pero ahora todo está bien!».

Alf se lleva una mano a la oreja con cansancio, como si tratara de limpiársela por dentro. Elsa tose, sintiéndose algo insegura.

—Las cosas se pusieron un poquito complicadas —mascula ella con un poco más de aplomo.

Alf mira su reloj, y Elsa continúa:

—Pero luego vi una serie de televisión donde dos personas tenían una aventura. ¡Y ahora entiendo más o menos a qué se refieren cuando dicen eso! ¡Y se me ocurrió que tal vez por eso se conocían mi abuelita y tú!

Alf asiente, como si estuviera aliviado porque tiene la esperanza de que Elsa por fin va a guardar silencio, pero entonces ella respira hondo y luego exclama de inmediato:

—¿Entonces sí tuvieron una aventura o no?

—¿El chucho ya va a acabar, o qué? Algunos tenemos que ir a trabajar —dice Alf con un gruñido, lo que no es una respuesta estrictamente hablando, y se vuelve hacia los arbustos.

Elsa lo observa de forma detenida.

—Es solo que pensé que serías del tipo de Abuelita. Porque eres un poco más joven que ella, aunque de todos modos eres viejo. Y mi abuela siempre les coqueteaba a los policías de tu edad. Eran más o menos viejos para ser policías, pero todavía eran policías. O sea, no lo digo porque tú seas un policía. Pero es que también eres viejo, aunque no eres... superviejo. ¿Sí me entiendes?

La verdad es que Alf parece no haber entendido. Más bien da la impresión de que está sufriendo una leve migraña.

—Oye, tú, tal vez deberías pensar en cambiar tu dieta —le dice entre dientes al vorv al tiempo que agita la palma de la mano en el aire cuando el vorv por fin sale de los arbustos.

El vorv se ve tan ofendido como solo puede estarlo un vorv al que le encantan las galletas, pero lo han obligado a sobrevivir con solo una miserable lata al día.

Alf se vuelve para alejarse de todas las preguntas de Elsa. Los tres se van de regreso al edificio y entran por la puerta principal en fila, con Elsa en medio. No es un gran ejército, pero es un ejército al fin y al cabo, reflexiona Elsa, y siente que ahora le teme un poquito menos a la oscuridad. Antes de que cada uno se vaya por su lado en el sótano, entre la puerta que da al garaje y la puerta de los almacenes, Elsa raspa el suelo con su zapato y le pregunta a Alf:

—¿Qué música estabas escuchando en el auto cuando me traías de vuelta a casa? ¿Era una ópera?

—Me lleva el diablo. Más preguntas —gruñe Alf.
—¡Solo quería saber! ¡Perdóname la vida! —espeta Elsa ofendida.
Alf se detiene junto a la puerta y suspira.
—Con un cara... Sí. Era una ópera de porquería.
—¿En qué idioma cantaban?
—Italiano.
—¿Sabes italiano?
—Sí.
—¿De verdad?
—¿Hay otra maldita forma de saber italiano?
—¿Pero sí sabes hablar bien italiano? ¿Como si fueras de Italia?

Alf mira de nuevo su reloj. La chaqueta cruje otra vez. Hace un gesto con la cabeza en dirección al vorv para tratar de cambiar de tema.

—Ya te dije que tienes que encontrarle un nuevo escondite a esa cosa. ¡Si lo dejas aquí la gente lo va a hallar tarde o temprano!

—¿Sabes italiano o no? —pregunta Elsa, que no tiene ganas de cambiar de tema en lo más mínimo.

—Sé lo suficiente para entender una ópera. ¿Alguna otra mald...? ¿Alguna otra pregunta?

—¿Entonces sabes *operaliano*?

—Qué lata contigo...

—¿De qué se trataba la ópera que veníamos escuchando en el auto? —insiste Elsa.

Alf abre la puerta del garaje.

—Del amor. Todas se tratan del amor.

Alf pronuncia «amor» más o menos como uno pronunciaría palabras como «refrigerador» o «tornillo de dos pulgadas».

—ENTONCES, ¿ESTABAS ENAMORADO DE MI ABUELA? —le grita Elsa a sus espaldas, pero Alf ya cerró de un portazo.

Elsa permanece de pie y sonríe de manera socarrona. Casi está segura de que el vorv hace lo mismo. Y es mucho más difícil tenerle miedo a la oscuridad y a las sombras cuando estás sonriendo de manera socarrona.

—Creo que Alf ya es nuestro amigo —susurra ella.

El vorv parece estar de acuerdo.

—Vamos a necesitar todos los amigos que podamos conseguir, porque Abuelita no me contó qué va a pasar en este cuento de hadas.

El vorv se le arrima a Elsa.

—Extraño a Corazón de Lobo —susurra Elsa en el pelaje del vorv.

Y el vorv parece también estar de acuerdo en esto.

Aunque lo admite de muy mala gana.

20
Tienda de ropa

Hoy es el día. Y empieza con una noche de lo más terrible.

Elsa se despierta con la boca completamente abierta, pero el grito no resuena en su habitación, sino en su cabeza. Está vociferando en silencio, llorando sin lágrimas, estira la mano para arrojar las mantas a un lado de la cama, pero ya están en el suelo. Sale de su recámara, y un aroma a huevo flota en el aire del apartamento. George le sonríe con cautela desde la cocina. Elsa no le devuelve la sonrisa. Parece que George se entristece. A Elsa no le importa. Nunca le importa, en realidad.

Se da una ducha con agua tan caliente que se siente que la piel se le va a caer como si fuera la cáscara de una mandarina. Mamá se fue del apartamento hace varias horas. Ella se va a encargar de todo, porque eso es lo que Mamá hace.

Elsa sale del baño. George le dice algo a sus espaldas, pero ella no lo escucha ni le responde. Se pone la ropa que Mamá le preparó, sale de su apartamento, cruza el rellano, entra al apartamento de enfrente y cierra la puerta detrás de ella. El apartamento de Abuelita huele raro. Huele a limpio. Las torres de cajas donde están empacadas sus cosas proyectan sombras sobre el vestíbulo, como si fueran monumentos dedicados a todo lo que se ha desvanecido.

Elsa está de pie junto a la puerta, incapaz de avanzar. Estuvo aquí anoche, pero todo se vuelve más difícil a la luz del día. Cuesta más trabajo recordar las cosas cuando el sol lucha por abrirse paso a través de las persianas. Las criaturas nebulosas pasan volando en el cielo. Es una mañana hermosa, pero también un día terrible. Porque hoy es el día.

Todavía le arde la piel después del baño que se dio. Esto la hace recordar a su abuela, pues la ducha de Abuelita no funcionó por más de un año, y, en lugar de llamar a los dueños del edificio para pedirles que la arreglaran, Abuelita resolvió ese problema como acostumbraba resolver todos los problemas: simplemente usaba la ducha de Mamá y de George. A veces se le olvidaba cerrar su bata cuando salía del baño y atravesaba el apartamento de Mamá de camino al suyo. Y, a veces, de plano se le olvidaba la bata. En cierta ocasión, Mamá la regañó durante al menos unos quince minutos porque no respetaba el hecho de que George también vivía en el apartamento de Mamá y de Elsa. Eso sucedió poco después de que Elsa había empezado a leer las obras completas de Charles Dickens. Como no tenía con quien hablar acerca de sus libros cuando los terminaba, y como a Abuelita no se le daba mucho eso de leer libros, Elsa se los leía en voz alta mientras viajaban de un lado a otro en Renault. En especial, *Cuento de Navidad*, que Elsa le leyó varias veces, porque a Abuelita le gustaban las historias de Navidad.

Así pues, cuando Mamá dijo eso de que Abuelita no debería ir corriendo por ahí desnuda en el apartamento por respeto a George, Abuelita se volvió hacia él, todavía desnuda, y dijo: «¿Qué son todas esas patrañas sobre el respeto? Si vives en unión libre con mi hija, por el amor de Dios». Y, entonces, Abuelita hizo una profunda y muy desnuda reverencia, y añadió con gran solemnidad: «¡Soy el fantasma de las Navidades futuras, George!».

Esto hizo que Mamá se enfadara mucho con Abuelita, pero hizo un esfuerzo porque no se le notara, por el bien de Elsa. Y Elsa, por el bien de su mamá, hizo un esfuerzo porque no se le notara lo orgullosa que se sentía de su Abuela por haber citado a Dickens. Nada de esto resultó del todo bien.

Elsa por fin se aleja de la puerta y camina hacia el interior del apartamento sin quitarse el calzado. Lleva unos zapatos de esos que rayan los pisos de parqué, y por eso Mamá le ha dicho que no puede usarlos dentro del apartamento de la familia. Sin embargo, eso no tiene ninguna importancia en el apartamento de Abuelita, donde el piso se ve como si alguien hubiera patinado en él. En parte porque el piso ya está viejo, y en parte porque, de hecho, una vez Abuelita efectivamente patinó sobre su parqué.

Elsa abre la puerta del enorme armario. El vorv le lame la cara. Huele a barras de proteína y mezcla para bizcochos. Anoche, Elsa justo acababa de acostarse cuando se dio cuenta de que muy probablemente Mamá iba a enviar a George al almacén del sótano hoy para que subiera más sillas al apartamento, porque todos van a venir más tarde a tomar café. Hoy es el día, y todo el mundo bebe café en algún lugar después de días como este.

El almacén de Mamá y George en el sótano está justo al lado del de Abuelita, y es el único almacén desde el cual puede verse al vorv, ahora que Alf colocó las láminas de madera. Anoche, Elsa bajó a hurtadillas, sin poder decidir si les tenía más miedo a las sombras, a los fantasmas o a Britt-Marie, y llevó al vorv escaleras arriba, hasta el apartamento de su abuela.

—Habría más espacio aquí para esconderte si Abuelita no se hubiera muerto —se disculpa Elsa—. Aunque, bueno, si Abuelita no se hubiera muerto obviamente no tendrías que esconderte.

El vorv le lame la cara de nuevo, saca la cabeza con trabajos por la abertura y busca la mochila de Elsa. Elsa va por ella al vestíbulo a toda prisa y, cuando regresa, saca tres latas de sueños y un litro de leche.

—Maud se las dejó a Mamá en nuestro apartamento anoche —explica Elsa, pero, cuando el vorv empieza de inmediato a olisquearle las manos como si estuviera pensando en comerse las galletas con todo y lata, ella levanta el dedo índice en señal de advertencia.

—¡Solo puedes comerte dos latas! ¡Las galletas de la otra lata son para usarlas como municiones!

En respuesta, el vorv le suelta unos cuantos ladridos, pero al final termina por reconocer que no se encuentra en una buena posición para negociar y, obedientemente, se come el contenido de dos de las latas y solo la mitad de la tercera. Después de todo, estamos hablando de un vorv. Y, después de todo, estamos hablando de galletas.

Elsa toma la leche y se va a buscar su pistoláctea. Hoy siente la mente un poco lenta, desde luego, pero como no había tenido pesadillas en varios años, hasta este momento se da cuenta de que la necesita. La primera vez que la sombra vino a ella en una pesadilla, lo único que hizo fue tratar de sacárselo todo de la cabeza a la mañana siguiente. Como se supone que uno debe hacerlo. Intentó convencerse de que «solo había sido una pesadilla». Pero debería haber sabido que eso era inútil. Todos los que han estado alguna vez en la Tierra-a-punto-de-despertar saben que eso es inútil.

Así que, cuando Elsa tuvo el mismo sueño anoche, se dio cuenta de que había un lugar al que debía ir para luchar contra las pesadillas. Para recuperar las noches que le habían robado.

—¡¡¡Mirevas!!! —le dice con determinación al vorv cuando sale de uno de los armarios más pequeños de Abuelita, por delante de un revoltijo de cosas imposibles de describir que Mamá todavía no ha tenido tiempo de guardar en cajas.

—¡Tenemos que ir a Mirevas! —le anuncia Elsa al vorv al tiempo que agita la pistoláctea en el aire.

Mirevas es uno de los reinos vecinos de Miamas, y el más pequeño de la Tierra-a-punto-de-despertar; tan pequeño que, a menudo, la gente casi se olvida de él. Cuando los niños en la Tierra-a-punto-de-despertar estudian geografía en la escuela y les piden que enumeren los seis reinos, nadie se acuerda de Mirevas. Ni siquiera aquellos que viven ahí. Porque los mirevasienses son criaturas muy modestas, amables y cautelosas, que hacen todo lo posible por no ocupar espacio de más ni ser una molestia. No obstante, tienen a su cargo una misión muy importante; de hecho, una de las más importantes que puede tener un reino en una tierra donde la imaginación es lo más valioso que existe: Mirevas es el lugar donde se adiestra a los cazadores de pesadillas.

Únicamente a los sabelotodo del mundo real, que nunca tienen idea de lo que hablan, se les ocurriría decir algo tan estúpido como «solo es una pesadilla». Una pesadilla no es «solo» eso. En la Tierra-a-punto-de-despertar se sabe que las pesadillas son seres vivos, oscuras nubecitas de inseguridad y angustia que se mueven con sigilo entre las casas y los edificios cuando todo el mundo está durmiendo, y tantean las puertas y las ventanas tratando de encontrar algún lugar para infiltrarse y causar un alboroto. Esa es la razón por la cual existen los cazadores de pesadillas. Y cualquiera que sepa del tema es consciente de que, para cazar una pesadilla, necesitas tener una pistoláctea. Un ignorante podría confundir una pistoláctea con un rifle de *paintball* común y corriente, que la abuela de alguien adaptó fijándole un contenedor de leche en un costado y un tirachinas en la parte superior. Pero Elsa no es ninguna ignorante. Ella sabe qué sostiene en las manos. Llena el contenedor con leche y coloca una galleta en la recámara del lanzador de galletas, en medio de las gomas elásticas.

Uno no puede matar una pesadilla, pero puede espantarla. Y no hay nada que las pesadillas teman tanto como la leche y las galletas. Son alérgicas a esas cosas por una cuestión genética. Les provocan urticaria y otros malestares. Es una larga historia.

—¡Que vengan esas malditas esta noche! —proclama Elsa con decisión.

El vorv asiente, en un gesto para darle ánimos a Elsa. Aunque es posible que lo haya hecho más que nada porque quiere comerse las municiones.

Sin embargo, justo cuando Elsa está empezando a sentirse más segura de sí misma, el repentino sonido del timbre de la puerta la sobresalta, y por accidente termina disparándole un gran chorro de leche al vorv, pero, más importante aún, esa ráfaga no viene acompañada de ninguna galleta, para el enorme disgusto de la bestia peluda.

—Perdón —murmura Elsa torpemente mientras el vorv, mojado y demostrando una absoluta intolerancia a la lactosa, se aparta y huye de la boca de la pistoláctea.

Por un instante, Elsa se pregunta cómo es posible que una pesadilla esté llamando a la puerta. Pero solo se trata de George. Él le sonríe cuando abre la puerta. Elsa no le sonríe de vuelta. Parece que George se pone triste. A Elsa no le importa.

—Voy a bajar al almacén del sótano por más sillas —dice él, tratando de sonreírle como lo hacen los padrastros en esos días en los que sienten más que nunca que los están haciendo a un lado.

Elsa se encoge de hombros y le cierra la puerta en la cara de golpe. El vorv reaparece, y Elsa se sube en su lomo para echar un vistazo por la mirilla. Puede ver que George sigue afuera de la puerta y permanece ahí de pie durante al menos un minuto, con un gesto de aflicción en el rostro. Elsa lo odia por ello. Mamá le dice todo el tiempo a Elsa que George solo quiere agradarle, porque eso es importante para él. Como si Elsa no lo supiera. Ella es consciente de que a George le importa la forma en la que ella lo ve, y esa es la razón por la cual Elsa no puede permitir que George le caiga bien. No es porque George no le caería bien, aunque ella intentara abrirse con él, sino más bien porque sabe que definitivamente le agradaría. Porque George le cae bien a todo el mundo. Ese es su superpoder.

Y ella sabe que, en ese caso, solo va a terminar decepcionada cuando Medi nazca y George se olvide de que Elsa existe. Es mejor que George no le caiga bien en lo absoluto desde un inicio.

Si alguien no te agrada, no puede lastimarte. Los niños de casi ocho años a los que la gente tilda de «diferentes» con bastante frecuencia aprenden esto muy rápido.

Elsa se baja del lomo del vorv. El vorv cierra las fauces alrededor de la pistoláctea y se la quita a Elsa de las manos con un movimiento delicado pero firme. Luego se va caminando con pesadez y la coloca en un taburete, fuera del alcance de los dedos que Elsa usa para jalar del gatillo. Sin embargo, el vorv evita comerse la galleta, y cualquiera que sepa lo mucho que a los vorves les gustan las galletas comprenderá que esa es una enorme muestra de respeto hacia Elsa.

Otra vez suena el timbre. Elsa abre la puerta de golpe dispuesta a arremeter contra George, pues ya se le agotó la paciencia. Pero se da cuenta justo a tiempo de que no se trata de él.

En el aire flota un silencio que dura más o menos como unas cinco o seis eternidades.

—Hola, Elsa —dice la mujer de la falda negra, que se oye un poco desubicada. Aunque hoy no lleva puesta una falda negra, sino unos pantalones de mezclilla. Huele a menta, y parece que está asustada. Como si se hallara de pie en medio de un escenario y Elsa fuera el jurado que va a evaluar su versión de «I Will Always Love You» de Whitney Houston.

—Hola —dice Elsa.

La mujer respira con tanta lentitud que a Elsa le preocupa que se vaya a asfixiar.

—Yo... Lamento mucho haberte gritado en mi oficina —empieza a decir la mujer.

Las dos examinan los zapatos de la otra. Elsa no sabe a cuál de todos los sentimientos que se arremolinan en su interior debe tratar de aferrarse.

—No hay problema —logra decir ella al final.

Las comisuras de los labios de la mujer vibran de forma casi imperceptible.

—Me tomaste un poquito por sorpresa cuando te apareciste en mi oficina. No recibo muchas visitas ahí. Y... y no soy muy buena para eso de las visitas.

Elsa asiente avergonzada, sin levantar la mirada de los zapatos de la mujer.

—Está bien. Y... perdón por haber dicho eso de... —susurra Elsa, sin poder terminar la frase.

La mujer agita la mano, para darle a entender que lo que Elsa hizo no tiene tanta importancia.

—Fue mi culpa. La verdad es que me cuesta mucho trabajo hablar sobre mi familia. Tu abuela intentó que me abriera a ese respecto, pero eso solo hacía que... bueno... solo hacía que me enfadara.

Elsa le da unos golpecitos al suelo con la punta del pie.

—La gente toma vino para olvidar las cosas que son muy tristes, ¿verdad?

La mujer cierra los ojos y respira hondo.

—O para tener fuerzas para recordarlas. Creo yo.

Elsa se sorbe la nariz.

—Tú también estás descompuesta por dentro, ¿no? ¿Igual que Corazón de Lobo?

—Puede ser. Descompuesta de... una forma distinta.

—¿Y no puedes arreglarte tú sola?

—¿Lo dices porque soy sicóloga?

Elsa asiente.

—¿Eso no se puede?

La mujer sonríe. O más bien casi sonríe.

—No creo que los cirujanos puedan operarse a sí mismos. Probablemente es más o menos lo mismo en mi caso.

Elsa asiente de nuevo. Por un instante, pareciera que la mujer de los pantalones de mezclilla quiere extender la mano hacia ella, pero al final se contiene y mejor se rasca la palma de la mano con actitud distraída.

—Tu abuela me escribió en su carta que quería que yo... cuidara de ti —susurra la mujer.

Elsa asiente una vez más.

—Parece que dijo eso en todas sus cartas.

—Suenas como si estuvieras molesta.

—Mi abuela no me escribió ninguna carta.

La mujer de los pantalones de mezclilla extiende la mano para sacar algo de una bolsa que está en el piso.

—Yo... Ayer compré estos libros de Harry Potter. No he tenido tiempo de avanzar mucho, pero, bueno, tú sabes...

Elsa se queda viéndola, como esperando a que la mujer de los pantalones de mezclilla haga un redoble con un tambor imaginario y grite «¡Nah, estaba bromeandooo!». Pero parece que habla en serio.

—¿Nunca habías leído nada de Harry Potter?

La mujer niega con la cabeza. Elsa da la impresión de que tiene que sostenerse de algo para no desmayarse.

—¿Has leído todos esos libros en tu oficina, pero no has leído ni uno de Harry POTTER?

La mujer da un pequeño paso hacia atrás y baja la mirada a sus manos, la reacción natural de cualquiera cuando se siente juzgado por una magistrada de casi ocho años.

—Seguramente hay muchos... muchos libros que yo he leído y tú no.

—¡Pero no has leído a Harry Potter!

La mujer alza la vista. Elsa mueve la cabeza de un lado a otro, decepcionada. La mujer vuelve a bajar la mirada.

—Comprendí que... Harry Potter es importante para ti.

—¡Harry Potter es importante para todo el mundo! —responde Elsa, como si la mujer le hubiera preguntado «¿Qué opinas, crees que el oxígeno es importante para ti?».

La piel alrededor de la boca de la mujer se arruga de nuevo. Aspira profundamente, mira a Elsa a los ojos y le dice:

—Bueno, lo que quería decirte es que también me está gustando mucho. Ha pasado mucho tiempo desde la última vez que tuve una experiencia de lectura tan maravillosa. Una vez que te conviertes en adulto, eso casi nunca te pasa. Las cosas que vives y sientes son más geniales que nunca cuando eres un niño, y luego todo es cuesta abajo por... bueno... porque nos vamos haciendo más y más cínicos, supongo. Solo quería agradecerte por recordarme cómo eran los viejos tiempos.

Elsa nunca había oído a la mujer decir tantas palabras seguidas sin balbucear. La mujer le ofrece el contenido que queda en la bolsa. Elsa mete la mano y toma lo que hay dentro. También es un libro. Un cuento de hadas. *Los hermanos Corazón de León*, de Astrid Lindgren. Elsa lo conoce, pues es uno de sus relatos favoritos que no provienen de la Tierra-a-punto-de-despertar. Se lo leyó en voz alta varias veces a su abuela, mientras viajaban a bordo de Renault. La historia trata de Carlos y Juan, dos hermanos que, al morir, llegan a Nangijala, donde tienen que luchar contra el tirano Tengil y la dragona Katla.

La mirada de la mujer vuelve a perder el rumbo.

—Les leí este libro a mis chicos cuando su abuela falleció. No sé si tú ya lo habrás leído. Aunque... ¡Obviamente lo más seguro es que sí! —se disculpa la mujer de forma precipitada, y parece como si quisiera arrancar el libro de las manos de Elsa y salir corriendo de ahí.

Elsa niega con la cabeza y sostiene el libro con firmeza.

—No, aún no —miente ella, pues es lo bastante educada como para saber que, si alguien te regala un libro, le debes la cortesía de fingir que no lo has leído. Porque el verdadero regalo es poder obsequiar una experiencia de lectura, no recibirla.

La mujer de los pantalones de mezclilla parece aliviada, y entonces respira tan hondo que Elsa cree que sus clavículas se van a quebrar.

—Oye... Me preguntaste si nos conocimos en el hospital, tu abuela y yo. Después del tsunami. Pero yo... Mmm... Habían reunido todos los cadáveres en una pequeña plaza. Para que familiares y amigos pudieran buscar a sus... después de... Y yo... Quiero decir que tu abuela me encontró ahí. En esa plaza. Estuve sentada ahí durante... no lo sé. Varias semanas, creo. Ella me trajo en un vuelo a casa y... dijo que podía vivir aquí hasta que supiera... hasta que supiera a dónde ir.

Sus labios se abren y se cierran al hablar como si estuvieran electrificados.

—Y yo permanecí aquí. Tan solo... me quedé en este lugar.

Elsa baja la mirada, esta vez a sus propios zapatos.

—¿Vas a ir a lo de hoy? —pregunta ella. Puede ver por el rabillo del ojo que la mujer le responde que no con la cabeza, y de nuevo da la impresión de que quiere salir huyendo a toda prisa.

—No creo que yo... Me parece que tu abuela se sentía muy decepcionada de mí.

—Tal vez se sentía decepcionada de ti porque tú te sientes muy decepcionada de ti misma —dice Elsa.

Por los sonidos que emanan de la garganta de la mujer, pareciera que está teniendo dificultades para respirar. Le lleva a Elsa unos instantes darse cuenta de que más bien es probable que se esté riendo. Como si no hubiera usado esa parte de la laringe por mucho tiempo, y justo acabara de encontrar la llave que le permite tener acceso a ella y hubiera activado un viejo interruptor.

—Sí que eres una niñita diferente —dice la mujer.

—No soy una niñita. ¡Ya casi voy a cumplir ocho! —la corrige Elsa.

La mujer cierra los ojos y asiente.

—Tienes razón, discúlpame. Ya casi vas a cumplir ocho. Es solo que eras... tú sabes... eras una recién nacida cuando me mudé aquí. Prácticamente acababas de nacer.

—Ser una niña diferente no tiene nada de malo, ¡mi abuelita decía que solo las personas que son diferentes pueden cambiar al mundo!

—Sí, lo siento. Yo... Tengo que irme. Solo quería... disculparme.

—Está bien. Gracias por el libro.

Los ojos de la mujer titubean, pero termina por clavar su mirada en Elsa de nuevo.

—¿Tu amigo ya regresó? Me refiero a Corazón de... Ay, no recuerdo bien cómo lo llamaste.

Elsa niega con la cabeza. Los ojos de la mujer parecen reflejar una preocupación genuina por ella.

—A veces hace eso. Se desaparece. No deberías angustiarte por él. La... la gente lo asusta. Y se desaparece por una temporada, pero siempre regresa. Solo necesita tiempo.

—Creo que necesita ayuda —responde Elsa, con cierto tono suplicante.

—Es difícil ayudar a las personas que no quieren ayudarse a sí mismos —susurra la mujer.

—Si alguien quiere ayudarse a sí mismo tal vez no es la persona que más necesita la ayuda de los demás —revira Elsa.

La mujer asiente sin responder.

—Tengo que irme —repite ella.

Elsa quiere detenerla, pero la mujer ya va a medio camino bajando por las escaleras. Está a punto de desaparecer en el piso inferior cuando Elsa se asoma por encima de la barandilla, se arma de valor y le dice a voces:

—¿Los encontraste? ¿Encontraste a tus chicos en esa plaza?

La mujer se detiene. Se agarra fuertemente al pasamanos.

—Sí.

Elsa se muerde el labio.

—¿Crees en la vida después de la muerte?

La mujer alza la mirada para verla.

—Es una pregunta difícil.

—Bueno, es decir, tú sabes... ¿Tú crees en Dios? —pregunta Elsa.

—A veces cuesta trabajo creer en Dios —responde la mujer.

—¿Porque te preguntas por qué Dios no detuvo el tsunami?

La mujer cierra los ojos.

—Porque me pregunto por qué existen los tsunamis.

Elsa asiente.

—La gente dice que «la fe mueve montañas» —dice Elsa sin saber bien a bien por qué, tal vez más que nada porque no quiere que la mujer se le pierda de vista antes de formularle la pregunta que en realidad quiere hacerle.

—Sí, ya lo he oído antes —responde la mujer.

Elsa sacude la cabeza.

—Pero ¿sabes? ¡Eso es verdad! Porque esa frase viene de Miamas, y se debe a una giganta que se llamaba Fe. Ella era superfuerte. ¡Pero es una historia muy larga y estoy muy cansada como para contarla ahora!

La mujer asiente, para darle a entender a Elsa que la comprende. Pero de todos modos Elsa sigue hablando.

—¡La giganta se llamaba Fe y literalmente podía mover las montañas! ¡Porque era una giganta! ¡Y los gigantes son superfuertes!

Elsa se queda callada. Reflexiona por unos instantes con los labios fruncidos.

—Bueno, ahora que lo pienso no era una historia TAN larga...

La mujer parece estar buscando una razón para desaparecer por la escalera. Elsa toma una respiración breve.

—Todos me dicen «extrañas a tu abuelita ahora, pero lo vas a superar». Aunque no estoy muy segura de eso.

La mujer mira a Elsa de nuevo, con ojos llenos de empatía.

—¿Por qué no?

—Tú no lo has superado.

La mujer entrecierra los ojos.

—Tal vez no es lo mismo.

—¿Por qué no?

—Tu abuela ya había vivido mucho tiempo.

—Para mí no. Solo la conocí por siete años.

La mujer no le contesta. Elsa se frota las manos como Corazón de Lobo acostumbra hacerlo.

—Casi ocho —se corrige Elsa a sí misma.

La mujer asiente y susurra:

—Sí, casi... casi ocho.

—¡Deberías ir a lo de hoy! —exclama Elsa hacia la escalera de abajo, pero la mujer ya se esfumó.

Elsa oye que la puerta del apartamento de la mujer se cierra, y luego todo queda en silencio, hasta que suena la voz de Papá desde la puerta principal en la planta baja.

Elsa se esfuerza por recobrar la calma, se seca las lágrimas y obliga al vorv a que se esconda de nuevo en el armario, no sin antes tener que sobornarlo con la mitad de las municiones de la pistoláctea. Entonces cierra la puerta del apartamento de Abuelita sin echarle la llave, baja corriendo por las escaleras y, unos instantes después, ya se encuentra a bordo de Audi, recostada sobre el asiento del acompañante reclinado al máximo, mirando al exterior a través del techo solar.

Las criaturas nebulosas están volando más bajo ahora. Papá lleva puesto un traje y también guarda silencio. Esto da una sensación extraña, pues Papá casi nunca se viste de traje. Pero hoy es el día.

—¿Tú crees en Dios, papá? —pregunta Elsa, de esa forma tan especial que siempre lo toma desprevenido, como un globo con agua lanzado desde lo alto de un balcón. Elsa lo sabe, pues a su abuela le encantaban los globos con agua, y Papá tuvo que aprender por las malas que nunca debía caminar justo debajo del balcón de Abuelita.

—No lo sé —responde él.

Elsa odia a su papá por no tener una respuesta, pero también lo ama aunque sea un poquito por no mentir. Audi se detiene frente a una enorme verja negra de acero. Los dos permanecen ahí sentados, aguardando.

—¿Yo soy como Abuelita? —dice Elsa, sin apartar la mirada del cielo.

—¿Te refieres a tu apariencia física? —pregunta Papá con voz vacilante.

—No, o sea, ¡como persona! —suspira Elsa, como uno le suspira a su papá cuando tiene casi ocho años.

Por un instante, Papá da la impresión de que está luchando contra sus titubeos, como lo haces cuando tienes hijas de casi ocho años. Es más o menos como si Elsa acabara de preguntarle de dónde vienen los bebés. Otra vez.

—Trata de dejar de decir «o sea» con tanta frecuencia. Solo la gente con un vocabulario muy pob... —empieza a decir Papá, pues no puede evitarlo. Porque así es él. Es una de esas personas que piensan que es muy importante decir «ahora» en lugar de «ahorita».

—¡Mejor olvídalo, entonces! —espeta Elsa, con un tono mucho más grosero de lo que pretendía, porque hoy no está de humor para las correcciones de Papá.

Por lo regular, corregirse el uno al otro es muy característico de ellos dos. Lo único que es muy suyo, de hecho. Papá tiene un frasco de palabras en el que Elsa deposita las palabras complejas y los conceptos que se le ocurren o que va aprendiendo, como *conciso*, *pretencioso* o *el problema del mal*. Y, cada vez que el frasco está lleno, Elsa recibe un cupón de regalo para adquirir un libro electrónico, que luego puede descargar en su iPad. El frasco de las palabras le ha financiado la serie completa de Harry Potter, a pesar de que ella sabe que su papá tiene serias dudas con respecto a Harry Potter, porque es incapaz de entender una historia que no esté basada en la realidad.

—Perdón —murmura Elsa.

Papá se hunde en el asiento. Los dos se avergüenzan a la par. Entonces dice él, un poquito menos vacilante:

—Sí, te pareces mucho a ella. Heredaste tus mejores cualidades de tu abuela y de tu mamá.

Elsa no le responde, porque no sabe si esa es la respuesta que quería. Papá tampoco dice nada más, porque no está seguro de si eso es lo que debería haber dicho. Elsa tiene ganas de contarle que quiere pasar más tiempo en su casa. Que cada dos fines de semana no es suficiente. Quiere decirles a gritos que George y Mamá ya no van a querer que Elsa viva con ellos cuando Medi llegue y vean que es un niño normal, pues todos los padres quieren tener hijos normales, no hijos que sean diferentes. Y cuando Medi se pare junto a Elsa le recordará a todo el mundo las diferencias que hay entre ellos dos. Quiere decirles a gritos que su abuela estaba equivocada, que no siempre es bueno ser diferente, porque lo diferente en realidad es una mutación, y casi ninguno de los X-Men tiene familia.

Elsa quiere gritarle todo esto a su papá. Pero no le dice nada. Porque sabe que no la entendería. Y sabe que Papá no quiere que ella viva más tiempo con él y con Lisette, pues Lisette tiene sus propios hijos. Hijos que no son diferentes.

Papá permanece en silencio, y se ve como uno se ve cuando no tiene ganas de llevar puesto un traje. Sin embargo, justo cuando Elsa abre la puerta de Audi para bajarse de él de un salto, Papá se vuelve hacia ella de forma vacilante y le dice en voz baja:

—... pero hay momentos en los que deseo de todo corazón que no todas tus mejores cualidades las hayas heredado de ellas, Elsa.

Y, entonces, Elsa cierra los ojos con fuerza, posa la frente en el hombro de su papá, mete los dedos en el bolsillo de la chaqueta y le da vueltas a la tapa del rotulador rojo que él le regaló cuando era pequeña para que pudiera añadir sus propios signos de puntuación, y que sigue siendo el mejor regalo que él le haya dado. Que cualquiera le haya dado.

—Pues... heredé tus palabras —susurra ella.

Su papá parpadea varias veces, en un intento de deshacerse del orgullo que le pica los ojos. Ella lo nota. Y quiere contarle que le mintió el viernes pasado. Que fue ella la que le envió el mensaje de texto usando el teléfono de Mamá, acerca de que él no tenía que recogerla en la escuela. Pero no quiere defraudarlo, así que guarda silencio. Porque rara vez defraudas a alguien si guardas silencio. Todos los niños de casi ocho años lo saben.

Papá la besa en el cabello. Ella levanta la cabeza y, como si fuera de pasada, le dice:

—¿Lisette y tú van a tener más hijos?

—No creo —responde Papá, con voz triste pero como si fuera algo obvio.

—¿Por qué no?

—Ya tenemos todos los hijos que necesitamos.

Suena como si estuviera conteniéndose de decir «Tenemos más de los que necesitamos». O al menos así es como se siente.

—¿Es por mí que ya no quieres tener más hijos? —pregunta

Elsa, con la esperanza de que su papá diga que no.

—Sí, así es —responde él.

—¿Porque soy diferente? —susurra ella.

Papá no le contesta. Y Elsa decide no esperarlo. Pero, cuando está a punto de azotar la puerta de Audi desde afuera, Papá extiende la mano por encima del asiento del acompañante y toma las puntas de sus dedos. Sus ojos se encuentran, y él parece estar vacilando. Como siempre. Pero, entonces, susurra:

—¡Porque eres perfecta!

Elsa nunca lo había oído hablar de una forma tan antivacilante. Y si ella hubiera dicho eso en voz alta, él le habría respondido que esa palabra no existe. Y Elsa lo ama por detalles como ese.

• • •

George está de pie junto a la verja, con semblante triste. También está vestido de traje. Elsa pasa corriendo junto a él, y Mamá la sujeta, con el rímel corriéndole por las mejillas. Elsa presiona su rostro contra Medi. El vestido de Mamá huele a lo que huele una tienda de ropa. Las criaturas nebulosas están volando bajo.

Y hoy es el día en el que entierran a la abuela de Elsa.

21
Cera para velas

En la Tierra-a-punto-de-despertar hay narradores que afirman que todos tenemos una voz interior, que siempre nos dice con un susurro qué debemos hacer, y lo único que hay que hacer es escucharla. La verdad, Elsa nunca ha creído en ello, no le gusta la idea de que alguien más tenga una voz que suena dentro de ella. Además, Abuelita siempre decía que los psicólogos y la gente que mata a otras personas con un tenedor para postres son los únicos que hablan de esas «voces interiores». A Abuelita nunca le agradó en realidad todo lo que tiene que ver con la psicología. Ni con los tenedores para postres. A pesar de que intentó tener un acercamiento sincero a esa disciplina con la mujer de la falda negra.

Sin embargo, a pesar de todo, dentro de poco Elsa va a oír claramente la voz de alguien en su cabeza. Pero esa voz no le va a hablar con un susurro, le va a gritar. Le va a gritar «¡Corre!». Y Elsa va a correr por su vida. Con la sombra persiguiéndola.

Por supuesto que ella no lo sabe cuando entra a la iglesia. El murmullo acumulado de cientos de extraños hablando en voz baja asciende hacia el techo, como la estática del estéreo descompuesto de un auto. Un enjambre de sabelotodos que la señalan y susurran cuando va pasando. Sus miradas tan pesadas la asfixian.

No sabe quiénes son ellos, y esto la hace sentirse traicionada. No quiere compartir a Abuelita con nadie más, no quiere compartir ni su vida ni su muerte con otras personas. No quiere que le recuerden que Abuelita era su única amiga, mientras que Abuelita tenía cientos de amigos más.

Elsa concentra toda su atención en caminar con la espalda recta a través de la muchedumbre, no quiere que se den cuenta de que siente como si fuera a desmayarse en cualquier momento, porque ya ni siquiera tiene fuerzas ni para estar triste. Sus pies se pegan al piso de la iglesia con cada paso que da, y el ataúd que está ahí enfrente hace que le ardan los ojos.

«El poder más grande de la muerte no es hacer que la gente fallezca, sino hacer que la gente que los muertos dejan atrás en este mundo quiera dejar de vivir», reflexiona Elsa, sin poder recordar en dónde oyó eso. Aunque, ahora que lo piensa dos veces, cree que tal vez proviene de la Tierra-a-punto-de-despertar; aunque no parece muy probable, considerando la forma en la que Abuelita veía a la muerte. Pues la muerte era la némesis de su abuela. Por eso nunca quería hablar de ella. Y por eso se convirtió en cirujana, para fastidiar a la muerte tanto como pudiera.

De pronto, Elsa cae en la cuenta de que esa reflexión puede tener su origen en Miploris. Abuelita nunca quería viajar a ese reino cuando visitaban la Tierra-a-punto-de-despertar, pero a veces lo hacían de todos modos porque Elsa no dejaba de insistir. Incluso a veces Elsa volaba a Miploris por su cuenta, cuando su abuela se quedaba en una posada en Miamas jugando póquer con un trol, o discutiendo sobre la calidad de los vinos con un ángel de nieve.

Miploris es el más hermoso de todos los reinos en la Tierra-a-punto-de-despertar. A lo largo y ancho de su territorio los árboles cantan, el césped te masajea las plantas de los pies y siempre flota en el aire un aroma a pan recién horneado. Las casas son tan lindas que por tu propia seguridad debes permanecer sentado mientras las admiras. Sin embargo, nadie vive en ellas, solo se usan como depósitos. Porque todas las criaturas fantásticas traen su tristeza a Miploris, y es aquí donde se almacena toda la tristeza que persiste. Por una eternidad de todos los cuentos de hadas habidos y por haber.

La gente en el mundo real siempre dice que, cuando algo terrible sucede, la tristeza, la sensación de pérdida y el dolor en tu corazón «disminuirán con el paso del tiempo», pero eso no es verdad. La aflicción y la pérdida son una presencia constante, pero si todos tuviéramos que ir por ahí cargando con ellas por el resto de nuestras vidas, nadie podría hacerle frente a nada jamás. La tristeza nos paralizaría, de modo que al final tan solo la empacamos en maletas y encontramos un lugar en dónde dejarla.

Eso es Miploris: un reino donde solitarios viajeros narradores llegan caminando lentamente desde todas las direcciones, arrastrando su pesado equipaje lleno de dolor. Un lugar donde puedes soltar y desprenderte de ese dolor, para luego regresar a tu vida. Y, cuando esos viajeros dan la media vuelta y se van, andan con pasos más ligeros, pues Miploris está construido de una forma tal que no importa en qué dirección te marches, siempre tendrás el sol frente a ti y el viento a tus espaldas.

Los miplorisienses reúnen todas las maletas, sacos y bolsas llenos de tristeza, y los registran de forma minuciosa en pequeñas libretas. Catalogan con mucho cuidado todas las clases de dolor y de añoranza en diferentes secciones, y los reparten al depósito que les corresponde, donde quedan inventariados. Todo en Miploris se mantiene en orden de forma muy estricta, y cuentan con un sistema integral de normas que establece de forma muy clara las secciones que son responsables de cada tipo de dolor. A nadie le sorprenderá saber que Abuelita llamaba a los miplorisienses «esos burócratas bastardos», por todos los formularios diversos que hoy en día deben llenar por anticipado quienes dejan su dolor en ese lugar. Y es que, según los miplorisienses, cuando se trata del dolor no puedes tolerar el desorden, pues entonces todo el mundo en todas partes se sentiría triste.

Miploris solía ser el reino más pequeño en la Tierra-a-punto-de-despertar, pero, después de que la Guerra-sin-fin terminó, se convirtió en el dominio más grande de todos. Por esa razón, a Abuelita no le gustaba viajar ahí, pues muchos de los depósitos tenían su nombre en los letreros fijados afuera de cada almacén.

Además, ahora que Elsa lo recuerda, en Miploris la gente acostumbra hablar de las voces interiores. Los miplorisienses creen que las voces interiores les pertenecen a los muertos, que regresan para ayudar a sus seres queridos. La abuela de Elsa se refería a ellos como «esos tontos de los tenedores para postres».

La mano cautelosa que Papá posa en el hombro de Elsa la trae de vuelta al mundo real. Puede oírlo susurrándole a Mamá: «Todo te quedó muy lindo, Ulrica». Y por el rabillo del ojo alcanza a ver que Mamá sonríe, hace un gesto con la cabeza hacia los programas que yacen sobre las bancas de la iglesia, y le responde a Papá: «Gracias por haber diseñado los programas. Escogiste una fuente muy hermosa».

En el interior de la iglesia, Elsa está sentada en el extremo exterior de la banca que se halla hasta adelante. Mantiene la mirada fija en el suelo hasta que el murmullo de la multitud empieza a apaciguarse. La iglesia está tan llena que hay personas de pie a lo largo de todas las paredes. Muchas de ellas visten ropa superextraña, como si hubieran estado jugando a la ruleta de las prendas en casa de alguien que no puede leer las etiquetas con las instrucciones de lavado.

Elsa se da cuenta de que se le acaba de ocurrir el concepto de *la ruleta de las prendas*, por lo que ya está pensando en depositarlo en el frasco de las palabras. Trata de enfocarse en esa idea, pero entonces oye idiomas que no entiende, y oye su propio nombre metido a la fuerza en medio de pronunciaciones distorsionadas. Todo esto la jala de regreso a la realidad. Nota que hay extraños que la apuntan con el dedo, con mayor o menor discreción, dependiendo de cada caso. Aunque lo más común es que sea con poca discreción. Elsa es consciente de que todos saben quién es ella, y esto la hace perder la cabeza, de modo que, cuando alcanza a vislumbrar a través del gentío un rostro familiar que está junto a una pared, al principio le cuesta trabajo reconocerlo. Como cuando te encuentras a un famoso sentado en un café y exclamas por puro instinto «¡Hola! ¿Cómo estás?», antes de darte cuenta de que tu cerebro tuvo tiempo de decirte «Oye, tal vez conoces a esa persona, ¡salúdala!», pero no de advertirte «¡No, espera, solo es el tipo de la tele!». Porque a tu cerebro le encanta hacerte quedar como un idiota.

El rostro familiar se desvanece detrás de un hombro por unos instantes pero, cuando reaparece, está mirando directo a Elsa. Es el contador que vino ayer para hablar acerca de la conversión de los apartamentos al régimen de condominio. Sin embargo, ahora está vestido como un pastor. Y le guiña el ojo a Elsa.

Otra pastora, que se halla frente a todos en la iglesia, empieza a dar un discurso, y Elsa se vuelve hacia ella por solo un instante, antes de voltear hacia el contador pastor de nuevo. Pero el contador pastor ha desaparecido detrás de un mar de hombros. Muchos de esos hombros tienen cabezas que le devuelven la mirada a Elsa mientras le sonríen, como la gente que solo ha visto a una niña en una foto le sonríe a esa niña sin darse cuenta de que eso es terriblemente incómodo. Elsa aborrece a la gente que la ha visto en una foto de una época tan temprana en su vida que tal vez ni siquiera ella misma recuerda. Supone que por eso la gente normal odia cuando sus padres les muestran a otras personas fotografías de cuando ellos eran bebés, pues en esos casos sientes como si alguien te hubiera despojado de un recuerdo que te pertenecía.

La pastora del púlpito está dando su sermón sobre Abuelita, y luego empieza a disertar sobre Dios, pero Elsa no la está escuchando. Se pregunta si esto es lo que su abuela habría querido. No está segura de si Abuelita simpatizaba con la Iglesia. Elsa y su abuela casi nunca conversaban acerca de Dios, pues Abuelita relacionaba a Dios con la muerte.

Y es que todo esto es una farsa. Plástico y maquillaje. Como si todo fuera a estar bien tan pronto como hayan celebrado el funeral. Para Elsa, las cosas no van a estar bien, y ella lo sabe. Empieza a sudar frío. Algunos de los desconocidos ataviados con esas ropas tan extrañas pasan al micrófono para hablar. Unos cuantos se expresan en otros idiomas, y una viejecita que los acompaña usa un micrófono distinto para traducir lo que ellos van diciendo. Pero ninguno de ellos menciona la palabra «muerta». Todos se limitan a decir que Abuelita «se ha ido» o que «la han perdido». Como si ella fuera un calcetín que desapareció en la secadora. Son varios los que lloran, pero Elsa cree que no tienen derecho a hacerlo. Porque no era su abuelita. Y tampoco tienen derecho a hacer que Elsa sienta que Abuelita exploró otros países y otros reinos a los que nunca la llevó.

Y, entonces, cuando una señora con sobrepeso que parece haberse peinado con una tostadora de pan empieza a leer poemas, Elsa cree que ya tuvo suficiente de todo esto, y se abre paso entre las bancas para marcharse de ahí. Oye que Mamá la llama susurrando a sus espaldas, pero Elsa solo desliza los pies rápidamente sobre el reluciente piso de piedra, y sale al exterior empujando las puertas de la iglesia antes de que alguien tenga tiempo de ir tras ella.

El frío viento invernal es tan cortante que Elsa siente como si la hubieran sacado de un baño de agua hirviendo jalándola del cabello. Las criaturas nebulosas están volando bajo y de forma ominosa. Elsa camina despacio, aspirando tan hondo el aire de diciembre que la vista se le oscurece. En ese momento se acuerda de Storm, que siempre ha sido una de las superheroínas favoritas de Elsa, porque el superpoder de Storm es la habilidad de modificar el clima. Incluso la abuela de Elsa reconocía que ese era un superpoder supergenial.

Elsa tiene la esperanza de que Storm se aparezca y desencadene un huracán que arrase con toda la maldita iglesia. Con todo el maldito cementerio. Con todo el maldito mundo.

Los rostros que siguen dentro de la iglesia dan vueltas sin parar en su cabeza. ¿De verdad habrá visto al contador? ¿Alf estaba parado en alguno de los pasillos? Al menos eso cree. También se fijó en otra cara conocida: la oficial de policía de los ojos verdes. Elsa empieza a caminar más rápido para alejarse de la iglesia, no quiere que nadie la alcance y le pregunte si se siente bien. Porque no se siente bien. Nada en su vida va a volver a estar bien. No quiere oír el murmullo de la gente, ni tener que darse cuenta de que están hablando de ella. Sin que les importe cómo está. Excluyéndola de la conversación. Abuelita nunca la excluye de una conversación.

Excluía. Abuelita nunca la excluía de una conversación.

Elsa ya recorrió más o menos unos cincuenta metros entre las lápidas del cementerio, cuando de pronto percibe un olor a humo. Al principio hay algo de familiar en ese aroma, algo que casi podría decirse que es liberador. Algo que hace que Elsa quiera volverse para abrazarlo y hundir su nariz en él, como si se tratara de una almohada con una funda recién lavada, en una mañana de domingo. Pero, entonces, ese algo se convierte en otra cosa.
 Y la voz en su interior se hace presente.
 Elsa ya sabe quién es el hombre que se encuentra entre las tumbas antes de que siquiera haya tenido tiempo de darse la media vuelta. Está parado a solo unos cuantos metros de distancia de ella, sosteniendo de forma casual su cigarro entre las yemas de los dedos. Están demasiado lejos de la iglesia como para que alguien oiga a Elsa gritar. Y él está bloqueándole el camino de regreso con movimientos bien calculados y serenos.
 Elsa echa un vistazo por encima de su hombro hacia la verja. Está a unos veinte metros. Para cuando voltea a ver al frente de nuevo, él ya dio una zancada hacia ella.
 Y la voz interior suena dentro de Elsa. Es la voz de Abuelita. Pero no se oye como un susurro. Está gritándole:
 «¡Corre!».

Elsa siente en el brazo el roce de su mano áspera, pero logra zafarse de ella. Corre hasta que el viento le araña los ojos como uñas que raspan el hielo sobre una ventanilla congelada. Corre sin saber por cuánto tiempo. Corre por eternidades. Por una eternidad de diez mil realidades. La imagen de los ojos y el cigarro del hombre se cristaliza en la mente de Elsa, mientras el aire golpea sus pulmones por dentro cada vez que respira, y es en ese momento cuando ella se da cuenta de que él cojeaba. Por eso pudo escaparse. Si hubiera titubeado un segundo más la habría agarrado del vestido, pero Elsa está demasiado acostumbrada a correr. Se ha vuelto demasiado buena para ello.

A pesar de que está segura de que ya no la va persiguiendo, ella no para de correr y correr. Tal vez no solo está huyendo de él, sino de todo esto. Corre hasta que ya no sabe si tiene los ojos llenos de lágrimas por culpa del viento o de la tristeza. Corre hasta que se percata de que ya casi llega a la escuela.

Se frena por unos instantes. Mira a su alrededor. Titubea. Entonces se lanza a toda velocidad directamente hacia el parque oscuro al otro lado de la calle, con su vestido ondulando a su alrededor. Ahí dentro, hasta los árboles parecen hostiles. El sol no tiene fuerzas para descender y llenar este lugar de luz. Elsa oye voces dispersas por aquí y por allá, el viento que grita al volar a través de las ramas, el rugido del tráfico cada vez más lejano. Sin aliento y presa de la furia, avanza a tropezones hacia la zona interior del parque. Entonces oye más voces. Algunas la llaman a gritos, exclamando «¡Oye, tú! ¡Niñita!».

Elsa se detiene, exhausta, y se deja caer sobre una banca. La voz que le dice «niñita» se acerca, y ella se da cuenta de que quiere hacerle daño. Parece como si el parque estuviera acurrucándose debajo de una manta. Entonces suena otra voz junto a la primera, balbucea y se tropieza con las palabras como si se hubiera puesto los zapatos en los pies equivocados. Las dos voces van acelerando su ritmo conforme van acercándose. Elsa se da cuenta del peligro y, de un solo movimiento, se pone de pie y se echa a correr de nuevo. Y las voces van tras de sus pasos. De pronto, Elsa advierte con desesperación que la oscuridad invernal hace que cada sección del parque se vea igual a las demás, que no sabe cómo llegar a la salida, que esta fue una idea muy estúpida. Por Dios, es una niña de siete años que ve muchísimos programas de televisión, ¿cómo pudo ser tan tonta? Así es como la gente termina con su fotografía y sus datos en los envases de leche, o en donde sea que se promuevan los anuncios de niños perdidos hoy en día.

Pero ya es demasiado tarde. Elsa corre por un estrecho pasillo formado por setos espesos y sumidos en las penumbras, y siente que el corazón le late en la garganta. No sabe por qué se internó en el parque. Nadie en su sano juicio lo habría hecho a propósito. Los adictos la van a atrapar, tal y como todos en la escuela dijeron que lo harían. Y eso es lo que van a decir el primer día que regresen de las vacaciones de Navidad. «¡Se lo advertimos!». Elsa odia que la gente diga esas cosas. Debería haberse quedado en la iglesia. ¿O no? A decir verdad, no sabe quién es el hombre del cigarro, no sabe si realmente es una sombra de la Tierra-a-punto-de-despertar, pero está cien por ciento segura de que su abuela le dijo a gritos que se echara a correr.

¿Pero aquí? ¿Por qué corrió hasta este lugar? ¿No está en su sano juicio? Se le ocurre que tal vez es eso. Tal vez no está bien de la cabeza. Tal vez corrió hasta aquí porque quería que alguien la atrapara y le quitara la vida.

El poder más grande de la muerte no es hacer que la gente fallezca, sino hacer que la gente quiera dejar de vivir.

Elsa no oye las ramas de los arbustos que se rompen. No oye el hielo que se quiebra debajo de los pies del hombre. Pero, en un instante, las voces balbuceantes que se oían detrás de ella se desvanecen, y luego es como si la lanzaran al interior de un nubarrón en medio de una tormenta. El rechinido en sus oídos es tan fuerte que quiere gritar. Y, entonces, todo queda en silencio de nuevo. Algo la levanta del suelo con un movimiento delicado. Ella cierra los ojos. No los abre hasta que la han sacado cargando del parque.

Corazón de Lobo la mira fijamente desde su altura. Ella le devuelve la mirada mientras yace en sus brazos. Su cuerpo quiere perder el sentido y echar su conciencia a volar. De hecho, quizás se habría quedado dormida aquí y ahora, pero en algún lugar de su ser Elsa se da cuenta de que entonces empaparía de saliva a Corazón de Lobo, y en ese caso no habría suficientes bolsas de papel en todo el mundo para que él pudiera respirar en ellas. Así que Elsa lucha por mantener los ojos abiertos; después de todo, sería una descortesía de su parte conciliar el sueño justo ahora que él acaba de salvarla. De nuevo.

—No corras sola. Nunca corras sola —gruñe Corazón de Lobo.

—Sí, sí, ya lo sé —masculla Elsa sin fuerzas, mientras trata de dispersar las palabras de Corazón de Lobo agitando la mano.

Todavía no está segura de si quería que la rescataran, a pesar de que está contenta de verlo. Más contenta de lo que ella misma esperaba, de hecho. Creyó que se iba a sentir más enfadada con él.

—Lugar peligroso —dice entre dientes Corazón de Lobo, al tiempo que hace un gesto hacia el parque, y empieza a dejar a Elsa sobre el suelo.

—Lo sé —murmura ella.

—¡Nunca otra vez! —le ordena él, y ella nota el miedo en su voz.

Elsa lo abraza del cuello y le susurra «Gracias» en el lenguaje secreto, antes de que él tenga tiempo de erguir su cuerpo gigantesco. Entonces se da cuenta de lo incómodo que esto lo hace sentirse, y lo suelta de inmediato.

—¡Me lavé las manos con mucho cuidado y tomé una ducha superlarga esta mañana! —susurra ella.

Corazón de Lobo no le contesta, pero ella puede ver en sus ojos que se va a dar un baño de cuerpo entero con gel antibacterial cuando llegue a su casa.

Elsa mira a su alrededor. Cuando Corazón de Lobo se da cuenta, se frota las manos y niega con la cabeza.

—Ya se fueron —dice él para tranquilizarla.

Elsa asiente.

—¿Cómo sabías que estaba aquí?

La mirada de Corazón de Lobo cae al suelo y choca con el asfalto.

—Te cuido. Tu abuela dijo... que te cuidara.

Elsa asiente de nuevo.

—¿Aunque a veces no sepa que estás cerca de mí?

La capucha de Corazón de Lobo se mueve de arriba abajo.

—¿El que me estaba persiguiendo era un dragón? O sea, tú sabes... ¿Es una sombra de la Tierra-a-punto-de-despertar? —pregunta Elsa.

La respiración contenida de Corazón de Lobo vibra debajo de su piel.

—Muy peligroso. Muy peligroso para ti. Para todos. ¡Nunca corras sola!

Elsa asiente una vez más, y siente que sus piernas están a punto de fallarle. Se queda parpadeando por un buen tiempo.

—¿Por qué desapareciste? ¿Por qué me dejaste sola con la psicóloga? —susurra ella con tono acusatorio.

El rostro de Corazón de Lobo desaparece debajo de la capucha.

—Los psicólogos quieren hablar. Siempre quieren hablar. De la guerra. Siempre. Yo... no quiero.

—Tal vez te sentirías mejor si hablaras, ¿no?

Corazón de Lobo se restriega las manos en silencio. Observa la calle con atención, como si estuviera esperando avistar algo.

Elsa se rodea el cuerpo con los brazos, y se da cuenta de que dejó su chaqueta y su bufanda de Gryffindor en la iglesia. Es la primera vez que olvida su bufanda.

¿Quién demonios podría hacerle algo así a una bufanda de Gryffindor?

Elsa también recorre la calle con la mirada, sin saber qué está buscando. Entonces siente que algo le pasa por encima de los hombros y, cuando se vuelve, cae en la cuenta de que Corazón de Lobo la cubrió con su chaqueta, que le queda tan grande que se arrastra por el suelo junto a sus pies. Huele a detergente. Es la primera vez que ve a Corazón de Lobo sin la capucha puesta. Por más extraño que parezca, se ve todavía más grande sin ella. Su largo cabello y su barba oscura se agitan en el viento, y su cicatriz resplandece cuando el sol les hace cosquillas a las criaturas nebulosas en el cielo.

—Me habías dicho que «Miamas» significa «Yo amo» en el idioma de tu mamá, ¿cierto? —pregunta Elsa, tratando de no mirar directamente la cicatriz, pues ha notado que Corazón de Lobo se frota las manos con más fuerza cuando ella hace eso.

Él asiente, y luego barre la calle con la mirada.

—¿Qué significa «Miploris»? —dice Elsa.

Como él no le contesta, ella supone que no entendió la pregunta, así que empieza a explicarle:

—Uno de los seis reinos de la Tierra-a-punto-de-despertar se llama «Miploris». Ahí es donde se almacena todo el dolor. Mi abuelita nunca quería...

Corazón de Lobo la interrumpe, sin ánimo de ser grosero con ella.

—«Yo sufro». Miploris. Yo sufro.

Elsa asiente.

—¿Y Mirevas?

—Yo sueño.

—¿Miaudacas?

—Yo me atrevo.

—¿Y Mimovas?

—Bailar. Yo bailo.

Elsa deja que las palabras permeen en ella antes de preguntar por el último reino. Reflexiona sobre lo que Abuelita siempre le decía de Corazón de Lobo, que él era el guerrero invencible que derrotó a las sombras y que solo él podría haberlo hecho, porque tenía el corazón de un guerrero, pero poseía el alma de un narrador de historias. Porque habrá nacido en Miamas, pero creció en Mibatalos.

—¿Qué significa Mibatalos? —pregunta ella.

Al oír eso, Corazón de Lobo la mira fijamente. Con esos enormes ojos oscuros, abiertos de par en par debido a todo aquello que se guarda en Miploris.

—Mibatalos. Yo peleo. Mibatalos... ya desapareció. Mibatalos ya no existe.

—¡Lo sé! Las sombras lo destruyeron en la Guerra-sin-fin, y todos los mibatalosienses murieron, excepto tú, porque eres el último sobreviviente de tu pueblo, y er... —empieza a decir Elsa, pero Corazón de Lobo está restregándose las manos con tanta fuerza que ella deja de hablar.

El cabello de Corazón de Lobo cae sobre su rostro. Da un paso atrás.

—Mibatalos ya no existe. Yo no peleo. Nunca más pelearé.

Y Elsa lo entiende, como uno siempre entiende esas cosas cuando mira los ojos de la persona que las dice; entiende que Corazón de Lobo no se escondió en los bosques de los confines más lejanos de la Tierra-a-punto-de-despertar porque les tuviera miedo a las sombras, sino porque tenía miedo de sí mismo. Tenía miedo de aquello en lo que lo habían convertido en Mibatalos. Le aterraba ser invencible.

O, en todo caso, eso es lo que Elsa se imagina que vio en sus ojos. Porque hay historias que hablan de ello.

Elsa se da cuenta de que Corazón de Lobo avistó algo que viene acercándose por la calle, y entonces oye la voz de Alf. Cuando se vuelve, Taxi está estacionado junto a la acera con el motor encendido. Las suelas de los zapatos de Alf se arrastran a través de la nieve. La oficial de policía está de pie al lado de Taxi, con sus ojos verdes escudriñando el parque de un extremo a otro y de regreso, con movimientos tan rápidos e intensos como los de un halcón. Alf levanta a Elsa, que todavía sigue envuelta en la chaqueta de Corazón de Lobo, tan grande como un saco de dormir, y dice tratando de sonar tranquilo:

—Vámonos a la casa, ¡no puedes quedarte aquí porque te vas a congelar, carajo!

Pero Elsa oye en la voz de Alf que tiene miedo, ese miedo que solo podría sentir porque sabe qué estaba persiguiendo a Elsa en el cementerio. Y Elsa puede ver en la mirada vigilante de la oficial de los ojos verdes que ella también lo sabe. Todos saben más de lo que dejan entrever.

Elsa no mira a su alrededor mientras Alf la lleva cargando hacia Taxi. Está segura de que Corazón de Lobo ya se ha ido. Y, cuando se lanza a los brazos de Mamá tan pronto como están de vuelta en la iglesia, Elsa se percata de que su mamá también sabe más de lo que deja entrever. Siempre ha sabido más de lo que está dispuesta a admitir.

Elsa piensa en la historia de los hermanos Corazón de León. Piensa en la dragona Katla, a la que ningún humano podía vencer. Y piensa en Karm, la horrenda serpiente gigante, que al final fue la única que pudo destruir a Katla. Porque, en los cuentos de hadas, a veces lo único que puede destruir a un terrible dragón es algo todavía más terrible que el mismo dragón.

Un monstruo.

22
O´boy

A Elsa ya la han perseguido antes. Cientos de veces. Como todos los que son diferentes en el patio de una escuela. Pero nunca la habían perseguido como en el cementerio. Y la clase de miedo que siente ahora es distinta a las demás. Es como una fiebre en su corazón, que la envuelve y la mantiene atrapada, haciendo eco en su mente mucho tiempo después de que la sombra que la estaba cazando se haya desvanecido.

Porque ella tuvo tiempo de mirarlo a los ojos justo antes de echarse a correr y, por lo que vio en ellos, parecía que estaba dispuesto a matarla. Cuando tienes casi ocho años, en realidad nunca superas haber contemplado esto en los ojos de alguien.

O de algo.

Mientras Abuelita vivía, Elsa siempre se esforzaba por no sentir miedo. O al menos se esforzaba por no dejar que se le notara. Porque su abuela odiaba los miedos. En la Tierra-a-punto-de-despertar, los miedos son pequeñas criaturas irascibles cubiertas con un pelaje áspero, que casualmente se parece mucho a la pelusa azul que uno encuentra en la secadora; y, si les das la más mínima oportunidad, saltarán para tratar de mordisquearte la piel y arañarte los ojos. Abuelita decía que los miedos son como los cigarros: hacerlos a un lado es fácil, lo difícil es impedir que vuelvan a tu vida.

En uno de sus cuentos de hadas, Abuelita mencionó que el Peroyá era el responsable de haber traído todos los miedos a la Tierra-a-punto-de-despertar. Eso ocurrió hace muchas eternidades, tantas que nadie podría contarlas. Tantas que en aquel entonces solo existían cinco reinos y no seis.

El Peroyá es un monstruo prehistórico, que quiere que todo suceda de inmediato. Cada vez que un niño dice «al rato», o «luego», o «solo voy a...», el Peroyá ruge con furia desenfrenada «¡Nooo! ¡TIENES QUE HACERLO PERO YAAA!». El Peroyá odia a los niños, pues los niños se niegan a aceptar la mentira del Peroyá que dice que el tiempo es lineal. Los niños saben que el tiempo no es más que una emoción, y esa es la razón por la cual la palabra *ahora* no tiene ningún sentido para ellos, al igual que nunca lo tuvo para Abuelita. George acostumbraba decir que Abuelita no era una optimista para todo lo que tenía que ver con el tiempo, sino una ateísta del reloj, y la única religión que profesaba era el budismo tardío. Elsa se enfadaba mucho con él cuando decía esas cosas, pues era bastante gracioso, y es muy difícil detestar a alguien que es gracioso. El humor de George es uno de sus rasgos más irritantes.

El Peroyá trajo los miedos a la Tierra-a-punto-de-despertar para capturar a los niños, pues, cuando el Peroyá atrapa a un niño, devora su futuro, dejando a la víctima indefensa con toda una vida por delante en la que, a partir de ya, tendrá que comer ahora, dormir ahora y limpiar y ordenar ahora. Ese niño jamás podrá volver a posponer algo aburrido para más tarde y hacer algo divertido en el ínter. Todo lo que queda es el ahora. Abuelita siempre decía que ese era un destino mucho peor que la muerte, y por eso la historia del Peroyá comenzaba con la aclaración de que este monstruo odiaba los cuentos de hadas, pues no hay nada mejor para hacer que un niño posponga algo que un cuento de hadas. Así que, cierta noche, el Peroyá ascendió sigilosamente por la Montaña de los Cuentos, la cumbre más elevada en toda la Tierra-a-punto-de-despertar, y, estando ahí, provocó un violento deslave que destruyó la cúspide entera de la montaña, y luego se recostó en una caverna oscura para esperar. Porque los enfantes deben escalar la

Montaña de los Cuentos para liberar las historias desde la cima, de modo que puedan surcar los cielos hasta llegar al mundo real. Pero, si las historias no pueden iniciar su viaje desde la Montaña de los Cuentos, el reino de Miamas se asfixiaría, y luego toda la Tierra-a-punto-de-despertar correría la misma suerte. Porque ninguna historia puede mantenerse con vida si no hay niños que la escuchen.

Al amanecer, todos los guerreros más valientes de Mibatalos trataron de escalar la montaña para vencer al Peroyá. Sin embargo, nadie lo logró, porque el Peroyá estaba engendrando miedos en lo más profundo de las cavernas. Y es que engendrar miedos tiene su truco, pues se nutren de las amenazas y así es como van creciendo. El que un padre o una madre amenazaran a un niño tenía el mismo efecto de un fertilizante. Cuando un niño decía en algún lugar «al rato», entonces sus padres gritaban «¡No, hazlo yaaa! Porque si no... ». Y *pum*, otro miedo salía del cascarón en una de las cavernas del Peroyá.

Cuando los guerreros de Mibatalos ascendían por la montaña, el Peroyá liberó a los miedos, que de inmediato se transformaron en la peor pesadilla de cada uno de los soldados. Porque todos los seres le tienen un miedo mortal a algo, incluso los guerreros de Mibatalos, y el aire de la Tierra-a-punto-de-despertar se fue volviendo cada vez más tenue. A los narradores de historias les costaba más y más trabajo respirar.

(Tenemos que hacer una pausa en la narración, ya que no podemos olvidar el hecho de que, como era de esperarse, Elsa siempre se irritaba tanto que terminaba interrumpiendo a su abuela en este punto de su relato, para hacerle notar que todo ese rollo de que los miedos se convertían en aquello a lo que más le temes se lo había robado de Harry Potter, pues eso es lo que hacen los *boggarts*. Y, entonces, Abuelita soltaba un bufido y le respondía: «Tal vez ese Harry Torpe me lo robó a mí, ¿no habías pensado en ello?», a lo que Elsa le espetaba: «¡Harry Potter no es un ladrón!». Y luego seguían discutiendo por esto durante un buen rato, hasta que al final la abuela de Elsa se daba por vencida y mascullaba: «¡Bueno, está bien! ¡Olvídate del asunto, maldita sea! ¡Los miedos no se transforman, solo te muerden y tratan de rasguñarte los ojos! ¿Ya estás CONTENTA?». Elsa le respondía que sí, y entonces continuaban con la historia).

En fin, para hacer el cuento más largo: fue en ese momento cuando dos caballeros dorados hicieron su aparición. Todo el mundo trató de advertirles acerca del peligro que los acechaba si ascendían a la cumbre, pero, como era de esperarse, hicieron caso omiso de esas alertas. Los caballeros pueden ser endemoniadamente obstinados. Sin embargo, cuando subieron a la montaña y todos los miedos brotaron de las cavernas, los caballeros dorados no empezaron a luchar. Tampoco gritaron ni soltaron palabrotas como todos los demás guerreros. Más bien, los caballeros hicieron lo único que uno puede hacer para enfrentar a los miedos: se rieron de ellos. Con carcajadas burlonas y desafiantes. Y, entonces, uno por uno, todos los miedos se fueron convirtiendo en piedra.

A la abuela de Elsa le gustaba mucho terminar los cuentos de hadas con las cosas convirtiéndose en piedra, pues, a decir verdad, los finales siempre eran la parte más floja de sus historias. Sin embargo, Elsa nunca se quejaba. Como era de esperarse, encerraron al Peroyá en una prisión por un tiempo indeterminado, lo que hizo que se enfadara a rabiar. Y el alto consejo de la Tierra-a-punto-de-despertar decidió nombrar a un pequeño grupo de habitantes de cada reino —guerreros de Mibatalos, cazadores de sueños de Mirevas, custodios de la tristeza de Miploris, músicos de Mimovas y narradores de Miamas— para que vigilaran la Montaña de los Cuentos. Usaron los miedos convertidos en piedra para reconstruir su cima, que llegó a ser más alta que nunca, y al pie de la montaña se edificó el sexto reino, Miaudacas. Y, en los campos de Miaudacas, empezaron a cultivar valor, para que nadie tuviera que temerles a los miedos de nuevo.

O, bueno, eso es lo que hacían, aunque Abuelita le contó alguna vez a Elsa que, después de la cosecha, reunían todas las plantas de coraje y las usaban para preparar una bebida especial; y, si tomabas de esa bebida, te volvías supervaliente. Entonces, Elsa hizo unas cuantas búsquedas en Google, y luego le hizo notar a su abuela que en realidad esa no era una metáfora muy responsable como para contársela a un niño. Al oír esto, Abuelita gruñó y dijo: «Bueno, está bien, digamos que no cultivan el valor ni se lo beben, simplemente EXISTE, simplemente está ahí, ¡¿okey?!».

En fin, esa es toda la historia acerca de los dos caballeros dorados que vencieron a los miedos. Abuelita se la contaba a Elsa cada vez que algo le daba miedo, y si bien Elsa tenía varias críticas bastante agudas en contra de las técnicas de narración de su abuela, el relato siempre cumplía con su objetivo. Después de oír ese cuento, Elsa ya no sentía tanto miedo.

Lo único para lo que no servía el cuento era para calmar el miedo que Abuelita le tenía a la muerte. Y ahora tampoco le está sirviendo de nada a Elsa. Porque ni siquiera los cuentos de hadas pueden vencer a las sombras.

•••

—¿Tienes miedo? —pregunta Mamá.
—Sí —admite Elsa.

Mamá evita decirle a Elsa que no hay nada que temer, ni trata de engañarla de alguna forma para que crea que no debería estar asustada. Elsa la ama por detalles como ese.

Las dos se encuentran en el garaje, con los asientos de Renault totalmente reclinados. El vorv flota por encima de todo el espacio entre ellas, mientras Mamá rasca su pelaje con despreocupación. De hecho, no se enfadó cuando Elsa le confesó que lo tenía escondido abajo, en el almacén. Tampoco se asustó cuando Elsa se lo mostró. Ni siquiera un poquito. Solo empezó a acariciarlo detrás de las orejas, como si fuera un gatito.

Elsa extiende la mano, y siente con el tacto tanto el vientre de Mamá como las patáditas que Medi está dando ahí dentro, al parecer lleno de contento. Medi tampoco tiene miedo. Porque es cien por ciento como Mamá y George, mientras que Elsa es cincuenta por ciento como Papá, y Papá le tiene miedo a todo. Así que Elsa le tiene miedo más o menos al cincuenta por ciento de todo.

Y les tiene miedo a las sombras, más que nada.

—¿Sabes quién era el hombre que me estaba persiguiendo? —pregunta ella.

El vorv le da un empujoncito en la cabeza con la suya. Mamá acaricia la mejilla de Elsa con suavidad.

—Sí, sabemos quién es él.

—¿Entonces varios lo saben? ¿Quiénes?

Mamá respira hondo.

—Lennart y Maud. Alf. Y yo.

Suena como si Mamá estuviera pensando en mencionar más nombres, pero al final se contiene.

—¿Lennart y Maud? —exclama Elsa.

Mamá asiente.

—Así es, corazón. Me temo que ellos lo conocen mejor que los demás.

—Entonces, ¿por qué nunca me habías hablado de él? —exige saber Elsa.

—No quería asustarte —le responde Mamá.

—Pues te salió muy bien, ¿eh? —espeta Elsa con mordacidad.

Mamá suspira, y vuelve a rascar el pelaje del vorv. A su vez, el vorv lame el rostro de Elsa. Todavía huele a mezcla para bizcochos. Por desgracia, es muy difícil permanecer enfadada si algo que huele a mezcla para bizcochos te lame la cara.

—Es una sombra —susurra Elsa.

—Lo sé —susurra Mamá.

—¿Lo sabes?

—Tu abuela trató de contarme esas historias, corazón. Todos esos cuentos sobre la Tierra-a-punto-de-despertar y las sombras.

—¿Y sobre Miamas? —pregunta Elsa.

Mamá niega con la cabeza.

—No. Sé que ustedes compartían cosas ahí que nunca me enseñó.

Y eso fue hace mucho tiempo, yo tenía tu edad. En ese entonces la Tierra-a-punto-de-despertar era muy pequeña. Los reinos todavía no tenían nombre.

Elsa la interrumpe con impaciencia.

—¡Lo sé! Abuelita les puso nombre cuando conoció a Corazón de Lobo, con palabras del idioma que hablaba su mamá. Y ella tomó prestado el idioma de Corazón de Lobo y lo convirtió en el lenguaje secreto, para que él se lo enseñara y ella pudiera hablar con él... Pero, en ese caso, ¿por qué no te llevó con ella? ¿Por qué Abuelita nunca te mostró toda la Tierra-a-punto-de-despertar?

Mamá se muerde el labio con delicadeza.

—Tu abuela sí quiso llevarme, corazón. Muchas veces. Pero yo no quise viajar con ella.

—¿Por qué no?

—Yo estaba creciendo. Me convertí en una adolescente, y me sentía enojada. Y ya no quería que mi mamá me contara cuentos de hadas por el teléfono. Quería tenerla aquí conmigo. Quería tenerla conmigo en el mundo real.

Elsa casi nunca la oye decir esas palabras. «Mi mamá». Todo el tiempo se refiere a ella como «tu abuela».

Mamá intenta sonreír. Pero no le resulta del todo bien.

—Yo no era una niña fácil de tratar, corazón. Discutía a cada rato. Le decía que no a todo. Tu abuela siempre me llamaba «La niña que dijo "no"».

Elsa abre los ojos de par en par. Mamá suspira y sonríe al mismo tiempo, como si una respuesta emocional quisiera engullir a la otra.

—Bueno, probablemente yo misma era muchos personajes diferentes en las historias de tu abuela. Tanto la niña como la reina, creo yo. Al final no sabía en dónde terminaba la fantasía y en dónde empezaba la realidad. A veces creo que ni tu abuela lo sabía. Para mí fue difícil vivir con eso mientras crecía. Y sigue siendo difícil. Yo necesito tener plantados los pies en la realidad de manera constante.

Elsa permanece acostada en silencio, con la vista en el techo y el vorv respirándole en la oreja. Está pensando en Corazón de Lobo y en el ángel del mar, que han vivido en el mismo edificio por tantos años sin que nadie supiera quiénes eran ellos. Sin que nadie se los preguntara. Si uno hiciera agujeros en las paredes y los pisos de los apartamentos, todos los vecinos podrían haber extendido la mano para tocarse unos a otros. Así de cerca vivía cada quien su vida y, aun así, no sabían casi nada de los demás. Y así fueron pasando los años.

—¿Encontraste la llave? —pregunta Elsa, al tiempo que señala el tablero de instrumentos de Renault.

Mamá niega con la cabeza.

—Creo que tu abuela la escondió. Probablemente porque quería fastidiar a Britt-Marie. Supongo que por eso está estacionado en su lugar...

—Pero ¿Britt-Marie tiene su propio auto? —pregunta Elsa, porque incluso desde donde está acostada puede ver a BMW, el auto que es propiedad de Kent, y que es el más grande que ella haya visto en su vida.

—No, aunque tuvo uno hace muchos años. Era de color blanco. Y este sigue siendo su lugar de estacionamiento. Creo que es por una cuestión de principios. Para Britt-Marie, generalmente se trata de eso, de una cuestión de principios —dice Mamá con una ligera sonrisa torcida.

Elsa no sabe en realidad qué significa eso. Tampoco sabe si tiene alguna importancia.

—Y, entonces, ¿cómo llegó Renault aquí, si nadie tiene la llave? —piensa ella en voz alta, a pesar de que sabe que Mamá no va a poder responderle porque tampoco lo sabe.

Y, en efecto, Mamá no le contesta. Así que Elsa respira hondo y cierra los ojos.

—Quiero que me cuentes de la sombra —dice ella, tratando de sonar como si estuviera llena de eso que cultivan en Miaudacas, a pesar de que su voz se agita como la vela desamarrada de un barco.

Mamá le acaricia la mejilla una vez más, y se levanta trabajosamente del asiento con una mano puesta encima de Medi.

—Creo que Maud y Lennart son los que tienen que hablarte de él, corazón.

Elsa quiere protestar, pero Mamá ya se bajó de Renault, así que no le va a quedar otra opción más que seguirla. Ese es el superpoder de Mamá, después de todo. Mamá lleva la chaqueta de Corazón de Lobo, y dice que va a lavarla para devolvérsela cuando regrese a casa. A Elsa le agrada pensar en ello. Que él va a volver a casa.

Las dos cubren con mantas al vorv en el asiento trasero y, con un tono de voz suave pero firme, Mamá le advierte que debe quedarse quieto si oye que alguien se acerca. Y el vorv da la impresión de que está dispuesto a hacerle caso. Elsa le promete varias veces que va a encontrarle un mejor escondite, a pesar de que el vorv no parece entender cuál sería el propósito de eso. Aunque, por otro lado, parece muy interesado en que Elsa se vaya de aquí para que le consiga más galletas.

Alf está parado al pie de la escalera del sótano, montando guardia.

—Preparé café —dice él entre dientes.

Agradecida, Mamá le acepta una taza. Alf le extiende otra taza a Elsa.

—Ya te había dicho que yo no tomo café —le dice Elsa con fastidio.

—No es café, maldita sea, es chocolate. Te lo hice con uno de esos estúpidos O'boy —responde Alf con resentimiento.

Elsa baja la vista a la taza, sorprendida.

—¿Dónde lo conseguiste? —pregunta ella, pues Mamá nunca la deja tener O'boy en casa porque dice que ese chocolate en polvo contiene demasiada azúcar.

—Tenía en mi casa —masculla Alf.

—¿Tienes O'boy en tu casa? —pregunta Elsa con escepticismo.

—Con un demonio... Uno puede ir a comprar cosas a la tienda, ¿no? ¡Si ya sé que tú no tomas café! —responde Alf de mal humor.

Elsa le esboza una gran sonrisa. Está pensando en llamar a Alf «el Caballero del Lenguaje Soez», pues ha leído sobre el lenguaje soez en Wikipedia, y le parece que, generalmente hablando, hay muy pocos caballeros que dominan ese arte a la perfección. Entonces le da un buen trago a su chocolate, y casi se lo escupe encima a la chaqueta de cuero de Alf.

—¡Oye! ¿Cuántas cucharadas de O'boy le echaste a esto?

—No lo sé, carajo. Tal vez unas catorce o quince —murmura Alf a la defensiva.

—O sea, ¡se supone que tienes que echarle tres!

Parece que Alf está indignado. O al menos eso cree Elsa. Una vez puso *indignado* en el frasco de las palabras de Papá, y se imagina que así es como se ve una persona indignada.

—¿No crees que debería saber a algo, con un demonio?

Elsa bebe el resto del O'boy con una cuchara.

—Entonces, ¿tú también sabes quién me estaba persiguiendo en el cementerio? —le pregunta a Alf, con restos abundantes del chocolate en las comisuras de la boca y en la punta de la nariz.

La chaqueta de cuero rechina ligeramente. Alf aprieta los puños.

—No estaba buscándote a ti.

—¿Perdón? ¡Ese hombre me estaba persiguiendo a mí! —protesta Elsa, y luego no puede evitar toser. La chaqueta de Alf termina con un poquito de O'boy encima, después de todo.

Alf se limita a negar despacio con la cabeza.

—Lo sé. Pero tú no eres la persona que él está buscando.

23

Trapo de cocina

Elsa tiene mil preguntas, pero no hace ni una sola, pues Mamá está tan cansada cuando llegan a su apartamento después de subir las escaleras que ella y Medi tienen que ir a acostarse en la cama. Eso es algo que le pasa a Mamá en estos días, termina tan exhausta como si alguien la hubiera desenchufado. Al parecer, eso es culpa de Medi. George dice que Medi está haciendo que Mamá se quede dormida todo el tiempo en los nueve meses del embarazo, para compensar el hecho de que, cuando nazca, va a mantenerlos despiertos por los próximos dieciocho años. Elsa está sentada en borde de la cama, acariciando el cabello de Mamá. Entonces, Mamá le besa las manos y le susurra las mismas palabras que Abuelita acostumbraba decir:

—Las cosas van a estar mejor, corazón. Todo va a estar bien.

Elsa quiere creer eso con todas sus fuerzas. Mamá le sonríe somnolienta.

—¿Britt-Marie sigue aquí? —pregunta ella, al tiempo que hace un gesto con la cabeza hacia la puerta.

La voz de Britt-Marie se alza allá afuera en la cocina, lo que hace que la pregunta se vuelva retórica de inmediato. Britt-Marie está exigiendo una «respuesta» de George en cuanto al asunto de Renault, que todavía se halla estacionado en el lugar de Britt-Marie en el garaje. «¡No podemos vivir sin reglas, George! ¡Hasta Ulric-ka debería entenderlo!», dice Britt-Marie queriendo sonar bienintencionada, pero sin lograrlo del todo. George le responde alegremente que lo entiende muy bien, porque George puede entender el punto de vista de todo el mundo. Ese es uno de los rasgos más irritantes de George, y en verdad parece que eso está sacando de quicio a Britt-Marie. Entonces, George le ofrece huevos a Britt-Marie, pero ella ignora su oferta; por el contrario, declara con un tono de voz, que para nada suena bienintencionado, que todos los arrendatarios tienen que «someterse a una investigación exhaustiva» relacionada con el cochecito para bebés, que todavía está asegurado a la escalera. Porque alguien había puesto un aviso sin consultar primero a Britt-Marie, y ahora alguien quitó ese aviso, sin tampoco haberlo consultado con ella. Britt-Marie subraya que ha «interrogado a todos los sospechosos con el mayor rigor posible», y George le promete que él también va a interrogar a unos cuantos sospechosos, aunque parece no tener idea de quiénes son ellos. Entonces, Britt-Marie da la impresión de que ha cobrado nuevos bríos por el hecho de que George coincide con ella en lo que hay que hacer, y por eso le expresa lo consternada que está por haber encontrado pelos de perro hasta en la escalera, «¡lo que demuestra claramente que ese monstruo sigue rondando por el edificio! ¡Todavía anda suelto por ahí!». Britt-Marie le exige a George que haga algo. George no parece estar seguro de qué significa eso, así que Britt-Marie le espeta que por supuesto que va a hablar del asunto con Kent y que todos deben tener eso muy en claro, y luego se va de ahí hecha una tromba antes de que George tenga tiempo de responderle. Aunque no parecía que George tuviera la intención de hacerlo. Y, entonces, un olor que se esparce por el apartamento sugiere que George está friendo más huevos.

—¡Britt-Marie es una tonta! —masculla Elsa en la recámara.

—No te preocupes, corazón, mañana le encontraremos un mejor escondite a tu amigo —dice Mamá, que ya está medio dormida, y luego añade mientras sonríe—: Tal vez podemos ocultarlo en ese cochecito para bebés, ¿qué te parece?

Elsa se echa a reír. Pero solo un poquito. Y se le ocurre que el enigma del cochecito asegurado a la escalera suena como el prólogo de una novela supermala de Agatha Christie. Elsa lo sabe porque puede leer casi todas las novelas de Agatha Christie en su iPad, y Agatha Christie nunca tuvo un villano tan estereotípico en sus historias como Britt-Marie. De hecho, es posible que Britt-Marie fuera más bien la víctima; Elsa puede concebir en su mente el escenario de un asesinato misterioso, en el que alguien haya matado a Britt-Marie en una biblioteca golpeándola con un candelero; y, entonces, todos los que la conocían serían sospechosos del crimen, porque cada uno de ellos tendría el mismo móvil: «¡Esa vieja bruja era una tonta y un dolor de cabeza!». Elsa se avergüenza un poco de haber pensado en todo esto. Pero solo un poco.

—Britt-Marie no quiere hacerle daño a nadie. Solo necesita sentirse importante —trata de explicar Mamá.

—Sigue siendo una tonta y una entrometida —dice Elsa malhumorada.

Mamá sonríe.

—Sí, creo que es un poquito entrometida.

Y luego se acomoda sobre las almohadas, y Elsa la ayuda a meter una debajo de su espalda. Mamá le acaricia la mejilla y susurra:

—Me gustaría que me contaras esas historias, corazón, si es que tú quieres. Quiero conocer los cuentos de hadas de Miamas.

Y, entonces, con toda la calma del mundo, Elsa le dice en voz baja a Mamá que tiene que cerrar los ojos, pero solo a medias, y Mamá la obedece; y Elsa tiene mil preguntas, pero no hace ni una sola. En lugar de ello, empieza a contarle a Mamá sobre las criaturas nebulosas y los enfantes, los arrepequinos y los leones, los troles y los caballeros, el Peroyá y Corazón de Lobo, los ángeles de nieve y el ángel del mar y los cazadores de sueños. Y luego empieza a hablarle de la princesa de Miploris y los dos príncipes que lucharon entre sí por su amor, y de la bruja que robó el tesoro de la princesa, pero, para entonces, Mamá y Medi ya están dormidos.

Y Elsa todavía tiene mil preguntas, pero no hace ni una sola. Simplemente cubre a Mamá y a Medi con una manta, le da un beso a Mamá en la mejilla y se obliga a sí misma a ser valiente. Porque tiene que cumplir con la promesa que le hizo a su abuela: debe proteger el castillo, debe proteger a su familia, debe proteger a sus amigos.

La mano de Mamá trata de alcanzarla cuando se pone de pie y, justo cuando Elsa está por marcharse, Mamá le susurra, apenas consciente:

—Si hubiera sido tu abuelo quien se fue a salvar otras vidas en lugar de tu abuela, la gente jamás habría dicho que era un mal padre...

—¡Yo sí! ¡Yo lo habría dicho! —espeta Elsa.

—Lo sé, por eso tú eres el futuro —sonríe Mamá, y luego tiene que esforzarse un poco para girar su cuerpo.

Y Elsa ya llegó hasta la puerta cuando las palabras balbuceantes de Mamá emergen de su sueño:

—Todas las fotos en el techo de la recámara de tu abuela, corazón... Todos los niños que aparecen en ellas... Ellos son las personas que hoy acudieron al funeral... Ahora ya son adultos... Y pudieron llegar a esa edad porque tu abuela salvó sus vidas...

Y, entonces, Mamá se queda dormida de nuevo. Elsa no está segura de si en algún momento estuvo despierta.

—*No shit, Sherlock.* O sea, no soy ninguna tonta —susurra Elsa mientras apaga la lámpara.

Porque no le había costado tanto trabajo deducir quiénes eran esos extraños. Lo que le resulta difícil es perdonarlos.

Mamá duerme con una sonrisa en los labios. Elsa cierra la puerta sin hacer el menor ruido.

• • •

El apartamento huele a trapo de cocina. George está recogiendo las tazas de café usadas. Los extraños vinieron aquí hoy y estuvieron bebiendo café después del funeral. Todos le sonreían a Elsa con compasión, y ella los odia por eso. Odia que hayan conocido a su abuela antes que ella. Entra al apartamento de Abuelita y se acuesta en su cama. La luz de las farolas juega en los reflejos de las fotos en el techo, y, mientras observa todo esto, Elsa todavía no sabe si puede perdonar a su abuela por haber dejado sola a Mamá para irse a salvar a otros niños. Tampoco sabe si Mamá puede perdonarla por eso. Aunque parece que lo está intentando.

Elsa sale por la puerta hacia la caja de la escalera, y está considerando bajar a ver al vorv en el garaje. Pero, en vez de ello, se deja caer sin ánimos al suelo. Permanece ahí sentada por una eternidad. Intenta reflexionar, pero donde suele haber pensamientos solo encuentra un vacío y un silencio desoladores.

Alcanza a oír pasos que provienen de varios pisos más abajo. Son suaves, sigilosos, suenan como si estuvieran perdidos. No es el andar confiado y lleno de energía que caracterizaba a la mujer de la falda negra cuando siempre olía a menta y le hablaba en voz alta al cable blanco. Ahora tiene puestos unos pantalones de mezclilla. Y el cable no se ve por ninguna parte. Se detiene unos diez escalones debajo de Elsa.

—Hola —le dice la mujer.

Se ve pequeña y se oye cansada, pero es un cansancio distinto al de siempre. Esta vez podría decirse que es un cansancio más positivo. Y no huele a menta ni a vino. Solo a champú.

—Hola —responde Elsa.

—Hoy fui al cementerio —dice la mujer, pronunciando sus palabras con lentitud.

—No te vi en el funeral —dice Elsa, pero la mujer niega con la cabeza a modo de disculpa.

—No, no estuve ahí. Perdón. No... Simplemente no pude. Pero yo...

La mujer se traga sus palabras. Baja la mirada a sus manos.

—Fui a las... a las tumbas de mis chicos. No las había visitado en mucho tiempo.

—¿Y eso te ayudó? —pregunta Elsa.

Los labios de la mujer desaparecen.

—No lo sé.

Elsa asiente. Las luces en la escalera se apagan. Espera a que sus ojos se acostumbren a la oscuridad. Al final la mujer parece reunir todas sus fuerzas para poder sonreír, y la piel alrededor de su boca ya no se agrieta tanto como antes.

—¿Cómo estuvo el funeral? —pregunta ella.
Elsa se encoge de hombros.
—Como un funeral común y corriente. Fue muchísima gente.
La mujer asiente con un gesto apenas perceptible.
—A veces es difícil compartir tu duelo con gente que no conoces. Pero yo creo que... que hay muchas personas que sentían un gran afecto por tu... tu abuela.
Elsa deja que el cabello le caiga sobre el rostro. La mujer se rasca el cuello.
—Es... Es... Lo que quiero decir es que... entiendo que puede ser algo difícil, saber que tu abuela abandonó todo aquí en su casa y se marchó para ayudar a desconocidos en algún otro lugar... para ayudar a personas como yo, por ejemplo.
Elsa bufa por la nariz, en un gesto que delata la desconfianza que siente, pues parece como si la mujer le hubiera leído el pensamiento. Elsa no aprecia esto en lo más mínimo.
—Yo... Bueno... A eso se le conoce como «el dilema del tranvía», en el campo de la ética. Es decir... Es algo que ven los estudiantes. En la universidad. Se trata de... de la discusión sobre si es moralmente correcto sacrificar a una persona para salvar a muchas más... Probablemente puedes leer acerca del tema en Wikipedia.
Elsa no le contesta. La mujer se ve afligida.
—Parece que estás enojada —hace notar ella.
Elsa se encoge de hombros y trata de determinar qué es lo que la tiene más enfadada. Es una lista bastante larga. Al final decide responder:
—No estoy enojada contigo. Solo estoy molesta con la tonta de Britt-Marie.
La mujer da la impresión de que se siente ligeramente confundida, y le echa un vistazo al objeto que tiene en sus manos. Sus dedos tamborilean su superficie.
—«No luches contra monstruos, porque podrías convertirte en uno. Si miras al interior de un abismo por el tiempo suficiente, el abismo mirará en tu interior».

—¿De qué estás hablando? —exclama Elsa. Aunque le agrada que la mujer hable con ella como si Elsa no fuera una niña.

—Discúlpame, es... Es un texto de Nietzsche. Él era un filósofo alemán. Es... Mmm, probablemente lo estoy citando mal. Pero creo que tal vez significa que, si odias a una persona que odia, corres el riesgo de volverte como esa persona.

Los hombros de Elsa le suben hasta el cuello.

—Mi abuela siempre decía: «No patees la mierda. Si lo haces, ¡te vas a manchar toda!».

Y esta es la primera vez que Elsa oye que la mujer de la falda negra se ríe a carcajadas. Aunque es cierto que hoy tiene puestos unos pantalones de mezclilla.

—Sí, sí, tal vez esa es una mejor forma de expresarlo.

La mujer se ve hermosa cuando se echa a reír. Le sienta bien. Y, entonces, sube un par de escalones hacia Elsa y se estira lo más que puede para entregarle el sobre que llevaba en las manos, sin tener que acercársele tanto. Sus palabras vuelven a emanar de las profundidades de un oscuro vacío.

—Esto estaba sobre la lápida de... de mis... de mis chicos. No... No sé quién lo dejó ahí. Pero tu abuela... Quizás dedujo que en algún momento iría a verlos...

Elsa toma el sobre y baja la vista para examinarlo. La mujer de los pantalones de mezclilla desaparece al bajar por la escalera, antes de que Elsa tenga tiempo de levantar la mirada. En el sobre está escrito «PARA ELSA! DALE ESTO A LENART Y MOD!».

Y así es como Elsa encuentra la tercera carta de su abuelita.

Lennart sostiene una taza de café en la mano cuando abre la puerta. Maud y Samantha se hallan detrás de él, con el mismo aspecto afable de siempre. Y huelen a galletas.

—Tengo una carta para ustedes —anuncia Elsa.

Lennart la recibe y, justo cuando está por decir algo, Elsa continúa:

—¡Es de mi abuelita! Probablemente les manda saludos y dice que se disculpa por algo, que lo siente mucho, porque eso es lo que ha dicho en todas sus cartas.

Lennart asiente con un gesto amable. Maud asiente con un gesto todavía más amable.

—Lamentamos lo que pasó con tu abuelita como no tienes idea, querida Elsa. Pero creemos que el suyo fue un funeral increíblemente hermoso. Apreciamos mucho que nos hayan invitado.

—¡Y tenían muy buen café! —asiente Lennart con satisfacción, y le hace un gesto a Elsa con la mano para que entre al apartamento.

—¡Sí! ¡Pasa, pasa, y sírvete los sueños que quieras! Y también tenemos O'boy, Alf nos trajo un poco de su chocolate —dice Maud con una amplia sonrisa.

Samantha suelta un ladrido. Hasta cuando ladra suena cariñosa. Elsa toma un sueño de una lata que estaba llena hasta el tope y le sonríe a Maud con amabilidad.

—Tengo un amigo al que le gustan mucho los sueños. Y ha estado solo todo el día. ¿Creen que estaría bien si lo traigo aquí?

Maud y Lennart asienten tan convencidos como solo las personas que no saben decir que no pueden estarlo.

—¡Por supuesto que puedes, mi querida niña! ¡Por supuesto que puedes traer a tu amigo! —exclama Maud.

Poco tiempo después, cuando el vorv está sentado en la alfombra de la cocina, Maud ya no se ve tan convencida. Así es como uno podría resumir la situación.

Más que nada, porque literalmente está sentado sobre la alfombra entera.

24
Sueños

—¿Ven? ¡Les dije que le gustan mucho los sueños! —dice Elsa con tono alegre.

Maud asiente sin decir una sola palabra. Lennart se halla sentado al otro lado de la mesa, con Samantha en su regazo muerta de miedo. El vorv come sueños, como una docena en cada bocado.

—¿Qué raza es? —le pregunta Lennart en voz muy baja a Elsa, como si tuviera miedo de ofender al vorv.

—¡Es un vorv! —dice Elsa muy contenta.

Lennart asiente, como uno asiente cuando no tiene ni idea de qué significa lo que le acaban de decir. Maud abre una nueva lata de sueños y la empuja con mucho cuidado sobre el piso con la punta del pie. El vorv la vacía de tres masticadas monumentales, alza la cabeza y se queda mirando a Maud con ojos tan grandes como un par de tapacubos. Maud toma dos latas más de la despensa y trata de no verse halagada. Pero no le resulta del todo bien.

—¿Es una raza de perros de trabajo? —pregunta Lennart mientras el hocico del vorv se sumerge en un mar de galletas.

—No lo creo —dice Elsa.

—Yo tampoco —dice Lennart al tiempo que trata de hacer que Samantha deje de esconder la cabeza en el espacio que hay entre su garganta y su oreja.

—¿Dirías que es una raza de compañía? —pregunta Maud con voz titubeante, y empieza a dar la impresión de que quiere acariciarlo.

Elsa mira al vorv con un gesto meditabundo.

—No estoy segura, pero supongo que sí. Porque los vorves vigilan los castillos de las princesas en los cuentos de hadas.

—O sea que es un perro guardián —afirma Lennart.

Elsa asiente. De inmediato, Lennart parece quedar complacido y más relajado, ahora que ha podido categorizar a la criatura.

—¡Oh! Entonces, ¿pertenece a la realeza? —dice Maud, aparentemente impresionada.

—Algo así —responde Elsa.

—En todo caso, lo que sí es un hecho es que está encantado con los sueños —sonríe Maud, y le regala otras dos latas.

—¿Cómo va lo del café? —pregunta Lennart, como si tuviera miedo de que el café se hubiera dado a la fuga, y se levanta con la bichón frisé colgada de su estómago, como si fuera un canguro bebé.

Uno podrá decir lo que quiera de Samantha, pero, para que baje la guardia, no basta con que algo pertenezca a la realeza, sobre todo cuando ese algo es lo bastante grande como para poder confundir a Samantha con una pequeña mancha de mugre entre sus garras.

—¿Quieres un bollo de canela, Elsita? ¡Puedo calentarlo en el microondas! —le ofrece Maud.

Elsa asiente, pues los únicos que rechazarían un bollo de canela en casa de Maud son aquellos que están locos de atar.

—Disculpa, ¿también te gusta comer bollos de canela? —le dice Maud al vorv, pronunciando cada sílaba de «bollos de canela» con gran claridad, como si el vorv estuviera en el otro extremo de la barra de un bar donde la música suena muy fuerte.

Y sí, queda comprobado que al vorv le gusta comer bollos de canela.

—Creo que tú y yo podemos hacernos buenos amigos —le susurra Maud al vorv de forma confidencial mientras saca cuatro bolsas más del congelador.

Da la impresión de que el vorv está muy interesado en esta proposición.

Elsa mira la carta de Abuelita. Yace abierta sobre la mesa. Lennart y Maud deben haber tenido tiempo de leerla mientras ella bajaba al sótano para ir por el vorv. Lennart se da cuenta de lo que Elsa está viendo, y posa la mano en su hombro.

—Tenías razón. Tu abuela nos escribió para pedir perdón.

—¿De qué? —pregunta Elsa.

Maud le da al vorv unos cuantos bollos de canela y la mitad de un panecillo dulce.

—Bueno, sin duda era una lista muy extensa. Tú sabes, tu abuela era...

—Diferente —dice Elsa, para completar la frase.

Maud se echa a reír con calidez y le da unas palmaditas al vorv en la cabeza. Lennart asiente hacia la carta.

—Antes que nada, nos pide perdón por habernos regañado tantas veces. Y por haber estado enfadada tan a menudo. Y por discutir tanto y causar tantos problemas. Pero eso no es nada por lo que haya que pedir perdón, ¡todo el mundo hace esas cosas de vez en cuando! —dice él, como si quisiera disculparse por el hecho de que Abuelita se haya disculpado.

«Aunque ustedes no hacen esas cosas», reflexiona Elsa, y esa es una razón más por la cual ellos dos le agradan. Maud empieza a lanzar risitas.

—Y luego se disculpó por esa vez en la que le disparó a Lennart por accidente desde el balcón, ¡con uno de esos rifles de pintura!

De pronto, Maud se ve abochornada y dice:

—¿Así es como les dicen? ¿Rifles de pintura?

Elsa asiente. En realidad debe estar refiriéndose al rifle de *paintball* de Abuelita. Maud parece sentirse orgullosa.

—Una vez tu abuela también le dio a Britt-Marie con el rifle sin querer, y le dejó una enorme mancha rosa en su chaqueta floreada. Esa era la chaqueta favorita de Britt-Marie, y la mancha no desapareció con nada, ¡ni siquiera con Vanish! ¿Puedes creerlo?

Maud se ríe de nuevo. Y luego da la impresión de estar avergonzada.

—Obviamente, Britt-Marie estaba muy enfadada. Reírme de lo que le pasó es muy cruel de mi parte.

Elsa no cree que haya nada de malo en ello.

—¿Hay más cosas por las que mi abuelita haya pedido perdón? —pregunta ella, con la esperanza de que le cuenten más anécdotas en las que alguien le haya disparado a Britt-Marie con un rifle de pintura. O con algo parecido. Elsa no es tan exigente.

Sin embargo, el mentón de Lennart baja hasta su pecho. Mira a Maud y ella asiente, y entonces Lennart se vuelve hacia Elsa y le dice:

—Tu abuela nos pidió en su carta que te contemos toda la historia. Todo lo que tienes que saber. Y nos pidió perdón por ello.

—¿Qué historia? —pregunta Elsa, pero apenas si tiene tiempo antes de percatarse de que alguien está parado detrás de ella.

Elsa se vuelve en su silla, y el niño con un síndrome está de pie en la entrada de la recámara, con un león de peluche en sus brazos. Está observando a Elsa, pero, cuando ella le devuelve la mirada, el niño deja que el cabello le caiga sobre la frente. Tal y como Elsa acostumbra hacerlo. Es poco más de un año menor que ella, pero tienen casi la misma estatura y el mismo corte de cabello, con un color que es casi idéntico. Lo único que los distingue es que Elsa es diferente y el niño tiene un síndrome, lo que es una forma muy especial de ser diferente.

El niño no dice nada, pues siempre permanece callado. Maud le da un beso en la frente y le susurra «¿Una pesadilla?», y el niño asiente. Maud va por un enorme vaso de leche y una lata entera de sueños, y luego toma al niño de la mano y lo guía de vuelta a la recámara, al tiempo que le dice con determinación «Ven, ¡vamos a ahuyentarla ahora mismo!».

Lennart se vuelve hacia Elsa.

—Creo que tu abuela habría querido que empecemos desde el principio.

Y ese es el día en el que Elsa conoce la historia del niño con un síndrome. Un cuento de hadas que nunca había escuchado. Una historia terrorífica, de esas que hacen que quieras abrazarte a ti mismo con todas tus fuerzas. Lennart le cuenta sobre el papá del niño, que tenía más odio en su interior de lo que cualquiera creería que podía caber en una persona. El papá consumía estupefacientes. El propio Lennart se detiene, y parece temer que Elsa se asuste, pero ella endereza la espalda, entierra las manos en el pelaje del vorv y dice que todo está bien. Lennart pregunta si sabe qué son los estupefacientes, y ella responde que lo ha leído en Wikipedia.

Lennart le cuenta que el papá se convertía en un ser diferente por completo cuando consumía esos estupefacientes. La oscuridad se apoderaba de su alma. Golpeaba a la mamá del niño cuando estaba embarazada, porque no quería ser padre de nadie. Lennart empieza a pestañear cada vez más lento, y dice que tal vez el papá hacía esas cosas porque tenía miedo de que el niño llegara a ser como él. Lleno de odio y de violencia. Así que, cuando el niño nació, y los médicos le dijeron que tenía un síndrome, se puso fuera de sí por la ira. No podía tolerar que el niño fuera diferente. Tal vez porque odiaba todo lo que era diferente. Tal vez porque, al mirar al niño, vio todo lo que era diferente en él mismo.

Así que se dedicó a beber alcohol, a consumir más de esas sustancias que mencionan en Wikipedia, y desaparecía por noches enteras, y a veces por varias semanas seguidas, sin que nadie supiera dónde estaba. A veces volvía a casa completamente tranquilo y reservado. A veces rompía a llorar y explicaba que se había visto obligado a mantenerse lejos, hasta que pudiera desahogar toda su ira. Como si dentro de él se alojara alguna especie de oscuridad que intentaba transformarlo, y tenía que luchar en contra de ella. Después de un episodio como este, podía permanecer tranquilo por semanas. O hasta meses.

Pero, entonces, cierto día al anochecer, la oscuridad se apoderó de él por completo. Los golpeó una y otra y otra vez hasta que ninguno de los dos podía moverse. Y, luego, se echó a correr.

La voz de Maud camina con sigilo a través del silencio que Lennart deja tras de sí en la cocina. El niño con un síndrome ronca en la recámara, y esos ronquidos son de los primeros sonidos que emanan de él que Elsa haya oído jamás. Los dedos de Maud hurgan ruidosamente entre las latas de galletas vacías que están sobre la encimera.

—Al final los encontramos. Habíamos tratado por mucho tiempo de persuadirla de que tomara al niño y se marchara, pero ella tenía mucho miedo. Todos teníamos mucho miedo. Es un hombre terriblemente peligroso —susurra ella.

Elsa agarra al vorv con más fuerza.

—Y, luego, ¿qué hicieron?

Maud se derrumba junto a la mesa de la cocina. Tiene un sobre en la mano, idéntico al que Elsa trajo.

—Conocíamos a tu abuela, del hospital. ¿Sabes algo, mi querida Elsa? En ese entonces Lennart y yo teníamos un café donde atendíamos a los doctores, y tu abuela iba a nuestro negocio todos los días y compraba nuestros sueños.

—Siempre los llamaba «las galletas de Mirevas» —recuerda Lennart, y Maud asiente:

—Sí, terminamos por ponerles un nombre basado en ese, las «mirevanesas». A diario nos pedía una docena de mirevanesas y media docena de bollos de canela. Mi hermana tiene una pequeña panadería un poco al sur, todavía le horneo pan de vez en cuando, y tu abuela siguió comprándole bollos de canela por todos estos años, incluso después de que nosotros...

Maud se detiene y agita la mano para echarse aire, un poco avergonzada de sí misma, como uno lo hace cuando ya tiene muchos años a cuestas y se da cuenta de que las historias han empezado a salírsele de las manos.

—Si te he de ser honesta, no sé cómo empezó todo. Pero tu abuela era una de esas personas a las que uno les cuenta sus cosas, ¿comprendes a qué me refiero? No tenía idea de qué podía hacer. No sabía a quién acudir. Teníamos muchísimo miedo, todos nosotros, pero aun así le hablé por teléfono. Llegó con su viejo auto oxidado en medio de la noche...

—¡Renault! —exclama Elsa, pues, por alguna razón, siente que merece que su nombre forme parte de este cuento de hadas, considerando que él fue quien llegó al rescate.

Lennart se aclara la garganta con una sonrisa triste.

—Así es, el Renault. Tu abuela llegó en él. Nos llevamos al niño y a su mamá, y tu abuela nos trajo a todos aquí, y nos dio las llaves de los apartamentos. No sé exactamente cómo las consiguió, pero dijo que ella se encargaría de resolver esa cuestión con los dueños del edificio. Hemos vivido aquí desde entonces.

—¿Y el papá? ¿Qué pasó cuando se dio cuenta de que todos se habían ido? —pregunta Elsa, porque quiere saber qué sucedió a pesar de que no quiere saberlo en realidad.

La mano de Lennart busca los dedos de Maud.

—No lo sabemos. Pero tu abuela vino aquí con Alf y dijo «Les presento a Alf, él va a ir por todas las cosas del niño». Ella y Alf regresaron a ese lugar, y el papá del niño se apareció y él... para entonces él ya no era otra cosa más que oscuridad pura. Una oscuridad que provenía de lo más profundo de su ser. Le dio una golpiza horrible a Alf...

Lennart se interrumpe, como cuando de pronto uno se acuerda que está hablando con una niña. Adelanta la narración y prosigue:

—Bueno, obviamente ya se había ido cuando la policía acudió. Y Alf... caramba, no lo sé. Lo vendaron en el hospital y él mismo regresó en su auto a su casa. Y nunca ha dicho una palabra más al respecto. Dos días después ya estaba trabajando en su taxi de nuevo. Ese señor está hecho de acero.

—¿Y el papá? —insiste Elsa.

—Desapareció. Desapareció por varios años. Creemos que ha estado buscándonos desde entonces, sobre todo al niño, pero se había esfumado de nuestras vidas por tanto tiempo que teníamos la esperanza de que...

Lennart deja de hablar, como si las palabras fueran demasiado pesadas para su lengua.

—Pero ya nos encontró —concluye Maud.

—¿Cómo lo hizo? —pregunta Elsa.
Los ojos de Lennart se arrastran por el tablero de la mesa.
—Alf cree que el papá del niño encontró la esquela de tu abuelita. Con ella pudo ubicar la funeraria. Y luego encontró... —empieza a decir él, pero entonces parece como si estuviera acordándose de algo una vez más.
—¿Me encontró a mí? —susurra Elsa, y luego pasa saliva.
Lennart asiente. Maud suelta su mano y corre alrededor de la mesa para abrazar a Elsa.
—¡Mi querida Elsita! Tienes que entender que el papá no ha visto al niño en muchos años. Y ustedes dos tienen la misma estatura y el mismo corte de pelo. El papá cree que tú eres nuestro nieto.

Elsa cierra los ojos. Las sienes le martillean como si dos imanes intentaran taladrar su cráneo cada vez que respira. Y, por primera vez en su vida, Elsa echa mano de una fuerza de voluntad férrea y salvaje para viajar a la Tierra-a-punto-de-despertar, sin estar siquiera cerca de quedarse dormida. Con la imaginación más poderosa que es capaz de invocar, llama a las criaturas nebulosas y vuela hacia Miaudacas. Reúne todo el valor que puede llevar en sus brazos. Luego, abre bien los ojos, voltea a ver a Lennart y a Maud y dice:
—Entonces, ¿ustedes son los abuelos del niño? ¿Son los padres de su mamá?
Las lágrimas de Lennart caen sobre el mantel de la mesa como las gotas de lluvia caen sobre el alféizar de una ventana.
—Somos los padres de su papá.
Elsa entrecierra los ojos.
—¿En serio? ¿Son los padres del papá del niño?
El pecho de Maud se eleva y luego desciende. Acaricia la cabeza del vorv y va por un pastel de chocolate. Samantha observa al vorv con cautela. Lennart se sirve más café. La taza tiembla tanto que se derrama sobre la encimera.

—Sé que todo esto suena espantoso, Elsa. Quitarle un niño a su papá, hacerle eso a tu propio hijo... Pero, cuando nos convertimos en abuelos, eso es lo que somos antes que nada... —susurra Lennart con melancolía.
—¡Antes que nada eres una abuela o un abuelo! ¡Por siempre! —añade Maud con una determinación indomable y desafiante. Sus ojos arden de una forma que Elsa jamás habría creído posible tratándose de Maud.
Entonces, Maud le entrega a Elsa el sobre que tomó de la recámara. Es la letra de Abuelita. Elsa no reconoce el nombre, pero comprende que la carta debe ser para la mamá del niño.
—Así se llamaba ella, antes de que la policía nos diera nuevas identidades, o como sea que se llamen —explica Maud, y, con el tono de voz más suave con el que puede hablar, añade—: Tu abuela nos dejó esta carta hace varios meses. Nos dijo que tenías que entregarla. Ella sabía que vendrías aquí.
Elsa asiente y cierra los ojos.
—Lo sé. Estoy en la búsqueda de un tesoro. A mi abuelita le encantaban las búsquedas de tesoros.

Lennart respira con tristeza. Su mirada y la de Maud se cruzan de nuevo, y luego él empieza a explicar:
—Pero me temo que primero tenemos que contarte acerca de nuestro hijo, Elsa. Tenemos que hablarte de Sam. Así se llama, Sam. Y es una de las cosas por las que tu abuela pide perdón en su carta. Dice que pide perdón... por haber salvado la vida de Sam...
La voz de Maud se quiebra hasta que sus palabras suenan como pequeños silbidos:
—Y luego se disculpa por haber pedido perdón por ello, quería que la perdonáramos por arrepentirse de haber salvado la vida de nuestro hijo. Pedía perdón porque ya no sabía si él merecía estar vivo. A pesar de que era médica...
La noche se posa sobre las calles afuera de la ventana. La cocina huele a café y a pastel de chocolate. Y Elsa escucha la historia de

Sam. El hijo de las dos personas más amables del mundo, que se volvió más malvado de lo que cualquiera podría concebir. Que se convirtió en papá del niño con un síndrome, que, a su vez, tiene menos maldad en su alma de lo que cualquiera creería posible, como si su papá cargara con toda la maldad sobre sus hombros y no le hubiera heredado ni una pizca de ella a su hijo. Elsa escucha la historia de cómo el propio Sam alguna vez fue un niño pequeño, y Maud y Lennart, que habían deseado tener un hijo por mucho tiempo, lo amaron como los padres aman a sus hijos. Como todos los padres, hasta los peores que puede haber, alguna vez deben haber amado a sus hijos. Así lo expresa Maud.

—Porque, de lo contrario, no puedes considerarte un ser humano. Simplemente no puedo imaginarme cómo podrías considerarte un ser humano si no amas a tus hijos —susurra ella.

Y luego insiste en que debe ser su culpa, pues no puede creer que un niño nazca siendo malvado. Si un niño que alguna vez fue tan diminuto e indefenso crece hasta convertirse en algo tan terrible, debe ser culpa de la mamá; está completamente segura de ello, a pesar de que Elsa le dice que su abuelita afirmaba todo el tiempo que algunas personas en realidad solo son unos canallas, y que eso no es culpa de nadie más que de ellos mismos.

—Pero Sam siempre se sentía furioso, no sé de dónde provenía toda esa ira. Dentro de mi ser debe haber existido una especie de oscuridad que le heredé, y no sé de dónde pudo haber venido —susurra Maud, con el espíritu destrozado.

Y, entonces, le cuenta a Elsa sobre un niño que creció peleando, atormentando todo el tiempo a otros niños en la escuela, y todo el tiempo persiguiendo a aquellos que eran diferentes. Ese niño llegó a ser un adulto y se convirtió en soldado, y se fue a países muy lejos de aquí porque tenía una gran sed de guerra. Y ahí conoció a alguien que se volvió su amigo. Su primer amigo de verdad. Todos los que fueron testigos de ello dicen que eso lo transformó, trajo a la luz algo bueno que había dentro de él. Su amigo también era un soldado, pero otra clase de soldado, uno que no adolecía de esa sed. Ellos dos se volvieron inseparables. Sam decía que su amigo era el guerrero más valiente que jamás había visto.

Regresaron a casa juntos, y su amigo le presentó a Sam una muchacha que él conocía. Ella vislumbró algo en él y, por un breve instante, Lennart y Maud también pudieron vislumbrar eso, el destello de una persona diferente. El Sam que existía más allá de la oscuridad.

—Creímos que ella podía rescatarlo, teníamos tantas esperanzas de que ella lo salvara, porque eso habría sido como un cuento de hadas. Y, si has vivido en medio de la oscuridad por muchísimo tiempo, es tremendamente difícil no creer en cuentos de hadas —admite Maud, mientras Lennart sostiene su mano.

—Pero, entonces, se atravesaron esas pequeñas circunstancias que la vida te presenta —suspira Lennart—, como sucede en muchos cuentos de hadas. Y tal vez no fue culpa de Sam. O tal vez fue completamente su culpa. Tal vez le corresponde a gente más sabia que nosotros decidir si cada persona es totalmente responsable de sus actos o no. Pero el caso es que Sam se marchó de nuevo a la guerra. Y regresó a casa con una oscuridad en su ser todavía más grande que antes.

—Él era un idealista —interviene Maud con un tono melancólico—. A pesar de todo el odio y la ira que sentía, era un idealista. Por eso quiso ser soldado.

Y, entonces, Elsa pregunta si puede tomar prestada la computadora de Maud y Lennart.

—¡O sea, si es que tienen una computadora! —agrega Elsa como una especie de disculpa, pues se acuerda de la discusión que tuvo con Corazón de Lobo cuando le hizo justo esa misma pregunta.

—Claro que tenemos una computadora —dice Lennart confundido.

—Hoy en día todo el mundo tiene una computadora, ¿no es así? —añade Maud con una ligera sonrisa.

«¡Exaaacto! ¡Ya lo decía yo!», piensa Elsa, y decide mencionárselo a Corazón de Lobo la próxima vez que se aparezca. Si es que hay una próxima vez.

Lennart la guía más allá de la recámara y, en el pequeño estudio que está al fondo del apartamento, Lennart le explica que su computadora es muy vieja, como era de esperarse, así que Elsa debe tenerle un poco de paciencia. Ahí dentro, encima de una mesa, se halla la computadora más aparatosa que Elsa haya visto en toda su vida. Detrás de la computadora se encuentra una caja gigantesca, y en el piso hay una caja más.

—¿Qué es eso? —pregunta Elsa, mientras señala la caja en el suelo.

—Esa es la computadora propiamente dicha —dice Lennart.

—¿Y entonces que es esto? —pregunta Elsa, mientras señala lo que creía que era la computadora.

—Esa es la pantalla —responde Lennart, entonces presiona un botón enorme en la caja que está en el piso, y luego agrega—: Se tarda un par de minutos en arrancar, así que tendremos que esperar un poquito.

—¡¿UN PAR DE MINUTOS?! —exclama Elsa, y luego masculla—: Guau. Vaya que es vieja.

La computadora antiquísima por fin arranca y, después de muchos «si» y «pero», Lennart logra conectar a Elsa a internet. Y, cuando ella encuentra lo que estaba buscando, entonces regresa a la cocina y se sienta frente a Maud.

—Significa «soñador». O sea, «idealista» significa «soñador».

—Sí, tal vez podrías plantearlo así —sonríe Maud con afabilidad.

—No es que podría plantearlo así. Eso es lo que significa —la corrige Elsa.

Maud asiente con un gesto todavía más afable. Y luego cuenta la historia del idealista que se volvió un cínico, y Elsa sabe qué significa eso porque, en cierta ocasión, una maestra de preescolar dijo que Elsa era una cínica. Cuando Mamá se enteró de esto se armó todo un escándalo, pero la maestra no se retractó. Elsa no recuerda los detalles con exactitud, pero cree que fue esa vez que les contó a los demás niños de preescolar cómo se hacen las salchichas.

Elsa se pregunta si está pensando en esas cosas como una especie de mecanismo de defensa. Porque este cuento contiene una dosis demasiado grande de realidad. Eso ocurre a menudo cuando tienes casi ocho años: que las cosas tienen demasiada realidad.

Maud le cuenta que Sam partió a una nueva guerra. Su amigo lo acompañó, y durante varias semanas habían protegido una aldea de los ataques de gente que, por razones que Maud desconoce, quería asesinar a todos los que vivían en ese lugar. Al final recibieron por radio la orden de que abandonaran su puesto, ya que la situación era demasiado peligrosa, pero el amigo de Sam se negó. Convenció a Sam y al resto de los soldados para que permanecieran en la aldea hasta que estuviera segura, y llevaron a todos los niños heridos que cabían en sus vehículos al hospital más cercano, a decenas de kilómetros de distancia. Porque el amigo de Sam conocía a una mujer que trabajaba ahí como médica, y todo el mundo decía que era la mejor cirujana en el planeta entero.

El grupo iba en camino a través del desierto cuando activaron una mina terrestre. La explosión fue completamente despiadada. Desató una lluvia de fuego y sangre.

—¿Alguien murió? —pregunta Elsa, sin querer saber la respuesta.

—Todos murieron —responde Lennart, sin querer decir las palabras en voz alta.

Todos perdieron la vida, excepto Sam y su amigo. Sam quedó inconsciente, pero su amigo lo sacó arrastrando de las llamas, y Sam fue la única persona a quien tuvo tiempo de rescatar. El propio amigo de Sam tenía esquirlas de metal en el rostro y sufrió terribles quemaduras, pero, cuando oyó los disparos y comprendió que habían sido emboscados, tomó su rifle y corrió directo hacia el desierto, y no dejó de disparar hasta que solo eran Sam y él tendidos en la arena, jadeando y sangrando.

Los que les estaban disparando no eran más que unos muchachitos, como los niños que los soldados habían tratado de salvar. El amigo de Sam se dio cuenta de todo esto mientras estaba de pie junto a sus cuerpos sin vida, con las manos manchadas de su sangre. Y nunca volvió a ser el mismo.

De alguna forma logró cargar a Sam a través del desierto. No se derrumbó hasta que arribaron al hospital, y la abuela de Elsa llegó corriendo hacia ellos. Ella salvó la vida de Sam. Él se quedaría con una leve cojera en una pierna, pero iba a sobrevivir, y fue en ese hospital donde Sam empezó a fumar la marca de cigarros que le gustaban a la abuela de Elsa. Abuelita también se disculpó por ello en su carta.

Maud deja el álbum de fotografías frente a Elsa con mucho cuidado, como si fuera una pequeña criatura con sentimientos. Señala una foto de la mamá del niño con un síndrome. Ella está de pie en medio de Lennart y Maud, con un vestido de novia, y los tres están riéndose.

—Creo que el amigo de Sam estaba enamorado de ella. Pero le presentó la chica a Sam, y fueron ellos dos los que se enamoraron uno del otro. Me parece que el amigo de Sam nunca dijo nada al respecto. Esos dos eran como hermanos, ¿puedes creerlo? Pienso que su amigo simplemente era demasiado bondadoso como para mencionar algo de lo que él sentía por ella, ¿comprendes?

Elsa lo comprende. Maud sonríe.

—El amigo de Sam era un chico muy sensible. Siempre pensé que tenía el alma de un poeta. Él y Sam eran muy diferentes. Es terriblemente difícil imaginarse que él fuera capaz de hacer todo lo que tuvo que hacer para salvarle la vida a Sam. Que ese lugar pudiera convertirlo en algo tan temible, en todo un...

Maud se queda callada por mucho tiempo, vencida por el dolor.

—Guerrero —susurra ella al final, y le da vuelta a la página del álbum de fotografías.

Elsa no necesita ver la imagen para saber qué aparece en la foto.

Sam está en algún lugar del desierto. Tiene puesto su uniforme, y se apoya en unas muletas. La abuela de Elsa se halla muy cerca de él, con un estetoscopio alrededor del cuello. Y, de pie en medio de ellos dos, se encuentra el mejor amigo de Sam. Corazón de Lobo.

25
Abeto

O sea, no es que Abuelita fuera una de esas personas que hablaban mal de las criaturas nebulosas. Desde luego que no. Bueno, sí lo era, pero al menos no era de esas que hablaban mal de las criaturas nebulosas todo el tiempo. O, al menos, no de forma que la gente la oyera. Okey, al menos no de forma que las criaturas nebulosas la oyeran.

«¡Pero es que tú sabes que a veces pueden ser unas verdaderas imbéciles!», solía decir Abuelita cuando Elsa protestaba. Porque Elsa es una gran fan de las criaturas nebulosas, ya que son muy importantes para todos los que habitan la Tierra-a-punto-de-despertar, y además son muy buenas compañeras de equipo cuando estás jugando a las charadas.

«¡Pero el problema es que ellas lo saben! ¡Y eso hace que esas pequeñas imbéciles se vuelvan muy engreídas!», alegaba la abuela de Elsa, antes de soltar un resoplido.

En fin, como sea: fueron las criaturas nebulosas quienes rescataron al Elegido, cuando las sombras llegaron en secreto al reino de Mimovas para secuestrarlo. Porque, si Miamas está construido a base de imaginación, Mimovas está construido a base de amor. Sin amor no existiría la música, y sin música no existiría Mimovas; y el Elegido era el ser más amado en todo el reino. De modo que, si las sombras lo hubieran atrapado y se lo hubieran llevado, eso habría terminado por llevar a la destrucción de toda la Tierra-a-punto-de-despertar. Si cae Mimovas, cae Mirevas. Si cae Mirevas, cae Miamas. Si cae Miamas, cae Miaudacas. Y si cae

Miaudacas, entonces cae Miploris. Porque sin música no pueden existir los sueños, y sin los sueños no pueden existir los cuentos de hadas, y sin los cuentos de hadas no puede existir el valor, y sin valor nadie podría soportar llevar a cuestas la tristeza. Y sin música ni sueños ni cuentos de hadas ni valor ni tristeza solo quedaría un reino en la Tierra-a-punto-de-despertar: Mibatalos. Pero Mibatalos no puede sobrevivir solo, porque todos sus guerreros perderían su razón de ser si desaparecieran los demás reinos, pues ya no tendrían nada por qué luchar.

Abuelita también se robó eso de Harry Potter, lo de tener algo por qué luchar. Pero Elsa la perdonó porque eso era algo muy bueno. Uno puede robarse cosas si el resultado es muy bueno.

Y fueron las criaturas nebulosas las que vieron a las sombras moviéndose sigilosamente entre las casas de Mimovas, e hicieron lo que las criaturas nebulosas acostumbran hacer: descendieron en picada como flechas y ascendieron de nuevo como barcos majestuosos, y se transformaron en dromedarios y en manzanas y en viejos pescadores con cigarros en las manos, y las sombras se lanzaron directo a la trampa. Pues, al poco tiempo, ya no sabían a quién o qué estaban persiguiendo. Todas las criaturas nebulosas se desvanecieron en cosa de un instante, y una de ellas se llevó al Elegido. Por todo el camino hasta llegar a Miamas.

Y así fue como empezó la Guerra-sin-fin. Pero, de no haber sido por las criaturas nebulosas, también habría terminado ahí mismo ese día, y las sombras habrían triunfado. Y Elsa opinaba que uno debía mostrarles cierto agradecimiento a las criaturas nebulosas por ello. Incluso si eran unas imbéciles.

Elsa pasa toda la noche en la Tierra-a-punto-de-despertar. Ahora puede venir aquí cuando quiera, como si nunca le hubiera costado trabajo. No sabe por qué, pero supone que es porque ya no tiene nada que perder. Ahora, la sombra ya está en el mundo real, y Elsa sabe quién es él; y sabe quién era Abuelita y quién es Corazón de Lobo, y cómo se relaciona todo entre sí. Ya no siente temor. Sabe que la guerra llegará, que es inevitable, y, por extraño que parezca, eso la hace sentirse tranquila.

Y la Tierra-a-punto-de-despertar no está ardiendo en llamas, como sucedía en el sueño. A donde quiera que vaya volando, sigue siendo tan hermosa y apacible como siempre. Solo hasta que se despierta se da cuenta de que está evitando viajar a Miamas. Vuela a los otros cinco reinos, incluso a las ruinas donde se encontraba Mibatalos antes de la Guerra-sin-fin, pero no a Miamas. Porque no quiere saber si Abuelita está ahí.

No quiere saber si Abuelita no está ahí.

Papá está de pie en la entrada de la recámara de Elsa. Ella se despierta completamente al instante, como si alguien la hubiera arrancado de su sueño rociándole la nariz con mentol. Cosa que, dicho sea de paso, funciona superbién si quieres despertar a alguien. Lo sabrías si tuvieras la clase de abuelita que Elsa tuvo.

—¿Qué pasa? ¿Mamá está enferma? ¿O es Medi? —logra decir Elsa, y se levanta a toda prisa de la cama.

Papá se ve titubeante. Y un poco desconcertado. Pero más que nada titubeante. Elsa parpadea para quitarse las gotas de rocío de los ojos, y entonces recuerda que Mamá está en una reunión en el hospital, pues trató de despertar a Elsa antes de irse de la casa, pero Elsa fingió que estaba dormida. Y George está en la cocina, ya que hace un rato entró para preguntar si Elsa quería huevos, pero ella siguió fingiendo que estaba dormida.

Así que ahora está mirando a su papá, confundida.

—¿Qué haces aquí? Hoy no te toca pasar el día conmigo, ¿o sí?

Papá se aclara la garganta de forma vacilante. Se ve como los papás se ven cuando de pronto se dan cuenta de que algo que hacían porque era importante para sus hijas ahora se ha convertido en una de esas cosas que sus hijas hacen porque son importantes para sus papás. La línea que separa ambas situaciones es muy delgada. Ni los papás ni las hijas olvidan jamás el momento en el que la cruzan.

Elsa hace una cuenta mental de los días.

—Perdón —murmura ella cuando por fin se acuerda.

—No hay problema, entiendo que tienes muchas cosas que hacer —dice Papá titubeante, y se da la media vuelta para irse de ahí.

—¡Oye, espera! —llama Elsa a su papá con un tono cortante, aunque sin querer sonar tan brusca.

Ella tenía razón, porque hoy no es el día que le toca estar con su papá. Pero estaba equivocada, porque hoy es el día anterior a la víspera de Navidad, y olvidar eso es algo terrible. Porque el día antes de la víspera de Navidad es un día que Papá y ella siempre comparten. El día del árbol de Navidad.

Sí, puede ser que una vez más nos estemos desviando un poquito del tema, desde luego. Pero, tal y como lo sugiere su nombre de forma tan sutil, este es el día en el que Elsa y Papá compran su árbol de Navidad. De plástico, obviamente, pues Elsa se niega a comprar un árbol natural. Sin embargo, Papá disfruta tanto poder comprar el árbol de Navidad con Elsa, que ella insiste en que tiene que comprar un árbol de plástico nuevo cada año. Hay personas que opinan que esa es una tradición extraña, pero Abuelita acostumbraba decir que «todo hijo de padres divorciados tiene el derecho de comportarse de forma un poquito excéntrica de vez en cuando».

Como era lógico, Mamá se enfadaba bastante con Abuelita por todo ese asunto del árbol de plástico; a ella le gusta el aroma de un abeto natural, y siempre decía que Abuelita había engañado a Elsa con lo del árbol de plástico. Abuelita afirmaba que eso eran puras mentiras, lo que desde luego eran puras mentiras. Porque fue Abuelita la que le contó a Elsa sobre el baile del árbol de Navidad en Miamas; y nadie que haya oído esa historia quiere tener un abeto al que alguien amputó y lo vendió como un esclavo.

En Miamas, los abetos son seres vivos pensantes que tienen un enorme e irracional interés por la decoración de interiores, considerando que son árboles coníferos. No viven afuera en el bosque, sino en la zona sur del casco urbano de Miamas, que se ha puesto un poco de moda en los últimos años, y a menudo trabajan en el sector publicitario y usan bufandas en interiores. Y, una vez al año, justo después de la primera nevada, todos los abetos se reúnen en la gran plaza al pie del castillo y compiten por el derecho de quedarse en la casa de alguien durante la Navidad. Los abetos escogen las casas y no al revés, y el orden para elegir se decide mediante una competencia de baile. En el pasado se enfrentaban en duelos con revólveres, pero los abetos en general tienen tan mala puntería que esos duelos llevaban demasiado tiempo. Así que ahora hacen el baile del abeto, que tiene una apariencia algo extraña, ya que los abetos no tienen pies. Y si alguien que no es un abeto quiere imitar a un abeto bailando, lo único que debe hacer es bailar con los pies juntos. Lo que es bastante práctico, como por ejemplo en una discoteca con la pista de baile a reventar.

Elsa sabe esto pues, cuando Papá bebe una copa y media de champaña en la víspera de Año Nuevo, a veces hace el baile del abeto en la cocina con Lisette. Aunque, para Papá, eso simplemente se llama «bailar».

—¡Perdóname, Papá, de verdad sé qué día es hoy! —dice Elsa a voces, al tiempo que se mete de un salto a sus pantalones de mezclilla, se pone su suéter y su chaqueta, y sale corriendo al vestíbulo—. ¡Solo tengo que hacer algo primero!

Elsa escondió al vorv en Renault anoche. Trajo una cubeta de bollos de canela de Maud, y le pidió al vorv que se escondiera debajo de las mantas en el asiento trasero, en caso de que alguien bajara al garaje. «¡Tendrás que fingir que eres un montón de ropa o una televisión o algo así!», le sugirió Elsa, aunque el vorv no parecía estar del todo convencido de que podría hacer un buen papel como una televisión. Así que Elsa tuvo que ir por una bolsa de sueños de Maud, y entonces el vorv por fin cedió y se metió arrastrándose debajo de las mantas. La verdad es que no se parecía en lo más mínimo a una televisión.

El vorv gimió de dolor cuando se dio la vuelta. Tal vez creyó que Elsa no lo notaría. Así que Elsa fingió que no se dio cuenta, porque los vorves son lo bastante orgullosos como para no querer que los mimen solo porque sus articulaciones están un poco rígidas.

Elsa le dio las buenas noches, subió a hurtadillas por las escaleras y se quedó de pie en medio de las tinieblas, afuera del apartamento del niño con un síndrome y su mamá. Pensó en tocar el timbre, pero no pudo obligarse a hacerlo. Ya no quiere oír más historias. Ya no quiere saber más sobre las sombras y la oscuridad. Así que solo metió el sobre por la ranura del correo en la puerta y se fue corriendo de ahí.

Hoy, su puerta está cerrada con llave. Al igual que todas las demás puertas. Es una de esas mañanas en las que todas las personas del edificio que están despiertas ya se fueron de aquí, y todos los demás siguen dormidos. Entonces, Elsa oye la voz de Kent varios pisos arriba, a pesar de que está susurrando; así es como funciona la acústica de las escaleras. Elsa lo sabe porque *acústica* es una palabra para el frasco de las palabras. Alcanza a oír que Kent dice en voz baja «Sí, lo prometo, voy a ir esta noche». Pero cuando Kent baja por el último tramo de las escaleras, después de pasar frente a los apartamentos del vorv, de Corazón de Lobo y del niño y su mamá, de pronto empieza a alzar la voz y dice «¡Zí, Klaus! ¡En Frrrankfurrrt! ¡Zí! ¡Zí! ¡Zí!». Y luego se da la media vuelta y finge que apenas acaba de descubrir que Elsa estaba parada detrás de él.

—¿Qué estás haciendo? —pregunta Elsa, mientras lo mira con suspicacia.

Kent le pide a Klaus que no le vaya a colgar la llamada, como uno lo hace cuando para nada hay un Klaus al otro lado de la línea. Tiene puesta una camiseta tipo polo con números y un hombrecito montando un caballo en el pecho. Kent le ha dicho a Elsa que vale más de mil coronas suecas, y Abuelita siempre decía que esta clase de camisetas eran algo bueno, pues el caballo servía como un símbolo de advertencia de que es muy probable que esa camiseta esté transportando a un tonto.

—¿Qué quieres? —pregunta Kent, obligándose a hablar.
Elsa lo mira fijamente. Y luego mira los pequeños tazones rojos llenos de carne, que Kent está distribuyendo por las escaleras.
—¿Qué es eso?
Kent extiende las manos a los lados con tanta fuerza que casi arroja a Klaus contra la pared.
—¡Ese perro de pelea sigue correteando por ahí! ¡Está haciendo que baje el valor de la conversión de los apartamentos a condominios!
Elsa retrocede con los sentidos alerta, sin dejar de ver los tazones de carne. Kent baja las manos y parece haberse dado cuenta de que tal vez se expresó de forma un poquito torpe, así que hace un nuevo intento, con esa voz que los hombres de la edad de Kent creen que uno debe emplear para que las mujeres de la edad de Elsa puedan entender las cosas:
—Britt-Marie encontró pelos de perro en las escaleras. ¿Me entiendes, pequeñita? No podemos tener animales salvajes rondando por el edificio, pues eso hace que baje el valor de los apartamentos. ¿Sí me entendiste? —dice Kent con una sonrisa condescendiente. Elsa nota que le está lanzando miradas llenas de inseguridad a su teléfono—. No es como si fuéramos a matar al animalej... ¡al perro! Quiero decir, al perro. Solo se va a quedar «dormido» por un rato, ¿okey? Y luego podrá ir a una «granja» donde podrá corretear por ahí con otros animalejos. O, bueno, tú sabes a qué me refiero, ¿okey? ¿Te parece bien? Ahora, ¿puedes ser una buena niña e irte corriendo a tu casa con tu mami?
Elsa no se siente tan buena niña que digamos. Y no le agrada que Kent haya hecho la seña de unas comillas en el aire cuando dijo «dormido» y «granja». Solo la gente con un vocabulario muy pobre hace esa seña.
—¿Con quién hablas por teléfono? —pregunta ella.
—Con Klaus, un contacto de negocios de Alemania —responde Kent, como uno lo hace cuando para nada está haciendo tal cosa.
—*Sure* —dice Elsa.

Las cejas de Kent se hunden.

—¿Te estás poniendo insolente conmigo, muchachita?

Elsa se encoge de hombros.

—¿Puedo hablar con «Klaus», entonces? —lo desafía Elsa, mientras señala el teléfono y hace unas comillas irónicas en el aire. Que son como las comillas en el aire normales, pero hechas por alguien con mejor vocabulario.

—Creo que ya es hora de que te vayas a tu casa con tu mamá —repite Kent, esta vez con un tono que suena un poco más amenazante.

Elsa no se mueve. Señala los tazones.

—¿Eso tiene veneno?

Kent aprieta el puño con más arrogancia alrededor de Klaus.

—A ver, muchachita, escúchame bien: los perros callejeros son una plaga. Y a las plagas hay que mat...

Kent respira con irritación y se corrige a sí mismo:

—Hay que lidiar con ellas usando veneno. No podemos tener una plaga merodeando por ahí, ni autos que ya son una chatarra en el garaje, ni demás porquerías por el estilo. Eso va a bajar el valor de los apartamentos, y alguien tiene que limpiar toda la porquería en este inmueble ¡para que no baje su valor! ¿Entiendes? —declara él de forma tajante, como si solo hiciera esto por el bien de todos.

Pero Elsa oye algo ominoso en su voz cuando dice «autos que ya son una chatarra», así que lo empuja para abrirse paso, con la mente inundada de malos presentimientos, y baja a toda prisa por las escaleras del sótano. Abre de golpe la puerta del garaje y se queda parada ahí, con las manos temblándole y los latidos de su corazón retumbando por todo su cuerpo. Cuando va subiendo de regreso por la escalera del sótano, se golpea en las rodillas con cada escalón.

—¡¿DÓNDE ESTÁ RENAULT?! ¡¿QUÉ DEMONIOS HAS HECHO CON RENAULT?! —le vocifera Elsa a Kent, al tiempo que agita los puños en el aire hacia él, pero solo logra agarrar a Klaus, así que Elsa arroja a Klaus por las escaleras del sótano, lo que destruye la pantalla y el protector de plástico, y hace que una miniavalancha de componentes electrónicos baje dando tumbos hacia los almacenes.

—¿Qué caraj...? ¡Me lleva el...! ¿Te has vuelto completamente loca, mocosa estúpida? ¿Sabes cuánto cuesta ese teléfono? —grita Kent, y luego le revela a Elsa que cuesta ocho mil coronas, con un demonio.

Elsa le hace saber que no le importa un comino cuánto cuesta el teléfono. Y, entonces, Kent le hace saber, con un brillo sádico en el ojo, qué ha hecho exactamente con Renault. Porque Renault era «¡una pila de chatarra que afecta el valor de las cosas!».

Elsa sube corriendo por las escaleras para ir por Papá, pero se frena de golpe en el penúltimo piso. Britt-Marie está de pie en la entrada de su apartamento. Tiene las manos entrelazadas sobre el vientre, en un gesto que denota inseguridad, y Elsa puede ver que está sudando. La cocina detrás de ella huele a comida navideña, y Britt-Marie lleva puesta su chaqueta floreada, con un enorme broche que la adorna. La mancha rosa de *paintball* casi ha desaparecido por completo.

Los ojos de Elsa se abren de par en par, dejando ver la súplica que hay en su interior.

—No dejes que Kent lo mate. Por favor, Britt-Marie, es mi amigo... —susurra ella.

Britt-Marie cruza su mirada con la de Elsa, y por un solo instante se asoma un destello de humanidad en sus ojos. Elsa puede verlo. Pero, entonces, suena la voz de Kent, que está llamando a Britt-Marie desde la caja de la escalera, diciéndole que tiene que bajar con más veneno. Britt-Marie cierra brevemente los ojos, y luego su versión normal está de vuelta.

—Los hijos de Kent van a venir mañana y les tienen miedo a los perros —explica ella con tono firme.

Alisa un pliegue inexistente en su falda, y se sacude algo invisible de su chaqueta floreada.

—Aquí tendremos mañana una cena tradicional de Navidad. Con comida navideña tradicional. Como una pequeña familia civilizada. A diferencia de otras personas, nosotros no somos unos bárbaros —agrega Britt-Marie con frialdad. Puede deducirse con bastante claridad que «otras personas» en realidad significa «tu familia».

Y luego cierra la puerta de un portazo. Elsa se queda parada ahí, y se da cuenta de que Papá no va a poder resolver este lío, pues la vacilación no es un superpoder muy útil en este tipo de situaciones de emergencia. Elsa necesita refuerzos.

Ha estado llamando a la puerta a golpes por más de un minuto, hasta que por fin oye los pasos arrastrados de Alf. Le abre con una taza de café en la mano, que huele tan fuerte que Elsa está bastante segura de que, si alguien metiera una cuchara en ella, se quedaría atorada.

—Estaba durmiendo —gruñe él.

—¡Va a matar a Renault! —solloza Elsa.

—¿Matarlo? Aquí nadie va a matar nada, carajo. Solo es un maldito auto —dice Alf. Luego bebe un largo trago de café y bosteza.

—¡No es solo un auto! ¡Es RENAULT! —grita Elsa fuera de sí.

Alf bebe otro trago de café. Pero, entonces, algo se estremece de forma muy sutil en las arrugas del rabillo de su ojo.

—¿Quién rayos te dijo que iba a matar a Renault?

—¡Kent!

Elsa ni siquiera tuvo tiempo de decirle qué había en el asiento trasero de Renault. Alf ya dejó la taza de café, se puso los zapatos y empezó a bajar por las escaleras. Elsa oye que Alf y Kent se gritan entre sí de una forma tan terrible que tiene que taparse los oídos. No alcanza a distinguir qué vociferan, salvo que son muchísimas palabrotas, y que Kent dice a gritos algo sobre los condominios, y que uno no puede tener «pilas de chatarra oxidada» estacionadas en el garaje, porque entonces la gente podría creer que todos en el edificio son unos «socialistas». Elsa comprende que esa es la manera que Kent tiene de decir «malditos estúpidos». Y luego Alf grita «maldito estúpido», que es su manera de decir justo eso, porque a Alf no le gusta complicar las cosas.

Entonces, Alf regresa subiendo por la escalera con pasos pesados y una mirada frenética, y masculla:

—Ese bastardo hizo que alguien se llevara el auto remolcándolo.

—¡Lo sé! ¡Y el vorv estaba acostado en el asiento trasero! —exclama Elsa con desesperación.

—¿Tu papá está aquí? Vi su estúpido Audi desde la ventana.

Elsa asiente. Alf sube por las escaleras como un vendaval sin decir una palabra, y unos cuantos instantes después Elsa y Papá van sentados a bordo de Taxi, a pesar de que Papá no quiere estar ahí en lo absoluto.

—No estoy seguro de querer hacer esto —dice Papá.

—Alguien tiene que manejar el bastardo de Renault de vuelta a casa —gruñe Alf.

—Pero ¿cómo vamos a saber a dónde lo envió Kent? —pregunta Elsa, al tiempo que su papá hace todo lo que puede para no verse completamente vacilante.

—He sido taxista por treinta años, maldita sea —dice Alf.

—¿Y? —espeta Elsa.

—¡Y por eso sé dónde podemos encontrar un Renault que se llevó la grúa, con mil demonios! —espeta Alf.

Y, luego, Alf llama por teléfono a todos los taxistas que conoce. Y Alf conoce a todos los taxistas.

Veinte minutos después se encuentran en un depósito de chatarra en las afueras de la ciudad, y Elsa abraza el capó de Renault de la única forma en la que uno puede abrazar una criatura nebulosa: con todo el cuerpo. Puede ver que la televisión en el asiento trasero se mueve de un lado a otro muy descontenta, como una forma de protestar porque no la abrazaron a ella primero. Pero, si uno tiene casi ocho años y olvida un vorv en un Renault, no te preocupas tanto por el vorv, sino por el pobre trabajador del depósito de chatarra que llegara a encontrárselo.

Alf y el capataz del depósito —que tiene un sobrepeso considerable— discuten brevemente sobre cuánto va a costar poder llevarse a Renault de ahí. Y, luego, Alf y Elsa discuten por un buen rato sobre por qué ella no mencionó desde un principio que no tenía la llave de Renault. Y, luego, el capataz camina por ahí rascándose el cuero cabelludo, mientras masculla «Me lleva el diablo, ¿dónde estará mi bicimoto? ¡Podría jurar que la había dejado aquí esta mañana!». Y, luego, Alf y el capataz negocian cuánto va a costar que remolquen a Renault de vuelta a casa. Y, luego, Papá tiene que pagarlo todo.

Ese es el mejor regalo que le haya hecho alguna vez a Elsa. Incluso mejor que el rotulador rojo. Y, cuando Elsa le dice esto, su papá se ve un poquito menos vacilante.

Alf se asegura de que Renault se quede estacionado en el lugar de Abuelita en el garaje, no en el de Britt-Marie. Cuando Elsa le presenta el vorv a Papá y viceversa, Papá se queda mirando al vorv con la misma expresión en el rostro de alguien que está preparándose para un tratamiento de endodoncia con el peor dentista del mundo. El vorv le devuelve la mirada, con un gesto bastante engreído. Demasiado engreído en opinión de Elsa, de modo que ella le exige una respuesta sobre si fue él quien se comió la bicimoto del capataz del depósito. Al oír esto, el vorv deja de verse engreído y va a acostarse debajo de las mantas, y da la leve impresión de que está pensando que, si la gente no quiere que uno coma bicimotos, tal vez debería ser más generosa con los bollos de canela. Elsa le dice que comerse una bicimoto es lo mismo que robar. O al menos podría considerarse como un «uso no autorizado de un vehículo», según le hace saber al vorv después de haber usado el teléfono de Papá para buscar información en internet. Pero el vorv finge que está durmiendo. «Cobarde», masculla Elsa.

Entonces le dice a Papá, para su gran alivio, que puede irse a esperar en Audi. Y, luego, Elsa y Alf reúnen todos los tazones rojos con carne que estaban en las escaleras, y los echan en una enorme bolsa negra de basura. Kent los descubre en el acto, y les grita furioso que ese maldito veneno le costó seiscientas coronas. Britt-Marie se limita a quedarse parada donde está, sin decir nada.

Y, luego, Elsa se va con su papá a comprar un árbol de plástico. Porque Britt-Marie está equivocada, los miembros de la familia de Elsa no son unos bárbaros. Curiosamente, «bárbaro» significa otra cosa en Miamas: así es como los abetos llaman a aquellos que talan árboles vivos y luego se los llevan para venderlos como esclavos.

—Te daré trescientos —le dice Elsa al señor de la tienda.

—En esta tienda no regateamos, pequeña —dice el señor de la tienda, justo con el tono que uno esperaría de un señor que trabaja en una tienda—. Cuesta cuatrocientos noventa y cinco.

—Te daré doscientos cincuenta —dice Elsa.

El señor de la tienda esboza una sonrisa burlona.

—Como acabo de decirte, pe-que-ñi-ta: en esta tienda no regateam... —empieza a decir él.

—Ahora solo te daré doscientos —le informa Elsa.

El señor de la tienda mira al papá de Elsa. El papá de Elsa se mira los zapatos. Elsa mira al señor de la tienda, y mueve la cabeza de un lado a otro con semblante serio.

—Mi papá no va a ayudarte. Te pagaré doscientos.

El señor de la tienda adopta un semblante que probablemente es el que les muestra a los niños que le parecen lindos pero estúpidos.

—Así no es como funcionan las cosas, pequeñita.

Elsa se encoge de hombros.

—¿A qué hora cierran hoy? —pregunta Elsa con un tono indiferente.

—En cinco minutos —suspira el señor.

—¿Y aquí tienen un almacén lo suficientemente grande?

—¿Eso qué tiene que ver?

—Solo me lo preguntaba —dice Elsa.

—No, no tenemos ningún espacio para almacenar cosas —dice el señor.

—¿Y abren en la víspera de Navidad?
El señor hace una pausa.
—No.
Elsa frunce los labios, fingiendo sorpresa.
—Entonces, aquí tienes un árbol. Y no tienes un almacén. ¿Y qué día dijiste que es mañana?
Elsa consigue el árbol por doscientos. Y también se lleva de regalo una caja de luces para el balcón y un alce navideño gigantesco.
—¡No vayas a regresar a la tienda para darle más dinero! —le advierte Elsa a su papá mientras él sube todas las cosas a Audi. Papá suspira.
—Nada más lo hice una vez, Elsa. Una sola vez. Y en esa ocasión te portaste muy antipática con el vendedor.
—¡Uno tiene que negociar! —dice Elsa.
Abuelita le enseñó eso. Papá también odiaba ir de compras con ella.

Audi se detiene afuera del edificio. Como de costumbre, Papá le había bajado al volumen del estéreo para que Elsa no tuviera que oír su música. Alf sale a la calle para ayudar a Papá a cargar la caja, pero Papá insiste en que puede hacerlo él solo. Porque esa es la tradición, él lleva cargando el árbol al hogar de su hija. Elsa tiene ganas de decirle antes de que se vaya que quiere pasar más tiempo en su casa, una vez que Medi haya nacido. Pero no quiere hacer que su papá se sienta mal, así que al final no le dice nada. Solo le susurra «Gracias por el árbol, Papá», lo que hace que él se ponga contento, y luego se va a su casa con Lisette y sus hijos. Y Elsa se queda parada donde está mientras lo ve partir.

Porque nadie se siente mal si uno no dice nada. Todos los niños de casi ocho años lo saben.

26
Pizza

En Miamas, la Navidad se celebra la noche anterior, tal y como sucede en Suecia, porque esa es la ocasión para contar cuentos navideños. En el reino de Miamas, se considera a todos los cuentos como un tesoro, pero los cuentos navideños son algo verdaderamente especial. Una historia común y corriente puede ser divertida o triste o emocionante o aterradora o dramática o sentimental, pero un cuento navideño debe ser todo esto. Abuelita decía que «Los cuentos navideños se deben escribir con todas las plumas que tengas». Y deben tener un final feliz, según lo ha decidido Elsa por su propia cuenta. De lo contrario, todo puede irse a pique.

Porque Elsa no es ninguna tonta. Ella sabe que, si hay un dragón al inicio de la historia, el dragón aparecerá de nuevo antes de que la historia se termine. Sabe que todo debe volverse más tenebroso y terrible antes de que las cosas resulten bien al final. Porque así es como funcionan las mejores historias.

Elsa es consciente de que va a tener que luchar, a pesar de que está cansada de ello. Así que este cuento de hadas debe tener un final feliz.

Necesita tener un final feliz.

Elsa extraña el aroma a pizza cuando baja por las escaleras. Su abuela decía que, en Miamas, por ley uno tiene que comer pizza en la víspera de Navidad. Abuelita decía muchas tonterías, desde luego, pero Elsa le seguía el juego porque le gusta la pizza, y porque la comida navideña apesta si eres vegetariana.

Además, la pizza tenía un beneficio adicional: el aroma que dejaba en las escaleras volvía loca a Britt-Marie. Porque ella cuelga adornos navideños en la puerta de su apartamento el día antes de la víspera de Navidad, ya que siempre esperan a los hijos de Kent para celebrar las fiestas, y Britt-Marie solo quiere hacer que «¡las escaleras se vean lindas en beneficio de todos!». Pero, entonces, los adornos navideños olían a pizza todo el año, y esto alteraba a Britt-Marie, que terminaba acusando a Abuelita de ser una persona «poco civilizada».

«¡Como si esa vieja bruja pudiera juzgar quién es poco civilizado! ¡No hay persona más civilizada que yo, caramba!», bufaba Abuelita cada año mientras se movía a hurtadillas por la noche, según era la tradición, para colgar pedacitos de *calzone* encima de todos los adornos navideños de Britt-Marie. Y, cuando Britt-Marie se aparecía en el apartamento de Mamá y de George en la mañana de la víspera de Navidad, tan enfadada que decía todas sus frases dos veces, Abuelita se defendía alegando que la pizza también se podía usar para hacer adornos navideños, y que solo quería hacer que «¡el lugar se viera lindo en beneficio de todos!». Hubo una ocasión en la que a Abuelita se le cayó el *calzone* entero de las manos, y terminó metiéndose por la ranura del correo de Britt-Marie y Kent. Britt-Marie estaba tan molesta en la mañana de la víspera de Navidad que se le olvidó ponerse su chaqueta floreada.

A decir verdad, no hubo nadie que pudiera explicar cómo se le puede caer a uno por accidente un *calzone* entero a través de la ranura para el correo de una puerta.

● ● ●

Elsa respira profundo un par de veces de forma mesurada en las escaleras, porque eso es lo que Mamá le ha dicho que debe hacer cada vez que se enfada. Mamá en verdad está haciendo todas las cosas que Abuelita nunca hizo. Como, por ejemplo, pedirle a Elsa que invite a Britt-Marie y a Kent a la cena de Navidad con los demás vecinos. Abuelita nunca habría hecho eso. «¡Sobre mi cadáver!», habría exclamado con un rugido si Mamá se lo hubiera propuesto. Aunque Elsa cae en la cuenta de que Abuelita no podría haberse puesto a discutir al respecto, ahora que su cuerpo efectivamente es un cadáver. Pero eso no importa. Es algo así como una cuestión de principios. Eso es lo que Abuelita habría dicho si estuviera aquí. A pesar de que Abuelita odiaba los principios. En especial los de otras personas.

Pero Elsa no puede decirle que no a Mamá en este momento ya que, después de mucho rogarle, Mamá terminó por darle permiso para esconder al vorv en el apartamento de Abuelita durante la Navidad. Es bastante difícil decirle que no a una mamá que te deja llevar a un vorv a tu casa, incluso si Mamá todavía suspira cuando cree que Elsa «exagera» al decir que Kent está tratando de matarlo.

Por otro lado, Elsa está contenta porque el vorv dejó en claro de forma inmediata que George no le agradaba en lo más mínimo. No es que Elsa crea que alguien debería odiar a George, pero la verdad es que nunca ha habido alguien que lo odie, así que esta situación es algo agradable, aunque sea solo para variar.

El niño con un síndrome y su mamá están por mudarse al apartamento de Abuelita. Elsa lo sabe porque toda la tarde ha estado jugando a esconder la llave con el niño, mientras Mamá, George, Alf, Lennart, Maud y la mamá del niño han estado sentados en la cocina, hablando de secretos. Ellos lo niegan, por supuesto, pero Elsa sabe cómo suenan las voces que comparten un secreto. Uno sabe esas cosas cuando tiene casi ocho años. Odia que Mamá le oculte secretos. Cuando eres consciente de que alguien te está ocultando un secreto, te sientes como un idiota; y a nadie le gusta sentirse como un idiota.

Y Mamá debería saberlo. De hecho, si hay alguien que debería saberlo es ella.

Elsa sabe que están conversando sobre cómo el apartamento de Abuelita sería un lugar más fácil de defender, en caso de que Sam venga aquí. Y no lo sabe porque alguno de ellos haya dicho el nombre de Sam, pero Elsa no es ninguna tonta, ella es consciente de que Sam va a venir al edificio tarde o temprano, y de que Mamá está planeando reunir a todo el ejército de Abuelita en el último piso. Elsa y el vorv se encontraban en el apartamento de Lennart y Maud cuando Mamá le dijo a Maud que empacaran «solamente lo esencial», tratando de sonar como si la situación no fuera nada grave. Entonces, Maud y el vorv empacaron en unas maletas enormes todas las latas de galletas que pudieron encontrar; y, cuando Mamá se dio cuenta de esto, suspiró y dijo: «¡Por favor, Maud, dije que empacaran solamente lo esencial!». Maud miró perpleja a Mamá y le respondió: «Las galletas son esenciales».

El vorv gruñó contento para manifestar que estaba de acuerdo con Maud; luego miró a Mamá con una expresión que, más que de enojo, era de decepción, y después echó a la maleta con un empujoncito una lata más de galletas de chocolate y maní, para dejar todavía más en claro su postura. Luego subieron todas las cosas al apartamento de Abuelita, y George les invitó vino especiado a todos. El vorv bebió más vino que nadie. Y, ahora, todos los adultos están sentados en la cocina de Mamá y de George, compartiendo secretos.

Elsa lo sabe.

La puerta de Britt-Marie y de Kent está cubierta de adornos navideños, pero nadie le abre a Elsa cuando toca el timbre. Encuentra a Britt-Marie hasta la planta baja del edificio, junto a la puerta principal. Está de pie con las manos entrelazadas sobre el vientre, mirando desconsolada el cochecito para bebés que todavía está asegurado a la barandilla de la escalera. Tiene puesta la chaqueta floreada y el broche. Y hay un nuevo aviso en la pared.

El primer aviso decía que estaba prohibido dejar cochecitos en ese lugar. Luego, alguien lo quitó. Y, ahora, alguien puso un nuevo aviso. Y el cochecito aún sigue aquí. Aunque, al acercarse a él, Elsa se da cuenta de que no es un aviso nuevo. Es un crucigrama.

Britt-Marie se sobresalta cuando avista a Elsa.

—Ajá. Ya veo. Esto es obviamente alguna clase de ocurrencia de tu familia, como de costumbre. ¡Por supuesto que lo es!
Enfadada, Elsa niega con la cabeza.
—Tal vez no lo es.
—Desde luego que esto les parece gracioso, a ti y a tu familia. Ponernos en ridículo a los demás inquilinos del edificio. Pero voy a llegar al fondo del asunto y encontraré a los responsables, deben tener eso muy en claro. De hecho, dejar cochecitos en las escaleras es un riesgo de incendio. Y también pegar avisos en las paredes. ¡El papel puede empezar a arder, lo digo en serio!
Britt-Marie alisa una supuesta arruga en su falda, y frota su broche para desvanecer una mancha que nunca estuvo ahí.
—De verdad que no soy una idiota, de verdad que no lo soy. Sé que, en esta asociación de condóminos, ustedes hablan a mis espaldas. ¡Yo sé que lo hacen!

Elsa no sabe a ciencia cierta qué sucede en su interior en este momento, pero tal vez puede ser la combinación de las palabras «no soy una idiota» y «a mis espaldas». Una sensación muy desagradable, corrosiva y pestilente sube hasta su garganta, y pasa un buen rato hasta que se ve obligada a reconocer, muy a su pesar, que lo que siente se llama simpatía.
Simpatía por Britt-Marie.
A nadie le gusta sentirse como un idiota.

Así que Elsa no dice nada acerca de que Britt-Marie tal vez podría tratar de dejar de comportarse como una tonta entrometida todo el tiempo si quiere que la gente hable más con ella. Ni siquiera menciona el hecho de que, en realidad, no hay ninguna asociación de condóminos. Solo se traga todo ese orgullo del que se estaba alimentado y murmura:
—Mi mamá y George quieren invitarlos a ti y a Kent a nuestra cena de Navidad mañana en nuestro apartamento. Toda la demás gente del edificio va a estar ahí. O al menos casi todos.

Los ojos de Britt-Marie empiezan a vacilar, aunque solo por unos instantes. Elsa recuerda fugazmente la manera en que la miró más temprano el día de hoy, con ese destello de humanidad que apenas si se asomó en sus pupilas. Pero, entonces, Britt-Marie parece reaccionar y responde:

—Ajá. Ya veo. Pero no puedo responder a invitaciones así sin más, pues Kent está en su oficina justo en este momento, y hay gente en este edificio que tiene que dedicarse a su trabajo. Puedes darle ese mensaje a tu mamá. No todo el mundo dispone de tiempo libre durante todas las fiestas navideñas. Y los hijos de Kent van a venir mañana, y a ellos no les gusta ir corriendo por ahí a las fiestas de otras personas, les gusta estar en casa con Kent y conmigo. Y vamos a comer comida navideña tradicional, como una pequeña familia civilizada. Eso es lo que haremos. ¡Puedes darle ese mensaje a tu mamá!

Y, luego, Britt-Marie se sacude tantas migajas invisibles de su chaqueta que uno podría juntarlas hasta formar una hogaza completa de pan invisible, y enseguida se va subiendo por las escaleras con paso firme, sin esperar una respuesta de Elsa.

Elsa se queda donde estaba, moviendo la cabeza de un lado a otro y mascullando «Tonta, tonta, tonta». Mira el crucigrama en la pared encima del cochecito; no sabe quién lo puso ahí, pero, a decir verdad, desearía haberlo hecho ella misma, porque es evidente que está volviendo completamente loca a Britt-Marie.

Elsa sube por la escalera de nuevo. Llama a la puerta de la mujer de la falda negra. Hoy tiene puestos sus pantalones de mezclilla.

—Mañana vamos a tener una cena de Navidad en nuestra casa. Con gusto puedes ir, si tú quieres —dice Elsa, y luego agrega—: De hecho, puede ser una cena muy agradable, ¡porque Britt-Marie y Kent no van a estar ahí!

Parece que la mujer de los pantalones de mezclilla se queda petrificada.

—No... No, yo no... No se me da bien conocer gente nueva.

Elsa asiente.

—Lo sé. Pero tampoco parece que se te dé superbién estar sola.

La mujer la mira por un buen rato, mientras se pasa la mano despacio por el cabello. Elsa le devuelve la mirada con determinación.

—Tal vez... tal vez pueda ir. Un... un ratito.

—¡Podemos comprar pizza! Es decir, si es que no te gusta la comida navideña —dice Elsa con ilusión.

La mujer sonríe. Elsa también.

Alf sale por la puerta del apartamento de Abuelita, justo cuando Elsa viene subiendo por las escaleras. El niño con un síndrome da vueltas alegremente alrededor de él, haciendo un pequeño baile, y Alf lleva una enorme caja de herramientas en la mano que trata de esconder en cuanto avista a Elsa.

—¿Qué hacen? —pregunta Elsa.

—Nada —responde Alf, de forma evasiva.

El niño con un síndrome se mete saltando con los pies juntos al apartamento de Mamá y de George, y se dirige hacia un enorme tazón que contiene figuras de Santa Claus de chocolate. Alf trata de pasar junto a Elsa en las escaleras, pero Elsa se planta en su camino.

—¿Qué es eso? —pregunta ella, al tiempo que señala la caja de herramientas.

—¡Nada! —repite Alf, mientras intenta esconder la caja detrás de su espalda.

Elsa nota que Alf despide un fuerte olor a aserrín.

—¡No es nada, *sure*! —dice ella malhumorada.

Trata de no sentirse como una idiota. No le resulta del todo bien.

Elsa echa un vistazo al interior del apartamento para observar al niño con un síndrome. Se ve muy contento, como solo un niño de casi siete años puede estar cuando tiene frente a él un enorme tazón de Santas de chocolate. Elsa se pregunta si el niño está esperando al

Santa Claus verdadero, el que no está hecho de chocolate. Como es obvio, Elsa no cree en Santa, pero le tiene mucha fe a la gente que cree en él. Elsa le escribía cartas a Santa Claus cada Navidad cuando era pequeña; no solo eran listas de deseos, sino cartas enteras de verdad. En ellas hablaba muy poco de la Navidad, y bastante de política. Porque Elsa opinaba, por lo general, que Santa Claus no se involucraba lo suficiente en los temas sociales de interés actual, y creía que él necesitaba que alguien lo mantuviera informado sobre estas cuestiones, en medio del diluvio de cartas llenas de avaricia y adulaciones que recibía de todos los demás niños cada año. Alguien tenía que asumir aunque fuera una pizca de responsabilidad. Hubo un año en el que Elsa vio el anuncio de Coca-Cola, y esa Navidad una buena parte de la carta se centraba en que Santa Claus había vendido su alma. En otro año, Elsa vio un documental en la televisión sobre el trabajo infantil, al que le siguieron muchas comedias navideñas estadounidenses; y, considerando que Santa Claus tiene contratados a muchos duendes como sus asistentes, pero los duendes pueden tener la figura de un niño, Elsa le exigió a Santa Claus que le explicara inmediatamente si los duendes que trabajaban para él eran niños de verdad —en cuyo caso estaba contratando mano de obra infantil—, o si solo tenían la misma apariencia que un niño.

Santa Claus no le respondió sus inquietudes, así que Elsa le envió otra carta, muy extensa y con un tono bastante enfadado, pero que tal vez podía resumirse con la palabra «¡Cobarde!». Al año siguiente, Elsa había aprendido a usar Google, y fue entonces cuando comprendió que Santa Claus no le había contestado porque no existe. Así que ya no le escribió más cartas.

Al día siguiente, por casualidad les mencionó a su abuela y a su mamá que Santa no existía. Mamá se alteró tanto que se atragantó con su vino especiado, y, cuando Abuelita vio esto, de inmediato se volvió hacia Elsa con un gesto dramático, fingió que estaba todavía más alterada y exclamó: «¡Eso no se dice, Elsa! ¡Lo correcto es decir que Santa Claus "desafía la realidad"!».

Mamá no se rio con esto en lo absoluto, cosa que no le importó a Abuelita. Pero Elsa sí se echó a reír, y eso fue suficiente para su abuela. El día previo a la víspera de la Navidad de ese año, Elsa recibió una carta de Santa Claus en la que él la regañaba por empezar a portarse con una actitud rebelde, y luego se convertía en un largo sermón que empezaba con «mocosa malagradecida», y después continuaba mencionando que los duendes no habían podido llegar a un acuerdo para firmar un nuevo contrato colectivo de trabajo con Santa ese año, porque Elsa había dejado de creer en él.

«Sé que tú escribiste esto», le había espetado Elsa a su Abuela.

«¿Por qué estás tan segura?», le preguntó su abuela con una indignación exagerada.

«¡Porque ni siquiera Santa Claus es tan tonto como para creer que *colectivo* se escribe con *b* y *trabajo* con *v*!».

Abuelita ya no pareció estar tan indignada, y le pidió perdón. Y luego trató de convencer a Elsa de que se fuera corriendo a la tienda a comprar un encendedor para sus cigarros, y a cambio ella le tomaría el tiempo. Pero, esa vez, Elsa ya no picó el anzuelo.

Entonces, Abuelita se puso de mal humor su disfraz de Santa Claus recién comprado, y luego fueron al hospital infantil donde trabajaba un amigo de Abuelita. Abuelita recorrió el lugar durante todo el día, contándoles cuentos de hadas a niños con serias enfermedades, y Elsa iba detrás de ella repartiendo juguetes. Fue la mejor Navidad que Elsa había tenido hasta entonces. Abuelita le prometió que esto se iba a volver una tradición para ellas, pero terminó siendo una pésima tradición porque solo tuvieron tiempo de hacerlo una vez, antes de que Abuelita se muriera.

Elsa mira al niño con un síndrome. Luego mira a Alf, y sus ojos se topan con los de él. Cuando el niño desaparece en el interior del apartamento porque avistó un tazón con conejitos de chocolate, Elsa se mete a hurtadillas al vestíbulo, abre el baúl que se encuentra ahí y saca el traje de Santa Claus. Sale de vuelta a la caja de la escalera, y pone el traje en los brazos de Alf.

Alf lo mira como si justo hubiera tratado de hacerle cosquillas.

—¿Qué es esto?

—¿Qué parece? —pregunta Elsa.

—¡Olvídalo! —le dice Alf a Elsa en un claro gesto de rechazo, al tiempo que le devuelve el disfraz a la fuerza.

—¡Olvídate de que puedes olvidarte de esto! —le dice Elsa a Alf, al tiempo que le pone de nuevo el traje en sus brazos de forma todavía más enérgica.

—Tu abuela decía que ni siquiera crees en el maldito Santa Claus —masculla Alf.

Elsa pone los ojos en blanco.

—No creo en él, pero no es como si todo tuviera que ver conmigo, ¿verdad?

Elsa señala el interior del apartamento. El niño con un síndrome está sentado en el suelo frente a la televisión. Alf lo ve, y entonces gruñe.

—¿Por qué no se disfraza Lennart de Santa Claus?

—Porque Lennart no puede ocultarle un secreto a Maud —responde Elsa de forma impaciente.

—¿Y eso qué rayos importa?

—¡Es importante porque Maud no puede ocultarle un secreto a nadie!

Alf mira a Elsa con los ojos entrecerrados. Luego, masculla a regañadientes que hay algo de cierto en ello. Porque Maud de verdad no podría ocultar un secreto ni aunque se lo pegaran en las palmas de las manos. Cuando George estaba jugando a esconder la llave con Elsa y el niño hace un rato, Maud los iba siguiendo y les susurraba una y otra vez «Tal vez deberían buscar en la maceta del librero»; y, cuando la mamá de Elsa le dijo a Maud que la idea detrás del juego era que descubrieras por tu propia cuenta dónde estaba escondida la llave, Maud se vio muy afligida y dijo «Los niños parecen tristes cuando están buscándola, y no quiero que se sientan tristes».

—Así que tú debes ser Santa Claus —dice Elsa a manera de conclusión.

—¿Qué hay de George? —intenta sugerir Alf.

—Es demasiado alto. Además, sería demasiado obvio que es él, porque seguramente se pondría su short para trotar por encima del disfraz de Santa —explica Elsa.

Da la impresión de que, para Alf, eso no representaría una gran diferencia entre él y George. Da un par de pasos malhumorados para entrar al vestíbulo del apartamento, y echa un vistazo al interior del baúl como si tuviera la esperanza de encontrar una mejor opción. Pero todo lo que hay dentro son sábanas y el traje de Spider-Man de Elsa.

—¿Y eso qué es? —pregunta Alf al tiempo que pincha el disfraz con el dedo, como si el disfraz fuera a pincharlo a él también.

—Mi traje de Spider-Man —gruñe Elsa, y trata de cerrar la tapa del baúl.

—¿Cuándo se pone uno esa cosa? —pregunta Alf. Parece como si estuviera esperando que Elsa le dé la fecha exacta en que se celebra el día de Spider-Man.

—Se supone que lo voy a usar cuando empiecen las clases de nuevo. Es para un proyecto escolar que tenemos —responde Elsa, y cierra el baúl de golpe.

Alf se queda parado ahí con el disfraz de Santa Claus en la mano, sin que parezca tener algún interés. En lo más mínimo, de hecho. Elsa deja escapar un quejido.

—Si de verdad tienes que saberlo, no voy a ser Spider-Man, porque parece que ¡las niñas no podemos ser Spider-Man!

En realidad, Alf no da la impresión de tener que saberlo. Pero, de todos modos, Elsa dice malhumorada:

—Pero ya no importa, ¡no aguanto tener que estar peleándome con todos todo el maldito tiempo!

Alf ya va caminando de regreso a la caja de la escalera. Elsa se traga las lágrimas para que él no la oiga. Tal vez de todos modos la oye, porque se detiene en la esquina de la barandilla. Estruja el traje de Santa con el puño. Suspira. Dice algo que Elsa no alcanza a oír.

—¿Qué? —dice Elsa con irritación.

Alf suspira de nuevo, esta vez con más fuerza.

—Dije que creo que tu abuela habría querido que te vistas como se te dé la maldita gana —repite él con tono áspero, sin volverse.

Elsa introduce las manos en los bolsillos y clava la mirada en el suelo.

—Los demás niños en la escuela dicen que las niñas no podemos ser Spider-Man...

Alf baja dos escalones arrastrando los pies. Se detiene. Voltea a verla.

—¿No crees tú que muchos bastardos le dijeron cosas como esa a tu abuela?

Elsa lo mira de reojo.

—¿Ella se vestía de Spider-Man?

—No.

—Entonces, ¿de qué estás hablando?

—Se vestía de doctora.

Elsa levanta la mirada.

—¿La gente le decía que no podía ser doctora? ¿Porque era una mujer?

Alf acomoda algo en la caja de herramientas con una mano, y luego mete ahí el traje de Santa con la otra.

—Probablemente le dijeron que no podía hacer muchas cosas por muchas razones. Pero de todos modos las hizo, carajo. Unos cuantos años antes de que ella naciera todavía les decían a las mujeres que no podían votar en las malditas elecciones, pero ahora ya lo hacen. Así es como les haces frente a los bastardos que te dicen qué puedes hacer y qué no. Haz lo que quieras hacer de todas formas, maldita sea.

Elsa mira sus zapatos. Alf mira su caja de herramientas. Entonces, Elsa entra al vestíbulo, toma dos Santas de chocolate, se come uno y le lanza el otro a Alf, que lo atrapa con su mano libre, y se encoge ligeramente de hombros.

—Creo que tu abuela habría querido que te vistieras de lo que tú quisieras, caramba.

Elsa asiente. Alf masculla algo inaudible y se va. Elsa oye que Alf cierra la puerta de su apartamento y su música de ópera italiana empieza a filtrarse al exterior, hasta llegar al último piso. Elsa entra de nuevo al vestíbulo y toma el tazón entero de Santas de chocolate. Luego toma al niño con un síndrome de la mano y llama al vorv. Los tres atraviesan el rellano para meterse al apartamento de Abuelita, y se introducen a gatas al armario mágico que dejó de crecer cuando Abuelita falleció. Huele a aserrín. Y, de hecho, el armario ha crecido como por arte de magia hasta alcanzar justo el tamaño suficiente para que quepan dos niños y un vorv.

El niño con un síndrome entrecierra los ojos, y Elsa se lo lleva a la Tierra-a-punto-de-despertar. Vuelan por encima de los seis reinos y, cuando toman rumbo hacia Mimovas, es como si el niño reconociera en dónde está. Se baja de un salto de la criatura nebulosa y empieza a correr. Cuando llega a las puertas de la ciudad, donde la música de Mimovas inunda su ser, empieza a bailar. Baila de forma maravillosa. Y Elsa baila con él.

Porque no importa que los niños no puedan hablar, si pueden bailar de forma maravillosa.

27
Vino especiado

El vorv despierta a Elsa en plena noche porque tiene ganas de orinar. Bueno, tal vez no es tan tarde, pero así es como se siente, y afuera está oscuro, así que Elsa le masculla somnolienta al vorv que tal vez no debió haber bebido tanto vino especiado, y trata de volver a dormirse. Por desgracia, el vorv empieza a verse más o menos como un vorv que está planeando orinarse en una bufanda de Gryffindor, así que Elsa agarra la bufanda y, de mala gana, acepta sacar al vorv.

Cuando salen del armario, Mamá y la mamá del niño con un síndrome están haciendo las camas en el cuarto de huéspedes de Abuelita.

—Tiene que orinar —explica Elsa con cansancio cuando su mamá los ve.

Mamá asiente con renuencia, y le dice que Alf la tiene que acompañar.

Elsa asiente a su vez. La mamá del niño con un síndrome le sonríe.

—Según me dijo Maud, tengo entendido que tal vez fuiste tú quien dejó una carta de tu abuela en nuestro buzón ayer.

Elsa clava la mirada en los calcetines.

—Pensé en tocar el timbre, pero, tú sabes, al final no quise. O sea, no quise molestar. O algo así.

La mamá del niño sonríe de nuevo.

—Me escribió para disculparse. Tu abuelita, quiero decir. Pidió perdón porque ya no iba a poder protegernos. También dijo que siempre podía confiar en ti. Y luego me pidió que tratara de hacer que confiaras en mí.

—¿Puedo preguntarte algo que tal vez sea un poquito descortés? —dice Elsa.

—Desde luego.

Elsa se pincha la palma de la mano con el dedo.

—¿Cómo puede alguien soportar vivir con miedo todo el tiempo? O sea, cuando sabes que alguien como Sam está allá afuera cazándote... ¿Cómo puedes aguantar vivir con eso?

—Ay, Elsa, por favor... —susurra la mamá de Elsa, y le sonríe a la mamá del niño para disculparse con ella. Pero la mamá del niño se limita a agitar la mano en el aire, para dar a entender que no hay ningún problema.

—Tu abuela decía que, a veces, uno tiene que hacer cosas que son peligrosas. De lo contrario, no seríamos seres humanos de verdad.

—Eso se lo robó de *Los hermanos Corazón de León* —dice Elsa.

—Lo sé —responde la mamá del niño con una sonrisa.

Elsa asiente. La mamá del niño sonríe otra vez y se vuelve hacia Mamá, dando la impresión de que quiere cambiar de tema. Tal vez más por el bien de Elsa que por el suyo propio.

—¿Ya saben qué va a ser? —pregunta ella, al tiempo que hace un leve gesto hacia el vientre de Mamá.

La mamá de Elsa sonríe casi abochornada, y niega con la cabeza.

—Queremos esperar hasta que nazca.

—Va a ser elle —le informa Elsa a la mamá del niño desde el umbral de la puerta.

Mamá parece sentirse apenada.

—Bueno, o sea, no hemos averiguado si va a ser niño o niña. George no quiere... tú sabes. Vamos a estar muy contentos sin importar qué sea.

La mamá del niño asiente con entusiasmo.

—Yo tampoco quise saber antes de que naciera. Pero, cuando nació, ¡quise saberlo todo acerca de él de inmediato!

La mamá de Elsa suspira aliviada, como suspiras cuando estás esperando un bebé, y estás acostumbrada a que individuos no embarazados de todo tipo se sientan exhortados a hacerte preguntas sobre el nacimiento que está por ocurrir, con la clase de tono que normalmente usan los interrogadores de la división de narcóticos. Mamá esboza una gran sonrisa.

—Exacto, así es como me siento. ¡No importa qué sea, siempre que el bebé nazca sano!

La culpa inunda el rostro de Mamá, en el mismo instante en el que la última palabra se escapa de sus labios. Mira de reojo más allá de Elsa, hacia el armario, donde el niño con un síndrome está acostado durmiendo.

—Perdón, no quise decir... —logra decir Mamá, pero la mamá del niño la interrumpe de inmediato.

—Oh, no te disculpes. No hay problema. Sé lo que la gente dice. Pero él está sano. Simplemente podría decirse que tiene un poquito más de todo.

—¡A mí me gusta cuando algo tiene un poquito más de todo! —exclama Elsa muy contenta, pero luego parece abochornarse. Entonces se aclara la garganta y murmura—: Excepto en las hamburguesas vegetarianas. Siempre les quito el tomate.

Las dos mamás se echan a reír con tantas ganas que sus carcajadas retumban en el apartamento de Abuelita. Da la impresión de que eso es lo que más necesitaban. Así que, incluso si no era su intención, Elsa decide atribuirse el mérito de ello.

●●●

Alf está esperándolos a ella y al vorv en la caja de la escalera. No sabe cómo se enteró él de que iban en camino. La oscuridad afuera del edificio es tan densa que, si lanzaras una bola de nieve, la perderías de vista antes de soltarla. Pasan sin hacer ruido por debajo del balcón de Britt-Marie para que no descubra al vorv, pero se mantienen pegados al edificio, incluso cuando han doblado la esquina. El vorv se mete de reversa debajo de un arbusto, y parece que habría apreciado mucho que alguien le prestara un periódico o algo por el estilo. Elsa y Alf le dan la espalda, en un gesto de consideración.

Elsa se aclara la garanta.

—Gracias por ayudarme a ir por Renault.

Alf suelta un gruñido. Elsa hunde las manos en los bolsillos de la chaqueta.

—Kent es un imbécil. ¡Alguien debería envenenarlo a él!

Alf vuelve la cabeza con lentitud.

—No digas eso.

—¿Qué? —exclama Elsa.

—Que no hables así, caramba.

—¿Hablar cómo? ¡Tú sabes que es un imbécil!

—Puede ser. Pero no lo llames así enfrente de mí, con un demonio.

Elsa deja salir un bufido.

—¡O sea, tú le dices «maldito estúpido» todo el tiempo!

—Sí, yo puedo hacer eso. Pero tú no debes insultarlo.

Elsa extiende los brazos a los lados con indignación.

—¿Por qué no?

La chaqueta de cuero de Alf cruje.

—Porque yo puedo hablar mal de mi hermano menor, tú no.

Elsa se tarda muchos tipos diferentes de eternidades en poder digerir esta información.

—No sabía que él y tú eran parientes —logra decir ella al final.

Alf gruñe. Elsa se aclara la garganta de nuevo.

—¿Por qué son tan malos entre ustedes si son hermanos?

—Tú no escoges quiénes van a ser tus hermanos —masculla Alf.

Elsa no sabe cómo responder a esto. Piensa en Medi, aunque preferiría no hacerlo, así que trata de cambiar de tema.

—¿Por qué no tienes novia? —pregunta ella, con una curiosidad sincera.

—Eso no es asunto tuyo —responde él, con una falta de amabilidad que también es muy sincera.

—¿Has estado enamorado alguna vez? —pregunta Elsa.

La chaqueta de Alf chirría.

—Soy un maldito adulto. Es obvio que he estado enamorado. Todo el mundo ha estado enamorado alguna vez, carajo.

—¿Cuántos años tenías?

—¿La primera vez que me enamoré? —masculla Alf.

—Sí.

—Tenía diez años.

—¿Y la segunda vez?

La chaqueta de Alf rechina una vez más. Mira su reloj y empieza a caminar de regreso al edificio.

—No ha habido una segunda vez.

Elsa está a punto de preguntarle algo más. Pero entonces lo oyen. O, más bien, el vorv lo oye primero. Es un grito. El vorv sale corriendo del arbusto y se arroja a la oscuridad como si fuera una lanza negra. Y Elsa lo oye ladrar por primera vez. Creía que ya conocía sus ladridos, pero estaba equivocada. Todo lo que había oído hasta ahora no eran más que gañidos y gemidos en comparación. Este ladrido hace que su cerebro vibre y los cimientos del edificio tiemblen. Es un grito de batalla.

Elsa llega primero. Es mejor para correr que Alf.

Britt-Marie se halla a un par de metros de la puerta principal, con el rostro pálido. Sobre la capa de nieve en el suelo yace una bolsa de supermercado, de la que se salieron historietas y paletas de caramelo. Sam está a unos cuantos pasos de distancia.

Con un cuchillo en la mano.

El vorv se encuentra parado en medio de los dos, con actitud decidida. Sus patas delanteras están plantadas en la nieve con la firmeza de dos columnas de concreto, y está enseñando los dientes. Sam no se mueve, pero Elsa puede notar que está vacilando.

Sam se vuelve despacio y entonces la ve. Su mirada derrumba la espina dorsal de Elsa. Sus rodillas quieren ceder, hundirse en la nieve y desaparecer. El cuchillo resplandece a la luz de las farolas. La mano de Sam se mantiene inmóvil en el aire, su cuerpo rígido está cargado de hostilidad. Su mirada fría y agresiva se mete debajo de la piel de Elsa. Pero Elsa se percata de que el cuchillo no está apuntando hacia ella.

Elsa puede oír a Britt-Marie sollozando; y no sabe de dónde brota su instinto, ni de dónde proviene su valor; tal vez solo es temeridad pura —Abuelita siempre decía que Elsa y ella eran de esas personas que, en lo más profundo de su ser, están un poquito mal de la cabeza, y eso tarde o temprano las iba a meter en un lío—, pero Elsa se echa a correr. Corre directo hacia Sam. Ve que el cuchillo baja unos cuantos centímetros con un movimiento firme, y la otra mano se eleva como una garra lista para atraparla cuando ella salte. Pero no tiene tiempo de llegar hasta él.

Se estrella contra un objeto rígido y oscuro. Percibe un olor a cuero curtido. Oye el crujido de la chaqueta de Alf.

Y, entonces, Alf está de pie frente a Sam, con el mismo lenguaje corporal ominoso. Elsa puede ver que un martillo se asoma por la manga de la chaqueta de Alf y se desliza hasta su mano. Alf lo agita tranquilamente en el aire de un lado a otro. El cuchillo de Sam no se mueve. No se quitan los ojos de encima.

Elsa no sabe cuánto tiempo permanecen ahí. Por cuántas eternidades de cuentos de hadas. Se siente como si transcurrieran todas y cada una de ellas. Como si tuviera tiempo de morir. Como si el terror fuera a hacer que le estalle el corazón.

—La policía ya viene en camino —termina por decir Alf en voz baja.

Suena como si lamentara que no van a poder acabar con todo esto aquí y ahora.

Los ojos de Sam se mueven con tranquilidad de Alf al vorv, que tiene los pelos erizados. Sus gruñidos son como una tormenta de truenos que retumban en sus pulmones. Una leve sonrisa se asoma de forma discreta en los labios de Sam, por un tiempo tan largo que se vuelve insoportable. Entonces da un solo paso hacia atrás, y la oscuridad lo engulle.

La patrulla se derrapa al dar vuelta en la calle, pero, para entonces, Sam ya se ha ido. Elsa se desploma en la nieve; parece como si lo que sostenía sus prendas se hubiera desvanecido. Siente que la enorme mano de Alf la levanta, y lo oye diciéndole al vorv entre dientes que suba corriendo por las escaleras antes de que la policía lo vea. Elsa también puede oír la respiración agitada de Britt-Marie y el crujir de la nieve bajo las botas de los policías. Pero su conciencia ya está en otra parte muy lejos de aquí.

Elsa está avergonzada de ello, de tener tanto miedo que solo cierra los ojos y huye al interior de su mente. Ningún caballero de Miamas había sido paralizado de esta forma por el temor. Un auténtico caballero habría permanecido en su posición, con la espalda derecha, sin refugiarse en su sueño. Pero Elsa no puede evitarlo.

Es demasiada realidad para una niña de casi ocho años.

Se despierta en la tibia cama de la habitación de su abuela. Siente la nariz del vorv apoyándose en su hombro, y le acaricia la cabeza.

—Fuiste muy valiente —susurra ella.

Parece como si el vorv pensara que tal vez se merece una galleta. Elsa se desliza por debajo de las sábanas empapadas de sudor hasta que posa los pies en el suelo. A través de la apertura de la puerta ve que Mamá está en el vestíbulo, con el rostro teñido de gris. Está gritándole a Alf, con tanta furia que no puede contener las lágrimas. Alf solo permanece en silencio, soportándolo todo. Elsa corre a los brazos de Mamá.

—¡No fue culpa de ellos, sólo estaban tratando de protegerme! —solloza Elsa.

La voz de Britt-Marie la interrumpe.

—¡No, obviamente fue mi culpa! Fue culpa mía. Todo fue culpa mía, Ulric-ka.

Elsa se vuelve hacia Britt-Marie. Se da cuenta de que Maud, Lennart y la mamá del niño con un síndrome también están en el vestíbulo. Todos miran a Britt-Marie. Ella entrelaza las manos sobre su vientre.

—Él estaba parado afuera de la puerta principal escondiéndose, pero yo reconocí el olor de esos cigarros, lo reconocí. Así que le dije que en esta asociación de condóminos está prohibido fumar junto a la puerta principal, ¡eso está prohibido! Y fue entonces cuando sacó ese...

Britt-Marie no es capaz de decir «cuchillo» sin que la voz se le quiebre de nuevo. Parece ofendida. Como uno lo parece cuando eres el último en enterarte de un secreto y te sientes como un idiota.

—Desde luego que todos ustedes saben quién es él. ¡Desde luego que lo saben! Pero obviamente ninguno pensó en advertirme al respecto. Ninguno de ustedes. ¡A pesar de que soy la responsable de los comunicados en esta asociación de condóminos!

Britt-Marie alisa una arruga en su falda. Esta vez es una arruga real. La bolsa con las historietas y las paletas de caramelo está a sus pies. Maud trata de posar una mano afectuosa en el brazo de Britt-Marie, pero Britt-Marie se aparta. Maud sonríe con tristeza.

—¿Dónde está Kent? —pregunta Maud con delicadeza.

—¡Está en una reunión de negocios! —responde Britt-Marie de forma brusca.

Alf mira a Britt-Marie, luego mira la bolsa del supermercado, y luego mira a Britt-Marie de nuevo.

—¿Qué hacías afuera tan tarde? —pregunta él.

Britt-Marie lo fulmina con la mirada.

—¡Estaba en la tienda! ¡Siempre les regalamos historietas y paletas de caramelo a los hijos de Kent cuando vienen en Navidad! ¡Siempre se las regalamos! Y, de hecho, no soy yo quien debería estar defendiéndose, ¡porque yo no soy la que atrae adictos armados con cuchillos a este edificio!

—Perdón, Britt-Marie. Es solo que no sabíamos qué decir.

¿Por qué no te quedas aquí esta noche, al menos? Tal vez es más seguro si estamos todos juntos, ¿no crees? —sugiere Maud.

Britt-Marie los mira a todos por encima de la punta de su nariz.

—Voy a dormir en mi apartamento. Kent vendrá a la casa esta noche, y yo siempre estoy en casa cuando él llega. ¡Siempre estoy!

Detrás de Britt-Marie, la oficial de policía de los ojos verdes viene subiendo por las escaleras. Britt-Marie se da la vuelta. Los ojos verdes la miran con detenimiento.

—¡Ajá, ya era hora de que ustedes se aparecieran! —hace notar Britt-Marie, sonriendo de forma bienintencionada; pero, entonces, se topa con la mirada de los ojos verdes, y retrocede unos centímetros por puro instinto.

La oficial de los ojos verdes no dice nada. Otro oficial está de pie detrás de ella, y Elsa se percata de que ese oficial parece muy confundido, por el hecho de que acaba de ver a Elsa y a Mamá. Da la impresión de que está recordando que las escoltó al hospital, solo para que se escabulleran cuando llegaron ahí.

Lennart invita a los policías a que pasen por un café, y el policía de verano transmite la sensación de que preferiría hacer eso en lugar de peinar la zona con perros rastreadores; pero, tras recibir una mirada severa de su superiora, declina la invitación de Lennart con un movimiento de cabeza, mientras tiene la vista clavada en el piso. La oficial de los ojos verdes habla con esa clase de voz que llena una habitación sin tener que esforzarse.

—Lo encontraremos —dice ella, con los ojos todavía puestos en Britt-Marie.

Britt-Marie parece tener ganas de responder algo; tal vez quiere quejarse, con un tono muy enfadado, de que por lo visto todos saben quién es ese hombre del cuchillo excepto ella, y tal vez quiere quejarse, con un tono aún más enfadado, de que en este edificio no hay ninguna clase de orden. Cochecitos para bebés y avisos y crucigramas y fumadores con cuchillos por todos lados. Una anarquía total. Pero, al final, no dice nada, pues la oficial de los ojos verdes, al parecer, no la hace sentirse tan segura de sí misma.

La oficial alza las cejas y pregunta:

—¿Y el perro de pelea que Kent reportó ayer por teléfono, Britt-Marie? Dijo que ustedes habían encontrado pelos de perro en las escaleras. ¿Lo has visto esta noche?

Elsa contiene el aliento. Tanto que se le olvida cuestionarse por qué la oficial de los ojos verdes se refiere a Kent y a Britt-Marie por su nombre de pila. Como si la oficial los conociera.

Britt-Marie mira a su alrededor en la habitación. Mira a Elsa, a Mamá, a Maud, a Lennart y a la mamá del niño con un síndrome. Por último, mira a Alf, que no muestra ninguna expresión en su rostro. Los ojos verdes de la oficial barren el vestíbulo. Con las palmas llenas de sudor, Elsa abre y cierra las manos para tratar de hacer que dejen de temblarle. Sabe que el vorv está en la recámara de Abuelita, tan solo unos metros detrás de ella. Sabe que todo está perdido, y no tiene idea de qué puede hacer para detener lo que va a pasar. Jamás podrá escapar con el vorv colándose entre todos los policías que oye que se encuentran al pie de las escaleras; ni siquiera un vorv podría lograr tal hazaña. Van a dispararle. Van a matarlo. Elsa se pregunta si la sombra había planeado esto desde un principio. Porque no se atrevía a pelear ella misma contra el vorv. Sin el vorv y sin Corazón de Lobo, el castillo está indefenso.

Britt-Marie frunce los labios cuando se da cuenta de que Elsa está mirándola fijamente. Intercambia la posición de las manos sobre su vientre y le lanza un pequeño resoplido a la oficial de los ojos verdes, con un repentino aire de superioridad que acaba de apoderarse de ella.

—Quizás cometimos una equivocación, Kent y yo, quizás nos equivocamos. Quizás no eran pelos de perro, es posible que fuera alguna otra clase de inconveniencia. No sería de extrañarse, hay mucha gente rara correteando de un lado a otro por las escaleras del edificio en estos días —dice Britt-Marie, en parte a manera de disculpa y en parte con tono acusatorio, y ajusta el broche que tiene puesto en su chaqueta floreada.

La oficial de los ojos verdes le lanza una mirada rápida a Elsa, y luego asiente con un gesto breve, como si el tema ya estuviera resuelto.

—Vamos a mantener el edificio bajo vigilancia esta noche.

Antes de que alguien tenga tiempo de decir algo, la oficial de los ojos verdes ya va descendiendo por las escaleras, con el policía de verano siguiéndola a tropezones. La mamá de Elsa respira pesadamente, y le extiende la mano a Britt-Marie, pero ella se aleja.

—Obviamente deben pensar que es muy gracioso andar ocultándome secretos y hacerme ver como una idiota. ¡Seguramente eso es lo que ustedes piensan!

—Por favor, Britt-Marie... —trata de decir Maud, pero Britt-Marie mueve la cabeza de un lado a otro y toma su bolsa del piso.

—¡Pienso irme a mi apartamento ahora mismo, Maud! ¡Kent va a venir a la casa esta noche y para entonces yo voy a estar ahí! ¡Y mañana vendrán los hijos de Kent para que tengamos una cena navideña como una familia civilizada y normal!

Y, al decir eso, se marcha por la puerta, golpeando el suelo con cada paso. Aunque de forma bienintencionada.

Pero Elsa nota la manera en la que Alf mira a Britt-Marie cuando se va del apartamento. El vorv está parado en la entrada de la recámara, con esa misma mirada. Y Elsa ya sabe quién es Britt-Marie.

Mamá también baja por las escaleras, aunque Elsa no sabe por qué. Lennart se pone a hacer café. George saca unos cuantos huevos y empieza a preparar más vino especiado. Maud reparte galletas. La mamá del niño con un síndrome se mete gateando al armario para encontrar a su hijo. Elsa puede oír que la mamá hace que el niño se ría. Es bueno tener un superpoder como ese.

Alf sale al balcón y Elsa lo sigue. Permanece atrás de él por un buen rato, vacilante, hasta que se para a su lado y se asoma por encima del barandal. La oficial de los ojos verdes está de pie sobre la nieve, hablando con la mamá de Elsa. La oficial sonríe como le sonrió a Abuelita esa vez que estuvieron en la estación de policía.

—¿Ellas se conocen? —pregunta Elsa sorprendida.

Alf asiente.

—Por lo menos se conocían. Eran mejores amigas cuando tenían tu edad.

Elsa mira a su mamá, que todavía se ve enojada. Luego mira de reojo el martillo que Alf dejó en una esquina del piso del balcón.

—¿Ibas a matar a Sam? —pregunta ella.

Los ojos de Alf expresan pena, pero también sinceridad.

—No.

—¿Por qué está tan enfadada mi mamá contigo?

La chaqueta de Alf sube y baja de forma apenas perceptible.

—Está enfadada porque no fue ella la que estuvo ahí sosteniendo el martillo.

Los hombros de Elsa se hunden; se abraza a sí misma para defenderse del frío. Alf le pone su chaqueta de cuero encima. Elsa se encoge debajo de ella.

—A veces pienso que quisiera que alguien matara a Sam.

Alf no le responde. Elsa mira el martillo.

—O sea... que más o menos lo maten, ¿sabes? Sé que uno no debe pensar que hay gente que merece morir. Pero, a veces, no estoy muy segura de si las personas como él merecen vivir...

Alf se apoya en el barandal del balcón.

—Eso es muy propio de la naturaleza humana.

—¿Es humano querer que la gente muera?

Alf niega tranquilamente con la cabeza.

—Es humano que no estés tan segura de si merecen vivir.

Elsa se encoge todavía más debajo de la chaqueta. Trata de sentirse valiente.

—Tengo miedo —susurra ella.

—Yo también —dice Alf.

Y ya no hablan más del asunto.

Los dos salen a hurtadillas con el vorv cuando todos los demás se han quedado dormidos, pero Elsa sabe que su mamá los ve cuando se van. Y está segura de que la oficial de los ojos verdes también los ve. Está segura de que los está cuidando en algún lugar en medio de la oscuridad, como lo habría hecho Corazón de Lobo si estuviera aquí. Y Elsa trata de no guardarle rencor a Corazón de Lobo por no estar aquí. Por haberla decepcionado, a pesar de que le prometió que siempre la iba a proteger. Pero no le resulta nada bien.

Elsa no le dice nada a Alf. Él tampoco dice una palabra. Es la noche antes de la víspera de Navidad, pero toda esta situación se siente muy extraña. «Este es un cuento de Navidad condenadamente raro», piensa Elsa.

Cuando van subiendo de regreso por las escaleras, Alf se detiene por un instante frente a la puerta de Britt-Marie. Elsa puede ver la forma en la que la mira. La mira como uno lo hace cuando hubo una primera vez, pero no una segunda. Elsa contempla los adornos de Navidad; es el primer año en el que no huelen a pizza.

—¿Cuántos años tienen los hijos de Kent? —pregunta ella.

—Ya son adultos —dice Alf con amargura.

—Entonces, ¿por qué Britt-Marie dice que quieren historietas y paletas de caramelo?

—Britt-Marie los invita a cenar en cada Navidad. Pero ya nunca vienen. La última vez que estuvieron aquí todavía eran unos niños. En ese entonces les gustaban las paletas de caramelo y las historietas —responde Alf, con un vacío en su voz.

Alf vuelve a subir por las escaleras arrastrando los pies y Elsa lo sigue, pero el vorv se queda donde estaba. Considerando lo lista que Elsa es, se tarda un tiempo inexplicablemente largo en comprender por qué el vorv hace eso.

Los dos príncipes estaban tan enamorados de la princesa de Miploris que lucharon entre sí por su amor, hasta llegar a odiarse. Todo esto por la princesa de Miploris, que alguna vez tuvo un tesoro, pero una bruja se lo robó, y ahora vive en el reino de la tristeza.

Y el vorv está vigilando las puertas de su castillo. Porque eso es lo que hacen los vorves en los cuentos de hadas.

28

Papas

Elsa no estaba escuchando a escondidas. Ella no es el tipo de persona que hace esas cosas. Mucho menos en la mañana de la víspera de Navidad.

Simplemente dio la casualidad de que, temprano a la mañana siguiente, se hallaba en las escaleras, y oyó que Britt-Marie y Kent estaban hablando. Elsa no lo hizo a propósito, pues en realidad buscaba al vorv y su bufanda de Gryffindor. Y la puerta del apartamento de Kent y Britt-Marie se encontraba abierta. Había estado parada ahí por unos instantes, escuchando, y se dio cuenta de que, si pasaba caminando frente a la puerta, entonces sí la verían, y parecería que tal vez había estado en las escaleras espiándolos de forma deliberada. Así que solo se quedó donde estaba.

Esto no entra en la definición de «escuchar a escondidas», *per se*.

—¡Britt-Marie! —gritó Kent ahí dentro; desde el baño, a juzgar por el eco. Y luego volvió a llamarla a gritos de inmediato, como si Britt-Marie estuviera muy lejos.

—¿Sí? —respondió Britt-Marie, como si estuviera muy cerca de él; como, por ejemplo, en la entrada del baño.

—¿En dónde rayos está mi rasuradora eléctrica? —dijo Kent a voces, sin disculparse por estar gritando.

A Elsa le desagrada Kent por cosas como esta. Porque bastaría con que dijera «dónde rayos», en lugar de «en dónde rayos».

—En el segundo cajón —respondió Britt-Marie.

—¿Por qué lo dejaste ahí? ¡Siempre está en el primer cajón! —alegó Kent.

—Siempre ha estado en el segundo cajón.

Luego, se oyó el ruido de un segundo cajón que se abre, y después el ruido de una rasuradora eléctrica. Pero no sonó ni siquiera el más mínimo ruido de un Kent diciendo «gracias». Britt-Marie salió al vestíbulo y se asomó por la puerta de entrada a su apartamento, con un traje de Kent en la mano. Sacudió con mucho cuidado una pelusa invisible de una de las mangas del saco. No vio a Elsa, o al menos eso es lo que Elsa creyó. Pero, como no estaba cien por ciento segura de ello, se dio cuenta de que ahora tenía que permanecer ahí, y fingir que se suponía que ella debía estar en ese lugar. Como si solo estuviera inspeccionando la calidad de la barandilla de la escalera o algo por el estilo. No era para nada como si estuviera escuchando a escondidas. Toda esta situación se volvió bastante complicada.

Britt-Marie desapareció al volver al interior del apartamento.

—¿Has hablado con David y Pernilla? —preguntó ella con un tono afable en el baño.

—Sí, sí, ya hablé con ellos —respondió Kent con un tono no tan afable.

—Entonces, ¿a qué hora vienen?

—No lo sé, caramba.

—Pero tengo que planear la comida, Kent...

—Eso no importa, comeremos cuando vengan.

—Me parece que sería apropiado si comemos a las seis —dijo Britt-Marie, sonando como si estuviera sacudiendo algo de la camisa de Kent.

—Sí, sí, pero probablemente vendrán entre las seis y las siete —dijo Kent, sonando como si esto no le importara mucho.

—Entonces, ¿a qué hora va a ser? ¿A las seis o a las siete? —preguntó Britt-Marie, sonando como si esto le importara bastante.

—Por Dios, Britt-Marie, da igual.

—Si eso da igual, ¿tal vez suena bien a las seis y media?
—Sí, sí, probablemente llegarán más o menos a esa hora.
—¿Les has dicho que cenamos a las seis? —preguntó Britt-Marie.
—Siempre cenamos a las seis.
—¿Pero se lo has dicho a David y a Pernilla?
—Hemos cenado a las seis desde el principio de los tiempos. A estas alturas, probablemente ya se dieron cuenta ellos solos —suspiró Kent.
—Ajá. Entonces, ¿de pronto hay algo de malo con la hora en la que cenamos?
—No, no. Digamos a las seis, ¿okey? Si no están aquí a esa hora, ni modo —respondió Kent, sonando como si estuviera bastante seguro de que David y Pernilla no iban a estar ahí. Y luego agregó, cuando estaba saliendo del baño—: Ya debo irme, tengo una reunión con la gente de Alemania.
—Pero, entonces, ¿a qué hora empiezo a cocinar las papas? —dijo Britt-Marie mientras lo seguía.
—A la hora que quieras.
—Los chicos no pueden comer papas frías, Kent. No pueden, de verdad.
—¡Sí, ya sé, ya sé! —bufó Kent.
—¿O sea que vamos a tener la cena navideña sin David ni Pernilla? ¿Eso es lo que quieres decir? —preguntó Britt-Marie con desánimo.
—¡¿No podemos simplemente calentar la estúpida comida cuando lleguen?!
—Si pudiera saber a qué hora llegan, podría asegurarme de que su comida esté caliente cuando se sienten a la mesa —dijo Britt-Marie.
—¡Bueno, si esto es tan importante entonces cenemos cuando todos estemos aquí, caray!
—Entonces, ¿cuándo estaremos todos aquí?
—¡Diablos, Britt-Marie, no tengo idea! Tú sabes cómo son los chicos, ¡pueden venir a las seis o a las ocho y media!

Britt-Marie permaneció en un silencio tenso por unos cuantos segundos. Luego respiró hondo y trató de estabilizar su voz, como lo haces cuando no quieres que se oigan los gritos en tu interior.

—No podemos tener la cena navideña a las ocho y media, Kent.

—¡Ya lo sé! ¡Los chicos tendrán que comer cuando lleguen, entonces!

—¿Y eso cuándo será?

—No. Lo. Sé. Habían dicho que a las seis. Al menos puede ser que Pernilla llegue a esa hora. O a las seis y cuarto, si hay mucho tráfico en la salida de la autopista —dijo Kent, sonando un poquito sofocado, como los hombres que subestiman el grosor de su cuello cuando hacen el nudo de la corbata.

—Si nos sentamos a la mesa a las seis, estaremos comiendo a las seis y cuarto. Pernilla estaría llegando a la mitad de la cena —le informa Britt-Marie a Kent, sonando como si hubiera empezado a rehacer el nudo de su corbata, tratando de ser amable.

—¡Ya lo sé! —espetó Kent con un tono nada amable, como suelen hacerlo los hombres como Kent cuando las mujeres como Britt-Marie están anudando sus corbatas.

—No hay necesidad de que me hables con ese tono tan cortante —dijo Britt-Marie, con un tono que sonó un poquito cortante.

—¿Dónde rayos están los gemelos de mi camisa? —preguntó Kent, y comenzó a dar tumbos por el apartamento, con la corbata a medio anudar colgándole en la espalda.

—En el segundo cajón de la cómoda —respondió Britt-Marie.

—¿No deberían estar en el primer cajón?

—Siempre han estado en el segundo.

Y, ahora, Elsa está parada ahí. Sin que esté escuchando a escondidas, desde luego. Pero hay un enorme espejo en el vestíbulo, junto a la puerta del apartamento; y, desde las escaleras, Elsa puede ver el reflejo de Kent. Britt-Marie está doblando con esmero el cuello de su camisa por encima de la corbata anudada, y luego sacude cuidadosamente la solapa de su saco.

—¿A qué hora vuelves a la casa? —pregunta ella en voz baja.

—No sé, tú sabes cómo son los alemanes. No me esperes levantada —responde Kent con actitud evasiva, y se escabulle rumbo a la puerta.

—Por favor, mete la camisa a la lavadora en cuanto llegues a la casa —dice Britt-Marie, al tiempo que lo sigue con pasitos silenciosos para sacudirle algo de la pierna del pantalón, como lo hacen las mujeres que de todos modos van a esperar levantadas.

Kent mira su reloj como los hombres con relojes muy caros miran sus relojes. Elsa lo sabe porque Kent le ha mencionado a la mamá de Elsa que su reloj cuesta más que Kia.

—¡La camisa en la lavadora, Kent, por favor! ¡En cuanto llegues a la casa! —dice a voces Britt-Marie.

Kent sale al rellano sin responder. Avista a Elsa. No parece creer que ella estuvo escuchándolos a escondidas, pero, por otro lado, tampoco parece contento de verla.

—¿Qué hay? —dice él con una gran sonrisa, de la forma en la que los hombres adultos les dicen «¿Qué hay?» a los niños, porque creen que así es como los niños hablan.

Elsa no le responde. Porque ella no habla así. El teléfono de Kent empieza a sonar. Elsa se percata de que es un teléfono nuevo. Kent da la impresión de que quiere decirle cuánto cuesta.

—¡Los alemanes me están llamando! —le dice a Elsa, y parece como si hasta ahora estuviera acordándose de que ella estuvo muy involucrada en el incidente de ayer relacionado con las escaleras del sótano, que puso fuera de combate al teléfono que tenía antes.

También parece estar acordándose del veneno, y de cuánto le costó. Elsa se encoge de hombros, como si estuviera retándolo a pelear. Kent empieza a gritar «¡Zí, Klaus!» en su nuevo teléfono, y desaparece al bajar por las escaleras.

Elsa da unos cuantos pasos hacia los escalones, pero se detiene frente a la entrada del apartamento. Alcanza a ver el baño en el espejo del vestíbulo. Britt-Marie está ahí dentro, enrollando con mucho cuidado el cable de la rasuradora eléctrica de Kent, y luego la mete en el tercer cajón.

Britt-Marie sale al vestíbulo. Se da cuenta de que Elsa está justo afuera. Entrelaza las manos sobre su vientre.

—Ajá. Ya veo... —empieza a decir ella.

—¡No estaba escuchando a escondidas! —dice Elsa de inmediato.

Britt-Marie acomoda las prendas de abrigo que están puestas en las perchas del vestíbulo, y se sacude el dorso de la mano minuciosamente encima de todos los abrigos y las chaquetas de Kent. Elsa mete las puntas de los dedos en los bolsillos de su pantalón de mezclilla, y dice entre dientes:

—Gracias.

Britt-Marie se da la vuelta, sorprendida.

—¿Perdón?

Elsa suelta un gemido, como uno lo hace cuando tiene casi ocho años y se ve obligado a dar las gracias dos veces.

—Dije: gracias. Por no haberle dicho nada a la policía sobre... —murmura Elsa, pero se contiene justo antes de decir «el vorv».

De todos modos, Britt-Marie parece entenderla.

—Es necesario tener reglas, Elsa. Y yo soy la responsable de los comunicados. ¡Deberías haberme informado que había un perro de pelea en el edificio!

—No es un perro de pelea.

—No, hasta que ataque y muerda a alguien.

—¡No va a morder a nadie! ¡Y te salvó de Sam! —gruñe Elsa.

Britt-Marie da la impresión de que está a punto de decir algo. Pero al final se lo guarda. Porque sabe que eso es verdad. Y Elsa está pensando en decir algo, pero también lo deja pasar. Porque sabe que, de hecho, Britt-Marie le devolvió el favor.

Elsa mira el interior del apartamento en el espejo.

—¿Por qué pusiste la rasuradora en el cajón equivocado? —pregunta ella.

Britt-Marie sacude, sacude y vuelve a sacudir su falda. Entrelaza las manos.

—No sé de qué estás hablando —dice ella; a pesar de eso, Elsa puede notar que lo sabe muy bien.

—Kent dijo que siempre está en el primer cajón. Pero luego dijiste que siempre ha estado en el segundo cajón. Y, después de que él se fue, la pusiste en el tercer cajón —dice Elsa.

Y, entonces, por unos cuantos instantes, Britt-Marie luce distraída. Y, luego, algo más. Solitaria, tal vez. Y, luego, ella murmura:

—Ajá. Ya veo. Tal vez hice eso. Tal vez lo hice.

Elsa ladea la cabeza.

—¿Por qué?

Entonces, se hace un silencio que dura una eternidad de silencios eternos de cuentos de hadas. Y, luego, Britt-Marie susurra, como si hubiera olvidado que Elsa está frente a ella:

—Porque me gusta que grite mi nombre.

Y Britt-Marie cierra la puerta.

Elsa se queda parada ahí afuera, tratando de hacer que Britt-Marie le desagrade. No le resulta del todo bien.

29

Merengues

Uno tiene que creer. Abuelita siempre decía eso. Para poder comprender los cuentos de hadas, uno tiene que creer en algo. «No importa en qué creas exactamente, pero debes creer en algo. Porque si no, bien podrías mandarlo todo al carajo».

Y, tal vez, a fin de cuentas, de eso se trata todo esto.

Elsa encuentra la bufanda de Gryffindor en la nieve, afuera del edificio. Se le había caído cuando arremetió contra Sam anoche. La oficial de los ojos verdes está a unos cuantos metros. El sol apenas va a asomarse. La nieve suena como palomitas de maíz bajo las suelas.

—Hola —saluda Elsa.

La oficial de los ojos verdes asiente en silencio.

—No te gusta hablar mucho, ¿verdad? —dice Elsa.

La oficial sonríe, aunque no con la boca. Elsa se envuelve con la bufanda.

—¿Conocías a mi abuelita?

La oficial pasea la mirada por la pared del edificio y por la pequeña calle.

—Todo el mundo conocía a tu abuelita.

Elsa mete las manos en las mangas de la chaqueta.

—¿Y a mi mamá?

La oficial asiente de nuevo. Elsa la mira con los ojos entreabiertos.

—Alf dice que eran mejores amigas.

La oficial asiente de nuevo. Elsa se pregunta cómo será eso.

Tener una mejor amiga que sea de tu misma edad. Entonces, se para en silencio junto a la oficial y ve salir al sol. Va a ser una hermosa víspera de Navidad. A pesar de todo.

Elsa se aclara la garganta y se va caminado de regreso a la puerta principal, pero se detiene cuando toma la manija.

—¿Estuviste aquí vigilando toda la noche?

La oficial echa un vistazo a la calle. Asiente una vez más.

—Si Sam regresa, ¿lo vas a matar?

La oficial tiene una expresión seria en el rostro.

—Espero que no.

—¿Por qué no? —pregunta Elsa.

—Mi trabajo no es matar.

—Entonces, ¿cuál es tu trabajo?

—Proteger.

—¿A él o a nosotros? —pregunta Elsa, en tono de reproche.

—A todos.

Las cejas de Elsa se convierten en una sola.

—Él es el peligroso, nosotros no.

La oficial de los ojos verdes sonríe, aunque no parece sentirse contenta.

—Cuando yo era niña, tu abuela decía que, si te conviertes en un policía, no puedes elegir a quién vas a proteger. Tienes que intentar protegerlos a todos.

—¿Ella sabía que tú querías ser una oficial de policía? —pregunta Elsa.

—Fue ella la que hizo que yo quisiera convertirme en policía.

—¿Por qué?

La oficial de los ojos verdes sonríe. Esta vez, de forma sincera.

—Porque yo le tenía miedo a todo cuando era pequeña. Y ella me dijo que debía hacer todas las cosas que más temía. Que debía reírme de mis miedos.

Elsa asiente, como si esto confirmara lo que ya sabía.

—Eran tú y mi mamá —dice Elsa, y luego apunta al horizonte en medio de los edificios—. Los caballeros dorados que rescataron la Montaña de los Cuentos, que había caído en las garras del Peroyá y de los miedos. Y que construyeron Miaudacas. Esos caballeros eran tú y mi mamá.

Las cejas de la oficial se elevan de forma casi imperceptible.

—Creo que éramos muchas cosas en los cuentos de tu abuela.

Elsa abre la puerta principal, pone el pie en la entrada y se detiene.

—¿A quién conociste primero, a mi mamá o a mi abuela?

—A tu abuela.

—Eres uno de los niños que están en el techo de su recámara, ¿verdad?

La oficial la mira directo a los ojos. Sonríe de todas las formas sinceras posibles.

—Eres una niña inteligente. Siempre decía que eras la niña más inteligente que había conocido.

Elsa asiente. La puerta se cierra detrás de ella. Y termina siendo una hermosa víspera de Navidad. A pesar de todo.

Elsa busca al vorv en el almacén del sótano y en Renault, pero ambos se encuentran vacíos. Sabe que el armario en el apartamento de Abuelita también está vacío; y el vorv definitivamente no está en el apartamento de Mamá y de George, ya que ningún ser vivo en sus cabales soportaría estar ahí en la mañana de una víspera de Navidad. Mamá es aún más eficiente de lo normal cuando se trata de estas fiestas; la eficiencia navideña es una de las eficiencias favoritas de Mamá.

Por esa razón empieza a hacer sus compras de Navidad en mayo de cada año; según ella, porque es una persona «organizada», pero Abuelita la refutaba afirmando que más bien se debía a que ella tenía una personalidad «anal», y luego Elsa tenía que ponerse sus audífonos por un buen rato. Sin embargo, Mamá decidió que, este año, iba a comportarse de forma un poquito chiflada y libre de convencionalismos, así que esperó hasta el primero de agosto para preguntarle a Elsa qué quería como regalo de Navidad. Se enfadó bastante cuando Elsa se negó a decírselo, a pesar de que Elsa le había preguntado de forma explícita si era consciente de lo mucho que alguien puede cambiar como persona en seis meses, cuando tiene casi ocho años. Así que Mamá hizo lo que Mamá siempre hace: fue a comprar un obsequio que ella misma eligió. Y pasó lo que siempre terminaba pasando: esa compra fue un fracaso absoluto. Elsa lo sabía porque conocía el escondite donde Mamá guardaba todos los presentes de Navidad. Si tienes casi ocho años y compran tus regalos en agosto, tienes mucho tiempo para averiguar dónde los ocultan.

Así que, este año, Elsa va a recibir como obsequio tres libros sobre temas diversos a los que aluden los personajes de la saga de Harry Potter, envueltos en un papel que a Elsa le gusta mucho. Ella lo sabe, pues lo que Mamá le había comprado primero era un pésimo regalo, y, cuando Elsa se lo hizo saber en octubre, estuvieron riñendo más o menos por un mes hasta que, al final, Mamá se dio por vencida. Le dio dinero a Elsa y le dijo «¡Ve a comprarte lo que tú quieras, entonces!». Y Elsa lo hizo. Envolvió sus libros en el papel que le gustaba mucho, puso el paquete en el escondite no tan secreto de Mamá y luego elogió a Mamá porque sabía con exactitud lo que Elsa quería de obsequio para esta Navidad, y eso había sido muy considerado y perspicaz de su parte. Y, entonces, Mamá le dijo a Elsa que era una *Grinch*.

Elsa ha empezado a tenerle mucho apego a esta tradición.

Llama a la puerta de Alf unas seis veces hasta que por fin le abre. Alf tiene puesta su bata y una expresión irritada en el rostro. Lleva una taza de café en la mano que dice «Juventus».

—¿Y ahora qué? —pregunta Alf sin saludar.

—¡Hola! —saluda Elsa sin responder la pregunta.

—Estaba durmiendo —dice él con un gruñido.

—Es la mañana de víspera de Navidad —le informa Elsa.

—Creo que ya lo sé —dice él.

—Entonces, ¿por qué estabas dormido? —pregunta Elsa.
—Anoche estuve despierto hasta tarde.
—¿Qué estabas haciendo?
Alf bebe un largo trago de su café.
—¿Tú qué haces aquí? —revira él.
—Yo te pregunté primero —insiste Elsa.
—Yo no soy el que está tocándote a la puerta en medio de la noche, ¿o sí? —gruñe Alf.
—No estamos en medio de la noche. ¡Y es la víspera de la Navidad!
Alf bebe más café. Patea el felpudo con irritación.
—No puedo encontrar al vorv.
—Puedo imaginármelo —asiente Alf con toda la calma del mundo.
—¿Qué cosa? —pregunta Elsa, sin nada de la calma del mundo.
—Que no puedas encontrarlo.
—¿Por qué?
—Porque está aquí.
Las cejas de Elsa se levantan como si acabaran de sentarse en pintura fresca.
—¿El vorv está aquí?
—Sí.
—¿Por qué no me lo habías dicho?
—Acabo de decírtelo, maldita sea.
—¿Por qué está aquí?
—Kent llegó al edificio a las cinco esta mañana, y esa cosa no podía estar sentada en las malditas escaleras. Kent habría llamado a la policía si hubiera descubierto que todavía sigue en el edificio.
Elsa echa un vistazo al interior del apartamento de Alf. El vorv está sentado en el piso, bebiendo algo a lengüetazos de un enorme tazón de metal. En él también puede leerse «Juventus». Es decir, eso puede leerse en el tazón de metal, para ser más precisos.
—¿Cómo supiste a qué hora llegó Kent al edificio?

—Porque yo estaba en el garaje cuando entró manejando su jodido BMW —dice Alf con impaciencia.

—¿Y por qué estabas en el garaje a esa hora? —pregunta Elsa con paciencia.

A juzgar por la apariencia de Alf, parecería que esa es una pregunta increíblemente estúpida.

—Estaba esperándolo.

—¿Cuánto tiempo lo esperaste?

—Toda la noche, hasta las cinco de la mañana. Ya te lo había dicho, caray —gruñe él.

Elsa reflexiona si debería darle un abrazo. Al final decide no hacerlo. El vorv levanta la mirada del tazón de metal, y parece más que satisfecho. Algo oscuro está goteándole de la nariz. Elsa se vuelve hacia Alf.

—Oye, Alf... ¿Qué le diste al vorv? ¿Le diste... café?

—Sí —dice Alf, que no parece entender qué podría tener eso de malo.

—¡Es un ANIMAL! ¿Por qué le diste CAFÉ? —exclama Elsa.

Alf se rasca la piel de la cabeza, que es su versión de lo que para otras personas sería rascarse el cabello. Luego, se ajusta la bata. Elsa se da cuenta de que Alf tiene una gruesa cicatriz en el pecho. Él nota que ella se percató de la cicatriz, y da la impresión de que eso no le agrada.

—No quería ser descortés, maldita sea —dice él, y hace un gesto con la cabeza en dirección del vorv y del café.

Elsa se masajea las sienes.

Alf se mete a su recámara y cierra la puerta; y, cuando sale de nuevo, tiene puesta la chaqueta de cuero con el logotipo que dice «Taxi». A pesar de que es la víspera de la Navidad. No les queda otra opción más que permitir que el vorv orine en el garaje, porque ya hay más policías afuera del edificio, y ni siquiera un vorv puede aguantarse las ganas por mucho tiempo después de beber un tazón de café.

Esto le habría encantado a la abuela de Elsa. Orinarse en el garaje. Va a volver loca a Britt-Marie.

Cuando suben de regreso por las escaleras, el apartamento de Mamá y de George huele a merengue y a pasta gratinada con salsa bearnesa, porque Mamá decidió que, este año, todos en el edificio van a celebrar la Navidad juntos. Nadie le llevó la contraria, en parte porque era una buena idea, y en parte porque nadie nunca le lleva la contraria a Mamá. Y, luego, George sugirió que todos podían preparar su platillo favorito, para hacer un bufé navideño. Así de bueno es George, cosa que irrita muchísimo a Elsa.

La comida favorita del niño con un síndrome es el merengue, y por eso su mamá se lo preparó. Bueno, más bien su mamá sacó todos los ingredientes, y Lennart recogió todo el merengue del suelo, y Maud preparó todos los postres en sí, mientras el niño con un síndrome y su mamá bailaban.

Y, entonces, a Lennart y a Maud se les ocurrió que era importante que la mujer de la falda negra también se sintiera parte de todo esto, porque Maud y Lennart son así de buenos, así que le preguntaron si quería cocinar algo en especial. La mujer de la falda negra estaba pegada a una silla en lo más recóndito del apartamento, luciendo muy abochornada, y dijo en voz baja que no había cocinado nada en varios años. «Cuando estás sola no haces mucha comida», dijo ella. Al oír eso, Maud se mostró muy apenada y pidió perdón por ser tan insensible. Entonces, la mujer de la falda negra se sintió tan mal por Maud que preparó una pasta gratinada con salsa bearnesa. Porque ese era el platillo favorito de sus chicos.

Así que todos juntos comen merengues y pasta gratinada con salsa bearnesa. Porque es esa clase de Navidad. A pesar de todo.

Maud le regala al vorv dos baldes de bollos de canela, y George trae del sótano la bañera que Elsa tenía cuando era una bebé y la llena con vino especiado. Con este incentivo, el vorv acepta esconderse en el armario del apartamento de Abuelita por una hora, y luego la mamá de Elsa baja para invitar a los policías que se hallan afuera del edificio a que suban. La oficial de los ojos verdes se sienta junto a Mamá. Se echan a reír. El policía de verano también está ahí, come más merengue que cualquier otro comensal y se queda dormido en el sofá.

Samantha, que por su calidad de ser una bichón frisé aprende a apreciar las cosas con una celeridad bastante civilizada, espera hasta que está segura de que nadie la ve. Entonces, se mete a hurtadillas al apartamento de Abuelita, y luego al armario. No necesariamente porque haya aprendido a apreciar el vino especiado.

La mujer de la falda negra está sentada a la mesa en silencio, en la esquina más alejada. Cuando terminan de comer, mientras George lava los platos y Maud limpia las mesas y Lennart está sentado en un taburete con una taza de café de reserva, esperando a la cafetera y vigilándola para asegurarse de que no se le ocurra hacer alguna tontería, el niño con un síndrome camina por el apartamento y la caja de la escalera hasta entrar al apartamento de Abuelita. Cuando regresa tiene migajas de bollos de canela alrededor de la boca, y tantos pelos de vorv en su suéter que parece como si alguien lo hubiera invitado a un baile de disfraces y hubiera decidido presentarse vestido de alfombra. Va por una manta a la habitación de Elsa, y se acerca a la mujer de la falda negra. La observa por un buen rato. Entonces, se estira parándose de puntillas y le pellizca la nariz. La mujer se sobresalta, completamente asustada, y la mamá del niño emite esa clase de grito que las mamás dejan escapar cuando sus hijos pellizcan la nariz de un extraño. La mamá corre hacia el niño, pero Maud la toma con cuidado del brazo y la detiene. El niño levanta la mano, con el pulgar asomándose entre sus dedos índice y medio, y mira a la mujer de la falda negra. Maud explica con su tono afable:

—Es un juego. Está fingiendo que se robó tu nariz.

La mujer de la falda negra se queda viendo a Maud. Luego, al niño. Luego, a su nariz. Y, entonces, se roba la nariz del niño, que se ríe con tanta fuerza que las ventanas empiezan a vibrar.

El niño se queda dormido en el regazo de la mujer, envuelto en la manta. Su mamá sonríe para disculparse, mientras trata de cargarlo, y le dice a la mujer que «En realidad nunca se comporta de forma tan atrevida», pero la mujer de la falda negra le toca la mano con un gesto titubeante y susurra:

—¿Podría...? ¿Podría sostenerlo un ratito más?... Si es que... Si es que te parece bien...

La mamá del niño envuelve la mano de la mujer con sus dos manos y asiente. La mujer de la falda negra posa la frente en el cabello del niño y susurra:

—Gracias.

Y, entonces, George prepara más vino especiado, y el ambiente en el apartamento se siente casi normal, casi para nada aterrador. Una vez que los policías agradecieron la cena y se marcharon por las escaleras, Maud mira desdichada a Elsa, y le dice que puede entender que todo este asunto de tener a la policía en su casa en la víspera de la Navidad debe ser una experiencia horrible para una niña. Pero Elsa la toma de la mano y le dice:

—No te preocupes, Maud. Este es un cuento de Navidad. Y los cuentos de Navidad siempre tienen un final feliz.

Y se nota en el rostro de Maud que ella le cree a Elsa.

Porque uno tiene que creer.

30

Perfume

Solo una persona se desploma al sufrir un ataque al corazón en la víspera de la Navidad. Pero son dos corazones los que terminan rotos. Y el edificio jamás volverá a ser el mismo.

Todo empieza con el niño con un síndrome, que se despierta ya entrada la tarde y tiene hambre. El vorv y Samantha salen dando tumbos del armario, pues ya se acabó el vino especiado. Elsa marcha en círculos alrededor de Alf y declara «¡Creo que ya es hora de que vayamos a comprar el periódico, Alf!» al tiempo que hace un gesto con la cabeza hacia el niño con un síndrome, para dar a entender que es momento de que vayan por el traje de Santa. Alf suelta un gruñido, y Elsa y el vorv lo siguen al garaje. Alf se sube a Taxi y, cuando Elsa abre la puerta del acompañante, mete la cabeza y pregunta qué está haciendo, él enciende el motor y mascula:

—Si tengo que ser Santa Claus por el resto del día, al menos voy a ir por un periódico primero.

—No creo que mi mamá quiera que yo vaya a ningún lado —objeta Elsa.

—Nadie te invitó, ¡cierra la condenada puerta! —dice Alf, y mete la reversa.

Elsa y el vorv lo ignoran, y se suben a Taxi de un salto. Elsa nota que al vorv le cuesta un poco de trabajo, pero finge que no se dio cuenta. Cuando Alf empieza a regañarla diciéndole que no puede simplemente subirse a los autos de los demás de esa forma y encima esperar que la lleven, Elsa le responde que se trata de Taxi, y eso es justo lo que uno hace con Taxi. Y cuando Alf, de mal humor, le da unos golpecitos al taxímetro y le hace notar a Elsa que los viajes en taxi cuestan dinero, Elsa le responde que quiere que este viaje en taxi sea su regalo de Navidad. Alf parece bastante disgustado por un buen tiempo, y luego se van al regalo de Navidad de Elsa.

Alf conoce un quiosco que está abierto incluso en la víspera de Navidad. Compra un periódico, y Elsa compra dos helados. El vorv se come el suyo y la mitad del de Elsa. Si tenemos en cuenta que a los vorves les gusta mucho el helado, esto es muy considerado de su parte. Al vorv se le cae un poco de helado en el asiento trasero de Taxi, pero Alf solo lo regaña por ello más o menos como unos diez minutos. Si tenemos en cuenta lo mucho que le desagradan a Alf los vorves a los que se les cae un poco de helado en el asiento trasero de Taxi, esto también es muy considerado de su parte.

—¿Puedo preguntarte algo? —dice Elsa, a pesar de que sabe que esa también es una pregunta.

Alf se acomoda en el asiento del conductor. No le responde.

—¿Por qué Britt-Marie no se lo contó a la policía? —pregunta Elsa, sin que le importe mucho la no respuesta de Alf.

Alf masculla algo que Elsa no alcanza a oír, y deja que Taxi ruede hacia una intersección.

—¿Qué dijiste? —quiere saber Elsa.

—Dije que, a veces, puede ser una señora quejumbrosa y fastidiosa. Pero no es una mala persona —aclara Alf.

—Pero ella odia a los perros —insiste Elsa.

—Ah, solo les tiene miedo. Tu abuela llevaba muchísimos perros sin hogar al edificio a partir de que se mudó. Britt-Marie, Kent y yo solo éramos unos condenados mocosos en ese entonces. Uno de esos chuchos mordió a Britt-Marie y su mamá armó un gran alboroto —dice Alf, en una descripción de hechos sorprendentemente larga tratándose de él.

El taxi gira y se mete en la calle. Elsa se acuerda de las historias de Abuelita sobre la princesa de Miploris.

—Entonces, ¿has estado enamorado de Britt-Marie desde que tenías diez años? —pregunta ella.

—Sí —responde Alf como si fuera algo por demás evidente.

Elsa se queda viéndolo y aguarda, pues es consciente de que la única forma de conseguir que él le cuente toda la historia es esperar a que salga de él.

Una sabe cosas como esas cuando tiene casi ocho años.

Elsa aguarda el tiempo que sea necesario.

Entonces, después de dos luces rojas, Alf suspira resignado, como uno suspira cuando se prepara para narrar una historia, a pesar de que a uno no le gusta para nada narrar historias. Y, luego, le cuenta a Elsa el relato de Britt-Marie. Y de él mismo. Aunque tal vez esto último no era parte de su propósito original.

La narración contiene muchas palabrotas, y Elsa tiene que esforzarte bastante para no corregir los errores de gramática que hay en ella. Pero, después de muchos «si» y «pero» y una buena cantidad de «carajo» y «maldita sea», Alf le contó que él y Kent crecieron con su mamá en el apartamento donde Alf vive ahora. Y, cuando Alf tenía diez años, otra familia con dos hijas de la edad de Alf y Kent se mudó al piso de arriba de ellos. La mamá era una cantante de renombre, y el papá vestía de traje y siempre estaba en el trabajo. Al parecer, Ingrid, la hermana mayor, poseía un talento extraordinario para el canto. Iba a ser toda una estrella, según le explicaba su mamá a la mamá de Alf y de Kent, pero nunca decía nada sobre Britt-Marie, su otra hija. Aun así, Alf y Kent se fijaron en ella. Era imposible no hacerlo.

Nadie recuerda con exactitud cuándo se apareció por primera vez en el edificio la joven estudiante de medicina. Un día, sin más, ya estaba ahí, en el enorme apartamento que ocupaba todo el piso superior en ese entonces; y, cuando la mamá de Alf y de Kent la interrogó para saber por qué vivía sola en un apartamento tan grande, la joven estudiante de medicina le contestó que se lo había ganado «en una partida de póquer». Como era de esperarse, no pasaba mucho tiempo en casa, y, cuando estaba en su apartamento, siempre estaba acompañada de amigos muy peculiares y, de vez en cuando, de perros sin hogar. Cierta noche trajo al edificio un enorme can negro de raza mixta que al parecer también se lo había ganado jugando al póquer, cuenta Alf. Kent, las hijas de los vecinos y él solo querían jugar con el perro; no eran conscientes de que estaba durmiendo. Alf estaba bastante seguro de que no había sido su intención morder a Britt-Marie. Simplemente se había asustado mucho. Y ella también.

Tras este incidente, el perro desapareció. Pero la mamá de Britt-Marie siguió odiando a la joven estudiante de medicina, y nada de lo que le dijeran podía hacerla cambiar de parecer. Y, entonces, sucedió el accidente de tráfico. Justo en la calle que está frente al edificio. La mamá de Britt-Marie nunca vio venir el camión. El impacto sacudió la construcción entera. La mamá emergió del asiento del conductor aturdida y tambaleándose, aunque solo con unos cuantos rasguños. Pero nadie salió del asiento trasero. La mamá soltó el más terrible de los gritos que puede haber cuando vio toda la sangre. La joven estudiante de medicina salió corriendo vestida con nada más que un camisón y tenía migajas de bollos de canela en toda la cara, y vio a las dos chicas en el asiento trasero. No tenía auto propio, y solo podía cargar a una chica. Tuvo que hacer una palanca para abrir la puerta, y se dio cuenta de que una de las chicas respiraba y la otra no, así que levantó en brazos a la que seguía respirando y se echó a correr. Corrió por todo el trayecto hasta el hospital.

Alf se queda callado. Elsa le pregunta qué pasó con la hermana. Alf guarda silencio durante tres luces rojas. Luego, dice con la voz cargada de amargura:

—Perder a un hijo es algo muy jodido. Esa familia quedó rota

para siempre. La mamá no tuvo la culpa. Fue un maldito accidente de tráfico, no fue culpa de nadie. Pero ella probablemente nunca pudo superarlo de verdad. Y nunca perdonó a tu abuela.
—¿Por qué? —pregunta Elsa.
—Porque pensaba que tu abuela había salvado a la hija equivocada.

El silencio de Elsa se siente como unas cien luces rojas.

—¿Kent también estaba enamorado de Britt-Marie? —pregunta ella al final.
—Somos hermanos. Y los hermanos compiten —responde Alf.
—¿Y Kent ganó?
De la garganta de Alf emerge un sonido que Elsa no sabe si es un ataque de tos o una risa.
—Para nada. Yo gané.
—¿Y qué pasó entonces?
—Kent se mudó. Se casó demasiado joven con una mujer nefasta. Tuvieron mellizos, David y Pernilla. Kent ama a esos chicos, pero esa mujer lo hizo condenadamente infeliz.
—¿Y qué sucedió contigo y con Britt-Marie?
Una luz roja. Otra más.
—Éramos muy jóvenes. Cuando eres joven puedes ser un maldito idiota. Yo me fui de aquí. Ella se quedó.
—¿A dónde fuiste?
—A la guerra.
Elsa lo mira fijamente.
—¿Tú también fuiste soldado?
Alf se pasa la mano por el cabello ausente.
—Ya estoy viejo, Elsa. He sido muchas cosas en mi vida.
—¿Qué pasó con Britt-Marie?

Luz roja.

—Yo estaba alistándome para volver a casa. A ella se le ocurrió viajar a donde yo me encontraba para darme una sorpresa. Y me vio con otra mujer.
—¿Tuviste una aventura?
—Sí.
—¿Por qué?
—Porque, cuando eres joven, puedes ser un maldito idiota.

Luz roja.

—¿Y luego qué hiciste? —pregunta Elsa.
—Simplemente me marché —responde él.
—¿Por cuánto tiempo?
—Mucho tiempo.
—¿Y Kent?
—Se divorció. Se mudó de vuelta con mamá. Britt-Marie todavía seguía aquí. Bueno, qué rayos, siempre la había amado. Cuando los padres de ella fallecieron, ocuparon su apartamento. Kent se enteró de que los dueños tal vez iban a vender todo el maldito lugar, para que se convirtiera en un edificio de apartamentos en condominio. Así que Kent y Britt-Marie decidieron quedarse a esperar la plata. Se casaron y probablemente ella quería tener hijos, pero Kent pensaba que con los que tenía ya era jodidamente suficiente. Y, ahora, las cosas son como son.

Elsa abre y cierra la guantera de Taxi.
—¿Por qué volviste a casa de la guerra?
—Algunas guerras se terminan. Y mamá se enfermó. Alguien tenía que cuidar de ella.
—¿Kent no lo hizo?

Las uñas de Alf se pasean sobre su frente, como lo hacen las uñas cuando se pasean entre los recuerdos y abren puertas que habían estado cerradas durante mucho tiempo por alguna razón.

—Kent se encargó de mamá mientras ella estaba con vida. Podrá

ser un idiota, pero siempre había sido un buen hijo, eso es algo que no se le puede negar a ese bastardo. A Mamá nunca le faltó nada estando viva. Así que yo me encargué de ella cuando estaba muriendo.
—¿Y luego? —pregunta Elsa.
Alf se rasca la cabeza. Se detiene en una luz roja. Él mismo no parece saber cuál es la respuesta exacta.
—Y luego supongo que simplemente... me quedé aquí.
Elsa lo mira con seriedad. Respira hondo, de la forma en la que lo haces cuando estás sacando una conclusión —cosa que ella sabe muy bien qué significa—, y entonces dice:
—Me caes superbien, Alf. Pero a veces has sido un imbécil.

Alf tose o se ríe de nuevo.

Después de la siguiente luz roja, masculla:
—Britt-Marie se encargó de cuidar a tu mamá cuando tu abuelo materno falleció. Mientras tu abuela todavía seguía viajando mucho, ¿sabes? Britt-Marie no siempre ha sido la señora quejumbrosa y fastidiosa que es ahora.
—Lo sé —dice Elsa.
—¿Tu abuela te lo contó?
Elsa esboza una gran sonrisa. Del modo en el que uno sonríe cuando no sabe cómo evitarlo.
—En cierta forma. Me contó la historia de una princesa que vivía en un reino de tristeza, y de dos príncipes que la amaban tanto que empezaron a odiarse entre ellos. Y los vorves fueron exiliados del reino por los padres de la princesa, pero la princesa los trajo de vuelta cuando la guerra llegó. Y en la historia también había una bruja, que le robó un tesoro a la princesa.
Elsa guarda silencio. Cruza los brazos. Se vuelve hacia Alf.
—Yo era ese tesoro, ¿verdad?
Alf suspira.
—Eso de los cuentos no se me da muy bien.
—¡Podrías hacer un esfuerzo! —le pide Elsa.

Alf suspira de nuevo.

—Britt-Marie ha estado enfocada toda su vida en apoyar a un hombre que nunca está en casa, y en tratar de hacer que los hijos de otras personas la amen. Cuando tu abuelo murió y ella tuvo que apoyar a tu mamá, tal vez fue la primera vez que ella se sintió...

Alf da la impresión de que está buscando la palabra adecuada. Elsa se la da.

—Necesitada.

—Sí, así es.

—¿Y luego Mamá creció?

—Se mudó de aquí. Se fue a la universidad. El edificio cayó en un maldito silencio por mucho tiempo. Y entonces regresó con tu papá, y estaba embarazada.

—Se suponía que yo iba a ser todas las segundas oportunidades de Britt-Marie —asiente Elsa en voz baja.

—Y, luego, tu abuela volvió a casa —dice Alf, y se detiene en una señal de alto.

Ya no dicen nada más al respecto. Como sucede cuando ya no hay mucho más que decir. Alf posa la mano en el pecho por un breve instante, como si algo le estuviera dando comezón debajo de la chaqueta. Elsa mira la cremallera.

—¿Te hiciste esa cicatriz en la guerra?

La mirada de Alf se pone un poco a la defensiva. Ella se encoge de hombros.

—Tienes una cicatriz supergrande en el pecho. La vi cuando tenías puesta tu bata. En serio que deberías comprarte una bata nueva.

Alf se ríe o tose una vez más.

—Nunca estuve en ese tipo de guerras. Nadie me disparó jamás.

—¿Por eso tú no estás descompuesto?

—¿Descompuesto como quién?

—Como Sam. Y Corazón de Lobo.

Alf deja escapar un suspiro.

—Sam ya estaba descompuesto desde antes que se convirtiera en soldado. Y no todos los soldados son así, joder. Pero si te toca ver la clase de mierda que esos muchachos vieron, vas a necesitar ayuda cuando vuelvas. Y este país está condenadamente dispuesto a gastar miles de millones en armas y aviones de combate; pero, cuando esos chicos regresan a casa y han visto toda la mierda que han visto, nadie puede dedicarles ni siquiera cinco minutos de su tiempo para escuchar sus historias.

Alf mira acongojado a Elsa.

—La gente tiene que contar sus historias, Elsa. Si no lo hace, se asfixia.

Pasan por una glorieta.

—Entonces, ¿en dónde te hiciste esa cicatriz? —insiste Elsa.

—Es un marcapasos.

—¡Oooh! —exclama Elsa con entusiasmo.

—¿Sabes qué es eso? —pregunta Alf con escepticismo.

Elsa se ve un poquito ofendida.

—Tengo mucho tiempo libre.

Alf asiente.

—Carajo, en verdad eres una niña diferente.

—Es bueno ser diferente.

—Lo sé.

Mientras manejan por la autopista, Elsa le cuenta a Alf que Iron Man, que es una especie de superhéroe, tiene algo así como un marcapasos. Aunque, en realidad, más bien es un electroimán, pues Iron Man tiene fragmentos de una granada en el corazón; y, sin el imán, los fragmentos le perforarían el corazón y entonces se moriría. Alf no parece entender del todo los detalles de la historia, pero la escucha sin interrumpirla.

—¡Aunque al final de la tercera película le hacen una operación para quitarle el imán! —le cuenta Elsa emocionada, y luego se aclara la garganta y agrega abochornada—: Ups, eso fue un *spoiler*. *Sorry*.

Alf no da la impresión de que eso le moleste mucho. Para ser honestos, no parece que Alf supiera bien a bien qué es un «spoiler», a menos que estemos hablando del *spoiler* de un auto.

Otra vez está nevando, y Elsa decide que, incluso si las personas que ella aprecia se han comportado como unos imbéciles en el pasado, de todos modos tiene que aprender a seguir apreciándolos. Si tuvieras que descalificar a todo aquel que alguna vez se haya comportado como un imbécil, te quedarías solo en un tris. A Elsa se le ocurre que esa puede ser la moraleja de esta historia. Se supone que los cuentos de Navidad deben tener moralejas.

El teléfono de Alf suena en el compartimento entre los asientos. Alf revisa la pantalla. No responde. El teléfono suena de nuevo.

—¿No vas a contestar? —pregunta Elsa.

—Es Kent. Seguramente quiere hablarme a gritos sobre alguna estupidez relacionada con ese contador y esos bastardos de la conversión al condominio. Eso es lo único en lo que piensa. Que arme su maldito escándalo mañana —masculla Alf.

El teléfono vuelve a sonar. Alf sigue sin responder. Suena una vez más. Elsa toma irritada el móvil y contesta, a pesar de que Alf le suelta una andanada con algunas palabrotas. Es una mujer la que se halla al otro lado de la línea. Está llorando. Elsa le pasa el teléfono a Alf. Está temblando junto a su oreja. Su rostro se vuelve transparente.

Se está haciendo de noche en la víspera de Navidad. Taxi da un giro de ciento ochenta grados. Se dirigen al hospital.

Alf no se detiene en ninguna luz roja.

• • •

Elsa está sentada sobre una banca en un pasillo, hablando con Mamá en el teléfono, mientras Alf está dentro de una habitación hablando con un médico. El personal de enfermería cree que Elsa es una nieta, así que le cuentan que se trató de un ataque al corazón, pero todo va a estar bien. Kent va a sobrevivir.

Una mujer joven se encuentra afuera de la habitación. Las lágrimas corren por su rostro, y es hermosa. Despide un fuerte aroma a perfume. Le sonríe débilmente a Elsa, y Elsa le devuelve la sonrisa. Alf sale de la habitación y le asiente a la mujer sin sonreírle. La mujer desaparece por la puerta sin haberlo mirado a los ojos.

Alf permanece en silencio mientras camina hacia la entrada del hospital y sale al estacionamiento, con Elsa siguiéndole los pasos. Es hasta entonces que Elsa se fija en Britt-Marie. Está sentada en una banca sin moverse, vestida solo con su chaqueta floreada a pesar de que la temperatura está por debajo de los cero grados. Se le ha olvidado el broche. La mancha de *paintball* luce resplandeciente. Las mejillas de Britt-Marie se ven teñidas de azul, y está girando el anillo de boda en su dedo. En su regazo tiene una de las camisas blancas de Kent; huele a recién lavada y está planchada a la perfección.

—¿Britt-Marie? —dice Alf con voz áspera en medio de la oscuridad del anochecer, y se detiene a un metro de ella.

Britt-Marie no le responde. Solo deja que su mano se mueva lentamente sobre el cuello de la camisa en su regazo. Con mucho esmero, sacude algo invisible de uno de sus pliegues. Dobla con cuidado uno de los puños de la camisa debajo del otro. Alisa una arruga que no está ahí.

Entonces, levanta la barbilla. Su apariencia es la de una mujer ya entrada en años. Cada palabra parece dejarle una pequeña huella en el rostro.

—Siempre he sido excepcionalmente buena para fingir, Alf —susurra ella con firmeza.

Alf no le responde. Britt-Marie baja la mirada a la nieve y vuelve a hacer girar su anillo de boda.

—Cuando David y Pernilla eran pequeños, todo el tiempo decían que yo era muy mala para idear cuentos. Yo siempre quería leerles los que ya estaban en los libros. Me decían constantemente

«¡Inventa uno!», pero no entiendo por qué tiene uno que inventar cosas así nada más, cuando hay libros donde todo ya está escrito desde el principio. De verdad no lo entiendo. Eso no es civilizado.

Ya levantó la voz. Como si necesitara convencer a alguien. La respiración de Alf se vuelve más pesada.

—Britt-Marie... —dice él en voz baja, pero ella lo interrumpe con frialdad.

—Kent les dijo a los niños que yo no podía inventar cuentos porque no tenía nada de imaginación. Pero eso no es verdad. No lo es. Tengo una imaginación excepcional. ¡Soy muy hábil para fingir!

Alf se pasa los dedos por la cabeza y se queda parpadeando por un buen rato. Britt-Marie acaricia la camisa en su regazo como si fuera un bebé que está quedándose dormido.

—Traje una camisa recién lavada. Siempre traigo una camisa recién lavada si voy a encontrarme con él en algún lugar. Porque yo no uso perfume.

La voz de Britt-Marie se hunde en su interior, hasta casi ahogarse.

—David y Pernilla no vinieron a la cena de Navidad. Dijeron que estaban ocupados. Entiendo muy bien que estén ocupados, han estado ocupados por muchos años, puedo entenderlo muy bien. Entonces, Kent me llamó y dijo que iba a quedarse en la oficina un par de horas. Solo un par de horas, tenía una conferencia telefónica con los alemanes, dijo él. A pesar de que en Alemania también es víspera de Navidad, también lo es. Pero nunca vino a la casa. Así que le llamé por teléfono, porque realmente necesitaba saber a qué hora podía empezar a cocinar las papas. Pero no me contestó. Le llamé de nuevo, y al final tuve que dejarle un mensaje. ¡Necesitaba saber a qué hora debía cocinar las papas!

Britt-Marie mira furiosa a Alf. Alf no dice nada. Ella pasa

el dorso de su mano con ternura por encima del cuello de la camisa.

—Uno no puede comer papas frías. No somos unos bárbaros.

Las palmas de sus manos se posan sobre la camisa.

—Al final sonó el teléfono, pero no era Kent.

Su labio inferior se estremece.

—Yo no uso perfume, pero ella sí. Por eso siempre me aseguro de que él tenga a la mano una camisa recién lavada. Eso es todo lo que le pido, que meta la camisa a la lavadora en cuanto llegue a la casa. ¿Es mucho pedir?

—Por favor, Britt-Marie...

Britt-Marie pasa saliva en medio de un espasmo, y luego le da vueltas a su anillo.

—Fue un ataque al corazón. Lo sé porque ella me llamó y me lo contó, Alf. Ella me llamó. Porque no pudo soportarlo, no pudo. Dijo que no podía estar sentada ahí en el hospital, consciente de que tal vez Kent se iba a morir, sin que yo lo supiera. Simple y sencillamente no pudo soportarlo. Así que me llamó para que yo lo supiera. Eso hizo.

Britt-Marie posa una mano en la otra, cierra los ojos y agrega, con la voz temblándole:

—Tengo una excelente imaginación, de hecho. Es excepcionalmente buena. Kent siempre decía que iba a ir a cenar con los alemanes, o que el avión se había retrasado por culpa de una nevada, o que solo iba a darse una vuelta rápida a la oficina. Y yo fingía que le creía. Era tan buena para fingir que terminaba creyéndomelo todo.

Britt-Marie se levanta de la banca. Está erguida en la nieve, con la camisa de Kent en la mano. Sigue perfectamente planchada. Ni una sola arruga, ni un solo pliegue. Se da la vuelta y cuelga la camisa con mucho esmero en el borde de la banca. Como si ni siquiera en este momento fuera capaz de desahogar sus propios sentimientos con algo recién planchado.

—Soy excepcionalmente buena para fingir —susurra ella.
—Lo sé —susurra Alf.
Y, entonces, dejan la camisa ahí, sobre la banca, y se van de vuelta a casa.

Ha dejado de nevar. Viajan en silencio. Mamá sale a la puerta del edificio para recibirlos. Abraza a Elsa. Trata de abrazar a Britt-Marie. Britt-Marie la mantiene a la distancia. No lo hace usando la fuerza; solamente con un gesto decidido.
—Yo no la odiaba, Ulrica —dice ella.
—Lo sé —asiente Mamá despacio.
—Yo no la odiaba. Y no odio al perro. Y no odio su auto.
Mamá asiente y la toma de la mano. Britt-Marie cierra los ojos.
—Yo no siento odio, Ulrica. En realidad, no. Solo quería que ustedes me escucharan. ¿Es mucho pedir? Simplemente no quería que dejaran el auto en mi lugar. Simplemente no quería que, después de toda una vida, ustedes dejaran que alguien viniera a tomar mi lugar —dice Britt-Marie, y luego gira su anillo de boda.

Mamá la guía al subir por las escaleras, con el brazo rodeando la chaqueta floreada de manera firme pero afectuosa. Alf nunca se aparece en el apartamento, pero quien sí se presenta es Santa Claus. Los ojos del niño con un síndrome se iluminan, como se iluminan los ojos de los niños cuando alguien les cuenta cosas sobre los helados y los fuegos artificiales y los árboles que se pueden trepar y los charcos que se pueden pisotear.

Maud pone la mesa para un lugar adicional, y sirve más pasta al gratín. Lennart prepara más café. George lava los platos. Después de la repartición de los regalos, el niño con un síndrome y la mujer de la falda negra se sientan en el suelo y miran *Cenicienta* en la televisión.

Britt-Marie está sentada junto a Elsa en el sofá, un poco incómoda. Las dos se miran de reojo. No dicen nada, pero quizás esta es su declaración de paz. De hecho, cuando Mamá le dice a Elsa que ya no debe comer más Santas de chocolate porque le va a doler el estómago, y Elsa de todos modos se los sigue comiendo, Britt-Marie no dice nada al respecto.

Y, cuando la madrastra malvada aparece en *Cenicienta*, y Britt-Marie se levanta con discreción, alisa un pliegue de su falda, sale al vestíbulo y empieza a llorar, Elsa la sigue.

Y se quedan sentadas sobre el baúl, comiendo Santas de chocolate.

Porque uno puede estar triste mientras come Santas de chocolate. Pero, en ese caso, es mucho, mucho, mucho más difícil sentirse así.

31
Pastel de maní

La quinta carta cae en las manos de Elsa. De forma literal.

A la mañana siguiente, se despierta en el armario mágico de Abuelita. El niño con un síndrome duerme rodeado de sueños, con la pistoláctea en sus brazos. El vorv babeó ligeramente el suéter de Elsa, y ahora la baba se secó con tanta firmeza que parece cemento.

Elsa permanece acostada en la oscuridad por un buen tiempo. Aspira el aroma a aserrín. Piensa en esa cita de Harry Potter que Abuelita se robó para una de sus historias de la Tierra-a-punto-de-despertar. Es de *Harry Potter y la Orden del Fénix*, lo que resulta irónico, desde luego; y, para poder entender por qué, uno necesita estar familiarizado con las diferencias que hay entre los libros y las películas de Harry Potter, y, además, necesita estar familiarizado con el significado de la palabra *irónico*. Porque *Harry Potter y la Orden del Fénix* es la película de Harry Potter que menos le gusta a Elsa, a pesar de que contiene una de las citas de Harry Potter que le gustan más: cuando Harry dice que sus amigos y él tienen una ventaja en la guerra contra Voldemort que está por venir, porque ellos tienen algo de lo que Voldemort carece: «algo por qué luchar».

Y esto es irónico porque la cita no está en el libro, que, en opinión de Elsa, es mucho mejor que la película, a pesar de que esa novela no está entre sus libros favoritos de Harry Potter. Sin embargo, ahora que lo piensa, tal vez no es algo irónico, después de todo. Es posible que más bien sea algo «complejo». Reflexiona que va a tener que informarse más al respecto en Wikipedia, como es debido, y se incorpora para sentarse. Y es entonces cuando la carta cae en sus manos, de forma literal. Había estado pegada con cinta al techo del armario. No tiene idea de por cuánto tiempo.

Pero este tipo de cosas son algo lógico en los cuentos de hadas.

Un minuto después, Alf está de pie en la entrada de su apartamento. Bebe café, y parece que no pudo dormir en toda la noche. Mira el sobre. En él solo puede leerse «ALF», con letras innecesariamente grandes.

—La encontré en el armario. Es de mi abuelita. Creo que quiere pedir perdón por algo —le informa Elsa.

Alf la manda a callar y señala la radio que está detrás de él. Elsa le hace notar que no aprecia mucho que la manden a callar, y Alf la manda a callar de nuevo. Cosa que ella no aprecia en lo absoluto. Es el reporte del tráfico en la radio.

—Hubo un maldito accidente en la autopista. Todo el tráfico que viene entrando a la ciudad ha estado detenido por varias horas —dice él, como si fuera algo que le interesara a Elsa. Pero no es el caso.

Alf lee la carta después de un poco de insistencia. O, bueno... Okey. Quizás fue después de mucha insistencia.

—Entonces, ¿qué dice? —exige Elsa saber de inmediato, en cuanto parece que Alf ha terminado de leer la carta.

—Dice que lo siente. Que pide perdón.

—Sí, pero ¿por qué?

Alf suspira como lo ha estado haciendo últimamente con Elsa.

—Es mi maldita carta, ¿no crees?

—¿Te pide perdón porque siempre decía que no alzabas los pies al caminar y por eso tus zapatos están tan degastados? —pregunta Elsa con curiosidad.

A juzgar por la expresión de Alf, eso no era algo que venía en la carta. Elsa se aclara la garganta.

—Mmm... O sea... Ay, olvídalo.
—¿Qué hay de malo con mis zapatos?
—Nada, no hay nada de malo con tus zapatos —masculla Elsa. Alf voltea a verlos.
—No hay nada de malo con ellos, con un demonio. ¡Los he tenido por más de cinco años!
—Tus zapatos son superbonitos —miente Elsa.

Parece que Alf no confía en sus palabras. Mira la carta de nuevo con escepticismo.

—Tu abuela y yo tuvimos una estúpida discusión antes de que ella falleciera. Justo antes de que tuviera que internarse en el hospital. Le había prestado mi maldito destornillador eléctrico y nunca se tomó la maldita molestia de devolvérmelo. Me dijo que estaba condenadamente segura de que sí me lo había devuelto, aunque yo sabía que eso no era cierto, con un carajo.

Elsa suspira como lo ha estado haciendo últimamente con Alf.

—¿Has oído hablar del tipo que se murió de tanto decir palabrotas?

—No —dice Alf, como si la pregunta hubiera sido hecha en serio.

Elsa pone los ojos en blanco.

—Ay, por Dios... Entonces, ¿qué dice mi abuelita sobre el destornillador?

—Solo dice que siente haberlo perdido.

Alf dobla la carta y la pone de vuelta en el sobre. Elsa se obstina en permanecer donde está.

—¿Y qué más? Vi que había más cosas escritas en la carta. ¡No soy ninguna tonta!

Alf deja el sobre encima del estante para sombreros.

—Dice que pide perdón por muchas cosas.

—¿Es algo complicado? —pregunta Elsa.

—No había una sola cosa en la vida de tu abuela que no fuera complicada, maldita sea.

Elsa mete todavía más las manos en los bolsillos. Mira de reojo a lo largo de su mentón, y observa el emblema de Gryffindor en su bufanda. Observa las puntadas donde Mamá la remendó, después de que las niñas de la escuela la desgarraron. Mamá todavía cree que se rasgó cuando Abuelita estaba trepando la valla del zoológico.

—¿Tú crees en la vida después de la muerte? —le pregunta a Alf, sin voltear a verlo.

—No tengo ni una maldita idea —responde Alf, de una forma que no es ni amable ni grosera; solo es muy propia de Alf.

—Quiero decir, tú sabes, si crees en... el paraíso... o algo así —murmura Elsa.

Alf le da un sorbo a su café y se pone a reflexionar.

—Sería algo jodidamente complicado. Es decir, si partiéramos de una perspectiva logística. El paraíso debe ser un lugar donde no haya tanta gente —termina él por mascullar.

Elsa considera lo que Alf acaba de decir. Se da cuenta de la lógica detrás de ello. Para Elsa, el paraíso es, a fin de cuentas, un lugar donde debe estar su abuela; pero es muy probable que el paraíso de Britt-Marie sea un lugar que en definitiva requiere que Abuelita no esté ahí.

—A veces dices cosas bastante profundas —le dice ella a Alf.

Alf bebe más café, y parece como si estuviera pensando que ese comentario fue demasiado rimbombante para venir de alguien que ni siquiera tiene ocho años.

Elsa quiere hacerle más preguntas sobre la carta y la muerte, pero no va a tener más tiempo para hacerlo. Y, al ver las cosas en retrospectiva, pensará que, si hubiera tomado decisiones diferentes, tal vez este día no habría terminado siendo tan terrible como lo fue al final. Pero será muy tarde para entonces.

Y Papá está parado en la escalera atrás de ella. Le falta el aliento. Eso no es para nada típico de él.

Elsa abre los ojos de par en par cuando lo ve, y luego mira hacia el interior del apartamento de Alf. Mira la radio. Como lo haces cuando tienes casi ocho años y te das cuenta de que algo como lo de la radio no sucede en un cuento de hadas sin una razón. Porque en los cuentos de hadas no existen las coincidencias. Y, además, un dramaturgo ruso dijo una vez que, si en el primer acto hay una pistola colgada en la pared, alguien tiene que disparar esa pistola antes de que se termine el último acto. Elsa lo sabe. Y aquellos que a estas alturas no comprenden cómo puede ser que Elsa entienda cosas como esta, simplemente no han estado poniendo atención. Elsa entiende que todo este asunto de la radio y el accidente en la autopista deben tener algo que ver con el cuento de hadas del que todos están formando parte.

—¿Es... Es Mamá? —logra decir ella.

Papá asiente y le lanza una mirada nerviosa a Alf. A Elsa le tiembla el rostro.

—¿Está en el hospital?

—Sí, la llamaron esta mañana para que fuera a participar en una reunión. Se presentó alguna especie de cri... —empieza a decir Papá, pero Elsa lo interrumpe:

—¿Fue ella la que tuvo el accidente, verdad? ¿El de la autopista?

La confusión reflejada en el rostro de Papá es de un nivel espectacular.

—¿Cuál accidente?

—¡El accidente de tráfico! —repite Elsa, totalmente fuera de sí.

—¿Qué...? ¡No, no! —dice Papá, y entonces sonríe—. Oficialmente ya eres una hermana mayor. ¡Tu mamá estaba en la reunión cuando se le rompió la fuente!

La noticia no termina de entrar en la cabeza de Elsa, en realidad no. Eso es evidente. A pesar de que está bastante familiarizada con lo que sucede cuando se rompe una fuente.

—Pero... ¿qué hay del accidente? ¿Qué tiene que ver esto con el accidente de tráfico? —murmura ella.

Papá se muestra demasiado titubeante.

—Nada, creo yo. Bueno, es decir, ¿a qué te refieres?

Elsa mira a Alf. Mira a Papá. Le da tantas vueltas a la situación que siente dolor hasta en los senos nasales.

—¿Dónde está George? —pregunta ella.

—En el hospital —responde Papá.

—¿Cómo llegó ahí? ¡En la radio dijeron que todo el tráfico en la autopista que va en esa dirección está detenido! —exclama Elsa.

—Llegó corriendo —responde Papá, a la vez que siente esa pequeña punzada que los papás experimentan cuando tienen que decir algo positivo del novio nuevo de las mamás.

Y es entonces cuando Elsa sonríe.

—George es bueno para eso —susurra ella.

—Sí, lo es —reconoce Papá.

Y Elsa decide que tal vez, de alguna forma, la radio se ha hecho merecedora de su lugar en este cuento de hadas, después de todo. Entonces, exclama con preocupación:

—Pero ¿cómo vamos a llegar al hospital si la autopista está bloqueada?

Papá luce vacilante. Alf bebe su café con tranquilidad junto a él.

—Pueden tomar la vieja carretera, caramba —dice Alf con impaciencia, cuando se da cuenta de que Papá no estaba pensando en mencionar justo esto.

Papá y Elsa lo miran como si Alf les hubiera hablado en un lenguaje inventado por él. Alf suspira.

—La vieja carretera, carajo. Pasando el antiguo matadero. Donde estaba esa fábrica que producía intercambiadores de calor, antes de que esos bastardos se lo llevaran todo a Asia. ¡Pueden tomar ese camino al hospital!

Papá se aclara la garganta. Elsa se pincha con algo debajo de la uña del pulgar. Resignado, Alf se termina el contenido de su taza de café.

—Estos jóvenes de hoy, creen que todo el maldito mundo es una maldita autopista —masculla él, y luego va por las llaves de Taxi.

Y, justo en ese instante, Elsa está pensando que el vorv y ella van a irse en Taxi. Pero, luego, cambia de opinión y decide que mejor deberían irse en Audi, porque no quiere que Papá se sienta mal. Y, si no hubiera cambiado de opinión, es muy posible que este día no habría terminado siendo tan abominable y horrible como lo será pronto. Porque, cuando suceden cosas terribles, uno siempre piensa «Si tan solo no hubiera...». Y, con el tiempo, este se convertirá en uno de esos momentos.

Maud y Lennart también van a acompañarlos al hospital. Maud trae galletas y, cuando Lennart llega a la puerta principal del edificio, decide que quiere llevar su cafetera, pues le preocupa que no tengan una en el hospital. E, incluso si la tienen, Lennart presiente que tal vez será una de esas cafeteras modernas con muchos botones. La cafetera de Lennart solo tiene un botón y nada más. Lennart le tiene mucho cariño a ese botón.

Y, si Papá no se hubiera ofrecido a subir corriendo por la cafetera para traérsela a Lennart, tal vez no habría sucedido lo que pasó después. Con el tiempo, este también llegará a ser uno de esos momentos. Un momento «si no hubiera».

El niño con un síndrome y su mamá también irán con ellos. Y la mujer de los pantalones de mezclilla. Porque, ahora, todos son algo así como un equipo, cosa que a Elsa le parece genial. Mamá le dijo ayer que, con tanta gente viviendo en el apartamento de Abuelita, el lugar se siente como esa mansión de la que Elsa está hablando todo el tiempo, donde viven los «Hombres X».

«La Escuela Jean Grey de Educación Superior», la corrigió Elsa con irritación y poniendo los ojos en blanco. En una pequeña parte, porque Mamá creyó que Elsa sería tan simplona como para pensar que una referencia a los X-Men de su parte sería algo súper; y, en otra pequeña parte, porque sí le funcionó.

Elsa también llama a la puerta de Britt-Marie. Pero nadie le abre. Con el tiempo, Elsa recordará haberse detenido por unos breves instantes frente al cochecito para bebés amarrado en la escalera. El aviso con el crucigrama seguía puesto en la pared encima del cochecito. Y alguien había resuelto el crucigrama. Había llenado todos los cuadros, usando un lápiz.

Si Elsa hubiera hecho una pausa para reflexionar un poco respecto a esto, tal vez todo habría sido diferente. Pero no lo hizo, por lo que no fue así.

Es posible que el vorv haya titubeado por un segundo frente a la puerta de Britt-Marie. Elsa habría entendido si lo hubiera hecho, pues ella asume que hay ocasiones en las que los vorves también vacilan, cuando no están seguros de a quién deben proteger en este cuento de hadas. De hecho, en los cuentos de hadas comunes y corrientes, los vorves cuidan a las princesas; e, incluso en la Tierra-a-punto-de-despertar, Elsa nunca fue otra cosa más que una caballera. Pero, si el vorv llega a titubear, no lo demuestra. Se va con Elsa. Pues esa es la clase de amigo que él es.

Si no se hubiera ido con Elsa, tal vez todo habría resultado diferente.

Alf convence a los oficiales de policía que le den una vuelta a la manzana «para comprobar que la zona es segura». Elsa nunca sabrá con exactitud qué les dijo, pero Alf puede ser muy convincente cuando quiere. Tal vez les mencionó que vio huellas en la nieve. O que oyó que alguien en el edificio al otro lado de la calle quería contarle algo. Elsa no lo sabe, pero ve al policía de verano subiéndose a la patrulla, y la oficial de los ojos verdes hace lo mismo, después de una larga deliberación. La mirada de Elsa se cruza con la de la oficial por un instante, y, si tan solo le hubiera dicho la verdad sobre el vorv, entonces tal vez todo habría sido diferente. Pero no lo hace. Porque quiere proteger al vorv. Pues esa es la clase de amiga que ella es.

Alf entra de regreso al edificio y baja al garaje para ir por Taxi. Cuando la patrulla dobla la esquina al final de la manzana, Elsa, el vorv y el niño con un síndrome salen a toda prisa por la puerta principal, para cruzar la calle y subirse a Audi, que se halla estacionado ahí. Los niños se meten primero de un salto.

El vorv se detiene a medio paso. Se le erizan los pelos del lomo.

Probablemente solo transcurren unos cuantos segundos, pero se siente como una eternidad. Con el tiempo, Elsa recordará que parecía como si hubiera tenido tiempo de pensar en un millón de cosas, y como si no hubiera tenido tiempo de pensar en lo absoluto.

Dentro de Audi reina un olor que, para su sorpresa, la hace sentirse tranquila. No sabe con exactitud qué es. Mira al vorv a través de la puerta abierta y, antes de que tenga tiempo de darse cuenta de lo que va a suceder, se pregunta si tal vez no quiere saltar al auto por el dolor que siente. Elsa sabe que el vorv está sintiendo dolor, de la misma forma en la que a Abuelita le dolía todo el cuerpo al final.

Elsa empieza a sacar una galleta del bolsillo. Porque nadie que se considere verdadero amigo de un vorv saldría de casa en estas épocas sin llevar al menos una galleta en el bolsillo para situaciones de emergencia. Pero no tiene tiempo, desde luego, porque es en ese instante cuando se da cuenta de qué es ese olor. Audi huele a humo.

Entonces, no transcurre una eternidad. Ni siquiera varios segundos. Sam sale disparado de las sombras en el asiento trasero. Elsa siente el frío de sus dedos en los labios cuando le tapa la boca con la mano. Los músculos de Sam se tensan alrededor del cuello de Elsa, y ella siente que sus vellos le raspan la piel expuesta por los huecos de la bufanda de Gryffindor, como si le restregaran piedrecillas de grava.

Elsa tiene tiempo de notar la breve confusión que se asoma en los ojos de Sam cuando ve al niño con un síndrome. Cuando se da cuenta de que ha estado cazando al niño equivocado. Elsa tiene tiempo de comprender que las sombras de los cuentos de hadas no querían quitarle la vida al Elegido. Solo querían llevárselo. Volverlo uno de los suyos. Solo querían matar a cualquiera que se interpusiera en su camino.

Y, entonces, las quijadas del vorv se cierran alrededor de la otra muñeca de Sam, justo cuando hace el intento de agarrar al niño. Sam grita con violencia. Elsa tiene un parpadeo de un instante para reaccionar cuando él la suelta. Avista el cuchillo por el retrovisor.

Y, luego, todo se vuelve tinieblas.

Elsa siente que está corriendo, siente la mano del niño en la suya, y sabe que solo tienen que llegar hasta la puerta principal. Solo necesitan tener tiempo para gritar, de modo que Papá y Alf puedan oírlos.

Elsa ve que sus pies se mueven, pero no es ella la que los controla. Su cuerpo corre a toda prisa por puro instinto. Cree que ella y el niño han tenido tiempo de dar unas cinco o seis zancadas, cuando oye que el vorv aúlla espantosamente de dolor, y no sabe si el niño suelta su mano o si ella suelta la de él. El pulso le late con tanta fuerza que puede sentirlo en los ojos. El niño se resbala y cae al suelo. Elsa oye que la puerta trasera de Audi se abre y ve el cuchillo en la mano de Sam. Ve que está manchado de sangre.

Quizás transcurre toda una eternidad de un cuento de hadas, o una breve eternidad. Elsa no lo sabe. Sabe que no lograrán escapar, que todo está perdido. Pero hace lo único que uno puede hacer. Carga al niño lo mejor que puede y corre tan rápido como le es posible.

Ella es buena para correr. Pero sabe que eso no va a ser suficiente. Oye los resoplidos de Sam cuando se esfuerza por abalanzarse sobre el niño. Siente el tirón en el brazo, que le sube hasta el hombro y llega hasta el corazón, cuando le arrancan al niño de las manos. Cierra los ojos, y lo siguiente que puede recordar es el dolor en la frente. Y el grito de Maud. Y las manos de Papá. El duro piso de las escaleras. El mundo da vueltas y vueltas, hasta que aterriza bamboleándose de arriba abajo frente a ella, y piensa que así es como debe sentirse cuando mueres. Como si cayeras hacia adentro, hacia lo desconocido.

Elsa oye el estrépito sin entender de dónde proviene. Y luego el eco. Tiene tiempo de pensar «Eco», y cae en la cuenta de que ella está dentro del edificio. Siente como si tuviera gravilla debajo de los párpados. Oye los pies ligeros del niño que suben corriendo por las escaleras, como solo pueden correr los pies de un niño cuando han sabido por años que esto podría suceder. Oye la voz aterrorizada de la mamá del niño, que trata de mantenerse tranquila y coherente al tiempo que va corriendo detrás de él, como solo puede hacerlo una mamá que se ha acostumbrado a que el miedo sea el estado natural de las cosas en su vida.

La puerta del apartamento de Abuelita se cierra con seguro detrás de ellos. Elsa siente que las manos de Papá no la están sosteniendo, la están conteniendo. No sabe de qué. Hasta que ve las sombras a través del vidrio de la puerta principal. Ve a Sam del otro lado del cristal. De pie, inmóvil. Y hay algo en su rostro que es tan poco característico de él que, en un principio, Elsa no puede quitarse de encima la sensación de que se está imaginando todo esto.

Sam tiene miedo.

En un abrir y cerrar de ojos, otra sombra se cierne sobre él, tan enorme que engulle la propia sombra de Sam. Los pesados puños de Corazón de Lobo le llueven encima llenos de furia, con una violencia y una oscuridad que ningún cuento de hadas podría describir. Corazón de Lobo no está golpeando a Sam. Lo está aporreando hasta hundirlo en la nieve. No es para ponerlo fuera de combate. No es para proteger a nadie.

Lo hace para destruirlo.

El papá de Elsa la carga y asciende a toda prisa por la escalera. La presiona contra su chaqueta para que no pueda ver nada. Elsa oye que alguien abre de golpe la puerta principal desde adentro, y luego oye a Maud y a Lennart suplicándole a Corazón de Lobo que ya no le pegue, que ya no le pegue, que ya no le pegue. Pero, a juzgar por el golpeteo sordo, que suena como el ruido que hace un envase de leche cuando cae al suelo, Corazón de Lobo no se ha detenido. Ni siquiera los oye. En los cuentos, Corazón de Lobo había huido a los bosques oscuros mucho tiempo antes de la Guerra-sin-fin, porque sabía de lo que era capaz.

Elsa se escapa de su papá y desciende volando por las escaleras. Maud y Lennart dejan de gritar antes de que ella tenga tiempo de llegar a la planta baja. El mazo que Corazón de Lobo tiene por puño se eleva tan alto por encima de Sam que roza los dedos extendidos de las criaturas nebulosas, antes de cambiar de dirección y empezar a caer en picada.

Pero Corazón de Lobo se queda petrificado en plena acción. Una mujer se planta entre él y el hombre ensangrentado. Se ve tan diminuta y frágil que el viento podría atravesarla. Sostiene una insignificante bola de pelusa azul de la secadora en la mano, y se le nota una delgada línea blanca en la piel del dedo anular donde antes tenía su anillo de boda. Pareciera que cada fibra de su ser está diciéndole a gritos que corra por su vida. Pero permanece donde está, mirando fijamente a Corazón de Lobo con los ojos indomables de alguien que siente que ya no tiene nada que perder.

La mujer compacta la bolita de pelusa en una mano, luego pone esa mano encima de la otra y las entrelaza sobre su vientre; y, entonces, mira con determinación a Corazón de Lobo, y declara con autoridad:

—En esta asociación de condóminos no golpeamos a la gente hasta matarla.

El puño de Corazón de Lobo sigue temblando en el aire. Su

pecho sube y baja. Pero su brazo va descendiendo con lentitud hasta quedar a su costado.

Britt-Marie se aclara la garganta. Se sacude de la falda unos cuantos copos de nieve extraviados. Le alisa un pliegue. Luego, entrelaza de nuevo las manos sobre su vientre y se aclara la garganta otra vez:

—En esta asociación de arrendatarios, quiero decir. En esta asociación de arrendatarios no golpeamos a la gente hasta matarla. No es así como nos comportamos en este edificio. Eso no es de personas civilizadas.

Cuando la patrulla viene derrapando por la calle, Britt-Marie todavía sigue de pie en medio de Corazón de Lobo y Sam, entre el monstruo y la sombra. La oficial de los ojos verdes se baja del vehículo empuñando su arma mucho antes de que se detenga. Corazón de Lobo se deja caer de rodillas en la nieve. Levanta las manos al cielo y cierra los ojos.

Elsa abre la puerta principal de golpe y sale disparada. Los policías le están gritando enérgicamente a Corazón de Lobo. Tratan de detener a Elsa, pero es como tratar de contener agua con las manos ahuecadas. Se les escapa entre los dedos. Por razones que no entenderá por muchos años, Elsa tiene tiempo de pensar en lo que Mamá le dijo a George cierta vez en la que creyó que Elsa estaba dormida. Así es como se siente ser madre de una hija que está empezando a crecer. Es como contener agua con las manos ahuecadas.

El vorv yace inmóvil en el suelo, a medio camino entre Audi y la puerta principal. El manto blanco de nieve ha quedado manchado de rojo. El vorv había tratado de llegar hasta ella. Se bajó a rastras de Audi, y siguió arrastrándose hasta que se desplomó. Elsa se arranca la chaqueta y la bufanda de Gryffindor y las extiende sobre el cuerpo del animal, se acurruca en la nieve junto a él y lo abraza con fuerza, mucha fuerza, percibe su aliento a pastel de maní y le susurra al oído «No tengas miedo, no tengas miedo» una y otra vez. «No tengas miedo, no tengas miedo, Corazón de Lobo venció al dragón y ningún cuento de hadas se termina hasta que el dragón ha sido derrotado».

Cuando siente las manos suaves de Papá levantándola del suelo, Elsa grita con todas sus fuerzas, para que el vorv pueda oírla incluso si ya va a medio camino hacia la Tierra-a-punto-de-despertar:

—¡NO PUEDES MORIRTE! ¡¿ME OYES?! ¡NO PUEDES MORIRTE! ¡PORQUE TODOS LOS CUENTOS DE NAVIDAD TIENEN UN FINAL FELIZ!

32
Helados

Es difícil razonar cuando se trata de la muerte. Es difícil dejar ir a alguien que amas.

Abuelita y Elsa acostumbraban ver juntas las noticias vespertinas. De vez en cuando, eso llevaba a Elsa a preguntarle a su abuela por qué los adultos hacían tantas cosas estúpidas todo el tiempo. Abuelita le respondía que eso era porque, en términos generales, los adultos son personas; y, en términos generales, las personas son unas bastardas. Elsa le respondía diciendo que eso era ilógico, pues las personas adultas también eran responsables de muchas cosas buenas en medio de tantas cosas estúpidas. Los viajes espaciales y la ONU y las vacunas y los cortaquesos, por mencionar algunos ejemplos. Y, entonces, Abuelita decía que la clave de la vida estaba en el hecho de que hay muy pocas personas que son unos bastardos por completo, y hay muy pocas personas que no son unos bastardos en lo más mínimo. La parte complicada de la vida es tratar de mantenerse en el lado de los no-bastardos lo más que se pueda.

En una ocasión, después de haber visto las noticias, Elsa preguntó por qué tantos no-bastardos tenían que morirse por todos lados, y por qué tantos bastardos se salvaban de sufrir la misma suerte. Y por qué uno tenía que morirse, sin importar si fuera un bastardo o no. Abuelita trató de distraer a Elsa con un helado para cambiar de tema, porque a la abuela de Elsa le gustaba más el helado que la muerte. Pero Elsa podía ser una niñita condenadamente testaruda, así que Abuelita terminó por rendirse y reconoció que ella suponía que una cosa siempre tenía que ceder su espacio para que otra cosa pudiera ocupar su lugar.

—¿Como cuando nos levantamos del asiento en el autobús si se sube alguien que ya es viejo? —preguntó Elsa. Entonces, Abuelita le preguntó a Elsa qué opinaba de comer más helado y cambiar de tema de conversación, a cambio de que ella le contestara que «sí». Elsa dijo que podía aceptar esa propuesta. Y, luego, Abuelita dijo:

—¡Sí, sí, sí, exacto, así es!

Y, después, se comieron un helado.

Es difícil razonar cuando se trata de la muerte. Es difícil dejar ir a alguien que amas. Sin embargo, en los cuentos de hadas más antiguos de Miamas se dice que un vorv solo puede morir de un corazón roto. Por lo demás, son seres inmortales. Y, por eso, uno solo puede matar a un vorv cuando llora una pérdida. Esa es la razón por la cual era posible matarlos después de que los exiliaron de la Tierra-a-punto-de-despertar porque uno de ellos mordió a la princesa: los desterraron las mismas personas que ellos protegían y amaban. «Y esa es la razón por la cual fue posible que les quitaran la vida en la última batalla de la Guerra-sin-fin», explicó Abuelita —habida cuenta de que cientos de vorves murieron en esa última batalla—. «Porque la guerra les rompe el corazón a todos los seres vivos».

Elsa reflexiona sobre todo esto mientras está sentada en la sala de espera de la clínica veterinaria. El lugar huele a alpiste. Britt-Marie está sentada junto a ella, con las manos entrelazadas sobre su regazo, mirando la cacatúa que está dentro de una jaula al otro lado de la sala de espera. No parece que a Britt-Marie le fascinen mucho las cacatúas. Elsa no está muy familiarizada con las formas en las que las cacatúas expresan sus emociones, pero tiene la sensación de que el sentimiento es mutuo.

—No tienes que quedarte aquí conmigo mientras espero —le dice Elsa a Britt-Marie, con la voz cargada de ira y de tristeza.

Britt-Marie se sacude un poco de alpiste invisible de su chaqueta, y responde sin apartar la vista de la cacatúa:

—No hay ningún problema, pequeña Elsa. No deberías sentirte así. No hay ningún problema en lo absoluto.

Elsa sabe que no lo dice con afán de ser grosera. La policía está interrogando a Papá y Alf sobre todo lo que pasó, y Britt-Marie fue la primera en ser interrogada, de modo que se ofreció a acompañar a Elsa mientras esperan a que el cirujano veterinario salga para darles noticias sobre el vorv. Así que Elsa es consciente de que ella no tiene la intención de ser grosera. Es solo que, para Britt-Marie, es muy difícil decir algo sin que suene como si quisiera serlo.

—¿Sabías que la gente tal vez se pelearía menos contigo si trataras de decir las cosas de una forma un poco más amable? Las personas pueden elegir ser amables, Britt-Marie —dice Elsa, tratando ella misma de no sonar grosera, pero no le resulta muy bien.

Se seca los ojos con la parte interna de la muñeca. Trata de no pensar en el vorv y en la muerte. Pero no puede evitarlo. Britt-Marie frunce la boca y entrelaza las manos sobre su regazo.

—Ajá. Sí, ya veo. Entiendo que pienses eso. Eso es lo que todas las mujeres de tu familia piensan de mí. Eso piensan ustedes.

Elsa suspira.

—Eso no es lo que quise decir.

—No, no, desde luego que no. Nunca es lo que ustedes quieren decir —responde Britt-Marie.

Elsa envuelve sus manos con la bufanda de Gryffindor. Respira hondo.

—Fue muy valiente de tu parte ponerte en medio de Corazón de Lobo y de Sam —admite ella en voz baja.

Britt-Marie limpia la mesa que tiene frente a ella de alpiste invisible, o tal vez migajas invisibles, que recoge en la palma de su mano. Permanece sentada ahí, con la mano cerrada, como si estuviera buscando un cesto invisible de basura para tirar el alpiste invisible o las migajas invisibles.

—En esta asociación de arrendatarios no golpeamos a la gente hasta matarla. No somos unos bárbaros —dice ella deprisa y en voz baja, para que Elsa no alcance a oír que la voz se le quiebra.

Las dos permanecen en silencio. Como uno permanece en silencio cuando hace las paces por segunda vez en dos días, pero en realidad no quiere decírselo en voz alta a la otra persona.

Britt-Marie mulle un cojín que estaba en uno de los extremos del sofá en la sala de espera.

—Yo no odiaba a tu abuela —dice Britt-Marie, sin voltear a ver a Elsa.

—Ella tampoco te odiaba —responde Elsa, sin voltear a verla tampoco.

Britt-Marie entrelaza las manos de nuevo y cierra los ojos a medias.

—Y, a decir verdad, yo nunca quise que los apartamentos se convirtieran en un edificio en condominio. Kent es quien quiere hacer eso, y yo quiero que Kent sea feliz, pero su plan es vender el apartamento para ganar dinero con ello, y luego mudarnos. Y yo no quiero mudarme.

—¿Por qué no? —pregunta Elsa.

—Ese es mi hogar.

Es difícil que Britt-Marie no te agrade por cosas como esa.

—¿Por qué mi abuelita y tú siempre estaban peleando? —pregunta Elsa, a pesar de que ya conoce la respuesta.

—Ella pensaba que yo era una... vieja bruja quejumbrosa —responde Britt-Marie, sin mencionar la verdadera razón.

—¿Y por qué eres así? —pregunta Elsa. Está pensando en la princesa, en la bruja y en el tesoro.

—Porque uno necesita tener algo que le importe, Elsa. ¡Uno necesita tener eso! Tan pronto como algo le importaba a alguien en este mundo, tu abuela tachaba a esa persona de «quejumbrosa». Pero si no hay nada que te importe, entonces en realidad no estás vivo. Solo existes... —responde Britt-Marie con un tono que suena un poquito quejumbroso, pero casi sin actuar como una vieja bruja.

—Eres bastante profunda cuando uno empieza a conocerte, Britt-Marie —dice Elsa.

—Gracias —dice Britt-Marie, resistiendo el impulso de empezar a sacudir la manga de la chaqueta de Elsa, para quitarle algo invisible de encima.

Se contenta con mullir el cojín de nuevo, a pesar de que ya pasaron muchos años desde que todavía quedaba algo dentro del cojín que se esponjara. Elsa enrolla la bufanda alrededor de cada uno de sus dedos.

—Hay algo así como un poema de un viejo que dice que, si no puede ser amado, entonces no le molestaría que lo odiaran. Lo que importa es que alguien lo vea, o algo por el estilo —dice Elsa.

—*Doctor Glas* —asiente Britt-Marie.

—Wikipedia —la corrige Elsa.

—No, esa es una cita de *Doctor Glas* —insiste Britt-Marie.

—¿Es un sitio de internet?

—Es una obra de teatro.

—Oh, entiendo.

—¿Qué es Wikipedia? —pregunta Britt-Marie.

—Un sitio de internet —responde Elsa.

Britt-Marie entrelaza las manos sobre su regazo.

—En realidad, *Doctor Glas* es una novela, según tengo entendido. No la he leído aún, pero la pusieron en escena en un teatro —dice ella, con voz titubeante.

—Oooh —dice Elsa.

—A mí me gusta el teatro —dice Britt-Marie.

—A mí también —dice Elsa.

Britt-Marie asiente. Elsa también.

—Doctor Glas habría sido un buen nombre para un superhéroe —dice Elsa.

En realidad, piensa que habría sido un mejor nombre para el

archienemigo de un superhéroe, pero no parece que Britt-Marie acostumbre leer obras literarias de calidad de forma habitual, de modo que Elsa no quiere complicarle demasiado las cosas.

—«Queremos ser amados» —cita Britt-Marie—, «a falta de esto, admirados; a falta de esto, temidos; a falta de esto, odiados y despreciados. Queremos suscitar en los demás alguna especie de sentimiento. El alma aborrece el vacío y quiere tener contactos a cualquier precio».

Elsa no está segura de qué significa esto. Pero de todos modos asiente.

—¿Y tú qué quieres ser? —pregunta ella.

Las manos de Britt-Marie se mueven ligeramente sobre su regazo, pero no para sacudir alguna migaja invisible.

—A veces es complicado ser adulto, Elsa —dice Britt-Marie, de forma evasiva.

—Tampoco es superfácil ser niño —responde Elsa con tono firme.

Las yemas de los dedos de Britt-Marie recorren con delicadeza el anillo pálido en la piel de su dedo anular.

—Yo acostumbraba salir a mi balcón temprano por las mañanas. Antes de que Kent se despertara. Tu abuela lo sabía, por eso hacía esos muñecos de nieve. Y por eso me enfadaba tanto. Porque ella sabía mi secreto, y yo sentía como si ella y los muñecos de nieve trataran de burlarse de mí por ello.

—¿Cuál secreto? —pregunta Elsa.

Britt-Marie entrelaza las manos con fuerza.

—Yo nunca fui como tu abuela. Nunca me fui de viaje. Solo pasaba mi tiempo aquí. Pero a veces me gusta estar de pie en el balcón temprano por la mañana, cuando el viento sopla. Es algo tonto, desde luego, todos piensan que es algo tonto. Desde luego que lo piensan —responde Britt-Marie, y frunce la boca—. Pero a mí me gusta sentir el viento en mi cabello. Eso me gusta a mí.

Elsa reflexiona que, después de todo, es posible que Britt-Marie no sea una absoluta bastarda. Incluso puede ser que, de vez en cuando, esté más cerca del lado de los «no-bastardos».

—No respondiste mi pregunta, ¿tú qué quieres ser? —dice Elsa, mientras se pasa la bufanda entre los dedos.

Las yemas de los dedos de Britt-Marie se mueven de forma vacilante sobre la falda, como si fuera alguien que va caminando por una pista de baile para invitar a alguien que le gusta a bailar. Y, entonces, pronuncia las palabras con delicadeza:

—Quiero que alguien recuerde que yo existí. Quiero que alguien sepa que yo estuve aquí.

Por desgracia, Elsa no oye la última frase, pues el veterinario sale por una puerta, con una mirada que le deja a Elsa un zumbido persistente sonando en su cabeza. Pasa corriendo junto a él antes de que el veterinario haya tenido tiempo de abrir la boca siquiera. Elsa oye que la llaman a gritos a sus espaldas cuando se lanza al pasillo, y empieza a abrir todas las puertas de un tirón, una tras otra. Una enfermera se vuelve y trata de sujetarla, pero Elsa solo sigue corriendo. Abre más puertas de golpe y no se detiene hasta que oye los aullidos del vorv. Como si supiera que Elsa va en camino y estuviera clamando por ella. Cuando por fin irrumpe en la habitación correcta, lo ve tendido sobre un frío catre, con un vendaje alrededor de todo su vientre. Hay sangre por todos lados. Elsa hunde el rostro en lo más profundo de su pelaje.

Britt-Marie sigue sentada en la sala de espera. Sola. Ni siquiera queda la cacatúa. Si Britt-Marie se levantara y se fuera, tal vez nadie recordaría que ella estuvo ahí. Parece como si estuviera pensando en esto por un instante. Entonces, sacude algo invisible del borde de la mesa, alisa un pliegue en su falda, y luego se levanta y se va.

El vorv cierra los ojos. Casi se ve como si estuviera sonriendo. Elsa no sabe si él puede oírla. No sabe si puede sentir las gruesas lágrimas que caen en su pelaje. Es difícil dejar ir a alguien que

amas. Cuando tienes casi ocho años, es difícil aprender a aceptar que todos aquellos que amas tarde o temprano tienen que irse.
—No puedes morirte. No puedes morirte porque ya estoy aquí. Y tú eres mi amigo. Ningún amigo de verdad se muere porque sí, ¿me entiendes? Los amigos no se mueren y te dejan atrás —susurra Elsa, tratando de convencerse más a sí misma que al vorv.

Y el vorv parece que lo sabe. Intenta secar las mejillas de Elsa con el aire tibio de su nariz. Elsa está acostada junto a él, acurrucada sobre el catre, tal y como estaba acostada en la cama del hospital esa noche en la que Abuelita ya no regresó de Miamas con ella.

Elsa se queda acostada ahí por siempre. Con la bufanda de Gryffindor enterrada en el pelaje del vorv.

La respiración del vorv se va haciendo más lenta y las pausas entre cada latido debajo del denso pelaje negro se van haciendo más largas, cuando de pronto suena la voz de la oficial de policía en los oídos de Elsa. Los ojos verdes observan a la niña y al animal desde la puerta. Cuando mira al vorv, la oficial se ve apenada, como suele suceder con las personas a las que no les gusta hablar de la muerte.

—Tenemos que llevarnos a tu amigo a la estación de policía, Elsa —dice ella.

Elsa sabe que está hablando de Corazón de Lobo.

—¡No pueden meterlo a la cárcel! ¡Lo hizo en defensa propia! —ruge Elsa.

—No, Elsa, no lo hizo en defensa propia. No estaba defendiéndose a sí mismo.

Y, entonces, la oficial da un paso atrás alejándose de la puerta. Mira su reloj fingiendo que se siente desubicada, como si acabara de recordar que tenía que encargarse de un asunto muy importante en algún otro lugar. Y sería muy loco si alguien como ella tuviera órdenes estrictas de llevar a cierto individuo a la estación de policía, y por casualidad dejara de vigilar a ese individuo por unos cuantos minutos para que él pudiera hablar con una niña que va a perder a un vorv. En verdad sería algo muy loco.

Y, de un momento a otro, la oficial se ha ido. Y Corazón de Lobo está parado en la puerta. Elsa se lanza desde el catre y lo abraza con fuerza, sin importarle en lo más mínimo si él tiene que bañarse o no con gel antibacterial cuando vuelva a su casa.

—¡El vorv no se puede morir! ¡Dile que no se puede morir! —susurra Elsa.

Corazón de Lobo respira lentamente. Está parado con las manos en el aire, sin saber qué hacer, como si alguien le hubiera derramado algo corrosivo en su suéter. Elsa cae en la cuenta de que todavía tiene la chaqueta de Corazón de Lobo en su casa, en el apartamento.

—Te vamos a devolver tu chaqueta. Mamá la lavó con mucho cuidado y la colgó en el armario envuelta con una bolsa de plástico —le dice ella como disculpándose, y sigue abrazándolo.

Da la impresión de que él apreciaría mucho en verdad si Elsa dejara de hacerlo. A ella le tiene sin cuidado.

—¡Pero ya no puedes volver a pelear! —le ordena ella con el rostro pegado a su suéter, y luego levanta la cabeza y se seca las lágrimas con la muñeca——. No estoy diciendo que uno nunca debe pelear, todavía no tengo una postura sobre eso. O sea, una postura moral. ¡Pero uno no debe pelearse con otras personas si es tan bueno para eso como tú! —solloza Elsa.

Y, entonces, Corazón de Lobo hace algo muy extraño. Le devuelve el abrazo.

—El vorv. Muy viejo. Un vorv muy viejo, Elsa —gruñe él en el lenguaje secreto.

—¡No puedo soportar que todo el mundo se esté muriendo todo el tiempo! —dice ella entre lágrimas.

Corazón de Lobo la toma de ambas manos. Aprieta sus dedos

índices con suavidad. Tiembla como si estuviera agarrando una barra de hierro al rojo vivo, pero no la suelta, como uno no suelta a alguien cuando se da cuenta de que hay cosas más importantes en la vida que tenerles miedo a las bacterias de los niños.
—Un vorv muy viejo. Ya está muy cansado, Elsa.

Y, cuando Elsa simplemente niega con la cabeza de forma histérica y le grita que ya nadie más puede morirse y abandonarla, Corazón de Lobo suelta una de sus manos, busca dentro del bolsillo del pantalón, saca un pedazo de papel muy arrugado y se lo pone en la mano a Elsa. Es un dibujo, y es evidente que es de Abuelita, pues la calidad de sus dibujos era tan buena como la de su caligrafía y su ortografía.

—Es un mapa —dice Elsa entre sollozos después de desdoblar el papel. Está sollozando como uno lo hace cuando ya se le acabaron las lágrimas, pero el llanto no.

Corazón de Lobo se frota las manos de forma alternada con suavidad. Elsa pasa los dedos por la tinta.

—Según esto es un mapa de «El séptimo reino» —dice ella, más para sí misma que para él.

Elsa se acuesta de nuevo en el catre con el vorv, tan cerca de él que su pelaje le pincha a través del suéter. Siente su aliento cálido que emana de su nariz fría. Está durmiendo. O eso es lo que ella espera. Le da un beso en la nariz, y le deja un par de lágrimas en sus bigotes.

Corazón de Lobo se aclara ligeramente la garganta.

—Venía junto con la carta. La carta de tu abuela —dice él en el lenguaje secreto, al tiempo que señala el mapa.

Corazón de Lobo mira a Elsa. Ella lo mira con los ojos empañados de neblina. Él señala el mapa de nuevo.

—«Mipardonus». El séptimo reino. Tu abuela y yo... íbamos a construirlo.

Elsa estudia el mapa de forma más minuciosa. En realidad, abarca toda la Tierra-a-punto-de-despertar, aunque la proporción de las cosas plasmadas en él no es la correcta, pues todo eso de las proporciones no se le daba mucho a su abuela.

—Este séptimo reino se encuentra justo donde están las ruinas de Mibatalos —susurra ella.

Corazón de Lobo se frota las manos.

—Solo se puede construir a Mipardonus en Mibatalos. Idea de tu abuela.

—¿Qué significa Mipardonus? —pregunta Elsa, con su mejilla pegada a la del vorv.

—Idioma de mi mamá. Significa «Yo perdono».

Las lágrimas en las mejillas de Corazón de Lobo son tan grandes como una golondrina. Su enorme mano desciende con suavidad en la cabeza del vorv. El vorv apenas si abre los ojos y lo mira.

—Muy viejo, Elsa. Muy, muy cansado —susurra Corazón de Lobo.

Entonces, posa los dedos con delicadeza en la herida que el cuchillo de Sam le hizo a través de su denso pelaje.

—Mucho dolor, Elsa. Mucho, mucho dolor.

Es difícil dejar ir a alguien que amas. Especialmente cuando tienes casi ocho años.

Elsa se arrastra para acercarse todavía más al vorv y lo abraza muy, muy, muy fuerte. Él la mira una última vez a través de sus ojos a punto de cerrarse. Ella le dedica una gran, gran sonrisa y susurra «Eres el mejor primer amigo que jamás haya tenido», y él le lame despacio el rostro y huele a mezcla para bizcochos. Y ella se ríe con ganas, mientras las lágrimas llueven sobre el catre.

Cuando las criaturas nebulosas aterrizan en la Tierra-a-punto-de-despertar, Elsa le da un abrazo con todas sus fuerzas y le susurra «Has cumplido con tu misión, ya no tienes que proteger el castillo. Ahora, protege a mi abuelita. ¡Protege todos los cuentos de hadas!». El vorv lame la cara una última vez.

Y, entonces, se va corriendo.

Cuando Elsa se vuelve hacia Corazón de Lobo, él está mirando hacia el sol con los ojos entreabiertos, como uno lo hace cuando no había estado en la Tierra-a-punto-de-despertar desde hace una eternidad de muchos cuentos de hadas. Elsa apunta hacia abajo, a las ruinas de Mibatalos.

—Podríamos traer a Alf aquí. Es superbueno para construir cosas. Al menos es bueno para hacer armarios. Y yo creo que también vamos a necesitar armarios en el séptimo reino, ¿no crees? Y mi abuelita va a estar sentada en una banca en Miamas, y va a esperar hasta que hayamos terminado. Como el abuelo de *Los hermanos Corazón de León*. Así se llama un cuento de hadas que le leí a mi abuelita. Por eso sé que va a estar esperando en una banca, porque es muy típico de ella que se robe cosas como esa de otros cuentos de hadas. ¡Y ella sabe que *Los hermanos Corazón de León* es uno de mis cuentos favoritos!

Elsa todavía está llorando. Y Corazón de Lobo también. Pero hacen lo que uno hace: hacen lo que pueden. Sobre las ruinas de las palabras para pelear, construyen palabras para perdonar.

El vorv fallece el mismo día que nace el hermano de Elsa. Ella decide que, algún día, cuando él sea más grande, le contará acerca de todo esto. Le contará sobre su primer mejor amigo. Le contará que, a veces, una cosa debe ceder su espacio para que otra cosa pueda ocupar su lugar. Y le contará que todo esto en realidad solo es como si el vorv le hubiera cedido a Medi su lugar en el autobús.

Y Elsa decide que va a asegurarse de dejarle muy en claro a Medi que para nada tiene que ponerse triste ni sentirse culpable por ello.

Porque, de hecho, los vorves odian viajar en autobús.

33
Bebé

Terminar un cuento de hadas es algo difícil. No necesariamente por el hecho de que se termine, desde luego, porque todos los cuentos de hadas deben tener un final. A decir verdad, algunos no se terminan tan rápido como deberían. Por ejemplo, en el caso de este cuento, hay expertos que opinan que ya debería haber llegado a su conclusión y debería haberse archivado desde hace mucho. El problema está en los héroes, pues se supone que, al final de los cuentos de hadas, tienen que «vivir felices hasta el fin de sus días». Y esto se vuelve problemático, desde un punto de vista narrativo. Porque aquellos que llegan al fin de sus días dejan atrás a otras personas, que tienen que vivir sus días sin ellos.

Y es muy, muy difícil ser el que se queda atrás y tiene que vivir sin los que se van.

Para cuando se marchan de la veterinaria ya oscureció. Cuando Elsa era pequeña, tenían la costumbre de hacer ángeles de nieve afuera del edificio, en la noche anterior a su cumpleaños; que, por cierto, era la única noche del año en la que Abuelita no hablaba mal de los ángeles. Esa era una de las tradiciones favoritas de Elsa.

Elsa va viajando con Alf a bordo de Taxi. No tanto porque no quisiera irse con Papá, sino más bien porque Papá le dijo que Alf parecía estar furioso consigo mismo, porque él y Taxi estaban en el garaje cuando pasó todo lo de Sam. Porque no estuvo ahí para proteger a Elsa.

Alf y Elsa no hablan mucho mientras van en Taxi, desde luego;

esto pasa a veces cuando uno no tiene mucho que decir. Y, cuando Elsa termina por mencionar que tiene que hacer algo en su casa de camino al hospital, Alf no le pregunta por qué. Solo maneja. Así de bueno es Alf.

—¿Puedes hacer ángeles de nieve? —pregunta Elsa, cuando Taxi se detiene frente al edificio.

—Tengo sesenta y cuatro años, caramba —gruñe Alf.

—Esa no es una respuesta a mi pregunta —dice Elsa.

Alf apaga el motor de Taxi, desciende del auto y espeta:

—Tengo sesenta y cuatro años, maldita sea, ¡pero no tenía sesenta y cuatro cuando nací! ¡Claro que puedo hacer ángeles de nieve, carajo!

Entonces, se ponen a hacer ángeles de nieve. Noventa y nueve en total. Y, en el futuro, nunca hablarán gran cosa al respecto. Porque ciertas clases de amigos pueden ser amigos sin tener que hablar gran cosa entre ellos.

La mujer de los pantalones de mezclilla los mira desde su balcón. Se echa a reír. Está empezando a volverse buena en ello.

Cuando llegan al hospital, Papá los está esperando en la entrada. Un médico pasa junto a ellos, y, por un breve instante, Elsa cree reconocerlo. Entonces avista a George, atraviesa corriendo toda la sala de espera y se arroja a sus brazos. Tiene puesto un short encima de sus *leggins*, y lleva un vaso de agua helada para Mamá en la mano.

—¡Gracias por haber corrido hasta acá! —dice Elsa, rodeándolo con los brazos.

Papá mira a Elsa, y es evidente que está celoso, pero trata de ocultarlo. Así de bueno es él.

George también mira a Elsa, y es evidente que está sorprendido.

—Soy bueno para correr —dice él con voz mesurada.

Elsa asiente.

—Lo sé. Eso es porque eres diferente.

Y, luego, Elsa se va con Papá para ver a Mamá. Y George se queda donde estaba, con el vaso de agua en la mano por tanto tiempo que termina entibiándose.

Una enfermera de aspecto serio que está parada afuera de la habitación de Mamá impide que Elsa pase a verla, porque, al parecer, Mamá tuvo un parto complicado. Así es como la enfermera se expresa, sonando particularmente firme y clara cuando pronuncia la «ca» de «complicado». Elsa asiente. Papá se aclara la garganta.

—¿Por casualidad es usted nueva aquí? —pregunta Papá con un tono más bien discreto.

—¿Eso que tiene que ver? ¡Hoy no se admiten visitas! —sentencia la enfermera de forma categórica, gira sobre sus talones y entra a la habitación de Mamá.

Papá y Elsa asienten y se quedan donde estaban, en un acto de paciencia, pues tienen algo así como la sospecha de que esto va a resolverse solo. Porque, incluso si Mamá es Mamá, sea como sea, es la hija de Abuelita. Y Papá y Elsa recuerdan bien lo que pasó con ese hombre del auto plateado, justo antes de que Elsa naciera. Nadie debería meterse con Mamá cuando da a luz a un bebé.

Quizás transcurren unos treinta segundos antes de que el grito retumbe en el pasillo, con una fuerza tal que los tableros en las paredes vibran.

—TRAE AQUÍ A MI HIJA ANTES DE QUE TE ESTRANGULE CON EL ESTETOSCOPIO Y ARRASE ESTE HOSPITAL HASTA DEJARLO HECHO ESCOMBROS, ¿ENTIENDES?

Treinta segundos es bastante más tiempo del que Elsa y Papá creyeron que haría falta. Pero solo pasan tres o cuatro segundos más antes de que Mamá vuelva a rugir:

—¡NO ME IMPORTA UN CARAJO! ¡VOY A ENCON-

TRAR UN MALDITO ESTETOSCOPIO EN ALGÚN LUGAR DE ESTE HOSPITAL Y LUEGO VOY A ESTRANGULARTE CON ÉL!

    La enfermera sale de vuelta al pasillo. Ya no se ve tan segura de sí misma. El médico que Elsa creyó reconocer se aparece detrás de ella. Dice con voz afable que, por esta vez, quizás puedan hacer una excepción, y entonces le sonríe a Elsa. Elsa respira hondo con determinación, y luego cruza el umbral.

Mamá tiene tubos y cables conectados por todo el cuerpo. Se abrazan con toda la fuerza que Elsa se atreve a emplear, pues no quiere arrancarle nada por accidente. Piensa que tal vez una de esas conexiones podría ser un cable eléctrico, y entonces Mamá se apagaría como una lámpara si eso llegara a pasar. Mamá le acaricia el cabello una y otra vez.

—Lamento muchísimo lo de tu amigo, el vorv —dice Mamá con ternura.

    Elsa permanece sentada en silencio al borde de la cama por tanto tiempo que sus mejillas se secan, y tiene suficiente tiempo para reflexionar. Llega a la conclusión de que necesita inventar una nueva forma de medir el tiempo. Esto de las eternidades y las eternidades de cuentos de hadas está empezando a volverse un poco enredado, la verdad sea dicha. Se imagina que tal vez podría usar algo que sea menos complicado. Como los parpadeos. O los aleteos de colibrí. Alguien tiene que haber analizado toda esta cuestión. Lo consultará en Wikipedia cuando vuelva a casa.

    Mira a Mamá, que se ve feliz. Elsa le da unas palmaditas en la mano, y Mamá toma la mano de Elsa.

—Sé que no soy una mamá perfecta, corazón.

Elsa posa su frente en la de su mamá.

—No todo tiene que ser perfecto, Mamá.

    Están sentadas tan cerca una de la otra que las lágrimas de Mamá corren por la punta de la nariz de Elsa.

—Paso mucho tiempo trabajando, corazón. Todo el tiempo me

sentía muy enojada con tu abuela porque nunca estaba en casa, y ahora yo estoy haciendo lo mismo que ella...

Elsa limpia su nariz y la de su mamá con la bufanda de Gryffindor.

—No te preocupes, Mamá. Ningún superhéroe es perfecto.

Mamá sonríe. Elsa también.

—¿Puedo preguntarte algo?

—Desde luego —dice Mamá.

—¿En qué me parezco a tu papá?

Parece que Mamá titubea. Como les pasa a las mamás cuando están acostumbradas a que siempre pueden predecir lo que sus hijas les van a preguntar, y, de pronto, se dan cuenta de que estaban en un error. Elsa se encoge de hombros.

—Yo soy diferente porque eso lo heredé de Abuelita. Y soy una sabelotodo, igual que Papá. Y termino peleándome con todo el mundo. Eso también viene de Abuelita. Entonces, ¿qué heredé de tu papá?

Mamá no se decide a contestar. Elsa respira tensa por la nariz, y añade:

—Abuelita nunca me contó ninguna historia de él...

Mamá posa las manos en las mejillas de Elsa, y Elsa seca las mejillas de Mamá con la bufanda de Gryffindor.

—Creo que ella te contó de tu abuelo sin que te dieras cuenta —susurra Mamá.

—Entonces, ¿en qué me parezco a mi abuelo?

—Te ríes como él.

Elsa mete las manos en las mangas del suéter y empieza a girar despacio los extremos vacíos de las mangas frente a ella.

—¿Se reía mucho?

—Todo el tiempo. Todo, todo, todo el tiempo. Por eso amaba a tu abuelita. Porque ella hacía que se riera con cada parte de su cuerpo. Con cada parte de su alma.

Elsa se acurruca junto a Mamá en la cama del hospital, y se

queda ahí acostada por lo que probablemente deben ser mil millones de aleteos de colibrí. Aunque, en este momento, no puede garantizar con exactitud cuánto tiempo es eso. Tal vez depende del colibrí.

—Abuelita no era una completa bastarda. Y tampoco era una completa no-bastarda —dice Elsa.

Entonces, Mamá se echa a reír a carcajadas. Y Elsa también. Con la risa de su abuelo.

Y, luego, se quedan acostadas en la cama hablando de superhéroes por un buen rato. Mamá dice que, ahora que Elsa se ha convertido en una hermana mayor, debe recordar que las hermanas mayores siempre son ídolos para sus hermanos menores. Y eso conlleva un gran poder. Una gran fortaleza.

—Y un gran poder conlleva una gran responsabilidad —susurra Mamá.

Elsa se incorpora de golpe y se sienta en la cama con la espalda muy erguida.

—¡¿Has estado leyendo a Spider-Man?!

—Lo busqué en Google —dice Mamá, con una gran sonrisa llena de orgullo.

Y, entonces, todos los sentimientos de culpa se reflejan en el rostro de Mamá. Como les pasa a las mamás cuando se dan cuenta de que ha llegado la hora de revelar un gran secreto.

—Elsa... Corazón... La primera carta de tu abuelita... no te la dio a ti. Hubo otra carta antes de la que tú recibiste. Y tu abuelita me la dio a mí... el día antes de que falleciera...

Mamá se ve como cuando vas a lanzarte de un clavado a un lago superfrío, a pesar de que para nada quieres hacerlo, pero ya estás parado en la orilla del muelle y todo el mundo te está viendo, así que ya no te puedes arrepentir. Es una expresión facial única.

Pero Elsa solo asiente con toda tranquilidad y se encoge de

hombros de forma absolutamente despreocupada. Y, luego, le da unas palmaditas a Mamá en la mejilla, tal y como lo haces con un niñito que ha hecho algo malo porque no sabía que era indebido.

—Lo sé, Mamá, lo sé.

Mamá la mira confundida, sin poder dejar de parpadear.

—¿Qué? ¿Ya lo sabías? ¿Cómo lo supiste?

Elsa suspira con un aire de paciencia.

—O sea, okey, me llevó un poquito de tiempo descifrarlo. Pero no es como si fuera física cuántica o algo así. En primer lugar, ni siquiera Abuelita habría sido tan irresponsable como para enviarme a buscar un tesoro sin que te lo dijera a ti primero. Y, en segundo lugar, solo tú y yo podemos manejar a Renault, porque es un poquito diferente. A veces yo lo manejaba mientras Abuelita estaba comiendo un kebab, y a veces tú lo manejabas cuando Abuelita estaba borracha. Así que debió haber sido una de las dos la que lo estacionó en el lugar de Britt-Marie en el garaje. Y yo no fui. Y yo no soy ninguna tonta. Yo sé contar.

Mamá se ríe tan fuerte y por tanto tiempo que Elsa empieza a preocuparse de verdad por el colibrí.

—Eres la persona más inteligente que conozco, ¿sabes? —dice Mamá.

Y Elsa piensa que sí, eso es muy bonito y todo, pero Mamá realmente necesita salir al mundo para conocer más personas.

—¿Qué te escribió mi abuelita en tu carta? —pregunta Elsa.

Mamá aprieta los labios.

—Me pidió perdón.

—¿Por ser una mala madre?

—Sí.

—¿Y la perdonaste?

Mamá sonríe y Elsa le seca las mejillas de nuevo con la bufanda de Gryffindor.

—Creo que estoy intentando perdonarnos a las dos. Yo soy como Renault. Tengo una larga distancia de frenado —susurra Mamá.

Elsa la abraza hasta que el colibrí se rinde y se va a hacer alguna otra cosa.

—Tu abuelita rescataba niños porque a ella misma la rescataron cuando era pequeña, corazón. Nunca lo supe, pero lo mencionó en la carta. Ella era huérfana —dice Mamá en voz baja.

—Como los X-Men —asiente Elsa.

—Supongo que ya sabes en dónde está escondida la siguiente carta, ¿verdad? —sonríe Mamá.

—Con que digas «dónde» es suficiente —dice Elsa, porque no puede evitarlo.

Pero ella lo sabe. Por supuesto que lo sabe. Lo ha sabido todo el tiempo. Este no es precisamente el cuento de hadas más impredecible de la historia. Y Elsa no es ninguna tonta.

Mamá se echa a reír de nuevo. Se ríe tanto que la enfermera de la pronunciación firme y clara entra con pisadas enérgicas y advierte que ya hay que ponerle fin a todo esto, o de lo contrario Mamá tendrá problemas con los tubos y los cables.

Elsa se levanta de la cama. Mamá la toma de la mano y le da un beso en ella.

—Ya decidimos cómo se va a llamar Medi. No va a ser Elvo, le vamos a poner otro nombre. George y yo lo escogimos en cuanto pudimos verlo. Creo que te va a gustar.

Y Mamá tenía razón. A Elsa le gusta. Le gusta muchísimo.

Unos cuantos minutos más tarde, Elsa se encuentra en una habitación pequeña, mirándolo a través de un panel de vidrio. Está acostado dentro de una cajita de plástico. O una enorme caja para el almuerzo. Es difícil decidir cuál de las dos. También tiene tubos y cables por todos lados, y sus labios son de color azul; y, por su rostro, pareciera que todo el tiempo está corriendo contra un viento brutal. Pero todas las enfermeras le dicen a Elsa que nada de eso es grave. Cosa que no le gusta. Esa es la forma más sencilla de saber que algo sí es grave.

Elsa ahueca las manos contra el vidrio, para que su hermanito menor pueda oírla al otro lado cuando le susurra:

—No tengas miedo, Medi. Ahora tienes una hermana. Y las cosas van a estar mejor. Todo va a estar bien.

Entonces, Elsa cambia al lenguaje secreto:

—Voy a esforzarme por no sentir celos de ti. He estado celosa de ti por mucho tiempo, pero tengo un amigo que se llama Alf, y él y su hermano han estado peleados por algo así como unos cien años. No quiero que tú y yo estemos peleados por cien años. Y por eso creo que tenemos que empezar a trabajar desde un inicio en eso de llevarnos bien. ¿Me entiendes?

Parece que Medi la entiende. Elsa apoya la frente en el vidrio.

—También tienes una abuela. Y es una superheroína. Te contaré todo acerca de ella cuando lleguemos a casa. Desafortunadamente, le regalé la pistoláctea al niño que vive escaleras abajo, pero voy a hacer una nueva para ti. Y te llevaré conmigo a la Tierra-a-punto-de-despertar, y comeremos muchos sueños y vamos a bailar y a reír y a llorar y a ser valientes y a perdonar, y volaremos montados en las criaturas nebulosas y Abuelita va a estar sentada en una banca en Miamas, fumando mientras espera a que lleguemos. Y, algún día, nuestro abuelito llegará caminando y también se reunirá con nosotros. Lo oiremos venir desde lejos porque se ríe con cada parte de su cuerpo. Se ríe tanto que creo que vamos a tener que construir un octavo reino para él. Le voy a preguntar a Corazón de Lobo cómo se dice «Yo río» en el idioma de su mamá. Y el vorv también está ahí, en la Tierra-a-punto-de-despertar. El vorv te va a caer muy bien. ¡No hay mejor amigo que un vorv!

Medi mira a Elsa desde su caja de plástico. Ella limpia el vidrio con la bufanda de Gryffindor.

—Tienes un nombre genial. El mejor nombre que hay en el

mundo. Te contaré todo sobre el niño de quien lo tomaron. Él también te va a caer muy bien.

Elsa se queda de pie junto al vidrio, hasta que se da cuenta de que eso del colibrí tal vez fue una mala idea, después de todo. Concluye que va a seguir usando las eternidades y las eternidades de cuentos de hadas por un tiempo más. Solo para no complicar más las cosas. Y tal vez porque eso le recuerda a Abuelita.

Antes de irse, Elsa ahueca las manos una vez más y le susurra a Medi en el lenguaje secreto:

—Tenerte como mi hermano va a ser la más grande aventura de todas. ¡La aventura más grande de nuestras vidas!

Y pasa lo que Abuelita dijo que iba a pasar. Las cosas están mejorando. Todo estará bien.

Cuando Elsa regresa a la habitación de Mamá, el médico que creyó haber reconocido se encuentra de pie junto a su cama. Está a la espera, sin moverse, como si supiera que va a llevarle un tiempo a Elsa recordar de dónde lo conoce. Y, cuando ella por fin cae en la cuenta de quién es él, el médico sonríe, como si jamás hubiera tenido alguna otra opción.

—Tú eres el contador —exclama Elsa con tono suspicaz, y luego añade—: Y el pastor de la iglesia. ¡Te vi en el funeral de mi abuelita y estabas vestido como pastor!

—Soy muchas cosas —responde el médico con un tono apacible de voz, y una expresión facial que nadie llegó a tener jamás cuando Abuelita estaba cerca.

—¿También eres médico? —pregunta Elsa.

—Soy médico, antes que nada —responde él, y extiende la mano para presentarse—: Marcel. Era un buen amigo de tu abuelita.

—Yo soy Elsa.

—Eso tengo entendido —sonríe Marcel.

—Eras el abogado de mi abuelita —dice Elsa, tal y como uno

lo hace cuando recuerda los detalles de conversaciones telefónicas que tuvieron lugar al inicio de un cuento de hadas, como al final del capítulo dos, por poner un ejemplo.

—Soy muchas cosas —repite Marcel, y le entrega un papel a Elsa.

Es una impresión de computadora, y el texto está bien escrito, de modo que Elsa ya sabe que fue Marcel quien lo redactó y no Abuelita. Sin embargo, al pie del documento hay algo de puño y letra de la abuela de Elsa. Marcel entrelaza las manos sobre su vientre, de una forma parecida a como lo hace Britt-Marie.

—Tu abuelita era la dueña del edificio en el que ustedes viven. Aunque tal vez ya lo habías deducido.

Elsa asiente. Porque esta niña no es ninguna tonta. Marcel señala el papel con el dedo.

—Ella decía que lo había ganado en una partida de póquer, pero no estoy seguro de ello.

Elsa lee el documento. Frunce los labios.

—¿Y qué? ¿Ahora es mío? ¿Todo el edificio?

—Tu mamá lo va a administrar hasta que tengas dieciocho. Pero tu abuelita se aseguró de que puedas hacer con él lo que tú quieras. Si quieres, puedes vender los apartamentos como parte de un condominio. Y, si no quieres, no tienes que hacerlo.

Elsa arruga la frente, o la arruga tanto como le es posible a una niña de casi ocho años.

—Entonces, ¿por qué les dijiste a todos en el edificio que se convertiría en un condominio si todo el mundo estaba de acuerdo?

Marcel extiende las manos a los lados, con un movimiento suave.

—Si tú no estás de acuerdo, entonces, técnicamente, no todos están de acuerdo. Tu abuelita estaba convencida de que tú seguirías la voluntad de tus vecinos si todos opinaban lo mismo. Pero también estaba convencida de que no harías nada con el edificio que pudiera perjudicar a alguien que vive en él. Por eso, tuvo que asegurarse de que conocieras a todos tus vecinos antes de que pudieras ver el testamento.

Marcel posa la mano en el hombro de Elsa.

—Es una gran responsabilidad, pero tu abuelita me prohibió que se la encargara a alguien más aparte de ti. Dijo que tú eras «más inteligente que todos esos mentecatos juntos». Y siempre decía que un reino se compone de las personas que lo habitan. Dijo que tú lo entenderías.

Los dedos de Elsa acarician la firma de Abuelita al pie del papel.

—Sí, lo entiendo.

—Puedo revisar los detalles contigo, es un contrato bastante complicado —dice Marcel, con disposición de ayudar.

Elsa se aparta el cabello de la cara.

—Igual que mi abuelita.

Marcel se ríe a carcajadas. Así es como uno las podría llamar. Carcajadas. Son demasiado estruendosas como para ser tan solo risas. Esto le agrada mucho a Elsa. Es imposible que no sea así.

—¿Mi abuelita y tú tuvieron una aventura? —pregunta ella, de forma bastante abierta y repentina.

—¡ELSA! —interviene Mamá, tan angustiada que los tubos y los cables casi se desconectan.

Elsa extiende los brazos a los lados, sintiéndose ofendida.

—¡Oh! ¿Qué tiene de malo preguntar?

Entonces, se vuelve hacia Marcel, esperando una respuesta:

—¿Tuvieron una aventura o no?

Marcel entrelaza las manos. Asiente con tristeza, pero también con alegría. Más o menos como cuando uno se comió un helado enorme y se da cuenta de que ya se terminó.

—Ella fue el gran amor de mi vida, Elsa. Fue el gran amor de la vida de muchos hombres. Y de muchas mujeres también, de hecho.

—¿Y tú fuiste el gran amor de su vida? —pregunta Elsa.

Marcel hace una pausa. No da la impresión de que se sienta enfadado. Tampoco amargado. Solamente un poquito celoso.

—No —dice él—. Esa fuiste tú. Siempre fuiste tú, querida Elsa.

Marcel le da unas palmaditas a Elsa en la mejilla con afecto, tal y como lo haces cuando ves a alguien que alguna vez amaste en los ojos de su nieta. Y, luego, se marcha de ahí.

Elsa y Mamá y la carta comparten el silencio durante segundos, eternidades, aleteos de colibrí. Entonces, Mamá toca la mano de Elsa y trata de hacer que la pregunta suene como si para nada se tratara de algo muy importante, como si solo fuera algo que se le ocurrió de forma un poquito espontánea:

—¿Qué heredaste de mí?

Elsa permanece en silencio. Mamá se ve afligida.

—Yo solo... Bueno, tú sabes... Mencionaste que habías heredado cosas de tu abuelita y de tu papá, y yo solo estaba pensando que, tú sabes...

Mamá se queda callada. Se avergüenza tal y como las mamás se avergüenzan cuando se dan cuenta de que han llegado a ese punto en sus vidas en el que quieren más de sus hijas de lo que sus hijas quieren de ellas. Elsa posa las manos en las mejillas de Mamá y le dice con ternura:

—Solamente todo lo demás, Mamá. Solamente heredé de ti todo lo demás.

Papá se encarga de llevar a Elsa a su casa. Apaga el estéreo de Audi para que ella no tenga que escuchar su música, y pasa la noche en el apartamento de Abuelita. Los dos se duermen en el armario. Huele a aserrín, y es justo lo bastante grande como para que Papá pueda estirarse y tocar ambas paredes con la yema de los dedos y la punta de los pies. Así de bueno es el armario.

Cuando Papá concilia el sueño, Elsa baja a hurtadillas por las escaleras. Se para frente al cochecito para bebés que todavía está asegurado a la escalera, junto a la puerta principal. Mira el crucigrama en la pared. El que alguien llenó con lápiz. En cada palabra hay una letra que, a su vez, se entrelaza con cuatro palabras particularmente largas. Y, en cada una de esas cuatro palabras, hay una letra escrita en un recuadro que se ve más gruesa que las demás.

E.L.S.A.

Elsa revisa el candado que usaron para asegurar el cochecito a la barandilla. Es un candado de combinación, pero los cuatro diales no tienen números, sino letras.

Elsa deletrea su nombre con los diales y abre el candado. Mueve el cochecito para apartarlo. Y es ahí donde encuentra la carta de Abuelita para Britt-Marie.

34
Abuelita

En la Tierra-a-punto-de-despertar nunca dices «adiós». Solo dices «nos vemos». Para sus habitantes es muy importante que esto sea así, porque ellos creen que nada muere del todo. Jamás. Solo se convierte en una historia, pasa por un pequeño cambio gramatical. El tiempo de los verbos cambia de presente a pretérito, de «ahora» a «en ese entonces». En los cuentos de hadas, el tiempo de los verbos tiene tanta importancia como la magia y las espadas.

En Miamas, un funeral puede durar varias semanas, pues hay muy pocas ocasiones en la vida que se prestan tanto para contar historias como los funerales. Como es obvio, el primer día son más las historias de dolor y pérdida; pero, conforme van pasando los días y las noches, se van transformando poco a poco hasta convertirse en esa clase de historias que no puedes contar sin que la gente empiece a reírse a carcajadas. Historias acerca de cómo la persona que cambió de tiempo verbal alguna vez leyó las instrucciones «Aplíquese en la cara, pero no alrededor de los ojos» en el empaque de una crema para la piel, y luego llamó al fabricante para hacerle notar con gran indignación que justo es ahí donde se encuentra ubicada la cara. O cómo recurrió a los servicios de un dragón para caramelizar la capa superior de todas las *crème brûlée* que se iban a servir en una gran fiesta en el castillo, pero se le olvidó revisar primero si el dragón estaba resfriado. O cómo se paraba en su balcón con la bata abierta de par en par y le disparaba a la gente con un rifle de *paintball*.

Justo esa clase de historias.

Y los miamenses se ríen a carcajadas tan fuertes que las historias se elevan en el aire como linternas y flotan alrededor de la tumba. Hasta que todas las historias se funden en una sola, y todos los tiempos verbales se convierten en uno solo. Se ríen a carcajadas, hasta que nadie puede olvidar que esto es lo que dejamos atrás cuando nos marchamos.

Las risas.

—Medi acabó siendo un niño, un medio hermano. ¡Y se va a llamar Harry! —le explica Elsa a la piedra con gran orgullo, al tiempo que le sacude la nieve de encima—. Alf dice que es una suerte que haya sido niño, porque las mujeres de nuestra familia «están tan chifladas que deberían ser consideradas oficialmente riesgos de seguridad» —continúa Elsa con una sonrisa socarrona mientras hace unas comillas irónicas en el aire, y va dejando un par de surcos idénticos a los de un arado en la nieve cuando imita el estilo gruñón de caminar de Alf, arrastrando los pies al avanzar.

El frío le pellizca las mejillas. Elsa le devuelve el pellizco. Papá raspa la capa superior de tierra con su pala cada vez que retira un poco de nieve. Elsa jala la bufanda de Gryffindor, para que le quede más ajustada alrededor de su cuello. Esparce las cenizas del vorv sobre la tumba de Abuelita, y luego esparce sobre las cenizas una gruesa capa de bollos de canela convertidos en migajas.

Y, entonces, le da un abrazo muy, muy, muy fuerte a la lápida, y le susurra:

—¡Nos vemos!

Elsa contará todas sus historias. De hecho, ya está contándole a su papá los primeros capítulos mientras van caminando de regreso a Audi tomados de la mano. Y Papá la escucha. Baja el volumen del estéreo antes de que Elsa tenga tiempo de subirse al auto de un brinco. Elsa estudia a su papá de manera minuciosa.

—¿Ayer te sentiste triste cuando abracé a George en el hospital? —pregunta ella.

—No —responde Papá.

—No quiero que estés triste.
—Yo no me pongo triste.
—¿Ni siquiera un poquito? —pregunta Elsa, empezando a sentirse ofendida.
—¿Estoy autorizado para sentirme triste? —pregunta Papá con un tono vacilante.
—Puedes sentirte un poquito triste —masculla Elsa.
—Okey... Me siento un poquito triste —se aventura Papá. De hecho, sí se ve triste.
—Demasiada tristeza —dice Elsa.
—Perdón —dice Papá, y empieza a sonar un poquito estresado.
—No deberías sentirte demasiado triste, porque entonces me voy a sentir culpable. ¡Solo debería ser un poquito para que yo sepa que sí te importo! —explica Elsa.
Papá hace un nuevo intento.
—¡Ahora parece que no estás nada triste!
—Tal vez estoy triste por dentro, ¿no?
Elsa evalúa a su papá de la forma más meticulosa posible, antes de terminar concediendo:
—*Deal* —dice Elsa. Por alguna razón le gusta más decir «trato hecho» en inglés.
Papá asiente con un gesto vacilante, y logra aguantarse las ganas de señalarle a Elsa que no debería usar palabras de ese idioma, cuando hay alternativas perfectas en sueco. Elsa abre y cierra la guantera, al tiempo que Audi avanza por la autopista.
—Es buen tipo. O sea, estoy hablando de George.
—Sí —dice Papá.
—Sé que no lo dices en serio —protesta Elsa.
—George es buen tipo —asiente Papá, como si lo dijera en serio.
—Entonces, ¿por qué nunca festejamos la Navidad juntos? —masculla Elsa con irritación.
—¿A qué te refieres?

—Creí que Lisette y tú nunca venían a nuestra casa en la Navidad porque George no te agradaba.
—No tengo nada en contra de George.
—¿Pero...?
—¿Cómo que «pero»?
—Hay un «pero» que viene a continuación, ¿no? Se sintió como si fueras a decir «No tengo nada en contra de George, pero...» —masculla Elsa.
Papá suspira.
—Pero... supongo que George y yo somos algo diferentes en lo que se refiere a... nuestras personalidades, tal vez. Él es muy...
—¿Divertido?
Papá luce estresado de nuevo.
—Iba a decir que parece ser una persona muy sociable.
—¿Y tú eres muy antisocial?
Papá tamborilea el volante con los dedos. Sigue viéndose vacilante.
—¿Por qué no puede ser culpa de tu mamá?
—¿Qué?
—Bien podría ser que no los visitemos en Navidad porque a tu mamá no le cae bien Lisette.
—¿Es por eso?
Papá suelta otro suspiro.
—No.
—Lisette le cae bien a todo el mundo —le informa Elsa.
—Soy consciente de ello —suspira Papá una vez más con resignación, como suspiras cuando piensas en un rasgo muy irritante de la persona con la que vives.
Elsa observa a su papá por un buen rato, antes de preguntar:
—¿Lisette te ama por eso? ¿Porque eres antisocial?
Papá sonríe.
—Si he de ser honesto contigo, la verdad es que no sé por qué me ama.

—¿Tú la amas a ella?

—Muchísimo —responde él sin titubear.

Pero, luego, Papá vuelve a verse titubeante de inmediato.

—¿Ahora vas a preguntarme por qué tu mamá y yo dejamos de amarnos?

—Iba a preguntarte por qué empezaron a amarse.

—¿Crees tú que nuestro matrimonio fue terrible?

Elsa se encoge de hombros.

—Bueno, es solo que ustedes dos son muy diferentes. A ella no le gusta Apple y cosas así. Y a ti como que no te gusta *La guerra de las galaxias*.

—Sin duda hay muchas personas a las que no les gusta *La guerra de las galaxias*.

—¡Papá, tú eres la ÚNICA persona en el mundo a la que no le gusta *La guerra de las galaxias*!

Por la forma en la que asiente, parece que Papá no tiene ganas de objetar esto.

—Lisette y yo también somos muy diferentes.

—¿A ella le gusta *La guerra de las galaxias*?

—Tengo que admitir que nunca se lo he preguntado.

—¡¿Cómo es posible que no se lo hayas preguntado?!

—Somos diferentes en otros aspectos. Estoy casi seguro de ello.

—Entonces, ¿por qué están juntos?

—Tal vez porque nos aceptamos como somos.

—¿Mamá trató de cambiarte y tú a ella?

Papá se inclina y le a un beso en la frente.

—A veces me preocupa que seas tan sabia, mi niña.

Elsa parpadea con fuerza. Respira hondo. Se arma de valor y susurra:

—Oye... Hablando de los mensajes de texto que Mamá te envió el último día de clases antes de las vacaciones de Navidad... Esos que decían que no tenías que recogerme en la escuela... Yo los escribí. Mentí para poder ir a entregar una de las cartas de Abuelita...

—Ya lo sabía —asiente Papá, y le pasa los dedos con suavidad por su cabello.
Elsa lo mira suspicaz, con los ojos entrecerrados. Él sonríe.
—La gramática era demasiado perfecta. Lo supe de inmediato.

Todavía sigue nevando. Es uno de esos inviernos mágicos que nunca parecen terminar. Cuando Audi se detiene frente de la casa de Mamá, Elsa se vuelve hacia su papá con un semblante muy serio.
—Quiero quedarme más días contigo y con Lisette, no solo cada dos fines de semana. Aunque ustedes no quieran.
—Mi niña... Yo... ¡Puedes venir a nuestra casa cuantas veces quieras! —responde Papá entre tartamudeos, conmovido a más no poder.
—Nah, solo cada dos fines de semana. Y yo entiendo que es porque soy diferente y eso afecta su «armonía familiar». Pero Mamá y George tienen a Medi ahora. Y Mamá no puede hacerlo todo, todo el tiempo, porque nadie puede ser perfecto todo el tiempo. ¡Ni siquiera Mamá!
—¿De... de dónde sacaste eso de «armonía familiar»? —pregunta Papá.
—Leo muchas cosas —dice Elsa.
Papá respira tal y como los padres respiran cada vez que hablan de un divorcio con sus hijos, sin importar cuánto tiempo haya pasado. Respiran como si se les estuviera acabando el aire.
—No queríamos apartarte de tu casa —susurra él.
—¿Porque no querías alejarme de Mamá? —pregunta ella.
—Porque ninguno de nosotros quería alejarte de tu abuelita —responde él.
Esas últimas palabras se desvanecen en el aire a su alrededor, sin dejar nada pendiente tras de sí. Los copos de nieve caen de forma tan densa sobre el parabrisas de Audi que parecen una cortina detrás de la cual desaparece el mundo frente a ellos.
Elsa sostiene la mano de Papá. Papá sostiene la de ella con todavía más firmeza.

—Para un padre, es difícil aceptar que no puedes proteger a tu hijo de todos los peligros que hay en el mundo.

—Para un hijo también es difícil aceptarlo —dice Elsa, y le da unas palmaditas a Papá en la mejilla.

Y Papá no suelta los dedos de Elsa.

—Yo soy una persona ambivalente. Y soy consciente de que eso hace de mí un mal padre. Pensaba que debía tener más orden en mi vida antes de que empezaras a quedarte con nosotros por periodos más largos. Y pensaba que lo hacía por tu bien. Creo que los padres hacemos eso a menudo, nos convencemos a nosotros mismos de que todo lo hacemos por el bien de nuestros hijos. Nos duele demasiado reconocer que los hijos no van a esperarse para crecer solo porque sus padres están ocupados con otras cosas...

Papá cierra los ojos de golpe. Los abre lentamente. La frente de Elsa reposa en la palma de su mano cuando ella le susurra:

—No tienes que ser un papá perfecto, Papá. Pero tienes que ser mi papá. Y no puedes dejar que Mamá esté más en mi vida que tú solo porque da la casualidad de que ella es una superheroína.

Papá esconde la nariz debajo de su cabello.

—Simplemente no quería que terminaras siendo uno de esos niños que tienen dos hogares, pero en ambos se sienten como unos visitantes —dice él.

—¿Quién les hizo creer eso? —bufa Elsa.

—Leemos muchas cosas —susurra Papá.

—Para ser tan inteligentes, hay veces que Mamá y tú realmente son muy poco inteligentes —dice Elsa, y luego sonríe de manera socarrona—: Pero no te preocupes por cómo van a ser las cosas cuando vivas conmigo, Papá. ¡Te prometo que también vamos a hacer cosas superaburridas!

Papá asiente, y trata de no mostrarse perplejo cuando Elsa le dice que van a celebrar su cumpleaños en la casa de Lisette y de él, porque Mamá, George y Medi todavía están en el hospital. Y trata de no mostrarse estresado cuando Elsa le dice que ya habló por teléfono con Lisette y ya está todo arreglado. Sin embargo, Papá

parece más tranquilo cuando Elsa le dice que él puede diseñar las tarjetas de invitación, ya que de inmediato empieza a pensar en cuáles fuentes serían las adecuadas para algo así, y las fuentes tienen un efecto muy tranquilizador en él.
—¡Tienen que estar listas para esta tarde! —dice Elsa, y Papá le promete que así será.
En realidad, están listas a mediados de marzo. Pero esa es otra historia.

Elsa está pensando en saltar del auto. Pero Papá se ve un poco más vacilante y estresado que de costumbre, y tal vez se sentiría mejor si pudiera escuchar su música horrible por un ratito, así que Elsa sube el volumen del estéreo de Audi. Pero no suena ninguna canción, y Elsa se tarda unas dos o tres páginas en caer en la cuenta.
—Es el último capítulo de *Harry Potter y la piedra filosofal* —logra decir ella al final.
—Es un audiolibro —reconoce Papá, abochornado.
Elsa se queda viendo el estéreo. Papá mantiene las manos sobre el volante con concentración, a pesar de que Audi no está en movimiento.
—Cuando eras pequeña, siempre leíamos todo juntos. Siempre sabía en qué capítulo íbamos en cada libro. Pero ahora lees muy rápido. Y ya no entiendo todas las cosas que tú amas. Harry Potter parece significar mucho para ti, y yo quiero entender las cosas que significan mucho para ti —dice él con las mejillas sonrosadas y la mirada puesta en el volante.
Elsa permanece sentada en silencio. Papá se aclara la garganta.
—De hecho, es una lástima que en estos días te estés llevando tan bien con Britt-Marie. Mientras escuchaba este libro, se me ocurrió que podría haberla llamado «La-que-no-debe-ser-nombrada», cuando se presentara la ocasión adecuada. Tenía la sensación de que eso te habría hecho reír...
Y, de hecho, sí es una lástima, piensa Elsa. Porque esa es la cosa más graciosa que Papá haya dicho jamás. Papá se pone un poquito

eufórico con todo esto y señala el estéreo, emocionado —lo que para él es una forma muy poco característica de señalar las cosas—, al tiempo que dice:

—¿Sabías que hay una película de Harry Potter?

Elsa le da unas palmaditas indulgentes en la mejilla.

—Ay, Papá, te quiero mucho. Te quiero mucho de verdad. Pero ¿has estado viviendo debajo de una piedra o algo así?

—¿Ya lo sabías? —pregunta Papá, un poco sorprendido.

—Todo el mundo lo sabe, Papá.

Y Papá asiente. Ya no se le ve estresado. Casi podría decirse que parece sentirse tranquilo.

—No soy mucho de ver películas. Pero tal vez podríamos ver esa de Harry Potter en alguna ocasión, tú y yo. Y, por cierto, ¿es muy larga?

—Hay siete libros, Papá. Y ocho películas —dice Elsa con cautela.

Y, entonces, Papá se ve muy, muy estresado de nuevo.

Elsa le da un abrazo y se baja de Audi. El sol se refleja en la nieve. Alf deambula pesadamente frente a la entrada del edificio con una pala de nieve en las manos, tratando de no resbalarse con las suelas desgastadas de sus zapatos. Elsa piensa en esa tradición de la Tierra-a-punto-de-despertar según la cual el cumpleañero es el que tiene que darles obsequios a los demás, y decide que el próximo año le regalará a Alf un par de zapatos. No este año, porque este año Alf va a recibir un destornillador eléctrico.

La puerta de Britt-Marie está abierta. Tiene puesta su chaqueta floreada, adornada con el broche. Elsa puede ver en el espejo que está haciendo la cama en el dormitorio. Justo dentro del umbral se encuentra un par de maletas. Britt-Marie alisa una última arruga en la colcha, exhala un largo suspiro, se da la media vuelta y se va hacia el vestíbulo.

Britt-Marie mira a Elsa y Elsa la mira a ella, y ninguna de las dos es capaz de decir una palabra, hasta que ambas exclaman al mismo tiempo:

—¡Tengo una carta para ti!

Entonces, Elsa dice «¿Qué?» y Britt-Marie dice «¿Perdón?» justo en el mismo instante. El ambiente se vuelve un poquito confuso.

—¡Tengo una carta de mi abuelita para ti! ¡Estaba pegada con cinta en el piso, debajo del cochecito de las escaleras!

—Ajá. Ya veo. Yo también tengo una carta para ti. Se encontraba en el filtro de la secadora, en la lavandería.

Elsa ladea la cabeza. Mira las maletas.

—¿Te vas de viaje?

Britt-Marie entrelaza las manos sobre su vientre, sintiéndose un poquito nerviosa. Da la impresión de que quiere sacudir algo invisible de la chaqueta de Elsa.

—Así es.

—¿A dónde? —pregunta Elsa.

—No lo sé —confiesa Britt-Marie.

—¿Qué estabas haciendo en la lavandería?

Britt-Marie frunce la boca.

—Uno no puede simplemente irse de viaje sin hacer las camas y limpiar el filtro de la lavadora primero, Elsa. Uno simplemente no puede hacer eso. Solo imagínate, ¿qué tal si algo me pasara mientras estoy lejos de aquí? ¡No pienso dejar que la gente crea que soy alguna especie de bárbara que no hacía las camas! ¡No pienso dejar que eso pase!

Elsa esboza una enorme sonrisa. Britt-Marie no sonríe, pero Elsa cree que tal vez lo está haciendo por dentro.

—Eras tú la que le cantaba a la borrachina cada vez que estaba gritando en las escaleras por las noches, ¿verdad?

—¿Cómo dices?

Elsa se encoge de hombros.

—Cada vez que la borrachina estaba en las escaleras, yo oía esa canción. Y, entonces, la borrachina se tranquilizaba y se iba a dormir. Tu mamá era maestra de canto. Y no creo que los borrachines puedan cantar tan bien. Así que estuve reflexionando y, bueno, no soy ninguna tonta.

Britt-Marie entrelaza las manos con todavía más fuerza. Frota con ansiedad la línea blanca donde antes tenía puesto su anillo de boda.

—Uno no puede dejar que los miembros ebrios de esta asociación deambulen por las escaleras en las noches, Elsa. Eso no es civilizado. Además, cuando David y Pernilla eran unos niños, les gustaba que yo les cantara esa canción a la hora de dormir. Obviamente ya no lo recuerdan, pero les gustaba mucho que les cantara esa canción.

—¿Sabes algo, Britt-Marie? No eres una completa bastarda —sonríe Elsa.

—Gracias —dice Britt-Marie con cierta vacilación, como si le hubieran hecho una pregunta capciosa.

Y, entonces, intercambian las cartas. En el sobre de la de Elsa está escrito «ELSA», y en el sobre de la de Britt-Marie está escrito «LA BIEJA QUEJUMBROZA». Britt-Marie lee su carta en voz alta sin que Elsa tenga que pedírselo siquiera. Así de buena es Britt-Marie.

Como era de esperarse, es una carta bastante larga. Abuelita tenía muchas cosas por las cuales tenía que disculparse; y, con el paso de los años, Britt-Marie ha ido acumulando más razones para recibir una disculpa que la gran mayoría de las personas. Hay una disculpa por ese asunto del muñeco de nieve. Y una disculpa por la pelusa de la manta en la secadora. Y una disculpa por la vez que Abuelita le disparó por accidente a Britt-Marie con el rifle de *paintball*, cuando acababa de comprarlo y estaba haciendo «unos cuantos tiros de prueba» desde su balcón. Al parecer hubo una ocasión en la que le dio a Britt-Marie en el trasero cuando tenía puesta su falda más linda, y no puedes ocultar una mancha con un broche si la mancha está en el trasero. Porque no es de personas civilizadas usar un broche en el trasero. Abuelita escribe diciendo que ahora lo entiende.

Sin embargo, la disculpa más grande llega al final de la carta, y, cuando Britt-Marie la está leyendo, las palabras se le atoran en la garganta, así que Elsa tiene que inclinarse al frente para poder leerla ella misma.

Perdon porque nunca t dije que t mereses algo mucho mejor que Kent! Porque aci es! Aunque zeas una bieja bruja quejumbroza!

Britt-Marie dobla la carta con mucho cuidado, alineando los bordes de manera exacta, y entonces mira a Elsa y trata de sonreír como una persona normal.

—Tu abuela no tenía una ortografía ejemplar. En verdad que no.

—Sí, su ortografía era tan espantosa como una película de terror muy buena —responde Elsa.

Y, en ese momento, Britt-Marie logra sonreír casi como lo haría una persona normal. Elsa le da unas palmaditas en el brazo.

—Mi abuelita sabía que tú ibas a resolver el crucigrama en la escalera.

Britt-Marie pasa los dedos por la carta de Abuelita, con cierto aire desconcertado.

—¿Cómo supiste que fui yo?

—Estaba resuelto con un lápiz. Mi abuelita siempre decía que eres una de esas personas tan ansiosas que necesitan hacer todas las camas antes de irse de vacaciones, y ni siquiera pueden resolver un crucigrama con un bolígrafo si no han tomado dos copas de vino primero. Y yo nunca te he visto tomando vino.

Britt-Marie sacude unas cuantas migajas invisibles de la carta de Abuelita, y responde con una actitud inquebrantable:

—Es muy importante que podamos borrar lo que hemos escrito. No somos unos bárbaros.

—No, de hecho, no lo somos —sonríe Elsa.

Y, luego, señala el sobre que Britt-Marie tiene en la mano. Hay algo más dentro de él. Algo que tintinea. Britt-Marie lo abre, inclina un poco la cabeza al frente y echa un vistazo en su interior, como si estuviera dando por sentado que la abuela de Elsa va a saltar del sobre y va a gritar a todo pulmón «¡AAAAAAH!».

Y, luego, mete la mano y saca del sobre las llaves del auto de Abuelita.

Elsa y Alf la ayudan con las maletas. Renault arranca al primer intento. Elsa nunca había visto a nadie respirar tan profundamente como lo hace Britt-Marie en este momento. Entonces, Elsa mete la cabeza por la puerta del lado del acompañante, y grita por encima del traqueteo del motor:

—¡A mí me gustan las historietas y las paletas de caramelo!

Parece como si Britt-Marie estuviera tratando de responderle, pero algo debe habérsele atorado en la garganta. Así que Elsa sonríe, se encoge de hombros y agrega:

—Yo solo decía. Por si te sobran.

Britt-Marie se limpia los ojos húmedos con la manga de su chaqueta floreada. Elsa cierra la puerta. Y, entonces, Britt-Marie se va manejando. No sabe a dónde va. Pero conocerá el mundo y sentirá el viento en su cabello. Y resolverá todos sus crucigramas con bolígrafo.

Pero, como en todos los cuentos de hadas, esa es otra historia.

Alf permanece en el garaje, y se queda mirando en la misma dirección por la que Britt-Marie se marchó, sin importar que ya haya pasado mucho tiempo desde que ella se perdió de vista.

Y se dedica a palear nieve durante toda la tarde y la mayor parte de la mañana del día siguiente.

Elsa está sentada en el armario de Abuelita. De hecho, huele a su abuela. Toda la casa huele a ella. La casa de una abuela tiene algo muy especial: aunque hayan pasado diez, veinte o treinta años, uno siempre recordará su aroma. Y el sobre de la última carta de Abuelita huele como su casa. Huele a tabaco y mono, a café y a cerveza, a azucenas y a detergentes, a cuero y a caucho, a jabón y a alcohol, a barras de proteína y a menta, a vino y a tabaco de mascar, a aserrín y a polvo, a bollo de canela y a humo, a mezcla para bizcochos y a tienda de ropa, a cera para velas y a O'boy, a trapo de cocina y a sueños, a abeto y a pizza, a vino especiado y a papas, a merengues y a perfume, a pastel de maní y a helados y a bebé. Huele a Abuelita. Huele a todo lo mejor de alguien que estaba loca de atar, en el mejor sentido posible.

El nombre de Elsa está escrito en el sobre con letras que casi podrían llamarse pulcras. Se nota que Abuelita realmente se esforzó por escribir todo de forma correcta. Pero no le resultó muy bien que digamos.

Pero las primeras cinco palabras en la carta son: «Perdon por tener ke morirme».

Y este es el día en el que Elsa perdona a su abuelita por haber hecho eso.

Epílogo

(Si uno no sabe qué significa *epílogo*,
puede informarse al respecto en Wikipedia)

Para mi caballera Elsa.
Perdon por tener ke morirme. Perdon por aber muerto. Perdon por haserme bieja.
Perdon por avandonarte y perdon por lo del maldito cánser. Perdon porke a beces fui mas una vastarda ke una no-vastarda.
Te kiero mas ke a una eternidad de dies mil cuentos de adas. Cuentale todos los cuentos de adas a Medi! Y proteje el castiyo!! Proteje a tus amigos porke ellos van a protejerte a ti. Aora el castiyo es tuyo. Nadie es mas baliente y sabio y fuerte que tu. Tu eres la mejor de todos nozotros. Tienes que creser y ser diferente y no dejes ke nadie te diga que no zeas diferente, porke todos los supereroes son diferentes! Y si alguien se mete contigo pateolos en la caja de los fuzibles! Tienes ke vivir y reir y soñar y llebar nuebos cuentos de adas a Miamas. Yo te esperare ahi. Tal ves tu avuelo tambien, kien sabe. Pero como sea sera la mas grande abentura de la istoria.
Perdon por eztar tan loca.
Te kiero mucho.
Cuanto te kiero, con mil demonioz!!

En serio que Abuelita escribía con una ortografía realmente horripilante.

• • •

Los epílogos de los cuentos de hadas también son difíciles de escribir. Aun más que los finales. Si bien es cierto que no necesariamente se supone que deben de darte todas las respuestas, pueden terminar siendo no tan satisfactorios si generan todavía más preguntas. Porque, una vez que la historia se termina, la vida puede ser muy simple y muy complicada a la vez.

Elsa festeja su octavo cumpleaños en casa de Papá y de Lisette. Papá bebe tres copas de vino especiado y hace el baile del abeto. Bueno, el «baile» del abeto. Lisette y Elsa ven *La guerra de las galaxias*. Lisette se sabe todos los diálogos de memoria. El niño con un síndrome y su mamá también están ahí y no paran de reír, porque así es como uno derrota a los miedos. Maud hornea galletas y Alf está de mal humor, y Lennart les regala a Lisette y a Papá una cafetera nueva. Porque Lennart se percató de que la cafetera de Lisette y de Papá tiene muchos botones, y la de Lennart es mejor porque solo tiene uno. Y parece que Papá aprecia mucho este detalle.

Y las cosas están mejorando. Todo estará bien.

Harry recibe su bautizo en una pequeña capilla, junto al cementerio donde están enterrados Abuelita y el vorv. Mamá insiste en que las puertas y las ventanas deben estar abiertas, a pesar de que afuera las temperaturas son congelantes. Para que todos puedan presenciar la ceremonia.

—¿Y qué nombre han elegido para este niño? —pregunta el pastor, que también es contador, que también es abogado, que también es médico; y que además resulta que tiene un trabajo secundario en su tiempo libre como bibliotecario.

—Harry —dice Mamá con una sonrisa.

El pastor asiente y le guiña un ojo a Elsa.

—¿Y el niño tendrá padrinos?

Elsa bufa con fuerza.

—¡No necesita padrinos! ¡Ya tiene una hermana mayor!

Y ella es consciente de que la gente del mundo real no comprende este tipo de cosas, pero, en Miamas, uno no tiene padrinos al nacer, sino un «Guardián de las risas». Después de los padres y la abuela materna del niño —y unas cuantas personas más que la abuela de Elsa no consideró que fueran tan trascendentes cuando le contó esta historia a Elsa por primera vez—, el Guardián de las risas es la persona más importante en la vida de un niño en Miamas. Y los padres no son los que designan al Guardián, ya que su misión es demasiado relevante como para dejar ese nombramiento sus manos. El propio niño es quien elige a su Guardián de las risas. Cuando un niño nace en Miamas, todos los amigos de la familia se reúnen alrededor de la cuna y empiezan a contar historias, a hacer muecas, a bailar, a cantar y a contar chistes; y la primera persona que logre hacer que el niño ría se convierte en su Guardián. Y el Guardián de las risas es personalmente responsable de hacer que eso suceda con tanta frecuencia y con tanta fuerza y en tantas situaciones como sea posible, en especial si eso provoca que los padres se sientan incómodos. Es una tarea que la gente siempre se toma muy en serio.

Elsa sabe que todo el mundo va a tratar de decirle que Harry es demasiado pequeño para entender todo ese asunto de que tiene una hermana mayor. Pero, cuando ella lo mira mientras lo tiene en sus brazos, los dos saben muy bien que esta es la primera vez que él se ríe.

Todos se van de regreso a casa, y la gente del edificio sigue con sus vidas. Una vez cada dos semanas, Alf se sube a Taxi y lleva a Maud y a Lennart hasta un enorme complejo, donde se sientan en una pequeña habitación para esperar por un buen rato. Y, cuando Sam entra por una pequeña puerta escoltado por dos corpulentos guardias de seguridad, Lennart saca el café y Maud saca las galletas. Porque las galletas son esenciales.

Y probablemente hay muchas personas que opinan que Maud y Lennart no deberían hacer esto. Que no deberían estar ahí. Muchas personas que opinan que a los individuos como Sam ni siquiera se les debería permitir seguir con vida. Mucho menos comer galletas. Y esas personas tal vez tienen razón. Y tal vez también están equivocadas. No es fácil zanjar una cuestión como esta. Pero Maud dice que ella es abuela en primer lugar, suegra en segundo lugar, y madre en tercer lugar, y eso es lo que las abuelas y las suegras y las madres hacen. Luchan por lo que es bueno, por lo que es justo. Lennart bebe café y está de acuerdo con ella. Y Maud hornea sueños, porque, cuando la oscuridad es demasiado grande como para poder soportarla, y demasiadas cosas se han descompuesto y se han roto de tantas formas que ya no es posible repararlas, Maud no sabe qué otra arma se puede usar si uno no está armado con sueños.

Así que esto es lo que ella hace. Un día a la vez. Un sueño a la vez. Y uno puede opinar que eso está bien, o que está mal. Y es probable que ambas visiones estén en lo correcto. Porque la vida es complicada y simple a la vez.

Y por eso existen las galletas.

Corazón de Lobo regresa al edificio en la víspera de Año Nuevo. La policía determinó que había actuado en defensa propia, a pesar de que todo el mundo sabe que no estaba defendiéndose a sí mismo. Esto quizás también podría estar bien, o estar mal.

Corazón de Lobo sigue viviendo en su apartamento. Y la mujer de los pantalones de mezclilla en el suyo. Y los dos hacen lo que pueden, lo mejor que pueden. Tratan de aprender a vivir consigo mismos, tratan de vivir en lugar de solo existir. Acuden a reuniones. Cuentan sus historias. De lo contrario, se asfixiarían. Y nadie sabe si ese es el camino que deben seguir para arreglar todo lo que está roto en su interior, pero al menos es un camino que lleva a alguna parte. Y los ayuda a respirar. Todos los domingos cenan en casa de Elsa, de Harry, de Mamá y de George, junto con los demás inquilinos del edificio. A veces también se les une la oficial de los ojos verdes. Nadie se lo esperaba, pero resulta que es muy buena para contar historias. Y el niño con un síndrome todavía no habla, pero les enseña a todos a bailar de formas maravillosas.

Cierta mañana, Alf se despierta porque tiene sed. Se levanta y bebe café, y justo va de regreso a la cama cuando tocan a la puerta. Abre para ver quién es. Bebe un largo trago de café. Mira por un buen tiempo a su hermano. Kent está apoyado en una muleta, devolviéndole la mirada.
—He sido un maldito idiota —masculla Kent.
—Sí, es cierto —masculla Alf.
Los dedos de Kent agarran la muleta con más fuerza.
—La empresa se fue a la bancarrota hace seis meses.
Los dos permanecen parados ahí, en medio de un árido silencio, con toda una vida de conflictos entre ellos. Tal y como lo hacen los hermanos.
—¿Vas a querer café, o qué? —gruñe Alf.
—Si ya lo tienes preparado —gruñe Kent.
Y, luego, los dos beben café. Tal y como lo hacen los hermanos. Se sientan en la cocina de Alf y comparan las postales de Britt-Marie. Porque ella les escribe cada semana a los dos. Tal y como lo hacen las mujeres con la forma de ser de Britt-Marie.

Los inquilinos del edificio todavía celebran las reuniones de vecinos una vez al mes en el salón que se encuentra en la planta baja. Todos se ponen a discutir, como de costumbre. Porque este es un edificio común y corriente. En términos generales. Y ni Abuelita ni Elsa habrían querido que fuera de otra manera.

Las vacaciones de Navidad llegan a su fin, y Elsa regresa a la escuela. Ata las agujetas de sus tenis con fuerza y ajusta las correas de su mochila con mucho cuidado, tal y como lo hacen los niños en su misma situación después de las vacaciones de Navidad. Pero, ese día, Alex se incorpora a la misma clase de Elsa. Y Alex también es diferente. Inmediatamente se vuelven mejores amigas, como solo puede suceder cuando uno acaba de cumplir ocho años. Y ya no tienen que correr nunca más. Cuando las llaman a la oficina del director por primera vez en este semestre, Elsa tiene un ojo morado y Alex tiene arañazos en el rostro. Cuando el director suspira y le dice a la mamá de Alex que su hija «debe tratar de adaptarse», la mamá de Alex intenta arrojarle el globo terráqueo al director. Pero la mamá de Elsa alcanza a hacerlo primero.

Elsa siempre la amará por detalles como ese.

Pasan unos cuantos días. Tal vez unas cuantas semanas. Pero, uno a uno, otros niños diferentes empiezan a unirse a Alex y a Elsa en el patio y los pasillos de la escuela. Hasta que ya son tantos que nadie se atreve a perseguirlos. Hasta que forman su propio ejército. Porque, si un número suficiente de personas son diferentes, entonces, nadie tiene que ser normal.

Al llegar el otoño, el niño con un síndrome empieza su primer año escolar. Cuando se celebra una fiesta de disfraces, el niño llega vestido de princesa. Un grupo de niños más grandes se ríe y se burla de él hasta que empieza a llorar. Elsa y Alex se dan cuenta de esto y se llevan al niño afuera al estacionamiento, y Elsa llama por teléfono a su papá, que llega con una bolsa de prendas nuevas.

Cuando los tres regresan a la fiesta, Elsa y Alex también están vestidas de princesas. Princesas que también son Spider-Man.

Y, a partir de entonces, Elsa y Alex se convierten en las superheroínas favoritas del niño.

Porque todos los niños de siete años merecen tener superheroínas.

Y cualquier persona que no esté de acuerdo, en verdad está mal de la cabeza.

Agradecimientos

Neda. Todo sigue siendo para hacerte reír. Nunca lo olvides. (Siento lo de las toallas mojadas en el piso del baño). *Asheghetam.*

Mi abuela materna. Que no está chiflada en lo más mínimo, pero siempre ha horneado las mejores galletas que un niño de siete años podría desear comer.

Mi abuela paterna. Que siempre ha creído en mí más que nadie.

Mi hermana. Que es más fuerte que un león.

Mi mamá. Que me enseñó a leer.

Astrid Lindgren. Que me enseñó a amar la lectura.

Todos los bibliotecarios de mi infancia. Que vieron a un niño que les tenía miedo a las alturas, y le dieron alas.

Gracias también a:

Niklas Natt och Dag, mi Obi-Wan. John Häggblom, mi editor. Jonas Axelsson, mi agente. Vanja Vinter, la fuerza especial de ataque lingüística. Fredrik Söderlund (por permitirme tomar prestado al Peroyá). Johan Zillén (que lo entendió antes que todos). Kersti Forsberg (porque alguna vez le diste una oportunidad a un chico). Nils Olsson (por dos portadas maravillosas). Todos aquellos en Forum, Månpocket, Bonnier Audio, Bonnier Agency, Tre Vänner y Partners in Stories que estuvieron involucrados tanto con este libro como con *Un hombre llamado Ove.* Un agradecimiento adicional por adelantado a todos los sabihondos lingüísticos que van a encontrar los errores gramaticales en los nombres de los siete reinos (venga un choque de cinco por los tiempos verbales).

Sobre todo:

Gracias a ti, el lector. Sin tu criterio bastante cuestionable, muy probablemente me vería obligado a conseguir un trabajo de verdad.

www.ingramcontent.com/pod-product-compliance
Lightning Source LLC
LaVergne TN
LVHW030238050526
838097LV00027B/805